ELOGIOS PARA
ROMPENDO AS CORRENTES DO MAAFA

A história de Sarah Forbes Bonetta, extraordinária mesmo em tempos extraordinários, conhecida por alguns em Serra Leoa, embora seja virtualmente desconhecida em outros lugares. Agora Anni Domingo a trouxe à vida de maneira vívida em um conto imaginado de modo brilhante e contado de forma envolvente. *Rompendo as Correntes do Maafa* é um presente para os leitores em todo o mundo.
— Aminatta Forna, autora de *The Window Seat*

Parte realidade, parte ficção, *Rompendo as Correntes do Maafa* é um livro importante, contado de maneira belíssima. A premissa de Domingo é ousada e implacável — pegando o que é conhecido, a história de Salimatu, a "Princesa Negra", Sarah Forbes Bonetta, e entrelaçando-a com a história de sua irmã ficcional, Fatmata, Faith. Domingo traça um ponto eloquente: que, apesar de as irmãs terem sido submetidas a destinos diferentes, nenhuma delas era livre: Fatmata foi escravizada na América do Norte, e Salimatu, entregue à Rainha Vitória, totalmente à mercê dela.
É uma história que tem ressonância com os dias atuais, em que esperavam que Meghan Markle se moldasse aos padrões de uma instituição branca para pertencer a ela.
— Guinevere Glasfurd, autora de *The Year Without Summer*

Anni Domingo constrói, com grande sensibilidade, uma narrativa ficcional sobre a memorável juventude de Sarah Forbes Bonetta, a "Princesa Africana", que se tornou a afilhada da Rainha Vitória. Os conflitos internos de Salimatu (Sarah) são explorados de modo tocante enquanto ela se esforça para se manter leal à própria identidade enquanto africana depois de ser arrancada de sua terra natal e levada à Inglaterra como um presente do "Rei dos Negros para a Rainha dos Brancos". Uma história semelhante é contada a respeito da irmã de Salimatu, Fatmata (Faith), levada para os Estados Unidos antes da emancipação. Construindo uma narrativa com a devida atenção à precisão histórica, Domingo mostra uma Rainha Vitória que é devota e afetuosa com a afilhada africana. Esta é também uma história épica de duas irmãs que são separadas perto do fim do tráfico transatlântico de escravizados, mas que nunca se esquecem uma da outra.
— Stephen Bourne, autor de *War to Windrush* e *Evelyn Dove*

Rompendo as Correntes do Maafa de Anni Domingo é uma história com detalhes e diálogos tão intensos que é simplesmente tentadora. Ela captura tão bem uma pequena menina, Salimatu, que se recorda da segurança da vida familiar, que é levada a um futuro atordoante na Inglaterra para se tornar Sarah, onde ela precisa se manter forte para sobreviver. A leitura deste livro não só proporcionará a apreciação de uma narrativa escrita de forma maravilhosa, como também grande conhecimento. É um romance histórico que não pode ser ignorado.

— Kadija Sesay, ativista literária, autora de *Irki*

ROMPENDO AS CORRENTES DO MAAFA

ANNI DOMINGO

Tradução de Gabriela Araújo

ALTA BOOKS
GRUPO EDITORIAL
Rio de Janeiro, 2023

Rompendo as Corrente do Maafa

Copyright © **2023** STARLIN ALTA EDITORA E CONSULTORIA LTDA.
Copyright © **2021** ANNI DOMINGO
ISBN: 978-65-5520-978-5

Translated from original Breaking The Maafa Chain. Copyright © 2021 by Anni Domingo, first published in the United Kingdom by Jacaranda Books Art Music Ltd.. ISBN 978-1643139265. This translation of Breaking The Maafa Chain, first published in 2021, is published by arrangement with Anni Domingo. PORTUGUESE language edition published by Grupo Editorial Alta Books Ltda., Copyright © 2023 by Starlin Alta Editora e Consultoria Ltda.

Impresso no Brasil — 1ª Edição, 2023 — Edição revisada conforme o Acordo Ortográfico da Língua Portuguesa de 2009.

Dados Internacionais de Catalogação na Publicação (CIP) de acordo com ISBD

D671r   Domingo, Anni
            Rompendo as Correntes do Maafa / Anni Domingo ; traduzido por Gabriela Araújo. - Rio de Janeiro : Alta Books, 2023.
            416 p. ; 15,7cm x 23cm.

            Tradução de: Breaking the Maafa Chain.
            ISBN: 978-65-5520-978-5

            1. Literatura inglesa. I. Araújo, Gabriela. II. Título.

                                              CDD 823
2023-678   CDU 821.111

Elaborado por Odilio Hilario Moreira Junior - CRB-8/9949

Índice para catálogo sistemático:
1. Literatura inglesa 823
2. Literatura inglesa 821.111

Todos os direitos estão reservados e protegidos por Lei. Nenhuma parte deste livro, sem autorização prévia por escrito da editora, poderá ser reproduzida ou transmitida. A violação dos Direitos Autorais é crime estabelecido na Lei nº 9.610/98 e com punição de acordo com o artigo 184 do Código Penal.

O conteúdo desta obra fora formulado exclusivamente pelo(s) autor(es).

Marcas Registradas: Todos os termos mencionados e reconhecidos como Marca Registrada e/ou Comercial são de responsabilidade de seus proprietários. A editora informa não estar associada a nenhum produto e/ou fornecedor apresentado no livro.

Material de apoio e erratas: Se parte integrante da obra e/ou por real necessidade, no site da editora o leitor encontrará os materiais de apoio (download), errata e/ou quaisquer outros conteúdos aplicáveis à obra. Acesse o site www.altabooks.com.br e procure pelo título do livro desejado para ter acesso ao conteúdo.

Suporte Técnico: A obra é comercializada na forma em que está, sem direito a suporte técnico ou orientação pessoal/exclusiva ao leitor.

A editora não se responsabiliza pela manutenção, atualização e idioma dos sites, programas, materiais complementares ou similares referidos pelos autores nesta obra.

Alta Novel é um selo do Grupo Editorial Alta Books

Produção Editorial: Grupo Editorial Alta Books
Diretor Editorial: Anderson Vieira
Vendas Governamentais: Cristiane Mutús
Gerência Comercial: Claudio Lima
Gerência Marketing: Andréa Guatiello

Produtoras da Obra: Illysabelle Trajano & Mallu Costa
Tradução: Gabriela Araújo
Copidesque: Camila Moreira
Revisão: Denise Himpel & Nathália Pacheco
Diagramação: Natalia Curupana

Rua Viúva Cláudio, 291 — Bairro Industrial do Jacaré
CEP: 20.970-031 — Rio de Janeiro (RJ)
Tels.: (21) 3278-8069 / 3278-8419
www.altabooks.com.br — altabooks@altabooks.com.br
Ouvidoria: ouvidoria@altabooks.com.br

Editora afiliada à:

Para meus queridos filhos Jem, Joel e Zelda

Parte Um

Prólogo

A kì í dùbúlè ní ilè ká yí subú

Não se pode cair quando já se está no chão

Dezembro de 1846

Despidos de tudo, exceto por nossas peles pretas, nossas marcas de escarificação, nossa essência, somos amarrados, juntos, em fileiras e jogados em outro abismo digno do *juju*[1], tão amontoados que ninguém consegue se mexer. Ficamos deitados de lado, sentindo as placas de madeira ásperas na pele exposta, friccionando os ombros até ferir, acorrentados aos vivos e aos mortos.

Agora conheço o cheiro do medo. É o cheiro de homens adultos grunhindo, suando e fedendo. O medo é mulheres chorando, uivando e implorando aos ancestrais para salvarem a elas e aos filhos antes que eles se percam na *Mamiwata*, Mãe d'Água.

Ao meu redor ouve-se o arrastar de correntes e o estalar de chicotes enquanto as velas balançam, as tábuas rangem e as cordas se distendem. No espaço abarrotado, o barulho gira dentro da minha cabeça latejante, enquanto atinge as laterais amadeiradas do navio sacolejante, reverberando pensamentos ferozes e medos sombrios em minha mente. Sinto os uivos daqueles ao meu redor, aqueles acima e abaixo de mim, atravessando meu corpo. O chamado de *Ochoema*, o pássaro da despedida, faz meu coração bater forte, mantendo-me presa, antes de desvanecer na escuridão, mas me deixar com a dor.

---

1. O termo "juju" se refere a um conjunto tradicional de crenças animistas comuns na África Ocidental que representaria a magia maléfica. É relacionado geralmente ao que é sobrenatural, poderoso e assustador; atos realizados por seres malignos.

Afundo no assoalho e choro como nunca fiz antes em todas as minhas 14 primaveras. *Ayeeeee. Ogum*, deus dos deuses, me ajude.

Através das lágrimas, vejo tudo o que já fora. Meu coração fica apertado quando penso em Salimatu, minha irmã, a filha da minha mãe, capturada e vendida, para os mouros? Para os demônios brancos? Ali, por trás dos meus olhos, bem lá no fundo, estão os corpos espirituais da minha mãe, Isatu, e de meu pai, Dauda, que já partiram para a terra dos nossos ancestrais, sem a merecida honra. Vejo outros também: Maluuma, mãe da minha mãe; Lansana, o primeiro filho do meu pai, que também partiram. Temo que Amadu, o último filho do meu pai, também tenha se juntado aos ancestrais. Não o vejo desde que ele fugiu, mas poderia ele estar aqui neste abismo, neste buraco do demônio feito de madeira, sem saber que estou por perto?

— Amadu, Amadu, filho do Chefe Dauda dos Talaremba perto de Okeadon — clamo, de novo e de novo.

— Quem chama por Amadu dos Talaremba, tão alto?

— Fatmata, irmã dele.

— Eles não o pegaram — responde o homem. — Ele não parou de correr. Santigie e o homem branco não tinham tempo de ir atrás dele.

Reconheço a voz. É Leye, o homem que fala a língua do homem branco.

O alívio que sinto transborda em minhas palavras.

— *Olorum*, criador do povo *Egbado*. Louvado seja; abençoado seja. Eu lhe agradeço.

Há gritos altos em diversos idiomas de povos diferentes.

— Agora eles vão nos matar e nos comer — diz alguém.

— Somos sacrifícios aos deuses deles e à *Mamiwata* — afirma outra pessoa; os gritos ficam mais altos.

Mamiwata? Lembro o que minha avó, Maluuma, me contou há muito tempo. *Mamiwata*, deusa da água, arrasta aqueles que a perturbam para as profundezas do submundo aquático, para se juntarem aos ancestrais. *Ayee, ayee.*

— Não — contrapõe Leye —, esta grande canoa, este navio, vai nos levar para muito, muito longe, para sermos vendidos para o povo do homem branco. Já fizeram isto antes, muitas vezes. Eles me pegaram uma vez, mas escapei e voltei para a terra dos meus ancestrais, como um homem livre. Agora estou aqui de novo, amarrado, mais uma vez um escravizado. Juro por todos os deuses que não vou voltar para aquela vida, vou escapar de novo ou morrer tentando.

O som dos lamentos se intensifica de novo, roubando o pouco de ar que ainda resta. Inspiro a amargura. No escuro, tateio em busca do meu amuleto e acaricio a pedra em formato de coração que Maluuma me deu antes de fazer a sua passagem, duas estações chuvosas atrás. Maluuma, que soubera, ouvira e vira tudo, mesmo antes de ir se juntar ao *Olorum*, o divino criador de todo o povo Talaremba.

— Maluuma, não me deixe — sussurro. — Eles estão me levando embora, me levando para longe de tudo. Me ajude a encontrar meu caminho, pois estou temerosa.

Ouço a voz da minha avó, não estou mais sozinha, não estou mais com medo de desaparecer, como Jabeza, Lansana e Salimatu. As palavras dela estão no vento que faz as tábuas do navio rangerem e as velas esvoaçantes cantarem.

— *Ouça, minha filha, o medo está nos olhos, no coração, na mente. O medo fede a suor, podridão, morte. Encare seus medos amargos como a aloína, e eles desaparecerão. Estou com você, minha filha. Sempre estarei com você. Sou parte de você, então a mim nunca perderá.*

Sei que devo me lembrar das palavras que surgem com o primeiro choro do bebê e permanecem até o último suspiro deixar o corpo sem vida. Devo me lembrar das palavras escondidas em meus ossos e do sangue que se infiltrou no solo, debaixo das mangueiras. Devo viver para que eu possa entregar as palavras às minhas futuras filhas, às filhas das minhas filhas, às filhas das filhas da minha filha, e assim por adiante. Elas saberão que os ancestrais estiveram aqui, antes de os navios trazerem o demônio branco, antes que nosso próprio povo nos vendesse, antes de conhecermos o sofrimento das correntes *maafa* que agora nos atam, antes de eu me tornar uma filha sem mãe, sem pai. Não importa para onde o homem branco me leve, ele não pode roubar minhas raízes.

Lá no fundo ouço o chamado de tambores falantes, gritando meu nome, Fatmata, Fatu. Minhas palavras, meus pensamentos, minha vida, são golpeados contra meus ossos, meu cheiro, dentro da minha carne, para sempre. Um grande sentimento de perda me assola, inundando-me de tristeza e amargura. Tento ignorar a dor que a marca brutal da escravidão causa no meu ombro esquerdo. Em vez disso, toco as marcas ainda cicatrizantes da tatuagem ritualística que fiz em mim mesma e na minha irmã Salimatu — a tatuagem de um macaco que representa que não importa onde eles nos levem, somos do povo Talaremba, e guerreiras, mesmo que sejamos meninas.

Oduduá, deusa de todas as mulheres, me ajude. Devo me lembrar, vou me lembrar, eu de fato me lembro.

Salimatu

Capítulo 1

Então clamarão a mim, mas eu não responderei

Provérbios 1:28

Agosto de 1850

Quando o navio *HMS Bonetta* chegava à Inglaterra, Salimatu desaparecia e ela se tornava Sarah. Depois de mais de quatro semanas no mar, Sarah tinha aprendido muita coisa, principalmente como reprimir Salimatu, a garota escravizada que um dia fora. Era o seu eu Sarah, não Salimatu, que conseguia ler palavras básicas e fazer somas simples com o ábaco. Era Sarah quem amava a música que as contas produziam quando ela as movia de um lado a outro, adicionando algumas e retirando outras. E era Sarah também quem não cantava mais a música de *Oduduá*, mesmo que ainda, de alguma forma, pensamentos sobre a amada Fatmata sempre estivessem em sua mente.

O cais em Gravesend era bastante diferente daquele que tinham deixado para trás em Abomey. Ainda que Papai Forbes lhe tenha orientado a ficar na parte de baixo, Sarah foi até o convés, atraída por sons e aromas desconhecidos. Ela abotoou o casaco e calçou as luvas. Mesmo assim sentiu frio em meio ao amanhecer de setembro. Tremeu e tossiu com intensidade, pressionando o ponto que doía no peito.

Era a tosse de Salimatu, e Sarah queria que desaparecesse. Papai Forbes tinha dito que cessaria quando chegassem à Inglaterra. Ela temia tossir até cuspir sangue como acontecera com Jed, o cozinheiro do *Bonetta*, que usava uma perna de pau. Ele costumava cuspir em um balde na cozinha ou em um pedaço de pano sujo manchado de sangue seco e escuro. Ela não gostava de sangue. Sarah respirou fundo o ar úmido e esfumaçado, e Salimatu tossiu em resultado.

Enquanto o sol tentava abrir espaço em meio à névoa do início da manhã, Sarah viu outros navios indistintos, grandes e pequenos, ancorados ao cais, mal se movendo no nevoeiro, como se advindos de outro mundo. Mesmo o cais barulhento estando sujo, fedorento e assustador, ela ficou ali, observando as pessoas rindo próximas à doca; os marujos do *Bonetta* correndo para cima e para baixo na prancha, empurrando ou puxando mercadorias destinadas a armazéns gigantescos, transportando-as com destreza do navio à costa. Depois de tanto tempo em alto-mar, eles não tinham tempo de cantar para ela sobre Sally Brown. Nem para dizer adeus. Estavam ansiosos para caminhar sobre terra firme, chegar às suas casas e famílias. Aqueles que não tinham casa mal podiam esperar para chegar aos bares, dissera o Comandante Heard.

Uma vez que tinham alcançado a Inglaterra, Sarah desejava saber para onde estava indo. E, com mais suavidade, ela se perguntou: estaria Fatmata lá para encontrá-la?

— Não — sussurrou Salimatu, seu outro eu. — Teremos que ir em busca dela.

Sarah balançou a cabeça, como se para se livrar de Salimatu, quem desejava que desaparecesse. Estava cansada de sempre lutar consigo mesma, sempre tentando conter o eu-Salimatu, enterrá-lo nas profundezas de seu ser. Ela tinha que continuar dizendo a si mesma: não sou mais Salimatu com os seus pensamentos e medos antigos — agora sou Sarah com novos medos. Mas manter Salimatu sob controle nem sempre funcionava, pois de repente ela estaria ali, sussurrando, e às vezes gritando em seu ouvido.

Desamparada, voltou ao centro do convés, sentou-se em um saco grande junto a caixotes de madeira e esperou que o Capitão Forbes aparecesse para buscá-la. Todos tinham ido embora, com exceção de Amos, o contramestre do navio, quem estava a bordo, de guarda. Ele não gostava de ter mulheres nem meninas no navio. Dizia que davam azar. Ele olhou para ela sentada ali, como uma dama, com os pés revestidos por sapatos de couro cinza-claro e, com escárnio, pigarreou e cuspiu. O escarro caiu próximo aos pés dela, mas não a atingiu. Ainda assim, quando o Capitão Forbes apareceu, ela correu para perto dele, com os olhos focando no chão, para evitar a visão do pavoroso Amos e da boca imunda dele.

Enquanto Sarah e o capitão desciam do barco para o cais, Sarah, assoberbada com tudo ao redor sendo tão desconhecido, chegou mais para perto do Capitão Forbes, descansando a cabeça no braço dele, mal mantendo os olhos abertos.

— Olhe para cima, Sarah — orientou ele, evidentemente sentindo pena dela, a menina sendo a própria imagem da infelicidade enquanto seguiam caminho.

A voz dele a encorajou e, ao abrir os olhos para a multidão, ela teve a súbita sensação de calma, até mesmo uma onda de entusiasmo, mas quando viu cavalos enormes, com uma crina densa cobrindo os olhos e lufadas de ar cinza emanando dos narizes, ali, amarrados à carruagem, Sarah congelou no lugar. Ainda que tivesse acontecido cinco safras antes, ela se lembrava de como, depois que Santigie a tinha vendido para os mouros, ela fora jogada em um cavalo enorme e levada para longe de Fatmata, para longe de tudo o que conhecera até aquele momento.

Ela choramingou, apontando para os cavalos bufantes.

— Não, não.

— Não tenha medo. Eles não vão te machucar — garantiu o Capitão Forbes, erguendo-a para dentro da carruagem.

Ela tremia; ele colocou um cobertor em cima das pernas dela.

— Você está com frio. Logo vai se acostumar com o nosso clima — afirmou ele de modo reconfortante.

Sim, ela estava com frio, congelando, mas não era aquela a razão de estar tremendo.

— Para onde estamos indo agora, Papai Forbes? Ver a Rainha? — questionou ela enfim.

— Não, não, cara criança — respondeu o Capitão com uma risada. — A rainha se encontra com poucos de seus súditos. Vamos para a estação de trem e então para casa.

Não para ver a Rainha? Ele não tinha dito que ela seria um presente especial para a Rainha? *Como posso ser um presente para a Rainha se ela nem me encontrará*, ponderou Sarah. Os olhos dela ardiam graças às lágrimas contidas. Se não pertencia à rainha, afinal, o que seria dela?

Ela apertou o longo cinto de couro da carruagem que a prendia ao assento e olhou para o lado de fora. Havia tanta coisa para ver. A carruagem balançou, e o som dos cascos dos cavalos estalou alto no pavimento. Edifícios se erguiam acima deles. *Seria possível que balançassem com o vento, como as árvores, então caíssem e os esmagassem*, ponderou ela. Ela nunca tinha visto tantas pessoas, todas andando apressadas, um borrão diante de seus olhos. As carruagens se entrecruzavam tão de perto que a faziam arfar de novo e de novo. Ela tinha certeza de que trombariam uma com a outra.

Chegando à estação, ela segurou com força a mão do Capitão, ainda mais assustada com o tamanho da entrada da estação, o cheiro forte e estranho das pessoas, a fumaça, o barulho. Quando o trem chegou, serpenteando para dento da estação com guinchos, bramidos, arrotos, fuligem e nuvens de vapor no ar, ela gritou e se escondeu atrás do Capitão.

— *Juju, juju* — bradaram Salimatu e Sarah como uma só.

— Não. Esse é o trem — explicou Capitão Forbes com calma, percebendo os olhares curiosos das pessoas próximas enquanto os gritos de Sarah tomavam o local. Movendo-a para sair de trás dele, comandou: — Pare com isso, Sarah, pare agora mesmo.

— Não, o *juju* vem nos pegar — clamou Sarah em iorubá, esquecendo-se do inglês que aprendera recentemente.

— O que ela está dizendo, mamãe? — perguntou um menininho vestido de modo elegante, puxando o casaco vermelho da mãe.

— Chiu, Ernest — respondeu a mulher, pressionando os lábios e estendendo um dedo longo e vertical que dissecava a garota com precisão. — Ela é estrangeira, não sabe falar inglês.

Com aquilo, o Capitão Forbes segurou Sarah, que ainda lamentava, e caminhou com rapidez pela plataforma até o compartimento da primeira classe, no qual embarcou sem demora. Ele fez com que ela se sentasse e fechou a porta.

— Pare de chorar, por favor — pediu ele, oferecendo um lenço a ela. — Não há demônios aqui. E tente falar só em inglês a partir de agora.

Sarah não respondeu. Em vez daquilo, enquanto o trem se movia, ela ouviu Salimatu sussurrar:

— *Ayee*, estamos dentro da barriga do *juju*.

Primeiro a plataforma e as pessoas, então as casas, as árvores, mesmo as nuvens desaparecendo em um borrão enquanto o trem se movia depressa, sacolejando e guinchando uma nova canção: *juju, juju, juju, juju.*

O corpo inteiro de Sarah tremia.

— Papai Forbes, Papai — lamentou se ela —, não deixe o *juju* me levar para os ancestrais.

— Ninguém vai lhe levar para longe de mim, Sarah — respondeu ele, colocando o braço ao redor dela. — Você está bem segura.

Aquela palavra de novo. Segura. O coração de Sarah se acalmou.

Ela não havia entendido nada do que ele dissera na primeira vez em que falara com ela.

— Você está segura agora — garantira o capitão, ao erguer o queixo dela para cima e tocar as marcas no rosto da garota.

Mas ela estava mesmo?

Fatmata havia dito a ela que pessoas como ele, pessoas sem pele, eram *juju*, então ela tinha recuado do toque e do cheiro dele, mas o capitão sorrira e a pegara no colo. Enquanto ele a carregava para longe da cerimônia de "libação de água aos ancestrais", ela tremia e, temerosa de que o demônio branco estivesse levando-a para ser sacrificada, tinha mijado nele. A veste branca dela condensou, secou e começou a feder a acre debaixo do sol, mas ele não a colocou no chão. Ele a levou até os missionários.

— Mas o que fará com ela? — perguntou a Sra. Vidal.

— Vou levá-la para a Inglaterra comigo.

— Isso é prudente, senhor? — questionou o Reverendo Vidal. — Ela é uma escrava.

— Tenho certeza de que podemos encontrar um lugar para ela na escola missionária — interrompeu a Sra. Vidal. — Se ela for esperta, logo estará ajudando a ensinar aos outros.

— O Rei Gezo a deu de presente para a Rainha Vitória. Ele disse que era para contar a ela que era um presente "do Rei dos Negros à Rainha dos Brancos".

— A audácia do homem — comentou o reverendo.

— Não é meu papel decidir o futuro dela. Vou levá-la comigo e entregá-la ao Almirantado. Mas vou precisar deixá-la com vocês até que o *Bonetta* zarpe daqui a algumas semanas.

— Não se preocupe, Capitão, cuidaremos dela — afirmou o Reverendo Vidal.

— É melhor eu começar a costurar, então. Se vai voltar com o senhor, ela vai precisar de umas roupas inglesas apropriadas — anuiu a Sra. Vidal.

— E do que a chamamos? — perguntou o reverendo.

— Ah, não havia pensado nisso.

— Bom, essas marcas tribais no rosto dela indicam que ela é filha de um chefe, então que tal Sarah, que significa "princesa" em hebraico?

— Hum, Sarah era o nome da minha mãe. Será Sarah, então. Sarah Forbes e vou adicionar o "Bonetta" em homenagem ao navio.

Fatmata

Capítulo 2

A kì í dá ọwọ lé ohun tí a ò lè gbé

Não se deve encostar em um fardo que não se pode carregar

1842

Parir é negócio de mulher. Quando chega a hora da minha mãe, Isatu, Maluuma, minha avó, a conduz para longe dos homens em direção à cabana de parto, na extremidade da vila. Ainda não sou uma mulher, mas Maluuma me leva junto.

— Mas deixe o macaco aqui fora — comanda ela enquanto a sigo com Jabeza, como sempre, no meu ombro, agarrando-se ao meu cabelo. — Não é lugar de animal.

— Sim, Maluuma — respondo.

Ninguém discute com ela, nem mesmo meu Jaja, e ele é o chefe da vila. Amarro Jabeza à mangueira que projeta sombra na entrada da cabana e entro, para assistir minha mãe dando à luz. Esperamos, as sombras se tornam maiores, até desaparecerem, e ainda assim nada. A dor de Madu se estende pela noite quente sem luar. Ouço o barulho das cigarras e a observo deitada na esteira, arfando e grunhindo, enquanto tenta empurrar para longe o pedaço de algodão que cobre seu corpo.

— Beba — imploro à Madu, erguendo a pequena cuia cheia de água floral de mil-folhas à sua boca. — Maluuma disse que vai ajudar a criança a sair.

Madu bebe, mas ainda assim se contorce, se vira e grunhe. Balanço o leque de folha de palmeira sobre ela. A folha agita o ar, misturando a fumaça da lamparina com a fumaça dos galhos de ervas e as bagas que Maluuma queima para ajudar a aliviar a dor de Madu.

— Você não deveria estar aqui, Fatu — afirma Madu entre gemidos. — Não deveria ver coisas assim. Volte para a nossa cabana. Vá dormir.

— Não — contrapõe Maluuma. — Na hora que o sol abrir os olhos, aquela dentro de você já vai ter saído. Fatmata sabe o que fazer. Ela tem mãos pequenas e pode ter que me ajudar a trazê-la para este mundo.

— Ela? — repito, fazendo uma dancinha.

— Sim — confirma Maluuma, assentindo. — Vejo os sinais. Será uma menina.

E é assim que sei que, enfim, terei uma irmã. Ainda que esteja difícil respirar, a fumaça fazendo meus olhos arderem, agora eu preferiria que um leão arrancasse meu braço a deixar a cabana. Não, preciso estar aqui para ouvir o primeiro choro da minha irmã.

Quando Madu começa a gritar, derrubo o leque, com o coração acelerado. A barriga dela parece ainda maior. Ela está tendo gêmeos de novo? Vão levá-los embora de novo, como fizeram antes, acreditando que gêmeos trazem azar à vila? Não vou deixar que façam isto; vou mostrar a eles que sou uma guerreira também. Não posso perder mais irmãos ou irmãs.

— Isatu, minha filha, você pode empurrá-la para fora agora — anuncia Maluuma.

Madu faz força e grita, mas nada acontece. Sento-me ao lado dela e sussurro orações a todos os deuses, e, ainda assim, nada.

— Isto será uma batalha. Dê a ela o tecido para morder — orienta Maluuma.

Madu, mastigando o tecido, rosna como um cachorro. Mas minha irmã não vem.

Por fim, Maluuma afirma:

— O orifício é pequeno. Vou precisar cortar como da última vez.

Sinto o choque me atingindo, revirando meu estômago. Como pode Maluuma cortar quando ela está quase cega, seus olhos cobertos por uma fina camada membranosa, da cor do leite aguado de cabra?

— Ogum, não leve minha Madu — oro.

Já ouvi falar sobre o corte dando errado. O que eu faria sem uma mãe? Sendo deixada com Ramatu? A primeira esposa do meu pai me odeia, a filha da terceira esposa. Não, não, não.

Maluuma tira uma faca do bolso, agacha-se aos pés da minha Madu e bebe de uma cuia.

Ela cospe a bebida no ar e em cima da faca antes de bradar:

— Ah, *Olorum*, deus de toda a criação, ajude minha filha, envie esta criança a nós em segurança. Louvado seja; lhe agradecemos.

— Vire-se — comanda Maluuma para mim, então ela corta, e Madu grita.

Sinto como se estivesse prestes a colocar para fora tudo que já comi na vida. Quando me viro, vejo muito sangue. Enxugo com palha e terra enquanto Maluuma pressiona o corte até que o sangramento pare. Ela pega uma espécie de pasta de uma jarra, esfrega-a na barriga de Madu e faz força para baixo. Minha mãe treme, respira fundo, arfa, faz força e berra. Ela está coberta de suor. Parece que o processo de trazer minha irmã ao mundo nunca terá fim. Madu solta um último grito enquanto faz força e minha irmã desliza para fora.

— *Ayee*! O cordão está enrolado no pescoço, e ela tem um *ala* na cabeça — afirma Maluuma, removendo o cordão com rapidez antes de erguer o bebê para Madu ver. — Isatu, os deuses estão com você de novo. Esta aqui também vem trazendo uma mensagem. Ela viajará para longe. Ela vem com a proteção dela, o dom dela. Você fez um bom trabalho, minha filha. *Odutuá*, homenageada seja; lhe agradecemos.

Observo o bebê se esticar, se contorcer e distorcer a pele fina e clara, o *ala*, "tecido branco", cobrindo a cabeça dela toda. Não consigo ouvir o choro dela, mas posso ver seu rosto, achatado pelo *ala* que se move para cima e para baixo com cada respiração. Sei tudo sobre este "tecido branco" porque eu também vim a este mundo, dez safras atrás, com um cobrindo o rosto. Maluuma disse que aqueles que nasciam com um *ala* viajariam para muito longe. Mais longe do que o mercado, espero.

O corpo todo de Madu brilha como se ela tivesse se besuntado em óleo para parir a criança. Ela tenta se sentar, piscando enquanto o suor escorre pelos olhos. Enxugo o rosto dela, e ela sorri para mim.

— Você tem uma irmã de verdade agora — afirma Madu.

Concordo com a cabeça, pois até agora eu vinha fingindo que Gashida, a escravizada de Ramatu da etnia *cru*, era minha irmã. Madu estende os braços para o bebê, mas Maluuma está removendo o *ala* da cabeça da criança com cuidado, sem rompê-lo, sem romper a sorte. O *ala* é retirado, fazendo um som sibilante quando encosta no cabelo do bebê. Minha irmã abre a boca e grita.

— Os olhos dela estão bem abertos. Ninguém nasce astuto, mas esta aqui verá tudo. Ela irá longe — anuncia Maluuma, passando o bebê que chora para mim. — Entregue ela à Isatu enquanto cuido disto aqui.

Seguro minha irmã, que é apenas um pouquinho maior que meu macaco. Analiso o rosto dela, a boca bem aberta, o nariz plano e achatado. Sopro no rosto dela e a vejo engolir minha respiração. Ela para de chorar para me encarar. Sei naquele momento que somos uma só, e, enquanto eu respirar, serei parte dela, e ela será parte de mim.

— Como ela vai se chamar? — pergunto, colocando-a nos braços de Madu.

— Criança, você sempre fazendo perguntas. Não se come um guisado fumegante com pressa. O nome dela surgirá quando for a hora. Até lá a chamaremos de Aina, a menina nascida com uma corda no pescoço. Agora, vá buscar seu Jaja — comanda Maluuma, empurrando-me para fora da cabana.

À primeira luz do dia, corro pela vila, até o complexo do chefe, com Jabeza agarrado a mim como de costume, matraqueando no meu ouvido.

— *Ayee, ayee*, a criança nasceu — grito. — Madu trouxe uma boca nova à vila. Jaja, venha depressa.

Os aldeões saem das cabanas louvando aos deuses que resguardaram uma mãe durante um parto, que presentearam o chefe com outro filho. Todos vão, com exceção da Mãe Ramatu, a primeira esposa de Jaja, e Jamilla, a segunda esposa. Gashida, minha amiga e irmã de mentira, escravizada de Ramatu, rasteja para fora da cabana. Ela esfrega a nuca três vezes antes de ser puxada de volta. Sorrio, porque este é nosso sinal especial, o sinal de amizade. Jaja anda devagar em direção à cabana de parto, e eu danço ao lado dele, contando sobre a chegada da menina Aina.

— Já chega — diz ele por fim. — Deixe que sua Madu me fale quando estiver pronta.

Homens não entram no local de parto; meu Jaja não quer se tornar impuro, então ele fica do lado de fora e clama:

— Traga-me o presente dos deuses, traga minha filha.

Maluuma sai com Aina pressionada ao peito plano, ressecado pela idade, sem leite para alimentar a criança que abre e fecha a boca, gritando, com fome.

Ela entrega o bebê a Jaja.

— Chefe Dauda — proclama ela, com a voz alta e nítida, para que todos ao redor possam ouvir —, você tem uma filha mulher. Ela nasceu com um cordão ao redor do pescoço e um *ala* na cabeça.

— *Ayee* — clamam as mulheres —, quanta sorte.

Jaja olha para o rosto úmido de Aina por muito tempo. Não consigo identificar o que ele está pensando. Teria ele esperado por um bebê menino para substituir...? Paro. Não posso pensar naquilo neste momento.

— E a mãe, Isatu? — pergunta ele.

— *Odudua* a ajudou na jornada, louvada seja.

Jaja concorda com a cabeça e, mantendo o bebê perto do corpo, caminha até o centro da vila, senta-se com os mais velhos e espera pelo Pai Sorie, o *halemo*, o sábio, lançar as pedras e descobrir o verdadeiro nome de Aina. Apenas então saberemos se a criança veio para ficar. Oro para que os ancestrais enviem um nome a ela antes de se passarem muitos amanheceres.

— Venha — orienta Maluuma a mim —, ainda temos coisas a fazer pela sua mãe.

Várias mulheres vão à cabana de parto querendo falar sobre o nascimento. Quando surge o chamado da trompa, todas ficamos surpresas.

As mulheres bradam:

— O nome chegou rápido. Os ancestrais estavam esperando por ela.

— Louvada seja, *Odudua* — murmura Madu, tentando se levantar.

Maluuma empurra Madu de volta.

— Você não pode sair ainda. Fatmata vai até o pai descobrir o verdadeiro nome de Aina para você.

— Espere — pede Madu. — Deixe que a Fatmata leve o cordão da criança até ele.

Maluuma concorda com a cabeça, abre a bolsa de pele de cabra e retira de lá dois braceletes recém-trançados feitos do cordão da criança, um verde e outro vermelho. Ela destrança o verde e o aplaina com a mão, murmurando sobre a peça, então o atira ao fogo. Ela me entrega o vermelho, o cordão que diz que outra menina se juntou ao clã.

— Vá, entregue-o ao seu pai — orienta Madu.

— Ele vai dizer a você o nome da menina em troca — adiciona Maluuma. — Vá depressa.

Apresso-me até a clareira e faço meu caminho até a parte dianteira do grupo para me ajoelhar em frente a meu Jaja.

— Chefe Dauda, outro cordão de criança para o senhor — proclamo e aguardo.

Jaja pega o bracelete trançado e ergue no alto.

— Um cordão de criança vermelho, uma menina se juntou a nós — anuncia ele ao restante dos aldeões. — Louvado seja *Olorum*. Nós lhe agradecemos; louvado seja.

Eu o observo colocar o objeto no braço, junto ao cordão vermelho correspondente a mim e ao verde correspondente ao meu irmão Amadu. Tento não pensar no outro cordão verde que não está mais ali, aquele correspondente a Lansana, meu primeiro irmão.

Embora Lansana tivesse seis safras a mais do que eu, a filha da terceira esposa de nosso pai, ele nunca me ignorou. Magro e alto, mas não tão alto quanto Jaja, Lansana podia me erguer e me balançar como se eu fosse um dos sacos de inhame que ele jogava por cima do ombro em um só movimento na época da safra. Os pés de Lansana sempre pressionavam o chão com leveza, como se prontos a correr mais rápido do que a brisa harmatã. Sempre que ele estava por perto, minhas entranhas cantavam.

Não quero pensar em Lansana agora, porque foi minha desobediência que o tornou um *osu*, uma não pessoa. Quero pensar apenas na minha irmã.

Pai Sorie pega Aina e sopra no rosto dela. Erguendo-a no alto, ele a conduz pelos quatro cantos da vila. Em cada canto ele para e grita:

— Bem-vinda, Salimatu, a filha mulher do Chefe Dauda de Talaremba.

E, toda vez, um clamor segue. Os tambores espalham a novidade. O som ergue as asas dos pássaros, para cima, para cima, o nome dela sendo carregado pelo vento, ascendendo através das árvores, flutuando pelas nuvens até as estrelas.

— Salimatu — sussurro. — Minha irmã, Salimatu, chegou.

Salimatu

Capítulo 3

*O mau se enreda em seu falar pecaminoso,
mas o justo não cai nessas dificuldades*

Provérbios 12:13

Julho de 1850

Enquanto o trem avançava, Sarah se lembrou do dia em que seu eu-Salimatu deixara Abomey. Ela ficara parada na beira da água, sem conseguir se mover. A areia molhada a prendia, recusava-se a soltá-la. O Capitão Forbes a pegou no colo, e ela ficou rígida nos braços dele. O cheiro forte dele encheu as narinas dela, privando-a do aroma doce dos mamões e das palmeiras que forravam a margem da paisagem. Salimatu fechou os olhos, não querendo ver as marcas que ela fizera na terra, não querendo ver a água dissipando-as como se ela nunca houvesse estado ali. Ela não proferiu som algum enquanto o Capitão Forbes a carregava para dentro do oceano, nem gritando com deleite, nem com dor, nem mesmo bradando quando o medo, similar a um grande pássaro, se lançou para baixo e se fincou em seu interior. Nas quatro safras desde que Salimatu fora escravizada, separada de Fatmata, ela tinha aprendido a ofuscar o medo e se manter calada.

Ela tinha menos medo do Capitão Forbes naquele momento. Eles haviam estado juntos por um círculo lunar completo desde que ele impedira o Rei Gezo de fazer dela uma de suas ofertas de sacrifício durante a cerimônia de "libação do túmulo". Mas o oceano, este sim, a assustava. Fatmata tinha contado a ela, muito tempo antes, que *Mamiwata*, a deusa da água, habitava o grande rio e estava pronta a engolir aqueles que perturbavam seu sono. E ali estava o rio diante dela, mais água do que ela já havia visto antes, esperando por eles.

— Não tenha medo — disse o capitão, colocando-a sentada na prancha no meio da canoa, antes de entrar na embarcação também. A canoa balançou, e os remadores, grandes e fortes, as peles brilhando com óleo, usaram os remos para estabilizá-la antes de começarem a remar para longe. — Estes homens do povo *cru* conseguem fazer as canoas passarem por ondas enormes, com uma habilidade ainda maior que os meus marujos.

Salimatu olhou fixamente para a costa que sumia ao longe. O reflexo do sol na areia branca fez seus olhos doerem e se encherem de lágrimas que ela se recusou a derramar. *Esta não é minha casa de verdade*, pensou ela, *então por que eu deveria chorar*. Mas uma vez que estivessem no grande navio que o capitão anunciou que os levaria para a Inglaterra, a chance de um dia voltar à sua vila, com ou sem Fatmata, desapareceria. Ela segurou nas laterais da canoa e tentou ficar de pé. Ela não poderia ir embora se Fatmata ainda estivesse por ali, em algum lugar.

O capitão a segurou.

— Sarah, sente-se ou vai acabar caindo na água.

Ela tornou a se sentar e pensou: *e se Fatmata tiver sido levada através do grande oceano também*? Era aquilo que a Mãe Ayinde tinha dito a ela no dia em que as *Mino*, as mulheres guerreiras do Rei Gezo, lideradas por Akpadume, foram até o complexo dos escravizados e levaram duas mulheres. Salimatu tinha medo das *Mino*. Sempre que as via, ela via fogo, pois elas tinham sido algumas das guerreiras que puseram fogo na vila de Salimatu e assassinado a maior parte de sua família.

— Para onde as estão levando? — perguntara Salimatu enquanto as *Mino* faziam as mulheres vestirem longos trajes brancos de luto, que ficaram largos ao redor dos ombros, em seguida levando-as embora do complexo.

— Elas foram escolhidas como sacrifícios para a cerimônia de libação do túmulo hoje — explicou a Mãe Ayinde.

— Por que não usam cabras e frangos? Era o que Madu usava como sacrifício.

Os olhos de Mãe Ayinde se arregalaram.

— Para honrar os ancestrais do rei? Não. Quando eles colocarem o vestido branco em você, saiba que sua hora chegou. Todos os escravizados no complexo do rei usarão branco um dia e serão sacrificados como parte da cerimônia, um dia, até mesmo você.

— Quando o Rei Gezo me comprou dos mouros, ele disse que podia ver pelas marcas no meu rosto que eu era filha de um chefe, então eu estaria a salvo aqui.

A mãe balançou a cabeça e inspirou com força pela boca.

— Criança, você ainda tem muito que aprender.

— Minha irmã vai vir atrás de mim.

— *Cê* foi vendida e revendida, capturada durante a guerra em Okeadon, para acabar aqui, onde está há três temporadas chuvosas. Ela veio? Sua irmã se foi. Se ela não está morta nem foi vendida aos mouros, está muito longe a essa altura, do outro lado das grandes, enormes águas. Não sei o que é pior — comentou a Mãe Ayinde, com uma risada amarga. Ela apontou para as marcas nas bochechas de Salimatu e adicionou: — Você pode ter as marcas da filha de um chefe, mas isto não vai te salvar. Neste complexo, você não é nada além de uma escravizada, e, como todos os escravizados, sua hora vai chegar, e aí você será sacrificada.

Salimatu tocou as marcas faciais profundas nas bochechas. Podiam tê-la salvado de ser sacrificada, mas ali estava ela, naquele momento, em frente à "grande água", o oceano com água a perder de vista, sendo levada embora. Aquilo era melhor? A água parecia atacar a canoa, rugindo alto, raivosa e faminta, pronta para engoli-los vivos. Então recuava, escorregando e deslizando, sibilando, para então retornar com um poder ainda maior. Era como um animal com duas cabeças, cada uma empurrando para um lado. A água respingou em seu rosto, ela lambeu os lábios, e os olhos se arregalaram em surpresa. Tinha gosto de sal. Os rios que ela conhecera não tinham gosto de sal. Na longa jornada até Abomey, ela tinha aprendido que o sal era importante, não apenas na cozinha como também para a compra e venda. Havia sal o suficiente para fazer com que a água em todo o mundo tivesse gosto de sal? Seria possível que o homem branco tivesse tanto sal que o despejavam naquela água? Ela segurou a beirada da canoa quando outra onda os atingiu com força. A mão enluvada deslizou para dentro do oceano. Ela deu um gritinho, a mão se erguendo depressa e molhando-a.

Salimatu colocou a mão molhada no peito e, através das roupas que a Sra. Vidal a tinha obrigado a usar, tateou em busca do saquinho de pano *gris-gris*, amarrado com um cordão ao redor do pescoço. Dentro dele, havia pedaços de vidro azul, um pedaço de seu "tecido branco", seu *ala*. Eles a protegerão. Era aquilo que Fatmata dizia. Salimatu desejou conseguir se lembrar de mais coisas que a irmã havia lhe contado enquanto caminhavam na floresta tanto tempo antes. Ela tinha apenas 4 primaveras na época e naquele momento tinha 8. Tudo estava se esvaindo.

O grito fez com que ela olhasse por cima do ombro. Lá estava o navio, *HMS Bonetta*, se erguendo por cima de sua cabeça, para cima, para cima, para cima, seus mastros e cordas partindo o céu em pequenas partes. Aqueles mastros conseguiam alcançar o céu? O grande navio sacudia e balançava, como um grande cachorro se balançando para expulsar um macaco das costas. Aquilo despertou lembranças de Jabeza, o macaco de Fatmata. Ela queria se agarrar àquele pensamento, mas ele desvaneceu. Outras lembranças surgiram, de Madu e Jaja, seus pais. Será que ela conseguiria escalar um mastro, se espremer por um buraco no céu e alcançá-los? Perguntar a eles... o quê? Estaria Fatmata lá em cima também? Antes que ela pudesse pegar as lembranças e mantê-las consigo, elas se dissiparam como fumaça.

O Capitão Forbes gritou para os marujos no navio, e eles jogaram uma escada feita de cordas. A canoa dançou enquanto ele a pegava no colo de novo, em seguida começou a subir a escada. Fechando os olhos e tentando não inalar o cheiro dele, ela segurou firme, até que mãos ásperas e duras se estenderam para baixo e a pegaram. O marujo a colocou no chão, os pés de Salimatu escorregaram no convés molhado, e ela esticou a mão para segurar uma corda e se estabilizar.

O capitão se apressou para longe, agitando os braços e gritando. Os marujos correram para todos os lados no navio, apressados, ocupados, como formigas rosas construindo um formigueiro. Ela tinha que ficar longe deles. Formigas picavam.

Um homem apareceu rolando um barril, e ela pulou para fora do caminho, caindo na lateral do navio. Estava molhada, a água havia ensopado as roupas da menina.

Acima do barulho do navio, o chamado do *Ochoema*, o pássaro da despedida, podia ser ouvido. Ela se perguntou o que aconteceria se ela pulasse no mar. Será que os homens nas canoas a pegariam e a levariam de volta ou a *Mamiwata* a arrastaria para o submundo aquático para se juntar a todos aqueles que se foram antes? Ela subiu em uma pequena caixa e, segurando firme, se inclinou no parapeito. O movimento do navio fez o estômago de Salimatu se revirar.

O vento soprou o chapéu dela para trás e acariciou o rosto da menina. A sensação era a mesma de quando Fatmata soprava em seu rosto e dizia: "*Salimatu, sou parte de você, e você é parte de mim. Engolimos a respiração uma da outra. Nunca nos perderemos uma da outra.*" Ela soube naquele momento que Fatmata tinha viajado por aquelas águas. Por que outra razão ela teria ido até ela daquela maneira?

— Sarah, Sarah — chamou o Capitão Forbes. — Saia daí.

Ela não respondeu.

— Vamos, Sarah — insistiu ele, indo até ela. — Você não pode ficar aí.

Ela balançou a cabeça.

— Sarah não — respondeu a menina, batendo no peito. — Salimatu. Eu. Salimatu.

— Não. Eu lhe falei. Sarah. — Ele apontou para ela. — Lembre-se, seu nome agora é Sarah Forbes Bonetta. — E, batendo no próprio peito, completou: — Capitão Forbes. Sou o Capitão Forbes. Entendeu?

Ela não respondeu. O capitão pegou a mão dela.

— Terei que lhe ensinar mais palavras em inglês — murmurou ele, guiando-a para abaixo do convés.

Ela entendia algumas palavras que ele dizia, embora não fosse o idioma dela. Ela tinha aprendido a língua fom no complexo do rei e naquele momento estava tendo que aprender inglês.

Lá embaixo, na cabine, o Capitão Forbes sacudiu um dedo na direção dela.

— Fique aqui — comandou o homem. — É muito perigoso lá em cima. Vou arranjar um lugar para você ficar depois que zarparmos. Estará segura aqui. — Ele reuniu alguns itens e bem antes de sair e fechar a porta, completou: — Sarah, fique aqui, entendeu?

— Meu nome não Sarah; Salimatu — murmurou ela.

Estava escuro na cabine, com exceção da luz vinda através de uma pequena escotilha na lateral. Ela tentou usá-la para ver o lado de fora, mas não alcançava.

— Ca-bi-ne — sussurrou ela. Então repetiu a palavra: — Cabine.

Apreciando o gosto da palavra na boca, falou outra vez, mais depressa e mais alto, de novo e de novo, girando e girando, até que enfim despencou no chão, e o vestido se espalhou ao redor dela. Aquilo a lembrava da forma como a Sra. Vidal tinha exposto o vestido antes de pintar a imagem de Salimatu. Ela odiara ter que ficar imóvel por tanto tempo, vestida em seu primeiro traje inglês, usando sapatos que apertavam os pés, com um chapéu muito grande e luvas muito quentes. Ela tinha soltado um gemido e escondido o rosto ao ver a própria imagem no papel, plana, com aparência de morta, como se já tivesse se juntado aos ancestrais.

Naquele momento, Salimatu estava sentada no chão da cabine, enrolando a fita do chapéu no dedo. Quando deu um puxão, o chapéu caiu. Ela pulou para ficar de pé e o jogou no canto. Observando os sapatos pretos tensos, franziu a testa, desgostando deles por machucarem os pés.

— Sapaaatos — pronunciou, lembrando-se de como a moça missionária tinha chamado. Tentou mexer os dedos dos pés, mas as meias a impediam. — Sapatos — repetiu e os chutou para longe. Tirou as meias e esticou bastante os dedos dos pés. — Mei-as — disse, sacudindo-as acima da cabeça antes de também jogá-las no canto e girar em torno de si mesma.

Os babados no vestido se torceram e giraram, conduzindo a própria dança. Ela parou e alisou o vestido. A maciez do tecido, os laços de seda, era maravilhoso tocá-los. Ela tentou desfazer a fileira de botões na frente do vestido, mas de início foi difícil de passá-los pelos pequenos buracos. Empurrando e puxando, fazendo força, um botão saiu voando. Foi fácil, cada botão deslizou pelo respectivo buraco, e, em dois tempos, ela se livrou do vestido.

Logo ela tinha arrancado tudo o que a Sra. Vidal a tinha obrigado a usar.

— A-ná-gua, pan-ta-le-ttes — cantava ela, jogando os tecidos pelo quarto.

Vestindo apenas o saquinho *gris-gris* ao redor do pescoço, ela ficou parada no meio da cabine e esfregou a tatuagem de macaco na coxa. No final das contas, ela era uma guerreira. Pegando o vestido, bonito, suave como a parte interior da asa de um pássaro, colocou-o na bochecha.

Embora os gritos e os pés correndo tivessem se dissipado, o navio seguia vivo, rangendo e balançando. Em todas as suas 8 primaveras, ela nunca estivera sozinha daquele jeito. Salimatu segurou o *gris-gris* com força, arrancou o cobertor da cama e se enrolou com ele, deitando-se no chão em seguida. Observou a porta, esperando, assim como tinha feito nas últimas quatro temporadas chuvosas, para que Fatmata fosse buscá-la.

— Salimatu — repetiu ela. — Não Sarah; Salimatu.

Fatmata dirá meu nome ao capitão quando ela vier me buscar, pensou a menina. Afinal, não tinha a irmã ajudado Maluuma quando Salimatu nascera, não estivera lá quando o *halemo* havia clamado aos ancestrais pelo nome verdadeiro dela? *Minha irmã sabe que sou Salimatu.*

Ela caiu no sono cantando a música que Fatmata cantava para ela durante a longa caminhada que faziam pela floresta. Era a única música da qual se lembrava naquele momento. Ela a tinha cantado todos os dias enquanto estivera no palácio do Rei Gezo.

Oduduá Oduduá
Aba Yaa!
Você conhece nosso sofrimento!
Aba Yaa!

Salimatu

Capítulo 4

*Bem-aventurado o homem que acha sabedoria,
e o homem que adquire conhecimento*

Provérbios 3:13

Julho de 1850

Salimatu abriu os olhos, olhou ao redor e não conseguiu se lembrar de onde estava. Tentou se sentar, mas, com o balanço do navio, o estômago se revirou, ao mesmo tempo cheio e vazio. Ela se deitou de costas e fechou os olhos.

— Sarah, Sarah, levante-se!

Ela abriu os olhos outra vez, viu costas cobertas com um pelo longo, escuro e macio, como em uma cabra, e tremeu. Fatmata estava certa, homens brancos eram demônios peludos.

— *Juju, juju* — bradou ela, curvando-se em posição fetal e cobrindo a cabeça.

O demônio insistiu:

— Sarah, Sarah. — Era a voz do Capitão Forbes. — *Juju*? Pare com isso. Não há demônios aqui.

Ele esticou o braço, Salimatu se afastou depressa e, com o cobertor envolto nela, caiu. O capitão arfou e deu um passo para trás quando viu que ela estava nua.

— Em nome de Deus — murmurou ele, pegando a própria camiseta e jogando por cima da cabeça da menina antes de fazê-la se levantar.

Ela não conseguia ver nem as mãos nem os pés. Estava usando branco; ele a tinha transformado em uma *osu*. Ela tentou se mexer, mas ficou presa no tecido e caiu de novo, a própria voz tomando o local enquanto gritava em horror.

Então, falando um iorubá bem ruim, ele comandou:
— Não há *juju* algum. Pare com a algazarra!

Ela parou de gritar, mas se recusou a olhar para ele. Em vez daquilo, observou-o dobrar as mangas da camiseta que ela vestia. Então a pegou no colo e a colocou na cama dele.

— Volte a dormir.

Salimatu tentou ficar acordada, com medo de que os ancestrais aparecessem para levá-la caso ela dormisse. Ela devia ter caído no sono mesmo assim, pois, de repente, era manhã, e o capitão estava sentado à mesa. Ele estava igualzinho ao dia anterior. Ainda com o mesmo cabelo marrom-escuro, olhos castanhos, um nariz longo e pontudo com buracos tão pequenos que ela se perguntava como ele conseguia respirar. Os lábios finos estavam quase escondidos pela barba.

— Venha se sentar — orientou ele, apontando para uma cadeira.

Ela não se mexeu.

— Cadeira — repetiu ele, dando um tapinha no assento.

— Ca-dei-ra?

O capitão assentiu.

— Sim, cadeira — confirmou ele, com um pequeno sorriso. — Sente-se.

Ela pensou por um momento, levantou-se, foi até a cadeira e se sentou, tremendo. Se ao menos Fatmata estivesse ali com ela, talvez sua irmã conseguisse entender aquele demônio branco.

— Ótimo. Nossas aulas começam.

Ela ainda estava à mesa comendo um biscoito do navio e bebendo um pequeno copo de cerveja quando bateram à porta da cabine.

— Entre, comandante.

O Comandante Heard entrou, parou de pronto e observou Salimatu, perplexo.

— Nunca tinha visto uma boçal sentada à mesa — comentou ele. Então, observando com mais atenção, inspecionando Salimatu como se ela fosse uma espécie estranha, continuou a falar, rindo: — Você ainda vai fazer dela uma moça inglesa, mas não se ela estiver usando sua camisa de dormir.

O capitão suspirou.

— Foi tudo o que consegui fazê-la vestir ontem. Praticamente tropecei nela quando voltei à cabine. Ela estava dormindo no chão, nua, debaixo do cobertor da minha cama. Tive que obrigá-la a usar uma das minhas camisetas.

— Eles não têm costume de usar roupas, não é? Tem certeza de que fez a coisa certa, capitão, levando-a para longe da espécie dela? Talvez devesse tê-la deixado lá. Os missionários teriam cuidado dela.

— E se o Rei Gezo enviasse um dos súditos para buscá-la? Ela certamente teria sido um dos próximos sacrifícios humanos. Ela é propriedade da Rainha agora, então tenho que levá-la para a Inglaterra e entregá-la.

Salimatu não entendia o que diziam, mas soube que era sobre ela quando ouviu o nome do rei. Ela seria vendida de novo? O demônio branco a levaria de volta para o acampamento de escravizados do Rei Gezo? Ela pulou para ficar de pé e tentou se esconder debaixo da cama.

— Sarah fica. Não volta para rei — clamou ela.

— Sente-se, Sarah — comandou o capitão, pegando-a no colo e colocando na cadeira outra vez. — Você nunca vai voltar para aquele selvagem.

O capitão cortou um pedaço de uma fruta amarela, colocando-o na boca. Cortou mais dois pedaços, deu um ao comandante e estendeu o outro na direção dela.

— Coma — orientou ele. — Não quero você caindo doente.

Ela observou o Comandante Heard sugando a fruta e cuspindo a casca amarela grossa. Ela aceitou o pedaço, colocou na boca, fechou os olhos e sugou. Era azedo e a fez fazer uma careta, cuspindo-o logo em seguida. Os homens riram.

O capitão foi até a porta e bradou:

— Abe, traga mais água.

O jovem marujo apareceu com um balde de água e despejou na tigela em cima da bancada.

— Lave-se — disse Forbes à Salimatu — e trate de se vestir.

Salimatu ouviu a palavra "vestir" e balançou a cabeça.

— Sim, Sarah — insistiu ele, pegando as roupas e estendendo-as a ela. — Vista-se.

— Esta aí vai lhe dar trabalho — comentou Heard.

O Capitão Forbes lançou-lhe um olhar e saiu. Heard sorriu e o seguiu.

Nos dias e semanas seguintes, Salimatu, sentada em uma cama de viagem, que era onde dormia, posicionada aos pés da cama do capitão, observava o Capitão Forbes fazendo movimentos com o pulso, barbeando-se e aparando pelos, aplicando óleo e cera no bigode. Ela gostava de captar o momento em que ele enrolava as pontas ralas do bigode enquanto pensava. A menina estava se acostumando ao cheiro dele e, às vezes, se encostava nele, só para ver se a ponta encerada pinicaria o rosto dela.

Uma vez que Salimatu conseguiu se familiarizar com os arredores do navio, ela começou a andar para todo lado, se metia em tudo e passou a conhecer todo mundo, não apenas o Capitão Forbes e o Comandante Heard. Salimatu aprendia coisas novas todos os dias. Ela também estava aprendendo que o nome dela a partir dali seria Sarah, mas achava aquilo difícil de se lembrar. As aulas dela com o Capitão Forbes começavam após o café da manhã. Abe, o jovem marujo que levara comida da copa e água para que eles se lavassem, desocupava a mesa, e eles começavam.

De início, as aulas eram compostas de:
— De quais palavras se lembra, Sarah?
— Convés, cordas, velas, car-pin-tei-ro, cozinheiro, balde, marujo, dinheiro.
— Dinheiro? Ótimo. — Ele abriu uma caixinha e tirou de lá um pedacinho de metal chato e fino.

Era redondo, e de um lado havia um rosto prensado nele. Ela o girou nos dedos, sentindo as marcas no outro lado. Colocou-o na boca. Era gelado, duro e resistiu à tentativa dela de mordê-lo.

— Não, isso não é de comer — explicou o capitão, pegando o metal de volta. — Isto é di-nhei-ro, uma mo-e-da, para comprar coisas. — Ele colocou o metal na mesa e apontou para o rosto prensado. — Esta é a Rainha Vitória, Rainha da Inglaterra. Todos somos os súditos dela, pertencemos a ela.

Salimatu não sabia o que aquilo significava, mas perguntou:
— Eu também?
— Sim, você também, Sarah. Você é o presente da rainha, e vou cuidar de você como um pai faria.
— Pai? Você é meu Jaja agora? — questionou Salimatu, franzindo a testa. Ela esticou a mão e tocou o rosto dele. Não tinha cortes, nenhuma marca ritualística. Ele não parecia, nem tinha, a mesma textura de pele que o pai dela, a quem chamara de Jaja. *Não, isto é diferente.* — Sou Sarah? Você, papai?

O Capitão Forbes jogou a cabeça para trás e riu.
— Não, Sarah, não sou seu papai.
— Você é papai. Papai Forbes — afirmou ela com convicção.
— Você é muito engraçada. Certo, me chame de papai. Meus filhos me chamam assim.

Sarah assentiu, solene. Sim, ela poderia chamá-lo de papai. Ela não queria chamá-lo de Jaja.

Sou duas pessoas em uma, pensou ela. Ela atenderia quando a chamassem de Sarah, mas por dentro ainda seria Salimatu.

Sempre que era possível, Salimatu seguia Abe, ajudava-o a alimentar as galinhas que botavam ovos para eles, a limpar os peixes capturados para complementar o porco infinitamente salgado ou a carne podre, arroz cozido com gorgulhos e o biscoito duro que o cozinheiro, com o caminhar manco da perna de pau, preparava para todos eles.

Ela pegava as palavras que ele lançava e as guardava para depois. Talvez, se ela desse duro e agradasse Papai Forbes, como passara a chamá-lo, talvez ele a ajudasse a encontrar Fatmata quando chegassem à Inglaterra, assim as duas poderiam voltar a Talaremba. À noite, deitada na cama de viagem, ela repetia as palavras novas até adormecer.

Dia após dia, o capitão espalhava grandes pedaços de papel cobertos com linhas e marcas, observando-os com um foco intenso.

— O que está fazendo, papai? — perguntou ela um dia.

— Lendo os mapas e diagramas e fazendo cálculos.

— Por quê?

— Para que eu possa decifrar exatamente onde estamos.

— O senhor não sabe onde estamos?

— Quando estamos em alto-mar e não podemos ver nada além da água, são os mapas, diagramas e o sextante que nos ajudam a nos guiar para chegar à Inglaterra.

— O que é um sextante, papai?

— Isto — respondeu ele, pegando o objeto do Comandante Heard, que tinha entrado na cabine carregado de mais diagramas e instrumentos. — Usamos o sextante para determinar a posição do navio, a longitude e a latitude. Ele nos mostra o quão distantes estamos das extremidades norte e sul. À noite, usamos as estrelas.

O comandante riu.

— Realmente acredita que ela consegue entender tudo isso, senhor?

— Talvez ainda não, mas ela entenderá um dia. Ela é esperta, aprende rápido.

Não levou muito tempo para Salimatu aprender os nomes das estrelas e como identificá-las no céu noturno. Havia a Estrela Polar, também chamada de Estrela do Norte, as Ursa Maior e Menor, a Cassiopeia, a Perseus e muitas outras.

Sozinho, no meio do oceano, o *HMS Bonetta* sacudia e balançava, avançando em direção à Inglaterra, para longe de tudo o que fazia Salimatu quem era, mas talvez em direção a Fatmata. Ela logo se acostumou ao balanço do navio. O estômago não mais parecia querer se esvaziar toda vez que ela ficava de pé, ao menos não até o dia que *Mamiwata* tentou derrubá-los, para se juntarem a ela e aos espíritos lá embaixo. Naquele dia, o rugir do oceano, enquanto onda após onda se chocava e golpeava a embarcação, as enormes velas se agitando da esquerda para a direita, em um vai e vem, a assustaram. Enquanto o navio saltava e pulava, Salimatu se agachou de cócoras na cabine, temerosa de que todas as suas entranhas fossem jorrar para fora e tomar a cabine. Com cada sacudida do navio, o corpo inteiro se balançava, e ela desejava ainda mais estar ao lado da irmã. Será que ela tinha passado por aquilo? Será que a deusa do oceano, *Mamiwata*, que punia aqueles que perturbavam sua paz, a teria pegado? Salimatu grunhiu em harmonia com o *Bonetta* enquanto o navio tentava resistir à força da *Mamiwata*.

No convés, o capitão, o Comandante Heard, o contramestre Amos e o resto dos marujos, todos lutavam intensamente contra a raivosa deusa do mar. Não foi até Jack, um menino magricela, tentando amarrar as velas que guinchavam e se agitavam como pássaros enormes presos no vento uivante, cair do aparelhamento para dentro da boca berrante da *Mamiwata*, que a deusa recuou, libertando-os da luta.

Depois da tempestade, Salimatu descobriu que deveria evitar Amos, o marujo mais experiente, o contramestre responsável por manter tudo em ordem no navio. Sempre que o via indo na direção dela com o caminhar lento e as costas curvadas, com o martelo em mãos, ela se virava e andava para o lado oposto. Ela não esperaria para ver se ele a derrubaria com o martelo.

Ela e todos a bordo sabiam que ele a culpava por Jack ter sido levado na tempestade.

— É a mais pura verdade, mulheres não deveriam estar em navios a menos que estejam acorrentadas lá embaixo, sendo transportadas. A tempestade do demônio veio por causa dela, a trapaceira pulguenta e purulenta. Com certeza virá de novo enquanto ela estiver neste navio — afirmou ele ao capitão enquanto consertava uma das tábuas quebradas.

— Cuidado com a língua ou vai levar uma surra — avisou o Capitão Forbes, com a voz alta e ríspida. — Não é você quem decide quem levo no meu navio. Vá lá para baixo consertar as quilhas danificadas.

Amos teve cuidado com a língua, mas Salimatu o evitava sempre que esbarrava com ele consertando uma vela ou emendando uma corda. Ele balbuciava um palavrão e cuspia nela. Os outros marujos, entretanto, eram amigáveis. A primeira vez que os viu esfregando o convés, ela se sentou em umas cordas e deixou que a água gelada fizesse cócegas em seus pés descalços enquanto os observava trabalharem. Quando um deles começou a cantar, os outros se juntaram a ele, as vozes firmes e alegres preenchendo o local. Salimatu ouviu e foi transportada de volta à sua vila e às celebrações dos homens, não de perto daquela forma, já que meninas e mulheres eram banidas de tais reuniões, mas ainda assim o poder das vozes masculinas ressoando como uma só estimulara algo nela naquela época assim como fazia naquele exato momento com os homens do demônio.

Sally Brown, ela é uma mulata esperta
Irra é montar e largar
Ela bebe rum e fuma tabaco
Meu dinheiro vai para Sally Brown
Os dentes de Sally eram brancos e perolados
Irra é montar e largar
Os olhos dela eram escuros, o cabelo enrolado
Meu dinheiro vai para Sally Brown

Salimatu pulava e girava, dançando e batendo palmas. Eles estavam cantando sobre Sali, cantavam sobre ela. Aquilo a deixou feliz e triste ao mesmo tempo. Apenas Madu e Fatmata a chamavam de Sali, e elas não estavam mais ali. Ela ouviu a música sobre ela, e, quando, depois de vários versos, ela também cantou "meu dinheiro vai para Sally Brown", Abe se juntou a ela e começou a saltitar também.

— Ela é mesmo inacreditável — comentou um marujo.

Depois daquilo, sempre que os marujos a viam, eles cantavam um trecho de "Sally Brown". Um dia um marujo levou a rabeca. Ele tocou enquanto os outros cantavam e batiam palmas. Foi Salimatu, não seu eu-Sarah, que tirou os sapatos e meias e dançou. Enquanto a música ficava mais rápida, os homens cantavam mais alto, e ela dançava com mais vigor. Ela não viu Amos se juntando aos marujos enquanto dançava e dançava de volta a um outro mundo.

— Mais rápido, mais rápido — instigou Amos. — É isso, deixe a escurinha dançar, é só para isso que servem, para trabalhar e dançar, não para se sentar à mesa ou aprender a ler, a escusa.

De repente, foi como se a música a erguesse no alto e ela fosse voar direto para o sol.

— Parem! O que significa isso?

A música parou, e Salimatu não mais voava. O capitão a tinha pegado no colo. Ela podia ver que ele estava com raiva, mas não sabia o porquê. Tudo o que ela estivera fazendo era dançar. Era errado dançar na Inglaterra? Ela se contorceu para ser posta no chão, mas ele a manteve firme. Ela não conseguiu se libertar.

— Significado do quê, senhor? — questionou Amos.

— Como se atrevem a fazer uma criança dançar daquele jeito?

— É isso que os escurinhos fazem nos navios, não é? — retrucou Amos, sorrindo.

Salimatu podia sentir o coração do Capitão Forbes batendo acelerado enquanto ele a apertava ainda mais contra o corpo.

— Este é um navio tumbeiro? Você se atreve a comparar o *Bonetta* àqueles buracos infernais e fedorentos? Se eu vir qualquer um de vocês fazendo a criança dançar daquele jeito de novo, vou açoitar vocês até a beira da morte. Ela não é uma escravizada.

Sarah olhou para o Capitão Forbes, mas não se atreveu a perguntar qualquer coisa naquele momento. Salimatu também ficou calada enquanto ele a carregava para longe.

Mais tarde, naquela noite, Salimatu questionou:

— Papai Forbes, não sou sua escravizada?

— Não, Sarah. Não há escravizados na Inglaterra. Já se passaram dezessete anos desde a abolição.

Não era uma escravizada? Então o que era ela, além de um presente?

— Nem mesmo os escravizados do povo *cru*?

— Escravizados do povo *cru*? — repetiu o Capitão Forbes. — Há diferentes tipos de escravizados?

Salimatu franziu a testa. Até aquele momento ela tinha pensado que o Capitão Forbes soubesse de tudo, então como ele poderia não saber sobre os diferentes tipos de escravizados? Ela se aproximou, feliz por haver algo que ela pudesse ensinar a ele.

— A Fatmata me contou que existem diferentes tipos de escravizados. Os escravizados *akisha* são escravizados para sempre, mas se escravizados *cru* trabalharem muito — explicou ela com vigor —, então podem comprar a liberdade de volta e retornar para a vila deles.

O Capitão Forbes a puxou para ficar ao lado dele e respondeu:

— Entendo, mas na Inglaterra você não será nenhum tipo de escravizada. Será livre para ir e vir.

Aquele era um pensamento novo para ela. A menina prendeu a respiração e olhou para o capitão. Ele realmente queria dizer que ela era livre para fazer o que quisesse, ir aonde quisesse? Ela não tinha conseguido fazer aquilo desde que fora levada da vila do pai dela quatro safras antes.

— Posso ir para casa, para Talaremba, então?

— Não. Estamos a caminho da Inglaterra.

Salimatu franziu a testa. Inglaterra, Inglaterra, Inglaterra. Ele sempre falava da Inglaterra. Aquela palavra agitava as entranhas da menina. Toda vez que pensava na Inglaterra, sentia dor de cabeça. Sarah tocou o braço do capitão.

— Quando chegarmos à Inglaterra, vou poder procurar pela Fatmata?

— Quem?

— Minha irmã. — Salimatu fez uma pausa, então falou depressa: — As mulheres no complexo de escravizados do rei diziam que aqueles capturados eram mortos, vendidos aos mouros ou vendidos aos demônios brancos e mandados para o outro lado da grande água, como eu.

— Não como você, Sarah. Se sua irmã estiver viva e tiver sido vendida para os europeus, não interceptamos o navio deles. Tentamos bloquear os navios tumbeiros, mas nem sempre conseguimos. Em todo caso, temo que ela deva ter sido mandada para as Índias Ocidentais ou para a América.

— Onde fica isso?

— Muito longe. — Ele suspirou. — Agora vá dormir.

Naquela noite, enquanto as velas revezavam entre gritar alto e baixo, Sarah se remexeu na cama em harmonia com o navio, tendo sonhos intensos que logo se transformaram em pesadelos. Ela era Salimatu, não Sarah, correndo por uma floresta, chamando por Fatmata. A floresta estava úmida e em pouco tempo se tornou o oceano. Salimatu não sabia nadar. Sarah não sabia nadar. Juntas, lutaram contra a *Mamiwata*. Todos os espíritos do submundo avançaram. Sarah dava chutes constantes enquanto Salimatu tossia sem parar. Então elas perderam as forças e começaram a afundar, para baixo, para baixo, para baixo.

A mão de alguém a segurou. Ela tentou gritar, mas não saiu som algum. Ela se virou e viu um menino. Ele a empurrou para a superfície e gritou:

— Vá, ainda não chegou sua hora.

Seria seu irmão perdido, o *osu* Lansana? Aquele quem Fatmata dissera ter desaparecido antes que a própria Salimatu nascesse?

Quando ela acordou pela manhã, alisou o travesseiro e o sentiu úmido. Então começou a tossir.

Pela primeira vez desde que fora capturada mais de quatro safras antes, ela estava livre para fazer o que quisesse e ir aonde quisesse a bordo do navio, especialmente até a copa. Assim que entrava, o cozinheiro Zed começava a xingar muito, enxotando-a para longe. Mas ela sempre retornava. Ela adorava observar a perna de pau dele, pintada com flores de um azul vívido, pássaros amarelos e, o melhor de tudo, um macaco escalando uma árvore. Aquilo a lembrava de — ela lutou para se lembrar — de *Jabeza*, o macaco de Fatmata. O nome flutuou para dentro da mente da menina vindo de um passado distante, e, assim que ela se lembrou, agarrou-se depressa à lembrança passageira.

Certa vez ela encontrara Zed dormindo, a perna apoiada ao lado dele, os roncos do homem atravessando os poucos dentes que ainda possuía. Ela queria segurar a perna, dar uma boa olhada nas pinturas, então, devagar, aproximou-se da perna e esticou os braços para erguê-la, mas era pesada, logo, ela se entreteve usando os dedos para traçar as flores e pássaros bonitos, falando gentilmente com o macaco como se fosse a amada Jabeza. Em algum momento, ela ficou cansada, deitou-se e colocou os braços ao redor da perna pesada, de modo que o macaco parecia estar em cima de sua cabeça, e adormeceu.

O cozinheiro Zed acordou em um sobressalto e, ao vê-la abraçada com a perna, berrou:

— Saia daqui, saia daqui. Já falei, aqui não é lugar de criança.

Ela fugiu enquanto o homem tossia, cuspindo saliva e sangue, no próprio peito. Ele a aterrorizava, ainda assim ela torcia para que ele lhe desse a perna de madeira quando chegassem à Inglaterra.

Enquanto o tempo passava devagar, Salimatu era deixada para trás enquanto se tornava Sarah, dando duro para agradar Papai Forbes. Ela ainda amava cantar e dançar com os marujos, embora Papai Forbes fosse contra. Ela ficava animada ao observá-los e dançava do próprio jeito, longe de vista, mas perto o bastante para ouvir o canto e aprender a letra da canção a seu bel-prazer.

Certo dia, enquanto estavam na cabine aproveitando a noite, treinando a caligrafia, a menina decidiu que era hora de cantar para ele a música de marujo "dela". Mas mal tinha terminado o primeiro trecho, quando o capitão gritou:

— Pare!

— Não cantei certo?

— Cantou — respondeu ele, perplexo —, mas esta não é uma canção para uma moça nem para uma criança cantar.

— Moça? — Aquela era outra palavra nova para Salimatu. — O que é moça?

— Você, Sarah. Você é uma moça. Na Inglaterra, você sempre deve se comportar como uma moça e falar em inglês. Nada de iorubá.

Sarah concordou com a cabeça, Salimatu franziu a testa. Inglaterra. De novo. Aquela palavra agitava suas entranhas. Quando pensava na Inglaterra, pensava em Fatmata. Tinha certeza de que a irmã estava lá, em algum lugar. Precisava encontrá-la. Ela trabalharia com mais vigor, aprenderia a escrever de modo adequado também. Uma vez que o capitão estava ensinando-a, ainda que tenha acontecido quase por acidente.

— O que está fazendo? — perguntou ela, sentada ao lado de Papai Forbes, observando-o mergulhar a pena na tinta e fazer marcações no papel, noite após noite, sob a luz tremeluzente da vela.

— Escrevendo em meu diário.

— O que é um diário?

— Um livro no qual escrevo todas as coisas que faço ou vejo a cada dia.

— Por quê? Já não sabe o que são?

— Sim, sei, mas os outros, não. Algum dia, outros vão lê-lo e saber meus pensamentos e feitos.

Salimatu pensou naquilo.

— Um dia, quando eu souber ler e escrever, vou escrever em um diário também. Assim sempre vou saber quem sou. Acha que isto é bom, papai?

— Isso é bom, Sarah — respondeu ele, sorrindo.

— Me ensine, papai.

— Eu não estava esperando te ensinar a escrever — comentou ele. — Não há lousas para escrever no navio. Você terá que aprender com pena e tinta.

Um dia o capitão deu a ela um pequeno livro. Na primeira página estava escrito: "Este é o diário de Sarah Forbes Bonetta — Agosto de 1850".

Desde então, ela passou a escrever no diário todos os dias, igualzinha a Papai Forbes.

Fatmata

Capítulo 5

A kì í kọ àgbàlagbà pé bó bá rún kó rún

*Não se ensina a um mais velho que o que
foi destruído seguirá destruído*

1842

Sempre penso em meu irmão, aquele cujo nome não devo mais dizer. Talvez, se Lansana não houvesse me dado o macaco, ainda estaria aqui. Abraço Jabeza e me lembro daquele dia. Lansana e alguns dos outros garotos tinham saído para caçar pele de macaco, precisavam dela para seus mantos de honra. Eu sabia como a caça era importante, pois logo chegaria a hora de os meninos deixarem as mulheres e crianças, de irem para a floresta e se juntarem a *Obogani*. Lá eles praticam muito tanto caça quanto luta e a se tornarem homens. Depois, na cerimônia de iniciação, em frente às avós, mães e irmãs observando com orgulho, suas coxas são marcadas por quatro cortes compridos, a tatuagem do macaco, o símbolo do espírito animal do nosso povo. Só então a mãe coloca o manto de pele de macaco nos ombros dos novos homens.

Assim, quando Lansana retorna, o rapaz carregando mais pele, jogo-me em cima dele, feliz por ver que ele tem pele o suficiente para confeccionar o manto. Ele também tem outra coisa.

— Um presente para você, Fatmata, por fazer 9 primaveras hoje — disse ele, retirando da bolsa no ombro um macaco vivo. — Tenho a pele da mãe dela, mas ela é muito pequenininha e está com a perna quebrada, então a trouxe para você, nossa pequena curandeira.

— Ah, Lansana — murmuro, o medo causando um arrepio gelado na minha espinha —, matar uma mãe amamentando dá azar.

Trago o macaco para perto.

— Obrigada, meu irmão — falo baixinho, sentindo o coração saltando, fazendo cócegas nas minhas costelas e batendo em harmonia com o coração do macaco. — Vou chamá-la de Jabeza, a bênção dos deuses.

Não digo a ele que terei que ir até a árvore espiritual depois e fazer uma oferta de paz a *Oyá*, a deusa do renascimento, do contrário algo, ruim acontecerá com ele.

A notícia do macaco se espalha como fumaça de um fogo que saiu do controle durante a prática de queimada. Os aldeões, guiados por Mãe Ramatu, a mãe dele, correm para ver o animal.

— Como você pode dar um macaco verde para aquela garota? — grita Ramatu para o filho, com a respiração tão pesada que o corpo inteiro treme e balança. — O que uma criança sabe da importância de um prêmio desse?

Não digo nada porque Madu me criou para não responder a um mais velho, especialmente a Mãe Ramatu. Eu queria dizer para a esposa mais antiga de meu pai: "sei que o macaco é o símbolo de espírito animal da família real e que verde é a cor real. O Chefe Dauda é meu pai, já vi a tatuagem de macaco na coxa dele, e, quando ele morrer, será enterrado com seu manto de pele de macaco verde, condizente a seu posto real." Não faço isso, pelo contrário, corro para longe, pego uma nova folha de bananeira da árvore antes de passar pela cabana de Mãe Ramatu e Sisi Jamilla a caminho da de minha mãe. Lá dentro, vou até o canto de Maluuma e abro algumas de suas cuias medicinais. Misturo as plantas *bone-knit* e *fo-ti* com mel e água exatamente como Maluuma me ensinou. Coloco a mistura na perna de Jabeza e enrolo a folha de bananeira nela. Jabeza me morde, com força, enquanto cuido da perna dela, mas não paro. Sou uma curandeira.

Duas safras depois, o *halemo*, o Pai Sorie, e seus ajudantes correm vila adentro à primeira luz, antes que o sol tenha tirado os vestígios de sono dos próprios olhos, batendo tambores, gritando, tocando trombetas. Eles chegaram para levar os garotos com mais de 14 primaveras para a floresta, para treiná-los segundo os costumes do grupo *Obogani*, e Lansana é um deles.

As "cabanas dos meninos", nas quais moram aqueles que viram mais do que dez estações chuvosas, é depois do complexo, à esquerda da entrada da vila, a mais de vinte lances de arpões de distância, longe o bastante para eles lutarem, treinarem danças, contarem histórias. Os meninos com menos primaveras iam até lá brincar e observar os garotos mais velhos. Meninas não iam até aquela parte da vila.

— Por que não há "cabanas de meninas"? — perguntei à Maluuma certa vez.

— O ouriço não habita o campo, só a floresta — é tudo o que ela responde.

Ouço agora enquanto Jaja, meu pai e o chefe da vila, diz:

— Vão agora como garotos e voltem como homens.

Ele ergue o cajado, e os homens enfileiram os meninos, amarrando-os juntos com um fio firme antes de jogarem sacos em cima das cabeças deles.

— O azul é a cor da sabedoria — contou Maluuma a mim um tempo antes. — O azul liga o céu e a água, o topo e a base, os ancestrais e nós. O azul afugenta o medo e mantém os espíritos malignos longe.

Então não fico surpresa quando vejo cada mãe pegar um pedaço de vidro azul e amarrá-lo ao pilar na entrada da vila antes de caírem de joelhos e utilizarem as próprias lágrimas para dar de beber à Mãe Terra.

— Ó, *Ogum*, Mãe de Todos, você está em todo lugar, vá com eles — clamam todas elas cada vez mais alto.

Observo Ramatu, a primeira esposa do chefe, adicionar seu pedaço de vidro, o maior, por último. Os pedaços de um azul intenso dançam em meio à brisa da manhã enquanto o sol os atravessa, transformando-os na cor azul-claro do céu.

De onde estou, posso ver quase a vila inteira, mais de vinte complexos arranjados em um círculo.

— Há vilas muito maiores até mesmo que Okeadon, com mais de cinquenta complexos e muitas, muitas pessoas — havia dito Daria uma vez, enquanto eu corria em volta do círculo de cabanas com mais rapidez do que ela conseguia descascar um inhame.

— Maior do que esta vila? — Eu tinha gargalhado. — Como alguém vai saber tudo o que está acontecendo, então?

Não, Talaremba é grande o bastante, penso. Os mais ou menos vinte complexos se localizam atrás de muros baixos, com as cabanas para esposas e crianças agrupadas em torno da cabana principal, junto a coqueiros, mangueiras, bananeiras e mamoeiros. Nunca quero sair daqui. Acaricio Jabeza, que está sentada em meu ombro, procurando algo para comer entre meus fios de cabelo.

Quando retorno à nossa cabana, ajoelho ao lado de Maluuma e pergunto:

— Por que as mães estavam chorando?

— Elas sabem que perderam seus meninos para sempre — explica ela. — Nunca mais serão os mesmos, porque o demônio *Obogani* come os garotos e os cospe como homens.

— Come os garotos? Como? — Inclino-me mais para frente.

— Não é coisa feita para mulheres verem. A água que não lhe causa medo é na qual você vai se afogar. O medo das mães é que o demônio se esqueça de cuspir os filhos delas. Sua mãe também vai chorar quando o Amadu se for, daqui a dez safras.

— A Madu vai chorar quando eu for para *Zowegbe*?

— Não. As mães não choram pelas filhas. As meninas são emprestadas à comunidade até serem iniciadas em *Zowegbe* e treinadas para se tornarem mulheres aptas para o casamento. Depois disso, passam a pertencer ao *oko* delas. O seu já foi escolhido para quando chegar a hora.

— Meu marido foi escolhido? — repito, dando um salto tão depressa que Jabeza guincha, puxando meu cabelo com força antes de pular do meu ombro. — Jaja escolheu um marido para mim? Quem?

Esta é a primeira vez que estou ouvindo isso, e começo a tremer. Todas as palavras dentro de mim se movem depressa, deixando meu coração apertado.

Minha avó retira do bolso uma noz-de-cola e me entrega. Sei o que fazer. Maluuma não tem dentes, então, embora eu não goste do gosto amargo de noz-de-cola, eu mastigaria, quebrando em pedaços menores para ela. Agora seguro a noz com força e a espero responder.

— Sua Madu deveria ter lhe contado, mas um pássaro que fala não come arroz. — Maluuma suspira, então, sem olhar para mim, complementa: — Quando seu sangue começar a fluir, você se juntará ao grupo *Zowegbe* e se tornará uma mulher. Depois disto, Jusu vai tomá-la como terceira esposa. Ele será o próximo Chefe de Gambilli. Seu Jaja fez uma boa escolha para você.

— Mas Jusu tem quase o mesmo número de primaveras que Jaja. Não quero me casar com ele nem com ninguém.

Maluuma me puxa para me sentar aos pés dela.

— Quer seguir sem se casar, sem ter filhos, sem uma pedra de fogo para chamar de sua?

— Não, Maluuma, por que não posso só ficar aqui? Por que não posso ter uma tatuagem de macaco e um casaco de pele como Lansana? — clamo.

— Pare de dizer bobagens. Isso é para meninos. Você é a filha de um chefe, e este é seu destino. Há muitos caminhos disponíveis para você. Certifique-se de escolher o correto. Sempre tenha em mente que você pode ser levada para outro lugar, para morar com outras pessoas, mas ninguém pode arrancar as coisas que vivem lá no fundo, enraizando você à sua casa interior.

— Estou te ouvindo, Maluuma — afirmo, mas naquele momento desejo ser um menino, como Lansana, um chefe guerreiro como meu Jaja. — Maluuma, o que aconteceria se eu seguisse os meninos para a floresta? — pergunto e mordo a noz-de-cola.

Ela me puxa para perto, olhando para dentro da minha alma com seus olhos leitosos. Ainda que esteja meio cega, ela tudo vê.

— Criança, por que sempre tem que questionar o que é? Um ovo de galinha não deveria bater a cabeça em uma pedra. Ouça-me — responde ela com um tom que acaricia meu coração —, minha filha, nunca, nunca faça isso. É contra os deuses que aqueles que não passaram pelo ritual saibam ou vejam o que acontece entre os homens. É contra *Ogum* que mulheres vão até um lugar desse. Eles vão tornar impuros tanto o local quanto os homens. É correto que homens e mulheres tenham seus segredos. Se alguém infringir as leis dos ancestrais, tal pessoa e todos com quem se importa se partirão em muitos pedaços, uma quantidade maior do que existe de estrelas no céu. Eles serão levados para se juntar aos espíritos, não aqueles acima de nós, mas os que estão abaixo. Olhe para o espírito-homem deles e pague o preço. Não viverá para ver um novo dia. A floresta Kwa-le é tabu pelas próximas três luas até que *Obogani* acabe. Entendeu, criança Fatu?

Quando ela me chama de Fatu, meu nome de nascença, sei que está preocupada comigo.

— Entendi, Maluuma — afirmo, oferecendo a ela a noz-de-cola mastigada e, pela primeira vez, engulo o suco amargo da fruta.

Alguns dias depois, no entanto, acabo vendo partes do treinamento dos meninos. É Jabeza que me arruma problema. Ela vai a todo lugar comigo. Quando saio com Maluuma para pegar ervas, meu macaco vai junto, enrolado ao meu pescoço e observando o mundo em cima da minha cabeça. Quando planto e escavo, limpo e martelo, carrego água do buraco de água, ela está comigo, amarrada às minhas costas como um embrulho, como as mães da vila fazem com os bebês.

Quando não estou com Maluuma, desapareço na floresta com Jabeza. Ela pula de árvore em árvore, matraqueando, convidando-me a fazer o mesmo. Estou acabando de escalar uma árvore atrás dela quando ouço os tambores. Escondo-me entre as folhas e permaneço imóvel como um leão caçando, esperando que eles passem. O barulho não desaparece, porém, pois param de andar.

— Não olhe — digo a mim mesma, mas olho.

Mudo de posição e olho para baixo. Ali estão eles, os meninos, nus, vendados, sendo guiados pelo *halemo* até uma clareira não muito longe da minha árvore. Vejo Lansana e os outros meninos enfileirados, como formigas combatentes. Os tambores cessam, então recomeçam, e os meninos começam a cantar e dançar. Dançam até que os pés sangrem e a terra se alimente do sangue deles. Do alto da árvore, perco a noção do tempo, hipnotizada. Vejo as manchas de sangue deles respingarem, gritando em desespero. Quando enfim os garotos tropeçam para fora da clareira, os corpos e os pés choram lágrimas vermelhas de dor, lágrimas que não deveriam, não devem, sair dos olhos de um homem.

Quando eles se vão, desço da árvore, corro para casa e espero pela morte. Mas Maluuma está errada. Nada acontece comigo, nem com Maluuma, nem com minha mãe, meu pai, meu irmão Amadu, nem com ninguém com quem me importo. Louvados sejam os deuses.

Depois daquilo, vou à floresta todos os dias. Sigo os meninos, mas não perto o suficiente para ser pega. Observo, ouço e aprendo com eles. Então é chegada a hora de eles serem levados, um a um, para mais adentro na floresta e serem deixados sozinhos para o último teste. Não posso mais segui-los e penso ser ótimo que ninguém saiba o que fiz.

Mas minha atitude deve ter amaldiçoado meu irmão, porque Lansana é o único garoto que não retorna de *Obogani*.

— Lansana, perdoe seu pai por ter lhe dado as costas — brada Ramatu, quando, após um ciclo lunar, Jaja faz de meu irmão um *osu*, um exilado por ter falhado em seu teste de masculinidade. Erguendo as mãos e a voz aos céus, Ramatu segue clamando: — Ouça-me, ó, *Olorum*, deusa da criação; perdoe esse homem que chama a si mesmo de Jaja, mas se recusa a enterrar o próprio filho. — Então, pegando o braço direito de Jaja, ela grita: — Olhe para isso, olhe, apenas três braceletes do cordão de criança!

Todos sabem, mas não ousam falar em voz alta, que deveria haver mais braceletes naquele braço. Um homem grandioso deveria ter muitos filhos para exibir sua proeza, sua riqueza. Jaja tem apenas dois cordões de criança verdes, um por Lansana e outro por meu irmão caçula, Amadu, e um vermelho por mim. Não há cordão de criança de Sisi Jamilla, a segunda esposa de Jaja. Dizem que ela é infértil.

Conheço aqueles cordões. Sei das cores naqueles cordões. Vermelho é para filha mulher porque o conhecimento delas é pequeno e porque elas sangram durante seu ciclo lunar. Verde é para filho homem, verde é para força. Quero ser verde, não vermelho.

Jaja havia me ensinado sobre direita e esquerda com aqueles cordões. O braço direito é para os vivos, o esquerdo, para os mortos. O braço esquerdo de Jaja tinha nove cordões brancos trançados. Sete dos cordões correspondem a filhos de Ramatu, os seis que vieram antes de Lansana e um depois dele, todas crianças que nasceram e logo retornaram para os ancestrais.

— Por que estes dois estão trançados juntos? — perguntei a Jaja uma vez, enquanto tentava desemaranhá-los, como fazia quando ajudava Madu a tecer fios.

Jaja tinha dado um tapa na minha mão antes de falar:

— Estes dois cordões brancos, trançados juntos, são por suas irmãs que nasceram juntas, enviadas para Isatu por *ngafa*, espíritos malignos.

E foi quando descobri que eu havia tido irmãs, gêmeas, que foram levadas floresta adentro e deixadas lá para retornarem aos ancestrais.

Agora, ninguém se mexe enquanto Ramatu sacode o braço de Jaja mais uma vez e chora.

— Por que não me dá mais filhos vivos?

As mulheres prendem a respiração e soltam um longo silvo por entre os dentes. Das sete crianças que a Mãe Ramatu dera à luz, apenas Lansana havia ficado. Ainda assim ela havia dito o que não deveria ter deixado passar pelos próprios lábios. Os homens vão para mais perto, formando um muro de censura. Ninguém fica surpreso quando meu Jaja, Chefe Dauda de Talaremba, ergue o braço e golpeia Ramatu. Ela cai de joelhos, gritando. Ele bate nela de novo e de novo. É apenas quando os *alagbas*, os homens velhos que já viram muita coisa, gritam "chega" que Jaja para. Ele enxuga o suor da testa com a mão trêmula e dá um passo para trás.

— Ouçam-me — pronuncia Jaja, então. — Ouçam, ó, povo de Talaremba. Como seu Chefe Dauda, afirmo que o nome Lansana não será proferido nesta vila outra vez. Não até que eu veja o rosto dele, seja aqui, com os vivos, ou do outro lado, com os ancestrais, este nome sairá da minha boca.

Então Jaja arrebenta um cordão verde e o atira no chão. Cai na minha frente. Entendo naquele momento que os deuses não perdoam. Eles sempre exigem pagamento.

— Ó, deuses dos deuses, ó, poderoso *Ossaim* — oro —, perdoe-me. Eu, uma garota, não deveria ter tentado aprender coisas que cabem somente aos homens. Puna a mim, deixe que eu pague o preço por minha desobediência, não meu irmão, não meu pai. Ó, grande *Ossaim*, envie Lansana de volta para nós.

Pego o cordão verde rompido e o seguro com firmeza. Quero correr atrás de Jaja enquanto ele vai embora, com a cabeça baixa. Maluuma pega meu braço, e Madu, com as mãos na barriga inchada, diz:

— Deixe-o.

Fatmata

Capítulo 6

Igi kì í dá lóko kó pa ará ilé

*Uma árvore não se parte na floresta e
mata uma pessoa dentro de casa*

1842

Aquilo aconteceu há sete ciclos lunares. Agora uma menina nasceu com seu cordão vermelho. Cuido de Salimatu enquanto Maluuma coloca um pouco mais de óleo de coco aquecido na mão e massageia, puxa e aperta o corpo da minha irmã com movimentos longos enquanto o bebê se contorce, chuta com as pernas gordas e gorgoleja.

— Ela sempre ri quando você faz a massagem, Maluuma.
— Você ria também.
— Eu?
— Sim. Fiz isso em você também, por doze ciclos lunares. Então, preciso massagear Salimatu por mais seis ciclos lunares, assim ela terá as costas boas e eretas, considerando a carga que vai carregar — explicou Maluuma, puxando e empurrando as pernas de Salimatu. — Isto deixará as pernas dela fortes para andar e correr depressa.
— Como as minhas?
— Sim. — Maluuma ri. — Como as suas, mas espero que ela não as use para correr em direção à encrenca que nem você, minha filha.

Também rio. Gosto de quando Maluuma me provoca. Ela está sempre dizendo "vá devagar".

— Fatmata, venha me ajudar — comanda Madu de dentro da cabana.

Mando Jabeza, que está sentada em meus ombros, agarrada ao meu cabelo, para longe, porque Madu me proibiu de levá-la para dentro da cabana. O macaco derrubara potes de pigmento azul que Madu passara semanas extraindo da erva-do-mato e embolado os fios de tecelagem, estragando o tecido que Madu havia passado três dias confeccionando.

Madu me entrega a ponta do tecido.

— Me ajude a dobrar isto. É grande e pesado.

Seguro com firmeza enquanto juntamos as pontas para tornar o tecido plano.

— Preciso levá-los para o mercado — explica ela, colocando o tecido dobrado no cesto ao seu lado.

— *Ayee*! Quê? Sabe que não pode ir ao mercado ainda? — comenta Maluuma lá de fora.

Às vezes, a audição da minha avó é bem aguçada. Madu diz ter certeza de que Maluuma poderia ouvir uma minhoca espirrar.

— Mas minhocas não espirram.

— Ora pois.

Maluuma deve ter poderes bem especiais.

— Você está no meio do seu ciclo lunar — continua Maluuma, entrando na cabana. — Seu sangue ainda está fluindo.

— Está quase acabando, Maluuma. Não achei que fosse começar meu ciclo tão rápido depois de dar à luz. Ela ainda está bebendo meu leite.

— Ele vem quando é a hora. Você é fértil.

— Bom, não posso esperar até depois da estação chuvosa. Temos que pegar algumas coisas do mercado, mas preciso vender tecidos primeiro. Vou com Kendi e as outras. Elas saem antes do nascer do sol.

— *Ayee*, você consegue ser tão cabeça-dura quanto sua filha. Não se come guisado fumegante com pressa. Você não pode deixar o complexo ainda. Ainda está impura e tem que cuidar desta pequena aqui. Não, eu vou. Tenho muitos medicamentos e ervas que poderia vender lá — afirma Maluuma, espalhando maços de ervas secas e plantas.

— A senhora não vai à Bantumi faz muitas luas, Maluuma. É uma caminhada de um dia inteiro. Será demais para a senhora, minha mãe. Vamos dar um jeito.

— Vou levar Fatmata comigo — contrapõe Maluuma. — Chegou a hora.

— Fatmata? O que ela sabe de venda?

— Ela tem que aprender. Está pronta. Será meus olhos.

Não sei com que força estou mordendo o dedo, enquanto espero pela resposta de Madu, até que sinto gosto de sangue. Eu havia implorado para Madu me levar com ela tantas vezes, e ela sempre recusara. Agora não tinha escolha, pois Maluuma se pronunciou.

Quando estamos saindo, antes do primeiro galo cantar, antes do sol, em meio ao seu despertar, ter afastado a escuridão da noite, Madu chega com água para o ritual de bênção. Ajoelho-me em frente a ela e aguardo.

— *Oduduá*, deusa de todas as mulheres, guie-as na jornada — diz ela. — Vão, mas voltem.

Dou um gole na água da cuia que ela leva a meus lábios.

— *Oduduá* vai me trazer de volta — afirmo, levantando-me.

Madu coloca o cesto *shukubly* cheio dos panos tecidos na minha cabeça. Está pesado, mas sorrio para minha mãe e sigo Maluuma. Seis de nós deixam a vila. Caminho atrás delas, com Maluuma. Embora todas levem cargas maiores e mais pesadas que a minha, andam depressa, mesmo Khadijatu, que nunca parece querer fazer nenhuma tarefa. Logo desaparecem em meio à escuridão.

Apoiada no meu ombro, Maluuma caminha cada vez mais devagar, os passos cuidadosos como se ela tivesse medo de perturbar a Mãe Terra. O sol acordou e brilha em cima de nossas cabeças antes de chegarmos a Bantumi.

Quando chegamos, as outras já estão vendendo as mercadorias. Faço Maluuma se sentar no espaço que reservaram para nós. Mastigo uma noz-de-cola para Maluuma e ofereço a ela. Apenas após ela estar desfrutando a noz-de-cola é que estendo um pano azul e disponho alguns tecidos de Madu para vender, junto às ervas e poções de Maluuma.

O mercado está lotado, mais do que eu jamais vira; as pessoas zumbem ao redor como abelhas, falando em muitas línguas; o som é estranho para mim. Comerciantes estão gritando, chamando, vendendo as mercadorias transportadas de perto e de longe. Há comidas que conheço e outras que me são novas e estranhas. Peixes com olhos mortos e bocas escancaradas se misturam a enguias e lesmas enormes. O gosto de tempero está no ar, e aspiro os mundos deles para dentro de mim. Há produtos em couro, fitas e sandálias, tecidos e tingidos. Mercadorias de ferro lutam por espaço perto de mulheres velhas como Maluuma, vendendo raízes e ervas medicinais, amuletos e poções. Em meio a tudo aquilo, há uma bagunça generalizada de animais, fardos de porcos, cabras e vacas aguardando serem vendidos. Os muitos cachorros correm ao redor, latindo, alvoroçados, procurando por restos.

— *Ayee*, vão, vão embora — grito e uso o estilingue para tacar uma pedra em um dos cachorros quando ele encosta no cesto de Madu, ainda cheio de tecidos para vender, e levanta a perna. Acho que quebrei uma das pernas dele porque ele gane e se arrasta para longe.

À medida que o sol sobe no céu, o calor começa a parecer fogo sobre minha pele, e nem mesmo o suor consegue me refrescar, mas ainda assim grito e chamo tão alto quanto qualquer outro comerciante.

Então tudo parece parar, e um silêncio tenso toma o lugar, rompido apenas pelos clamores: "mouros, mouros, os árabes".

Enquanto as pessoas recuam e encaram, perguntas perfuram o até então silêncio trêmulo. Árabes? Os homens que capturam, vendem ou levam pessoas embora? *Oduduá*, nos ajude. Algumas mães se colocam em frente aos filhos para escondê-los dos mouros. Dois deles, trajando roupões brancos como as nuvens acima, estalam longos chicotes de couro enquanto passam pelo mercado em cavalos enormes com olhos ferozes, fazendo respingar saliva e suor, exalam um cheiro forte. O próximo cavalo passa depressa com quatro homens nus se apressando atrás dele. Eles estão amarrados juntos, e, quando um deles cai, todos caem em sequência. O árabe sentado ao cavalo se vira e bate neles com o chicote consecutivas vezes, mesmo enquanto eles tentam se levantar. Ninguém vai ajudá-los; em vez disso, algumas das mulheres jogam comida estragada neles e riem. Ergo o estilingue que sempre carrego comigo.

Maluuma segura meu braço e sibila:

— O que pensa que está fazendo? Guarde isso. Quer se juntar a eles?

— Mas por que algumas pessoas estão rindo? Por que ninguém os ajuda? Se fosse o irmão deles, não iriam querer que alguém ajudasse?

— Eles riem porque podem, minha filha. Aqueles escravizados não são do povo *kru*, como a Gashida, que pode comprar a liberdade. Eles são escravizados *akisha* e nunca serão livres. Os mouros compram e vendem pessoas o tempo todo. Nunca deixe que os olhos deles recaiam em você.

Então é isso o que significa ser um escravizado *akisha*. Você pode ser amarrado, espancado, ridicularizado, arrastado pelo mercado, e ninguém vai te ajudar. Se algo assim acontecesse comigo, eu lutaria. Eu me salvaria. Mesmo que ninguém saiba, sou uma guerreira do povo Talaremba. Não fui eu a seguir e copiar os meninos enquanto eles passavam pelos rituais de iniciação?

SALIMATU

CAPÍTULO 7

*Não abandone a sabedoria, e ela o protegerá;
ame-a, e ela cuidará de você*

Provérbios 4:6

AGOSTO DE 1850

Embora estivesse escuro do lado de fora, o quarto para o qual o Capitão Forbes a levou estava iluminado com as luzes suaves de velas, lamparinas e a chama do fogo.

— Casa — dissera ele mais cedo. — Para a Casa Winkfield.

Sarah piscou e olhou ao redor do quarto grande, cheio de coisas que nunca tinha visto antes. Ela não conseguia absorver tudo. As paredes estavam cobertas de papel — um verde intenso, quase amarelo, a cor das folhas novas, com árvores ramificadas nas quais pássaros de cor vívida pousavam em galhos que a lembravam da perna de pau de Zed. Ela foi para perto da parede mais próxima e esticou o braço, acariciando o papel grosso, quase cálido, sob os dedos, e, assoberbada, deslizou para o chão.

A cobertura do assoalho era suave como a grama. Ela franziu a testa e olhou para baixo. Grama vermelha, dentro de uma casa, e coberta com flores amarelas também! Lembravam-na de flores que ela vira na floresta com Fatmata, e seus lábios tremeram. A menina se inclinou para baixo e cheirou, mas não tinham cheiro. Apertou-as; elas amassaram. Tentou pegar as flores, mas não conseguiu.

— Ah, Frederick, olhe, ela está tentando pegar as flores no tapete. Que doçura.

— Sarah — chamou Papai Forbes. Ela ergueu a cabeça e viu que ele abraçava a mulher. — Sarah, esse é o carpete. As flores não são de verdade. Venha. Esta é minha esposa, Mary.

Sarah se levantou; o olhar fixo em Mary Forbes. A mulher era quase tão alta quanto Papai Forbes, com cabelo escuro e preso para trás, olhos azuis e um grande sorriso.

— Boa noite, Mamãe Forbes — murmurou Sarah.

Ela parou de falar quando o sorriso da mulher desapareceu.

— Mamãe Forbes? — perguntou Mary, olhando para o capitão.

— Ela me chama de Papai Forbes — explicou ele.

— Ah! Entendo.

Havia algo errado, mas Sarah não sabia o que era. Ela foi para mais perto do capitão.

— Bom, ela tinha que me chamar de alguma coisa.

Mary segurou o queixo de Sarah, ergueu a cabeça da menina e olhou em seus olhos. O toque era gentil.

— Boa noite, Sarah — falou a mulher, com um sorrisinho.

Sarah viu olhos da cor do mar, e seus lábios tremeram. Mamãe Forbes a puxou para perto. Sarah pressionou o rosto no macio vestido azul-escuro de seda da mulher. Ela não queria que Papai Forbes visse suas lágrimas.

— Sente-se ao meu lado — orientou Mamãe Forbes, pegando a mão de Sarah e guiando-a para o sofá do outro lado da lareira enorme.

Sarah ainda sentia frio e observou o fogo, desejando poder se sentar mais próximo a ele e se aquecer. Quando ergueu o olhar, viu uma pintura grande em cima da lareira. Ela sabia o que era porque a moça missionária a tinha feito ficar de pé por muito tempo enquanto pintava Salimatu com suas novas roupas "inglesas" antes de ela deixar Abomey com o capitão.

Sarah tinha visto a pintura apenas uma vez. Então ela era daquele jeito, o rosto redondo, olhos de um castanho intenso e bem separados, nariz largo e chato. Colocou as mãos nas bochechas e sentiu as marcas que diziam tudo o que ela era, a filha de um chefe. A garota na pintura não tinha marcas no rosto. A pintura era mesmo ela? Ou tinha começado a tirar partes dela? Será que logo desapareceria por inteiro? Aquilo a tinha assustado, e ela nunca olhou a pintura de novo.

Reconheceu o homem atrás da cadeira como o Papai Forbes; a mão dele estava no ombro da Mamãe Forbes. As três crianças ao redor deles, sorrindo, deviam ser os filhos do papai. Durante todo o tempo enquanto cruzavam o grande oceano, ele só falava muito bem da Inglaterra e dos quatro filhos, e Sarah sentia que já os conhecia. Então, aquela devia ser Emily no colo da mãe, com Freddie sentado de pernas cruzadas aos pés da Mamãe Forbes e Mabel de pé, ao lado da cadeira, olhando para o Papai Forbes.

Sarah temia por Papai Forbes, por todos eles, enquanto observava a pintura. Será que tinham perdido parte deles para que pudessem estar ali pendurados, olhando de cima para si mesmos? E Anna? Ela não estava ali. Será que tinha se perdido por completo, diferentemente dos outros na imagem? Então se lembrou do que o Papai Forbes tinha contado a ela em uma das conversas noturnas na cabine, os olhos da menina ameaçando se fecharem enquanto ele falava, o navio balançando levemente em meio à calma da noite iminente.

— Anna tem quase 2 anos, e eu ainda não a vi. Ela nasceu depois que eu tinha zarpado. Mabel tem 11 anos, e Emily, 7.

— Estou entre Mabel e Emily, porque tenho 8 primaveras.

— Sabe quando nasceu?

— Fatmata me contou. Ela estava lá. Ajudou Maluuma a me trazer ao mundo logo depois do início de oito safras de arroz passadas, bem antes da lua nova.

— Isto deve ser próximo ao final de abril. Vou olhar os diagramas. O aniversário da minha mãe era em 27 de abril. Este vai ser seu dia de nascimento.

— Quantas primaveras o Freddie tem, papai?

— Em inglês, Sarah.

— Quantos anos o Freddie tem, papai?

— Boa menina. Ele tem quase 14.

Salimatu desviou o olhar naquele momento. Ela não estava em nenhuma pintura de família; ela não tinha uma família. *Um dia, encontraria Fatmata e todos saberiam que ela pertencia a um povo*, pensou a menina, acariciando o *gris-gris* escondido, pendurado ao redor de seu pescoço em um cordão.

— Então, o que vamos fazer com ela? — perguntou a Mamãe Forbes.

As vozes sumiram à medida que ela adormecia.

— Não sei, Mary. Mas eu não poderia deixá-la para trás. Ao que parecia, ela foi capturada pela segunda vez durante a guerra de Okeadon e só sobreviveu como prisioneira de Gezo por três anos, mais ou menos, por causa do status dela. As marcas no rosto mostram que ela é nobre, filha de um chefe. Gezo estava guardando ela para uma ocasião especial. Acho que a ocasião foi nossa presença.

— Ah, Deus, a pobrezinha.

— Você devia tê-la visto, Mary. Vestida de branco, estava calada e imóvel, sendo carregada em um cesto acima da cabeça das pessoas em direção a uma morte certeira. Eu não podia deixar aquilo acontecer.

— Ah, pare, Frederick. Que terrível.

— Mandei um relatório para o secretário do almirantado. Eles decidirão o que é melhor. Ela pertence a Sua Majestade.

— Mas olhe para ela, Frederick, como ela vai algum dia se encaixar na sociedade?

— O inglês dela já está muito bom. Ela é bem inteligente e aprende rápido. Nunca para de fazer perguntas e, embora isto possa ser cansativo, ela sempre se lembra da resposta.

O som de um sino a acordou depressa.

— Edith, leve a Sarah lá em cima para a Babá Grace. Uma cama foi preparada para ela no quarto das meninas — orientou a Mamãe Forbes a uma jovem em um vestido preto com um avental branco. — Tenha cuidado para não acordar as meninas.

— Boa noite, Sarah — disse Papai Forbes.

— Fico com você. Dormir na cabine com você.

— Não, Sarah, a partir de agora, você dorme no quarto das crianças — corrigiu a Mamãe Forbes.

Edith a guiou pelo corredor. Sarah parou na base das escadas e tremeu. Ela nunca tinha visto algo como aquilo. Elas subiram o caminho todo até os deuses?

— Venha, vou te ajudar a subir — afirmou Edith.

Juntas, subiram a pilha de madeira que subia e subia.

Quando Sarah acordou naquela primeira manhã na Casa Winkfield, ponderou por que o navio não estava balançando. Em vez de ver um mar calmo através da escotilha, viu um céu tão azul quanto o mar através de uma pequena janela, e por um momento tudo ficou de cabeça para baixo.

— Ali está ela — ouviu alguém dizer.

A menina virou a cabeça e viu dois pares de olhos azuis-claros encarando-a. Fechou os olhos depressa e ficou imóvel.

— Viu, Emily, falei que ela não estava morta.

Naquele momento, Sarah se lembrou de que não estava na cabine com o Papai Forbes. Estava na cama, na casa dele.

— Ela é muito preta, não é, Mabel? — comentou a que se chamava Emily.

— Tonta, ela é da África — respondeu a primeira garota. — A mamãe diz que é muito quente lá e que são todos pretos.

— Eles ficam queimados? Eu não ia gostar.

— Nunca quero ir para a África.

África? O papai a mandaria de volta? Ela queria ficar com ele. Ela não poderia ir até que ele a ajudasse a encontrar Fatmata.

— Abra os olhos. Sabemos que não está morta — comandou Mabel, alto.

— Não acho que ela entende o que está dizendo.

— Entendo, sim — retrucou Sarah e abriu os olhos, vendo as garotas trajando camisolas brancas e compridas, sentadas na cama do outro lado do quarto.

Salimatu, que sempre estava com ela, sussurrou: "tenha cuidado, elas estão de branco".

Ela encarou as meninas, boquiaberta. Com certeza Papai Forbes não sacrificaria as próprias filhas. Não é? Ela empurrou a roupa de cama e percebeu que também trajava um vestido branco longo e largo. Ela o puxou, não querendo que tocasse seu corpo, tentando afastar a voz de Salimatu, que gritava em sua mente. "*Ayee*. Eles nos pegaram. Estamos todas vestidas para a libação do túmulo dos ancestrais." Não havia saída para ela. As lágrimas que não conseguia mais conter escorreram.

— Por que ela está chorando, Mabel? — perguntou Emily.

— Qual o seu nome? — questionou Mabel.

— O que está fazendo com a sua camisola? — perguntou Emily. — Você vai rasgá-la, aí a Babá Grace vai ficar muito brava. Você não vai gostar disto.

— Salimatu — sussurrou a menina, ainda tentando arrancar o vestido branco.

— Sali o quê? — murmurou Mabel, rindo. — Que nome estranho.

— Ela pode falar, ela pode falar — clamou Emily pulando para cima e para baixo na cama.

— Sou Sarah, Sarah Forbes Bonetta — anunciou a menina, reprimindo Salimatu.

Aquela era a casa dela naquele momento.

Mabel franziu a testa.

— Você não pode ser uma Forbes. O tio George, a tia Caroline e a tia Laura não têm filhos.

— Sou. O papai disse que sim.

— Quem? — questionou Mabel, dando um passo para perto dela.

— Agora, o que está acontecendo aqui? — perguntou uma mulher, atravessando o quarto, a saia do vestido cinza indo de um lado a outro. Ela era baixa e redonda, com cabelo grisalho sob um vivo chapéu branco, bochechas vermelhas e uma boca que parecia muito pequena em seu rosto redondo e oleoso. — Falei para vocês ficarem caladas e não acordarem a pobrezinha — ralhou a babá, colocando na cama vários tecidos. — Agora vão e se lavem. Edith trouxe água quente para vocês. Depois, café da manhã. Sejam rápidas, o Freddie chegou da escola e vai subir logo.

De repente compreendendo, Mabel gritou "Papai" e correu para o quarto ao lado. Emily deu um gritinho de alegria e correu atrás da irmã, gritando "papai, papai está aqui".

Sarah deu um pulo para fora da cama.

— Aonde está indo? — perguntou a babá, segurando-a.

— Quero Papai Forbes — respondeu Sarah, afastando-se e então parando de repente.

Pela porta, viu-o abraçando Mabel e Emily, bem próximo ao corpo. Ele não a viu.

— Ah, minhas queridas, como cresceram? — Ouviu Papai Forbes falar.

— Estava arrumando-as para levá-las ao senhor — explicou a Babá Grace, entrando no quarto.

— Desculpe, babá — respondeu o capitão, abraçando as filhas. — Sei que o faria, mas não podia mais esperar para vê-las.

Mabel tinha passado os braços pela cintura dele. Emily puxava o casaco do pai.

— Papai, fique e tome café da manhã com a gente, por favor? — implorou.

O capitão se sentou em uma das cadeiras de costas retas próximas à mesa grande e a colocou em seu colo.

— Temo que não. A mamãe está me esperando para tomar café da manhã com ela. Podem tomar café com o Freddie e depois desçam ao salão por um tempo.

Naquele momento, a Sra. Forbes entrou no quarto, com uma garotinha se agarrando a sua mão.

— Sabia que o encontraria aqui — afirmou ela com uma risada. — Então trouxe outra pessoa para te ver.

— Anna — murmurou o capitão, levantando-se tão depressa que quase derrubou Emily. — Minha menininha. Olá, pequena, vai vir para o papai?

Ele esticou os braços para pegá-la, mas a Anna de 2 anos, que não se lembrava do pai, correu para detrás das saias da mãe. Então, de repente, começou a gritar, apontando para Sarah, que seguia observando tudo de fora, parada à porta do quarto.

— *Shh*, Anna — murmurou a Mamãe Forbes, pegando-a no colo. — É apenas a Sarah.

— Ah, Deus, esqueci — comentou Papai Forbes, estendendo a mão para Sarah.

— Papai Forbes — bradou a menina e correu na direção dele.

— Você é o papai dela também? — perguntou Mabel ao pai.

Ninguém ouviu a pergunta dela.

Salimatu

Capítulo 8

*Abre a tua boca, julga retamente, e faze justiça
aos pobres e aos necessitados*

Provérbios 31:9

Setembro de 1850

Sarah não gostava da caminhada cotidiana pelo parque, principalmente nos dias frios e chuvosos de setembro, mas ela ia sem reclamar.

No pouco tempo em que estivera com a família Forbes, Sarah sabia de uma coisa com certeza: que Mabel não era sua amiga. A garota nunca seria uma irmã mais velha pronta para cuidar dela.

— Todos estão olhando para nós por causa de você — murmurou Mabel, afastando-se, recusando-se a segurar a mão de Sarah como a babá havia orientado.

Sozinha, Sarah passou por quatro meninos vestindo calças esfarrapadas e jaquetas rasgadas, eles pararam de brincar com as argolas e gravetos e correram atrás dela. Os meninos a cercaram, apontando e gritando "bebê-alcatrão, bebê-alcatrão". Eram como animais cercando, prontos para atacar a presa. Ela fechou os olhos e esperou pelos golpes.

— Vão embora — gritou a babá, enxotando os garotos.

— Babá Grace, por que aqueles meninos estavam sendo maus com a Sarah? — questionou Emily, aproximando-se da mulher.

— Eles não sabem o que fazem — respondeu a Babá Grace, colocando o braço em volta de Sarah, que tremia. — Eles nunca viram ninguém como ela antes.

— O que é alcatrão? — questionou Emily.

— É preto, pegajoso e fedorento — retrucou Mabel, encarando Sarah.
— Mas a Sarah não é preta, é marrom — contrapôs Emily.
— E não sou um bebê — completou Sarah, afastando-se do braço da babá e começando a chutar poças.
— Não é mesmo, senhora, então nada de birras — ralhou a babá. — Venha, ande comigo.
— Achei que fossem atacar ela — comentou Emily.
— Óbvio que não. Quem colocou essa ideia na sua cabeça? O bom senhor diz: "Porque eu sou contigo, e ninguém lançará mão de ti para lhe fazer mal, pois tenho muito povo nesta cidade". Então nada vai acontecer com nenhuma de vocês.
— Talvez ela devesse ir para onde houvesse mais pessoas como ela — sugeriu Mabel —, assim ela não seria diferente, e as pessoas não ficariam encarando.
— Mabel Elizabeth Forbes, que coisa horrível de se dizer. Quantas vezes já falei, como diz o bom senhor: "Vistam-se de misericórdia". Esta é a casa da Sarah agora, então vamos para casa, é hora do chá.

O rosto de Sarah estava molhado, mas ela manteve a cabeça baixa, e ninguém, nem mesmo Salimatu, poderia ter dito se era por causa de lágrimas ao sussurrar no ouvido de Sarah: "lembre-se, não os deixe nos mandar embora antes que achemos Fatmata".

Assim que a porta da frente se abriu, Sarah ouviu a música. O som fez cócegas em suas entranhas. Ela sentiu vontade de rir e chorar ao mesmo tempo. Subiu as escadas correndo e abriu a porta do salão, atravessando o quarto, em lamentos: "Mamãe Forbes, ah, Mamãe Forbes".

Mary parou de tocar.
— O que há de errado?
Sarah olhou para a caixa grande, brilhosa e suave, com seus blocos pretos e brancos sobressalentes no meio.
— A caixa. Ela faz música?
Com cautela, Sarah esticou a mão e bateu com força nos blocos, mas, em vez da música que tinha feito seu coração martelar, houve um barulho agudo estarrecedor, como garrafas de vidro explodindo em um incêndio. Sarah deu um pulo para trás.
— Não se assuste — orientou a Mamãe Forbes, vendo a expressão da menina. — Este é um pianoforte, e estas são teclas pretas e brancas.
Mabel, que tinha entrado no salão com Emily e Anna, gargalhou.

— Por que ela tem medo do pianoforte, mamãe? Isto é bobeira. Não vai machucá-la.

— Ela não sabe disso. Nunca viu um antes — explicou a mamãe, recomeçando a tocar. — Viu, Sarah, é apenas música. Tem que tocar nas teclas com delicadeza. Venha, olhe.

A música atraiu Sarah e a capturou com tanta firmeza que ela teve que deslizar para o chão. As notas musicais a envolveram como um banho de som. Encostando a cabeça no pianoforte, Sarah segurou a perna do instrumento e se balançou enquanto a música incitava lembranças. Ela ouviu os tambores, o *shegbureh*, o *balangie*, o corá, sons de muito tempo antes, e lágrimas escorreram por seu rosto. De dentro dela, o choro de Salimatu surgiu, junto a outro e outro, até Sarah se juntar a ela, chorando.

Mary Forbes parou de tocar e mandou as outras saírem do salão. Ela deslizou para o chão, o vestido amarelo se espalhando, um círculo de calor, e abraçou Sarah, que ficou ali, assim como Salimatu ficava nos braços da irmã, e chorou até dormir.

— Mary — clamou o Papai Forbes ao chegar um tempo depois. — Ela está machucada? Ela não está...?

— Não, meu querido, estamos bem — garantiu Mary. Ela se levantou e balançou o vestido amassado. — Devo estar com uma aparência horrível. Ainda bem que não houve visitas esta tarde.

— O que houve?

— Estava tocando Beethoven, e a música a fez chorar. Às vezes a música consegue tocar a alma. Vou ensiná-la a tocar o pianoforte. E quem é Fatmata? Ela chorava e chamava por ela.

Mais tarde, naquele dia, Sarah mergulhou a pena na tinta e observou a tinta borbulhar com o toque da ponta da pena. Ela esperou que pingasse, como uma única lágrima preta, de volta no tinteiro. Toda vez que pegava a pena, ficava maravilhada com a possibilidade de fazer marcas no papel, marcas misteriosas e secretas àqueles que não sabiam ler. Ela adorava a aparência das palavras no papel, a sensação do papel, até o cheiro da tinta. Devagar, começou a escrever.

Quarta-feira, dia 4 de setembro de 1850

Tive minha primeira liçaum de pianoforte hoje. Ele falou comigo. Ainda posso sentir as teclas debaixo dos meus dedos. A mamãe disse que sou musikal e que será um praser me ensinar. Fico feliz da mamãe achar isso, mas queria que ela não tivesse falado isso quando a Mabel estava lá porke a fez ficar zamgada. O Freddie disse que a Mabel está sempre zamgada agora porque ela tem enveja de toda a atençaum que as várias visitas da mamãe me dão.

— O que está fazendo? — perguntou Mabel.

Sarah deu um pulo, e sua mão tremeu.

— Estou escrevendo no meu diário — respondeu ela, tendo cuidado de não olhar para Mabel.

Ela cobriu o que tinha escrito, torcendo para que estivesse seco.

— O que você escreve?

— Coisas que aprendi. Palavras novas, somas, grafia. Coisas que não entendo.

— A Emily e eu fazemos livros de recortes. É bem mais interessante.

— O que é um livro de recortes?

— Fazemos um livro, então colamos coisas de que gostamos nele. Posso te ajudar a fazer um.

Sarah franziu a testa. Não sabia o que dizer. Era a primeira vez que Mabel se oferecia para fazer algo para ela. Talvez a menina quisesse ser sua amiga.

— Ah, obrigada, Mabel — respondeu Sarah.

— A Emily está brincando com a Anna, então podemos começar o livro agora, se quiser. Cortamos fotos destas revistas velhas da mamãe e as colocamos em grupos, animais, ou pássaros e borboletas. Depois também podemos colocar coisas que encontramos nas caminhadas, como flores e plantas, qualquer coisa que quisermos.

O coração de Sarah começou a martelar ao pensar nas caminhadas.

Mabel pegou uma caixa do armário.

— Vou mostrar o meu — afirmou ela, retirando dali um livro grande e abrindo-o. — Viu, tem imagens de cartões-postais dos nossos passeios à beira-mar e a programação do circo também. Todo mundo tem um livro de recortes, sabe.

— Mamães e papais também?

— Sim. O da mamãe é bonito — contou Mabel enquanto cortava a imagem de uma das revistas. — Ela nos deixa ver às vezes, se tivermos cuidado. Nele tem imagens de anjos, pássaros, borboletas e muitas outras coisas. Ela também escreve nele, trechos de poemas ou músicas. Mas o que ela gosta mais é de escrever cartas, muitas cartas.

— Não acho que o Papai Forbes tenha um livro de recortes. Ele escreve só no diário.

Mabel fechou o livro.

— Como sabe disso?

— Eu via ele escrevendo toda noite no navio.

Mabel mordeu o lábio. Olhou ao redor. A Babá Grace estava ocupada com Anna, e Emily estava brincando com os blocos de alfabeto. Mabel se aproximou de Sarah.

— Por que você fica chamando ele de Papai Forbes?

— Ele disse para eu chamar.

— Bem, ele não é seu papai — afirmou Mabel em uma voz tão baixa que apenas Sarah conseguiu ouvir. — Ele é nosso papai, não seu.

Mabel atirou as revistas pela mesa. Uma delas bateu no tinteiro, fazendo escorrer a tinta. Sarah pegou o diário e observou a tinta escura se espalhando pelo objeto, como o nó que começou a crescer em sua barriga.

— Babá Grace, a Sarah derrubou tinta no livro da Srta. Byles — comentou Mabel com um sorriso.

Sarah adorava todas as aulas com a professora delas, a Srta. Byles, que morava na paróquia com o pai, o presbítero, e ia até a casa durante a semana para ensiná-las. Tudo na Srta. Byles era comprido e magro. O cabelo dela ficava preso atrás, em um coque, os pés eram cobertos por botas apertadas, os dedos eram longos e magros como gravetos secos embranquecidos ao sol, até a voz, tudo era magro. A cabeça da Srta. Byles, contudo, estava cheia de coisas as quais Sarah queria aprender. Coisas que fariam da menina uma moça inglesa digna, livre para ir aonde quisesse, livre para procurar a irmã. Foi aquilo que disse à Salimatu, lendo o livro do alfabeto com suas rimas e imagens, treinando a escrita, de novo e de novo, depois que a Srta. Byles ia embora.

Ela estava pronta quando a Srta. Byles perguntou:

— Sarah, copiou o resto das rimas do alfabeto?

— Sim, senhorita. Copiei.
— Muito bem — comentou a Srta. Byles ao ver as palavras que Sarah havia copiado. — Viu, Mabel, seu livro deveria estar assim. — Mabel virou o rosto, e somente Sarah percebeu as lágrimas nos olhos da garota. — Agora, Sarah, você tem que aprender as rimas de cor, então pode recitá-las para o capitão e a Sra. Forbes.
— Sei todas.
Sarah não contou à Srta. Byles que o Papai Forbes a tinha ensinado o alfabeto. Ela se levantou e, olhando por cima da cabeça da professora, começou a recitar. Não percebeu Mabel franzindo a testa, apenas continuou.

J é de Jesus;
Que morreu na cruz;
Enorme foi sua perda!
Mas ainda maior nossa proeza.
Com L escrevemos louvar...

Sarah parou. Ela não conseguia se lembrar. Mas sabia, sabia, sim, sabia. Ela tinha sussurrado para si mesma várias vezes. Quando Mabel riu, Sarah sentiu o próprio coração iniciar uma dança de dor e vergonha.
— Ela não sabe. Srta. Byles — disse Mabel, pulando para ficar de pé —, eu sei meu poema de cor. Quer ouvir?
Antes que a professora pudesse responder, Mabel começou a recitar.

Pequena ovelha, quem lhe fez?
Sabe você quem lhe fez?
Deu-lhe a vida e a comida

A Srta. Byles ergueu a mão.
— Olha, Mabel, você tem que esperar a sua vez. Eu estava ouvindo a Sarah.
— Queria que ela fosse embora — murmurou Mabel, lançando um olhar a Sarah.
— Mabel! Isto é descortês. Gostaria que alguém dissesse isso a você?
Sarah abriu o livro e traçou as palavras com o dedo.

Com L escrevemos louvar,
Querida, o que deve realizar,
E uma vez de boca fechada,
A orelha fica mais aguçada.

Ela parou. Os olhos estavam cheios de lágrimas, então ela não conseguia ler. Às vezes desejava que Mabel ficasse de boca fechada.

Fatmata

Capítulo 9

Ayé ńio, à ńto o

O mundo segue em frente, e nós o seguimos

1842

A batida vai de tambor a tambor, de vila a vila, todo o caminho até o mercado em Bantumi para me envolver. Apuro os ouvidos enquanto o som do tambor pula e salta no vento, e minha alma treme. Ele me conta que Pai Sorie, nosso *halemo*, nosso tamborileiro, nosso guardião de histórias, começou sua última jornada. Abro a boca para dizer isto a Maluuma, mas, de alguma forma, ela parece saber.

— *Ogum*, nós o ouvimos — pronuncia ela. — No caminho para cá, senti que os antepassados estavam próximos, pensei que os sinais fossem para mim.

Uma das moças que nos vê arrumar as coisas grita:

— *Aye*, mãe, já acabou?

— Pai Sorie foi para os ancestrais. Temos que voltar. Agora.

Arrumo as coisas depressa e ergo o cesto de Madu na cabeça; está mais leve, mais fácil de carregar. Andamos em meio à noite. A lua e Maluuma guiam o caminho. Ela não para uma só vez, não parece nem precisar da minha ajuda. Ando ao lado dela, e, com cada passo, os tambores distantes nos atraem para mais perto.

Quando o sol está alto o bastante para devorar nossas mentes, chegamos de volta à vila. Lá, os tambores se misturam aos lamentos das mulheres.

Salanko bate na pele do tambor como Pai Sorie lhe ensinou, mas todos podem perceber que é uma mão diferente que pressiona as cordas do tambor *fange*, transmitindo a mensagem da jornada aos ancestrais.

Por sete vezes a terra engole o sol e coloca à mostra a lua escondida pela chuva noturna, os deuses chorando pela nossa perda. Então chega a hora de fazer as últimas oferendas. Reunimo-nos na extremidade da vila, aguardando a vinda dos espíritos, os *muunos*. Seus rostos esculpidos, formosos, definidos, lábios avermelhados com suco de bagas, os corpos feitos de tiras de palmeira ráfia, balançam e farfalham alto ao se moverem. As batidas dos tambores mudam, ficando mais e mais rápidas, a dança se torna mais feroz enquanto o espírito principal chega ao centro, guiado pelos mais velhos. As mulheres gritam e começam a correr.

— Venha — orienta Maluuma, andando devagar de volta a nosso complexo. — Isso é coisa dos homens agora. Pegue água para mim.

— Sim, Maluuma — respondo.

Mas desta vez não faço o que Maluuma me manda fazer. Por que tudo é sempre "coisa dos homens", pondero, enquanto me viro e me esgueiro para perto dos homens.

Madu me vê.

— Volte ao complexo agora — grita ela enquanto ata Salimatu às costas. Quando não me mexo, ela me empurra para andar na frente dela. — Vá. Mulheres e crianças não devem ver isso.

Contudo, eu me viro e vejo o espírito principal que chegou para levar Pai Sorie ao local dos ancestrais naquela noite. A máscara é real. Não é entalhada da madeira. É um crânio com a cavidade ocular pintada de vermelho. Presas ao corpo estão galinhas e cobras mortas, balançando junto ao movimento do corpo. Grito, e Madu me estapeia.

Corro chorando para nosso complexo, para dentro da cabana, até Maluuma, em busca de conforto, mas ela não está em seu canto com as plantas nem em sua esteira de dormir. Maluuma está encolhida no chão.

— Maluuma! — berro, jogando-me no chão ao lado dela.

— Eu estava indo buscar água. Passe minha bengala.

Ela ainda está conosco. Abraço-a e sinto os ossos dela, afiados através da pele, que um dia fora da cor do ébano, preta como a noite, e agora está acinzentada e enrugada, como a pele de um elefante. Seu turbante caiu da cabeça, que não tem mais necessidade de cabelo, brilhante e lisa, cheia de conhecimento e sabedoria.

Ajudo-a a se levantar, mas ela cede contra mim, e sei que, mesmo com a bengala, ela não pode andar. De algum lugar profundo dentro de mim, encontro a força para carregar metade do peso dela até a esteira de dormir e a coloco deitada.

— Eles vieram — afirma ela com suavidade.
— Quem, Maluuma? — pergunto.
Mas sei a resposta.
— Os antepassados.
— Não, não, não! Não por você também, Maluuma.
Ajoelho-me ao lado dela e enxugo o sangue que escorre na lateral de seu rosto. O corte é pequeno.
— Não podemos mudar o que é. Estou pronta.
Não quero ouvir o que ela está dizendo. Preciso buscar Madu. De repente, Jabeza está ao meu lado. Ela pula em meu ombro. Tento empurrá-la para longe, mas ela não sai. O macaco se agarra a mim e matraqueia em meu ouvido.
— Deixe-a estar. Ela sabe. Os ancestrais estão aqui.
Dou um pulo para ficar de pé e me afasto.
— Ó, *Oduduá*, não deixe que seja assim.
— Não — murmura ela, fraca — não vá. Traga água para mim.
Água! Sinto algo se apertar dentro de mim tão forte que o suor brota pelo meu corpo todo. É minha culpa. Se eu tivesse levado água quando ela pediu da primeira vez, ela não teria caído tentando pegar. Mais uma vez, minha desobediência acarretou a punição.
— *Ogum*, deus dos deuses, deixe que os ancestrais livrem Maluuma. Fui eu quem errou, não ela. Não sou nada.
Pego um pouco de água da tigela dela. Ergo a cabeça de Maluuma. Ela toma um gole e fala, as palavras sussurrando a si mesma no ar, e meus ouvidos as capturam.
— Mesmo quando não há um galo, o dia amanhece. Você nunca estará sozinha. Dê-me minha bolsinha.
Ela a abre, retira de lá uma pedra branca. Ela a coloca na minha mão.
— Sempre estarei com você — sussurra ela. — Quando segurar esta pedra, me ouvirá em seu interior.
Olho para a pedra que pode fazer tanto. É fria, lisa e me rouba o ar.
Seguro a mão de Maluuma e observo o seu peito, subindo e descendo em um ritmo interno. Respiro com ela enquanto sua respiração desacelera. Então fica imóvel. Jabeza guincha e corre para fora. Espero, inalando e exalando, para dentro e para fora, mas ela não respira comigo. Os ancestrais estavam ávidos naquele dia. Maluuma começou a última jornada e levou tudo o que sou junto a ela. Não sinto nada, sinto tudo. Estou vazia, estou cheia.
— Vá, mas volte — sussurro em seu ouvido.

Ao longe, ouço os tambores rugirem alto, com raiva. Isto me diz que os homens estão, enfim, tirando Pai Sorie da vila, para a floresta dos mortos. Ouço as mulheres cantando para guiá-lo em seu caminho. Não canto. Não choro.

Quando os homens se vão, Madu entra na cabana. Ela me encontra sentada ao lado de Maluuma, agarrando a pedra branca em formato de coração que minha avó me deu. Madu olha uma vez para a mãe deitada tão imóvel, tão silenciosa, na esteira, e seu rosto muda. Ela se parece com um dos espíritos.

— Ela ainda está...? — A pergunta dela paira no ar.

Não consigo falar. Algo grande, uma pedra, um coco, bloqueia minha boca, então não há espaço dentro de mim para que as palavras possam crescer e deslizar para fora.

Madu começa a se lamentar. É longo, alto e urgente. O som me sacode por inteiro. Ela se joga no chão do lado de fora e rola na poeira vermelha como uma filha em luto deveria fazer. Não me junto a ela, como uma boa neta deveria fazer. Não me mexo, não tenho forças.

Quando os homens retornam da floresta dos mortos, no início do novo dia, Madu já colocou vidro azul sobre os olhos cegos da mãe, buscando iluminar seu caminho até os deuses. As mulheres banham Maluuma, preparando-a para que ela deixe a vila pela última vez. Não há espera nem tambores para transmitir mensagens de vila a vila, para clamar em alto e bom tom para todos que Maluuma, a grande curandeira, começou sua jornada aos ancestrais. As mulheres clamam, cantando para guiar Maluuma até a entrada da vila. Ainda não consigo chorar. Descubro que existe um tipo de dor que não pode ser amenizada.

Eles entregam Maluuma, envolta em um tecido azul, para os homens. Jaja lidera o caminho, de volta à floresta dos mortos, seguido por Amadu e alguns dos mais velhos, aqueles que ainda não estão cansados depois da bebida, da comida ou da longa caminhada com Pai Sorie.

Observo-os levarem minha avó sem a cerimônia ou o ritual que fizeram para Pai Sorie. *Ela é uma mulher, mas por que ela não poderia ser auxiliada em sua jornada assim como ele,* pondero. Sei então o que devo fazer. Esgueiro-me para dentro da cabana de Jaja, encontro o que procuro e corro para a extremidade mais distante da vila.

Coloco o tambor antigo de Jaja debaixo do braço e faço o que nenhuma mulher deveria fazer. Pressiono as cordas como Pai Sorie fazia e formo as batidas que transmitem a mensagem para todas as vilas, árvores, animais, céu, lua e estrelas.

Maluuma, a grande curandeira, mãe de Isatu, avó de Fatmata, Amadu e Salimatu, Maluuma, a sábia, começou sua jornada aos ancestrais. Louvados sejam os deuses.

Apenas depois daquilo que a pedra presa em minha garganta é levada embora pelas lágrimas que jorram de meus olhos. Água.

— Vá agora, mas volte, Maluuma.

Salimatu

Capítulo 10

A riqueza de procedência vã diminuirá

Provérbios 13:11

Outubro de 1850

Elas estavam se aprontando para fazer a caminhada vespertina de todo dia quando Edith apareceu para buscá-la.

— A senhora pediu para a senhorita Sarah descer agora, senhorita — anunciou Edith à porta. — A Lady Sheldon e a Sra. Oldfield chegaram.

— Obrigada, Edith — respondeu a Babá Grace.

Mabel deu um pulo, pronta para descer também.

— A senhora disse apenas a senhorita Sarah, senhorita.

Sarah não sabia por que as visitas queriam vê-la, e não Mabel, Emily ou Anna, mas era o que era, e daquela vez ela estava grata. Ela não precisaria sair para caminhar no dia frio e úmido.

— Coloque seu chapéu para que possamos ir caminhar, Mabel — comandou a babá, abotoando o casaco de Anna. — Ouviu a Edith. Você não foi chamada.

— Mas a Jane e a Bessie estarão lá. Elas sempre vêm com a mãe delas.

— Não é você que desejam ver. Se a Bessie estivesse com a mãe, a teriam mandado vir aqui para brincar.

— Não é justo. Tudo agora é sobre a Sarah — reclamou Mabel.

— Não seja maldosa — retrucou Emily, que brincava com seu diabolô.

Mabel pegou o diabolô e o jogou tão alto que Emily não conseguiu alcançar a corda, e o brinquedo acabou atingindo a cabeça de Anna.

— O bom senhor diz que *a inveja é podridão para os ossos*, lembre-se disso, Mabel Forbes — orientou a Babá Grace, acalmando uma Anna chorosa.

A babá parecia ter muitas conversas com o "bom senhor", pensou Sarah. Ela esperava que um dia ele falasse com ela também. Havia muitas coisas que queria perguntar a ele. A primeira pergunta seria: "onde está Fatmata, bom senhor?"

Sarah desceu a escada devagar. Ela torcia para que houvesse um pedaço do bolo que a cozinheira tinha feito naquela manhã. Seria bom variar dos costumeiros pão e manteiga servidos no quarto na hora do chá. Ela adorava os bolos da cozinheira.

Do lado de fora da sala de desenho, Sarah congelou ao se lembrar do que havia acontecido da última vez que fora ao cômodo cheio de pinturas, cadeiras e ocasionais mesas. Havia tantas coisas que a Babá Grace chamava de "estatuetas" e "bricabraques" que poderiam se quebrar caso não tivessem cuidado. Ainda que Sarah soubesse que crianças eram proibidas de entrarem ali sem supervisão, a menina tinha persuadido Emily a se esgueirar ali com ela para ver como era a sala com as cortinas abertas. Elas estavam separando as cortinas quando Mabel apareceu.

— O que estão fazendo? Vou contar à babá.

— Não — implorou Emily —, por favor, não conte.

— Você nunca teria feito isso se não fosse por ela, Emily — afirmou Mabel, lançando um olhar à Sarah antes de empurrá-la, fazendo a menina tropeçar para trás.

Sarah esbarrou em uma das mesas e, tentando não cair, segurou na toalha da mesa. As três arfaram quando uma estátua pequena balançou, então caiu no chão.

Mabel correu até a porta e gritou:

— Babááá.

A mamãe tinha ficado muito brava, o papai dissera que estava muito decepcionado com a desobediência de todas elas, e a babá comandara as meninas a irem para a cama cedo, sem comerem.

— Não é justo — reclamou Mabel depois. — Não entendo por que estou sendo punida. É sua culpa, você não devia ter entrado lá.

— Você não devia ter me empurrado.

— Bem, queria que o papai mandasse você embora.

— Não diga isso — contrapôs Emily. — Para onde ela iria?

— Para o reformatório. A Srta. Byles disse que é para lá que as crianças travessas vão quando não têm mais para onde ir. O papai vai se cansar dela em breve, e ela vai ser mandada embora, e eu não ligo.

Naquele momento, Sarah respirou fundo quando Edith abriu a porta. Naquele dia, as cortinas pesadas estavam abertas, e havia uma chama ardente na lareira.

— A senhorita Sarah — anunciou Edith à porta.

— Entre, Sarah — orientou a Mamãe Forbes. — Dê boa tarde à Lady Sheldon, sua filha senhorita Jane Sheldon e a Sra. Oldfield. Edith, traga a água quente.

Sarah deu um passo à frente, fez uma reverência breve, mas não disse nada.

A Sra. Oldfield fez menção para que a menina se aproximasse. Sarah se aproximou um pouquinho, então parou, com medo de pisar na saia de seda roxa da mulher, que estava espalhada como um mar cintilante. A Lady Sheldon, com o rosto parecendo esticado de tanto que o cabelo escuro estava puxado para trás, apenas fungou. A senhorita Jane Sheldon, que era apenas alguns anos mais velha que Sarah, sorriu e acenou com a cabeça. Ela era gorda, o cabelo caía em argolinhas até os ombros e roçava no colarinho do vestido verde-claro dela; a cor combinava com seus olhos.

— Ela fala inglês, Sra. Forbes? — perguntou a senhorita Sheldon.

Antes que a Mamãe Forbes pudesse responder, entretanto, Lady Sheldon opinou:

— Duvido de que ela fale o inglês da rainha, Jane. Pessoas de cor não conseguem. Não são muito inteligentes.

— Ora, mãe — murmurou Jane, abaixando a cabeça.

A mãe lhe lançou um olhar.

— Na verdade, ela fala belamente, Lavinia — respondeu a Mamãe Forbes, colocando o braço ao redor dos ombros de Sarah.

O toque foi doloroso de tão apertado, e Sarah estremeceu, mas permaneceu calada. Ela percebeu que a Mamãe Forbes estava brava por alguma razão. Ela tinha feito algo de errado? Talvez devesse ter contado a Lady Sheldon que ela aprendera muitas palavras novas em inglês.

— Em cinco meses, ela aprendeu o idioma extraordinariamente bem — explicou a Sra. Forbes, soltando Sarah. — Ela é esperta, tem um ótimo temperamento, e todos nós nos afeiçoamos muito por ela. Gostaria de ouvi-la recitando algo mais tarde, talvez?

A Sra. Oldfield soltou um longo suspiro e se inclinou à frente.

— Ah, sim, por favor. Adoro poesia.

A Mamãe Forbes inclinou a cabeça e se sentou à mesa coberta com um tecido branco, que tinha uma renda elaborada decorando a ponta. Sarah olhou para as muitas coisas de chá na mesa, mas o que captou sua atenção foi a bandeja de três níveis cheia de sanduíches, bolo de chocolate, *scones*, biscoitos amanteigados e diversos tipos de *tarte*.

A Mamãe Forbes enxaguou o bule com a água fervente e despejou em uma tigela de resíduos. Aquele era um ritual compreendido pelas outras; ninguém disse nada. Sarah também observava enquanto Mary Forbes pegava uma chave pequena do chaveiro preso ao vestido, abria a caixa de chá e meticulosamente mensurava folhas de chá soltas no bule recém-lavado antes de colocar água dentro dele. A solução ficou imbuída por um minuto ou dois antes de ela adicionar mais água.

— Como toma seu chá, Violet? — perguntou a Mamãe Forbes, servindo a primeira xícara de chá. — Com limão ou leite?

— Limão? Ah, não, leite e açúcar, por favor.

Sarah viu a Lady Sheldon olhar a bandeja e erguer as sobrancelhas.

— Mesmo, Mary, ainda usa açúcar?

A Mamãe Forbes respirou fundo.

— Sim, Lavinia. No entanto, não usamos açúcar produzido por escravizados nos engenhos das Índias Ocidentais.

— Como todos os outros, parei de consumir açúcar anos atrás — afirmou Violet Oldfield —, mas preciso admitir que gosto muito de doces, e foi um alívio tão grande quando começaram a vender açúcar comprado das Índias Orientais. É evidente que usei o conjunto de chá que tinha o slogan "Açúcar das Índias Orientais. Não fabricado por trabalho escravo".

— Eu não colocaria tal louça em minha mesa. Nem por todo o chá da China — retrucou Lady Sheldon. — É tão feia.

— Não fique tão cheia de si, Lavinia, a louça foi posta de lado há muito tempo, embora eu ainda use as pinças nos nacos de açúcar. E também usei o broche de Wedgwood "Não sou eu uma mulher e uma irmã" depois que fui a uma reunião em grupo da Sociedade Feminina por Birmingham.

— Bobagem sem sentido — contrapôs a Lady Sheldon, endireitando a postura. — Algumas escravizadas podem ser mulheres, mas certamente não são minhas irmãs.

— Alguns dos panfletos abolicionistas eram bem explícitos a respeito das indecências que mulheres escravizadas enfrentaram. Terrível, terrível — opinou Violet.

Antes que qualquer outra coisa pudesse ser dita, a Mamãe Forbes interveio.

— Sarah, por que não recita o poema que vem estudando com a Srta. Byles agora, enquanto tomamos nosso chá?

Sarah sentiu as mãos ficarem suadas. Ela não se atreveu a enxugá-las no vestido, porém. Endireitando a postura e erguendo o queixo como a Srta. Byles havia lhe ensinado, ela respirou fundo e recitou:

Minha mãe me teve em terra selvagem,
Sou negro, porém minha alma é alva;
A criança ao norte tem branca imagem
Sendo negro, me falta a luz que salva.

— Ah, ah, ah — bradou a Lady Sheldon, secando os olhos com um lencinho rendado.

Sarah parou e olhou para a mamãe, que acenou para que a menina se sentasse.

— O que houve, Lavinia? — perguntou a Mamãe Forbes.

— Ela se comparando a uma criança inglesa, não é natural.

— Mãe, por favor — contrapôs Jane —, é só um poema do Sr. Blake.

— Você precisa admitir, nunca conheceu um negro que falasse tão bem — afirmou Violet Oldfield.

— Já vi como eles são. Esteja avisada: ela vai ficar presunçosa se tratá-la como uma de nós — comentou a Lady Sheldon, lançando um olhar duro a Sarah.

— Ah, Lavinia, ela é só uma criança — retrucou a Sra. Oldfield.

Sarah não disse nada, tentando entender por que a Lady Sheldon não gostava dela. Será que havia infringido outra lei desconhecida? Ela havia aprendido há muito tempo com Fatmata que, se você se sentasse bem quietinha, as pessoas logo se esqueciam de que estava ali, e daquela maneira era possível aprender muitas coisas. Então, naquele momento ela ficou imóvel e ouviu.

— Sim, e elas crescem — prosseguiu a Lady Sheldon, ignorando a Sra. Oldfield. — Perdemos uma propriedade em Barbados quando eles foram emancipados, sabe. Não se pode confiar em nenhum deles. Primeiramente, eles se uniram à rebelião em 1816, então em 1834 todos disseram que ficariam. O papai disse que os pagaria, mas dentro de um mês todos haviam ido embora, e não havia ninguém para trabalhar no engenho. Perdemos tudo. O governo nunca nos ofereceu uma compensação adequada. O papai dizia que William Wilberforce e seus comparsas abolicionistas deviam ter sido açoitados.

— Lavinia, sua família era dona de escravizados? Eu não sabia — comentou Mary Forbes.

— Você nunca perguntou.

— Bom, a Sarah não é uma escravizada. Ela é livre.

— A Princesa Africana, é assim que os jornais a chamam — adicionou a Sra. Oldfield, inclinando-se à frente. — E aqui está ela, bem na minha frente.

Jane sorriu e ofereceu um pedaço de bolo a Sarah.

— Estou tomando chá com uma princesa.

— Por favor, não seja tola, Jane — afirmou sua mãe. — Princesa de fato! Ela deveria estar na cozinha, esfregando panelas ou limpando sapatos.

— Lavinia! — ralhou Mary Forbes.

— É verdade o que os jornais dizem? — interrompeu a Sra. Oldfield, com os olhos arregalados e curiosos. — É verdade que o rei deles ia sacrificá-la, mas o Capitão Forbes o fez mudar de ideia e ela foi enviada como um presente para nossa rainha?

— Sim, Violet, de acordo com o Frederick.

— O que acontecerá com ela agora? — perguntou a Sra. Oldfield.

— Vocês não vão mantê-la — interrompeu a Lady Sheldon. — Esta é a Inglaterra. Ela nunca vai se encaixar na alta sociedade.

— Não cabe a nós decidir o que acontecerá com ela, Lavinia — respondeu Mary Forbes, usando o guardanapo para secar o respingo de chá que derramara na mesa. — Ela pertence à Rainha Vitória.

Sarah deu uma mordida no pedaço de bolo. Ela percebeu que a mão da Mamãe Forbes tremia.

Quarta-feira, 30 de outubro de 1850, Casa Winkfield

Hoje descobri dois coisas. A primeira é que me chamam de princesa. É o que a mamãe diz. Lily correu em vouta de mim, me chamando de Princeza Sarah. Ela gargalhô e gargalhô, mas Mabel não. Eu queria que ela fosse como a Fatmata. Também, mamãe falô que pertenço à Rainha Vitória, não ao Papai Forbes. Por quê? O que vai acontecer comigo? Queria estar de volta em casa, em Talaremba, com a Fatmata também.

Salimatu

Capítulo 11

*Sobretudo o que se deve guardar, guarda o teu coração,
porque dele procedem as fontes da vida*

Provérbios 4:23

Novembro de 1850

Assim que a carta que comandava que Papai Forbes apresentasse *Sarah Forbes Bonetta no Castelo de Windsor, às 11h da manhã, no sábado, dia 9 de novembro de 1850* chegou, iniciou-se uma discussão intensa a respeito do que ela deveria vestir.

— Eu não fazia ideia de que Sua Majestade pediria para vê-la — afirmou a Mamãe Forbes, enquanto a Babá Grace dispunha não apenas todos os melhores vestidos de Sarah como também os de Mabel para a análise. — Não há nada adequado para ela usar. Temos menos de uma semana. Sarah e eu vamos à cidade e ficaremos com minha irmã, Lady Melton. Ela nos levará até sua costureira em Londres.

— Mamã, posso ir a Londres também para comprar um vestido novo? Sou a mais velha.

— Ora, Mabel, por favor, não seja difícil. Vamos a Londres depois do Natal, como de costume.

Naquela noite, houve uma flanela molhada na cama de Sarah, e ela teve que dormir em lençóis úmidos. Ela tossiu a noite inteira e manteve Mabel acordada.

Tudo de que Sarah se lembrava dos dois dias que passou em Londres com a Mamãe Forbes e Lady Melton era de correr de um lado a outro em busca de um chapéu, sapatos e um casaco. Ela passou muito tempo na costureira, ficando imóvel para que ela tirasse suas medidas enquanto tecidos e cores eram debatidos.

— Um vestido branco combinaria bastante com a pele escura dela, não acha? Ela é bem bonitinha, de um jeito negro de ser. Uma pena essas marcas no rosto dela. Fica tão desfigurado.

— *Shh*, Josephine — respondeu Mary Forbes. — Não há nada que possamos fazer sobre as marcas. Contudo, está certa sobre o vestido branco.

E Salimatu estava lá de novo. Ela beliscava e cutucava Sarah, deixava seu coração apertado, sussurrando "você tem que pará-las. Não podemos chegar perto de uma rainha enquanto usamos um vestido branco. É a roupa daqueles que serão sacrificados. Lembre-se do Rei Gezo".

— Mamãe, por favor, branco, não, branco, não. — Sarah caiu no choro.

Lembrando-se do que o capitão havia dito sobre o resgate de Sarah, Mary Forbes balançou a cabeça para a irmã e abraçou uma Sarah aos prantos.

— Nunca vou te obrigar a usar branco, Sarah. Talvez goste de azul? O azul-claro vai ficar tão bonito quanto.

Sábado, 9 de novembro de 1850, Casa Winkfield
Hoje vou visitar a Rainha Vitória. Ela é como um rei? Ela também faz sacrifícios? Estou com medo, mas ninguém entenderia, só a Salimatu. Ela está aqui.

Chegou o dia, e Sarah desejou poder se recusar a ir. Salimatu tinha trazido os pesadelos de volta, como sombras se esgueirando para dentro e para fora de seus sonhos, sussurrando a noite toda: "temos que ter cuidado. Lembre-se de que o Rei Gezo nos abraçou, disse que estávamos seguras, e ainda assim ele ia nos sacrificar no túmulo de seus ancestrais."

— Por que você chora enquanto dorme? — perguntou Emily pela manhã.

— Tenho sonhos.

— Devem ser ruins se fazem você ficar tão triste.

— Não quero falar deles.
Emily não fez mais perguntas. Em vez daquilo, deu a Sarah sua boneca favorita.
— Você pode brincar com a Arabella.
— Obrigada, Lily.
Ainda pensando em encontrar a rainha, Sarah afastou a tigela de mingau, levantou-se da mesa e foi até a janela, acariciando seu *gris-gris* pendurado no pescoço. O ato não lhe causou conforto.

Quando chegara à Casa Winkfield, seu *gris-gris* tinha sido guardado pela Babá Grace, mas, uma noite depois de mais um pesadelo, Sarah havia retirado seu saquinho *gris-gris* da gaveta. Tinha ficado mais calma só de tocar nele, então voltara a usá-lo no pescoço.

— O que é isso? — perguntou Edith na primeira vez que viu Sarah usando-o.
— Meu *gris-gris*.
— O que é um *gris-gris*? — questionou Mabel.
Sarah franziu a testa. Certamente elas sabiam o que era. Toda criança tinha um, não?
— Sabe, seu saquinho onde coloca as coisas especiais que mantêm você em segurança.
— Que coisas? Deixe-me ver — disse Mabel, esticando a mão para pegá-lo.
— Não, não pode ver — respondeu Sarah, afastando-se.
Fatmata havia dito a ela: "dentro do *gris-gris* está tudo o que você é. Nunca deixe que outra pessoa veja seu eu interior." Ela apertou o saquinho com tanta força que podia sentir seu *ala* que a fizera atravessar o oceano em segurança e a pedra azul que a protegia do mal. Depois daquele dia, para protegê-lo e mantê-lo longe de Mabel, Sarah apenas tirava seu *gris-gris* na hora do banho.

Sarah olhou pela janela. Ela desejava ver o sol, ver a claridade. Era muito frio ali. Franziu a testa. Nunca tinha visto o jardim assim antes. Tudo estava branco e brilhante. Os galhos das árvores se distendiam, buscando por folhas para se aquecerem. Mas estavam cobertos de branco, como sal. Ela viu uma criada andando depressa, de cabeça baixa, lutando contra o vento, apertando o xale esvoaçante. Embora estivesse do lado de dentro, Sarah apertou a manta com mais firmeza em volta dos ombros.

— Edith, de onde veio todo esse sal?
— Sal? Que sal? — questionou Mabel, saindo da mesa de café da manhã e correndo até a janela. Ela olhou para o lado de fora e caiu na gargalhada. — Isso não é sal. É geada. Edith, ela acha que geada é sal, isso não é bobo?

— Deixe-a em paz, senhorita Mabel. Eles não têm geada nem neve de onde ela vem na África.

— O que é geada?

— Geada é gelada — respondeu Emily. — Como gelo.

— Temos geada no início do inverno quando começa a ficar muito frio. É como gelo. Quando o dia ficar mais quente, vai derreter — explicou Edith. — Depois teremos neve.

Geada? Gelo? Neve? Salimatu/Sarah tremeu. Ela se lembrou da primeira vez que tinha visto gelo; não era parecido com a geada ali fora. Ela estivera na cozinha quando a Sra. Dixon chamara Edith.

— O moço do gelo está aqui, vá pegar a caixa de gelo — orientou ela.

— O que é gelo? — perguntou Sarah à cozinheira enquanto observava o moço do gelo usar o picador para quebrar um bloco de gelo e colocar na caixa de madeira antes de ir embora com seu cavalo e carroça.

— O que é gelo? Ora, você faz mesmo umas perguntas engraçadas. O gelo mantém fresca a comida, a carne, a manteiga e o leite para não estragarem. O Davy traz gelo novo uma vez por semana. Agora, saia do caminho, senhorita Sarah. Tenho que trabalhar.

Quando ninguém estivera olhando, ela tinha ido à despensa, fechado a porta e aberto a caixa para ver o gelo. Ela ficara surpresa ao ver fumaça, mas era gelada. Ela queria saber qual era a sensação, então o tocou e quase imediatamente sua mão ficou presa no bloco. Por mais que puxasse a mão, não conseguia soltá-la. Ela gritou, e Edith precisou jogar um pouco de água na mão dela para soltá-la. Estava dormente, e a menina não conseguiu sentir nada por muito tempo. Teve que aquecer a mão em frente à lareira, então pareceu que mil formigas vermelhas estavam picando sua mão. Por um tempo, depois daquilo, ela se tornou o centro das atenções na casa, com pessoas comentando ou perguntando como estava até que ela se cansou e simplesmente parou de ouvir a conversa ou responder. Devagar, a vida voltou ao normal.

O frio do lado de fora parecia entrar pela janela para envolver o coração de Sarah. Ela se perguntou se também se transformaria em gelo, duro e frio. Talvez seu coração congelasse, talvez ela parasse de sentir tanto medo de ir encontrar a rainha no castelo.

— Sally — chamou Emily, colocando o último pedaço de pão com manteiga na boca —, o que vai dizer a Sua Majestade?

Sarah gostava de quando Emily e Freddie a chamavam de Sally. Eram os únicos que a chamavam assim. Aquilo a fazia se lembrar dos marujos no *Bonetta* e de seu eu-Salimatu, de sua antiga vida quando houvera Fatu e Sali.

— A mamãe disse que devo apenas fazer uma reverência e ficar calada.

— Ela apenas disse para você ficar calada de início — contrapôs Mabel. — Se a rainha te fizer uma pergunta, precisa responder algo. Seria muito grosseiro não dizer nada. E não caia quando fizer a reverência, como aconteceu ontem. E logo depois que a mamãe disse que você era muito graciosa! — A menina riu, derrubando leite na mesa toda.

— É lógico que ela não vai cair — afirmou Emily, encarando a irmã. — A reverência dela é bem melhor do que a sua ou a minha.

A Srta. Byles havia ensinado Sarah exatamente como dobrar os joelhos para frente, manter as costas eretas, colocando um pé para trás, enquanto segurava a saia para longe do corpo. Ela tinha praticado a reverência por várias vezes, mas, depois que a mamãe elogiara a reverência de Sarah, cair parecera a única forma de evitar que Mabel fizesse bico e se zangasse. Ela ficou feliz por ninguém ter percebido que fora proposital. Sarah não entendia por que ela não poderia apenar deitar direto no chão e beijar os pés da rainha como tivera que fazer na África. Era bem mais fácil.

Ela não queria pensar sobre o que Sua Majestade poderia lhe perguntar. A Rainha Vitória a mandaria embora? Como ela um dia conseguiria encontrar Fatmata?

— E se Sua Majestade lhe perguntar sobre a África? — questionou Mabel.

— Já falei antes, não consigo me lembrar de nada — respondeu Sarah, virando o rosto para longe de Mabel.

Ela sabia que era feio dizer inverdades, mas ela deixara que todos eles, até mesmo o Papai Forbes, acreditassem que ela não se lembrava de nada. Temia que compartilhar boas lembranças faria com que elas desaparecessem, deixando apenas os pesadelos. Como ela poderia encontrar as palavras para contar a eles sobre o grande incêndio, as armas, o assassinato de sua mãe e seu pai, a longa caminhada, o ataque à Talaremba e Okeadon e a vida dela em Abomey? Eles entenderiam como havia sido ser arrancada de Fatmata por Santigie, levada em um cavalo grande, vendida por diversas vezes, então sido mantida viva para ser sacrificada no momento certo, vestida de branco? Sarah balançou a cabeça.

— Nem mesmo sobre aquele rei que te manteve presa? — perguntou Mabel, aproximando-se.

Sarah piscou e deu um passo para trás.

— Como assim? — murmurou a menina, ponderando como Mabel sabia daquilo.

O que mais ela sabia? Sarah tocou seu *gris-gris* de novo.

— Ouvi a Babá Grace falando de você com a Edith.

— Senhorita Mabel, você sabe que a babá estava só lendo o que estava no jornal — afirmou Edith depressa antes de se virar para Sarah. — A senhorita é notícia em todos os jornais, senhorita Sarah.

Sarah olhou para Edith.

— Eu? Nos jornais? Por quê?

— A senhorita é famosa. Todos querem saber da senhorita.

— Não sei por quê. A Srta. Byles disse que existem muitos negros na Inglaterra, mesmo que não os vejamos aqui em Windsor — comentou Mabel, voltando para a mesa.

— Existem? — questionou Emily.

— Sim, perguntei a ela. Ela disse que eles vêm dos navios; estudantes, serviçais e às vezes aqueles que escaparam da escravidão nos Estados Unidos da América. Assim, não vejo por que Sarah é tão especial.

Londres? Era lá que encontraria Fatmata? Por que não havia pensado naquilo antes? Ela tinha que voltar a Londres.

— Não vi nenhum negro quando a Mamãe Forbes me levou para Londres para comprar meu vestido novo.

— Bom, não veria mesmo, senhorita, não onde a Lady Melton mora — retrucou Edith com uma risada. — Pode ver um ou dois serviçais que são negros por lá, mas não pessoas como a senhorita. A babá diz que os pretos em Londres varrem as ruas ou pedem dinheiro para sobreviver. A senhorita é diferente. A Princesa Africana. Não se passa uma semana sem que saia algo sobre a senhorita no jornal.

— Viu, todos querem saber — disse Mabel. — Se não contar à Rainha Vitória, ela pode até ordenar que cortem sua cabeça, princesa.

Sarah arregalou os olhos. Mordeu o canto da boca com força para se controlar para não gritar enquanto Salimatu sussurrava: "falei para tomar cuidado".

— Ah, Sally — lamentou Emily, correndo para abraçar Sarah —, não ouça a Mabel. A rainha nunca deixaria que ninguém cortasse sua cabeça depois que o papai salvou você daquele rei terrível.

— Cortar sua cabeça? — repetiu Freddie, que acabava de entrar no quarto. — Rolaria o caminho todo pelo corredor. Mas não se preocupe, minha pequena

Sally, vou ficar esperando para pegá-la e colar de novo em cima dos seus ombros, prometo. — Ele colocou o braço ao redor dos ombros dela e apertou.

Emily riu.

— Você é engraçado, Freddie.

Sarah parou de tremer e se recostou no ombro dele. Aos 14 anos, Freddie era quase tão alto quanto o pai. Seus olhos eram tão azuis quanto o céu em um dia ensolarado. Ele falava devagar, estava sempre sorrindo, parecendo sempre ter algo de especial para contar só à pessoa específica. Desde o início ele havia sido gentil com Sarah. Ele conversava, provocava, brincava com ela, assim como fazia com Mabel, Emily e Anna. Freddie voltava de Eton para casa todo fim de semana e sempre subia até o quarto das crianças para vê-las. Sarah se sentia segura quando ele estava por perto. Desejava que ele fosse seu irmão. Não se lembrava dos próprios irmãos. Amadu e Lansana eram apenas nomes, parte das lembranças que se esvaíam.

A Babá Grace apareceu esbaforida.

— Venha, senhorita Sarah. A senhora está esperando. Suas coisas estão dispostas no quarto dela. Ela vai acompanhar enquanto a senhorita se arruma.

Sarah deu um passo para trás, dobrando e desdobrando a barra do xale.

— Qual o problema? — perguntou Freddie.

— Não quero ir ver a rainha — sussurrou Sarah.

— Não tenha medo, Sally. O papai vai cuidar de você — garantiu o rapaz, beliscando o nariz dela.

— Não é hora de ser difícil, senhorita Sarah — afirmou a Babá Grace, apressando-a para fora do quarto.

No quarto da mamãe, Sarah ficou parada enquanto a babá colocava o vestido azul-claro sobre a sua cabeça e amarrava a faixa azul-marinho em um grande laço nas suas costas. Sarah estremeceu enquanto Edith lutava para abotoar os botõezinhos perolados nos novos botins pretos. Ela ainda odiava usar sapatos.

— Seu chapéu também é lindo — disse Emily, acariciando as flores azuis e brancas no acessório.

— Fica perfeito na cabeça da senhorita Sarah agora que cortei o cabelo dela curto, não fica, senhora? — comentou a babá, amarrando a fita debaixo do queixo de Sarah.

Sarah ficou feliz pela babá ter cortado o seu cabelo. Ela desejava poder mudá-lo. Não parecia com o da Mabel, da Emily, nem com o de ninguém que tinha visto na Inglaterra. Por mais que a babá puxasse, até lágrimas escorrerem pelo rosto de Sarah, ainda ficava volumoso e grosso. Depois de ler a história da *Naughty Nancy*, que brincou com fósforos e queimou o cabelo todo, Sarah decidiu fazer o mesmo. Mabel a delatou. O papai a fez prometer nunca mais brincar com fósforos, e naquele momento o cabelo dela estava bem curto. Lily tinha dito que era como uma touca preta.

— Sim, babá, ela aparenta ser muito inteligente.

Quando Sarah desceu, todos da casa esperavam no corredor. Até mesmo a Srta. Byles havia ido até lá, embora não fosse dia de aula.

— Ah, está uma gracinha! — exclamou a Sra. Dixon.

A mamãe pegou a capa de lã azul-escuro que a babá segurava, colocou-a nos ombros de Sarah, inclinou-se e beijou a bochecha da menina.

Os lábios de Sarah tremeram. Ela nunca tinha sido beijada daquele jeito antes. Ela passou os braços ao redor da cintura da Mamãe Forbes e se agarrou a ela.

— Ora, ora, você ficará bem — afirmou a mulher, dando um empurrãozinho em Sarah em direção à porta. — Comporte-se como uma moça e se lembre de fazer reverência como a Srta. Byles lhe ensinou.

— Ah, você está pronta — comentou Papai Forbes, sorrindo. — Venha, o Davy trouxe a carruagem para a frente. Melhor não deixarmos os cavalos esperando.

Ele pegou a mão de Sarah, conduziu-a porta afora, ajudou-a a entrar na carruagem e colocou o cobertor em cima dos joelhos dela. Quando Sarah se virou, ela viu que, embora estivesse frio, a mamãe ainda estava parada à porta, com Anna no colo, enquanto a Srta. Byles, a babá e a cozinheira continuavam acenando. Mabel tinha voltado escada acima e olhava por uma das janelas. Ela não acenava.

Salimatu

Capítulo 12

No coração do prudente, repousa a sabedoria

Provérbios 14:33

Novembro de 1850

No caminho para o castelo, Sarah endireitou a postura, mantendo as mãos no colo assim como a mamãe havia ensinado, mas suas unhas estavam cravadas nas palmas. A geada tinha desaparecido, e, na manhã cinzenta e nebulosa, o Parque de Windsor estava repleto de sombras. Aquilo lembrava a Sarah de caminhar pela floresta depois que ela e Fatmata foram capturadas, e seu coração ficou acelerado. Ela tinha certeza de que a qualquer momento os demônios escondidos sairiam de trás das árvores para cercá-los e que apenas o barulho dos cascos dos cavalos os mantinha longe.

Quando enfim ela viu o castelo no alto da colina com seu muro circundante, Sarah prendeu a respiração, fechou bem os olhos e apertou o braço do capitão. Da última vez que estivera em um palácio, a construção também fora cercada por muros, seis portões, um poço cheio de acácias espinhentas e dois canhões em cada lado da estrada. Muros com crânios no topo e pilhas e mais pilhas de crânios, de homens e animais dispostos ali, nos portões, para efeito, a fim de demonstrar o poder do rei e a ferocidade de seu povo. Nos anos em que fora prisioneira dentro dos muros do palácio do Rei Gezo, ela havia visto muitos crânios serem adicionados ao topo dos muros.

Salimatu gritava dentro de sua mente: "eu avisei, eu avisei, *Ayee*! Vamos morrer. Vamos morrer. *A ti kú*".

— Qual o problema, criança? — perguntou o Papai Forbes.

— Não quero ver as cabeças degoladas no muro como no palácio do Rei Gezo — respondeu Sarah, apertando ainda mais o braço dele.

— Abra os olhos e veja, não há cabeça alguma. Olhe! A Rainha Vitória não corta as cabeças dos inimigos.

Sarah abriu os olhos só um pouquinho. Não havia cabeças. "Então ela faz o quê?", sussurrou Salimatu. Sarah balançou a cabeça, voltou a endireitar a postura e soltou o braço do Papai Forbes até que a carruagem parasse em frente às grandes portas de madeira do castelo. Ela não conseguiu se mexer. O Papai Forbes teve que ajudá-la a sair da carruagem e conduzi-la pela porta.

Dentro do Castelo de Windsor, um cortesão fez uma reverência e os informou de que a Lady Margaret Phipps, que supervisionava os compromissos cotidianos da rainha, os encontraria no Longo Corredor. Sarah olhava para todos os lados enquanto se apressavam ao local, ainda temendo o que poderia haver virando a esquina.

Eles fizeram uma curva, e lá estava o longo corredor, vívido com um tapete vermelho estampado que parecia se estender ao longe. Muitas pinturas, em molduras de ouro, da família real, de palácios, castelos e navios muito navegados, cobriam as paredes, brigando por espaço entre cortinas pesadas e compridas na cor vermelha e creme. Fixados nos muitos nichos estavam cadeiras douradas ornamentadas, banquetas e bancos, enquanto objetos magníficos alinhados pelo corredor lutavam por espaço enquanto protegidos por invólucros ricamente amadeirados e maravilhosamente esculpidos e decorados.

— A Rainha Vitória tem muitas coisas, não tem, papai? — sussurrou Sarah.

— São tesouros de todas as partes do mundo presenteados a Sua Majestade.

Sarah prendeu a respiração. *Sou um presente também*, pensou ela. Não era aquilo que o Papai Forbes tinha dito? Aquilo significava que ela seria colocada em uma sala para ser observada por pessoas para sempre? A menina sentiu as mãos suadas e quentes dentro das luvas. Ela já não aguentava mais as pessoas fazendo aquilo, ou querendo tocar seu rosto, seu cabelo.

Foram as muitas cabeças, brancas como se a carne tivesse caído e deixado apenas os ossos, que a fizeram parar enquanto o corpo todo tremia. Então, ali as cabeças degoladas não eram fixadas ao muro do lado de fora, como no palácio do Rei Gezo. Não, ali eles levavam as cabeças para dentro e as colocavam em pilares de mármore quase da altura de um homem. Aquilo fora o que a menina temera, aquilo era *juju* com certeza. Salimatu gritou dentro dela: "vamos morrer, *a ti kú*. Corre, corre, *șișe, șișe*".

Sarah cobriu os olhos; não queria ver nenhuma delas.

— Sarah, o que houve? — perguntou o Papai Forbes, afastando as mãos da menina do rosto.

— As cabeças — respondeu Sarah, afastando-se, pronta para correr de volta à carruagem. — Olhe as cabeças. Os olhos estão vazios, mas elas me olham, querendo me levar embora.

— Não, não estão, Sarah — contrapôs o Capitão Forbes. Ele passou o braço em volta dela e a puxou para perto. — Não são de verdade; são bustos esculpidos do mármore.

Houve um barulho repentino de arma de fogo. Ela reconheceu aquele som, o sinal no palácio do Rei Gezo alertando que alguém estava prestes a ser sacrificado. Ela ouviu passos atrás dela, virou-se e congelou no lugar. Uma mulher vestida de preto, com um homem ao lado com uma espada em punho, a jaqueta vermelha dele coberta de cordoalhas douradas, caminhavam pelo longo corredor em direção a eles. Salimatu gritou dentro dela: "ele corta cabeça fora, *O ge ori kuro*". Sarah soltou um gemido e se escondeu atrás do Papai Forbes.

— O que é? O que é desta vez? — murmurou o capitão.

— Vamos para casa, papai — clamou Sarah, puxando-o. — Olhe, a rainha está vindo com o soldado para cortar nossas cabeças.

— Escute, escute, ela não é a rainha. Esta é a Lady Phipps, e já lhe falei; estes soldados não cortam cabeças. — O Capitão Forbes pegou Sarah no colo. — Ora, criança, você está segura. Ele não vai machucar você, prometo.

Sarah relutou nos braços dele. Lady Phipps se aproximou depressa.

— Aconteceu algo? — questionou ela.

— Não, não, Lady Phipps. Ela só está com medo do soldado e da espada.

— Ele corta cabeça, cabeça, ouvi o sinal, as armas — lamentou Sarah de novo e de novo, passando a mão pela garganta em um movimento de corte.

— Agora, pare com isso, Sarah — comandou o Capitão Forbes, colocando-a no chão.

— *Shh*, criança. Não acontecerá nada com você — complementou a Lady Phipps. — Aquilo foi o "*feu de joie*". Os soldados atiraram em homenagem ao aniversário do Príncipe de Wales.

Mas Sarah, convencida de que ela tinha sido levada até ali para morrer, não conseguia parar de tremer e chorar. Ninguém viu a Rainha Vitória andando pelo corredor até parar atrás deles.

— A criança está machucada? — perguntou a Rainha Vitória.

Lady Margaret se virou depressa, tentou fazer uma reverência e tropeçou, o capitão endireitou a postura, então se curvou. Sarah parou em meio a um lamento para olhar para a mulher diante dela. Aquela era mesmo a rainha? Onde estava sua coroa? Mabel havia dito que a rainha usava a coroa e as joias o tempo todo. Aquela mulher era pequena, não muito mais alta que Sarah. Seu vestido verde, com punhos e colarinho de tartã, tinha uma saia larga que a fazia parecer ainda menor. O cabelo escuro preso atrás em um coque e coberto por um chapeuzinho rendado fazia os olhos castanhos dela parecerem muito grandes em um rosto redondo e sorridente. Aquela rainha não parecia que cortaria a cabeça de alguém.

— Bem, ela está machucada? Por que estava chorando?

Recuperando-se da surpresa com a súbita aparição da rainha, o Capitão Forbes fez mais uma reverência antes de responder.

— Sua Majestade, ela não está machucada, só assustada.

— Comigo? — retrucou ela, sorrindo, antes de entregar a capa e o chapéu para a dama de companhia.

Ouviu-se uma risada, e só então Sarah percebeu várias crianças paradas atrás de Sua Majestade.

— Ah, não, senhora — garantiu o Capitão Forbes. — Da espada e dos tiros. Acho que a lembram das cenas horripilantes que presenciou em Dahomey.

— Ah, de fato. — Virando-se para o cortesão parado atrás dela, a Rainha Vitória disse: — Sr. Charles, dispense os soldados, por favor. Certifique-se de que nunca haja ninguém com uma espada perto da criança. Enxugue as lágrimas, você está bem segura aqui — afirmou ela para Sarah, oferecendo um lenço à menina. — Venha, Capitão Forbes, o Príncipe Albert está na Sala de Desenhos Carmesim. Queremos ouvir sobre sua viagem à África antes que nossos convidados cheguem para o almoço de aniversário do Príncipe de Wales.

Ela acenou com a mão, e, sem pensar, Sarah segurou a mão dela. A Rainha Vitória abaixou a cabeça e olhou a menina. Os lábios da mulher tremeram. Ela deu um sorriso à Sarah e apertou sua mão brevemente. Nenhuma delas disse nada, mas, juntas, de mãos dadas, andaram pelo longo corredor, passando por mais estátuas, bustos e retratos. Sarah não olhou para eles, em vez disso, concentrou-se na pequena mão descoberta que segurava a sua e por alguma razão se sentiu segura.

— Ah, aí estão vocês — comentou o Príncipe Albert, levantando-se enquanto elas entravam na sala de desenhos, seguidas pelas crianças da realeza, Lady Phipps e vários outros membros da família. — É essa a criança de quem ouvimos falar tanto?

— Sim — confirmou a Rainha Vitória —, esta é Sarah.

Apenas então Sarah percebeu que não havia cumprimentado Sua Majestade da maneira correta. Devagar, ela fez uma reverência intensa, primeiro à Rainha Vitória e depois ao Príncipe Consorte. A mamãe teria ficado orgulhosa porque ela não caiu nem cambaleou.

Acenando com a cabeça para as três crianças, a Rainha Vitória disse:

— Sarah, apresento a você as Princesas Vitória e Alice e o Príncipe Alfred. Onde está o Bertie?

O Príncipe de Wales entrou correndo, segurando no alto uma gaiola dourada. Dentro dela havia um pequeno pássaro. O animal bateu as asas, mas permaneceu no poleiro.

— Estou aqui, mamãe. Fui buscar o Gimpel — explicou ele.

— Gimpel? — repetiu o Príncipe Albert.

— Sim, papai. Meu presente de aniversário. É a palavra em alemão para "dom-fafe".

— Eu sei disso — afirmou o Príncipe Albert, rindo.

Todos riram juntos. Sarah viu o Príncipe de Wales ficar vermelho. Com rapidez, a menina retirou do bolso o presente que ela e a mamãe tinham comprado para ele em Londres.

— Feliz aniversário, Príncipe Albert — disse Sarah.

— Obrigado — respondeu ele, sorrindo e apertando a mão dela antes de rasgar o papel para desembrulhar um soldado de madeira com braços e pernas móveis.

— Papai, ela tem medo de espadas — afirmou um Alfred de 6 anos, correndo até o pai. — Eu gosto de espadas. Vou usar uma quando eu for mais velho.

— Já chega, Affie — retrucou a Rainha Vitória. — Sente-se e fique em silêncio ou então se junte aos pequenos no quarto das crianças.

Affie abaixou a cabeça e de imediato se sentou no chão aos pés do pai. Sarah viu o Príncipe Albert se inclinar para baixo e afagar a cabeça de Affie; o menino sorriu.

— Sente-se, capitão — orientou a Rainha Vitória, gesticulando para uma cadeira. — Então, esse é meu presente.

Sarah não sabia o que deveria fazer, sentar-se, ficar de pé, ficar com os filhos da realeza? O Papai Forbes a chamou para ficar ao lado dele.

— Sim, senhora. É o que Gezo disse, um presente do "Rei dos Negros para a Rainha dos Brancos" em homenagem ao tratado de amizade com a Grã-Bretanha. Tive que trazê-la comigo. Deixá-la lá teria sido assinar sua sentença de morte imediata.

Ao ouvir o nome do rei, Sarah prendeu a respiração. Sua Majestade a mandaria de volta para o rei para esperar com as mulheres até ser usada ou sacrificada?

A Rainha Vitória pressionou os lábios.

— Você fez bem em retirá-la de uma situação tão horrível, capitão. — Ela então se virou para o secretário do almirantado, o Almirante William Baillie-Hamilton. — O que estamos fazendo a respeito do tratado pela repressão do tráfico de escravizados sob domínio dele?

— O Rei Gezo se recusou a concordar, como algumas outras nações, senhora. Ele não quer abrir mão de sua notoriedade nada invejável como o maior fornecedor de escravizados do mundo em troca da produção de óleo de palma, o qual ele teme não ser tão lucrativa quanto.

— Este comércio ilegal vergonhoso já foi longe demais — afirmou o Príncipe Albert. — Como falei antes, lamento profundamente que os esforços benevolentes e perseverantes da Inglaterra para abolir o hediondo tráfico de seres humanos ainda não levaram a uma conclusão satisfatória. É a mancha mais escura na Europa civilizada. Precisa ser impedido.

— Agora que o Esquadrão da África Ocidental tem embarcações melhores, estamos ganhando vantagem, senhor — afirmou o Capitão Forbes. — Confiscamos navios tumbeiros e os equipamentos, então libertamos os escravizados recém-capturados em Freetown. Monitorar a área da costa é uma tarefa árdua, desagradável e frustrante, mas devagar estamos acabando com a maior parte das rotas de tráfico de escravizados.

A Rainha Vitória suspirou.

— A cruzada contra o comércio de escravizados é sagrada. Ainda que os missionários estejam fazendo um bom trabalho, a coerção sozinha não será o bastante. Estamos contentes pelo Lorde Russel ter conseguido reunir um número suficiente de votos para derrotar a moção do Sr. Hutt, entretanto, a tentativa dele de apresentar uma resolução parlamentar para o nosso governo fracassou. Certamente não renunciaremos a nenhum tratado. Precisamos continuar patrulhando a costa da África Ocidental para pôr fim a esse comércio terrível, mesmo que para isto seja necessário o uso da força.

— Sim, senhora.

— E a criança, do que ela se lembra? — perguntou o Príncipe Albert.

— Ela só tem lembranças confusas, senhor. Pelo que pude descobrir, os pais dela foram assassinados. Ela não sabe o destino dos irmãos, mas foi capturada junto com a irmã mais velha, Fatmata. Depois foram vendidas separadamente. As guerreiras amazonas do rei a capturaram durante a Guerra de Okeadon, que se espalhou por toda a área de Ebadó.

— As mulheres guerreiras? — repetiu o Príncipe Albert.

— Sim, senhor. As *Mino*. Alguns as chamam de Amazonas. São ferozes.

A rainha assentiu e gesticulou para Sarah se aproximar.

— Você está bem, criança?

Sarah concordou com a cabeça rapidamente antes de responder.

— Sim, senhora. Estou bem. A mamãe e o Papai Forbes dizem que sou como uma das filhas deles.

A Rainha Vitória se virou para o Capitão Forbes.

— Obrigada, Capitão Forbes.

— Ela é muito amigável, senhora. Conquistou a afeição de todos que a conhecem, com poucas exceções.

— O inglês dela é muito bom. Ela fala algum outro idioma? — questionou a Rainha Vitória.

— *Oui Madame, Je suis en train d'apprendre le français* — respondeu Sarah antes que o capitão pudesse fazê-lo.

— *Très bon* — afirmou a Rainha Vitória, sorrindo. — Ela fala francês?

— Minha esposa, senhora. Ela ensina francês para nossas filhas, e Sarah aprendeu um pouco. Ela é muito inteligente e rápida.

— Até as crianças terem 5 ou 6 anos, são pequenas demais para terem uma instrução de fato — opinou o Príncipe Albert —, mas deveriam receber aulas do próprio idioma e de dois idiomas estrangeiros, francês e alemão, por ao menos uma hora todo dia. Crianças desta idade têm uma grande facilidade em aprender idiomas, sabe.

— De fato — concordou a Rainha Vitória. — Ela deveria aprender alemão também, Capitão Forbes. Qual a idade dela?

— De acordo com o que ela me contou, parece que tem 8 anos, senhora. Faria 9 anos por volta do dia 27 de abril. Ela é bem avançada para a idade dela, tem uma aptidão para o aprendizado e força mental. É uma boa aluna e demonstra grande talento para a música.

— Ah — murmurou o Príncipe Albert —, ela pode ser perspicaz e inteligente agora, mas não é suposto no geral que depois de uma certa idade o intelecto fique comprometido e a busca pelo conhecimento, impossível? A criança negra pode ser esperta, mas o adulto será enfadonho e estúpido.

— É o que dizem, senhor, mas é uma crença equivocada. Conheci muitos negros adultos perspicazes e inteligentes durante minhas viagens na África.

— Bom, que Deus permita que ela aprenda a considerar seu dever, levando-a a salvar aqueles que ainda não tiveram o benefício da educação dos costumes misteriosos dos ancestrais deles — comentou a Rainha Vitória.

Sarah brincou com o laço do chapéu, enrolando-o e desenrolando-o no dedo até se tornar tão emaranhado quanto os próprios pensamentos. Desejava saber o que aconteceria com ela. Puxou o laço, e o chapéu caiu aos pés da Rainha Vitória. Sarah ficou com a cabeça despida em frente à rainha.

— Ela seria uma criança bem bonita com sua cabeça lanosa e preta se não tivesse essas marcas horríveis no rosto — afirmou a Rainha Vitória.

"O que há de errado com as marcas no nosso rosto?", grunhiu Salimatu no ouvido de Sarah. "Todas as mulheres e meninas, até mesmo em Abomey, tinham marcas ritualísticas, não? Por que essa rainha e as princesas não tinham marca alguma para demonstrar sua posição? Nosso rosto não é vazio e feio como os das mulheres na Inglaterra. Como eles sabem quem é família e quem é inimigo?" Sarah queria mandá-la embora, mas sabia que Salimatu era parte dela, a guardiã de suas lembranças.

— Aparentemente as marcas no rosto dela são um símbolo de sua posição, seu sangue real, senhora — explicou o Capitão Forbes. — Foi o que a salvou de ser sacrificada assim que foi capturada. Ela ficou confinada no palácio do Rei Gezo por mais de três anos, aguardando uma ocasião especial em que pudesse ser oferecida em uma das cerimônias de "libação do túmulo" para proporcionar ainda mais honra aos ancestrais do rei.

— Um costume bárbaro — retrucou o Príncipe Albert.

— Ficamos muito felizes em saber que não é essa a forma que demonstramos nossa posição neste país — comentou a Rainha Vitória.

— Olhe a cabeça dela — disse o Príncipe Albert de repente. — Temos que mandar medir a cabeça dela, não acha? É mesmo uma espécie frenológica excepcional.

A Rainha Vitória assentiu e se virou para o Sr. Charles Phipps.

— Por favor, oriente o Sr. Pistrucci a fazer um molde da cabeça dela.

— O Sr. Pistrucci, senhora? — questionou o Capitão Forbes antes que pudesse se conter.

— Sim — confirmou a rainha —, o medalhista de moedas. Ele fará um busto da cabeça dela. Decidimos que você e sua esposa criarão a criança, mas ela estará sob nossa proteção, e pagaremos pelas despesas dela. O Sr. Charles tomará as providências necessárias, e a Lady Phipps supervisionará a criação de Sarah.

— Obrigado, senhora. Todos nós nos afeiçoamos muito por ela.

— E você mudou o nome dela?

— Sim, senhora. Fui orientado a dar a ela um nome inglês. Sarah, em homenagem a minha mãe, e Bonetta, em homenagem ao navio, caso aprove, senhora.

— Ela foi batizada?

— Não, senhora, mas ela frequenta a igreja com a família e recebe instruções religiosas junto a minhas filhas.

— A mente dela deve receber uma boa influência moral. Tenho convicção de que ela deveria ser ensinada a grande reverência a Deus e à religião. Faça o batismo dela, e serei a madrinha da menina. Batizados são um momento familiar tão feliz. Eu sei. Ela pode manter os nomes Sarah Forbes Bonetta.

Ouvindo tudo aquilo, Sarah se perguntou por que ninguém perguntava o que ela achava.

Domingo, 10 de novembro de 1850, Casa Winkfield

Ontem conheci a Rainha Vitória. Ela é muito gentil. Ela mandou o homem com a ezpada embora. Bertie gosta dos soldados de brinquedo. Ele ganhou muitos presentes e um dom-fafe que chamou de Gimpel. Não quero um pássaro em uma gaiola. O Príncipe Albert nos levou ao lago e pescamos alguns peixinhos-dourados. Bertie disse que vão colocar os peixes na corrente das encostas.

Mabel diçe que meu vestido azul novo não combinava comigo, mas acho que ela estava dizendo uma inverdade porke todo mundo, até a Princesa Vitória e a Princesa Alice, diçe que era bonito. Todos queriam toucar meu cabelo. Vicky diçe que parecia uma aumofada. Affie quiz saber se eu conseguia limpar minha pele preta. Falei que não. Mas nunca tentei. Ia maxucar por dentro e por fora.

Salimatu continuou falando comigo, mas a mandei embora. Queria que ela me deixasse em paz agora.

Vou ser batizada como Sarah, não como Salimatu nem como Aina, mas ninguém diçe aquele nome no meu ouvido. Ninguém contou aos ancestrais que sou Sarah. Sou agora duas pessoas em uma.

Fatmata

Capítulo 13

A kì í fini joyè àwòdì ká má lè gbádię

Uma pessoa não pode assumir o título de "gavião" e ainda assim ser incapaz de apanhar galinhas

1846

Estou do lado de fora da cabana de cozinhar, onde as mulheres e outras garotas estão cortando, ralando, moendo, descascando e martelando o alimento, preparando a refeição para os chefes e *alagbas*. Muitas pessoas vieram de vilas vizinhas para a conversa *palaver*. Vejo-os sentados juntos em banquetas e esteiras na plataforma elevada no centro da clareira. Desejo estar lá, junto aos garotos e homens, com a brisa fazendo cócegas em minha pele. Estou com calor e cansada de ajudar com a comida. Não é que eu não queira cozinhar, fazer cestos, usar contas ao redor da cintura ou dançar, é que eu quero mais. Também quero caçar, subir em árvores e ser livre.

— Ei, você, Fatmata. Entre aqui e faça alguma coisa — chama Madu. Não respondo. Ela se aproxima e pega meu braço para me trazer de volta ao presente. — Não me ouviu chamar?

— Só estou olhando, Madu — respondo.

Madu enfia uma colher de cozinha em minha mão e me empurra para dentro da cabana. A Mãe Ramatu observa.

— Ela precisa de treinamento — afirma a mulher, balançando a cabeça. — Ela já viu quase 14 estações de plantio e deveria estar pronta para se tornar uma mulher a essa altura.

Pronta? Para quê? Eu queria gritar. Para fazer uma nova caminhada, devagar, deslizando, arrastando, movimentando a terra vermelha para que se levante e caia como um suspiro, levando um longo tempo para passar a água, chorando de dor toda vez que chega um ciclo lunar. Elas tinham se esquecido do que acontecera com Binta em *zadeji*. Certa vez, mais ou menos três safras atrás, ouvi Soji e Daria sussurrando a respeito.

— O que aconteceu com a Binta? — continuei perguntando, me recusando a deixar as duas garotas mais velhas em paz.

Elas se entreolharam e balançaram a cabeça.

— Você não quer saber — afirmou Soji.

— Se não me contar, vou perguntar a Madu — alertei.

— Você vai descobrir quando chegar a sua vez — insistiu Soji.

— A Binta estava com medo — contou Daria.

— Por quê? — questionei, olhando de uma para a outra.

— Chega — respondeu Soji. — Você sabe o que a Mãe Ramatu disse.

Daria puxou o ar pela boca; não mais se importava com o que qualquer um pensava uma vez que, no próximo ciclo lunar, ela estaria casada e morando no complexo do marido em Bantumi.

— Ela deveria saber. Queria que alguém tivesse avisado a mim, ou a Binta. Ela estava com medo da Ramatu — revelou Daria, ignorando Soji. — Veja bem, é a Mãe Ramatu que sempre afia as pedras até formarem uma ponta fina antes de cortar os restos da masculinidade, as partes "impuras" das garotas para que elas possam enfim se tornarem mulheres.

— Não — murmurei, arregalando os olhos com o pensamento.

Aquilo era verdade?

— Sim — contrapôs Daria, inclinando-se à frente de modo que estava quase sussurrando em meu ouvido. — Depois de cortar, ela oferece os restos para os pássaros comerem, assim levam para bem, bem longe.

— Mas, mas... — gaguejei.

Era aquilo o que toda garota enfrentava para se tornar uma mulher?

— A Binta não parava quieta — revelou Daria, balançando a cabeça —, então eles a amarraram, e a Ramatu cortou, mas não conseguiram fazer o sangue da Binta parar de escorrer, então ela fez a passagem para os ancestrais.

— Ainda posso ouvi-la uivando como um cachorro preso — murmurou Soji, balançando o corpo. — *Ayee*.

Não, não estou pronta para ser treinada e dar a oportunidade de Ramatu me mandar para encontrar os ancestrais. Evito olhar para a Mãe Ramatu e misturo o tacho com folhas de mandioca.

Quando começam o bater e o pulsar dos tambores, sabemos que este é o chamado para informar que a conversa dos homens tinha acabado por ora.

— Venham, venham, não podemos deixá-los esperando. Soji, Adjoa, e você — comanda a Mãe Ramatu, apontando para mim, pois ela nunca diz meu nome — ponha água nas cabaças pequenas e as leve aos homens para lavarem as mãos.

A comida é levada ao terreiro em tigelas de madeira, servida em bandejas trançadas com firmeza, e o vinho de palma de longa maturação é servido em grandes cuias.

Como chefe da vila, servem Jaja primeiro. Ele prova um pouco de tudo antes de pronunciar em alto e bom tom:

— Está boa. *Olorum*, deus de tudo, louvado seja, nós lhe agradecemos. Agora comam. Comam, meus irmãos.

Apenas então as garotas dão um passo à frente, ajoelham-se em frente aos homens e oferecem o alimento. Os homens estão com fome e enfiam grandes punhados de comida na boca, estalando os lábios e lambendo os dedos.

— Deseja algo mais, *Ke-mo*? — pergunto a cada homem enquanto ajoelho em frente a eles, oferecendo as bandejas de comida sem olhar para os rostos.

Eles colocam o que desejam em grandes folhas de bananeira e me ignoram.

Pela primeira vez vejo Sisi Jamilla, a segunda esposa de Jaja, ocupada. Toda vez que olho, ela parece estar servindo só uma pessoa. É o homem alto que usa as roupas esquisitas. Ele não consegue se agachar como os outros homens porque veste o que Khadijatu diz se chamarem "botas, calça e casaco". As "botas" pretas em seus pés estão cobertas da terra vermelha de Talaremba. Como ele pode sentir que faz parte da Mãe Terra com os pobres de seus pés aprisionados daquele jeito?

Apressando-me de volta da cabana de cozinhar com mais comida, Santigie me segura.

— Ora, não há comida para mim? — murmura ele, me apertando.

Tento me afastar porque ele está me machucando.

— Está me ignorando agora? — Ele me empurra, e eu caio aos pés dele, quase derrubando a comida no chão. Não respondo, em vez disso observo suas botas. — Há! Você estava me olhando antes, então me olhe agora.

Ele estivera bebendo muito vinho de palma, talvez mais do que o adequado.

— Peço perdão, *Ke-mo* — respondo, oferecendo a ele o título de um homem mais velho que não se conhecia.

Ergo o olhar para ele, algo que uma garota nunca deve fazer com um homem. O nariz largo parece ter tomado conta do rosto alongado e magro, os olhos estão meio fechados, a boca aberta cheia de dentes grandes e amarelados.

— Qual o seu nome?

— Sou Fatmata, *Ke-mo*.

Ele se inclina e me olha nos olhos.

— A filha de Dauda? — questiona ele, apertando meu braço.

Mordo o lábio e confirmo com a cabeça. Ele ri, com a boca, mas não com os olhos. O som causa a sensação de formigas rastejando de cima a baixo nas minhas costas, fazendo com que eu me contorça e sinta coceiras.

Eu me mexo para ficar ajoelhada e ergo a bandeja de comida para ele. Ele pega um grande punhado de banana-da-terra e acará e coloca tudo na boca ao mesmo tempo, fazendo as bochechas ficarem cheias como as de Jabeza quando ela quer guardar comida para depois. Levanto-me e me afasto, recusando-me a olhar nos olhos dele de novo.

Madu me pega pelo braço quando passo.

— O que o Santigie disse a você? — pergunta ela bruscamente.

— Ele perguntou meu nome.

— Não chegue perto dele de novo, ouviu? Ele é um homem perigoso. Volte para as outras e espere na cabana de cozimento.

Então aquele era Santigie, pensei, o homem que deveria ter se casado com Sisi-Jamilla antes de o pai dela dá-la a Jaja, para selar a paz entre Talaremba e a vila de Kocumba. Eu tinha ouvido a história.

O som dos tambores havia sido alto e intenso no dia do casamento deles, e as outras garotas, com as costas e barrigas pintadas com sândalo africano, acenavam com as cabeças decoradas com penteados elaborados em harmonia com os tambores. Elas balançavam as contas *jigida* nas cinturas, batiam os pés descalços com firmeza e rapidez para levantar a poeira da Mãe Terra, juntando-se à celebração, torcendo e girando, dançando. Ao fim da dança, Dauda entregou a cuia de vinho de palma para a futura noiva, um sinal de aceitação, mas Jamilla, o corpo besuntado em óleo de coco, fazendo com que ela brilhasse à luz do sol, balançou a cabeça e se jogou aos pés do Chefe Lamin.

— Por favor, meu Jaja, não me mande embora — implorou ela. — Sabe que já estou comprometida com meu primo, Santigie. Mande a Samia, ela é mais bonita.

O grupo todo sussurrou como uma colmeia de abelhas inquietas. A família Kocumba não conseguia disfarçar a vergonha de ter uma filha que contrariaria o pai a respeito de com quem se casaria. A família Talaremba manteve o rosto neutro, olhando para frente. Não lamentavam o fato de verem o inimigo de outrora desconfortável.

— Fique quieta, garota — comandou Lamin com a voz alta, o som semelhante a um trovão irrompendo. — Como ousa envergonhar sua vila com esse comportamento? É minha filha mais velha, qualquer coisa abaixo disso seria uma ofensa ao Chefe Dauda e ao povo de Talaremba. Vá se aprontar para o seu casamento. Acontecerá hoje.

— É ótimo ver uma jovem tão fiel a seu povo que ela abomina a ideia de deixar seus braços acolhedores — afirmara o Pai Sorie. — Estamos gratos que você sequer consideraria se separar de uma joia dessas. Agradecemos.

O som dos tambores, a dança, a comida e o canto foram até tarde da noite. Jamilla, de alguma forma, escapou das mulheres que a vigiavam, desesperada para ter um último encontro e se despedir de Santigie. Mas alguém a viu, e o Chefe Dauda interrompeu as celebrações e levou a nova esposa para Talaremba naquela noite mesmo. O casamento de fato selou a paz entre os dois povos, mas o povo de Talaremba nunca se esqueceu de que Jamilla de início rejeitou o chefe deles.

E agora aqui está Santigie em nossa vila. Olho para trás e vejo que ele está olhando para Madu e eu. Ele não ri, mas as formigas dançam pelas minhas costas outra vez. Madu pega a bandeja de mim e me empurra para andar na frente dela.

Quando os homens terminam de comer, voltam para a conversa *palaver*. Desta vez escapo das mulheres, corro de volta para as cabanas e me escondo nos arbustos atrás da cabana de Jaja, de onde posso vê-los e ouvi-los.

— Já conversamos o bastante — ouço Jaja dizer. — Não podemos esperar mais.

— Mas, como falei antes, como saberemos com certeza que são esses demônios brancos os responsáveis pelos desaparecimentos? — pergunta um aldeão Gambilli, com os olhos cintilantes e duros.

Demônios brancos? Meu coração martela como se tentasse romper do meu peito e fugir. Será que Khadijatu e Adebola, o garoto Kocumba com quem se encontrava em segredo, estavam certos afinal? Lembro-me agora do que ela havia dito naquela manhã enquanto outras meninas e eu estávamos no charco.

— Então, o que o Adebola disse? — perguntara Soji, ansiosa para saber de qualquer novidade de fora da nossa vila.

Feliz de ser o centro das atenções, como sempre, Khadijatu empina os grandes seios, coloca as mãos na cintura e enche as bochechas de ar, como um pássaro gordo.

— O Adebola disse que a junta de guerra é sobre os *ngafas* brancos, os demônios brancos. Eles estão vindo para cá!

— Demônios brancos? — Rio, contente por ela estar se prestando ao ridículo. — Isso de "demônio branco" não existe. Não sabe que isso é só o que as mães dizem para nos assustar? Como pode acreditar em um garoto Kocumba estúpido?

— Se é o que acha, então não direi mais nada — responde Khadijatu, sentando-se e enxugando o suor que escorre pelo rosto redondo e achatado.

— Anda, Khadijatu — instiga Soji, jogando um pouco de água nela. — Continue falando, ou vamos contar para a sua mãe que você tem encontrado aquele garoto.

— Você não faria isso — afirma Khadijatu, passando os braços em volta de si mesma e balançando o corpo. — Ela me mataria. — Mas, depois de dar uma olhada em nossos rostos, ela decide nos contar tudo o que sabe. — Ele disse que existem "demônios brancos", mais brancos até que *osu*. Eles vêm de muito longe, onde a água é tão azul e extensa quanto o céu.

— Existe um lugar assim tão grande? — pergunta Gashida.

— *Shh*, deixe que ela termine — murmura Soji, sentando-se ao lado de Khadijatu. — Demônios brancos? Ele já os viu? Como eles são, então?

— Ele disse que são homens, mas parecem *osus*, brancos e crus. Ficam vermelhos como carne cozida quando ficam debaixo do sol e têm um cheiro horrível.

— Ó, *Olorum*, nos proteja — clama Gashida. — Eu cairia nos braços dos ancestrais na mesma hora se encontrasse um deles. Eles devem ser tão feios. — Ela estremece com o pensamento.

— Esses demônios-homens brancos carregam varas quentes de ferro compridas, que fazem o mesmo barulho do trovão — complementa Khadijatu, certa de que todo mundo está prestando atenção agora.

— Eles carregam varas de ferro? Por quê? — questiona Hawa.

— Expelem pedrinhas de ferro. — A voz de Khadijatu fica mais suave de modo que temos que nos inclinar à frente para continuar ouvindo. — Se uma delas acerta você, consegue te mandar na última jornada para os ancestrais. — Ela suspira e adiciona: — O Adebola disse que eles usam as varas para levarem garotos e garotas jovens embora da vila, dos campos ou mesmo quando vão buscar água. — Os olhos de Khadijatu se arregalam quando ela completa, quase em um sussurro, enquanto balança a cabeça: — São piores do que os mouros. Não pegam só *akishas* ou mesmo os *krus*, pegam vilas inteiras, qualquer um que consigam capturar.

Eu tinha gargalhado, mas agora me aproximo e aguardo. Jaja vai dizer a eles que não existe isso de "demônios brancos".

— Vocês ouviram os rumores, que viram demônios brancos por aqui. Precisamos agir — afirma Jaja.

Começo a tremer. Jaja acredita que essas pessoas estão por perto. Como pode ser?

— Eles são responsáveis pelos poços e rios estarem secando, os animais morrendo, o fracasso das safras. Não foi *juju* — opina outro homem, cujo rosto não consigo ver. — Então, todos os nossos sacrifícios, os rituais, as libações e os presentes foram inúteis.

— Como esses demônios brancos podem ter feito tudo aquilo? — questiona o homem Gambilli. — Como é possível que não os vimos antes?

— Eles devem estar contando com a ajuda de membros do clã — interrompe Jaja. — Afirmo que qualquer homem que carregue nosso sangue e nos traia deve ser capturado e enviado para responder aos ancestrais e aos deuses, os quais não mais respeitam. Dou minha palavra. — Ele bate o cajado de chefe no chão a sua frente três vezes, e a terra vermelha se levanta, como se transportasse a promessa aos deuses.

Todos os homens batem na terra e uivam em concordância. Bom, quase todos. Percebo que Santigie não faz o mesmo.

— Ouvi falar — anuncia outra pessoa — que eles chegam de barco, vindo do outro lado da grande água, carregando varas de ferro que atiram fogo e pedras afiadas. — O medo faz seus olhos ficarem escuros como carvão novo.

— Eles chamam as varas de ferro de armas — revela Santigie, pegando uma faquinha com punho branco brilhante para cortar o topo de um coco.

Sinto o coração martelar. É daquilo que Khadija tinha chamado as varas de ferro. *Ayee*!

— Como sabe disso? — pergunta um dos outros chefes, inclinando-se à frente.

— Chefe — responde Santigie, dando o mesmo sorriso que me faz estremecer de medo. — Sei disso porque já vi e falei com os homens brancos nas cidades grandes depois de Bantumani. Não são espíritos nem demônios malignos sem pele.

Os outros homens gritam e batem no chão.

— O que eles são, então? — pergunta alguém. — Você que sabe tanto, conte para nós.

Olho para os homens, e suas expressões faciais estão severas.

— São apenas homens que também comercializam escravizados, *akisha* ou *kru*, ou qualquer um no lugar errado e na hora errada. Eles não sobem o rio. São os guerreiros da costa. Os povos que guerrilham entre si e vendem aqueles que capturam. São eles que vocês devem temer.

— Por que nunca nos contou isso? — pergunta Jaja.

O leão está em sua voz, profundo e grosso como o ar de uma noite de tempestade. Tenho medo do que acontecerá quando a tempestade irromper.

Santigie dá um grande gole no suco do coco e enxuga a boca com as costas da mão antes de responder.

— Homens fracos que não podem se defender, homens que nunca seriam capazes de liderar nem proteger seu povo, homens e mulheres que não servem de nada para nós, são capturados. Então são vendidos aos homens brancos, que os levam para muito longe em grandes navios.

As palavras dele são como veneno líquido, e, ainda que ele não diga, o eco do nome proibido flutua no ar, e todos ficam em silêncio. Os homens próximos a ele se afastaram como se não quisessem que as palavras de Santigie os tocasse. O som dos tambores fica mais alto e mais intenso.

Vejo as linhas no rosto de Jaja ficarem profundas enquanto ele se levanta da banqueta. Debaixo de seu manto de couro de macaco, seu peito desnudo está suado, como uma segunda pele cintilante. Santigie e ele se encaram, dois leões prestes a atacar.

— O que está dizendo, primo da minha esposa? — pergunta Jaja.

Ao se referir a Santigie daquela forma, alegando a relação familiar, todos sabiam que o chefe alertava o outro homem a falar com cuidado.

Santigie sorri.

— Alguns dizem que talvez seu filho perdido, Lansana, tenha sido vendido ao homem branco porque não era guerreiro o suficiente para lutar — afirma ele, antes de se virar.

Lansana! O nome soa em meu ouvido e me deixa tonta. "Não, não, não", grita cada parte minha em silêncio. Pensar em meu irmão sendo arrancado de seu povo costura as lágrimas a minha alma. Lansana teria lutado ainda que os demônios brancos tivessem varas de ferro, não teria?

— Quem ousa dizer algo assim? — brada Jaja, erguendo a lança.

Ele a aponta para Santigie. Todos os homens se levantam depressa, considerando que apenas se apontava lanças para inimigos. Alguns homens do povo Kocumba se colocam entre os dois homens.

— Parem — clama o chefe de Kocumba. — Este não é momento de travar guerras antigas.

Lansana, meu irmão, capturado? Um escravizado, *maafa*? É esta a razão de ele nunca ter retornado de *Obogani*. Eu sabia que ele não tinha fugido. Nunca quero pensar naquele dia, mas está sempre lá. No meio do barulho e da celebração, Jaja está imóvel, alto e ereto, um homem-árvore poderoso enraizado no lugar. Ele também, assim como eu, esperando, esperando, enquanto o som dos tambores fica mais alto e mais rápido. Não há vento, mas as penas no cocar de chefe de Jaja balançam e tremem como os galhos das palmeiras em meio à forte brisa harmatã. Sua lança, brilhante e afiada, é apontada para o céu. Capta os raios do sol agonizante, lançando feixes de luz aos céus para cegarem os deuses invejosos e os afastarem de seu filho. Enquanto o sol sai de trás das árvores para esconder o rosto em vergonha e as palavras do chefe de Kocumba ainda pairam levemente no ar, Jaja, o Chefe Dauda de Talaremba, gesticula para a cerimônia ser iniciada.

As pessoas se movimentam para obedecer ao comando silencioso de Jaja, as vozes começando a se erguer junto ao som dos tambores.

— Talvez ele tenha sido devorado por animais selvagens. — Lembro-me de ter ouvido uma das mulheres Gambilli dizendo, enquanto eu me afastava da dança e do canto.

— Dizem que ele fugiu porque não era homem o bastante para sobreviver aos testes — opinou outra. — O que quer que seja, a iniciação dele não foi concluída, e, desta maneira, ele não é digno de ser o próximo chefe de Talaremba.

Agora estou descobrindo a verdade, e é demais. Preciso me afastar das vibrações, batidas e estrondos dos tambores, me afastar da vila. Mais do que nunca preciso de Maluuma. Se eu conseguir chegar a nossa árvore espiritual, o lugar onde ela me ensinou sobre plantas, medicamentos e curas, talvez o ser dela consiga me adentrar e falar comigo, para além do tempo.

— O que uma árvore espiritual faz? — perguntara eu a ela na primeira vez que tínhamos ido lá.

— O que quer que peça aos deuses. Quando vem aqui, vai direto até eles. Então tenha sempre muito cuidado com o que pede.

Salimatu/Sarah

Capítulo 14

Se procurar a sabedoria como se procura a prata e buscá-la como quem busca um tesouro escondido, então você entenderá o que é temer o SENHOR

Provérbios 2:4

Novembro de 1850

Quinta-feira, 15 de novembro de 1850, Casa Winkfield
Estou feliz que a babá não me fez sair hoje. Está muito, muito frio. Não gosto de sair para caminhar no frio. É bom estar sem as outras às vezes, especialmente a Mabel.

Quando Sarah começou a tossir, a babá a orientou a não sair para caminhar naquele dia.

— Tire o casaco. As outras podem ir com a tia Caroline e a tia Laura. Não queremos que a tosse piore. Você precisa estar bem para o batizado.

— O que está fazendo? — perguntou Sarah um tempo depois quando a babá se sentou com o vestido azul e o cesto de costura.

— É o que você vai usar no domingo. A senhora acha que a faixa e os botões deveriam ser brancos, então estou alterando-os.

Brancos? Sinto mais uma tosse se formar dentro de mim e não consigo falar, não posso dizer para a babá que branco sempre significa que a morte está próxima. Odeio branco.

— Você pode continuar preparando seus presentes de Natal até as outras voltarem.

Todas elas estiveram trabalhando muito, fazendo os presentes de Natal. Todas as tardes, a Srta. Byles dispunha os materiais: seda, fios, agulhas, tesouras, papel, tinta, revistas antigas. Mabel, Emily e Sarah desenhavam, cortavam, colavam e costuravam enquanto a Srta. Byles lia para eles *Um Conto de Natal*, de Charles Dickens. Sarah ficava maravilhada e preocupada com a narrativa. Ela temia que, se fosse mandada embora antes de encontrar a irmã, acabasse na rua, assim como as crianças na história, sozinha, faminta e vulnerável. Então o que aconteceria com ela? Até aquele momento ela não soubera que havia fantasmas e espíritos na Inglaterra também. Espíritos malignos, como *juju*, que poderiam ir atrás das pessoas e as levarem embora, acorrentadas, para o lugar lá debaixo.

Sarah pegou o lenço com as iniciais que estava fazendo para o Papai Forbes. Ela tinha terminado de bordar a primeira letra. Naquele momento, espalhou o tecido e puxou a seda azul para começar a trabalhar na segunda letra "F" entrelaçada. Ela tentou evitar picar o dedo e deixar uma mancha vermelha no algodão branco. Seria o melhor presente que o papai já havia recebido.

Havia ainda quase quatro semanas para o Natal. Com a ajuda da babá e da Srta. Byles, ela tinha feito lenços de caneta para a Srta. Byles e Freddie, um marcador de páginas para a mamãe, uma mantinha bem pequena para a boneca de Anna. Ela ainda tinha que fazer um estojo de agulhas para a babá, colocar uma colagem fotográfica no livro de recortes de Mabel, cortar um pedaço quadrado de camurça macia para dar para a cozinheira e separar algumas de suas fitas para Edith. Depois de terminar com os lenços do papai, ela faria um saquinho *gris-gris* para Emily. Mas, sem um *ala*, um cordão de nascimento ou vidro azul, o que ela colocaria dentro dele para proteger Emily?

Se ao menos Fatmata estivesse lá, ela saberia. O pensamento de como ela tinha conseguido o vidro azul, o barulho do fogo, os gritos, ecoaram na mente dela, e a menina começou a tossir de novo. Quanto mais tentava não pensar naquilo, mais o peito ficava apertado, mais tossia e arfava por ar. A Babá Grace foi até o quarto e pegou uma garrafa de *Godfrey's Cordial*.

— Aqui, criança, aqui — anunciou a babá, retirando a rosca da garrafinha azul. — Beba um pouco. Vai aliviar a tosse e te acalmar.

Sem hesitar, Sarah tomou a colher de chá do líquido marrom-escuro doce e pegajoso. Ela gostou do remédio. Na verdade, todas as crianças gostavam. A babá oferecia a elas se estivessem tossindo, com um resfriado, dor de cabeça, dor no estômago ou com dor graças à dentição. Para a Babá Grace, o *Godfrey's Cordial* servia para qualquer mazela.

— Pronto — murmurou a babá quando Sarah parou de tossir e conseguiu respirar de novo. — É melhor eu levar isto comigo no domingo. Não seria bom você ficar tossindo durante seu batizado, não é?

— Babá, por que eu tenho que ser batizada? — perguntou Sarah. — É para que assim a Rainha Vitória se torne minha mãe em nome de Deus?

— Que pergunta. Você lê a Bíblia todo dia com a Srta. Byles — respondeu a babá, balançando a cabeça e voltando à costura.

Sarah não contou a ela que tinha dificuldade em compreender a Bíblia. Como poderia haver um Deus único na Inglaterra quando havia tantos deuses diferentes na África? O deus inglês era maior que os outros deuses?

— A Srta. Byles não leu essa parte.

— Jesus a ama, e seu batizado demonstra que você o aceitou em seu coração.

— Mas como ele pode me amar? Ele não me conhece.

— Ele ama a todos nós. A Bíblia diz isto. Agora, deixe-me ver sua costura. — A babá aplainou o lenço e assentiu. — Sua costura está ficando muito boa — elogiou a babá, então continuou com a própria costura.

Sarah observou a agulha rápida de Babá Grace entrando e saindo no tecido. Ela abriu a boca algumas vezes, mas não falou. Enfim, deixou escapar:

— A senhora é batizada, babá?

— Sim — respondeu a Babá Grace antes de lamber a ponta do fio e tentar enfiá-lo pelo buraco da agulha. — Todos nesta casa foram batizados. Em dois dias, será a sua vez, então o Reverendo Byles escreverá seu nome no registro da paróquia assim como fez para o Freddie, a Mabel, a Emily e a Anna.

— Babá Grace, quem estará no meu batizado?

— Todos nós estaremos lá, e a maioria de seus padrinhos também. Já conheceu as irmãs do capitão, a senhorita Caroline e a senhorita Laura. Elas vieram de longe, de Dundee, para se tornarem suas madrinhas.

Sarah assentiu. Caroline e Laura eram altas, ainda que não tanto quanto o Papai Forbes. Elas eram muito parecidas, tendo olhos castanhos, sorrisos amplos e cabelo castanho-claro trançado e preso em um coque na nuca. A única diferença era que Caroline, a mais velha, usava um vestido de seda marrom enfeitado com amarelo-claro, enquanto o de Laura era um verde-escuro enfeitado com vermelho. Sarah não sabia se conseguiria distinguir uma da outra se trocassem de roupa.

— E há a Sua Majestade também. — Sarah se remexeu na cadeira em entusiasmo. — Vou ter muitas mães agora.

— Você é uma menina de muita sorte de ter a Rainha Vitória como sua madrinha, mas ela não irá. Nem o Comandante George, o irmão do capitão, pois está em alto-mar. Lembra do Comandante Heard do *Bonetta*?

— Ele virá, babá? — questionou Sarah, abaixando a costura.

— Sim. Ele será seu padrinho com o capitão.

Sarah bateu as palmas e se remexeu ainda mais.

— O Comandante Heard ria quando eu fazia careta de manhã quando o papai me fazia chupar metade de um limão para evitar o escorbuto. Mas os limões não impediram minha tosse, não é, babá?

— Não, não impediram, então temos que garantir que esteja bem no dia.

— Jesus estará na igreja também?

— Sim, Sarah, ele estará lá para ver você sendo salva — confirmou a babá, assentindo.

— Salva? De quê?

— De ser uma pagã. É o que era na África, dizem os missionários.

Sarah soltou um suspiro. Quanto mais ouvia sobre Jesus, mais ficava confusa. Havia tantas coisas a respeito dele que eram difíceis de entender. Por que Jesus não poderia salvá-la quando ela ainda estava na África? Por que ela teve que ir para a Inglaterra para ser salva? E Fatmata, ela seria salva também?

— Veja bem — continuou a Babá Grace, antes que Sarah pudesse dizer algo —, Deus amava tanto o mundo que nos enviou seu único filho. Ele nasceu...

— Em um estábulo no Natal — interrompeu Sarah. Ela sabia aquela parte sobre Jesus. — A Srta. Byles leu essa história para nós. — Ela pegou a agulha, pronta para voltar a costurar.

— Sim, ele nasceu em um estábulo em Belém e...

— Os sábios foram e deram presentes a ele, ouro, incenso e mirra. É por isto que damos presentes a ele também no seu aniversário — afirmou Sarah, ávida para mostrar que ela se lembrava de tudo que a Srta. Byles contara a elas sobre a Natividade.

— E então ele morreu na cruz.

— Morreu? — repetiu Sarah.

Sua boca estava seca. Ela não se lembrava da Srta. Byles dizendo nada sobre Jesus morrer.

Salimatu estava lá em sua mente de novo, sussurrando: "ele foi se juntar aos ancestrais. Talvez, se fizermos algum sacrifício, ele pode falar com aqueles que se foram antes para trazer Fatmata para nós".

A palavra "sacrifício" fez o estômago da menina se revirar. O que poderiam oferecer como um sacrifício? Elas não tinham uma cabra, ovelha e nem galinha. Ela não queria pensar no que mais vira sendo oferecido como sacrifício.

— Sim, ele morreu na época da Páscoa. — Ela ouviu a Babá Grace revelando; a agulha ágil no movimento de entra e sai.

Sarah sentiu o coração acelerado.

— Por que damos presentes pelo nascimento dele se ele morreu?

— Ora, Sarah, você não pensou que Jesus estivesse vivo, pensou? Ele foi enterrado, então no terceiro dia ele se levantou de novo, para que todos nós pudéssemos ser salvos.

— Jesus se levantou de novo?

— Ele se ergueu dos mortos para se sentar à direita de Deus com o Espírito Santo.

Sarah arregalou os olhos, sentindo as mãos começarem a suar. Espírito Santo? Dentro dela, Salimatu clamou: "*ayee*, apenas *juju* volta do outro lado como um espírito. Ele não é um deus, é um espírito, um *juju*. Ele não vai nos ajudar. Não temos que nos envolver com o Jesus Cristo deles."

— Me salve do demônio — clamou Sarah, pulando para ficar de pé.

— Acalme-se, criança. Jesus vai salvá-la do demônio e do fogo do inferno — garantiu a babá. — É por isso que está sendo batizada.

Sarah uniu as mãos e espetou o dedo com a agulha que segurava. Observou o sangue se formar, crescer, irromper e escorrer pelo dedo.

— Tenha cuidado, Sarah — comandou a babá, incisiva, pegando o lenço, mas não antes de uma gotinha de sangue manchá-lo.

A menina chorou alto.

— Não precisa se preocupar — acalentou a babá —, é só uma manchinha. Com sorte, conseguiremos cobri-la com o bordado. Pare de chorar agora ou começará a tossir de novo.

Salimatu/Sarah

Capítulo 15

Os vergões das feridas são a purificação dos maus

Provérbios 20:30

Novembro de 1850

Agarrar-se ao *gris-gris* naquela noite não funcionou. Sarah se remexeu, tossiu e pensou no batizado. Pela porta aberta do quarto, a menina via a luz tremeluzir na sala de convívio das crianças vinda da lamparina que queimava durante a noite, porque Emily tinha medo do escuro. Com medo de acordar Mabel de novo, Sarah saiu da cama e foi até o outro cômodo. Ela viu o próprio vestido azul pendendo à meia-luz. A babá devia ter ficado trabalhando até tarde da noite. Ela acariciou o vestido azul bonito; o azul que a protegia.

— Mas não vai, não vai proteger — sussurrou Salimatu. — O vestido azul não vai nos salvar de Jesus, que se ergueu dos mortos para se transformar em espírito. Ele vai vir nos buscar para nos levar ao mundo lá debaixo. Temos que ficar longe dele. Você não pode ser batizada.

Sarah deslizou para o chão. Não sabia mais o que fazer, o que pensar.

— Se você não tiver um vestido, não pode ser batizada, pode? — sugeriu Salimatu.

Mas como ela se livraria do vestido?, ponderou Sarah, olhando ao redor. O armário da sala! Era isso, onde escondiam tudo. Se ela empurrasse o tecido para os fundos do armário, ninguém pensaria em procurar por um vestido ali. Ela retirou o cesto de costura para abrir espaço para o vestido. A tesoura no meio dos fios e sedas caiu e furou o vestido. Quando a menina puxou, a tesoura acabou rasgando o vestido. Sarah arfou; não fora a intenção dela fazer aquilo.

A voz de Salimatu surgiu em alto e bom tom:

— Corte, livre-se dele.

Sarah cortou uma ponta da faixa branca de seda comprida. Caiu em seu pé descalço e deslizou, como uma cobra branca. Ela mexeu os dedos dos pés e chutou o tecido para longe, com medo de que alguém visse o que ela havia feito.

Mas ninguém apareceu, e de repente ela se libertou do medo. Por que ela tinha que usar aquelas roupas, sapatos, chapéus e luvas? Por que não poderia ser apenas Salimatu? Depois daquilo, foi fácil. Com a voz de Salimatu em seu ouvido comandando e incitando, Sarah cortou e talhou. A tesoura virou sua lança de guerreira; o vestido que capturaria seu corpo e o entregaria ao inimigo tinha que ser destruído. Ela apunhalou o vestido, o bonito, não, o feio e estúpido vestido que não poderia salvá-la. Por que ela havia achado que ele era bonito? Quando enfim parou, sua respiração estava acelerada e entrecortada; o rosto, molhado. Ela tomou o vestido despedaçado nos braços, encolheu-se no chão e dormiu. Sarah não tossia mais.

Foi o grito de Mabel que acordou Sarah. De início, não conseguiu entender por que estava deitada no chão da sala de estudo. Então viu o mar de azul ao seu redor, e seu coração ficou acelerado. A noite passada não fora um sonho. Na noite anterior, Salimatu havia assumido o controle. O que ela estivera pensando? Não tinha ela prometido ao Papai Forbes que se comportaria?

— Babá, babá, venha depressa, venha ver o que a Sarah fez — clamou Mabel, basicamente dançando em júbilo.

Sarah se arrastou para debaixo da mesa no meio da sala e ficou deitada ali, tentando não respirar, desejando poder desaparecer.

— Saia daí neste instante, Sarah Forbes Bonetta — ordenou a babá. — O que significa isso? — Ela ergueu o vestido azul despedaçado que Sarah ficara tão feliz em usar uma semana antes.

Os rasgos grandes eram como feridas abertas.

— Você fez isso, fez? — O rosto da babá estava muito vermelho, e sua respiração, audível.

Sarah saiu de debaixo da mesa. Abriu a boca para explicar, mas a babá parecia tão zangada que as palavras se embolaram na boca da menina.

— Ah, menina má. Menina má e mal-agradecida. Agora, o que vai usar amanhã? Vou mostrar isto à senhora imediatamente — afirmou a Babá Grace, apressando-se para fora da sala.

Emily correu e abraçou Sarah.

— Ah, Sally, não sabia que ficaria encrencada? O papai vai punir você — murmurou Emily.

— Desta vez você passou dos limites — alertou Mabel.

Tanto o papai quanto a Mamãe Forbes subiram à sala. Nenhuma delas jamais tinha visto o papai tão sério. Não houve sorrisos nem ninguém correndo até braços estendidos.

O papai pegou o vestido despedaçado da Mamãe Forbes e perguntou:

— Sarah, você cortou o vestido?

Sarah não respondeu. Naquele momento era manhã, e ela não sabia como explicar o que tinha sentido na noite anterior. Olhou para a Mamãe Forbes, mas sabia que não conseguiria contar a ela também. Os olhos da mulher não eram mais o azul vívido, mas escuro como o céu antes de uma tempestade.

— Responda — ordenou o Papai Forbes, com a voz mais alta.

— Achei que gostasse do vestido — murmurou a Mamãe Forbes. — Agora olhe para ele. Como pôde?

A menina abriu a boca e tornou a fechá-la quando Salimatu comandou: "não fale. Eles nunca vão entender sobre o Deus deles e *juju*".

— Sarah, estou esperando — insistiu o Papai Forbes, inclinando-se à frente.

— Eu não queria usar o vestido mais, senhor — respondeu Sarah enfim, com a cabeça baixa, sem ousar olhar para ele.

Ela ouviu a babá estalando a língua atrás dela e viu a Mabel ficar boquiaberta.

— Ah, Deus — murmurou a Mamãe Forbes, sentando-se depressa como se, de repente, as pernas tivessem cedido sob o peso do desacato de Sarah.

— Você não decide o que vai usar ou não. A mamãe e eu estamos muito decepcionados por você ser capaz de fazer algo assim — disse o Papai Forbes, sacudindo o vestido talhado diante dela. — Por esse dano imoral, você vai passar o dia longe das outras e escrever cem vezes com sua melhor caligrafia: *cometi um erro e sinto muito*. Você sente, não sente?

Sarah mastigou os lábios, não disse nada e se afastou.

— Ora, você sente muito, com certeza — afirmou a Sra. Forbes, pegando as mãos de Sarah.

Mas Sarah se afastou bruscamente, e a mão de Mary Forbes bateu na mesa com força. Ela soltou um gemido, e o capitão segurou Sarah. Bem dentro dela, surgiu a lembrança de ser segurada com força. Não sabia dizer onde nem quando, mas a sensação da mão de alguém segurando-a com força, puxando, arrastando-a com ele, fez seu coração martelar. Ela relutou contra o aperto do Papai Forbes, arranhando e chutando. Então o mordeu.

— É assim que retribui nossa gentileza, com insolência e violência? Chutando, arranhando, mordendo?

Sarah e Salimatu gritaram e lutaram juntas com mais vigor, golpeando a Mamãe Forbes e a Babá Grace também. Emily chorava, e Mabel assistia, boquiaberta.

— Isto não pode ficar assim. Você precisa aprender uma lição. Babá, o bastão, por favor — pediu o Papai Forbes; a voz calma, mas profunda.

O bastão! Sarah parou de lutar e tremeu. Tinha sido usado pela última vez em Freddie quando ele tinha 9 anos. Mabel contara a ela uma vez.

— Ele amarrou uma pedra ao gato e jogou o animal no lago para ver quantas vidas restavam a ele. O Freddie não conseguiu se sentar por dois dias.

— Ah, Frederick, não, isso, não — clamou a Mamãe Forbes, tomando a frente. — Lembre-se de que ela pertence à rainha. Puna a menina, mas não com o bastão.

Emily chorou mais alto. Mabel olhou para o chão.

— Sua Majestade não nos agradeceria se permitíssemos que nosso encargo permaneça selvagem, obstinado e violento. Leve as outras para o salão.

— Mas o bastão, Frederick? Isto também não é ser violento? O que suas irmãs dirão?

— Vá, por favor, Mary. Isto não tem nada a ver com mais ninguém.

O rosto da Mamãe Forbes ficou vermelho. Ela pressionou os lábios, pegou Anna e Emily pela mão e as apressou para fora da sala, com Mabel seguindo-as.

O primeiro golpe arrancou o ar de Sarah. Ela sentiu a dor subir da mão direita para o pulso, pelo braço, pelo ombro até o peito. O próximo lançou a ferida para sua garganta, para dentro de sua boca. Salimatu deu um grito que sobrevoou o assobio do bastão enquanto golpeava pela terceira vez. A dor tomou cada parte dela, uma torrente, buscando e então explodindo uma correnteza pelos seus olhos e nariz. Ela nunca tinha apanhado daquele jeito antes, nem mesmo enquanto escravizada no palácio do Rei Gezo. *"Aba Yaa! Mak o pa mi. Não me mate."*

Sarah gemeu ao cair no chão e se encolheu. Esperou por mais golpes. Salimatu continuou gritando. Mas não houve mais nenhum porque Mabel entrou correndo no quarto e se colocou na frente de Sarah.

— Não, papai, chega. Por favor, papai. Tenho certeza de que ela está arrependida.

Ao longe, Sarah pensou ter ouvido a voz de Freddie:

— Pai, já chega.

Um tempo depois, Mabel levou um pano molhado e o colocou em cima das mãos de Sarah, enquanto Emily estava ajoelhada ao lado dela, ainda chorando.

— Ele nunca mais vai bater em você, prometo — garantiu Freddie antes de sair do quarto, levando o bastão consigo.

Sarah ficou sentada ali, com o rosto inexpressivo, os olhos abertos, mas sem ver nada.

A mão latejava. Ela sabia que nunca se esqueceria da dor. Tudo havia mudado, e ela não sabia o que fazer. Na mente, ouviu Salimatu sussurrar: "não importa quanto tempo fiquemos aqui, nunca seremos parte deles. Precisamos encontrar Fatmata e voltar para casa." *E onde fica isso?*, ponderou Sarah.

Salimatu/Sarah

Capítulo 16

Quando vem a soberba, então vem a desonra;
mas com os humildes está a sabedoria

Provérbios 11:2

Novembro de 1850

Mais tarde, no dia da surra, quando Sarah entrou na cozinha, Edith descascava batatas, e a Sra. Dixon checava o grande pedaço de carne no fogão. A cozinha era seu lugar favorito na casa inteira e, sempre que podia, ela descia os muitos degraus desde o quarto para adentrar o calor do cômodo.

— Mocinhas não ficam na cozinha — afirmara a babá quando encontrara Sarah lá não muito tempo antes. — Quando tiver sua própria casa, a cozinheira a procurará a cada manhã para anotar os pedidos do dia.

A Sra. Dixon lembrava Sarah do cozinheiro Zed, ainda que não fossem parecidos em aparência. A Sra. Dixon era bem mais baixa, gorda e tinha as duas pernas. Entretanto, ela também se movimentava depressa, jogando coisas em panelas, picando, misturando, provando e falando, sempre falando, sempre fazendo perguntas. Sarah não se incomodava com as perguntas. Ela gostava de contar à Sra. Dixon sobre o cozinheiro Zed, Amos e o navio. Fazia-a se sentir mais próxima aos marujos e principalmente ao Papai Forbes. Não daquele com o bastão, o outro, o Papai Forbes que a abraçava e dizia que ela estava segura.

— Bem, agora veja — murmuraria a Sra. Dixon, rindo, quando Sarah falava sobre a vida no *Bonetta*. — Você é uma coisinha miúda e já viu tudo isso. E o jeito que você fala! Se eu fechasse os olhos, pensaria que era uma dama falando, não uma escurinha, minha nossa. — Então ela daria uma fatia de bolo a Sarah antes de enxotar a menina da cozinha.

Quando Edith viu Sarah parada à porta, correu até ela.

— Ah, senhorita Sarah. Volte para o quarto ou será punida de novo.

— Cuide da própria vida, Edith — orientou a Sra. Dixon. — Vá buscar carvão e acenda as lareiras lá em cima. Ela vai ficar bem. Sente-se, criança. Teve um dia e tanto, não teve?

Sarah se sentou e caiu no choro.

— Por que fez aquilo, criança? Um vestido tão bonito. Vi quando você foi ao castelo e parecia uma princesa. Preta, mas ainda assim uma princesa.

— Não quero ser batizada — lamentou-se Sarah.

— E por que não? Tudo já foi organizado. Depois da cerimônia, muitas pessoas vêm aqui almoçar. Tenho preparado comida, doces e tudo para você. O que há de errado com isso?

— A babá disse que Jesus se ergueu dos mortos como um espírito. Sei que os espíritos vêm do demônio. É *juju*. Não quero que Jesus me pegue e me arraste para o fogo do inferno.

— Valha-me, Deus, acha que é como de onde você veio? Minha querida, você entendeu errado. Coisas assim não acontecem aqui.

— Não quero me juntar aos ancestrais. Só quero voltar para casa.

— Não é fácil assim. Não acho que deixarão você voltar para onde veio, querida, não com tudo o que ainda está acontecendo lá.

— O quê? — questionou Sarah, franzindo a testa.

— A compra e venda de vocês, como se fossem animais. Nem todos na Inglaterra concordam com os escravistas capturando vocês, escurinhos.

Aquilo não era nada do que Sarah não havia já pensado.

— Então por que eles não só impediram? — perguntou a menina, assoando o nariz com o lenço.

— Algumas pessoas fizeram isso. Os jornais os chamam de abolicionistas.

Sarah se inclinou à frente.

— Mas não acabou. Fui capturada em um ataque.

— Eu sei, amorzinho. Mesmo depois que a legislação foi alterada para impedir, alguns que lucravam com isso queriam que continuasse. Alguns dos outros países são piores, porque ainda não aprovaram nenhuma lei contra a compra e venda de pessoas como se fossem gado. E alguns escurinhos são tão gananciosos quanto, sabe. Vendem o próprio povo em troca de armas e bugigangas. Eles não se importam que os escravistas levem o povo deles para bem longe nas Índias para serem revendidos em troca de rum, açúcar e tabaco — revelou a Sra. Dixon, balançando a cabeça. — Meu Harry dizia que é por isso que navios como os do capitão ainda passam por aquela área, tentando pegar aqueles escravistas.

Sarah prendeu a respiração. As lembranças escondidas lá nas profundezas obscuras da mente se agitaram. Pessoas correndo, chorando, capturadas, presas, arrastadas, cavalos, cascos martelando no chão. Fora aquilo que acontecera com Fatmata e com ela própria, capturadas por Santigie e vendidas, de novo e de novo.

— O capitão teve que te tirar de lá, do contrário, sabe Deus o que teria acontecido com você. Pelo que li, não estaria mais entre nós.

Elas não tinham percebido Edith retornar. Ela deu um passo à frente.

— Como sabe de tudo isso, Sra. Dixon? — perguntou a mulher.

— Harry, meu marido, era um marujo, tanto como homem, como menino. Depois ele trabalhou com o capitão nos navios de patrulha. O trabalho no Esquadrão da África Ocidental, como é chamado, é ingrato, arriscado e repleto de violência, dos mares e dos escravistas. Ele disse que tinham que lutar contra todos os tipos de enfermidades. Às vezes ele partia para o mar e demorava um ano para eu vê-lo de novo. Mas, depois de um tempo, ele não conseguiu mais aguentar.

— Por quê? — questionou Edith.

— Ah, as coisas que ele me contava. A forma como os escurinhos eram tratados naqueles navios negreiros, acorrentados abaixo do convés como se fosse um caixão, com pouca comida ou água, os espancamentos, o cheiro. Era terrível. Às vezes, quando corriam risco de serem pegos, alguns capitães mandavam jogarem os escravizados no mar, para diminuir o valor das multas.

— Ah, Sra. Dixon, que horrível — lamentou Edith. — Nem ter um túmulo a visitar.

A Sra. Dixon assentiu e assoou o nariz.

— E pensar que havia escurinhos inteligentes como você que foram apenas pegos e vendidos.

Sarah se recostou, tentando entender tudo o que a Sra. Dixon havia acabado de contar a ela. Naqueles poucos minutos havia aprendido muito. Índias, América do Norte? Ela não sabia o quão longe eram aqueles lugares, mas os patrulheiros levavam aqueles que resgatavam para a Inglaterra com eles, como o Papai Forbes a tinha levado?

— Sra. Dixon — murmurou Sarah, inclinando-se à frente — o seu Harry trouxe a Fatmata para a Inglaterra?

— Fatmata?

— Minha irmã. Eles me separaram dela. Preciso encontrá-la.

— Ah, não acho que tenha trazido, criança. O Harry morreu anos atrás. De qualquer modo, eles não pegaram todos os navios negreiros. Aqueles que escaparam venderam os escravizados em vários lugares diferentes: Barbados, Jamaica, alguns no Brasil ou na América do Norte. Não sei onde ficam esses países, só ouvi os nomes. O Harry disse que aqueles resgatados foram deixados na África, um lugar chamado Freetown.

— Então como um dia vou encontrá-la de novo? — questionou Sarah.

— Se ela estiver na Inglaterra, ela é livre, porque não há escravizados aqui. Talvez esteja procurando você também. Como ela é?

Sarah abriu a boca para descrever a irmã, então a fechou. O rosto de Fatmata não estava lá. Não conseguia descrever a irmã. Fechou os olhos, mas ainda assim não havia nada, apenas um espaço escuro que parecia crescer.

— Não posso vê-la. Não consigo mais ver o rosto dela. Ela se foi. — Sarah chorou, balançando-se e gemendo, as lágrimas ardentes escorrendo pelo rosto.

A Sra. Dixon colocou a mão de Sarah contra o próprio peito.

— *Shh, shh*, criança.

— Nunca vou encontrar a Fatmata?

— Escute-me. Deus sabe o que aconteceu com ela ou o que poderia ter acontecido com você, por sinal, se o capitão não a houvesse resgatado e trazido você para casa com ele. Não há outro lugar para você ir. Peça desculpas ao capitão, vista o que derem a você, seja batizada em alguns dias, e logo todos se esquecerão disso.

— Se eu não fizer isso, o papai vai me mandar embora?

— Não sei, querida. — Ela segurou a mão de Sarah, e a menina estremeceu. A Sra. Dixon viu que a mão da menina estava vermelha e inchada. — Ah, Deus, o capitão fez isso?

Sarah assentiu.

A Sra. Dixon balançou a cabeça e suspirou.

— Deixe-me contar algo, princesa ou não, afilhada de Sua Majestade ou não, você precisa aprender a cuidar de si mesma, entendeu? Não será uma criança para sempre, mas sempre será uma escurinha. Aprenda algo para o futuro, dar aulas, tocar piano, qualquer coisa. — A cozinheira olhou para a mão de Sarah de novo. — Vou lhe dar um pouco de unguento para aliviar isso.

Sexta-feira, 15 de novembro de 1850, Casa Winkfield,

Esta tarde escrevi cem vezes: cometi um erro e sinto muito. Mabel se ofereceu para escrever metade para mim. Ela disse que o papai não ia saber. Mas falei não. Nós vamos saber. Tenho que fazer isso sozinha. Ela desenhou as linhas no papel para mim. Por que a Mabel está sendo minha amiga? Vou ser mandada para o reformatório? Eu me esforcei para escrever com minha melhor letra. Papai não disse nada quando entreguei o papel para ele. Minha mão ainda dói.

A Sra. Newbury, a costureira local, com os óculos posicionados na ponta do nariz, alfinetes presos na boca, trabalhou com a babá em outro vestido para Sarah usar no batizado no dia seguinte. Sarah não ousou se mexer enquanto elas tiravam medidas e marcavam o tecido com alfinetes, cortavam e costuravam. Ela não tinha permissão para falar, fazer perguntas e com certeza não para comentar do vestido que era confeccionado a partir de um dos antigos vestidos cinza de seda da mamãe. Não havia tempo para conseguir um tecido mais adequado. Ao fim, até a Srta. Caroline e a Srta. Laura foram até o quarto para ajudar a babá com os últimos ajustes, as fitas azuis-escuras e a antiga faixa azul de cetim.

Sarah mal dormiu, ainda com medo do que estava por vir. No domingo, ela se levantou e colocou o vestido cinza de seda sem nenhuma ajuda. Com a capa azul por cima, papai e mamãe não veriam o vestido cinza; não seriam lembrados do vestido azul destruído. Quando saiu no corredor, mamãe e papai esperavam. Não disseram nada a Sarah.

— Ótimo. Todos prontos? — murmurou o papai. — Temos que ir. Não podemos nos atrasar. Os outros nos encontrarão na igreja. — À porta da frente, parou. — Onde está o Freddie? Onde está o garoto?

— Aqui, pai — respondeu Freddie ao descer a escada. — Estou aqui.

Era a segunda vez que Freddie tinha dito "pai" em vez de "papai", percebeu Sarah. Quando ele estendeu o braço para ela, a menina o segurou. Sentia que nada de ruim poderia acontecer com ela com Freddie ao seu lado.

— Vamos, Mabel — chamou Freddie.

Sarah olhou por cima do ombro, vendo Mabel parada sozinha na escada.

— Ande conosco — convidou Sarah.

Mabel correu escada abaixo. Pegou a mão de Sarah e apertou, mas não foi como o aperto antigo, aquilo era diferente, era amigável. Sarah ficou feliz por ela não ter segurado a outra mão, porém. Ainda doía.

Quando terminaram de cruzar a curta distância até a igreja, havia uma multidão considerável ali.

— Ali está ela, ali está a Princesa Africana — gritou alguém.

— Nunca pensei que veria o dia em que os selvagens estariam rezando em nossa igreja. O que os escurinhos sabem de nosso Deus?

Outra pessoa gritou:

— Sua Majestade vem aqui, ou as Princesas?

— Aqui? — murmurou outro alguém. — Muito improvável, não é?

Todos riram.

Sarah, querendo se virar e correr, se manteve firme, sabendo que não havia para onde correr. Mabel segurou a mão dela e Freddie as conduziu pela multidão, para dentro da igreja.

Mais tarde naquele dia, Sarah não conseguia se lembrar de muita coisa da missa, com exceção do Reverendo Byles dizendo *"seguir a Cristo significa morrer em pecado e se erguer em uma nova vida com ele"*. A menina tremera naquele momento. Era aquilo. Jesus chegaria para buscá-la e não havia o que ela pudesse fazer. Fechou os olhos e de muito longe, ouviu-o murmurar: *"você rejeita o demônio e todas as rebeliões contra Deus."*

Ela abriu os olhos, arregalando-os, e gritou:

— Eu rejeito o demônio, eu rejeito o demônio, eu o rejeito. — Ninguém da congregação sabia que mesmo enquanto prometia se arrepender dos pecados, submeter-se a Deus, também apertava seu *gris-gris*.

Perto da pia batismal, a Mamãe Forbes despiu o chapéu de Sarah e o Reverendo Byles derramou a água benta na cabeça da menina. A água adentrou o cabelo cacheado e grosso antes de escorrer pelo pescoço dela como um dedo fantasmagórico gelado. Sarah mordeu o lábio para evitar chorar quando ele fez o sinal da cruz em sua testa, e enquanto o gesto acontecia, a menina rezou para todos os antigos deuses de seus ancestrais, deuses que não conhecia, para a salvarem e a protegerem.

No caminho de volta à Casa Winkfield, o papai caminhou ao lado dela.

— Boa menina — murmurou ele. — A mamãe e eu ficamos satisfeitos.

Domingo, 17 de novembro de 1850, Casa Winkfield
Estou batizada e ainda estou aqui. Jesus não me pegou.

Fatmata

Capítulo 17

Abanij n ba ara rè jé

Aquele que destrói os outros destrói a si mesmo

1846

Lansana, Lansana, o nome martela em meu coração. Tenho que ir embora. Sem pensar, corro até os grandes portões de madeira da vila, que estão fechados. Os guardas armados não estão ali. Levanto a tranca pesada, mas, antes de eu puxar o portão, ele é aberto pelo lado de fora, derrubando-me. Deitada no chão, ergo a cabeça e vejo um cavalo.

O medo me assola e torce minhas entranhas. Fiz algo errado de novo. Fecho os olhos e curvo o corpo, aguardando ser pisoteada pelos cascos do cavalo. Mas ele pula por cima de mim. A terra treme enquanto cascos martelam depois de passarem por mim.

Eles estiveram esperando do lado de fora, silenciosos e prontos. Agora estão por toda a parte, subindo o muro de barro alto que circunda a vila. Homens a pé carregando armas passam correndo por mim. Preciso avisar Jaja e os outros aldeões.

— Árabes, mouros, mouros — grito, levantando-me com dificuldade.

São as únicas pessoas que conheço que têm cavalos. Tateio em busca do estilingue e das pedras sempre guardados entre os tecidos do meu *lappa* e puxo. A pedra voa no ar, atingindo a lateral da cabeça do homem que corre à minha frente. Quando ele cai no chão, já tenho outra pedra no estilingue. Não olho para ele nem para o sangue se espalhando ao redor de sua cabeça. Pego a lança curta dele e corro.

Então algo atinge minha nuca, e o mundo desaparece. Quando retomo a consciência, estou sendo arrastada por um gramado. Minha cabeça dói, a lateral do corpo dói. Não consigo respirar. Solto um grunhido, e param de me puxar.

— Fatmata, Fatmata.

— Taimu?

— Sim. Achei que tinha morrido — murmura, chorando.

Os tambores que vibravam e martelavam no ar desde o nascer do sol haviam parado, mas dentro de mim os ecos do barulho tomam meus ouvidos. Nuvens cinzas ofuscam o céu. Sinto o cheiro de fumaça; a vila está pegando fogo. Meus olhos se enchem de lágrimas pela dor e pelo medo.

Tento me levantar, mas meu corpo todo dói.

— Minha cabeça.

Toco a nuca e sinto uma bola do tamanho de um ovo de galinha; há sangue ali.

— Um deles bateu em você com a vara. Arrastei você para cá.

Ouvem-se gritos e berros. O barulho dos cascos martelando a terra batida, passando depressa por nós em direção ao portão, nos informa de que ao menos alguns dos invasores estão indo embora. Espiamos através dos arbustos, e cubro a própria boca para evitar gritar. Os invasores não são mouros como eu tinha pensado, não são os demônios brancos, são nosso próprio povo, e muitos deles são mulheres. Como isso pode ser? Mulheres Guerreiras! Vemos amigos e vizinhos amarrados sendo arrastados da vila por homens que carregam armas cruéis.

— Tenho que ir encontrar Madu e Jaja.

— Não — sussurra Taimu —, vão nos pegar também.

Não consigo determinar por quanto tempo ficamos escondidas nos arbustos, esperando até que os muitos pés parassem de correr, caminhar, arrastar, passando por nós. Mas, enfim, enquanto as sombras ficam maiores, o silêncio reina. O silêncio é ainda mais assustador que o barulho.

— Vem — digo, embora esteja tremendo —, temos que ver se nossas mães estão em segurança.

Com cada passo, sinto que a cabeça vai explodir. Temos que ter cuidado, porque não sabemos se todos os malfeitores foram embora. Ao nos aproximar das cabanas, descubro que, mais rápido do que se leva para matar e cozinhar uma cabra, tudo tinha mudado. Todas as cabanas estão pegando fogo; a fumaça atravessa as frestas nas paredes de barro e desvanece, rastros pretos sumindo em meio ao nada cinzento. Nos telhados, as folhas de palmeira secas queimam depressa, lançando faíscas raivosas no ar antes de voltarem a cair, devorando mais. Homens mortos, os corpos cheios de feridas de flechas e lanças, empilhados perto da cabana de reunião incendiada. Caio de joelhos e jogo para fora o pouco do que comi naquele dia. Aqueles eram os homens que eu estivera escutando, os homens que estiveram planejando uma guerra contra os demônios brancos, sem saber que seus invasores, nosso próprio povo, estavam próximos.

— *Ogum*, salve meu pai — clamo enquanto procuro entre os mortos.

Ele não está ali, mas não tenho tempo de enviar um agradecimento aos deuses, porque os lamentos tomam o ar agora que os malfeitores se foram. O medo, grosso e pesado, se espalha de pessoa a pessoa, das barrigas às entranhas. O medo de os malfeitores voltarem, o medo do que se pode encontrar, ou pior, do que se pode não encontrar. Os urubus já estão circulando por toda a parte, seu chamado estridente em uma briga pelos espólios do dia. Engasgo com o cheiro da morte se espalhando depressa em cima de tudo. É um cheiro tão forte quanto dor de dente e sólido o bastante para ser mastigado.

As cabanas em nosso complexo estão chamuscando, cascas queimadas, e não há ninguém ali. Estou paralisada, com medo de ir embora, com medo de ficar caso os assassinos retornem. Por cima do barulho do meu próprio coração martelando enquanto fico estacada no mesmo lugar, ouço um choro de trás da carcaça de nossa cabana. Minha reação imediata é me mexer e correr em direção à voz, que se ergue e se esvai com rapidez. Ao alcançar a parte traseira da cabana, caio de joelhos. Não quero acreditar e sou tomada por sentimentos: alegria, alívio e horror. É minha mãe.

— Madu, Madu — grito, rastejando até ela.

Ela me ouve, está viva. Ao me aproximar, seguro seu braço. Como se soubesse que estou ao lado dela, minha mãe tenta levantar a mão para segurar a minha, mas não há mais força nas mãos que um dia moveram montanhas. Lágrimas escorrem dos meus olhos, formando trilhas de lesmas no rosto acinzentado dela. Eu a abraço e a trago para bem perto, somos como as duas metades de um amendoim. Não vou soltá-la.

Ela abre a boca, e um som como água batendo em cima de pedra sai:

— Aina.

— Madu, onde está a Salimatu?

O rosto dela se contorce, mas, antes que possa dizer algo, fica mole em meus braços. Os olhos estão abertos, mas olham para o nada, porque seu espírito já começou a jornada.

— Não, não. *Oduduá*, deusa de todas, não leve Madu embora — imploro, sacudindo minha mãe.

Ela se foi. Fecho os olhos de Madu, minhas lágrimas pingam no rosto dela, seguindo o caminho de suas lágrimas, e, quando afasto as mãos, estão vermelhas com o sangue de minha mãe. Meu choro fica mais alto, em meio àquele dia de angústia, atravessando o ar esfumaçado para se juntar aos lamentos dos outros aldeões. Eu me banho com a terra vermelha que ficou preta e marco o rosto com o sangue de Madu.

Pego seu *country cloth* azul trançado para colocar em cima de Madu. É o primeiro tecido que eu mesma fizera e tinha dado à Madu. Agora está escurecido pela fumaça. Seguro-o e me pego encarando os olhos vazios e inexpressivos do Chefe Dauda, meu Jaja.

— Não, ele também não, não o Jaja — grito.

É uma visão que não quero ter, mas preciso olhar. Vejo uma faquinha com um punho branco brilhante enfiada no pescoço de Jaja. Conheço aquela faca. Eu tinha visto aquela faca naquele dia mesmo. É de Santigie. É a mesma faca que ele usara para cortar carne e agora para matar meu pai.

Um luto bruto e inesperado enrola minha língua. Não consigo falar, não consigo gritar, uma rocha de raiva e medo se acomoda em minha garganta. Curvo o corpo, querendo desaparecer, querendo criar raiz e me afundar, afundar, afundar até chegar a Maluuma. Ela tem um bálsamo para essa dor. Ela tem que ter.

Não sei quanto tempo fico assim, mas enfim me recomponho. Há algo que preciso fazer primeiro. Não posso deixar aquela faca no pescoço do meu pai, desonrando-o. Quantas vezes falei que sou tão boa quanto qualquer garoto, quantas vezes falei que sou uma guerreira de Talaremba? Bom, ali estava meu primeiro teste. Se meu irmão Lansana estivesse aqui, não hesitaria, mas ele não está, então sou eu quem preciso fazer. Pensar nele me traz força. Respirando fundo e com a mão trêmula, fecho os olhos de Jaja antes de tirar a faca de seu pescoço. O sangue jorra, cobre minha mão e pinga na terra.

Eu me afasto da ferida, aberta e tenra, e ouço as vozes dos meus ancestrais dizendo:

— Sim, você é a guerreira do seu pai.

Olho para a faca e juro nunca me desfazer dela até tê-la cravado na carne de seu dono. Sem parar para pensar, uso a faca para cravar na coxa a tatuagem de macaco guerreiro que todos os garotos de nosso povo têm, feitas durante a iniciação deles.

Lágrimas escorrem dos meus olhos enquanto o sangue do meu Jaja e o meu se misturam e se tornam um. A dor é uma coisa boa.

Então me lembro de Salimatu. Onde ela está? Será que também foi para os ancestrais? Foi capturada ou está perambulando pela vila, perdida? Preciso encontrar minha irmã.

— Fatmata — chama Taimu, correndo complexo adentro. — Minha mãe está viva. — Ela para quando percebe os corpos aos meus pés.

Sem dizer nada, escondo a faca com o estilingue e, antes de poder dar sentido às coisas, vejo Tenneh correndo com Salimatu no colo.

— *Oduduá*, deusa de todas as mulheres, louvada seja — murmuro, chorando e tremendo.

Pego Salimatu de Tenneh e, abraçando-a apertado, sussurro que ela está segura agora. Ela não diz nada. Ela que tinha palavras jorrando da boca antes de completar duas primaveras está agora em silêncio.

— Sali, você viu os homens? — pergunto.

Ela me encara, sem piscar, os olhos grandes, pretos e cheios de lágrimas, e confirma com a cabeça.

— Eles fizeram alguma coisa com você?

Ela nega com a cabeça.

— Sali, fale comigo — peço.

O silêncio dela me assusta.

— Madu disse que não posso chorar nem falar. Que tenho que segurar isto bem apertado — sussurra ela.

Toco a mão fechada dela. Está sangrando. Ela abre a mão para revelar que esteve segurando oito pedacinhos de vidro azul. Sei naquele momento que, em meio ao medo e à morte, Madu não se esqueceu de proteger ao menos um de seus filhos. Ela fez Salimatu segurar aqueles pedaços de vidro azul para manter os espíritos malignos longe. Coloco-a no chão, pego os pedacinhos de vidro, abro o *gris-gris* dela e, sem olhar, coloco dois deles ali dentro. O resto coloco em minha bolsinha.

Ao ver Madu e Jaja, Tenneh balança a cabeça.

— Venha agora, Fatmata — orienta ela. — Temos que ir embora. Os malfeitores podem voltar na calada da noite.

— Sisi Tenneh — pronuncio —, o Chefe Dauda começou sua jornada aos ancestrais e levou Isatu com ele. Não sei o que fazer.

— Criança, há muitos nesta vila hoje que não terão cerimônias para enviá-los em suas jornadas. Acabei de deixar os corpos do meu marido e da minha mãe. Que os deuses os ajudem. — Ela enxuga as lágrimas com a borda de seu *lappa*. — Venha, todos estão indo. Eles vão nos deixar para trás. — Tenneh corre para longe, para se juntar aos outros aldeões que estão indo embora, ainda que nenhum deles saiba para onde, deixando seus mortos e aqueles que estão morrendo.

Sei que devemos ir. Ainda assim, não posso deixar Madu e Jaja sem uma espécie de cerimônia. Não posso deixar os espíritos deles vagando para sempre, incapazes de encontrar o caminho que os conduzirá aos ancestrais. Não há Pai Sorie, nenhum homem, para cantar seus louvores, ninguém para bater os tambores para dizer ao povo que Dauda, Chefe de Talaremba, e Isatu, sua terceira esposa, iniciaram suas jornadas ao outro mundo. Há apenas eu. Tenho que fazer algo.

Então me lembro do que Madu fez para Maluuma quando seu espírito foi para além de nós.

Abro meu amuleto, pego quatro pedaços de vidro e os coloco em cima dos olhos de Madu e Jaja, olhos que não podem mais ver este mundo.

— Maluuma — clamo —, com a luz deste vidro, conduza sua filha, minha mãe Isatu, meu pai Dauda, em segurança, para o outro lado. Não tenho água, nozes-de-cola nem sacrifícios, mas imploro a todos os ancestrais que me perdoem. Aceitem minha mãe e meu pai; não os deixem se tornar espíritos malignos vagando para sempre. — Minha voz ecoa os sons de garrafas azuis explodindo.

Ouço os espíritos procurando, procurando, procurando o caminho para casa.

Pego Salimatu no colo, trago seu rosto molhado para perto do meu e me pergunto o que acontecerá conosco daqui em diante. Lambo as lágrimas dela e engulo sua dor. Toco as marcas em seu rosto e agradeço aos deuses que, assim como eu, ela as tem. Aonde quer que formos, nossos rostos mostrarão que somos as filhas de um chefe de Talaremba, parte de Isatu e Dauda, e unidas aos ancestrais para todo o sempre.

Amarro Salimatu às minhas costas com o tecido azul de Madu e corro para alcançar Taimu e Tenneh. Nunca as alcanço. Alguém me pega por trás, meus pulsos são presos às laterais do meu corpo, não consigo pegar meu estilingue. Eu me contorço e grito e, quando a mão de alguém cobre minha boca, mordo um dedo gordo. Sinto o jato de sangue em minha boca antes de ouvi-lo gemer e sinto um golpe na nuca, no mesmo lugar em que fora golpeada antes. O murro me faz cair no chão.

— Vou lhe ensinar a lutar com Bureh — anuncia ele e me dá um tapa na cara.

Minha cabeça é arremessada para trás, e o movimento suga meu grito. Sinto a lateral do meu rosto inchar. Estreito os olhos para cima, para ele. Bureh? Pela voz dele, sei que é um homem de Kocumba. Salimatu segura meu pescoço, gritando, e ele a arranca das minhas costas.

— Aqui, Momoh, leve a criança. Eu cuido dessa aqui. Podemos coletar nosso pagamento aqui e agora — afirma ele, jogando-me no chão.

Ele segura meu *lappa* e tenta rasgá-lo, mas Momoh o empurra para longe de mim.

— Não temos tempo. É essa que ele quer. Amarre-a. Ele está esperando.

Embora eu não entenda tudo o que eles estão dizendo, sei o suficiente para compreender que eles voltaram para me encontrar e me pergunto o porquê.

Salimatu/Sarah

Capítulo 18

O bom senso o guardará, e o discernimento o protegerá

Provérbios 2:11

Novembro de 1850

Dois dias depois eles desceram para se despedir das irmãs do capitão, que retornariam a Dundee naquela manhã. Sarah ficou parada à porta, incerta a respeito de seu futuro na família.

— Venha se sentar ao meu lado, Sarah — orientou a Mamãe Forbes, sorrindo e estendendo a mão.

A menina suspirou de alívio e se aproximou depressa. *De agora em diante*, pensou ela, *vou me comportar, farei tudo o que mandarem. Quero ficar aqui.*

O Capitão Forbes entrou no salão, balançando uma carta.

— Mary, adivinhe o que acabou de chegar. Você recebeu uma carta do castelo.

— Castelo de Windsor? Eu?

— Sim, também recebi uma, do Sr. Charles Phipps, para tomar as providências sobre a Sarah.

A Mamãe Forbes abriu a carta e franziu a testa.

— A minha é da Lady Phipps. Ela quer me ver também. Também há um convite para a Sarah.

— Ah — murmurou Laura. — Para o castelo?

A Mamãe Forbes assentiu e leu em voz alta:

"Sua Majestade, a Rainha Vitória, gostaria de ver Sarah na quinta-feira, 21 de novembro de 1850, às 15h, no Castelo de Windsor. Sarah ficará no castelo para participar da festa de aniversário de 10 anos da Princesa Vitória."

— Ela vai sozinha, mamãe? — perguntou Mabel.

Sarah olhou para Mabel, que, ainda que não estivesse sorrindo, também não estava franzindo a testa.

— Não. O papai e eu vamos ao castelo também, então podemos acertar os detalhes em relação à Sarah com o Sr. Charles enquanto ela encontra a Rainha Vitória.

A reação do Capitão Forbes à carta é uma mistura de orgulho com espanto.

— Não imaginei que Sua Majestade demonstraria tamanho interesse na Sarah — afirmou ele, sorrindo. — Eu estava certo em trazê-la para casa.

Sarah estava sentada entre a mamãe e Papai Forbes, esforçando-se para não deslizar para fora do assento enquanto a carruagem balançava e tremia ao longo do Parque de Windsor. Fora apenas doze dias antes que ela e o papai tinham passado por essa mesma estrada? Dessa vez, ela não percebeu as árvores ondulantes nem o muro que circundava o castelo. Sabia que sua cabeça não seria cortada fora, sabia que não havia espíritos se escondendo atrás das árvores, prontos para se revelarem e atacá-la, porque, afinal de contas, o espírito de Jesus tinha adentrado sua alma. Fora aquilo que o Reverendo Byles havia dito. Devia ter funcionado porque ali estava ela, ainda viva. Jesus não a tinha arrastado para o mundo lá debaixo, para os ancestrais.

Dentro do castelo, seguiram o cortesão pelo Grande Corredor em direção à Torre do Rei e à sala de estar particular da rainha. Sarah não mais se incomodava com os olhos nas pinturas, nem os dos bustos e estátuas. Não era ela a Princesa Africana, resguardada por Jesus de um lado e pelo seu *gris-gris* do outro? Proteção dupla.

O cortesão bateu à porta, abriu-a e anunciou:

— Capitão Forbes, Sra. Forbes e Srta. Sarah Forbes Bonetta.

Sarah deu um passo à frente depressa, mal percebendo o Sr. Charles e a Lady Phipps sentados próximos à lareira, e fez uma reverência bastante cambaleante.

A Rainha Vitória esticou o braço rapidamente e segurou a mão da menina para estabilizá-la. Sarah estava grata pelas luvas esconderem sua mão ainda vermelha. Não queria explicar.

— *Guten tag*, Sua Majestade — disse Sarah.

Ela ficou parada com as mãos às costas.

A Rainha Vitória sorriu.

— *Das ist sehr gut*, Sarah.

— *Ich danke sehr*, senhora — respondeu Sarah, logo adicionando: — Isto é tudo que aprendi até agora, mas tenho praticado.

A Rainha Vitória desviou o olhar de Sarah para o Capitão Forbes, que fez uma reverência.

— Sua Majestade, permita-me apresentar minha esposa, Sra. Forbes — pronunciou ele.

A Mamãe Forbes fez uma reverência profunda.

— Boa tarde, Sua Majestade.

A Rainha Vitória assentiu e sorriu.

— Sra. Forbes. Algum de vocês fala alemão?

— Não, senhora — respondeu a Mamãe Forbes. — Eu falo francês. Nossa governanta sabe um pouco de alemão.

— Entendo. — A Rainha Vitória analisou Sarah por um momento, então proferiu: — No novo ano, a Sarah poderá se juntar às princesas nas aulas de alemão uma vez por semana. A Lady Phipps providenciará com a Frau Schreiber.

— Sim, senhora — confirmou a Lady Phipps.

— Ouvi que o batizado se sucedeu bem, Sra. Forbes. Tenho certeza de que Sarah poderá me contar tudo enquanto o Sr. Charles acerta as providências a serem tomadas para a criança.

— Senhora — disse a Sra. Forbes, curvando-se outra vez.

— Os filhos da família Phipps e Seymour virão para o chá de aniversário da Vicky também. Na verdade, Sarah passará a noite aqui e será levada para casa amanhã. A banda se apresentará mais tarde, e haverá um baile no salão dos empregados em homenagem à Vicky.

— Senhora — murmurou o Capitão Forbes, fazendo uma reverência.

Sarah observou o Papai e a Mamãe Forbes deixarem a sala, seguidos pelos Phipps.

Por um momento, sozinha com a rainha, Sarah teve medo. Não sabia que passaria a noite ali. E se ela nunca voltasse para a Casa Winkfield? Teve vontade de correr atrás dos outros, mas não se atreveu.

Quando a Rainha Vitória foi até a lareira e tocou uma campainha, Sarah olhou ao redor da grande sala, que estava ainda mais apinhada do que o salão da Mamãe Forbes. Havia um espelho enorme sobre a lareira; à esquerda dela havia uma mesa com um busto do Príncipe Albert. As paredes eram vermelhas com padrões dourados; cortinas drapeadas cobriam duas longas janelas; os tapetes, sofás estofados e cadeiras eram cobertos por flores e havia um candelabro gigantesco pendurado no centro do teto.

— Tire sua capa e chapéu e sente-se — comandou a Rainha Vitória. — As crianças descerão logo. Agora, conte-me sobre o batizado.

Sarah lambeu os lábios. Por onde começaria? Não poderia falar do vestido nem da surra. Não poderia contar à rainha que temia que Jesus a arrastasse para o mundo dos espíritos e a morte.

— Rejeitei o demônio — respondeu ela enfim, sentando-se na banqueta perto da Rainha Vitória.

As palavras pairaram no ar, em busca de um espaço verdadeiro em que pudessem se apoiar.

Sarah ficou aliviada quando Vicky entrou correndo na sala. Não teria que dizer mais nada a respeito do batizado. Alice e Bertie surgiram logo depois; todos fizeram uma reverência antes de Vicky irromper em reclamações sobre Bertie.

— Mamãe, o Bertie não está nem um pouco agradecido pelo Sr. Birch tê-lo dispensado das aulas hoje porque é meu aniversário — contou Vicky. — Ele tem se comportado de maneira horrorosa. Ele me chutou e tentou puxar meu cabelo porque eu disse que Alice lê melhor que ele.

— Ela começou, mamãe, a Vicky está sendo mandona como de costume — retrucou Bertie, lançando-se para cima de Vicky, que desviou dele. — Pergunte a Alice. Não é verdade, Alice?

Parada entre os dois com os olhos arregalados, Alice mordeu o lábio. Sarah podia perceber que ela não tinha certeza de quem deveria apoiar.

— Ora, parem com isso imediatamente ou puxo a orelha dos dois — ordenou a Rainha Vitória. — Não permitirei que se comportem como selvagens em frente à Sarah. Vicky, acalme-se, e Bertie, desculpe-se com sua irmã.

Apenas naquele momento o príncipe e a princesa viram Sarah.

— Boa tarde, Príncipe Albert — cumprimentou a menina.

— Boa tarde, Sarah — respondeu ele, a briga com a irmã esquecida. — Me chame de Bertie, é o que todos fazem. Papai que é o Príncipe Albert.

Sarah sorriu e se voltou às duas princesas.

— Boa tarde, Princesa Vitória, Princesa Alice.

As duas meninas responderam aos cumprimentos, mas Vicky ainda lançava olhares para Bertie.

— Onde está a Lady Lyttleton? — perguntou a Rainha Vitória.

— Deixamos Laddle na sala de aula — respondeu Alice.

— Ora, Alice, é Lady Lyttleton, não Laddle.

— Ela não se incomoda de a chamarmos assim, mamãe — revelou Bertie, jogando-se aos pés da mãe. — Todos nós temos outros nomes.

— Seja como for, vocês devem ser educados sempre. Acho que vocês dois precisam de ar fresco. Tenho certeza de que a Srta. Hildyard...

— Quer dizer a Tilla, mamãe? — corrigiu Bertie, abrindo um grande sorriso.

— Não me interrompa, por favor, Bertie. Tenho certeza de que a Srta. Hildyard — prosseguiu a Rainha Vitória, dando ênfase à palavra — levará vocês para caminhar, considerando que hoje não haverá aula. Vejo vocês na hora do chá.

Sarah pegou a capa e se lembrou do presente que tinha para Vicky. Enfiou a mão no bolso do tecido e retirou dali um embrulho.

— Feliz aniversário — disse a menina.

— Ah, obrigada. — Vicky puxou o laço e rasgou o papel.

Dentro do embrulho, havia uma simples pintura emoldurada em madeira de uma flor de hibisco vermelha em aquarela.

— É linda — clamou a princesa, mostrando-a à mãe.

— Você quem pintou? — questionou a Rainha Vitória.

— Sim, senhora.

— É muito boa. Mostrarei ao Sr. Leitch quando ele vier para minha próxima aula.

Sarah sorriu, feliz porque a rainha gostava de sua pintura. Ela tinha levado muito tempo para decidir o que pintar, uma vez que Emily lhe sugerira como presente de aniversário.

— Que tal uma planta ou uma flor? — sugerira Mabel. — Você é boa nelas.

Sarah havia gostado da ideia, mas qual delas? Tentou se lembrar das flores e plantas de sua terra natal, mas as lembranças estavam se retraindo para longe dela.

— Qual é a flor de que mais gosta?

— Hibisco.

Sarah franziu a testa. Por que tinha respondido "hibisco"? Não havia pensado na flor em muito tempo.

— Como ela é? — questionou Emily.

Então Sarah se lembrou de um arbusto enorme coberto de flores perto de uma cabana. Uma mulher colhendo flores. Não podia ver o rosto dela, mas conseguia ver as mãos, dedos marrom-escuros compridos, escolhendo, colhendo, colocando as flores em água quente, deixando-as ali por um tempo antes de despejá-las em uma cuia. Então mexeria na água para esfriá-la.

— *Gbaw*, beba — diria ela.

Era Madu ou outra pessoa, Sarah não sabia dizer.

— É grande e vermelha e se pode fazer chá com ela — respondeu Sarah, recordando-se.

— Vamos ver se conseguimos achar uma imagem dela no livro de botânica da Srta. Byles — sugeriu Mabel. — Então pode fazer um desenho para ela.

Elas haviam encontrado a imagem, e Sarah passara o dia pintando cinco pétalas grandes com um estame comprido e pólen amarelo.

— Sei o que é — afirmou Vicky. — É um hibisco.

Sarah ficou surpresa por Vicky conhecer a flor e queria dizer aquilo, mas começou a tossir em vez disso.

— Essa é uma tosse desagradável. Deram alguma coisa a você para aliviá-la? — perguntou a rainha.

— Sim, senhora — confirmou Sarah entre tossidas. — *Godfrey's Cordial*. O papai disse que é por causa da mudança de tempo e que vai parar quando ficar mais quente.

— Hum, devemos ficar atentos. Agora, todos vocês, vão encontrar a Srta. Hildyard. Tomem um pouco de ar fresco, e sem brigas.

Quando deixaram a companhia da rainha, Bertie correu pelo Grande Corredor, gritando:

— Depressa, depressa, vamos até Tilla para ela nos levar para ver Dot e os filhotes dela nos canis.

— Os filhotes são tão adoráveis — murmurou Alice, andando com rapidez.

Sarah tentou acompanhar o ritmo. Manteve os olhos à frente para evitar perceber os bustos.

— Quantos filhotes?

— Cinco, mas há muitos outros cachorros aqui e no Palácio de Buckingham. Acho que são quase cinquenta cachorros. A mamãe ama todos os tipos de cachorros, mas tem uns favoritos.

Cinquenta? Sarah não conseguia acreditar que poderia haver tantos cachorros em um só lugar, pertencendo a uma família. Todos os cachorros que tinha visto foram aqueles lutando por comida no complexo de mulheres escravizadas em Abomey. Aqueles cachorros tinham sido maus, mordendo e rosnando para todos. Não eram animais de estimação.

— Os filhotes são mantidos longe dos outros cachorros — explicou Alice. — Dot não se importa caso os seguremos com delicadeza, sabe.

Subiram as escadas correndo, com Sarah lutando para carregar o chapéu, o casaco e o xale.

— Parem — ordenou Vicky. — Sabem que não devemos correr aqui.

Alice e Bertie pararam de pronto, de modo que Sarah esbarrou nos dois e derrubou tudo o que carregava. Todos esperaram por um momento antes de darem outro passo. Alice viu a expressão confusa de Sarah e então explicou, enquanto ajudava a menina com o xale:

— A mamãe disse que odeia crianças barulhentas. Se fizermos barulho, ela fica muito brava, e somos punidos.

— Sim — confirmou Vicky —, e Bertie recebe a maior punição porque é o mais barulhento e irritante.

— Acontece que — adicionou Alice — nossos quartos ficam em cima da sala de estar da mamãe. Às vezes ela recebe visitas, e eles conseguem nos ouvir se corrermos.

Vicky abriu a porta próxima a eles.

— Este é o quarto da Lenchen, Louise e Arthur. Ficarão aqui no berçário até completarem 6 anos — explicou ela. — São bebês. Não vão a minha festa.

Havia três camas, uma ao lado da outra, com suportes articulados nas laterais e almofadas estofadas para evitar que os bebês se machucassem nos bastões usados como suportes. Sarah acariciou as almofadas. Anna não tinha um daqueles na cama. Talvez, se tivesse, ela pararia de rasgar e comer o novo papel de parede verde quando estava sozinha. Aquilo deixava a babá muito brava.

No cômodo ao lado, a sala de aula, Sarah viu que cada criança tinha uma cadeira de encosto alto individual, que era coberto por um brasão e incrustado com a inicial do dono real. Havia ainda muito espaço para brinquedos, cavalos de balanço, casas de boneca e brinquedos mecânicos.

— A Tilla, quer dizer, a Srta. Hildyard, dá aulas aqui, e nossos quartos ficam atravessando aquela porta — revelou Alice, apontando para o outro lado da sala. — Divido o quarto com a Vicky, o Bertie divide com o Affie. Embora agora a mamãe tenha restaurado o Palácio de Buckingham, o Bertie tem o próprio conjunto de quartos com o tutor dele por perto quando estamos lá.

Betty, a babá das crianças, entrou na sala com os casacos das princesas. Alice esticou a mão e acariciou o vestido cinza de Sarah.

— Você está usando outro vestido bonito — afirmou a princesa.

Sarah se perguntou o que eles diriam se soubessem por que o vestido era cinza.

— A Vicky e eu compartilhamos alguns vestidos. Você precisa compartilhar os seus?

Sarah abriu um pequeno sorriso, lembrando-se da raiva de Mabel quando um de seus vestidos fora dado para Sarah usar quando chegara à Casa Winkfield.

— Não, não mais. A Mabel não gosta de compartilhar. Emily não se incomodaria, mas os vestidos dela são muito pequenos para mim. Ela só tem 7 anos.

— A Mabel e a Emily são suas irmãs?

Sarah engoliu em seco, e a tosse retornou. Era a tosse dela ou de Salimatu? Sarah não sabia dizer; tudo de que sabia era que havia voltado. Não sabia o que responder. Prometera não falar de Fatmata de novo, prometera se esquecer, mas como poderia se esquecer?

— *Shh*, Alice — murmurou Vicky. — Lembra da história dela?

— A Mabel, a Emily e a Anna não são minhas irmãs, são as filhas da mamãe e do Papai Forbes. Eles cuidam de mim. Minha irmã é a Fatmata. Não sei onde ela está. Procuro por ela em toda a parte, mas ela nunca está lá.

A boca de Alice tremeu. A princesa segurou a mão dolorida de Sarah.

— Sinto muito, Sarah, eu não deveria ter perguntado. Um dia você vai encontrá-la, tenho certeza. Talvez a mamãe possa ajudar. Vamos perguntar a ela, não vamos, Vicky?

Sexta-feira, 22 de novembro de 1850. Casa Winkfield

Fui à festa de aniversário da Princesa Vitória (Vicky, o nome de família) ontem. Os filhos reais também têm nomes de "família". Albert é Bertie, Alfred é Affie, Helen é Lenchen. Às vezes chamam Alice de Fatima. Parece Fatmata. Tenho um nome de família também: "Sally", não Sali, não Salimatu.

Maria, Harriet e Charles Phipps e Augusta, Arthur, Leopold e Alfred Seymour também estavam na festa. Comemos pão com manteiga, pão com geleia, bolinhos e gelatina. Não gosto de gelatina, fica balançando na minha boca. Bebi chá hoje pela primeira vez. Também tinha limonada de framboesa. Jogamos alguns jogos, brincamos de esconde-esconde, cartas e cabra-cega. Uma banda tocou no jardim. Fizeram muito barulho. Vimos empregados dançando no salão bunito deles. Alice/Fatima não aproveitou porque estava se sentindo mal. Pobre Fatima. Devo ir brincar no castelo de novo. Da próxima vez, espero poder levar a Mabel e a Emily. Elas vão gostar de lá. Eu gosto de lá.

Salimatu/Sarah

Capítulo 19

Mesmo no riso o coração pode sofrer

Provérbios 14:13

Dezembro de 1850

20 de dezembro de 1850, Casa Winkfield
Anna está doente. Edith a encontrou coberta com a medicação da babá, a garrafa azul quebrada. Anna não acordava, e o doutor veio. Ele disse que Anna está doente por ter comido o papel de parede verde. Tem arsênico nele. Acho que é veneno. Todo o papel de parede foi arrancado do quarto. O papai e a mamãe estão muito preocupados. A Mabel disse que é porque dois irmãos caçulas morreram antes da Anna. Eu me pergunto se meus dois irmãos estão mortos também. Por que as pessoas morrem? Se eu não parar de tossir, vou morrer? Coloquei um pedaço da garrafa azul quebrada no gris-gris que fiz para a Emily. Dentro dele também tem uma mecha do meu cabelo amarrado com uma das fitas dela. Ela gosta do meu cabelo. Eu não. Ela não pode mostrar o que tem dentro do gris-gris para ninguém.

Quando Edith entrou correndo na sala de aula, esbarrando na mesa e derrubando vários livros, todas elas se sobressaltaram.

— A senhora pede desculpa por interromper a aula, mas poderia, por favor, mandar as meninas até a sala de estar?

— Agora? — questionou a Srta. Byles.

— Sim, senhorita. As três. Agora. Chegaram visitas.

Sarah seguiu Edith às pressas com Mabel e Emily seguindo atrás. Ficou aliviada pela mamãe ter pedido às três para descerem. Estava cansada das visitas da mamãe. Não era como se falassem com ela. Queriam apenas encará-la e às vezes tocá-la, como se para se certificar de que ela era real. E era, não era nem um pouco diferente de Mabel ou Emily, com exceção de sua pele. Por que aquilo importava tanto?

Do lado de fora da sala de estar, Edith verificou se todas elas estavam de fato apresentáveis. Mabel a afastou, abriu a porta e parou. Por cima do ombro da menina, Sarah viu as visitantes. Soltou um gritinho porque ali, bem em frente a ela, estavam as princesas Vitória e Alice. Tinha se passado quase um mês desde a festa no Castelo de Windsor, e nenhuma palavra fora trocada, exceto o recado de Vicky.

"Querida Sarah,
Muito obrigada pela pintura. Foi muito gentil da sua parte se dar a esse trabalho. Vou guardá-la como um tesouro. Todos nós esperamos que possa voltar para brincar em breve.
Princesa Vitória (Vicky)"

Alice abriu um grande sorriso.

— Queríamos fazer uma surpresa.

— Estou muito feliz de ver vocês — respondeu Sarah. — A Mabel, a Emily e eu falamos de vocês o tempo todo. — Ela olhou ao redor e viu Mabel e Emily ainda paradas à porta, boquiabertas.

— Lady Lyttleton, essas são minhas meninas, Mabel, Emily e Sarah — apresentou a Mamãe Forbes para a moça sentada no sofá próximo à lareira.

Sarah arregalou os olhos. Então ela era uma das meninas da Mamãe Forbes?

— Bom dia, Lady Lyttleton — disseram as três em coro.

— Não sabíamos que estavam vindo nos ver — adicionou Sarah com a voz suave.

— Laddle mandou, sim, um recado — respondeu Vicky.

— Mas imploramos à Sra. Forbes para manter segredo — complementou Alice, batendo palminhas. — Queríamos fazer surpresa.

— E fizeram — confirmou Sarah, dando um grande sorriso. Ela puxou Mabel e Emily à frente. — Princesa Vitória, Princesa Alice, gostaria de apresentar minhas... — Ela fez uma pausa e olhou para as outras duas meninas. Não sabia do que chamá-las, como apresentá-las. Então, finalizou simplesmente com: — Quero que conheçam a Mabel e a Lily, quer dizer, Emily.

— Ouvimos muito sobre vocês e queríamos conhecê-las também — comentou Vicky.

Sarah olhou para todas elas e sentiu algo bom. Exalou profundamente.

— Mamãe Forbes, podemos levar as princesas lá em cima, na sala de aula? — perguntou Sarah.

— Não há tempo. Talvez outro dia.

— Sua Majestade mandou vocês? — questionou Emily.

— Não vieram levar a Sarah embora, vieram? Ela mora conosco. Gosta daqui — opinou Mabel, franzindo a testa para as princesas.

— Mabel! — ralhou a Mamãe Forbes. — Elas vieram levar vocês para um passeio e então ao castelo.

— Ah — murmurou Emily —, mesmo? Obrigada, obrigada. — Ela pulou tanto para cima e para baixo que Mabel teve que segurá-la antes que caísse da cadeira.

Todas riram com o entusiasmo da menina.

— Mamãe e papai foram para Londres ontem, para checar o edifício para a Grande Exibição no Hyde Park — explicou Vicky —, mas voltarão hoje mais tarde.

— O papai disse que, quando o edifício estiver terminado, não haverá nada tão grandioso quanto ele no mundo inteiro — complementou Alice, enquanto as meninas vestiam os chapéus e casacos que Edith tinha ido buscar.

Quando saíram, havia uma multidão esperando do lado de fora do portão. Alguns acenaram, outros caminharam junto com a carruagem.

Uma mulher exclamou:

— Ali estão as princesas brancas e a princesa preta.

— Como souberam que vocês estavam aqui? — perguntou Emily.

— Sempre nos seguem — respondeu Vicky.

Nem todos estavam felizes ao vê-las, porém. Um homem, o rosto feio e contorcido, gritou algo e sacudiu o punho quando passaram. Tudo o que Sarah conseguiu compreender foi a palavra "alemão". Mabel e Emily se encolheram nos assentos de couro. Vicky endireitou a postura e olhou para frente. Alice abaixou a cabeça.

— Olhe para cima, Alice — orientou Vicky. — Lembre-se do que o papai disse. Nunca devemos demonstrar medo.

— Bom, fico com um pouco de medo quando eles chegam tão perto e encaram.

— A mamãe disse que as pessoas sempre vão encarar. É o que acontece quando se é uma princesa. Você é diferente, ou eles pensam que é. Apenas os ignore — finalizou Vicky.

— Não consigo. É porque você não sabe como é um irlandês desequilibrado atirando em você.

Emily deu um gritinho e chegou para mais perto de Sarah.

— Alguém atirou em você? — questionou Sarah, analisando o rosto de Alice, para ver se ela estava brincando.

— Ele atirou na mamãe. Por sorte, só tinha balas de festim na arma. O Affie, a Lenchen e eu estávamos na carruagem, com a mamãe.

— Por que alguém ia querer machucar a rainha? — perguntou Mabel, franzindo a testa.

— Não sei o porquê, mas algumas pessoas querem — retrucou Vicky. — Também não foi a primeira vez.

— Aquela foi a quarta vez — afirmou Alice, com emoção na voz. — A mamãe às vezes fica muito brava conosco, mas não com eles, então não sei por que alguém ia querer machucá-la.

— A quinta vez aconteceu alguns meses atrás — contou Vicky. — A mamãe não tinha escolta alguma, só a Lady Fanny, sua dama de companhia. Daquela vez, o Bertie também estava na carruagem com a mamãe, o Affie e a Alice. O papai estava cavalgando no parque.

— O homem bateu na cabeça da mamãe com o bastão. Amassou o chapéu dela. A Lady Fanny começou a chorar e ficou dizendo "eles pegaram o homem" — revelou Alice com a boca tremendo. — A mamãe foi muito corajosa. Ela ficou de pé na carruagem e acalmou todos ao redor, dizendo que não tinha se machucado. Mas tinha, sim, porque a cabeça dela estava sangrando. A Lady Fanny disse que a mamãe só não se machucou mais por causa da aba profunda do chapéu. Foi a segunda vez que vi a mamãe ser atacada.

— Talvez a mamãe não deva viajar com você na carruagem, Alice — comentou Vicky, tentando fazer as outras sorrirem.

— Não é minha culpa — afirmou Alice, sem conseguir mais conter as lágrimas.

— Meninas, já chega — interveio a Lady Lyttleton. — Aquelas coisas aconteceram em Londres, e vocês estavam em uma carruagem aberta. Ninguém pode atacá-las aqui.

— Mas o que aconteceu com os homens? — perguntou Sarah. — Cortaram as cabeças deles e as colocaram em um pilar para todos verem?

— Ah, santo Deus, não. Não fazemos tal tipo de coisa aqui. Não somos selvagens. Foram julgados em tribunal, declarados culpados e transferidos para a Austrália, muito longe daqui, como punição.

Sarah arregalou os olhos.

— Eles foram vendidos como escravizados também?

— Não, não, não. Eles eram brancos, não pretos. Foram mandados embora por sete anos. Podem voltar depois desse período. Mas raramente voltam, os criminosos.

O barulho das outras passou para segundo plano enquanto Sarah pensava no que acabara de ouvir. Alguém que havia tentado matar a rainha poderia ser mandado embora por sete anos e depois retornar à cidade, para o próprio povo. Por que então alguém poderia ser capturado na vila dela, vendido muitas vezes para nunca voltar para casa, nunca ser capaz de encontrar sua irmã, nunca ser livre de novo, por ser preto? Por quê? Não havia a quem perguntar.

No castelo, a carruagem mal tinha parado quando Bertie e Affie surgiram descendo às pressas os degraus de pedra e abriram a porta da carruagem.

— Onde estavam? — clamou Bertie. — Estivemos esperando vocês o dia inteiro.

— Não exagere. Estivemos fora por apenas duas horas — retrucou Vicky.

— Fomos buscar Sarah — adicionou Alice. — Aqui está ela, com Mabel e Emily Forbes.

— Olá, Sarah. Venham todas, porque queremos começar. A mamãe e o papai voltaram, mas o papai disse que tínhamos que esperar por vocês. — Ele se virou e subiu correndo as escadas.

Começar o quê?, ponderou Sarah. Seria outra surpresa? Não perguntaria; ela gostava das surpresas das princesas. Apressou-se atrás delas. No topo da escada, percebeu que Mabel e Emily não tinham se mexido e ainda estavam perto da carruagem.

Sarah sorriu ao ver as expressões faciais delas, boquiabertas, olhando para todos os lados e buscando assimilar tudo ao mesmo tempo, os degraus largos levando à grande porta aberta, o jardim com o gramado verde, as árvores compridas com galhos balançando gentilmente, o castelo com muitas janelas que pareciam olhos cegos observando.

— Também tive medo da primeira vez que vim com o papai, mas está tudo bem.

— É que tem tanta coisa, e tudo é tão grande — murmurou Mabel.

— Veremos a rainha? — sussurrou Emily.

— Não sei, mas, se virmos — respondeu Sarah, cutucando Mabel—, não se esqueçam de fazer reverência, ou vão cortar suas cabeças.

Elas riram, lembrando-se do que Mabel tinha dito à Sarah quando ela estivera prestes a conhecer a rainha. *Havia se passado somente seis semanas desde então?*, pensou Sarah.

— Todas vocês, fechem os olhos — comandou Alice. — Vamos levá-las à sala de jantar.

Mabel, Emily e Sarah obedeceram, deram as mãos e se permitiram serem guiadas até o cômodo.

— Abram os olhos agora.

Sarah e as outras duas assim o fizeram e arfaram. Como os outros cômodos, era enorme, com o teto alto, exceto que aquela era a circular Sala de Jantar Octogonal. Ainda que enorme, a sala parecia tão abarrotada a ponto de transbordar. Havia caixas grandes e pequenas, cheias de coisas que brilhavam e reluziam. Havia duas escadas bem altas no meio da sala, e crescia uma árvore do teto. Sarah rodopiou e viu que havia muitas outras árvores no cômodo, em mesas grandes e pequenas. Árvores dentro de uma casa? Nunca tinha visto algo como aquilo antes. Estava hipnotizada. Havia tantas pessoas correndo para lá, para cá e para todo lugar, ajudantes, mordomos, cortesãos, todos sem as jaquetas, com as mangas arregaçadas e ocupados.

Vicky e Alice se abraçaram em alegria e rodopiaram juntas.

— Funcionou, funcionou — clamou Alice. — A surpresa funcionou, papai.

Apenas então Sarah viu que tanto a rainha quanto o Príncipe Albert estavam no cômodo.

— Aí estão vocês, moças — cumprimentou o Príncipe Albert. — Vieram ajudar a decorar nossas árvores, não vieram? *Gut, gut.*

A voz dele ainda parecia estranha para Sarah, mas ela entendeu o que ele disse. Depressa, fez uma reverência primeiro à Rainha Vitória e então para o Príncipe Albert. As outras duas fizeram o mesmo.

— *Guten morgen*, Sua Majestade, *guten morgen*, Príncipe Albert — cumprimentou Sarah.

— *Sprechen sie Deutsch?* — perguntou ele.

A Rainha Vitória riu e passou o braço pelos ombros de Sarah.

— Ela está aprendendo.

— *Ah, wir sprechen uns Später.* — Ele olhou por cima do ombro delas e falou: — Com licença, minha querida, preciso fazê-los mudar aquilo. Está tudo errado.

Elas observaram o príncipe ir depressa para o outro lado da sala.

— Vamos — instigou Bertie —, vamos começar a decorar as árvores de Natal. A minha vai ser a melhor.

— Não, não vai — retrucou Vicky, correndo atrás dele.

— Sente-se comigo um momento — falou a Rainha Vitória à Sarah, antes que pudesse se afastar junto aos outros. — Aqueles dois sempre discutem e brigam. Eles não sabem como são sortudos. Como eu desejei ter um irmão ou irmã quando tinha a idade deles.

Sarah observou as outras crianças enquanto tiravam correntes de papel compridas e coloridas e o que pareciam ser flores de papel de grandes caixas. Desejou poder se juntar a eles, mas a rainha estava falando com ela, então tinha que ficar.

— Nunca viu tantas árvores de Natal antes, viu?

— Não, senhora. Nunca vi árvores crescendo do teto antes. Elas crescem apenas no Natal?

— Não — respondeu a rainha com uma risadinha. — Cortamos as árvores da floresta e as trazemos para dentro para serem decoradas no período do Natal. Pensei que você gostaria de fazer isto com nossos filhos.

— Eu gostaria. Muito obrigada, senhora.

Sarah não soube o que a impeliu a fazer aquilo, mas ela se inclinou e beijou a bochecha da Rainha Vitória. A rainha piscou e tocou a bochecha. Sarah chegou para trás e abaixou o olhar. Tinha feito algo errado? Sua Majestade a puniria? Então se lembrou do homem que tinha batido na Rainha e ponderou se seria o mesmo local em que o bastão a tinha acertado.

A Rainha Vitória sorriu.

— Coisa mais linda — murmurou ela, afagando a bochecha de Sarah. Os dedos da mulher tocaram as marcas ritualísticas no rosto da menina. Ela traçou as cicatrizes e perguntou: — doeu?

— Não me lembro, senhora. Eu era bebê.

— Sim, deve ter sido. Lembra-se de alguma coisa de sua vila, de seus pais?

Sarah negou com a cabeça, então mudou de ideia e assentiu. Por alguma razão, sentiu que poderia ser honesta com a rainha.

— Às vezes, sim, mas nunca é nada muito nítido. À noite, sonho, tenho pesadelos, e eles me assustam.

— Pobrezinha. Eu também tinha pesadelos quando era pequena.

— Eu me lembrava da minha irmã Fatmata, mas agora perdi o rosto dela. Queria poder encontrá-la. — Sarah parou de falar porque temia começar a chorar e não deveria chorar.

— Tanta coisa, tão jovem — murmurou a Rainha Vitória, quase para si mesma. Ela se levantou. — Venha, vamos nos juntar aos outros e decorar as árvores.

Ao lado da árvore de Natal, pendurada no centro do teto, havia uma árvore bem grande, quase tão alta quanto a sala, em uma extremidade do cômodo. Havia escadas apoiadas nas árvores enquanto cortesãos se preparavam para prender velas por toda a extensão delas até o topo. Sarah se perguntou quanto tempo levaria para acender todas aquelas velas todos os dias.

Ela contou sete mesas cobertas com panos brancos no outro lado da sala. Em uma das mesas havia uma árvore de Natal, os galhos se esticando como se quisessem manter contato um com o outro. As árvores das mesas estavam fixadas a um quadro plano coberto de musgo como grama, assim eles poderiam ter um cenário externo com um espelho que parecia um lago. Animais de madeira, ovelhas, cavalos e cachorros, retirados de uma caixa que estivera no berçário, foram posicionados ao redor da árvore. Vicky e Bertie estavam às suas mesas, já decorando suas árvores, usando uma desordem de correntes de papéis amontadas aos seus pés.

— Me ajude a decorar a minha — convidou Alice. — Fazemos nossas próprias árvores, e, na véspera de Natal, daqui a três dias, quando estamos dormindo, a mamãe e o papai vêm e colocam nossos presentes na nossa mesa de presentes. Se um deles for muito grande para pôr na mesa, eles os colocam debaixo da árvore grande ali. É isso o que você faz?

Sarah franziu a testa e de repente se sentiu alheia a tudo.

— Não sei. Nunca comemorei o Natal antes. Pergunte à Mabel. Ela vai saber.

— Não importa. Vamos fazer isso agora. Vou mostrar a você. A Mabel está ajudando a Vicky, e a Emily está com a Helena. A mamãe disse que vai decorar as da Louise e do Arthur, e, quando os Phipps chegarem, todos nós vamos decorar a árvore grande.

Logo, elas tinham pendurado guirlandas de pipoca e *cranberry* em série, feito correntes de flores de papel e longos laços de papel tingido para serem fixados ao topo da árvore de modo a caírem em fileiras. As árvores foram decoradas com guirlandas coloridas envolvidas com firmeza nas árvores, como se fossem embrulhos gigantescos. Havia frutas cristalizadas, bonecos de gengibre, biscoitos de marzipã e doces embrulhados em papel para colocar nas árvores. Os homens nas escadas decoravam as árvores maiores com muitas velas antes de os brinquedinhos, pinhas, leques de papel, frutas secas, nozes e bagas serem penduradas.

Bertie e Affie brigaram quando os dois quiseram o mesmo boneco de madeira para colocar nas respectivas mesas. Bertie recebeu uma bronca da mãe quando bateu em Affie, que chorou enquanto Bertie fazia cara feia. Louise correu ao redor, caiu e começou a chorar alto.

— Leve-a embora, por favor, babá — orientou a Rainha Vitória, afastando-se. — Uma criança tão barulhenta.

Logo as árvores ficaram vívidas e coloridas. Mas a melhor coisa foi o anjo colocado no topo das árvores altas. Tinha asas de vidro, uma saia dourada plissada e um rosto branco e sorridente de cera com olhos azuis e bochechas vermelhas. Sarah se questionou se todo anjo era daquele jeito, todo rosa e cintilante. Havia anjos que se pareciam com ela?

Lenchen se aproximou, parou em frente à Sarah, tirou o dedo da boca e perguntou:

— Por que você é marrom?

— Não se faz esse tipo de pergunta — ralhou Alice.

— Não sei — respondeu Sarah. — Deus me fez assim, acho.

— Ora, Lenchen — interveio a Rainha Vitória, pegando a menina pela mão. — Deus nos fez diferentes uns dos outros, alguns têm olhos azuis, como o pequeno Arthur, enquanto outros, como você, têm olhos castanhos. Da mesma forma, algumas pessoas são brancas, e outras são pretas.

— Ela não é preta, mamãe. É marrom — corrigiu Lenchen. Pegou a mão de Sarah e a estendeu. — Viu.

— Já chega — afirmou a Rainha Vitória, guiando Lenchen para longe. Sarah a ouviu dizer: — Todos os negros são pretos.

Sarah não estava mais pensando nas árvores de Natal quando saíram da Sala Octogonal. Por que ela era preta? Ela, a Fatmata e todos os outros foram capturados e vendidos só porque eram pretos? Ela poderia mudar e se tornar branca? Um cortesão que passava por ela fez uma reverência e continuou andando. Sarah parou. Se ela se tornasse branca, não seria mais a "Princesa Negra", diferente, especial. Não, ela não queria ser branca, se parecer com todos os outros, concluiu. Gostava de ser especial, gostava de ser preta. E queria ir para casa.

26 de dezembro de 1850, Casa Winkfield

Ontem tive meu primeiro Natal inglês. Nós também tivemos uma grande árvore para decorar. Na véspera de Natal, todos nós colocamos os presentes que fizemos debaixo da árvore. Ganhei muitos presentes, incluindo uma imagem tirada de um livro de recortes da Mamãe Forbes e um lindo xale de lã vermelho e verde da Rainha Vitória. A mamãe disse que é para me manter aquecida e evitar que eu tussa. Vou fazer uma pintura para a Sua Majestade para agradecer. Todos gostaram dos presentes que fiz para eles. Comemos na sala de jantar com a mamãe e o papai. Havia muita comida. O peru assado era muito grande. Quando falei que era maior do que qualquer galinha que eu tinha em casa, a mamãe disse que agora essa era a minha casa. Gosto de pudim de Natal. Encontrei a moeda de prata e esta é a primeira vez que tenho dinheiro. A mamãe disse que significa sorte. Talvez eu gaste com a Fatmata quando estivermos juntas de novo.

Fatmata

Capítulo 20

Ẹyẹ ò sọ fún ẹyẹ pé òkò ḿbọ

*Um pássaro não conta a um pássaro que
há uma pedra a caminho*

1846

Somos arrastadas para a margem da floresta *Kwa-le,* onde as formas sombrias de outras pessoas aguardam na escuridão.

— Vocês as pegaram? — questiona o homem que está sentado perto de uma fogueira cintilante.

Conheço aquela voz. É a voz do dono da faca com o punho brilhante, Santigie, o primo de Jamilla, o assassino do meu pai. Sinto as entranhas se revirarem.

— Sim. Esta daqui é bem difícil — afirma Bureh, jogando-me no chão.

Encaro Santigie quando ele se levanta, a luz da fogueira iluminando seu rosto sorridente. Ele se vira para a mulher atrás dele e diz:

— Então pegamos todos.

Salimatu reluta até escapar dos braços de Momoh e corre até mim.

— Jaja, Jaja, Jaja — clama ela.

E sei que ela viu aquele homem matar nosso pai.

A mulher se move para a luz e sinto as entranhas se agitarem ainda mais. É Jamilla, a segunda esposa do meu pai.

Sei que ela não gosta de nós, mas imploro a ela.

— Jamilla, ajude-nos — peço. — Diga a ele quem somos. Diga a ele que Salimatu e eu somos suas filhas, filhas do seu marido.

— Criança estúpida — zomba ela. — Ele sabe. É por isso que pegou vocês.

— O Dauda pegou o que era meu quando se casou com a Jamilla, agora peguei o que é dele — revela Santigie, puxando-a para ele. — Logo seu irmão vai se juntar a você.

— Amadu? Você pegou Amadu também? *Ayee. Ayee.*

— Antes de virem muitas luas, todos vocês serão vendidos como *akisha*. Assim como o outro. Foi tão fácil capturá-lo. — Santigie solta uma risada cruel. — Aquele garoto não é mesmo um lutador. Nunca teria sido chefe.

A sua risada baixa ressona dentro da minha cabeça dolorida. Lansana. Agora sei de tudo. Foi Santigie que levou meu irmão embora. Ele devia ter planejado aquele ataque por muitas, muitas luas, e, durante todo aquele tempo, Jamilla estivera ajudando-o.

— Amarre-as junto com as outras mulheres — comanda ele a Bureh, esticando o corpo. — Quero um preço bom por essa carga.

Jamilla sorri. Nunca a vi sorrindo daquele jeito antes. Uma raiva intensa cresce dentro de mim, afugentando o medo, e, sem pensar, fujo dos braços de Bureh e corro em direção a Santigie.

— Você matou meu pai — berro, agarrando o casaco dele e chutando-o.

Ele me empurra para longe, pega uma vara de ferro preta e curta de dentro do casaco, mas, antes que possa fazer algo, sinto uma dor ardente descendo pelas minhas costas e envolvendo minha cintura. Isso me faz cambalear como alguém que bebeu uma cuia inteira de vinho de palma. Grito e seguro o que prende minha cintura. É um chicote de couro todo trançado, o tipo que vi os mouros usando nos cavalos. Desta vez, é Jamilla quem o utiliza. Ela puxa o chicote e grito de novo quando rasga minha mão, minha cintura, minhas costas, ardendo e latejando como se uma colmeia inteira tivesse pousado em minhas costas. Caio no chão, tremulando e chorando. Salimatu corre até mim. O próximo golpe acerta nós duas e os gritos de Salimatu se juntam aos meus.

— Dê a mim — comanda Santigie.

Ele pega o chicote de Jamilla, agita-o acima da cabeça e em seguida surge um som de estalo que me faz curvar e esperar pela nova onda de dor. Não acontece. Em vez disso, o chicote acerta o chão em frente a mim, jogando poeira, folhas e gravetos em meu rosto. Levanto o olhar, com lágrimas escorrendo pelo rosto.

— Está vendo aquela árvore ali? — comenta ele. — Olhe para ela. — Ele levanta o braço de novo e aponta a vara de ferro para a árvore. Há um estrondo alto, um feixe de fogo, os arbustos tremem, as folhas caem, as mulheres e meninas amarradas debaixo da árvore gritam, um grande buraco aparece na árvore.

Santigie pega meu braço e me puxa para encará-lo. Cambaleio com a dor.

— Se qualquer uma de vocês tentar me atacar ou fugir — avisa ele, incluindo aquelas presas às árvores —, vou atirar em vocês com a arma e deixar seus corpos para os urubus. Ouçam o que digo.

Bureh nos empurra em direção às outras mulheres. Eu me abaixo, e Salimatu vem para meu colo. Olho para a coxa dela, onde o chicote a acertou. Está sangrando. Tento limpar com saliva, e os chumaços de grama que consigo pegar. Sem sangue, vejo três cortes parecidos com nossa tradicional tatuagem de macaco. Sem saber, a esposa traidora de meu pai marcou a filha mais nova dele como uma guerreira de Talaremba. Respirando fundo, agradeço aos ancestrais.

A luz do novo dia mal tinha começado a tomar o céu escuro quando Bureh se aproximou de nós.

— Venha — comandou ele para a mulher ao meu lado —, vamos pegar água.

Ela se levanta depressa e fica parada, com os olhos focados no chão. Não posso ver seu rosto, mas sei que ela não é de Talaremba. Bureh empurra Salimatu do meu colo e dá um puxão em minha corda.

— Você vem também — diz ele para mim.

Mordo o lábio para conter um gemido de dor. O jeito que ele sorri para mim me lembra de quando ele e Momoh nos pegaram no dia anterior. Ele tinha me jogado no chão e tentado rasgar meu *lappa*. Tenho medo do que ele pode fazer comigo. Ele amarra a mulher e eu, juntas, com uma corda comprida, dá uma cuia para cada uma, pega um chicote e nos conduz para longe. Ouço Salimatu chorando e murmurando "Fatmata, Fatu", mas não viro a cabeça. Não quero que ela veja o medo em meus olhos.

— Andem, depressa, depressa. Temos que sair daqui assim que tivermos água. Temos um caminho longo a percorrer antes do cair da noite.

— Aonde estamos indo? — pergunto, na esperança de que, se ele estiver falando, não tentará abusar de mim de novo. — É longe?

Ele ri.

— Longe? Óbvio que é longe. Vamos andar por mais de um ciclo lunar para chegar à beira-mar onde as grandes, grandes canoas esperam.

Ele anda na nossa frente.

— Beira-mar? *Ayee. Oduduá*, nos salve.

Cada passo dói; sinto as feridas nas minhas costas e nas laterais do corpo onde o chicote havia acertado. Preciso de ervas e bálsamo. Procuro nos arbustos pelas plantas curandeiras certas enquanto andamos, agradecendo aos deuses por Maluuma ter me ensinado sobre os benefícios medicinais delas e como usá-las.

Comecei a ajudar Maluuma na minha quinta primavera. Ainda que estivesse quase cega, seus olhos cobertos por uma camada fina, da cor do leite aguado de cabra, Maluuma me mostrou o que eu deveria procurar, o formato e tamanho das folhas e arbustos.

— Fatmata — diria ela, picando e fervendo, misturando e provando, antes de armazenar os bálsamos em pequenos potes de argila —, mesmo que não saiba os nomes, lembre-se do cheiro, do formato, do gosto e da cor, eles vão dizer tudo o que precisa saber. Observe os pássaros, os animais. Se eles comem algo, você pode usá-lo.

Maluuma me ensinou que Ossaim governava todas as ervas selvagens, mas os deuses menores influenciavam as próprias ervas específicas.

— Lembre-se, Iemanjá é responsável pela *buchu*, aquela que tem cheiro de formiga esmagada, mas é boa para febre e para parar sangramentos. *Oxum* é a força, o poder dentro de uma mulher. Ela governa a raiz de inhame selvagem, a banana-da-terra, a uva-ursi, todas servem para curar problemas de mulheres. *Obatalá* controla a noz-de-cola e a *Fo-ti*. Veja como as folhas dessa planta parecem corações cabeludos, orgulhosos, caules finos com asas como pássaros do céu. São boas para feridas, ossos quebrados ou para aliviar as dores de pessoas velhas.

Ouvi, aprendi, eu me lembro.

No entanto, Maluuma não me mostrou nenhuma planta boa para um coração partido.

Estamos andando por uma encosta pequena, em direção ao córrego, quando vejo uma das plantas pelas quais estive procurando e paro. A mulher andando atrás de mim escorrega na lama e cai, arrastando-me para o chão com ela. Ainda segurando as cuias, rolamos em direção ao córrego. A água só vai até os tornozelos, sei que não vou me afogar ali, então fecho os olhos e fico deitada enquanto a água ameniza a dor nas costas.

— Andem, encham as cuias — grita Bureh, puxando a corda antes de amarrá-la a uma árvore. — O Santigie está esperando.

Abro os olhos, lembrando que estou na floresta, amarrada a uma mulher que não conheço, a caminho de ser vendida como uma escravizada, pela esposa de meu pai. *Ayee*, os deuses de fato deram as costas para mim.

A mulher se levanta e estica o braço. Olho para ela pela primeira vez. Ela é mais alta que eu e tem talvez dez primaveras a mais. Seus olhos são grandes e redondos, a boca, pequena, mas carnuda. O *lappa* dela está amarrado ao redor da cintura e, pelo caimento de seus seios, sei que ela deu leite para ao menos duas crianças. Pego sua mão, e ela me puxa para me levantar. Assentimos uma para a outra sem dizer nada e nos inclinamos para encher as cuias.

Não encho a minha. Em vez disso, cavo a terra e arranco algumas plantas à margem da água. Conheço essa planta, com suas florzinhas brancas que pendem as cabeças como se fizessem uma reverência à água que as mantém vivas. Já colhi muitas delas com Maluuma antes.

— Ferva as raízes, misture tudo, coloque na ferida e envolva com folhas ou um pano — ela havia me ensinado. — Ou moa as folhas, misture com um pouco de água, então espalhe até grudar na ferida. Vai aliviar a dor, diminuir o inchaço e fechar a ferida.

Embora não possa ferver as raízes, ainda posso usar as folhas. Arranco-as, depressa, mas com cuidado, pois, embora o topo das folhas seja liso, a parte de baixo é espinhosa. Coloco o máximo das plantas que consigo nas dobras do meu *lappa* e amarro de novo. Sentimos um puxão na corda e vemos Bureh verificando se ela está bem presa à árvore antes de se afastar. Ao ouvir Bureh urinando, sei que tenho tempo. Apresso-me a pegar mais folhas, então amasso as folhas entre duas pedras, pegando água do córrego para formar uma pasta. Ergo o *lappa* e espalho um pouco da pasta na minha tatuagem de macaco, que não se curou por completo ainda, e nos cortes nas laterais do corpo. A mulher me observa e, enquanto tento esfregar a mistura nos cortes ardentes das minhas costas, ela acena com as mãos para eu me virar. Ela se agacha atrás de mim — a corda, grossa e pesada, enrolada entre nós, levanta a parte de cima das minhas vestes — e cobre minhas costas com a pasta. O efeito calmante imediato nas feridas latejantes é bom, e permanecemos naquela posição, as mãos dela um unguento em minhas costas doloridas, até nosso raptor voltar. A mulher me trata como sua filha, e meus olhos ardem com as lágrimas não derramadas enquanto coloco o resto da pasta em algumas folhas. Posso levar o resto para colocar na ferida de Salimatu depois.

Quando Bureh retorna, as cuias grandes estão cheias e pesadas. Ele as ergue sobre nossas cabeças e começamos o caminho de volta. Minha dor diminuiu um pouco, e não só por causa da pasta. Andamos com rapidez e muito mais depressa do que parece que demoramos no caminho da ida. Voltamos ao grupo. Salimatu me vê de imediato e pula para ficar de pé.

— Fatu — clama ela, apertando-me.

O corpo dela está quente, e sei que ela está com muita dor. Sento-me, coloco-a em meu colo e, pegando a pasta do meu *lappa*, esfrego a mistura em sua pele.

— *Shh*, aguente a dor — sussurro quando ela chora. — Estas marcas são sua tatuagem. Mostram que é uma pequena guerreira.

Momoh traz mandioca cozida e fria. Como um pedaço, não tem gosto algum, mas mastigo e engulo. Não sei qual será a próxima vez que vamos comer. Dou outra mordida e quase me engasgo. Cuspo e fico de pé, em choque, porque na minha frente estão Taimu e Sisi Tenneh. Pensei que tivessem escapado. Taimu não olha para mim.

— Sisi Tenneh, sinto muito por vê-la aqui.

Ela me lança um olhar raivoso e vira o rosto.

— Sisi Tenneh?

— Avisei a você. Se tivesse vindo quando chamei, não estaríamos aqui agora. A Ramatu estava certa; sua mãe não te treinou bem.

A menção a minha mãe faz meus olhos se encherem de lágrimas. Jogo-me no chão de novo e abraço Salimatu.

— E lá está a Khadijatu, amarrada a Delu. Mais duas de Talaremba. Quantas mais?

Olho para além delas e vejo três outras mulheres que não conheço. Onde estão os homens? Eu os vi pegando muitos homens na vila, então onde eles estão agora?

Khadijatu tenta se aproximar de mim, mas a corda que a une a Delu não é comprida o bastante.

— Aqui — diz Momoh, oferecendo a ela um pedaço de mandioca.

Khadijatu o pega depressa, como se com medo de que ele desse a parte dela para outra pessoa.

— Fatmata, você também? Pensamos que tivesse escapado — afirma ela, enfiando um pedaço inteiro na boca. — Não achei que eles fossem pegar uma guerreira. Não foi isso que disse que você era?

Khadijatu sempre tem algo ruim a dizer para mim. Olho para ela, com a boca cheia de mandioca metade mastigada, e penso: *ela vai perder um pouco da gordura depois que tivermos andado por dois ciclos lunares, então vou mostrar a ela quem é guerreira quando eu e Salimatu conseguirmos escapar de Santigie e for ela a pessoa vendida como escravizada.*

Depois que mais pessoas comem, uma calmaria desconfortável nos assola. Salimatu cai em um sono irregular em meu colo. O calor escaldante do dia está amenizando aos poucos, e a noite longa adiante me deixa apavorada. Ficou evidente que os homens e mulheres que nos capturaram estavam se preparando quando começaram a se mover pelo acampamento com uma urgência renovada, ainda que silenciosa. Então, enquanto o céu ficava escuro, ouvi Santigie dizer logo antes de ele e Jamilla irem embora:

— Levem-nos para a cidade Sahwama ao cair do sol.

Bureh e Momoh colocam o resto da comida nos sacos grandes feitos de pele animal e enchem as bolsas de água. Então nos amarram pela cintura em duplas outra vez e amarram o grupo à pessoa na frente pelos tornozelos. No meu pequeno grupo há duas meninas que não conheço em frente a Taimu e Tenneh, atrás delas estão Khadijatu e Delu. A mulher e eu ficamos por último. Momoh andou na frente de todas, abrindo caminho com um cutelo, mas vejo que ele também tem uma arma. Bureh está atrás de nós, carregando o chicote.

Preciso encontrar uma forma de marcar o caminho, digo a mim mesma enquanto seguro a mão de Salimatu, ao caminharmos e caminharmos pela floresta que fica mais escura conforme as árvores ficam mais próximas uma da outra. Sempre que Bureh não está olhando, entorto gravetos para marcar o caminho. A mulher amarrada a mim não diz nada, esteve chorando sem parar, mas o corpo inteiro dela está em harmonia com o meu, tornando minhas tentativas de formar uma rota de fuga de volta para casa menos fúteis do que de fato eram. Depois de um tempo, pego uma vara comprida que funciona como um bastão de caminhada e a uso para desenhar nossa tatuagem de macaco na terra. Com cada linha, orei para que o desenho afundasse até o centro da Mãe Terra. Mesmo se as marcas forem espaçadas e desfeitas no ar pelo vento ou outros pés se arrastando, a terra terá compaixão. Vai mostrar aos nossos ancestrais o caminho o qual nossos pés tomaram de modo que não nos separemos deles até o fim dos tempos.

Enfim, cansada e desgastada, a mulher amarrada a mim para de chorar. Olho para ela pelo canto do olho e aceno a cabeça.

— Minata — diz ela, apontando para si mesma. Antes que eu possa responder, ela aponta para mim. — Você, Fatmata?

— Sim — confirmo. Acho que ela ouviu Tenneh e Khadijatu falando o meu nome. Toco a cabeça da minha irmã e digo: — Salimatu.

— Salimatu — repete ela e concorda com a cabeça.

— A mãe do meu marido era de Talaremba — conta Minata. — Ela chamou sua Maluuma para vir buscar minha terceira filha, Yema. Perdemos duas crianças antes.

— Maluuma te ajudou com sua terceira filha? Quando?

— Cinco safras atrás. Fomos a Talaremba três luas depois, quando soubemos que Yema tinha vindo para ficar. Levamos búzios para Maluuma. Vimos você ajudando ela.

— Não me lembro.

— Salimatu me faz pensar em Yema e Afua.

— Você tem outra? — pergunto, feliz por ter estado certa quando olhei para ela da primeira vez.

— Sim, Afua. Veio depois da Yema. Ela já viu quatro safras. Os invasores me pegaram porque eu não conseguia deixá-la. Ela tremia. Eles bateram nela com uma vara e a enviaram para os ancestrais, disseram que crianças pequenas eram inúteis. Muito difíceis. Então me prenderam e me levaram. Não sei o que aconteceu com a Yema. — Ela começa a chorar de novo.

Agora estou com medo pela Salimatu e, quando ela choraminga, pego-a no colo. Ela não pode ser difícil. Não posso carregá-la nas costas que ainda doem muito, mesmo com a pasta nas feridas. Apoio-a no quadril e continuo andando. Minata, vendo que estou com dor, pega Salimatu dos meus braços.

— Quantas primaveras a Salimatu tem? — pergunta ela.

— Quatro.

— Como Afua.

Ela amarra Salimatu às costas, e seu passo é firme.

Seguimos andando por muito tempo, ao longo de grama baixa e alta, ao longo de silvas e arbustos que nos arranham. Mosquitos nos mordem por todo o corpo: braços, pernas, rosto, mesmo nas cabeças. Arrastando os pés ensanguentados, temos que ter cuidado, prestando atenção a cobras e escorpiões. As cordas roçando em nossos tornozelos os deixam tão feridos que sempre há moscas zumbindo ao nosso redor. Quando paramos em meio à escuridão da noite, faço mais pasta para colocar nas nossas feridas e dou um pouco para Minata. Então fecho os olhos, não para dormir, mas para ver o que há por trás deles.

Salimatu/Sarah

Capítulo 21

*Até a criança se dará a conhecer pelas suas ações,
se a sua conduta é pura e reta*

Provérbios 20:11

Janeiro de 1851

2 de janeiro de 1851, em Casa.

Minha primeira escrita de 1851. Um novo ano. Doze novas luas por vir. Em 1850, tive seis luas em Abomey como uma escravizada e mais seis como uma princesa na Inglaterra. Eu me pergunto o que vai acontecer comigo nos próximos doze meses.

Vamos para Londres amanhã. Vou procurar Fatmata. Papai disse que vai nos levar para ver animais estranhos no zoológico. Também vão fazer um daguerreótipo (a Srta. Byles soletrou para mim) nosso antes de ele voltar para o mar. Ele quer levar nosso retrato com ele. Mas é uma cópia de nós. Quantas Sarah Forbes Bonetta existem no mundo? E Salimatu? Ele a leva também? Quando ele voltar, vamos estar diferentes? Não sei.

Estava úmido, nebuloso e frio quando chegaram a Londres. A carruagem de Lady Melton esperava por eles na estação, contudo, carregavam tantas bagagens que o Papai Forbes precisou pedir um táxi.

— Rua Wimpole nº 5 — disse ele ao motorista antes de entrar na carruagem.

Os olhos de Sarah não conseguiam absorver tudo. Havia tanto a ver: mulheres com roupas elegantes sendo conduzidas nas próprias carruagens e aquelas que se esforçavam para caminhar, envolvidas em xales para se proteger do ar frio e úmido. Muitos dos homens que transitavam com os chapéus pretos e compridos tinham barbas como o papai. Os meninos entregadores de jornais agitavam as cópias molhadas, gritando notícias que ela não conseguia ouvir. Para todo lugar que olhava, as pessoas se movimentavam às pressas, mas aqueles que a percebiam na carruagem paravam para encarar. Ela viu alguns rostos negros, mas nenhum deles era Fatmata.

Assim que a carruagem parou em frente à residência da Lady Melton, a porta da frente se abriu, e eles subiram os degraus depressa antes que se molhassem. Sarah estacou no lugar quando viu o homem no saguão. Os dois se encararam. Quem era ele? Ele lambeu os lábios e abriu a boca, como se estivesse prestes a falar algo, então tornou a fechá-la.

— Mamãe, ele é o papai da Sarah? — questionou Anna em um sussurro que ecoou pelo saguão.

O coração de Sarah martelava. Sentia o peito tão apertado que teve dificuldade de respirar. Será que aquele homem alto muito negro, com dentes tão brancos e língua tão vermelha, o cabelo tão grisalho, era seu Jaja? A menina não sabia dizer; não se lembrava mais do rosto de ninguém. Fora por aquilo que a tinham levado para Londres? Ela teria que deixar o papai e os outros naquele momento? Sarah deu um passo para perto do Papai Forbes.

Todos falavam ao mesmo tempo, e tudo que ela ouvia eram palavras embaralhadas. Não, papai, mesma cor, marrom, preto, empregado, princesa, eu, ele. Não.

Uma voz dura sobrepôs todas as outras.

— Ah, Mary, Frederick, vocês chegaram. Que bom. Venham à sala de estar, e vou pedir para trazerem chá. A Fanny pode levar as crianças lá para cima, para o quarto. Ela cuidará deles até que a Babá Grace chegue amanhã.

— Olá, Josephine — cumprimentou a Mamãe Forbes, dando um beijo na irmã. — O Charles se juntará a nós?

— Não. Ele ainda está nas Casas do Parlamento. Um projeto de lei ou outro. Nunca escuto quando ele fala de política. Mas ele chegará a tempo do jantar.

— Vejo que algumas coisas mudaram desde que a Sarah e eu visitamos há alguns meses — afirmou a Mamãe Forbes enquanto retirava a capa e aguardava o mordomo tirá-la de suas mãos.

— Ah, quer dizer o Daniel? — murmurou Josephine, acenando para o homem buscar a capa. — Sim, eu o consegui da Lady Carlyle. Ela queria um homem mais jovem. Lembrei-me da nossa conversa sobre ajudar a tirar essas pessoas das ruas, então o contratei. Ele é bem treinado e no geral faz o trabalho bem. Não hoje, percebo, parado ali, como uma estátua de ébano. Daniel, casacos e capas, agora? Viu, Frederick, também estou fazendo minha parte. Todos nós estamos fazendo, seguindo o exemplo de Sua Majestade ainda que nem todos nós possamos ter uma princesa para esbanjar.

Na manhã seguinte, eles foram em busca de um daguerreotipista. Ao contrário do dia anterior, Sarah não observou as pessoas enquanto passavam. A sua mente estava ocupada com o pensamento de ter o rosto e talvez mesmo a alma capturados em uma caixa.

A carruagem freou de maneira súbita, e todos caíram uns sobre os outros. Emily e Anna deram um gritinho, Freddie e Mabel riram. O papai não achou graça enquanto dois ônibus passavam espremidos, cada motorista tentando ultrapassar o outro, gritando as rotas em voz alta, as vozes roucas.

— Esses motoristas de ônibus! Competindo um com o outro para chegar primeiro aos passageiros. E os motoristas de táxi não são muito melhores — reclamou o Papai Forbes, lançando um olhar bravo ao motorista da fiacre que forçava a passagem pela carruagem deles em espera. — Um dia causarão um acidente terrível. Se os homens sentados na parte de cima dos ônibus caírem, não há como se salvarem.

— Ah, não, ah, Deus — clamou a Mamãe Forbes, olhando pela janela.

— O que foi, mamãe? — perguntou Mabel, tentando se inclinar para ver.

— Aquele é o reformatório da igreja St. Martin-in-the-Fields. Olhem aquelas pessoas empurrando e brigando do lado de fora, todas esperando que talvez hoje alguém os acolha, que recebam comida e abrigo.

O reformatório? Era aquilo? O papai a deixaria ali? Sarah se encolheu. O barulho em sua cabeça estava tão alto que, se a menina abrisse a boca, todos ao redor ficariam atordoados. Olhou para o papai, mas ele ainda observava o tráfego. Ela manteve-se bem imóvel, mal ousando respirar, esperando, esperando, esperando.

— Ah, Frederick, olhe aquela mulher tentando entregar o bebê dela — comentou a Mamãe Forbes com a voz um tanto trêmula. — Se pegarem o bebê, ela nunca mais verá aquela criança. Por que eles têm que separar marido de esposa, mães de filhos, mesmo irmãos de irmãs, para nunca mais se encontrarem?

Tem lágrimas nos olhos da Mamãe Forbes, pensou Sarah, franzindo a testa, *mas e nós, capturados como escravizados, separados dos irmãos e irmãs, mães e pais, não importamos?* A menina mordeu o lábio.

— Por que ela está dando o bebê? — perguntou Emily. — Eu nunca daria meu bebê. Nunca.

— Querida. — A mamãe afagou a bochecha de Emily. — Ela não tem escolha. Não consegue mais cuidar de si nem do bebê.

— Londres está muito lotada — afirmou o papai. — Nem esses reformatórios conseguem abarcar a quantidade de pessoas que precisa de ajuda. Deveriam esvaziar os cortiços infestados de doenças, transferir as pessoas para novas moradias e limpar as ruas e os escoamentos inúteis, para se livrar do cheiro.

— Em Londres, todo lugar tem mesmo um cheiro ruim — concordou Freddie.

— Posso cheirar seu ramalhete, mamãe, antes que eu desmaie com o cheiro? — pediu Mabel, fingindo estar tonta. — Adoro o cheiro da lavanda nele.

A mamãe sorriu e entregou o ramo a Mabel, que enfiou o nariz no pequeno conjunto de flores e espirrou.

— Posso também? — pediu Anna, esticando a mão para pegar o ramalhete de Mabel e quase caindo do colo da mamãe quando o veículo se moveu para frente.

— E eu — afirmou Emily. — Quero cheirar também.

A mamãe se voltou à Sarah.

— E você? Quer cheirar a lavanda?

Sarah negou com a cabeça. Não conseguia falar. Então aquele era o reformatório? O lugar para onde seria mandada se eles se cansassem dela. Nunca mais seria desobediente.

— Chegamos — anunciou o Papai Forbes, lendo a placa na porta. — John Jabez Edwin Mayall, Daguerreotipista, West Strand, 433, Londres.

Antes que ele pudesse acionar a campainha, a Mamãe Forbes tocou no braço dele, impedindo-o.

— Tem certeza disso, Frederick? A Sra. Cameron disse que houve um estrondo tão grande quando fez o dela que ficou dois dias prostrada, de susto.

— Mamãe, não podemos desistir agora — contrapôs Freddie. — Quero ver a câmera. Quero ver como funciona.

Sarah sorriu, muito mais feliz naquele momento, tendo eles deixado "aquele lugar" para trás. Desde que o papai havia dito que alguém faria um daguerreótipo deles, Freddie não falava em outra coisa. O rapaz tinha tentado explicar como funciona, as placas de cobre cobertas de prata, banhadas com iodeto, antes de serem colocadas na câmera para capturar a imagem deles. É na verdade chamada de "fotografia" do grego, "foto" que significa "luz", e "grafia" que significa "desenho ou escrita". Entendem? Sarah, Mabel e Emily não "entendiam" nem se importavam em entender.

— É porque vocês são meninas. Não conseguem apreciar tais coisas — dissera ele, mal-humorado.

— Não seja bobo, Freddie. Simplesmente não ligamos para saber de tais coisas — contrapusera Mabel, dando um empurrãozinho nele.

Sarah achava estranho que as pessoas parecessem tão prontas a capturar qualquer parte de si mesmas para sempre. Ainda assim, estava se acostumando a ver retratos e pinturas de pessoas que conhecia. Em breve haveria um retrato dela também.

— Tenho certeza de que correrá tudo bem — assegurou o papai, tocando a campainha. — Afinal de contas, foi a própria Sua Majestade quem sugeriu que usássemos o Sr. Mayall. Ele já fez vários dela, do príncipe consorte e dos filhos reais. Ela não seria uma tamanha defensora se fosse perigoso. A Sua Majestade quer um da Sarah, então precisamos fazê-lo e, enquanto estamos aqui, podemos fazer um da nossa família também.

— Bom dia, capitão, senhora — cumprimentou o jovem que abriu a porta. — Meu pai os aguarda lá em cima. Eu me chamo Edwin. Por favor, sigam-me. Sinto muito pela escada extensa, mas precisamos do teto de vidro para conseguir o máximo de luz possível.

O cômodo era amplo, muito mais iluminado do que a escada e bastante vazio, com exceção de algumas cadeiras, cortinas de veludo e dois pequenos pedestais. Quatro janelas grandes fixas no teto deixavam transpassar qualquer mínima luz que conseguisse se espremer pela névoa cinzenta. Sarah ansiava pelo céu azul cintilante e o sol. Era difícil respirar naquele ar londrino fedorento, nebuloso e esfumaçado.

A mamãe se sentou em uma das cadeiras de costas retas e puxou Anna para o colo. Mabel e Freddie vagaram pelo cômodo, analisando "Retratos de Homens Ilustres" em molduras entalhadas nas paredes.

— Sarah, olhe, um retrato do Sr. Dickens — comentou Mabel, apontando para a fotografia de um homem barbudo, segurando uma pena, os olhos fixos no papel em branco a sua frente.

Sarah observou o homem que tinha escrito *Um Conto de Natal*, o homem cuja história de fantasmas a tinha assustado tanto. Achou estranho o fato de ele não parecer nada diferente dos outros homens.

— Que bela família — pronunciou o Sr. Mayall, entrando depressa, agitando as mãos e sorrindo. — Muito bela mesmo, capitão. — Ele apertou a mão do Papai Forbes e fez uma reverência para a Mamãe Forbes.

— Onde quer que nos sentemos?

— Ah, deixe-me explicar o que acontecerá enquanto o Edwin prepara as placas na câmara escura. Capturar uma imagem de daguerreótipo é um processo muito delicado. Com a luz, leva apenas alguns minutos, entretanto, todos vocês precisam ficar bem parados uma vez que o menor movimento pode estragar a imagem. Às vezes é difícil para os pequeninos manterem-se parados, então, caso não se importem, vou colocá-los nas posições, tanto sentados como de pé, diante da cortina, e assim poderemos começar. As damas poderiam retirar os chapéus, por gentileza? Do contrário criarão sombras em seus rostos.

Quando a câmera estava pronta e o Sr. Mayall os havia posicionado, ele jogou um pano preto em cima da própria cabeça e espiou pelas lentes. Comandou que o filho ajeitasse a cortina perto deles, mudasse o ângulo da cabeça de Freddie e ajustasse as lamparinas.

— Fiquem nas posições — orientou o Sr. Mayall.

Todos enrijeceram. Ele contou, e eles esperaram e esperaram, sentindo mais e mais calor. A câmera e o Sr. Mayall debaixo do pano ficaram maiores, tornaram-se um só, um animal, sombrio e assustador para Sarah. A menina sentiu as pernas tremerem com o esforço de ficar imóvel. Quando ela já não conseguia mais aguentar, sentindo que precisava falar ou se mexer, o Sr. Mayall jogou o pano para trás.

— Concluído — afirmou ele, entregando a câmera a Edwin, que correu para a câmara escura.

Todos eles exalaram. O Papai Forbes abraçou Sarah, que estava ao lado dele, e a menina se apoiou no homem. Havia bastante tempo desde que eles tinham estado tão próximos.

— Uma boa foto de família — comentou o Sr. Mayall. — Seus filhos foram muito bem. Não se mexeram em nenhum momento. A imagem deve sair muito boa.

Sarah sorriu. Uma boa foto de família, uma boa família. Sua boa família.

SALIMATU/SARAH

Capítulo 22

É mais preciosa do que rubis; nada do que você possa desejar se compara a ela

Provérbios 3:15

Janeiro de 1851

4 de janeiro de 1851, Rua Wimpole, Londres
Hoje vamos ao zoológico. Depois de sairmos do estúdio ontem, a mamãe nos levou à modista. Ganhamos novos chapéus para combinar com os casacos. A Mabel escolheu um verde com fitinhas. O da Lily é rosa com detalhes em cinza e flores brancas. Escolhi um vermelho-escuro com fitinhas azul-marinho. Do lado de fora, as pessoas nos cercaram. Eu os ouvi sussurrando "Princesa Negra". Alguém puxou meu cabelo. "É como uma almofada", disse a moça e todos riram. Perdi meu chapéu novo. Às vezes ser a "Princesa Negra" não é bom.

No caminho para o zoológico, Sarah girou a cabeça de um lado ao outro, olhando, procurando, esperando, ver o quê?

— A Josephine disse que o jardim é uma das principais paisagens de Londres, principalmente no verão, e quase tão popular quanto o zoológico desde que abriu há três anos — contou a mamãe, enquanto os cavalos galopavam.

As grandes atrações eram as casas de elefantes, a sala das cobras, o lago das focas e as casas de macacos. Os edifícios estavam lotados e barulhentos, divididos em dois compartimentos com as jaulas diurnas à frente e as tocas para dormir nos fundos. As jaulas externas eram delimitadas com paredes em três lados, e no quarto havia grades de ferro firmes pelas quais os animais podiam ser vistos. Sarah chegou mais perto do Papai Forbes. O cheiro dos animais e das pessoas fez a Mamãe Forbes levar o lenço ao nariz.

— Depressa, todos — clamou Emily, correndo à frente, espremendo-se entre as pessoas, rindo, batendo palmas, dando gritinhos com o tamanho do hipopótamo.

A multidão observou o animal mergulhar na terra, jogando água em todos que estavam perto. Ele se deitou na areia e deu um grande bocejo antes de se encolher como uma enorme massa emborrachada indiana e dormir.

— Achei que eles tinham dito que era como um cavalo-marinho — reclamou uma moça, cutucando o hipopótamo com o guarda-chuva. — Parece mais um porco. Pagar todo aquele dinheiro para vir ver um porco. Ora pois. — Ela deu mais uma cutucada, então, descontente, se afastou.

Outros caminhavam devagar pelas jaulas de cada lado do passadiço, observando, lendo as placas com os nomes dos animais e países de origem. Anna cobriu os olhos ao ver as aranhas e se agarrou à mamãe ao ver os crocodilos.

Quanto mais via o zoológico, mais Sarah ficava chateada. Queria dar a volta, fugir. Parou de andar.

— Qual o problema? — perguntou Freddie, que voltou ao perceber que Sarah ficava para trás.

— Por que trazem os animais de todos os lugares do mundo para cá?

— Para que possamos aprender sobre eles. É ciência.

— Mas eles nem estão do lado de fora, não são livres para ir aonde quiserem.

— Esses animais tropicais não sobreviveriam lá fora no clima frio.

— Tem tantas pessoas, em todo lugar, só olhando para eles. Não é como na selva. Lá eles mal veem pessoas.

— É domingo à tarde, a única hora que algumas pessoas têm para visitar um lugar como este.

— Odeio que as pessoas encarem e apontem. Acha que os animais odeiam também?
— Tenho certeza de que não. Eles não têm sentimentos como nós. Anda ou vamos nos perder dos outros. Ainda há muito o que se ver.
Ela foi com ele, mas manteve a cabeça baixa, não olharia, não encararia os animais.
— Vejo leões ali — clamou Emily, voltando-se para Sarah. — São como o leão que seu papai matou?
Sarah mordeu a boca. Por que tinha contado aquilo a Emily?
— Você não me contou sobre um leão — disse o papai.
— Mesmo? Como? — interveio Freddie. — Ele deve ter sido muito corajoso.
— Você inventou essa história — foi a contribuição de Mabel.
— Você se lembra disso? — questionou a mamãe.
Sarah balançou a cabeça. Como poderia dizer a eles que não foi Jaja, sim Fatmata quem contara a ela sobre a batalha do pai com o leão? Ela tinha ficado assustada com os barulhos à noite durante a disputa dos animais pela floresta, muito tempo antes. Fatmata falou que mataria qualquer leão que os atacasse assim como Jaja havia feito quando era criança. Mas Fatmata tinha contado para ela aquilo ou Sarah havia imaginado?
Emily apertou a mão dela.
— Desculpe, eu não deveria ter contado.
Quando o leão rugiu e andou até eles, muitas pessoas gritaram e fugiram, mas Sarah ficou ali. Então o leão era daquele jeito? Nunca vira um. A menina fechou os olhos e estava de novo com Fatmata, ouvindo os muitos sons da floresta, as cigarras, os sapos, o farejar na grama, cobras deslizando pelo solo, insetos picando. Tremeu, e lágrimas escorreram dos olhos fechados. Sentiu os braços da irmã a envolverem. Abriu os olhos. Não era Fatmata, era Mabel.
— Vamos sair daqui — foi tudo o que disse, conduzindo Sarah para longe.
Estavam quase na saída quando ela os viu, os macacos, pulando de galho em galho, matraqueando, chamando. Um se afastou dos outros e pulou na cerca de arame, gritando um chamado, os olhos focados nos de Sarah. Como se hipnotizada, a menina caminhou até o macaco, o coração acelerado. Das profundezas de seu ser escapou um nome.
— Jabeza, Jabeza — murmurou a menina, colocando a mão pela cerca de arame.

— Não — bradou a mamãe, tentando puxá-la para longe. — Ele vai morder você.

Sarah não a ouviu nem viu as pessoas que tinham se reunido em volta deles enquanto acariciava o pelo verde do macaco através da cerca ao mesmo tempo em que o animal matraqueava em seu ouvido. Os outros macacos no cerco pularam e guincharam em cumprimento.

— *Ekaro*, Jabeza, *Ekaro*. Olá — soluçou Sarah.

O papai a levou para longe, e os outros correram atrás deles. Os soluços de Sarah não cessaram, e ela relutou para voltar à cerca.

— Aquela é Jabeza, ela me conhece. É o macaco da Fatmata. Ela deve estar aqui. Deixe eu encontrá-la, por favor, papai, por favor.

— Pare com isso, Sarah. Não é o macaco da sua irmã. Ela não está aqui. Pare de fazer escândalo.

Sarah apertou o *gris-gris*. Soube que por um momento tinha conseguido voltar à vila, à Fatmata. Esfregou a coxa. Tinha sua tatuagem de macaco. Ela também era uma guerreira.

Na manhã seguinte, Sarah desceu a escada de modo sorrateiro, torcendo para que Daniel estivesse no saguão. Ele era um homem negro em Londres e a única pessoa que tinha conhecido até então que poderia lhe dizer o lugar mais provável em que encontraria Fatmata.

— *Ekaro*, Daniel — cumprimentou Sarah quando ele passou.

O homem parou e olhou para ela. Sarah não sabia por que tinha usado aquela palavra. Então percebeu que Salimatu tinha voltado.

— Senhorita Sarah?

"Peça ajuda a ele, ele é da África", instruiu Salimatu.

O coração de Sarah estava acelerado.

— *Joworan mi lowo*.

— Desculpe, senhorita Sarah, o que disse?

A boca da menina tremeu. Ele não entendia o "por favor, me ajude". Como poderia ter sido tão estúpida? Por que ele entenderia iorubá?

— Algum problema? — questionou ele, aproximando-se.

— Daniel, você não é da África também? — perguntou ela, descendo os últimos degraus depressa.

— África? Ah, não, senhorita. Eu de Barbados.

— Onde fica?

— Nas Índias. Nasci em um engenho de cana lá. Depois me venderam e me levaram para a Carolina do Sul.

Sarah arregalou os olhos.

— Você é um escravizado? — sussurrou ela.

— Agora não. Fugi de lá e consegui entrar num navio. Em Londres, onde desci, sou homem livre, não tem escravizado na Inglaterra, entende, escravidão acabou. — Daniel narrou a história como se estivesse aguardando que alguém perguntasse. — Demorou um pouco para arranjar um trabalho, mas enfim consegui um trabalhando na cozinha na casa do Lorde Carlyle. Subi na vida, com certeza. Fiquei doze anos lá e então fiquei muito velho, ou foi o que a Lady Carlyle disse, e me dispensaram. Depois disso vim para cá, mas trabalho muito o tempo todo com os outros para libertar meu povo. Não tem mais escravidão aqui na Inglaterra, mas meu povo não está livre por completo também.

Ela gostava de ouvi-lo falar, naquela voz que parecia que ele cantava. Mas tinha que ouvir com cuidado porque não conseguia reconhecer todas as palavras que ele dizia.

— Daniel, onde estão todos os negros? — questionou a menina, ficando bem de frente para ele, para olhar nos olhos do homem. — A Mabel disse que tem muitos em Londres, mas só vi um homem negro, varrendo a rua. Ele tinha uma perna de pau como o Jed, mas a dele não estava pintada com flores.

Daniel franziu bastante a testa.

— Tem muitos por aí, perto dos mercados, dos portos e por aí. Todo tipo de gente do nosso povo — respondeu ele, sorrindo. — Alguns vendem frutas e legumes, alguns pedem dinheiro, outros cantam na rua, mas não são muito melhores que os que pedem dinheiro, na verdade, porque a vida é difícil para eles. Não vai encontrar essas pessoas por aqui mesmo.

— Então onde encontro essas pessoas?

— Ora, por que uma bela mocinha como a senhorita quer saber algo assim?

Sarah soltou um suspiro profundo.

— A Fatmata pode estar com eles.

— Quem? — Um traço de uma risada reprimida surgiu no rosto de Daniel.

Sarah se sentiu inibida de repente, perguntando-se se parecia engraçada, toda bem-vestida e elegante, ou se a sua voz estava estranha, mas continuou falando, impulsionada pela conversa fácil entre eles.

— A Fatmata. Minha irmã. Fomos capturadas juntas da nossa vila, mas então fomos separadas e vendidas. Ela deve estar em Londres porque a Jabeza está no zoológico. A Fatmata deve estar esperando por mim. Tenho que ir encontrar com ela.

Daniel deu um passo para trás.

— Não, não, não — respondeu ele, inclinando-se para olhar nos olhos da menina, que demonstravam uma mistura estranha de júbilo e grande preocupação. — Não. Não pode fazer isso. Aquela parte de Londres, onde eles moram, não é para pessoas como a senhorita. Nem para sua irmã. Sua irmã não estaria lá, com certeza.

— Como sabe disso? — retrucou Sarah, correndo até a porta. — Preciso ir, preciso procurar por ela.

Daniel foi até ela e a segurou pelos ombros com firmeza, virando-a para o lado contrário à porta.

— Pare, criança. Pare. Você precisa ir agora. Volte lá para cima.

Sarah esperou até Daniel ter desaparecido antes de descer de novo na ponta dos pés e ir até a frente da casa. Ficou parada na penumbra do saguão silencioso. Então esticou a mão para pegar a maçaneta. A porta da frente era grande e pesada, mas a menina conseguiu a abrir o suficiente para deslizar pela fresta e para a rua que ainda dormia. O frio atingiu seu pescoço, e ela tossiu. Tremendo debaixo do casaco, hesitou por um segundo, sem saber o que fazer nem para onde ir uma vez que estava do lado de fora. Os olhos suaves e repreensivos de Daniel surgiram em sua mente, mas ela se livrou da imagem e começou a descer os degraus para a rua, onde passou a caminhar de maneira rígida, meio correndo e meio andando, como se aquilo fosse fazer dela menos suspeita para qualquer um que pudesse encontrar. Os pensamentos se agitavam à medida que se afastava da casa. Será que Mabel a tinha visto sair do quarto com o casaco e o chapéu? Quanto tempo tinha até perceberem a ausência dela? *Preciso chegar ao zoológico*, pensou Sarah. Tinha certeza de que, se esperasse tempo o suficiente perto do cercado dos macacos, Fatmata apareceria para buscá-la. Mas o zoológico ficava para a esquerda ou para a direita?

Apressou o passo, apenas parando por um momento quando, de um dos confinamentos onde mantinham os cavalos, saiu uma carruagem de repente. O barulho do par de cascos brilhantes dos cavalos tinha sido amortecido pelas pequenas pedras de cascalho da rua. Sarah se encolheu nas sombras quando a carruagem passou, o motorista tão imóvel e com o olhar tão focado à frente que parecia até estar dormindo. Apenas os sopros da fumaça branca dos narizes dos cavalos e o barulho abafado dos cascos rompiam o ar noturno.

Quando sumiram, Sarah prosseguiu. Na encruzilhada parou, ainda incerta do caminho. Percebeu que, pela primeira vez na vida, não havia quem dizer a ela para onde ir nem o que fazer. Sentiu-se livre, destemida. Acharia o zoológico e a irmã, tudo por conta própria. Respirando fundo, com a mente fervilhando de entusiasmo, pisou na estrada. O guincho repentino das rodas do táxi e o trovão dos cascos de cavalos trepidando e estalando nas ruas então calcetadas a fizeram pular para trás, e, ao fazer aquilo, pisou em um monte de bosta de cavalo que se alojou entre seu calcanhar e a sola da bota e não saía por mais que arrastasse a bota no chão. O cheiro de Londres a seguia a cada passo que dava.

Seguiu andando com a mente mais focada na bosta presa e no aroma pútrido do que em qualquer outra coisa. Quando o garoto negro engraxate, sentado na calçada fria e molhada, agarrado a um embrulho envolto em um tecido sujo, se ofereceu para limpar as botas dela, a menina foi até ele com alegria. Colocou um dos pés em cima da caixa que ele dispôs em frente a ela e então o outro para que ele engraxasse. Sem se incomodar com qualquer coisa nela, nem as roupas elegantes, a pele escura, nem com o caráter indigno da sola das botas, o menino começou o trabalho, torcendo e retorcendo os panos sujos, depois de retirar com rapidez o grosso da bosta de debaixo da bota. Por fim terminou com um último movimento e estendeu a mão endurecida e suja em direção a ela.

— É um *fadge* — afirmou ele. Sarah franziu a testa e balançou a cabeça. — Você me deve um *farthing*.

— *Farthing*? Não tenho um *farthing*.

— Quê? Acha que limpo botas por nada? Me dá o dinheiro — retrucou o menino, tentando segurá-la.

Sarah deu um passo para trás e, se livrando das mãos dele, correu sem ter ideia de para qual direção ou lugar ir. Um *farthing*? Ela não tinha dinheiro. Nunca tivera que pensar em dinheiro, nunca tivera que pagar por nada. As pessoas tinham que pagar por tudo em Londres? Virando-se para checar que o garoto não estava mais seguindo-a, a menina trombou com um homem que usava um letreiro de madeira, à frente e atrás do corpo, como um sobretudo. As placas eram tão grandes que tudo o que podia ver era os pés dele embaixo e os olhos e o chapéu comprido acima do letreiro.

— Por que não olha por onde anda? — reclamou o homem, com um grunhido, tentando ajeitar as placas que tinham ficado tortas e ameaçavam derrubá-lo.

Dois homens parados do lado de fora do pub, segurando canecas de cerveja e fumando cachimbos, caíram na risada.

— Você vai precisar ficar quase do tamanho desse hipopótamo que está divulgando para ir longe com essas placas — afirmou um dos homens.

O outro cuspiu, e Sarah teve que dar um pulinho para evitar que o cuspe caísse na bota recém-limpa. Olhou para a placa então. Havia o desenho de um animal enorme com orelhas e olhos pequenos e uma boca grande, aberta como se fosse secar um bloco de pedra. Devagar, leu o que estava escrito embaixo.

Venham ver OBAYSCH
o primeiro hipopótamo na Inglaterra
desde a pré-história
Zoológico de Londres no Regent's Park.

O coração de Sarah ficou acelerado. Um anúncio do zoológico. Era um sinal? Talvez ele pudesse levá-la até lá. A menina puxou a manga do homem.

— O que você quer? Primeiro tenta me derrubar, agora me puxa.

— Pode me levar para o zoológico com você, por favor? Eu me perdi no caminho.

— Pareço um mapa? Não vou ao zoológico; só falo do lugar para as pessoas.

Sarah mordeu a boca. Como chegaria ao zoológico e acharia Fatmata? Aquilo era bem mais difícil do que tinha pensado que seria. De cabeça baixa, andou pela rua, tossindo.

Salimatu/Sarah

Capítulo 23

Fogem os ímpios, sem que ninguém os persiga;
mas os justos são ousados como o leão

Provérbios 28:1

Janeiro de 1851

A corrida, a fumaça, a fuligem e a sujeira fizeram Sarah começar a tossir outra vez. A menina se apoiou em uma parede e tentou voltar a respirar normalmente.

— Que tosse horrível, mocinha. Tenho algo ideal para acabar com ela — afirmou um homem ao seu lado. — Sou o doutor das ruas, sabe.

Ela o analisou. Sua postura era torta, uma das pernas era maior do que a outra, a sola da bota direita, o dobro do tamanho da outra. O casaco dele era comprido e manchado, a barba e o bigode curto, por aparar, os olhos escuros de aparência triste. Ele poderia mesmo ajudar com a tosse dela? Estava cansada de tossir. Ele não parecia com o Doutor Spencer, que tinha ido à casa Winkfield quando Anna ficara doente, mas ele era o único doutor que já tinha visto. Aquele homem ali poderia ser um doutor também. Não dava para ter certeza.

Ele apontou para sua barraca e a bandeja de produtos. O letreiro dizia:

A prevenção é melhor que a cura
Experimente o novo Preventivo da Tosse
Pastilhas para tosse e menta

Vou precisar pagar por aquilo também, pensou ela e negou com a cabeça. Ele pegou uma menta.

— Prove — orientou ele.

— Não tenho dinheiro — sussurrou Sarah entre uma tosse e outra.

— Não tem problema, pegue.

Ela pegou a menta e sugou com vontade.

— Você não deveria estar aqui fora, na névoa e no frio. Não faz bem para o peito. Esse tempo faz mal para as pessoas como você. Eu sei. Já fui marujo. O que está fazendo aqui, de qualquer forma?

— Procurando a casa da minha irmã — respondeu Sarah, aliviada porque a tosse tinha amenizado um pouco.

— Não vai achá-la por aqui — contou ele, rindo e colocando outra menta na mão dela. — Mas alguns escurinhos moram, sim, depois do mercado, ali, na rua Oxford, não muito longe, se souber aonde ir.

Ela colocou outra menta na boca, fechou os olhos, sugou com força o doce, e uma lágrima escapou do olho e escorreu pela bochecha. Começou o caminho de volta, com a mente agitada, os pensamentos e sentimentos conflitantes. Ela perdeu a noção de em que direção andava e por quanto tempo, à medida que as ruas ficavam mais cheias e iluminadas. Logo ouviu vestígios fracos de música e, olhando ao redor, percebeu que tinha chegado a uma taberna na frente da qual um grupo cantava uma canção barulhenta. A multidão se juntou depressa enquanto as pessoas tentavam desesperadamente ver quem eram à medida que o grupo se movia pela rua.

Em volta dela, a multidão se acotovelava e falava um por cima do outro, rindo, alguns cantando as músicas em harmonia. Ela se esforçou para ver por cima das pessoas e se percebeu gritando "O que é? Quem são eles? O que está acontecendo?" para as costas da parede de espectadores.

Por fim, um homem magro que estava na frente da menina se deparou com ela ao se virar para ver quem fazia tamanha algazarra. Ele a cutucou no ombro e disse:

— Escute, consegue ouvir a música? Olhe. Ali adiante, Os Seresteiros. Vão a todos os lugares. Talvez saibam onde ela está.

— Os Seresteiros?

— Artistas de rua de cara preta. Tem muitos deles por aí. Aqueles ali são "Os Seresteiros da Costa". Eles vêm com frequência, mas logo se vão por causa dos policiais.

Cara preta? Negros. Eles saberiam onde outras pessoas negras moravam. Sarah correu pela rua, ouvindo a música ficando mais alta. Quando chegou aos Seresteiros, havia um pequeno grupo, e tudo o que podia ver era as costas dos quatro homens que dançavam e cantavam. Ela empurrou as pessoas e ficou boquiaberta. Perguntou-se de qual parte da África tinham vindo, porque eles eram quatro das pessoas mais escuras que já tinha visto, com grandes lábios vermelhos que ocupavam metade do rosto. Pareciam esquisitos com os colarinhos dos casacos alcançando os ouvidos, os chapéus pretos com abas brancas empoleirados, como melros, sobre cabelos pretos com cachos bem pequenos.

Não era a música que tinha ouvido antes, ainda assim era familiar e fazia a menina querer dançar também. Observou os dedos do violinista voando pelas cordas enquanto o segundo homem dedilhava o banjo. Os dois homens no meio do círculo balançaram os tamborins e dançaram. O homem mais baixo respirava bem pesado e se movia ao redor, mas as pernas do mais alto se contorciam e sacudiam. Ele caminhava e dançava, os pés batucando no ritmo, enquanto cantavam uma música sobre *"Jimmy Crack Corn"*.

A música a lembrava de casa, bem, a casa antiga, a casa na África. Sempre houvera música. Mesmo no complexo de escravizados do Rei Gezo houvera música. Sem pensar, como tinha feito no *HMS Bonetta*, a menina dançou livremente. Foi somente quando a música parou e ela ouviu as palmas que foi levada de volta à realidade de uma fria rua londrina. O chapéu da menina estava pendurado às costas pelas fitas, o casaco estava aberto, ela tinha perdido as luvas, e Salimatu tinha voltado.

"Continue dançando, eles vão nos levar a Fatmata", instruiu ela.

— O que pensa que está fazendo, *negrinha*? — bradou o mais baixo, lançando um olhar a ela. — Essa apresentação é nossa. Vai embora.

— Ela é boa — gritou um homem da multidão. Não é uma de vocês?

— Sim — confirmou o Sr. Pernas Compridas, encarando-a com firmeza. — Estamos treinando ela.

— Todos os escurinhos sabem dançar de qualquer forma. Precisa treinar o quê? — respondeu uma mulher.

Sarah não entendeu por que todos riram, mas riu também. O homem do violino começou a tocar *Come Back Steben* antes que algo mais pudesse ser dito. Dois meninos descalços apareceram, empurrando a multidão, trombando nas pessoas.

Um homem bateu nas orelhas de um deles.

— Ladrãozinho desgraçado — bradou o homem, pegando a carteira de volta antes que o objeto fosse repassado para o outro garoto.

De repente começou um clamor de "vigias, vigias. Os policiais estão vindo."

Sarah se virou e viu um policial em sua casaca comprida, com os grandes botões de bronze brilhantes abotoados até o pescoço, o cinto grosso de couro apertado em volta da barriga grande.

Com o bastão de madeira no ar, berrou:

— Circulando, circulando.

Um dos meninos jogou algo e derrubou o chapéu de couro comprido do policial antes de sair correndo, gargalhando. O policial pegou o chapéu, chacoalhou o guizo e correu atrás deles, mas os garotos já tinham sumido em meio à multidão.

— Vamos depressa antes que o policial volte — orientou o que tocava o banjo.

Eles juntaram os instrumentos e correram para longe. Tinham percorrido metade da rua seguinte antes de perceberem que Sarah estava atrás deles.

— Por que está nos seguindo? Cai fora — disse o homem do banjo.

— Estou procurando minha irmã.

— E o que temos com isso?

— Não podem me levar até ela? Devem saber onde ela está.

— Nós? Não conhecemos sua irmã, criança. Desaparece, estamos indo para casa.

Os quatro homens seguiram andando. Ela ficou parada ali, mordendo a boca, indecisa. Deveria segui-los na esperança de que a levassem até Fatmata ou deveria ir para casa. Mas qual casa?

— Não tem casa? — O Sr. Pernas Compridas havia voltado e estava parado diante dela.

— Não sei onde fica.

— Quem te ensinou a dançar daquele jeito?

— Ninguém.

— Bom, acho que podemos pensar em alguma coisa.

— Onde estão os outros homens?

— Foram tomar uma cerveja no The White Lion. Segunda não é um dia bom para os negócios, principalmente agora que começou a chover. Vamos.

Sarah sorriu, segurou a mão enluvada do Sr. Pernas Compridas e foi com ele.

"Viu, falei que, se dançássemos, eles nos ajudariam!", sussurrou Salimatu.

Sarah deu um pulinho, em parte para acompanhar os passos resolutos do Sr. Pernas Compridas e em parte porque estava feliz. Sozinha, sem a ajuda de ninguém, nem do Papai Forbes, nem da rainha, ela tinha encontrado uma pessoa que poderia levá-la a Fatmata. Ela olhava para todos os lados, tentando absorver tudo, enquanto caminhavam pelo mercado. Tentou não torcer o nariz, mas o cheiro de bosta de animal, entranhas de peixe e legumes podres fez o estômago dela se revirar.

Não foi até o Sr. Pernas Compridas parar perto de uma pessoa que vendia comida na rua que a menina percebeu que o estômago roncava de fome. O cheiro da batata assada misturado ao cheiro de diferentes tortas na tenda atingiu seu nariz e a fez salivar. Não tinha comido nada desde o café da manhã. Quanto tempo fazia desde então? Daria qualquer coisa por um pedaço de torta.

— É preciso comprar comida se quisermos algo quente. Não temos como cozinhar em casa. Está com fome?

— Sim — respondeu Sarah e então pensou: *casa?*

Arregalou os olhos. A Fatmata morava com o Sr. Pernas Compridas? Ela torceu para que o vendedor fosse mais rápido enquanto embrulhava as batatas e a torta de cebola em jornal velho. Sarah e Salimatu mal podiam esperar para encontrar a Fatmata.

Naquele momento chovia, uma água gelada e brusca, atingindo o rosto da menina. Ela manteve a cabeça baixa e seguiu o Sr. Pernas Compridas. Caminharam por muitas vias, passando por postes de iluminação e de lamparina a lamparina, por escadas curtas para iluminar lâmpadas a gás, deixando piscinas de luz amarela atrás deles. Sarah ficou buscando por famílias negras, mas não viu nenhuma. Talvez estivessem dentro das casas, longe da chuva congelante.

Sarah se encostou na parede úmida de uma casa quando um homem, o casaco comprido balançando atrás dele, o chapéu preto tapando o rosto, o cabelo e a barba longos, pegajosos e molhados, passou depressa, empurrando uma charrete abarrotada de roupas.

— Ô, negrinha. Melhor segurar firme o casaco — alertou o Sr. Pernas Compridas, cuspindo depois de o homem passar. — Esses judeus estão em todo lugar agora. Arrancam suas roupas e vendem tudo antes mesmo que possa dizer "Whitechapel". Vi um deles arrancar a roupa toda de um corpo e vendê-las antes que o cadáver esfriasse.

Passaram por becos escuros e portões com crianças que entravam e saíam correndo, os pés descalços fazendo as poças geladas respingarem e a água cinza suja transbordar das valas. As vielas ficaram cada vez menores, fedendo ainda mais que o mercado. As casas em cada lado pareciam se inclinar uma em direção a outra de modo que vizinhos, enrolados em xales, conseguiam conversar, sussurrar e gritar um com o outro das janelas dos quartos alugados.

Molhada e com frio, Sarah não conseguia mais sentir os pés. Estaria sentindo muito frio nas mãos sem luvas também se o Sr. Pernas Compridas não tivesse lhe dado duas batatas quentes para segurar. Ela torceu para que chegassem ao destino em breve, antes que a chuva esfriasse a batata.

Enfim, chegaram à casa do Sr. Pernas Compridas. Era um cômodo grande com areia vermelha cobrindo o chão de madeira e cortinas esfarrapadas de um lado, separando a área de dormir e as duas camas do resto do cômodo. A janela estava quebrada e cheia de trapos, a única lamparina lançava três sombras compridas pelo local. Sarah viu de imediato que a Fatmata não estava ali, em vez daquilo, três criancinhas a encaravam, as bocas abertas como pássaros esperando o alimento. O mais novo sentado no chão colocou o dedão de volta na boca e sugou, fazendo barulho. As duas meninas, brancas e magras, não muito mais velhas do que a Anna, não disseram nada, mas os olhos seguiram o pai delas e a torta que segurava.

— Tire o casaco, fique à vontade — orientou o Sr. Pernas Compridas.

Uma mulher pequena, de boca pequena, grandes olhos acinzentados e uma cabeça cheia de cabelo loiro e cacheado, pegou as batatas quentes de Sarah.

— Quem é essa, Jim? — perguntou a mulher.

Ele olhou para Sarah e deu de ombros.

— Não sei, Maggie. Esqueci de perguntar.

— Quer dizer que só pegou uma escurinha qualquer que viu na rua e a trouxe para cá? Para quê? — perguntou Maggie, desembrulhando as camadas de jornal em volta das batatas. — Ela sequer fala inglês? Qual o nome dela?

— Meu nome é Sarah. Cadê a Fatmata?

— Quê? Quem?

— Ele disse que estava me trazendo para encontrar com ela.

— Nunca disse isso, Maggie! — gritou Jim, o rosto brilhante na luz bruxuleante da lamparina. — Ela falou que estava perdida, não tinha casa, então a trouxe para você.

— Para fazer o quê, seu tolo? Ela não pode ficar aqui. Não tem comida o suficiente nem para nós e as crianças.

Sarah desejou naquele momento não ter ido para a casa de um cômodo só do Sr. Pernas Compridas. A Fatmata não estava ali. Ela tremeu, desejando não ter tirado o casaco e o chapéu. Havia apenas uma pequena lareira que emanava pouquíssimo calor. Ela se sentou na poltrona esmirrada, cansada e com medo.

— Escuta, Maggie, tive uma ideia — afirmou Jim, tirando a peruca preta cacheada e as luvas antes de colocar água em uma tigela. — Podemos começar uma escola para crioulos.

Sarah se sentou, e sua garganta ficou seca. Como ele conseguia tirar o cabelo daquele jeito?

— Seu pateta, o que está pensando?

— Todos os grupos estão fazendo isso agora, por que não nós? — retrucou Jim, lavando o rosto enquanto falava. — Ela pode ser a primeira. E eles não têm um escurinho de verdade. As pessoas vão gostar. Olhe o Juba, o único escurinho com os Seresteiros Etíopios. Eles conseguem mais dinheiro por causa dele. Vamos conseguir outros escurinhos depois e vamos ser melhores que a escola de Westminster ou do pessoal da St. Giles. Tem muitos grupos cara-preta por aí, mas vamos nos destacar. Depois de ensinarmos a eles umas músicas e danças, podemos voltar a nos apresentar em pubs ou nas esquinas das ruas e conseguir mais dinheiro.

Quando ele se virou, Sarah arregalou os olhos, o coração acelerado e a respiração entrecortada. A água na tigela estava preta, e o rosto e mãos de Jim tinham ficado brancos.

"*Ayee*", gritou Salimatu em seu ouvido, "ele é *juju*, um homem preto que pode virar branco. Temos que sair daqui antes que nos arrastem lá para baixo." Sarah pulou para ficar de pé e vestiu o casaco molhado, assim nenhuma parte de seu corpo tocaria qualquer coisa no cômodo.

— Você não é preto? — A menina se encolheu e caiu no choro. — Não veio da África?

Jim riu e esfregou o rosto, deixando rastros, como marcas de zebra, nas bochechas.

— Eu, africano? Isso é pó queimado e graxa. Só nos vestimos para cantar as músicas. Eu, preto? Há, há, há.

— Você é *juju* — choramingou Sarah. — Quero ir para casa.

— Você não tem casa. Vai ficar aqui — afirmou Jim, arrancando o casaco de Sarah.

— Jim, ela não pode ficar — contrapôs Maggie. — Olha para ela, olha o que ela está vestindo. Ela parece uma criança que não tem casa? Aposto que já estão procurando por ela. Quer que os policiais venham aqui? Quer que descubram que saímos dos últimos dois lugares sem pagar?

— Cala a matraca. Isso é diferente.

— Sim. Se descobrirem que pegamos a menina, vai ser o nosso fim! — gritou Maggie.

— Ora, não exagera. Nunca vão achar este lugar.

Maggie não estava mais o ouvindo. Ela pegou o xale xadrez pesado e jogou por cima dos ombros.

— Vou tirá-la daqui. Venha, onde mora?

— Acho que o papai falou rua Wimpole?

Maggie encarou a menina.

— Rua Wimpole — repetiu a mulher, afastando-se tanto que tropeçou no bebê, que gritou, mas foi ignorado por todos. Torceu os braços, murmurando: — Ah, Santa Mãe de Deus.

— Você trabalha lá, Sarah, e fugiu. É isso? — perguntou Jim, cortando um pedaço de torta. — Logo vão encontrar outro escurinho.

— Seu estúpido — clamou Maggie. — Não entende? A "Princesa Negra". Os garotos que entregam jornal têm gritado sobre ela nos últimos dois dias.

— Quê? Traz a lamparina — comandou o homem.

Jim pegou os jornais que haviam sido usados para embrulhar as batatas. Espalhando-os, procurou pelas colunas, então parou e apontou para uma manchete.

PRINCESA NEGRA EM LONDRES. Ontem, Sarah Forbes Bonetta, a afilhada de Sua Majestade, a Rainha Vitória, chegou a Londres vindo de Windsor. A princesa mora com a família do Capitão Forbes, que a salvou de uma morte por sacrifício. Ela está hospedada com o Lorde e a Lady Melton na casa deles, na rua Wimpole.

Maggie não esperou que Jim terminasse de ler o artigo antes de começar a arrastar Sarah para fora do cômodo e descer as escadas, sem o chapéu nem o casaco. Andaram por um bom tempo, Maggie evitando as ruas iluminadas. Quando viu um policial na ronda, puxou Sarah para perto de uma porta e fez sinal para que ficasse calada. Então de repente desapareceu, deixando Sarah sozinha, com frio e molhada.

Foi Daniel quem a encontrou tremendo e sozinha no final da rua Wimpole.

Terça-feira, 7 de janeiro de 1851, Londres

A babá me fez ficar na cama o dia inteiro hoje por causa da tosse. O papai disse que já me puni o bastante e aprendi a lição. A mamãe chorou quando me viu ontem à noite. Ela me abraçou e disse que todos eles me amavam. O papai passou a tarde toda fora, procurando por mim. Ele me fez prometer que eu nunca mais fugiria. Eu o fiz prometer nunca me mandar para o reformatório. A Mabel está zangada porque não a levei comigo. Ela e Emily passaram o dia comigo. Perdi meu casaco e outro chapéu. Talvez o Sr. Pernas Compridas venda as roupas para o homem judeu. A babá disse que fui salva pela graça de Deus. Vamos voltar para a Casa Winkfield amanhã, sem o papai. Ele vai para Chatham e seu navio novo. Ele vai levar Salimatu com ele? A Fatmata se foi?

Fatmata

Capítulo 24

Dúkìa tí a fi èrú kójọ kò mú ká dolówó

*O tesouro adquirido por meio da crueldade
não concederá riqueza ao seu dono*

1846

Caminhamos pela floresta por muitos e muitos sóis, iniciando assim que o sol começa a descascar a escuridão da noite e parando quando a escuridão toma o céu. Bureh e Momoh nos amarram às árvores e acendem uma fogueira para cozinhar mandioca, inhame ou para preparar um mingau de arroz ralo. Na maior parte das vezes, não há comida o suficiente, então procuramos bagas e frutas conforme caminhamos.

A floresta é um local a ser temido. Está sempre viva pois há animais que saem à luz do dia e aqueles que se esgueiram para fora, no escuro. Certa noite um rato-do-mato morde a Salimatu, pego o estilingue, atiro a pedra e mato o bicho. Bureh arranca a pele do animal e o assa no fogo. Naquela noite, comemos carne junto ao arroz. A partir de então eu me torno a encarregada de caçar a comida.

Toda noite os homens revezam entre si quem dorme e quem fica de vigia, mantendo a fogueira acesa. No geral, Khadijatu ronca muito alto, Minata chora ao dormir, clamando pelos filhos, enquanto abraço Salimatu com força e ouço o barulho das cigarras, a risada das hienas, os passos dos elefantes. O rugir distante de leões me lembra Jaja. Acima de mim, o matraquear dos macacos me faz ansiar pela época em que eu era livre e escalava árvores com Jabeza. Então pego no sono.

Sonho que estou de volta em Talaremba. Chego à entrada da vila, arrastando o leão que matei com o estilingue; o portão é escancarado por Jaja, que está montado em um cavalo grande. Ele se inclina e me pega no colo, gritando:

— *Ayee*, minha filha voltou, minha filha guerreira voltou. Olhem o leão que ela matou e trouxe para nos alimentar.

Então Madu, Amadu e Salimatu chegam correndo, cantando louvores em meu nome.

Jamilla me oferece uma cuia de ensopado de mandioca, um macaco vivo sentado nele. Não aceito.

— Para encontrar o caminho, primeiro você precisa se perder — afirma Maluuma, indo devagar até mim. — Você se saiu bem, minha filha.

Então, ao esticar as mãos em sua direção, eles desaparecem, um a um. Tento correr atrás deles, mas não consigo me mexer.

— Levem-me com vocês — clamo de novo e de novo, mas nenhum deles volta.

Estou chorando, tremendo, tremendo, chorando.

— Fatmata, abra os olhos, volte.

Abro os olhos. Não estou em Talaremba, sim em uma floresta com Minata e Salimatu.

— Você estava sonhando — explica Minata.

— Não me deixe, Fatu — pede Salimatu.

— Não vou deixar você, Sali — garanto, enxugando as lágrimas e me deitando ao lado dela.

— Espero que você não faça mais barulho — comenta Khadijatu.

— Deixe-a em paz — contrapõe Dclu. — Todos nós sonhamos.

Maluuma sempre disse que os sonhos eram mensagens dos ancestrais. Nem sempre a mensagem é nítida, então temos que buscar o significado. Então, enquanto caminhamos pela floresta, o sol em nosso rastro, espreitando por folhas e galhos, interpreto a mensagem. As pessoas tinham vindo me dizer para fugir com Salimatu e me juntar a eles.

Saímos da floresta e, embora passemos por muitas vilas, não paramos. As pessoas sempre saem para nos observar passar. Da primeira vez, gritamos para que nos ajudem. Eles nos encaram, mas não fazem nada. Momoh atira com a arma, e as pessoas gritam e correm. Uma mulher velha, entretanto, cambaleia em nossa direção com água. Bureh tenta impedi-la, mas a mulher lança-lhe um olhar tão intenso que ele a deixa em paz.

— Que os Deuses estejam com vocês — profere ela.

Bebemos com avidez, e ela coloca uma laranja pequena na mão de Salimatu. Quando paramos naquela noite, descasco a fruta, e a dividimos com Minata.

Estivemos caminhando por quase um ciclo lunar inteiro, e Sisi Tenneh não fala com ninguém, nem mesmo com Taimu. Às vezes sussurra para si mesma e outras vezes gargalha por nada. Taimu acompanha meus movimentos com o olhar. Sempre que ele tenta falar comigo, sua mãe fica brava e bate nele ou o impede de comer. Delu fala o tempo todo, mas ninguém escuta. Estamos todos sofrendo. Khadijatu é a única pessoa que está engordando. Nunca há comida o bastante, mas enquanto caminhamos ela come o máximo possível de todas as bagas e frutas que encontramos, antes que qualquer um consiga comer. Ela para de andar com frequência para recuperar o fôlego e clamar pela mãe. Bureh bate nela com o chicote, mas não tão forte quanto bate nos outros.

Um dia, quando paramos no calor do dia, Khadijatu se senta, e percebo que ela espera uma criança.

— Quantas luas até liberar a criança? — sussurro um tempo depois, em meio à escuridão da noite.

— Três.

— Três? Não dá para ver muito.

— Às vezes ser grande ajuda — responde ela e começa a chorar.

Quanto mais tenta não chorar, mais se treme.

— A Sisi Jiani sabe?

— Sim. Logo antes de o fogo levá-la.

— E o Adebola?

— Todo esse tempo ele trabalhava para o Santigie, me fazendo contar para ele coisas da vila. Achei que fôssemos nos casar. — Ela chora ainda mais, embalando a si mesma. — Agora ele diz que o que está na minha barriga não é dele, me deu para o Santigie como escravizada.

— Quem mais sabe?

— O Bureh sabe do Adebola, mas não que minha barriga está cheia. É por isso que está atrás de mim. Ele vem até mim à noite.

— Vou ajudar você se puder, mas você precisa tentar andar e não criar problema. Amarre o *lappa* em volta do pescoço para cobrir a barriga.

Embora não nos demos bem, ela é de Talaremba, e, em momentos de necessidade, ajudamos uns aos outros. Se Santigie descobrir que ela carrega uma criança, vai ou matá-la ou vendê-la aos mouros. Mas não digo isso a ela.

Santigie vai ao nosso encontro várias vezes, montado em cavalos grandes, trazendo com ele mais mulheres capturadas. Tenho medo dos cavalos. Os cascos são grandes e duros, e, quando um deles pisa no pé de Bureh, ele grita e pula para cima e para baixo como um dançarino sem música. Bureh fica um ciclo de sol inteiro sem conseguir andar, e temos que ficar escondidos na floresta. Quando faz mais de um ciclo lunar que estamos andando, nosso grupo chega a mais de vinte pessoas.

No dia em que Santigie chega com um árabe e mais três homens, ficamos todos com muito medo. Salimatu corre até mim aos gritos. O barulho assusta o cavalo de Santigie, e o animal o atira no chão. O árabe ri. Santigie se levanta e estapeia o rosto de Salimatu. Puxo minha irmã para mim e, sem pensar, cuspo no rosto de Santigie. Ele me encara enquanto limpa o rosto. Sinto formigas rastejarem pelas minhas costas e sei que vou ter que pagar por isso depois.

Eles nos colocam em uma fileira. Mantenho a cabeça baixa e tento não tremer quando o árabe para na minha frente. Ele estica a mão, e chego para trás, pensando que vai tocar em mim, mas o homem toca em Salimatu em vez disso. Ele se vira e diz algo para Santigie. Não entendo o que dizem e seguro Salimatu com firmeza. O árabe balança a cabeça e segue andando. Ao ir embora, o árabe leva Delu, duas outras mulheres e Taimu com ele. Santigie os vendeu. Taimu reluta quando é levado. Colocam uma corda no pescoço dele. Momoh e um dos outros homens empunham as armas.

Muito depois de o som dos cavalos e o choro de Delu e Taimu terem desaparecido, Tenneh continua parada no mesmo lugar, observando e esperando. Fica tão escuro que nem mesmo o luar consegue emanar luz o suficiente para enxergar a pessoa amarrada ao nosso lado, e parece que ela criou raiz ali.

Então a chuva cai, desabando como se o céu tivesse se aberto para deixar que as lágrimas dos ancestrais caíssem sobre nós. Relâmpagos tomam o céu, enviando dedos de luz que não nos guiam a lugar algum. A noite está com raiva. Ergo o rosto para os Deuses e oro para que eles nos vejam na floresta escura e úmida e nos salvem. Mas em resposta só há trovões que passam de montanha a montanha, rugindo várias vezes como leões bravos. Salimatu treme e cobre os ouvidos. Puxo-a para perto, mas o som não me assusta, em vez disso, faz com que eu me lembre de Jaja. Lembro-me da história que ele contou sobre lutar e matar um leão, e aquilo me dá força, então conto a história à Salimatu. Dormimos, e mais uma vez sonho com escapar.

Sei que há algo errado assim que abro os olhos. Há um tipo diferente de silêncio depois da noite barulhenta. A chuva cessou. Tudo está molhado e enlameado. Sinto o cheiro forte de folhas podres. Ao me lembrar de Delu, Taimu e as duas mulheres, meus olhos se enchem de lágrimas. Minata está acordada, mas não diz nada. Eu me viro para acordar Salimatu, mas ela não está aqui. Talvez tenha ido fazer as necessidades. Pego um graveto e começo a mordiscá-lo.

— Minata, a Sali foi fazer as necessidades? — pergunto.

Sei que ela me ouviu, mas, apesar de a boca dela abrir e fechar, não recebo resposta alguma. Entendo que há algo que ela não consegue dizer. Pulo para ficar de pé e olho ao redor. Todas estão acordadas, todas estão caladas. Sinto algo se contorcer dentro de mim.

— Salimatu! — grito. — Salimatuuuu, Sali, cadê você? Volte!

O som vai e volta sem resposta. Minata agora chora. E então os vejo, Santigie galopando para longe, com Salimatu amarrada em cima do cavalo, a sua cabeça balançando para cima e para baixo, como se estivesse concordando.

Grito de novo e tento correr atrás deles, mas a corda amarrada à árvore me impede e caio de joelhos. Grito por Salimatu de novo e de novo. O nome dela corre e balança as árvores, as folhas, os arbustos, corre para alcançar os ouvidos da minha irmã. Voa em direção ao céu e clama pelos deuses, finca até as profundezas da Mãe Terra, mas, ainda assim, não me traz nenhuma resposta. Minata rasteja para perto de mim e me abraça.

— O Santigie veio e a levou — explica a mulher em meio ao choro.

— Para onde ele a levou? O que ele vai fazer com ela?

Bureh se aproxima, segura minhas mãos e me sacode.

— O árabe quer levar a menina. O Santigie disse que isso é melhor que açoitar você. Agora come logo. Temos que ir.

O lamento que me escapa vem do fundo do meu ser. É longo e interminável. É minha culpa. Minhas ações afetaram primeiro Lansana e agora Salimatu, ambos sendo levados por Santigie. Não consigo me mexer, minhas pernas pesam como troncos de árvores. Bureh chicoteia minhas pernas até eu precisar me mexer. Minata me coloca de pé. Não sei como, mas ando porque tenho que andar, ando porque não há nada mais a ser feito. Não há palavras que amenizem a dor que me envolve. Cada passo ressoa o nome da minha irmã até que tudo o que sou se torne aquele nome.

Sali-matu, Sali-matu, Sali-matu, e assim por diante.

Salimatu/Sarah

Capítulo 25

A luz dos olhos alegra o coração,
a boa notícia fortalece os ossos

Provérbios 15:30

Janeiro de 1851

Três dias depois de voltar à Casa Winkfield, Sarah acordou cedo. Inquieta, levantou-se e vagou pela sala de aula, então arfou. Pela janela viu que toda a paisagem tinha se tornado branca, como a espuma no mar.

— Mabel, Lily, venham ver — chamou a menina, batendo palmas.

As meninas correram até a janela.

— Ah, nevou enquanto dormíamos — comentou Mabel, encostando o rosto no vidro.

— Espero que não derreta. Podemos fazer um boneco de neve — afirmou Emily, pulando para cima e para baixo e segurando Sarah.

— Um boneco de neve?

— Sim, um boneco feito de neve — explicou Mabel. — É bem divertido.

— Podemos? Quando? — questionou Sarah, ansiosa para sair naquela mesma hora. — Ah, por favor, nunca fiz um boneco de neve. — Sua fala foi interrompida por uma crise de tosse.

— Não podemos. Vamos ficar encrencadas. Você ainda está tossindo, Sarah.

— Estou bem. Estou sempre tossindo.

Mabel pensou por um momento, assentiu e disse:

— Ainda está nevando, podemos fazer um boneco de neve pequeno e voltar antes que a babá ou a Edith venham aqui.

Vestindo xales, mas ainda calçando chinelos, desceram a escada de modo sorrateiro, abriram a porta e saíram. Sarah hesitou. Estava frio, e sua respiração estava entrecortada. Talvez não fosse mesmo uma boa ideia. A menina olhou para a extensão de neve espalhada, branca e suave, brilhando sob a luz do sol de inverno. Lembrando-se dos tecidos brancos sacrificiais que tinha visto dispostos para secar em Abomey, quis gritar "não, não pise nisso", mas afastou os pensamentos e as lembranças para longe.

— Já fez anjos de neve antes? — perguntou Emily.

Sarah balançou a cabeça. Não tinha nem certeza se sabia o que eram anjos. Tinha ouvido a respeito deles na igreja, mas o Reverendo Byles disse que estavam no céu, com Deus, então como crianças poderiam fazer anjos?

— Lily — ralhou Mabel, dando um empurrãozinho na irmã. — A Sarah nunca viu neve antes, lembra? Vamos, vamos mostrar a ela.

Elas correram para o jardim lateral, os pés afundando na neve, transformando os chinelos em botas brancas. Sarah observou Mabel e Emily caírem no chão e se deitarem de costas, movimentando os braços para cima e para baixo, gargalhando.

— Você tem que se deitar também — afirmou Mabel.

— Venha — convidou Emily —, faça suas asas de anjo. Olhe. Olhe as minhas.

Emily se levantou, e, onde ela estivera deitada, Sarah viu o formato de uma pessoa, mas em vez de braços e mãos, a forma tinha asas como as de um pássaro pronto para voar.

Sarah, com os pés já congelados, tremeu, mas se deitou. O frio atravessou seu xale e a camisola de flanela. Movimentou os braços, empurrando a neve suave e fina para longe. Era daquele jeito que Deus fazia anjos também? Ela se tornaria um ao morrer? Havia anjos negros assim como princesas negras?

— O que pensam que estão fazendo? Ah, mas que meninas travessas!

Sarah ergueu a cabeça e viu a babá parada ali, sem nem a proteção de um xale.

— Saindo às escondidas da casa assim? Olhe só para vocês, encharcadas. Que o Senhor nos guarde, o que a senhora diria se soubesse disso?

— Desculpe, babá — murmurou Emily, tentando se livrar da neve grudada nela.

— Babá Grace — balbuciou Sarah, levantando-se —, por favor, não se zangue. Toquei na neve hoje pela primeira vez, e a Mabel e a Lily me ensinaram a fazer anjos de neve. Olhe, olhe o meu anjo.

— Seja como for, vão acabar pegando uma doença mortal! — contrapôs a babá sem se incomodar em olhar nada, apressando-as em direção à porta da frente. — Entrem agora mesmo e tirem essas roupas molhadas.

As meninas correram escada acima, os chinelos fazendo barulho e formando poças de água pelo assoalho. No quarto, a babá segurou Mabel e a sacudiu.

— Estou chocada com você, Mabel Forbes. Achei que era sensata. Como a mais velha, deveria ter impedido suas irmãs de agirem de modo tão tolo. Agora vão se vestir. É verdade o que o bom Senhor diz, o diabo trabalha em mentes ociosas. Vocês não ficarão ociosas hoje. Vou lidar com vocês todas depois.

Sábado, 11 de janeiro de 1851, Casa Winkfield

A babá nos chamou de irmãs hoje. É isso que sou para a Mabel, Lily e Anna? O Freddie é meu irmão, então? Não sei. Existem tantas coisas que não posso perguntar. Fico feliz de ter irmãs aqui agora, mesmo que só de mentira. Ainda assim, quero a Fatmata.

Hoje toquei na neve e tive minha primeira aula de alemão com a Vicky e a Alice no Castelo de Windsor. Aprendi algumas palavras. Ich bin glücklich. Estou feliz.

Quando a carruagem chegou para buscá-la e levá-la até o Castelo de Windsor, Sarah estava pronta e esperava no saguão.

— Ela não deveria sair com esse tempo, senhora — opinou a babá para a Sra. Forbes.

Sarah prendeu a respiração. A babá contaria sobre a aventura daquela manhã? Ainda que tenha levado muito tempo até Sarah se aquecer, ela não se incomodou. Fora o momento mais divertido que tivera desde que o Capitão Forbes a tinha levado para a Inglaterra.

— Não temos escolha, babá. Sua Majestade ordenou que Sarah aprenda alemão com as princesas. A menos que ela esteja à beira da morte, não posso me recusar a enviá-la.

— É melhor levar isto — disse a babá, colocando o xale xadrez, que fora presente de Natal da Rainha Vitória, nos ombros de Sarah. — Com certeza deve estar ventando no castelo.

— Obrigada, Babá Grace.

Ambas sabiam que a menina estava agradecendo por mais do que só o xale.

Era a primeira vez que Sarah saía para algum lugar sozinha. A carruagem transitou pelas ruas silenciosas; era como se fosse o meio da noite. Tudo estava fantasmagórico, os telhados, cobertos de branco, os corrimões como galhos magros cuja casca fora arrancada, apontando para o céu, enquanto os postes de luz usavam camisolas feitas de algodão branco.

Pessoas passavam depressa, meio pulando, com as cabeças baixas, as mãos enfiadas em bolsos ou regalos, os pescoços envoltos por cachecóis grossos, parecendo borrões de tinta preta no papel branco.

As poucas carruagens transitavam por sulcos feitos por outras carruagens; cavalos se esforçavam nas partes em que o chão pisoteado tinha se tornado escorregadio. Quando alcançaram a longa subida até o castelo, o ar exalado pelas narinas dos cavalos parecia uma névoa fina. O condutor teve que parar e segurar as rédeas, guiando os cavalos até a entrada do castelo.

Daquela vez, o lacaio não a levou pelo longo corredor, sim por uma grande porta e escada sinuosa, acima, em direção à sala de aula.

— Ah, aí está você — comentou uma moça que Sarah nunca tinha visto. Ela não era muito alta, o cabelo escuro estava penteado em duas tranças ao redor da cabeça, debaixo de um chapéu, o vestido marrom estava coberto por um xale de renda em torno dos ombros. — Você deve ser a Sarah. Sou a Lady Barrington, a nova supervisora do Infantário Real.

— Bom dia, senhora — cumprimentou Sarah com um rápido aceno e um sorriso, mas não recebeu um sorriso de volta.

— Venha. Vou levá-la à sala de aula. As princesas estão esperando.

A moça se virou e se apressou pelo corredor, o vestido se espalhando e farfalhando. Ela fazia Sarah se lembrar de uma barata correndo ao redor. Precisou se apressar um pouco para acompanhar o ritmo da mulher.

— Aqui está ela — foi dito à porta da sala de aula.

— Obrigada, Lady Barrington — respondeu a Srta. Hildyard, gesticulando para que Sarah ocupasse a mesa grande no meio da sala.

— Bom dia, Srta. Hildyard — cumprimentou Sarah, oferecendo um pequeno aceno.

— Vou deixá-la com a senhorita — comentou a Lady Barrington. — A Frau Schreiber chegará mais tarde.

Todas esperaram que a mulher fosse embora, então tanto Alice quanto Vicky clamaram "Sarah" e deram a volta na mesa correndo, cada uma pegando uma das mãos de Sarah, cada uma puxando de um lado.

— Soltem, meninas — comandou a Srta. Hildyard. — Vão acabar partindo a pobre Sarah ao meio.

— E pensamos que nunca fosse chegar — murmurou Alice, os olhos ficando pequenininhos quando sorriu.

— Onde está a Lady Lyttleton? — perguntou Sarah, removendo as vestes exteriores.

— Ela foi embora na semana passada para cuidar dos netos que agora não têm mais mãe — explicou a Srta. Hildyard. — Agora, sente-se, e continuaremos a nossa aula. A Lady Barrington não ficará feliz de voltar e não ver vocês estudando.

— Sim, Tilla — concordou Alice, sentando-se ao lado de Sarah.

— A Lady B não é mesmo como a Laddle — sussurrou Vicky. — Ela anota tudo o que fazemos e conta se fizermos travessuras. Então a mamãe fica bem brava e nos pune. O papai, não. A Laddle só repassava o que comíamos e como estava nossa saúde. Ficamos todos muito tristes quando ela foi embora. Mesmo as enfermeiras e empregadas choraram.

— Mas ela bem gostava de nos dar óleo de rícino toda semana — revelou Alice, fazendo uma careta.

Sarah não sabia o que era óleo de rícino, ainda assim percebeu que não era agradável. Não compreendia por que tantas coisas que não eram agradáveis eram supostamente boas.

Tilla pegou o globo grande da estante e o colocou na mesa.

— Vamos continuar nossa aula até a Frau Schreiber chegar.

Sarah sorriu; gostava das aulas de geografia. Faziam com que ela se lembrasse das noites no navio *Bonetta* com o Papai Forbes. Às vezes ele pegava o globo e, enquanto o girava, apontando os lugares que tinha visitado, contando sobre os países, lagos, montanhas, rios e povos, explicava:

— Este é o mundo, nosso mundo.

Sarah não entendia como conseguiam espremer o mundo inteiro dentro de uma bola giratória daquele tamanho.

— Qual o tamanho do mundo? — perguntara ela ao Papai Forbes.

— É bem grande. Se começássemos agora a percorrer o mundo todo neste navio, demoraríamos mais de 180 dias ou 6 meses para voltarmos ao ponto de partida.

— Sarah — chamou a Srta. Hildyard —, pode apontar para o Reino Unido da Grã-Bretanha?

— Isso é fácil — respondeu Sarah, apontando. — Ali. É uma ilha com o formato grande, gordo e esquisito da letra L.

Tanto Vicky quanto Alice riram.

— Nunca pensei dessa forma — confessou a Srta. Hildyard, sorrindo. — Muito bem.

— A Srta. Byles disse que grande parte do mundo é da cor rosa nos mapas para mostrar os países que pertencem à Rainha Vitória e à Grã-Bretanha — afirmou Sarah.

— Todos eles pertencem à mamãe? — questionou Alice.

— E, quando a mamãe morrer, vão pertencer ao Bertie — explicou Vicky.

— Ao Bertie? Tudo? Por que ele, se você é mais velha, Vicky? Por que não podemos dividir? — contrapôs Alice, olhando para o globo.

— Achei que soubesse de tudo isso, Alice — interveio a Srta. Hildyard. — O Bertie é um rapaz. Tudo é concedido aos rapazes, mesmo se for mais novo, antes de a vocês, meninas.

— Mesmo o pequeno Arthur? — perguntou Alice, franzindo a testa.

— Sim.

— Mas por quê? A mamãe é uma menina e ela é rainha.

— A mamãe não tem irmãos — retrucou Vicky, balançando os ombros.

— Mas isso não é justo. O que as meninas devem fazer então? — opinou Sarah.

— Elas se casam — respondeu Vicky.

— Ou se tornam damas de companhia ou governantas — revelou Tilla, guardando o globo.

Sarah balançou a cabeça. As meninas não eram tão boas quanto os meninos? Seus pensamentos foram interrompidos pelo *barulho rítmico* de uma bengala.

— Bom dia, Frau Schreiber — cumprimentou a Srta. Hildyard, reunindo os próprios livros.

— Essas escadas ainda me matarão — comentou a Frau Schreiber, removendo as camadas de roupa.

O cabelo grisalho dela estava preso em um pequeno coque à nuca. Ela era gorda, pequena e parecia estar com calor. As bochechas eram tão vermelhas que, mesmo depois de meia hora dentro da sala de aula fria, não perderam a cor. Quando falava, a mulher lembrava Sarah do Príncipe Albert, as palavras surgindo do fundo da garganta, profundas e circulares.

Quando Tilla deixou a sala, a Frau Schreiber começou a aula de alemão. Trabalhou bastante com a Sarah, repetindo o alfabeto e os números de novo e de novo, ouvindo com cuidado.

— *Gut, gut*, você tem um bom ouvido.

Mesmo que Vicky e Alice fossem bem mais avançadas e conseguissem falar frases inteiras, a Frau Schreiber disse que Sarah, depois de uma única aula, tinha um sotaque bem melhor. Sarah ficou rígida, dando uma olhada rápida para as princesas. Elas estavam bravas por Sarah ter recebido elogios?

Sarah suspirou de alívio quando Vicky sorriu e disse:
— Bom trabalho, Sarah.

Todas pularam para ficar de pé e fizeram rápidas reverências com a chegada da próxima visitante.

A Frau Schreiber lutou para se pôr de pé.
— Sua Majestade — cumprimentou a mulher, fazendo uma reverência bem cambaleante.

— Sente-se, Frau Schreiber — disse a Rainha Vitória, andando pela sala para se sentar na poltrona próxima à janela. — Então como a minha afilhada se saiu?

— Ela é inteligente, senhora, e bastante rápida. O sotaque dela já está se desenvolvendo.

— E as princesas?

— A Princesa Vitória é uma estudante de alemão muito *gut*, aprende as palavras e seus significados, mas precisa treinar mais o ouvido. A Princesa Alice também, ela se esforça muito. Agora tenho outra boa pupila.

— Obrigada, Frau Schreiber — respondeu a rainha antes de gesticular para Sarah. — Venha aqui, criança. A Lady Phipps me mostrou suas outras obras, uma caligrafia linda. Já está tudo decidido, você virá uma vez por semana para receber aulas de alemão quando estivermos aqui no castelo.

Sarah sorriu. Alice bateu palmas.

— Agora vamos ver você com frequência.

— Está acertado — afirmou a Rainha Vitória antes de se voltar a Frau Schreiber. — Quando começam os ensaios para a peça?

— O que é uma peça? — sussurrou Sarah para Alice.

— Nunca viu uma peça antes, Sarah? — questionou a Rainha Vitória.

— Não, senhora.

— As crianças estão sempre fazendo encenações e pequenas peças. Na quinta-feira passada, apresentaram uma pequena comédia, *Le Ballot*, escrita pela Madame Rollande.

— Foi uma apresentação longa, quase uma hora, mas foram muito *gut* — afirmou a Frau Schreiber, assentindo.

— Sim, foram — concordou a Rainha Vitória. — Tenho certeza de que vocês serão tão boas quanto em *Das Hahnenschlag*, de Herr von Kotzebue.

— Mamãe, a Sarah pode participar da peça também? — perguntou Vicky. — Ela tem um mês para aprender.

— Ah, sim, mamãe, por favor — pediu Alice, o rosto se iluminando. — Seria tão divertido.

— Frau Schreiber, o que acha? — perguntou a Rainha Vitória.

— Não vejo por que não, senhora. Os filhos das famílias Phipps e Seymor vão participar, e eles não fazem aulas de alemão. Vamos ensaiar toda semana depois da aula. Há tempo o suficiente.

— Bom, Sarah — começou a Rainha Vitória com um sorriso —, todo ano as crianças e seus amigos apresentam uma pequena peça para comemorar meu aniversário de casamento com o Príncipe Albert. Gostaria de participar da peça deste ano?

Ainda que não soubesse de fato o que era uma peça, Sarah respondeu:

— Gostaria muito, obrigada, Mamãe Rainha. — Em seguida, deu um abraço na Rainha Vitória.

Vicky e Alice arfaram e ficaram tensas. Vicky balançou a cabeça, e Sarah deu um passo para trás depressa. Tinha feito algo errado? Havia visto tanto Mabel quanto Emily fazerem aquilo com a Mamãe Forbes quando estavam felizes.

— Mamãe Rainha? É isso que sou? Gostei. — A Rainha Vitória se levantou e afagou a cabeça de Sarah. — Mamãe Rainha. Hum. Devo contar isto a Albert.

Alice sussurrou para Vicky:

— Ela abraçou a mamãe, e a mamãe não ficou brava?

— A mamãe gosta dela — respondeu Vicky.

— Mais do que de nós? — perguntou Alice baixinho.

— Não. Acho que é só porque a Sarah é diferente.

— Eu não poderia simplesmente abraçar a mamãe daquele jeito — revelou Alice com a voz um tanto trêmula.

Observaram a Rainha Vitória ir até a porta e então parar.

— A companhia do Sr. Kean está trazendo outra peça do Sr. Shakespeare para nos entreter no fim do mês. Desta vez será a comédia *Como Gostais*. As outras crianças junto aos filhos dos Phipps e dos Seymour também estarão lá, Sarah. Você deve se juntar a nós. A Lady Phipps organizará tudo. As performances teatrais são uma parte importante da educação de uma criança.

— O Sr. Shakespeare estará lá também? — perguntou Sarah.

A Rainha Vitória riu, balançando o chapéu.

— Espero que não. Ele morreu muito tempo atrás. Talvez o fantasma dele esteja lá. Ele de fato escreveu muito sobre fantasmas.

— Tem um em *Hamlet*, não tem, mamãe? — contribuiu Vicky depressa.

— Sim. A Sra. Kean interpretou a cena desatinada de Ofélia de maneira tocante, com grande perfeição.

— Não gostei do fantasma. Cobri os olhos — revelou Alice à Sarah.

Fantasmas? Sarah sentiu uma tosse subir pela garganta e se virou para tentar impedir que escapasse de dentro dela. Tremeu com o esforço.

— Hum, essa tosse já vem durando tempo demais. Temos que fazer algo a respeito — afirmou a Rainha Vitória. — Está abafado aqui dentro mesmo que não coloquemos portas externas nas janelas de setembro a maio, como fazem na Rússia. Precisamos de ar fresco. Vamos caminhar até Frogmore para vermos minha mãe após o almoço. Se o gelo no lago estiver firme, podemos patinar. Talvez o papai se junte a nós quando voltar de Londres.

Salimatu/Sarah

Capítulo 26

*O que ama a pureza do coração, e que tem graça
nos seus lábios, terá por seu amigo o rei*

Provérbios 22:11

Janeiro de 1851

Dois dias depois, Sarah retornou ao castelo para o primeiro ensaio. Vicky e Alice correram para perto dela assim que a menina entrou na sala de música.

— Temos que esperar pelos outros. Vão chegar com as governantas — explicou Alice, fazendo uma careta. — A Srta. Staithe é muito rígida. Ela me assusta.

— O Leopold me contou que, quando desobedecem, ela bate nos meninos com um bastão — revelou Bertie, juntando-se a elas. — Somos punidos, mas nunca com um bastão. — Então riu alto e adicionou: — Uma vez a Vicky ficou em "confinamento solitário", com as mãos amarradas por uma tarde inteira.

— Por quê? O que ela fez? — questionou Sarah, preocupada com a possibilidade de aquilo acontecer com ela se fizesse outra coisa errada.

— Contou uma inverdade proposital — respondeu Bertie. — Disse a nossa governanta francesa, a Mademoiselle Charrier, que a Laddle tinha dito que ela poderia usar seu chapéu rosa, mas foi descoberta.

— Minhas mãos não estavam apertadas com força. De qualquer forma, fiquei no meu quarto lendo — retrucou Vicky, indo até o piano e tocando alto.

Sarah estremeceu e se afastou, sem querer ouvir mais. Ainda sofria com pesadelos, sendo punida com o bastão, sentindo cada golpe, ouvindo cada estalar na pele. Às vezes, era o Papai Forbes que segurava o bastão, então se transformava no Rei Gezo. Em outras vezes, o homem não tinha rosto. A menina parou perto da janela e se concentrou na chuva que caía, apertando os lábios para evitar a tosse que lutava para escapar da boca. Sentiu os olhos arderem. Piscou e observou a chuva escorrendo no vidro.

Quando todos tinham chegado, a Frau Schreiber tamborilou a bengala no chão.

— Vicky, pare agora mesmo com a criação musical. Este ano, a peça se passa em um pequeno vilarejo alemão. Todos vocês serão aldeões em um dia festivo especial.

— Isso não parece divertido — opinou Arthur, a boca torcida em uma careta teimosa. — Achei que neste ano teríamos batalhas.

— Você não diria isso se sua governanta estivesse aqui — afirmou Maria Phipps.

A Frau Schreiber tamborilou a bengala outra vez.

— Venham, precisamos começar o ensaio, então, por favor, escutem. Príncipe Alfred, você será Peter Lorch, um fazendeiro rico, Princesa Vicky, você será Margarethe, a esposa dele.

— Por que Affie é o fazendeiro rico? — gaguejou Bertie, algo que ainda fazia quando estava bravo. Jogou uma almofada no irmão, mas Affie se esquivou, e o objeto acertou Charles. — Eu deveria ser o fazendeiro. Sou mais velho.

— Pare de ser tão horrendo, Bertie. Você não pode ser o primeiro sempre — ralhou Vicky.

— Eu sou o primeiro.

— Não, não é. Eu sou a primeira.

— Mas vou ser rei — gaguejou Bertie, pulando para ficar de pé, as mãos cerradas em punhos.

Todos prenderam a respiração porque, quando Bertie estava descontente, podia se comportar muito mal. Sarah tinha ficado chocada da primeira vez que ele tinha ficado furioso por causa de um caldo de carneiro. O futuro rei tinha se recusado a comer porque, segundo ele, era uma refeição com muita gordura e pouca carne. Quando não lhe ofereceram uma refeição alternativa, ele gritou e bateu o pé, lançou chutes e arranhões. Para evitar que ele machucasse a si mesmo ou alguma das crianças menores, a Lady Barrington havia chamado um lacaio para segurá-lo até que se cansasse, por ordem da rainha. Ele ficou deitado, ofegante, por quase uma hora. Depois daquilo, quando o Dr. Clark tinha chegado, comandou que retirassem carne vermelha das refeições por uma semana porque, segundo ele, era perigosa e fazia o sangue ficar quente demais.

A Frau Schreiber falou depressa naquele momento:

— Para você, Príncipe Bertie, há algo especial. Você será Fritz, um garoto plebeu que precisa vender seu único pertence, um pássaro, para conseguir comida para a mãe, que passa fome. Veja bem, assim seu pássaro pode cantar não só para os aldeões na peça como também para os convidados dos seus pais. Todos verão como é inteligente ao treinar o pássaro tão *gut*.

Bertie sorriu, pulou e girou ao redor, gritando:

— O Gimpel vai cantar, o Gimpel vai cantar. Vou buscá-lo. Ele tem que estar aqui. — O menino saiu correndo.

— Volte — comandou Vicky, mas ele já tinha ido. A menina voltou a se sentar. — Ele é tão irritante.

— Ele vai voltar — respondeu a Frau Schreiber. — O resto de vocês será outros aldeões. É mais do que apenas um *tableau vivant*. Vocês todos vão dançar e cantar algumas músicas alemãs. — Ela acenou uma partitura para eles. — Sua Majestade e o Príncipe Albert gostam da música do Sr. Mendelssohn, então vamos trabalhar com sua *Leider ohne worte*.

Sarah franziu a testa. O que era um *tableau vivant*? Antes que pudesse perguntar, porém, Vicky pegou as partituras e correu para o piano, começando a tocar. A música era leve e rápida. Ainda que sempre se encrencasse com a Srta. Anderson porque não gostava de praticar as escalas musicais nem o dedilhado, Vicky era uma boa pianista. Sarah desejou tocar tão bem quanto a princesa.

— A Vicky vai preparar a música? — perguntou Helena.

— Como poderia? Ela vai fazer a Margarethe na peça — respondeu Alice. — A Sarah podia tocar, Frau Schreiber. Tenho certeza de que ela consegue.

— Sarah não vai ser uma aldeã, e o Dr. Barker vai tocar a música — elucidou o Príncipe Albert à porta.

Todos deram um pulo, e em seguida houve muitas reverências e acenos junto a uma confusão de "Sua Alteza" e "papai, papai".

— A mamãe disse que a Sarah vai participar — contrapôs Alice, segurando a mão de Sarah.

— Não podemos deixá-la de fora, papai — opinou Vicky, indo para o outro lado de Sarah.

Ainda que nunca tivesse estado em uma peça, pensar em não participar daquela causou em Sarah a sensação de ser excluída. A menina mordeu o lábio e abaixou a cabeça, não querendo encontrar o olhar piedoso de ninguém.

O Príncipe Albert sorriu.

— Não se preocupem. A Sarah participará da performance. A Frau Schreiber e eu fizemos algumas alterações na história. A Sarah não será uma aldeã, mas sim uma visitante a ser entretida no festival. Ela vê o Fritz e o pássaro. Isso a faz lembrar de quando estava presa, então compra o pássaro do Fritz e o liberta. Os aldeões cantam e dançam. Ela se junta à festa, feliz por ter conseguido libertar o pássaro, mas não sabe que as asas do animal foram cortadas. Depois ela encontra o pássaro, machucado e morto, e fica desolada.

— Ah, papai, esta é uma história adorável, mas tão triste — murmurou Alice, fungando.

— Por que o pássaro tem que morrer? — sussurrou Sarah.

Quinta-feira, 31 de janeiro de 1851, Casa Winkfield

Vou ao Castelo de Windsor toda tarde para ensaiar. Sei todas as minhas falas começando com "Oh, die arme Junge". A Frau Schreiber disse que falo muito bem. A Mamãe Rainha vai ficar satisfeita. Semana que vem vamos aprender as danças e músicas. Hoje não tem ensaio, vou assistir a minha primeira peça: "Como gostais". Espero que eu goste. Tenho um vestido rosa de seda novo. A Rainha Vitória mandou fazer para mim. A mamãe disse que ainda que eu more com eles, é a Sua Majestade quem é minha guardiã e provedora. Vou agradecer a ela, minha mãe, minha Mamãe Rainha.

Naquela noite, a Sala Rubens estava muito diferente da última vez que Sarah estivera lá. Tinham colocado muitas cadeiras enfileiradas diante do palco temporário disposto em um lado da sala. O relógio com o órgão que tocava uma música bonita tinha sido realocado em uma prateleira alta demais para a menina alcançar. Ela gostava da caixa de madeira com os entalhes do mar tanto revolto quanto calmo que a lembravam do *Bonetta*.

Sarah se sentou com as outras crianças em bancos baixos à frente e espalhou o vestido novo ao redor, feliz por não estar vestindo branco como as princesas. Era a primeira vez que Sarah estava em uma sala com tantas pessoas. Olhou para todos os lados, tentando absorver tudo. Precisava se lembrar de cada detalhe para contar a Mabel e Lily depois. Ela queria que elas estivessem ali também, mas não tinham sido convidadas.

Como Gostais pode ter sido uma peça de comédia para os outros, mas para Sarah logo se tornou mais que uma peça. Ainda que não entendesse muitas das palavras, reconhecia as ações, os ritmos e os sentimentos. Logo ficou entretida e se inclinou à frente para observar o desenrolar da história. Não riu com os outros. Para ela, a floresta não tinha despertado segurança, e sim medo. Como Oliver podia ser tão horrível com o irmão Orlando? Quando Rosalinda e a prima Celia deixaram a corte para se abrigarem na floresta, tornaram-se ela mesma e Fatmata.

De repente Salimatu estava de volta. "Faça com que elas parem", gritou no ouvido de Sarah, "diga que mesmo que se vistam de menino, não estão seguras."

Sarah balançou a cabeça. Não, não, não. Queria que Salimatu sumisse. Não queria que ela estivesse no castelo, aquele lugar era de Sarah.

Mas Salimatu estava certa. Quando Oliver entrou no palco para contar sobre a valentia de Orlando e a luta com a leoa, Sarah sentiu o coração martelar. Mais uma vez estava na floresta, com Fatmata abraçando-a, ouvindo o rugir dos leões, esperando ser atacada. Quando Rosalinda desmaiou com a notícia da leoa estraçalhando o braço de Orlando, Sarah pulou para ficar de pé e correu até ela.

— *Awọn kiniun yio pa wa!* — gritou Salimatu por meio de Sarah. — Depressa, temos que ir antes que o leão chegue.

Mas ninguém se mexeu. Em vez daquilo, caíram na gargalhada. Não estavam com medo?

— Não há leões aqui, Sarah — garantiu a Lady Barrington, conduzindo-a para fora do palco.

— Tem sim. Atacou o Orlando — retrucou Sarah, tentando se afastar. — Está bem ali. Temos que sair daqui.

— É uma peça, Sarah — disse Alice, pegando a mão da menina. — Não é de verdade.

Sarah piscou e olhou ao redor. Estava de volta à Sala Rubens. O palco estava ali, as pessoas estavam ali, o fogo crepitando na lareira. Naquele momento desejou poder fugir dos olhos da rainha e dos convidados, que a encaravam.

— Leões? Pobrezinha. Ela acha que está na África, senhora — comentou uma das damas de companhia.

— Acho que não se pode tirar a mata deles por mais que se altere a aparência externa — opinou um senhor que estava sentado perto da rainha, o bigode branco balançando como se impulsionasse as palavras para fora da boca dele. — A senhora deveria mandar fazer uma pintura dela antes que ela se torne uma devida menininha inglesa, se for possível. Octavius Oakley é extremamente talentoso pintando ciganos e esse tipo de gente.

— Bom, Lorde Carlisle, vamos lhe mostrar — respondeu a Sua Majestade, gesticulando para que Sarah se aproximasse e se sentasse aos seus pés. — Minha pupila é gentil, inteligente e aprende rápido. Estamos certos de que ela usará a educação que está recebendo para ajudar a mudar os costumes de seu povo. — A rainha afagou a cabeça de Sarah, e Sarah, que já a tinha visto afagar os cachorros exatamente daquele jeito, tentou não estremecer com o gesto.

Ela não era um animal de estimação e estava cansada de pessoas sentindo que tinham autorização para tocarem e comentarem sobre seu cabelo "elástico". Será que eles gostariam de ouvi-la falando o tempo todo sobre o nariz acentuado ou dos dentes tortos deles?

— Não podemos descansar no combate contra a escravidão até termos colocado um fim definitivo nesta atual conjuntura tão repugnante ao espírito do Cristianismo e os melhores sentimentos da nossa natureza — afirmou o Príncipe Albert.

Foi apenas quando a Rainha Vitória disse "podemos prosseguir com a peça, queridos?" que todos perceberam que os atores ainda estavam parados no palco, congelados na posição em que estiveram anteriormente. Ela acenou com a cabeça para os músicos, e a peça continuou. Sarah não olhou para cima. Nem ela nem Salimatu queriam ver o que mais aconteceria na floresta. Na sala escura, não se preocupou em enxugar as lágrimas, enquanto os outros riam das músicas, das danças, do final feliz. Ela soube que tinha acabado quando ouviu os aplausos abafados por luvas.

— O Sr. Wigan estava perfeito, os Keanes excelentes, e os Keeleys muito encantadores — comentou a Rainha Vitória.

— Atuaram muito bem, com duas exceções — respondeu o Príncipe Albert.

— Ainda assim, como uma noite de entretenimento, achei muito pesada, com todas as interrupções — revelou a Duquesa de Kent, olhando para Sarah.

— Ah, mamãe — murmurou a Rainha Vitória —, ela nunca esteve em uma peça antes. Vai aprender.

O quê? *O que mais tenho que aprender?*, pensou Sarah. Aquilo nunca teria fim?

Fatmata

Capítulo 27

Idà kì í lọ kídà má bọ

A espada nunca se vai sem retornar

1846

O som na minha mente se torna a batida de um tambor que parece me erguer cada vez mais alto, alto, alto, até o topo da maior árvore; olho para nós lá embaixo, caminhando para não se sabe onde. Se ao menos pudesse esticar o braço, partir o céu e deixar os deuses testemunharem nosso sofrimento. Preciso encontrar uma forma. Começo a cantarolar um lamento, uma súplica que Maluuma cantava.

— O que está cantarolando? — pergunta Minata.

— É uma canção fúnebre — responde Khadijatu, agora amarrada a Tenneh. — Por que está cantarolando isso? Quer dizer que vamos todas encontrar os ancestrais em breve?

Não respondo, em vez disso, canto. É a única forma com que posso continuar colocando um pé em frente ao outro. Quando a canção a alcança, Khadijatu também começa a cantar baixinho. Minata se junta a nós, ainda que não saiba as palavras.

Sob a luz fraca, chegamos a uma clareira grande, um complexo. Há várias cabanas e dois cercados redondos feitos com bastões tão grandes que teriam ultrapassado o teto da cabana de Jaja. Os homens abrem o portão e nos empurram para dentro do cercado vazio. Do outro lado da clareira está um cercado maior, cheio de meninos e homens.

As mulheres berram e gritam, chamando nomes de maridos, filhos, irmãos e pais. Algumas ouvem as vozes de seus homens ainda que não consigam vê-los na escuridão da noite. Chamo por Amadu de novo e de novo até não conseguir emitir nenhum som, mas não recebo resposta. Noite adentro ouço gritos e chamados, choros e lamentos, mas fico calada. Cantei tanto que enfim entendi. Não há mais Salimatu para cuidar, irmã nenhuma para carregar nas costas, então é isso, vou fugir. Vou correr para a floresta, e mesmo que as marcas que fiz enquanto caminhávamos já tivessem desaparecido naquela altura, os deuses vão me guiar até minha irmã e irmão e para voltar para casa.

No escuro, enquanto Minata dorme, pego a faca de punho branco ainda escondida nas minhas vestes, a faca que tinha matado meu pai. Começo a cortar a corda que me prende a Minata e a Santigie.

A corda é grossa, e a faca, pequena. De tanto puxar e torcer, acabo acordando Minata.

— O que está fazendo? — sussurra ela.

— Tenho que ir. É minha chance. Olhe, o portão não está trancado. Vai se abrir se eu empurrar. Não tem ninguém vigiando. Se conseguir fugir antes de a primeira luz ter afastado a escuridão, consigo me esconder até vocês todos irem embora. Os homens não vão me procurar por muito tempo.

— Não vamos embora até o sol nascer. Esperamos aqui até o Santigie dizer que podemos ir. Só os deuses sabem quando ou para onde vão nos levar depois disso. Mesmo que não possamos vê-los, tem guardas ao redor vigiando.

— Bom, se eu não puder ir hoje — respondi, guardando a faca —, não vou cortar a corda toda hoje, mas daqui em diante, cortarei um pouco toda noite. Quando vir outra oportunidade, vou cortar tudo e voltar para a floresta.

À primeira luz, antes de o sol acordar, muitas pessoas estão se movimentando pelo cercado. Então vejo e arfo. Água. Água que se estende para tão longe que tentar ver do outro lado faz meus olhos doerem. É clara e brilhante e de muitos tons de azul. A água se move e muda por completo ao mesmo tempo, nunca parada, nunca imóvel. Ao se despejar na areia, a água cria espuma como o cachorro que tinha ficado feroz na vila, latindo e abocanhando porque espíritos malignos tinham entrado nele.

— Minata, olhe — chamo, tentando não puxar a corda. — Venha rápido.

No meio de toda aquela água está a maior canoa que já vi. É quase do tamanho de uma montanha, e os bastões que se estendem do meio, com tecidos pendurados neles, são mais altos que qualquer árvore na floresta Kwa-le. A canoa balança, para cima e para baixo, mas não sai do lugar. Fica parada ali esperando, esperando.

— O navio do homem branco chegou — gritam os homens no outro cercado. — Eles vão nos levar embora logo.

As mulheres lamentam e choram mais e mais alto ao observarem vários homens carregando comida e outras mercadorias em cestos para a margem da água, entrando em canoas menores e remando até a canoa grande. Sabemos que logo todos nós seremos vendidos e levados para longe da nossa terra e do nosso povo.

— Chegou a hora — falo para Minata. — Não vou entrar na canoa do demônio branco. Tenho que fugir hoje.

— Fatmata, Fatu, Fatu.

Ouço meu nome e me viro; ali, correndo pela clareira, está Amadu, a água que carrega em uma cuia se derramando nele e no chão.

— Amadu, Amadu, meu irmão, você está aqui! — grito, colocando as mãos pelo buraco entre os bastões para segurar meu irmão. — *Oduduá*, louvada seja, lhe agradeço. Meus olhos podem ver meu irmão uma vez mais. *Ayee!* — Eu o seguro com força, e nossas lágrimas lavam os rostos um do outro. Falo chorando: — Chamei e chamei seu nome quando chegamos aqui, mas você não respondeu. Pensei que tinha ido para os ancestrais como Madu e Jaja.

— *Ayee* — responde Amadu, despencando no chão. — Madu e Jaja fizeram a passagem? *Ayee, Ayee*. — Ele pega um punhado de terra e joga na cabeça. Então segura minha mão. — E nossa irmã, Salimatu, ela está bem?

Abaixo a cabeça e choro.

— O Santigie a vendeu para os mouros. Não podemos deixar os demônios brancos nos levarem embora. — Eu o puxo para mais perto e sussurro: — Tenho uma faca. Vou cortar minha corda. Quando eu mandar você correr, corra.

Amadu balança a cabeça.

— Você não vai conseguir fugir. O Santigie tem muitos vigias aqui no complexo, perto da floresta e lá na margem da água. Estamos aqui há muitos ciclos do sol. Eu já os vi.

— Vou encontrar um jeito. Sempre encontro, não?

Naquele momento um dos vigias estala o chicote e puxa Amadu para longe da cerca. Despenco no chão, mas pulo para ficar de pé quando Santigie e Jamilla saem de uma das cabanas, usando roupas do demônio branco.

— Logo vocês seguirão seu caminho, e eu, o meu — afirma ele, esfregando as mãos.

Enquanto ele fala, um *wasi-ngafa*, um demônio branco, se aproxima de nós. Sinto um enjoo aguado em minhas entranhas; a dormência se espalha pelo meu corpo, parando aos meus pés. Estou frente a frente com o demônio branco. Muitas das mulheres cobrem o rosto ou viram a cabeça. Não querem olhar na cara de um demônio. Eu o encaro, porém. Ele não é branco, não como as nuvens no céu, parece mais um porco, antes de rolar na terra. É quase tão alto quanto Jaja e parece forte. O nariz fino e empinado é feio, não é achatado com as narinas largas como os nossos, a boca fina e reta se retrai, e vejo dentes que não são laranjas por mascar noz-de-cola, e sim pretos. Ele tem um cabelo comprido e pelo no rosto. Sinto o cheiro forte que ele tem. Mas os olhos são o mais assustador de tudo, verdes como a grama. Demônios têm olhos com cor de grama. É o que Madu dizia. Tomo cuidado de não olhar nos olhos de demônio dele.

O demônio branco diz algo com uma voz estranha.

— Sim, isso é tudo — responde Santigie.

Os homens que chegaram junto ao demônio branco colocam as caixas e cestos que carregam no chão, e Jamilla logo as abre. Não consigo ver o que tem em cada uma, mas vejo que uma está cheia de búzios, a outra, de armas.

O demônio branco diz outra coisa para Santigie, que responde:

— Levantem-se para que ele possa dar uma boa olhada em vocês todos.

— Só me diz quanto quer — orienta o demônio branco, falando um *Kocumber* ruim, então muda para a própria língua e não consigo entender o que está dizendo.

Um homem que está preso parece falar a língua do homem branco e grita para ele. O homem branco se vira, ouve, então ri.

— Leye, o que disse? — perguntam os outros homens.

— Falei que sou um homem livre e que ele deveria me soltar. Fui capturado quando era criança, levado para o outro lado do grande mar, consegui minha liberdade, voltei para meu povo e agora estou preso de novo. Sei o que espera por mim aonde vamos.

Bureh estala o chicote e grita:

— Levantem-se, levantem-se.

Seguro minha corda que está quase partida, ainda não é o momento certo. O demônio branco olha dentro de nossas bocas, toca nossos corpos de um jeito que nenhum outro homem já me tocou antes. Quero gritar ou morder a mão dele, mas não faço nada, aguardando o momento certo de fugir.

Ouço gritos vindo de cima e vejo três homens descerem a colina correndo, as armas a postos.

— Patrulheiros! — grita um dos homens de Santigie. — Os patrulheiros estão vindo.

— Onde? — questiona Santigie, pegando a arma de um dos homens. — A que distância estão?

— O navio está fazendo a curva.

O homem-demônio branco sabe o que está acontecendo, porque faz um sinal para os próprios homens. Eles abrem as outras caixas depressa, e Jamilla checa tudo.

— Temos que sair daqui — comenta Santigie. — Não dá tempo de negociar. Dê o que combinamos e os leve embora antes que os patrulheiros parem vocês. — Então grita para os vigias: — Coloquem os jugos em todos eles!

Os vigias chegam correndo com bastões compridos e cordas. Colocam os homens um atrás do outro e colocam os jugos em seus pescoços. Todos estão gritando e chorando, e, quando os vejo pegando Amadu para prendê-lo, sei que chegou a hora. Há muita confusão ao redor e, sem ser vista, pego a faca e corto o último fiapo da corda.

A corda arrebenta. Estou livre. Corro.

— Agora, Amadu, corra, corra! — grito.

Ele não me espera repetir, ele corre. O homem que está segurando Amadu se vira e tenta me segurar, mas me abaixo e continuo correndo.

Santigie vê o que está acontecendo e grita:

— Parem-nos, parem-nos!

O demônio branco está gritando:

— Eles são meus. Peguem-nos.

Continuamos correndo. Outros também estão tentando aproveitar a confusão para fugir. Os vigias não sabem quem devem tentar segurar primeiro. Santigie atira com a arma, mas acerta a árvore à minha direita. Ele atira de novo, e desta vez sinto uma ardência. Olho para meu braço, e ele está sangrando. Eu ouço Santigie gritar, olho para trás e vejo que Tenneh o atacou com a faca dele que derrubei ao fugir. Ele a joga para longe, aponta com a arma, e Tenneh cai como um coco.

— Tenneh — grito e, sem pensar, volto correndo e tento erguê-la.

— Chefe Dauda! — diz ela, fecha os olhos e inicia a jornada para os ancestrais.

Jamilla me segura pelo braço que ainda está sangrando e puxa. O choque e a dor me fazem cair no chão. Eu me contorço de dor. Mesmo quando me amarram, grito e luto. Momoh enfia um pano na minha boca para me calar. As lágrimas fluem do meu choro silencioso.

Árvores enfileiram o caminho estreito até a água. Colocam o jugo em mim e amarram meus braços. Não consigo lutar mesmo que tivesse a força para tal. Os vigias nos empurram pela areia que se movimenta debaixo dos meus pés, infiltrando-se pelos dedos. Arrasto e deslizo os pés, deixando marcas na areia. Olho para trás e vejo as árvores ondularem e as folhas chacoalharem. Macacos guincham, pulando de galho em galho. Meu coração acelera. Aquela é Jabeza vindo dizer adeus? Lágrimas escorrem dos meus olhos, pois, embora não saiba para onde eu esteja indo, sei onde já estive.

O espírito maligno da água espuma e se apressa em apagar quaisquer marcas que pudessem mostrar que estive ali. À margem da água, removem os jugos dos nossos pescoços, e somos jogados nas canoas, com as pernas amarradas.

Os homens empurram os remos, e somos conduzidos para longe, depressa, em direção ao barco do demônio branco no meio da água. As canoas cheias de escravizados pulam e sacodem na água como se rissem de nós, brincando, alegres. Cai água no meu rosto. Lambo os lábios e cuspo porque é salgada. Como alguém poderia beber aquilo?

O barco do demônio branco é como um animal grande que se balança e treme, faminto, à espera de ser alimentado, de nos engolir. Seriam necessárias muitas pessoas para satisfazê-lo. Quanto mais próximos da canoa estamos, maior ela se torna. O cheiro vindo do barco é tão ruim que me atinge no rosto e quase me impede de respirar. Quanto mais próximos ficamos, mais forte fica o cheiro. É como o fedor atrás das cabanas, quando Madu estava coletando mijo em grandes tachos para tingir os tecidos. Mas isto é pior, muito pior. Este fedor não é só de mijo, mas também o resultado de povos de mais de dez vilas esvaziando as entranhas ali.

Analiso cada canoa em busca de Amadu, mas não consigo vê-lo. Ele fugiu? Será que tinha sido enviado para encontrar os ancestrais? As lágrimas, misturadas à água salgada, fazem meus olhos arderem. Não há chance de fugir agora. A dor dentro de mim me preenche por inteiro. Não sobra espaço algum para sentir a dor externa.

Salimatu/Sarah

Capítulo 28

Para fazeres o teu ouvido atento à sabedoria;
e inclinares o teu coração ao entendimento

Provérbios 2:2

Fevereiro de 1851

Sábado, 2 de fevereiro de 1851, Casa Winkfield
Não vou pensar em Como Gostais, *ou demônios, ou fantasmas, ou florestas e tudo o que abrigam. Meu lugar não é lá. Tantos nomes, tantos "eus". Por que não posso ser nova? Sem mais Aina, nem Salimatu, nem Escravizada, nem Prisioneira. Quero deixar todas para trás. Sou Sarah Forbes Bonetta agora. Isso não basta?*

O frio da manhã era severo. Tinha nevado durante a noite, mas, pela hora em que Sarah chegou ao castelo, já tinha parado, e um sol pálido havia surgido. Vicky apareceu correndo escada abaixo, com Alice atrás.

— A Frau Schreiber está esperando por nós na sala de música — revelou Alice. — Os trajes chegaram.

— Veja bem — disse a Frau Schreiber —, nossos trajes *tracht* tradicionais da Baviera, para meninas e meninos, *lederhosen* e *hosenträger*. Vocês vão ficar muito bonitos, muito alemães. Muito *gut*. Vamos experimentar as vestes depois.

Ela segurou uma saia rodada com fitas nas beiradas por cima de suas muitas anáguas e balançou com tanta força que o tecido pareceu dançar. Vicky e Alice pularam no monte de saias, dando risadinhas e empurrando uma à outra, disputando as melhores peças.

— Qual a minha? — perguntou Sarah, imaginando a saia de seu traje se movimentando.

— Senhorita Sarah, a sua não está aqui. O Príncipe Albert quer que use seu traje africano. O Sr. Oakley foi chamado para fazer uma pintura sua de aquarela usando o traje.

Sarah franziu a testa. Ela tinha um traje na África? Qual era?

— Alice e eu vamos a Frogmore, para o gelo — contou Vicky.

— E, enquanto Vicky estiver tendo a aula de patinação no gelo, a mamãe e eu vamos passear em uma carruagem de gelo — complementou Alice.

Sarah arregalou os olhos. Por que ela não ia junto com as princesas? Teria adorado aprender a patinar no gelo. Lembrou-se de como tinha sido divertido quando Mabel e Emily lhe ensinaram a fazer anjos de neve.

— Vou aprender a patinar?

— Ah, não — respondeu Lady Phipps, que tinha acabado de entrar. — O Sr. Oakley vai pintá-la agora. Vou levá-la até ele.

— Talvez da próxima vez — disse Alice, correndo atrás de Vicky.

— Talvez da próxima vez — repetiu Sarah com os lábios tremendo.

Quando Sarah e a Lady Phipps chegaram à sala onde Sua Majestade tinha a aula de pintura com o Sr. Landseer, as janelas e a porta que dava para o jardim estavam escancaradas, e Sarah tremeu. Um homem trajando um casaco branco e comprido estava em frente a um cavalete. O cabelo grisalho apontava para todas as direções; a barba rala e desleixada tremulou quando ele falou.

— A-há, meu tema. — A mão dele era suave e fria ao segurar o rosto de Sarah e girá-lo para a direita, depois para a esquerda. — Hum, boa estrutura óssea.

— Vou mandar uma das empregadas descer — afirmou a Lady Phipps antes de sair.

O Sr. Oakley acenou para um biombo de madeira em um canto.

— Troque-se ali, então poderei colocá-la no quadro.

Sarah correu para atrás do biombo, ansiosa para ver como era seu traje. Seria vermelho, azul ou mesmo verde? Qual era o tamanho da saia? Ela estacou no lugar ao ver nada além de dois pedaços de pano. Um era áspero, tecido em listras brancas e vermelho-escuro, o outro era totalmente branco como uma roupa de enterro. Sarah se afastou.

"Não toque neles", berrou Salimatu, ali mais uma vez.

— O traje não está ali — disse Sarah para o Sr. Oakley, que estava ocupado lançando tinta na tela.

Ele ergueu a cabeça e franziu a testa.

— Está ali. Amarre os panos em volta de si mesma. Não é o que fazem? Depressa, depressa, preciso aproveitar a luz.

Devagar, Sarah voltou para atrás do biombo e alisou o vestido de lã cinza e preto que usava antes de enrolar apenas o tecido listrado em volta do corpo e voltar a sair. O Sr. Oakley ergueu a cabeça, derrubou o pincel e atravessou a sala.

— Pelo amor de Deus — murmurou ele, puxando o tecido de modo que Sarah girou como um peão. — Você tem que tirar as roupas. Como posso pintar uma prisioneira daomeana em um vestido de lã? — Ele jogou o tecido para Betty, a empregada do infantário, que tinha acabado de entrar no cômodo, e bradou: — Vista-a com isso.

— Sim, senhor. — Betty fez uma rápida reverência. — Venha, Senhorita Sarah.

As duas foram para atrás do biombo. Sarah ficou parada enquanto a mulher lhe despia o vestido, a anágua, as meias, os sapatos, até as calças *pantaloon*. Betty envolveu o tecido branco em volta da cintura de Sarah e tentou cobrir suas pernas. Não era largo o bastante. Branco. O corpo de Sarah se afastou do tecido.

"Tire antes que ele nos mate", clamou Salimatu.

Betty jogou o tecido sobre o ombro direito de Sarah e o atravessou pelo corpo da menina.

— É assim que se usa roupa lá? — perguntou Betty, balançando a cabeça. — Não sei por que ele quer que use isso, com esse tempo.

Sarah saiu de detrás do biombo e ficou imóvel, de cabeça baixa. O Sr. Oakley puxou e torceu os tecidos, mexendo em uma dobra ou outra, antes de entregar as pulseiras de latão, dois colares de contas e um par de brincos de gotas para a empregada.

— Coloque isso nela.

Sarah já havia usado brincos antes, mas nunca como aqueles, longos e delicados como renda de ferro. Betty tentou, mas não conseguiu colocar os brincos nos buracos bloqueados das orelhas de Sarah.

— Tente de novo — comandou o Sr. Oakley.

Betty assentiu e fez força com um brinco, então com o outro, depressa. Sarah soltou um ganido.

— Pronto, acabou — declarou o Sr. Oakley, usando o pano de pintura para limpar o rastro de sangue que escorreu pelo pescoço da menina, sem perceber as lágrimas dela. Ele deu um passo para trás e a analisou. — Vai ter que servir — afirmou o homem, então se virou para Betty: — Pode ir agora. Vou tocar a sineta se precisar de algo mais.

Sarah queria implorar que Betty a levasse embora ou ao menos que ficasse ali, mas as palavras não deslizaram para fora de sua boca seca.

— Venha, sente-se aqui — orientou o Sr. Oakley e a colocou sentada em uma banqueta alta.

Na mão esquerda da menina colocou uma grande vassoura feita com folhas de palmeira. A última vez que ela tinha usado uma vassoura daquelas tinha sido no pátio do alojamento de escravizados em Abomey. Próximo a ela, em uma banqueta baixa, estava um cesto trançado, do tipo que Fatmata uma vez contara que a mãe delas confeccionava. Então o homem se ajoelhou aos pés dela. Sarah o ouviu murmurar "isto deve servir" para si mesmo. As algemas de ferro geladas que ele prendeu ao redor dos tornozelos dela ficaram encostadas em cicatrizes antigas.

"*Ayee*", gritou Salimatu no ouvido de Sarah, "falei para não confiar neles."

O coração de Sarah batia tão alto que ela ficou surpresa de o pintor não ouvir. A menina tossiu. Ele lançou um olhar a ela. Sarah tentou parar, mas a tosse transbordou dela, de novo e de novo, de modo a fazer seu corpo sacudir.

— Por favor, fique parada — ordenou ele. — Tenho que aproveitar a luz antes que suma por completo.

O sol invernal tinha desaparecido, a neve escurecida pela sombra das árvores. As pinceladas do Sr. Oakley se apressavam pela tela, transformando o branco em muitas cores. Sarah ficou cansada, com fome e com frio, muito frio. Tentou ficar parada, mas podia sentir o próprio corpo balançando.

⁂

Sarah abriu os olhos. Estava deitada na cama, mas não no quarto que compartilhava com Mabel e Emily. Aquele quarto era grande, com paredes brancas e douradas, cortinas compridas de um amarelo-dourado, um fogo crepitante, adornos na lareira.

— Pode me ouvir, Sarah? Sou o Doutor Clark.

A menina tentou se sentar. A cabeça pesava como um coco. Deitou-se de novo, tossindo. Respirar doía. Por quanto tempo estivera deitada ali, na cama, cinco minutos, cinco horas, cinco dias? Sarah não sabia dizer. Olhou para o doutor. Ele era alto, e tudo nele era comprido e acentuado, o rosto, as bochechas afundadas, os olhos, o bigode fino encerado e caído.

— Betty, dê um pouco de água para ela — orientou ele.

A água encheu a boca da menina e lhe desceu pela garganta, fresca e reconfortante.

— Agora, ponha a língua para fora. — A voz dele era ríspida e fazia os ouvidos dela doerem. O homem se inclinou e olhou dentro da boca de Sarah, assentiu, checou o relógio de bolso, girou-o, atravessou a corrente dourada pela barriga redonda e o guardou de novo no bolso do casaco. — Bom, bom. Ela pode sair da cama por um tempo e receber visitas — afirmou o doutor e foi embora.

— Onde estou? — perguntou Sarah à Betty.

Falar fez sua garganta doer.

— Você está no quarto amarelo, perto da sala de estar de Sua Majestade. Ela queria que ficasse por perto. Faz três dias que você caiu da banqueta do pintor e bateu a cabeça. Sinto muito por tê-la deixado lá, senhorita. Ele nunca deveria ter deixado que você ficasse no frio por mais de seis horas e sem se alimentar! Mas, não se preocupe, você ficará bem. Só precisa ir com calma — explicou a empregada, colocando uma manta xadrez ao redor dos ombros de Sarah antes de conduzi-la até a poltrona perto da lareira. — Descanse aqui, já volto.

Ainda que estivesse aquecida perto do fogo, Sarah apertou mais a manta ao redor da camisola branca que usava. Não queria ver a brancura no próprio corpo. O fogo atraiu Sarah, e ela observou as chamas tremeluzindo de amarelo para cor de malva e azul com toques de vermelho. Ficou mais brilhante, mais forte, mais quente enquanto ela olhava direto para seu cerne e viu coisas do passado, coisas que não sabia que sabia. O fogo tomou conta de tudo, cabanas com tetos de palmas, árvores, arbustos, homens, mulheres, crianças, tudo. E ali, no meio de um pequeno círculo preto, um preto mais profundo que o centro da noite. Sarah viu a si mesma, seu outro eu, a boca aberta como se gritasse.

— Salimatu? — sussurrou a menina, afastando-se e se encolhendo.

— Você encarou por tempo demais — afirmou Salimatu.

— Mas você encarou de volta.

Sarah sentiu como se não pudesse respirar e apertou o *gris-gris* em volta do pescoço de novo. Ela tinha escutado o sussurro de Salimatu no ouvido muitas vezes, mas naquele momento podia vê-la. Sarah se perdeu em meio ao silêncio do espaço entre elas.

— Você se parece comigo — disse Sarah por fim.

— Não, você se parece comigo. Lembre que eu vim primeiro. Aina, a criança que nasceu com um cordão em volta do pescoço, um véu no rosto, que se tornou Salimatu, que se tornou você, Sarah.

— O que você quer? — perguntou Sarah, com a voz trêmula.

— Você. Chegou a hora. Temos que ir. Eles estão esperando.

Eles? Os ancestrais? Aquela era a razão de Salimatu estar ali? Sarah queria pular para longe de si mesma, mas parecia estar presa à cadeira.

— Nosso lugar não é aqui — afirmou Salimatu, estendendo a mão.

— O meu é. Sou a "Princesa Negra" — retrucou Sarah. Sua voz saiu mais alta do que tinha pretendido e pareceu quicar pelo quarto. — Não vou voltar com você.

— Não posso ir sem você. Esperei por muito tempo.

— Não vou entrar no fogo — disse Sarah, chorando e se encolhendo mais na cadeira.

Ainda conseguia sentir o cheiro de fumaça e de coisas queimando. Tudo naquele momento era um mar de escuridão e nada além.

Sarah estava deitada de novo quando Sua Majestade foi visitá-la. Betty quase derrubou a garrafa de remédio que segurava e fez uma reverência. A menina descobriu que não se podia fazer uma reverência quando se estava deitada. Em vez disso, acenou com a cabeça e se sentou ereta.

— Bom dia, Mamãe Rainha.

— Sua Majestade — disse Betty, rapidamente colocando uma cadeira perto da cama.

— Obrigada, Betty. Pode ir e buscar o doutor. E, por favor, feche a porta.

— Sim, senhora. — Betty se curvou e saiu.

— Bom dia, Sarah. O Dr. Clark disse que você está muito melhor e já pode receber visitas agora — afirmou a Rainha Vitória. — Vejo que meus filhos chegaram aqui antes de mim.

— Sim, senhora. As princesas trouxeram o livro do Sr. Lear para me animar — respondeu a menina, pegando o livro *Book of Nonsense* da mesa de cabeceira.

— Ah, o Sr. Lear. O Príncipe Albert lia as rimas para a Vicky quando ela era pequena. Ela adorava.

— Este é meu favorito — afirmou Sarah, virando as páginas e mostrando para a Rainha Vitória.

A mulher pegou o livro e leu.

Havia uma Jovem Moça
Cujo nariz comprido
Parecia a cabeça de um pino
Então fez o nariz ficar mais definido
E logo depois uma harpa tinha adquirido
Assim tocando muitas canções com o nariz comprido.

— É engraçado, não é, Sua Majestade?

— Sim, de fato é — respondeu a Rainha Vitória, rindo, seu gorro de musselina dançando enquanto acenava com a cabeça, em concordância. — O Sr. Lear escreve mesmo rimas muito engraçadas.

— Eu não gostaria de ter um nariz tão comprido. Meu nariz é achatado. Não conseguiria tocar nada. Quando eu voltar para a sala de aula, vou usar o globo para encontrar todos os países que ele menciona no livro. Talvez um dia eu consiga ir para todos aqueles lugares.

— Talvez consiga, mas por agora precisa ficar aqui e melhorar.

Sarah abriu a boca para dizer algo, mas em vez disso uma tosse escapou. Quanto mais tentava parar, com mais força tossia. A Rainha Vitória se inclinou e entregou um copo de água a ela. E observou Sarah dar vários goles.

— Temos que fazer algo com essa sua tosse — afirmou a rainha, franzindo a testa. — Já está durando muito tempo, não está?

— Sim, senhora — sussurrou Sarah.

A Rainha Vitória pegou a mão de Sarah.

— Pobrezinha. Ficando no frio todo aquele tempo. Você nunca mais vai precisar usar aquilo de novo. Prometo.

— Obrigada, Mamãe Rainha. Mas e a peça?

— Não se preocupe com a peça. Ainda vai levar alguns dias. Se estiver bem o suficiente para participar, pode vestir o que quiser.

— Uma saia da Baváia com muitas anáguas?

A Rainha Vitória afagou a mão de Sarah.

— Se é o que quer.

Sarah suspirou e se recostou. Olhou para a Rainha Vitória, abriu a boca como se fosse dizer algo, então a fechou.

— O Dr. Clark me informou que sua febre estava alta, que estava delirando. Às vezes falava em um idioma diferente e parecia assustada. Sua memória voltou?

Sarah mordeu o lábio. Não queria contar à Mamãe Rainha o que tinha visto no fogo.

— Não me lembro de nada.

— E a irmã que queria encontrar? Esqueceu dela?

Sarah piscou depressa. Por que Sua Majestade estava perguntando aquilo naquele momento? A menina ergueu o lençol até o queixo e segurou firme.

— A senhora encontrou a Fatmata, Mamãe Rainha?

— Não, criança — respondeu a Rainha Vitória, com a voz suave. — Receio que o Almirantado não tenha conseguido descobrir nada sobre ela. Talvez tenha sido levada para as Índias ou para os Estados Unidos. Ou talvez tenha sido resgatada por nossos patrulheiros e esteja morando em Freetown. Vamos continuar fazendo perguntas. Mas talvez nunca a encontremos. Sua casa é aqui agora. Fico feliz que você tenha se adaptado bem aos Forbes.

Sarah fechou os olhos para que a Mamãe Rainha não visse as lágrimas que ameaçavam cair enquanto tentava reprimir a tosse de Salimatu.

— Percebo que o Bertie deixou o Gimpel com você — comentou a Rainha Vitória, apontando para o dom-fafe na gaiola dourada. — Ele vai animá-la.

Quase como se soubesse que falavam dele, o pássaro levantou a cabeça e emitiu uma cançãozinha suave. Sarah não olhou para o animal.

— Foi muito gentil do Bertie me trazer o Gimpel, mas não gosto de ver o pássaro na gaiola.

— Dom-fafes são criados em cativeiro, sabe. São pássaros de gaiola famosos. Pode-se ensinar o Gimpel a imitar o canto e o assobio de qualquer pássaro. Isso é divertido, não é?

— Acho que sim, senhora, mas não é triste que ele tenha que ficar em um lugar só e não possa ser livre para voar para todos os lugares? — contrapôs Sarah.

— Mesmo que você abra a porta da gaiola, ele não vai saber que está livre para ir. Vai voar ao redor e voltar para a gaiola, para o que conhece. Se o pássaro voar para longe, provavelmente vai acabar morto. — A Rainha Vitória suavizou a voz. — A gaiola o mantém vivo. Lembre-se disso, pequena Sally.

Sarah não respondeu. Não podia discutir com a rainha, podia? Mas ainda assim pensou: *será que os pássaros não prefeririam voar livres mesmo se isso significasse que poderiam morrer?*

A Rainha Vitória afagou a cabeça de Sarah. A mão afundou no cabelo.

— Tão macio. Como algodão.

A porta se abriu, e o Doutor Clark entrou.

— Sua Majestade — murmurou ele, curvando-se tanto quanto possível.

— Vejo que sua paciente de fato melhorou muito.

— Por ora, senhora. Ela não é robusta. O peito dela é fraco, e não o vejo melhorando com este tempo. Temo que ela precise de climas mais quentes.

A Rainha Vitória inclinou a cabeça, franzindo as sobrancelhas.

— Entendo. Vamos conversar a respeito no meu salão. — Ela se levantou e observou Sarah com atenção. Algo no olhar fez a barriga de Sarah se apertar. Mas tudo o que a Rainha Vitória disse foi: — *Au revoir*, pequena Sally.

— *Au revoir*, Sua Majestade — respondeu Sarah.

Ainda que tenham andado para longe, Sarah ouviu cada palavra da conversa que se prosseguiu.

— Outros doutores podem ter uma opinião diferente, mas esta é minha crença, senhora. Essas pessoas não são resistentes; não estão acostumadas ao nosso clima, então definham. Este não é o lugar para a pobre criança, senhora.

À porta, a Rainha Vitória se virou e deu um pequeno sorriso. Sarah esfregou o *gris-gris* debaixo da camisola branca e se beliscou, com força.

Sexta-feira, 7 de fevereiro de 1851, Casa Winkfield

Estou de volta na Casa Winkfield. Todos estão felizes de me ver, mas estou triste. A Mamãe Rainha não consegue achar minha irmã. Nunca mais vou ver a Fatmata. Sei disso agora. Mas estou segura aqui? Esta é minha casa mesmo? Eu me sinto como um pássaro em uma gaiola. Estou com medo. O que será de mim? Salimatu não faz mais parte de mim. Sou Sarah agora, a "Princesa Negra".

Parte Dois

Faith

Capítulo 29

*Dey bless fa true, dem people wa ain hab no hope
een deysef, cause God da rule oba um*

Bem-aventurados os pobres em espírito:
pois deles é o Reino dos céus

Mateus 5:3

Março de 1851

Meus seios doem. Estão pesados, cheios de leite. Sei que tenho que voltar para a cabine da Sinhá Clara e alimentar o bebê dela antes que ele comece a gritar e fazer alarde, mas permaneço no convés superior. A fumaça se dispersou, e o navio a vapor segue em frente, a todo o pano. O cheiro do mar, o toque do vento no meu rosto é gostoso. Henry-Francis tem 3 meses, e a necessidade dele vai aliviar meus seios doloridos, mas não vai aliviar meu próprio desejo de segurar meu próprio bebê. Minha Jessy tem 6 meses, e ainda assim eles me fizeram deixá-la para trás com a Velha Rachael para ser alimentada com papa. Descobri cedo que isto é o que significa ser uma escravizada, tiram nossos filhos de nós antes de desmamarem, enquanto somos mandadas de volta ao trabalho no campo, na cozinha, na casa, com os seios fartos e pingando.

É verdade que ainda não me colocaram para trabalhar no campo de arroz. Sei que devo ficar fora do caminho do Lemrick. O feitor é ainda mais unido ao demônio que a sinhá, e isso diz muito. Ainda não consigo pensar na vez que ele amarrou e açoitou o menino Sam até a pele de suas costas ficar pendurada, porque tinha tentado fugir.

A Velha Rachael colocou pomada na pele do menino por uma semana, mas, ainda que as costas tenham se curado, ficaram as marcas entrecruzadas como rastros de sofrimento. Todos nós sabemos que leva apenas à dor na alma e à raiva no coração. E, quando o menino Sam depois tentou fugir de novo, o homem-demônio nos fez assistir enquanto cortava fora o pé do rapaz. Então o sinhô o vendeu.

— Isso vai ensinar uma lição a vocês — disse Lemrick, rindo.

Ser uma escravizada doméstica não é fácil, porém, o trabalho nunca termina. Se está nos campos de arroz, fica nos alojamentos à noite, tem os domingos para cuidar de um terreno pequeno de legumes, para visitar os filhos, para dormir. Mas para nós aqui não há dia de folga. Ainda temos que cozinhar e alimentar todos, cuidar da casa, das crianças, atender com rapidez ao chamado da sinhá, ou então recebemos um tapa, um beliscão, um açoite.

Mesmo à noite não há paz.

Da primeira vez, chamo por Maluuma, Madu, os ancestrais, luto, mordo e grito, mas não consigo escapar. Ninguém vem.

Quando começo a ficar inchada, a sinhá me espanca. Grito alto por muito tempo até que o sinhô chega e a tira de cima de mim. De volta à cozinha, com as roupas metade rasgadas e pendendo nas minhas costas, a Mãe Leah balança a cabeça e diz:

— A mãe é madeira dura, o pai é vidro.

Ela fala como Maluuma e pronuncia palavras que escorregam e deslizam, palavrais as quais você precisa descascar como uma cebola para encontrar o verdadeiro significado.

Já a Velha Rachael diz:

— Criança, você não aprende? Já faz um ano. Achei que sabia cuidar dessa questão.

Onde estavam elas quando chorei e implorei por misericórdia? Onde estavam, quando ele veio de novo e de novo? Por que ninguém o parou e disse "ela só tem 15 anos" quando ele me falou: "você é minha propriedade e com minha propriedade faço o que eu quiser"? Por fim, eu não conseguia mais lutar e deixei meu corpo apenas ficar deitado ali. Ele não sabe, não se importa que escapei para dentro de mim, para o lugar que ele nunca pode alcançar.

Nove meses depois, quem está lá para me parar quando minha mão cobre a boca e o nariz de um rosto pequeno? Quem se senta comigo naquela noite enquanto ele vai embora voando para os ancestrais? Quem sabe que ainda que o tenham chamado de Anthony, dei a ele o nome de Amadu? Quem me ouve chorar, um lamento profundo de dentro de mim, dizendo aos ancestrais que errei? A dor nunca vai embora. Está costurada a minha alma.

Quando o sinhô se nega a me vender para trabalhar no campo quando incho pela terceira vez, a Sinhá Jane o obriga a me dar para a Sinhazinha Clara como presente de casamento. Em Talaremba, são ofertadas contas, búzios, cabras e ovelhas em um casamento; aqui, eles dão pessoas. Mas preservo minha alma. Embora eu deixe a Plantação Burnham e vá para Oakwood, isto ainda não é o bastante para a Sinhá Jane. Depois que dou à luz a Jessy, quem chamo de Jabeza, minha terceira filha, a sinhá me quer ainda mais distante.

A Sinhá Jane me odeia, e meus filhos, Lewis, quem chamo de Lansana, e Jessy/Jabeza, são provas, sabe, do que o marido dela fez. Não tem como negar que ele é o pai dos meus filhos. Contudo, ninguém diz nada, nem a sinhá, nem as filhas brancas nem os filhos brancos dele. Os amigos e vizinhos dele não perguntam ao Sinhô William por que sua escravizada jovem deu à luz a três crianças que parecem com os filhos brancos dele. Eles estão todos ocupados fazendo o mesmo, criando mais escravizados para as próprias plantações. As esposas ficam caladas e enchem as barrigas com ódio.

Os outros escravizados na plantação também não dizem nada. Já viram tudo isso antes. Alguns balançam a cabeça, outros riem, alguns fazem um som de censura com a boca quando passo e alguns, como Phibe, dizem:

— Você tem sorte. Trabalha na casa grande, não nos campos de arroz, onde o Lemrick nos açoita por qualquer coisa. Dizem que se der dez filhos vivos para o sinhô, ele liberta você. Mas é melhor tomar cuidado, senão a sinhá pega você.

Ela está certa. A Sinhá Jane me pegou. Sei que isso de me levar para o outro lado da água é coisa dela.

A Sinhazinha Clara deu à luz a Henry-Francis apenas três meses depois de eu ter dado à luz a Jessy, então cuido dos dois juntos na Plantação Oakwood. A Sinhá Jane não consegue suportar o fato de que os bebês têm o mesmo sangue, porque um dia ela vem visitar a filha e encontra os dois, minha Jessy e Henry-Francis, quase como gêmeos, em meus seios.

— Como ousa alimentar seu filho no peito que Henry-Francis precisa mamar? — brada ela, acertando um chute nas minhas pernas.

— Tenho leite o bastante para os dois, sinhá — respondo sem pensar.

Respondê-la me faz levar um tapa tão forte que não consigo ouvir direito pelo resto do dia, e meu rosto fica sangrando, na área em que o anel dela me cortou.

Depois daquilo ela comandou que a Sinhazinha Clara, que ainda faz o que a mãe diz, casada ou não, me levasse para a Inglaterra. Quando a Sinhazinha Clara me diz que vai me levar para a Inglaterra, mas sem meus filhos, caio aos pés dela e imploro para que não me separe de Jessy.

— Não seja tão mal-agradecida — retruca ela, chutando-me para longe. — De qualquer modo, você vai ter o Henry-Francis para cuidar.

— Quem se importa com o que ela quer? — comenta a Sinhá Jane, pisando na minha mão estendida.

Grito. Descubro depois que meu dedo mindinho está quebrado. Ele sara e fica rígido, esticado. Não consigo dobrá-lo.

Meu estômago se movimenta junto com o navio, para cima e para baixo, para cima e para baixo, assim como fez cinco anos passados. Cinco anos. Da última vez, eu estava cheia de raiva enquanto os demônios brancos me levavam para longe, para a escravidão, sofrimento e dor. Desta vez, estou cheia de perguntas. Estou no meio do mar, e ele me puxa para um lado e para o outro. Quero voltar, não para a escravidão, mas para meus filhos. Não sei o que vai acontecer, mas agradeço aos deuses porque, como tenho que cuidar de Henry-Francis, não estou nas entranhas do navio, naquele buraco do inferno barulhento, acorrentada e espremida.

Não, nesta viagem estou em uma cabine pequena, perto do Sr. Henry e a Sinhazinha Clara, com espaço o suficiente para mim e Henry-Francis. Tenho um colchão, não apenas placas de madeira ásperas. Desta vez não estou esperando pelos marujos virem nos arrastar, ainda acorrentados, para o convés superior para ficar de pé, piscando sob a claridade repentina. Eu me lembro que, quando o fedor ficava muito intenso, eles jogavam água em nós, estalavam os chicotes para nos fazer pular para cima e para baixo, como em uma dança terrível, as correntes rangendo e sacudindo, emanando os xingamentos que nós mesmos não podíamos gritar. Se os marujos vissem um navio, mesmo em um ponto muito distante, eles nos faziam descer de novo para a cova do demônio, fechavam a escotilha e estaríamos no completo breu outra vez.

Todos esses pensamentos me fazem querer gritar aos deuses, mas deixo as velas esvoaçantes dissiparem a minha dor inesgotável.

Ouço a voz de Maluuma bem no fundo da minha alma.

— Você deve sempre pagar suas dívidas — afirma ela. — A *Mamiwata* aguarda. Minha avó nunca me deixa. Ouço agora, assim como sempre ouvi nos nove anos desde que ela fez a jornada para os ancestrais. As palavras dela vivem no vento, no céu, no sol, na lua, nas estrelas, no mar. Mantenho as palavras dela em meu ser e as respiro depressa para dentro dos meus filhos antes de eles serem arrancados de mim, novos escravizados para o sinhô. Não há *halemo*, não há o Pai Sorie, então dou a eles seus nomes verdadeiros, Amadu, Lansana, Jabeza. Pego uma pequena faca e os marco com o símbolo de macaco para dizer aos ancestrais e aqueles que conhecem: "estes são guerreiros de Talaremba, meus bebês, um, dois, três, puxando minha corrente de sofrimento,"

Parada ali, no convés, aperto o xale em volta de mim com força. Contendo os pensamentos, olho para o oceano azul, como vidro azul, azul que Maluuma me disse há muito tempo antes que nos mantém seguros. Penso em todos os escravizados, homens, mulheres, crianças, que não sobreviveram à travessia do oceano. Lembro-me daqueles que ficaram muito doentes ou criaram muito problema e os senhores de escravizados os jogaram ao mar, para baixo, lá para o fundo. *Mamiwata* os segura com firmeza enquanto seguimos navegando. A carne desapareceu, deixando os ossos se projetando para cima, chamando por nós.

Pego o *gris-gris* pendurado no pescoço agora. Dentro do saquinho, sinto a pedra em formato de coração que Maluuma me deu. Ali também está minha membrana, o *ala* que cobria meu rosto quando cheguei a este mundo. Sua função é me proteger para a *Mamiwata* não me arrastar para um túmulo líquido ali embaixo. Os marujos imploram, roubam, matam para ter um pedaço de membrana como a minha. Penso na minha irmã Salimatu e mais uma vez rezo para que o *ala* dela a mantenha segura, que ela não tenha se juntado aos ancestrais. Nunca deixei de chorar por ela em meu interior. Abro o saquinho com cuidado e tateio a parte interna. Não quero ver as pulseiras de três cordas, branco, vermelho e verde, em cima do meu pedaço de membrana. Isso destruiria meu espírito. Retiro de lá um dos pedaços de vidro azul. Passo o dedo pela ponta, quase torcendo para que arranque sangue, assim poderia mandar uma parte de mim para os ancestrais, para Jaja, Madu, Maluuma e os outros cujo sangue corre em mim.

Inclinando-me à frente, jogo o vidro no mar. O sol transforma o céu na cor vermelha, amarela e laranja de um fogo ardente. Extraio a canção do fundo do meu ser e deixo as lágrimas escorrerem.

Faith

Capítulo 30

*Mus be glad fa true, cause ya gwine git a whole heapa
good ting dat God keep fa ya een heaben*

Exultai e alegrai-vos:
porque é grande o vosso galardão nos céus

Mateus 5:12

Março de 1851

Uma onda grande vem até mim como se em resposta à minha canção. Dou um passo para trás, escorrego no convés molhado e sou segurada por braços tão fortes que me esqueço de ter medo de ser levada pela água.

— É melhor ter cuidado, senhorita. O oceano consegue chacoalhar o navio que nem o chocalho de um bebê.

Eu não soubera que tinha outra pessoa no convés e, mesmo molhada como estou por causa da onda, sinto o corpo ficar quente.

— Obrigada, senhô — afirmo sem olhar para ele e tento me afastar, mas ele me segura com firmeza.

O casaco preto dele é macio sob minhas mãos, e o colete, ainda que simples, tem botões de bronze, não de madeira. Meu coração começa a martelar. Não quero o toque de nenhum homem branco. Já tive o bastante disso. Reluto, clamando "me solte". Ele solta tão depressa que cambaleio e sou obrigada a segurar no braço dele.

— Por favor, não tenha medo, não vou machucar você. — A voz dele é suave, e olho para seu rosto, algo que tento nunca fazer, pois, uma vez que eles encontram seu olhar, acham que pegaram você de jeito.

Franzo a testa pois ele não é branco. Na plantação, os escravizados têm vários tons de pele; indo do marrom mais escuro ao mais claro, quase branco, mas não importa a cor que tenham, ainda são negros e podem ser vendidos a qualquer momento.

Agora vejo que esse é um homem negro tão claro que poderia quase se passar por branco, como meu Lewis de 2 anos e a pequena Jessy. E, quando Lewis crescer, ele também vai ser como esse homem, outro homem branco-preto, nascido de uma mãe preta, mas com a cor do pai. Temo por ele e por Jessy também.

— Eles não são nem uma coisa nem outra — diz a Velha Rachael. — Não podem estar no mundo do homem branco, mas o mundo dos pretos também vai ser duro para eles. É sempre difícil quando seu pai é seu sinhô, difícil ver as coisas que seus irmãos e irmãs brancas ganham enquanto é tratado como um cachorro. Difícil manter a cabeça erguida.

Volto ao presente no navio quando ouço o homem perguntar:
— Você estava cantando em língua africana?
Algo na forma que ele diz aquilo me impede de me afastar.
— Africana?
— Sim. Você fala africano?
Sorrio. Então não é só na plantação que a maioria dos negros acha que a África é um só lugar grande, com uma só língua, como a América.
— A África tem muitos países, cada país tem muitos povos, e todos falam línguas diferentes, como iorubá ou fom — explico.
Paro de falar, ouvindo minha voz soar como a da Sinhá Halston, que ensina as crianças na casa grande.
Ele olha para mim como se eu estivesse contando uma história maravilhosa.
— É verdade? — questiona ele e concordo com a cabeça. Ele continua, curioso, os olhos grandes e redondos: — E você fala todas essas línguas?
O jeito que ele sorri me mostra que ele está me provocando. Esqueço que ele é um desconhecido. Jogo a cabeça para trás e rio como Maluuma ria. Ele ri também, um som profundo e longo que me agrada. Até então eu não sabia que poderia fazer um homem soar daquele jeito. Dou uma olhada boa nele. Ele é bonito. Os olhos são claros como ouro de mel, iluminados. Seu porte é forte e alto; não está

usando um chapéu. Um sentimento que nunca tive me preenche. Quero esticar a mão e tocar no denso cabelo preto e ondulado, penteado para trás com a ajuda de um óleo de cheiro doce.

— Não acho que exista alguém que possa falar todas as diferentes línguas da África, mas eu conhecia umas três ou quatro.

— Mas minha nossa. Você pode falar três ou quatro línguas diferentes. É uma mulher culta.

Pensar que sou uma mulher culta me aquece.

Dou um passo para trás e digo:

— Não sou uma mulher estudada, senhô.

Começo a me afastar, mas ele se coloca em meu caminho.

— Então como sabe todas essas palavras africanas diferentes? Sua mãe ensinou a você?

— Não nasci escravizada. Venho de uma vila chamada Talaremba, perto de Okeadon.

Ele pega minhas mãos e segura com firmeza.

— Você é da África? Fez a travessia? Você? Há quanto tempo?

Ergo a cabeça para olhar para ele. O homem me encara de volta, aguardando a resposta. Os olhos dele escurecem até ficar quase pretos, e, por alguma razão, meus olhos se enchem de lágrimas.

— Cinco anos atrás. Meu Jaja era o chefe. Fui vendida por Jamilla, a segunda esposa dele, e o primo dela. — Paro de falar, surpresa por até ter dito tudo aquilo para uma pessoa que havia acabado de conhecer.

Ele olha para meu pulso e vê os sulcos profundos. Não preciso contar que são as marcas deixadas por ter sido amarrada com força e arrastada para outro mundo. Estas são as marcas, os sinais de minha luta fracassada por liberdade. Ele solta minhas mãos como se as cicatrizes da minha escravidão o queimassem. O homem cerra a mão em punho e tensiona a boca, como se tentasse conter as palavras que queria dizer dentro de si. Eu me afasto com um pouco de medo.

— Sinto muito — responde ele. O olhar do homem faz meu coração tremer. Respiro fundo. Ele vira o rosto, ergue bem a cabeça e olha para o mar ao longe. — Foi aprovada uma lei contra a captura e venda de nosso povo da África, mas ainda estamos lutando pela emancipação. O triângulo, a corrente, precisa ser rompido.

— Ele vira o corpo e se apoia nas cordas. — Meu avô nasceu livre na América, meu pai nasceu livre, meus irmãos, irmãs, minha gêmea e eu, somos todos pretos livres.

Prendo a respiração e seguro as cordas com mais força. Gêmeo? Esse homem é um gêmeo e crescido, não foi deixado na floresta para morrer.

— Minha gêmea, Tamar, não está mais conosco. Ela morreu dando à luz, quase um ano atrás. O bebê ficou preso. Não havia parteira, e o doutor branco não a atendeu — conta ele, balançando a cabeça.

Posso sentir a raiva e a tristeza envolvendo o corpo dele. Toco em seu braço.

— Sinto muito — digo e sinto mesmo.

— Nunca fomos escravizados, mas ainda é difícil para nós, negros — continua o homem, olhando para o horizonte na água. — É por isso que um dia, em breve, vou voltar para casa, para a África.

Sorrio para ele, que chama a África de casa mesmo nunca tendo estado lá.

— O papai diz que o Vovô Omara, quem chamamos de "O Velho", foi capturado na África, vendido como escravizado e em algum momento levado para Massachusetts. — Ele segura minha mão e, com gentileza, passa os dedos pelas minhas cicatrizes. — Um dia todos nós seremos livres e vamos chegar à terra prometida, a terra dos nossos ancestrais.

— Amém — respondo antes que eu possa me conter.

Ele sorri, o sorriso mais doce que já vi em um homem, e sorrio de volta.

— Qual é a música que você estava cantando? — pergunta ele. — Você tem uma voz muito bonita.

As palavras dele me aquecem. Franzo a testa enquanto tento traduzir a música e cantarolo um pouco a melodia primeiro.

Vamos todos nos juntar, duro vamos trabalhar;

o túmulo ainda não está pronto; mas que o coração dele em paz esteja.

Vamos todos nos juntar, duro vamos trabalhar;

o túmulo ainda não está terminado; mas que o coração dele, enfim, em paz esteja.

— Isso é poderoso. Por que está cantando isso agora?

— É uma música para conduzir os mortos em seus caminhos. Canto para todos aqueles que não sobreviveram à travessia da água. Para aqueles que pularam ou foram jogados nos braços da *Mamiwata*, aqueles cujos ossos agora estão espalhados no fundo do mar.

Ele concorda com a cabeça e endireita e postura, como se tivesse sido esculpido do céu que escurecia, a silhueta forte, firme. Erguendo os olhos para os céus, ele abre a boca e canta:

> *Fuja para o Jordão, fuja para o Jordão*
> *Ainda há um rio a atravessar*
> *E essa é a corrente a passar*
> *Por Belém que chamamos de Jordão*

A voz dele é bonita e forte. Enquanto canta, a voz parece se estender até meu interior e capturar meu coração. Não percebo que lágrimas escorrem pelo meu rosto enquanto o ouço até que ele tira um lenço do bolso e enxuga minha bochecha. Pego o lenço dele e me afasto um pouco. Um homem negro com um lenço. *O que vem a seguir?*, pondero, mas me sinto especial.

— É a brisa do mar — explico.

Ele sorri.

O ar frio no peito me diz que meus seios estão vazando leite. Henry-Francis deve estar gritando a essa altura. Estive longe por tempo demais. Ainda que não seja tão má quanto a mãe, a Sinhazinha Clara sabe como estapear e beliscar se eu não fizer tudo o que ela manda, e rápido.

— Preciso ir — afirmo e, enrolando o xale com firmeza ao redor do corpo para esconder as manchas reveladoras no meu corpete, me afasto.

Ele fala às minhas costas:

— Absalom Brown.

Paro, sem entender o que ele falou.

— Meu nome. Sou Absalom Brown.

O nome vibra em meu ouvido, e fico ali parada como uma tola, um sorriso bobo no rosto.

A uma longa distância, ouço-o perguntar:

— E o seu? Seu nome?

— Faith — respondo, antes de me virar e seguir caminhando.

— Faith — repete ele, e ouço a palavra como se fosse a primeira vez.

Faith.

Faith

Capítulo 31

*Dey bless fa true, dem wa saaful now,
cause God gwine courage um*

Bem-aventurados os que choram:
porque eles serão consolados

Mateus 5:4

Março de 1851

Nunca permito que pensamentos a respeito de homens entrem em minha mente, mas, de alguma forma, esse Absalom conseguiu entrar. Gosto da imagem que ele parece ter de mim: uma mulher culta e forte, com uma voz bonita. Eu poderia ter dito que ele tem uma voz bonita também.

Tenho procurado por ele nos últimos dias, e não apenas para devolver o lenço. Sei que Absalom não é um passageiro da primeira classe nem da terceira, então deve estar na segunda classe, pela qual passo toda vez que desço até o convés inferior para buscar água. Ando devagar em busca dele. Vejo as cabines apertadas, as portas se abrindo direto para o espaço do salão principal, onde todos os passageiros se misturam e comem juntos. Ele deve estar aqui, em algum lugar, porque não é um escravizado. Não tenho autorização para me sentar ali, pois sou uma escravizada.

Não que eu fosse ser bem recebida no convés da terceira classe também. É diferente do da primeira ou segunda. Ali estão todos apinhados, sem espaço privativo algum e nenhuma forma de se afastar uns dos outros. É fedorento, sujo, úmido, escuro, sempre barulhento e muito quente, porque as salas das máquinas a vapor ficam ali perto. Ainda assim, não estão acorrentados um ao outro.

É pior à noite, quando as escotilhas são fechadas, deixando as pessoas com apenas algumas lamparinas, nenhuma vela (para evitar incêndios) e pouco ar. Muitas discussões e brigas começam por conta de coisas simples, principalmente porções roubadas, ou de quem é a vez de usar a pequena cozinha em que preparam as refeições escassas.

Mas sei que, por mais que as coisas estejam ruins para eles, a maioria ainda concorda que ali não é lugar para alguém como eu, e alguns deles deixam isso bem evidente toda vez que desço para buscar água.

Não olho para ninguém enquanto passo, mas uma das mulheres, Lil, cuja saia é agarrada por uma criancinha, para na minha frente. Ela empurra o menininho para longe, sem nem olhar para ele.

— Não deveríamos ter que nos misturar com escurinhos, sejam eles escravizados ou não, certo?

Olho ao redor para conseguir apoio, mas não há nenhuma pessoa negra ali, nem homem nem mulher, e nenhum dos brancos vai me ajudar se eu for atacada. Dou um passo para trás e seguro o balde de água com firmeza, à frente do corpo. Estou com medo, mas não vou deixá-los perceberem. Mais uma vez ouço a voz de Maluuma me dizendo: *"encare o medo, e ele vai desaparecer"*. O medo pode não desaparecer, mas lembrar de Maluuma me ajuda a ficar forte. Seguro o balde com mais força, pronta para atirá-lo em qualquer um que tente me atacar. Por um momento, sinto falta do meu antigo estilingue e algumas pedras. Eu atiraria uma em Lil e a derrubaria, derrubaria todos eles, afinal ainda sou uma guerreira de Talaremba, não sou?

— Deixe a garota em paz, Lil — comandou um homem do outro lado do salão. — Qual o problema com vocês? Vão vir atrás de todos nós se algo acontecer com ela. Eles lá em cima protegem os pertences deles, e é isso que ela é, um pertence que fala, come, peida e caga.

Lil sai do caminho, e vou depressa até a cozinha, embora minhas pernas estejam tremendo. Uma garota grávida, mais nova do que eu, se segura ao barril de água, balançando como se fosse cair, então a ajudo a se sentar, pego um pouco de água e dou a ela. Ela bebe um pouco e joga o restante no rosto.

— Estou enjoada. É o movimento do navio — explica ela.

— Você vai se sentir melhor quando a criança chegar. — Olho para ela e adiciono: — Em três dias.

— Três dias? Como sabe disso?

Sorrio.

Não digo a ela que, depois que ajudei Maluuma a trazer minha irmã Salimatu ao mundo, ela me deixou ajudá-la em muitos outros nascimentos. Consigo olhar para qualquer mulher e dizer quando o bebê vai chegar, quase a hora exata. A Velha Rachael, que era a parteira da plantação até as mãos ficarem tortas e inúteis, diz que tenho um dom.

Sorrio para a menina encostada no barril de água agora e concordo com a cabeça.

— Sim, três dias.

— É meu primeiro. Queria que minha mãe estivesse aqui. — Os olhos dela se enchem de lágrimas.

— Onde ela está? — pergunto.

— Ela morreu. É por isso que estamos voltando, para cuidar dos meus irmãos e irmãs menores. John e eu, não queremos que fiquem no reformatório. Minha mãe me fez prometer.

— Ela vai estar com você quando chegar a hora — proclamo.

— Como lhe chamam? — questiona ela.

— Faith, sinhazinha.

A garota ri.

— Não sou uma sinhazinha. Minha mãe me chamou de Ada.

Um jovem entra correndo.

— Ficou enjoada de novo? — pergunta ele e coloca o braço em volta do corpo dela.

Desvio o olhar porque tudo o que vejo é o braço de Absalom ao meu redor e o pensamento me deixa envergonhada.

— Estou bem, John. A Faith aqui me ajudou. Ela disse que tudo isso estará acabado em três dias. Isso é bom, não? Ela é parteira.

Ele lança um olhar para mim e assente, mas não diz nada.

— Não se preocupe, você ficará bem — garanto, pegando o balde cheio de água, e me apresso pelo convés da terceira classe.

Fico longe de Lil. Ainda temos muitos dias à frente antes de chegarmos a Liverpool.

Naquela noite, estou deitada, pensando em Absalom, quando Henry-Francis acorda choramingando. Para acalmá-lo, abro o corpete, e a boca dele encontra meu seio. Fecho os olhos e finjo que é Jessy ou talvez Lewis sugando e sinto um pouco de conforto. Quando Henry-Francis dorme no meio da alimentação, coloco-o deitado de novo.

Então ouço vozes e fico rígida. É a Sinhazinha Clara.

Eu a ouço toda noite, implorando, chorando:

— Não, Henry, de novo, não. É muito cedo. Ainda estou doente.

Geralmente as vozes deles são baixas, e volto a dormir. Hoje, porém, o Sinhô Henry, que esteve bebendo o dia todo, está bravo e fala em voz alta. Hoje, escuto as palavras dele com nitidez, e meu coração bate alto e rápido.

— Merda, se não fizer seu dever de esposa, então, estou lhe avisando, vou encontrar outra pessoa que fará. E não vou precisar procurar muito longe, não é?

— Você não se atreveria, Henry!

— Um homem tem suas necessidades. Devo esperar quanto tempo?

— Não, Henry, não. Você não é como o papai e os outros.

— Como sabe disso?

Embora ele não diga de fato, temo que esteja se referindo a mim. Ele também, não. Eles não pensam em outra coisa? Ah, senhor, ó, *Oduduá*, salve-me. Pensei ter deixado esse problema para trás, na América. Preciso de ar fresco. Eu me esgueiro pelos degraus até o convés superior. Está frio, escuro, cheio de sombras, e o vento canta meu antigo nome: Fatmata, Fatmata. Enrolo o xale com firmeza em volta do peito e ergo os olhos para o céu para chamar os deuses, mas não há nada ali além das estrelas. Procuro no céu e logo reconheço a *Arewa*, a Estrela do Norte.

— Maluuma, fale com os ancestrais. Jaja, me ajude — clamo.

— Faith?

A voz aperta minhas entranhas. Jaja? Eu me viro. Não é meu pai, contudo, é Absalom. Caio no choro. Ele se aproxima depressa e coloca o braço ao redor dos meus ombros. Encosto o rosto no peito dele e choro. Absalom não diz nada, apenas me abraça.

Sarah

Capítulo 32

*Novos pensamentos e esperanças agitavam minha mente,
e todas as cores da minha vida estavam mudando.*

— *David Copperfield*, por Charles Dickens

Março de 1851

Quarta-feira, 13 de março de 1851, Casa Winkfield

Agora sou de fato Sarah. Meu eu-Salimatu não aparece há muito tempo e estou feliz. Sem mais pensamentos confusos. Amanhã a Mamãe Forbes e eu vamos até a Lady Melton em Londres. A mamãe disse que vai ficar apenas alguns dias.

No sábado, eu, entretanto, vou viajar com o Sr. Charles e a Lady Phipps para ficar com a família real na Casa Osborne. A Srta. Byles disse que a casa fica em uma ilha, a Ilha de Wight. Queria que Mabel e Lily fossem também, mas não sei se a casa é grande o bastante para todos nós.

A Mamãe Rainha disse que preciso respirar um pouco de ar do mar depois da minha doença. Tem um mês que voltei do Castelo de Windsor e não estou tossindo mais tanto. A Babá Grace não precisou me dar o Godfrey's Cordial nenhuma vez.

O Dr. Clark disse que o clima inglês não combina comigo. O que isso significa?

Sarah, Mabel e Emily estavam sentadas na cama de Sarah, observando Edith colocar mais uma peça de roupa na mala.

— Por que não podemos ir para o litoral também? — perguntou Mabel.

— Sua Majestade convidou apenas a Sarah — respondeu a Babá Grace, colocando lenços e meias na mala.

— Por que ela precisa de tantas coisas, babá? — questionou Emily enquanto abraçava a boneca, Arabella. — Pensamos que ela só ficaria fora por uma semana.

— Sua Majestade providenciou estas coisas para a Sarah. Ela vai querer ver Sarah usando-as, não acha? — comentou a babá.

— É porque ela não vai voltar. Ela prefere ficar com as princesas, então quem se importa? — retrucou Mabel, pulando da cama e correndo para a sala de aula.

Sarah prendeu a respiração. Mabel estava sendo horrível de novo? Estava desejando que Sarah desaparecesse? Não eram irmãs naquele momento? Ainda que gostasse das princesas e da Mamãe Rainha, na verdade ela não gostava de ir ao Castelo de Windsor nem ao Palácio de Buckingham. Sempre havia muitas pessoas. Nunca sabia qual era o certo a se dizer ou fazer. Preferiria muito mais ficar na Casa Winkfield.

— Não seja boba, Mabel — ralhou Emily atrás dela. — Esta é a casa da Sally. Não é, babá?

— Como pode ser sua casa quando mal fica aqui? — opinou Mabel, sentando-se à mesa no meio da sala.

Ela enfiou uma agulha de costura na mesa de novo e de novo. Sua voz parecia brava, mas Sarah viu os lábios de Mabel tremendo. Confusa, Sarah colocou a mão no bolso e segurou Aina, sua boneca de madeira. A Mabel a odiava ou não? Às vezes, ela era tão legal e em outras era simplesmente horrenda.

— Sim, é a casa dela — confirmou a babá. — Lembre-se do que diz o bom Senhor, Mabel, *a inveja é a pequenez da alma*. Seja gentil. Você sabe que a Sarah ficou tanto tempo no castelo porque estava doente. Agora, todas vocês, fora daqui. Edith e eu vamos terminar de fazer a mala sem interrupções.

— Pode trazer algumas conchas para nós? — pediu Emily, colocando a Arabella de lado, antes de mostrar uma caixa coberta de conchas pela metade. — A Mabel colecionou algumas quando fomos ao litoral no verão passado, mas não tínhamos o suficiente para cobrir a caixa toda. Precisamos de mais para terminar a caixa para a mamãe.

— Vou pegar algumas conchas para nós, Lily. Prometo. Uma bolsa cheia. Adoro conchas.

— Ah, que bom.

— Só vou ficar fora por dez dias, Mabel — garantiu Sarah. — Então vou voltar para as minhas irmãs e meu irmão.

Ela segurou a mão de Mabel. Mabel segurou de volta e apertou, com força. Sarah não se incomodou. As meninas sorriram uma para a outra.

A babá fez Sarah se levantar cedo na manhã seguinte e, sem acordar as outras, fez com que ela colocasse muitas camadas de roupa embora o clima fosse estar bem quente; meias, colete, anáguas e um vestido verde de tecido grosso, antes de conduzi-la escada abaixo.

— Mas Babá Grace — contrapôs Sarah, afastando-se —, não me despedi da Lily nem da Mabel. Quero dar um beijo na Anna antes de ir.

— Ora, Sarah, seja uma boa menina, as meninas estão dormindo e sabe que a Anna ainda não está bem. A senhora disse que precisamos estar no saguão na hora. Não podemos deixar os cavalos esperando.

Sarah desceu a escada com a cabeça baixa para que a babá não visse seus olhos marejados. Talvez a Mabel estivesse certa, talvez ela não fosse mesmo voltar, ninguém queria mais vê-la. Ela iria mesmo para a Ilha de Wight? Por que ela não tinha viajado com as princesas quando tinham ido na semana anterior? Teria sido bem mais divertido. Em vez disso, tinha que fazer a longa jornada com o Sr. Charles e a Lady Phipps. A menina beliscou a mão com força para evitar chorar. Aquela dor dissipou as outras dores maiores que tinha descoberto enquanto estava acamada no quarto amarelo do Castelo de Windsor. Se ela se beliscasse com força, aquilo a impedia de pensar em Salimatu e em Fatmata. As imagens de fogo e correntes desapareciam, de volta à caixa da sua memória. Naquele momento, ela se beliscou para parar de pensar em ser levada embora.

— A senhora vai descer já, já — afirmou a babá.

Ela ajudou Sarah a vestir um casaco vermelho-escuro e um chapéu preto. Amarrou as fitas vermelho-escuro que combinavam em um laço grande. — Pronto, vamos abotoar o casaco, assim vai estar quentinha e confortável a viagem toda.

A babá pegou o xale vermelho e verde e o estendeu a Sarah.

— Preciso usar, Babá Grace? — questionou Sarah, contorcendo-se debaixo do peso de todas as vestes. — Estou com muito calor.

— Não queremos que pegue um resfriado, queremos? E isto — explicou a mulher, tentando colocar o xale ao redor dos ombros de Sarah — foi seu presente de Natal de Sua Majestade.

Sarah se beliscou com mais força. Desejou ter a agulha de costura ou o alfinete do broche com ela. Usava-os às vezes quando não tinha ninguém olhando. O alfinete picava. Pequenas picadas que machucavam e arrancavam gotinhas de sangue.

— Você está correta, babá, mas está ficando mais quente — comentou a Mamãe Forbes, que tinha ouvido a conversa ao descer a escada. — Talvez a Sarah possa levar o xale com ela, em vez de vesti-lo agora? — A mulher passou o braço pelos ombros de Sarah. — Será uma viagem longa. Amanhã, minha querida, você pegará um trem e depois um barco. Pode fazer frio.

— Sim, Mamãe Forbes — concordou Sarah e pegou o xale da Babá Grace. — Obrigada, Babá Grace.

O barulho de baques e batidas fez Sarah erguer o rosto e ver Emily e Mabel, ainda com as camisolas brancas e descalças, descendo a escada correndo. Sarah piscou e deu um passo para mais perto da Mamãe Forbes, por um momento com medo das figuras de branco se apressando pela escada. Elas sacudiram a caixa de memória dela, meninas em trajes brancos sendo carregadas para a morte. Os gritos delas na mente de Sarah se transformaram nas vozes da Emily e Mabel chamando seu nome e então a caixa foi fechada outra vez.

— Meninas, por favor — ralhou a Mamãe Forbes. — O que significa isso?

— Queríamos ver a Sarah antes de ela ir — explicou Emily, respirando com dificuldade depois de correr tão rápido. — Tenho algo para você.

— Lily, é a Arabella! — retrucou Sarah quando viu o que era oferecido a ela. — É a sua boneca favorita. Não posso levá-la.

— Quero que a leve porque a Aina pode ficar solitária quando você estiver ocupada com as princesas. Mas só estou emprestando. Quando voltar, tem que me devolver a boneca, entende? Tchau.

Sarah sorriu. Ainda que tivesse muitas bonecas melhores naquele momento e não mais brincasse com a boneca de graveto que Abe tinha feito para ela muito tempo antes, ela sempre levava Aina consigo para todo lugar que ia mesmo assim.

— Obrigada, Lily — disse Sarah, abraçando a Arabella, derrubando o chapéu da boneca e o cabelo amarelo de algodão dela fazendo cócegas em seu nariz.

— Tchau — disse Mabel, colocando algo na mão de Sarah.

Eles estavam quase chegando à estação de trem quando Sarah se lembrou que não tinha visto o que Mabel havia lhe dado. Ainda apertava o objeto, então abriu a mão. Era uma conchinha amarrada com uma pequena fita azul. Na etiqueta estava escrito: *para minha irmã, traga mais conchas para casa*. Um soluço escapou de Sarah antes que a menina pudesse engolir. Mabel gostava dela, sim.

— Está se sentindo mal? — questionou a Mamãe Forbes, afagando a mão de Sarah.

A menina negou com a cabeça; não conseguia falar. Se tentasse, uma tosse ou um soluço escaparia, e aquilo não seria bom. Ela colocou a concha amarrada de azul no bolso. A conchinha a fez pensar em todas as coisas que eram especiais para ela, guardadas no saquinho *gris-gris*, as pedras azuis, sua membrana, o pedaço do tecido azul que Fatmata dera a Salimatu muito tempo antes. Não que ela usasse o *gris-gris* no pescoço mais. *De que adiantava*, havia pensado ela, enquanto estava acamada no Castelo de Windsor. Não funcionava. Não a havia ajudado a encontrar Fatmata. Sarah tinha guardado o saquinho junto aos lenços quando voltara para a Casa Winkfield. Ainda assim, não poderia abandoná-lo e, na noite anterior, depois de a Babá Grace e Edith terem terminado de fazer as malas, a menina havia aberto uma das bolsas e colocado o *gris-gris* junto com a Aina. Só como precaução. Naquele momento tinha outra coisa para colocar dentro do saquinho. Algo para Sarah, algo que não tinha nada a ver com Salimatu.

Sarah não tinha mais medo de trens. Ela já havia estado em muitos deles até agora e sabia que o barulho estrondoso e a fumaça preta não eram o *juju* chegando para levá-la aos ancestrais. Ela caminhou perto da Mamãe Forbes, porém, enquanto procuravam uma cabine.

— Mary — chamou uma moça que já estava sentada à janela de uma cabine meio vazia. — Venha e se junte a nós.

A Mamãe Forbes parou e acenou.

— Bom dia, Lavinia. Está indo à cidade por alguns dias? — perguntou a Mamãe Forbes, passando por outras duas pessoas na cabine para se sentar depressa antes que o trem começasse a se mexer.

O apito dissipou as palavras dela.

Sarah reconheceu a Sra. Oldfield, a senhora que tinha feito tantas perguntas quando visitara a Casa Winkfield. Soube então que haveria muitas perguntas mais.

— Esta é a Sra. Fletton-Jones — afirmou a Sra. Oldfield. — Não acredito que tenham se conhecido, ela acabou de voltar da Índia. O marido dela é do Exército de Bengala. Olivia, a Sra. Mary Forbes.

— Como vai? — cumprimentou a Mamãe Forbes, sentando-se.

Quando estavam todas acomodadas, a Sra. Oldfield falou tão alto que as outras pessoas na cabine interromperam a conversa para prestar atenção ao que ela dizia.

— E essa é Sarah, a Princesa Africana. Você deve ter ouvido falar nela. Está sempre nos jornais.

— Então essa é ela? — respondeu a Sra. Fletton-Jones, mas não olhou para Sarah.

— Ela é a pupila de Sua Majestade, embora more com os Forbes.

— Mora? — perguntou a Sra. Fletton-Jones para a Mamãe Forbes, que estava de frente para ela. — Como parte de sua família?

Sarah sentiu a Mamãe Forbes ficar rígida. Houve um momento de silêncio antes de ela responder.

— Ela é, sim, parte da minha família. Meus filhos a veem como irmã.

A Sra. Oldfield ficou boquiaberta.

— Mary, isto é sensato? — contrapôs ela. Então, pareceu perceber o que havia dito, porque se inclinou à frente e complementou: — Quer dizer, sei que ela é uma princesa, mas não pode ficar com você para sempre. Ela será treinada para quê? Imagino que uma governanta, ou uma dama de companhia, mas quem vai contratá-la?

— Violet, por favor. Não cabe a nós decidir o que será de Sarah, e sim a Sua Majestade. De qualquer forma, ela ainda é uma criança. Não precisamos debater sobre o futuro dela ainda.

— Entendo — murmurou a Sra. Oldfield, alisando a saia.

Ela endireitou a postura, e fez-se silêncio.

Até aquele momento Sarah não tinha pensado em seu futuro. Algo a mais com o que se preocupar. Tinha certeza de que Mabel ou Emily, as princesas e outras crianças que tinha conhecido não precisavam se preocupar com o que seria delas. Por que ela sim? Por mais que tentasse, ela era sempre diferente. Beliscou o braço com força. Tinha descoberto, enquanto estava acamada e doente no quarto amarelo do Castelo de Windsor, que pequenas dores levavam as dores maiores embora.

Quando se beliscava, aquilo a impedia de pensar em Salimatu ou em Fatmata, as imagens de fogo e correntes desapareciam, eram empurradas para o fundo da caixa da memória. Naquele momento se beliscou para parar de pensar no que seria dela.

A Sra. Oldfield se inclinou para frente, e Sarah soube que haveria mais perguntas.

— Você vai ficar com sua irmã, Mary? Ouvi dizer que os Melton têm um mordomo negro. Que interessante.

— Na Índia temos empregados, obviamente, mas nunca entretemos os nativos em nossas casas — revelou a Sra. Fletton-Jones. — Não fazemos isso. Um sistema de castas complicado. No exército lá, se tivermos que nos associar com eles, o fazemos na Missa. Muito melhor assim.

— Bom, meu marido é da Marinha Britânica, sistema diferente, suponho — retrucou a Mamãe Forbes sem olhar para a Sra. Fletton-Jones, que fez um som de reprovação e encarou Sarah duramente.

Houve um silêncio, o qual a Sra. Oldfield de imediato buscou preencher com:

— E a Sarah? Vai ficar hospedada na casa da Lady Melton também? — questionou a Sra. Oldfield.

— Apenas por uma noite — explicou a Mamãe Forbes. — Ela viaja amanhã de manhã para a Ilha de Wight.

— Ilha de Wight? — repetiu a Sra. Fletton-Jones, observando Sarah.

— Sim, ela foi convidada a ficar na Casa Osbourne. Sua Majestade gosta da Sarah. — A Mamãe Forbes sorriu para a menina.

— Entendo — respondeu a Sra. Fletton-Jones, procurando algo na bolsa. Ela pegou um lencinho de renda e o pressionou nas bochechas. — Surpreendentemente quente para março, ainda que não seja tão quente quanto a Índia.

A Mamãe Forbes pegou o xale xadrez que a Rainha Vitória dera a Sarah de Natal e colocou ao redor de seus ombros.

— Está aquecida o bastante, Sarah? — perguntou a Mamãe Forbes.

Sarah estava com calor demais e tinha pensado que poderia desabotoar o casaco, mas não naquele momento.

— Estou, sim, obrigada, mamãe — respondeu a menina, e as duas sorriram uma para a outra.

Mais tarde, naquele dia, Sarah viu Daniel abrir uma porta no fim do corredor e desaparecer por ela. A menina olhou ao redor depressa e correu atrás dele. Precisava falar com o mordomo, ouvir a voz dele. Não era como nenhuma outra voz ao redor dela. Queria ver o rosto dele, com suas rugas e dobras, a cor escura brilhando, familiar e ainda perturbadora, incitando lembranças que esvoaçavam para perto e para longe, muito escorregadias para que se pudesse segurar firme nelas por mais de um segundo.

Sarah o encontrou na despensa, sentado com uma bandeja de talheres em frente a ele. Ele ergueu a cabeça, e ela entrou no cômodo. Naquele momento estava ali, com ele, e não sabia o que dizer.

— Ainda está aqui? Nada mais de fugir, como fez da última vez, ouviu? — disse Daniel, pegando um garfo e polindo-o com um pano branco macio.

Sarah se recusou a olhar nos olhos de Daniel.

— Já faz três meses. Não quero mais fugir.

— Fico feliz de ver que parou com aquela bobagem. Às vezes é melhor não ir procurar nem buscar nada. Melhor deixar tudo como está.

Sarah mordeu o lábio e mudou o peso de um pé ao outro.

— Você é princesa, é diferente dos outros como nós — afirmou o Daniel, ainda polindo. Então o homem parou. Sarah olhou para ele, então foi se sentar na outra ponta do banco. — Eles tratam você bem?

— Ah, sim — respondeu Sarah, balançando as pernas para frente e para trás, fazendo o banco ranger. — Até a Mabel. Somos amigas agora, irmãs. Tenho a Mamãe Forbes, o Papai Forbes, a Mamãe Rainha e muitas outras pessoas. Todos são muito bons comigo.

— Aquela moça rainha é uma mulher boa. Está fazendo o possível para libertar a todos nós, dizem os rumores. Que Deus a abençoe. Agradeço ao Senhor que ela tenha pegado uma das nossas crianças e a colocado em uma boa posição.

Daniel pegou outra faca e começou a polir, o movimento lento e certeiro com a mão. Sarah olhou para a cabeça inclinada dele, o cabelo ainda cheio e preto salpicado com manchas brancas como se neve não derretida tivesse caído na cabeça dele e grudado ali.

Desejou poder tocá-lo, em vez daquilo, questionou:

— Você tem filhos, Daniel?

Ele parou de polir e ergueu a cabeça.

— Você é a primeira pessoa nesta casa a me fazer essa pergunta, sabe. Ninguém mais se importa em saber o que tive antes ou o que possa ter perdido.

Sarah deslizou pelo banco até estar próxima e tocou a mão dele. A menina esperou.

— Sim, mocinha, certa vez tive filhos, três deles, dois meninos e uma menininha bonita como você.

Sarah arregalou os olhos.

— Como eu? — repetiu ela, contorcendo-se com entusiasmo. — Eles estão aqui com você? Vou conhecê-los?

Daniel sorriu, mas os olhos dele estavam marejados.

— Não, você não vai conhecê-los, Senhorita Sarah. Eles estão todos crescidos a essa altura, talvez até com os próprios filhos, se ainda estão vivos. Não os vejo há muito tempo porque foram vendidos pelo meu antigo sinhô, quando eram bem pequenininhos. Depois ele me vendeu também.

Sarah apertou a mão dele. Não sabia o que mais fazer. Ela tinha sido vendida também, arrancada de tudo o que conhecia, e aquela outra vida tinha sumido. Todas as pessoas negras eram sempre vendidas? Por quê?

Daniel afagou o rosto dela com a mão coberta pela luva branca.

— Eles fizeram isso com seu rosto bonito? Aqueles que pegaram você? Senhor, já é ruim o bastante marcarem nossas costas, nossos corpos, mas fazer isso com uma criança? — Ele balançou a cabeça. — Deve ter parecido que o próprio diabo estava atacando seu rosto.

— Não me lembro. Foi feito antes de eu ser vendida para o Rei Gezo. O Papai Forbes disse que estas marcas mostram que sou uma princesa.

— Ora, é mesmo? — comentou Daniel. Os dois ficaram em silêncio. Daniel franziu a testa e então perguntou: — Se as marcas no seu rosto mostram a eles de onde você é, por que não mandar você de volta para o seu próprio povo?

Foi a vez de Sarah de franzir a testa. Nunca havia pensado naquilo antes, e a pergunta trouxera Salimatu ao lado dela outra vez. Sarah pulou para ficar de pé e balançou a cabeça como se para movimentar uma resposta para dentro da própria boca.

"Sim, por que sua Mamãe Rainha não nos mandou de volta para nossa vila?", sussurrou Salimatu, "por que nos mantém aqui? Temos que encontrar a Fatmata e voltar."

Sarah bateu o pé.

— Não, não, não, esta é minha casa agora.

"É mesmo?", ponderou Salimatu em seu ouvido. Sarah mordeu o lábio. Queria que Salimatu fosse embora e não a fizesse ficar tão confusa.

Daniel ficou de pé, devagar, como uma árvore ficando forte e reta em frente a ela. Ele colocou as mãos nos ombros da menina e por um momento foi como se fosse abraçá-la. Sarah se sentiu perdida quando ele não o fez. Em vez disso, ele se inclinou e a olhou nos olhos.

— É mesmo? — perguntou ele com suavidade.

Os lábios de Sarah tremeram.

— Tenho que ir. — Ela se virou e correu pelo corredor.

Começou a subir a escada para o quarto das crianças e na metade do caminho parou, tomada pelo retorno da tosse, da tosse de Salimatu. Sarah se sentou no degrau e tossiu até que lágrimas escorreram pelo rosto. Estava cansada da luta entre ela e Salimatu, a guardiã de uma vida passada que ela não queria mais. A menina tateou o peito em busca do *gris-gris*, então se lembrou de que não tinha pendurado no pescoço. Estava na mala. Sarah terminou de subir a escada. Precisava colocá-lo. Precisava. Seu *ala* estava ali, sua proteção contra a *Mamiwata*. No dia seguinte ela cruzaria a água de novo. No dia seguinte Salimatu iria com ela para a Casa Osbourne no fim das contas.

Faith

Capítulo 33

*Dey bless fa true, dem wa ain tink dey mo den wa dey da,
cause all de whole wol gwine blongst ta um*

Bem-aventurados os mansos: porque eles herdarão a terra

Mateus 5:5

Março de 1851

Tenho de ficar longe do Sinhô Henry. Ele ainda não fez nada, mas me mantenho longe dele. A Sinhazinha Clara está com medo do que pode acontecer. Nós duas sabemos que ele nunca quis que eu viesse com eles em primeiro lugar. Eu o ouvi dizer isso à Sinhazinha Clara, logo antes de sairmos da Plantação Oakwood.

A Sinhazinha Clara está sentada perto da cabeceira da cama.

— Se ela não viajar conosco, como vou cuidar do Henry-Francis?

— Não, Clara, já falei antes, ela não pode ir para a Inglaterra conosco. Mande-a de volta para seu pai.

— A Faith alimenta o bebê com o leite dela. Não posso mandá-la de volta — responde a mulher, a voz mais alta de raiva.

Rezo para que o Sinhô Henry fique firme e me proíba de ir, assim posso ficar com meus filhos. Então a Sinhazinha Clara cai em um choro e um lamento alto.

Ela faz mais barulho que o bebê. Com certeza sabe o que está fazendo, pois o Sinhô Henry cede, como faz todas as vezes, tentando agradá-la.

— Certo, certo, pare de chorar. — Ele dá a volta na cama e dá um beijo na cabeça dela. — Diremos que ela é a sua empregada. Não quero a palavra "escravizada" sendo mencionada perto da minha mãe nem do resto da família. Não temos escravizados na Inglaterra.

Quando ouço aquilo, paro. Um lugar em que não há escravizados? Começo a tremer enquanto escuto.

— A mamãe tem opiniões muito fortes sobre a escravidão. Ela já frequentou reuniões, assinou petições, incluindo aquela enviada para a Rainha Vitória em 1838.

— Petições para quê? — pergunta a sinhazinha.

Eu me pergunto o que é uma "petição".

— Para o fim da escravidão. A mamãe tem uma postura tão séria sobre o assunto que, apesar de amar coisas doces, se uniu ao boicote do açúcar. — O Sinhô Henry ri, mas não sei o que é engraçado. — Ela até usou o broche de Wedgewood contra a escravidão. Era uma coisa feiosa, mas a mamãe o usou para demonstrar o apoio às outras moças antiescravistas da sociedade, como a Lady Byron e a Sra. Lucy Townsend.

— Por que ela usou se odiava o broche? — perguntou a sinhazinha, balançando a cabeça.

Eu tinha certeza de que a Sinhazinha Clara não o teria feito, porque sempre queria as coisas do jeito dela.

— A mamãe não queria que soubessem que ainda há um dono de escravizados na família. Você entende, não entende, Clara? Nada de falar de escravizados.

— Sim, Henry — confirma ela, com os olhos secos —, mas podemos esperar um pouco mais antes de irmos? Ainda não estou pronta para conhecer a sua família.

— Desculpe, Clara, mas já fiquei por mais tempo do que pretendia. Meu papel era me livrar da plantação do meu tio-avô Matthew e voltar à Inglaterra. A exposição do Hyde Park é em dois meses, e vamos apresentar as novas máquinas da fábrica. Preciso estar lá.

— Meu enxoval não está pronto.

— Podemos comprar o que precisar quando chegarmos a Londres. — Ele belisca a bochecha dela. — Pense só em todas as compras que poderá fazer. Conseguiria adquirir todas as novidades de Paris também, ficar pronta para o começo da temporada quando puder ser apresentada à rainha. Você será o centro das atenções em todos os bailes.

Bom, aquilo fez a sinhazinha mudar de ideia.

— Ah, Henry, você está certo — responde ela, batendo palminhas como uma criança. — A temporada social e conhecer a rainha! Conseguirei o resto do meu enxoval em Londres.

Então, quando o Sinhô Henry se vai, ela olha para mim e diz:

— Não importa do que lhe chamem na Inglaterra, é melhor se lembrar que, debaixo do meu teto, você ainda é minha escravizada.

Por quatro noites agora, aguardo até que o quarto ao lado esteja em silêncio, com a sinhazinha dormindo e o Sinhô Henry tendo ido beber, então me esgueiro para o convés superior. Quando ouço um barulho, enfio o punho na boca para evitar gritar, com medo de ter sido seguida pelo meu senhor.

— Faith.

Absalom. Um choro me escapa. Sem pensar, corro até ele. Ele abre os braços e me recebe.

— Por que está com medo? — pergunta ele com suavidade.

— Estava amedrontada de o sinhô ter me seguido. Fico longe, mas os olhos dele estão sempre em mim.

— Ah, Senhor! — exclama ele, dando um passo para trás. — Que ele ousaria colocar a mão em você!

Ele chuta um bote, e dou um pulo. Será que alguém ouviu o barulho mesmo com o som do mar e do vento?

— Desculpe. Vou voltar. Eu não deveria estar aqui.

— Não vá. Eu não deveria estar aqui também. — Ele para e me lança um olhar. — Venho à noite quando ninguém pode me ver, isto é, ninguém além de você. — Ele solta uma risadinha. — Venho sentir o cheiro do ar fresco, sentir o mar no rosto, olhar para o céu e me sentir próximo daqueles que já se foram.

Ele me puxa para eu me sentar. Encostamos as costas no bote que está no convés, pronto para levar as pessoas até a costa quando preciso. Olho para as estrelas e naquele momento me sinto em paz.

— *Arewa*.

— *Arewa*? — pergunta ele.
— A Estrela do Norte. Ela nos mostra o caminho.
— A Polar? Onde?
— Ali, consegue ver?

Ele não olha para as estrelas, e sim para mim, então pego sua mão e aponto.

— Vejo a estrela. — Ele entrelaça os dedos nos meus e sorri, os dentes brilhando no escuro.

Minha mão fica sossegada na dele enquanto meu coração canta e dança. Ficamos assim por um bom tempo, e, quando ele afasta a mão, parece levar uma parte de mim com ele. Aperto o xale ao redor do corpo.

— Você está com frio — afirma ele e me abraça.

As estrelas estavam assim tão brilhantes antes? Apoio a cabeça em seu ombro, e é como se esse lugar sempre tivesse me pertencido.

— Como sabe sobre a Polar?
— Meu Jaja, meu pai. Ele está com os ancestrais, mas não esqueço das coisas que me ensinou. Moram no fundo do meu ser e mantêm meus pedaços juntos.

Engulo com dificuldade ao lembrar da noite em que estávamos do lado de fora de sua cabana e ele me contou sobre as estrelas, que ele chamava de *irawos*.

— Desde o início dos tempos, os povos têm olhado para as *irawos* para encontrar o caminho à noite — dissera Jaja. — Se souber encontrar a *Arewa*, a estrela brilhante que nunca se mexe, nunca se perderá na selva.

— Mas qualquer um pode encontrá-la. O céu está cheio delas.

— As *irawos* se mexem e mudam de lugar. Só a *Arewa*, a Estrela do Norte, fica no mesmo lugar. É por isso que procuramos por ela. Com base naquela estrela, podemos descobrir qual caminho seguir.

Absalom aperta o meu ombro, e sei que ele entende.

— Meu pai também me ensinou muitas coisas — revela ele. — Ainda me mostra o caminho. O seu pai lhe contou sobre todas as estrelas?

— Não, aprendo sobre as outras sozinha. — Faço uma pausa e me afasto. Quase revelei o segredo que mantive por muito tempo e agora fico amedrontada.

— Aprende sobre as outras como?

Fico de pé. Preciso ir embora. Ele pula para ficar de pé e se coloca a minha frente.

— Ah, Senhor. Você sabe ler? — sussurra ele, como se as meras palavras fossem nos derrubar.

Não respondo, apenas tremo. Ele ergue meu rosto. A lua brilha com intensidade no rosto de Absalom. Ele me dá um sorriso que se infiltra em mim e faz com que eu me sinta quente de dentro para fora. Concordo com a cabeça. Ele toca o meu rosto, traçando as marcas que dizem que sou filha de um chefe, e a sensação é de que um passarinho com uma pena macia acabou de tocar minha bochecha.

— Como aprendeu? Quem lhe ensinou? — pergunta ele depressa, depressa.

Sei o que ele está pensando. Ele teme por mim. O sinhô pode me marcar, me vender, até mesmo me matar por saber ler. Prendo a respiração e olho ao redor. E se alguém tiver escutado? Mas não há ninguém ali.

— A Sra. Halston me ensina, mas ela não sabe que está ensinando. Cuido da Elise quando a Sra. Halston ensina as outras crianças. Ninguém presta atenção a mim, mas escuto e aprendo. Pratico o tempo todo. Todo lugar onde vou, leio, dou voz às palavras para que elas toquem cada parte da minha boca sem saírem. Um dia vou ler um livro inteiro.

— Você vai — confirma ele e me puxa para perto. — A Bíblia diz que o que quer que peça em uma oração, acredite que o tenha recebido, e será seu.

Ele me beija, na boca. Ninguém nunca fez isso e me agarro a ele porque estou caindo, caindo, caindo. Ele me beija de novo, e nossas línguas dançam na minha boca. Minhas pernas não conseguem me manter de pé, então afundo. Estou perdida. Quando ele se senta ao meu lado, nos beijamos de novo, as línguas dançando. O vento parece mais alto, fazendo as velas cantarem uma música que nunca ouvi, mas que meu coração conhece. Solto uma risada leve, e ela nos envolve juntos.

— Então, o que você lê?

— Leio os livros de estudo das crianças — sussurro. — Quando vou tirar pó da biblioteca, leio qualquer coisa que o sinhô deixa aberto: registros, cartas, jornais velhos que usamos para acender o fogo na cozinha. Se ninguém estiver olhando, rasgo um pedaço e escondo para ler depois.

— Você gosta de brincar com fogo — afirma Absalom, rindo.

— Encontro uma lata, ponho os papéis dentro, faço um buraco nos fundos, debaixo da varanda e escondo ali. Sei que é um lugar seguro para esconder meus papéis porque vejo pele de cobra ali. Maluuma dizia que curandeiros são como cobras, os olhos estão sempre abertos, então veem tudo, mas tenha cuidado, há *juju* dentro de algumas delas. Podem atacar sem aviso, e a picada delas pode levar uma pessoa para os ancestrais. Digo aos outros que tem uma cobra grande morando ali, mas que nunca vai me picar porque sou da África e sei falar com cobras. Nenhum deles vai para baixo da varanda depois disso. Mas eu, sim, e devagar, bem devagar, leio o que está dentro da lata e aprendo muito. Entendo onde estou e o que está acontecendo no mundo, então escrevo.

— Você sabe escrever também? — Ele me olha como se eu tivesse feito algo maravilhoso.

Concordo com a cabeça.

— Pratico a escrita no que posso, pedaços de jornal, sujeira, pedra. Uso o que encontrar: caneta, carvão, gravetos, então apago. Nunca deixo onde alguém possa encontrar.

— Nunca conheci uma mulher como você — diz ele antes de pegar minha mão e soletrar FAITH em minha palma.

Estremeço. Quero escrever o nome dele também, mas é comprido e não tenho certeza de como se soletra. Pego a mão de Absalom. É grande e forte, mas não áspera. Esta mão não trabalhou nos campos. Abro a mão dele. Não olho para ela enquanto escrevo ESTRELA. Olho nos olhos dele que estão pretos, pretos, pretos.

Ele me abraça com força.

— Meu avô, Moses, começou uma escola com a esposa Martha, para qualquer criança que deseja aprender; pretos, brancos ou marrons. Ela também sabia ler e escrever. O pai dela tratava todos os filhos de pele clara como tratava os legítimos. Somos Quacres. A escravidão é um crime contra Deus e contra a humanidade. É no que acreditamos. Os mais velhos dizem que, se voltarmos para a África, seremos livres. É por isso que, quando jovem, o papai foi para a África com o Sr. Cuffe, para descobrir se era possível.

— Seu pai foi para a África e voltou, como homem livre? — pergunto. — Ele não foi capturado? Não foi vendido como escravizado?

Eu me lembro de Leye gritando que era um homem livre que retornara para a terra natal. Aquilo não havia impedido Santigie de vendê-lo como escravizado. Lágrimas repentinas fazem meus olhos arderem.

— Meu pai foi para Serra Leoa duas vezes, primeiro em 1811. Quatro anos depois de o Parlamento do Reino Unido proibir o tráfico de escravizados no Império Britânico, tornando ilegal a compra de escravizados diretamente do continente africano.

— A escravidão foi proibida há tanto tempo assim na Inglaterra?

— Infelizmente não, isso não impediu a prática. Muito antes várias pessoas, Quacres, Anglicanos, se uniram a um grupo chamado de Filhos da África formado por africanos, incluindo Ottobah Cugoano e Olaudah Equiano. Essas eram pessoas que tinham escapado ou sido libertas da escravidão e moravam em Londres. Todas se esforçaram muito para que a escravidão acabasse.

— Se tivessem conseguido acabar com ela, eu não estaria aqui agora — digo, segurando a mão dele. — Ainda estaria na minha vila com Madu e Jaja, com Amadu e Salimatu. — Pensar nisso me faz querer uivar como um cão com dor.

— A Marinha Britânica estabeleceu o Esquadrão da África Ocidental, cuja tarefa era acabar com o tráfico de escravizados no Atlântico ao patrulhar a costa da África Ocidental. É por isso que o Sr. Cuffe pensou que seria seguro montar uma colônia em Freetown. Deixaram algumas pessoas ali para começar uma, mas não funcionou. Eles iam voltar para formar outra colônia, mas, antes que pudessem, começou a guerra de 1812 entre a Inglaterra e a América. Foram de novo para Serra Leoa em 1815, sabe. Alguns ficaram, mas o papai voltou para a família.

— Os outros ainda estão lá?

— Aquela colônia também fracassou. Enfim aprovaram outra lei que comandava que não apenas o tráfico como a própria escravidão acabasse, embora isso não tenha acontecido até 26 anos depois, com a ajuda de pessoas como o Sr. William Wilberforce, o Sr. Granville Sharp e o Sr. Thomas Clarkson.

— Mas ainda acontece.

— Ainda estamos lutando. A mudança tem que vir, e nós, opositores à escravidão, ainda acreditamos que pessoas negras devem ser livres e devem poder voltar em segurança para a África. É por isso que estou indo para a Inglaterra, para encontrar alguns Quacres que têm angariado dinheiro em discursos e palestras para mandar pessoas para Serra Leoa de novo. Meu papai não pode mais fazer a viagem, mas eu posso. Planejo ir com eles para a África, como um missionário.

Ouço algo diferente na voz dele. Sob o luar vejo que o rosto dele está determinado. Toco seu rosto. Ele beija minha mão. Sinto o calor da respiração dele em minha pele e ergo o rosto até o dele.

Então *bang*. O barulho nos leva de volta. Sabemos que, se alguém nos encontrar aqui, estaremos encrencados. Eu por deixar Henry-Francis, e ele por meramente estar ali.

Eu me afasto e corro antes que ele possa dizer alguma coisa. Meu coração está mais acelerado que meus pés, minha boca bem aberta com a gargalhada que ameaça explodir de dentro de mim. Eu a mantenho ali dentro, depressa entro na cabine e me deito. Aperto o *gris-gris* enquanto me viro para um lado e para o outro. Estou com calor, estou com frio, e entre ambos tudo o que vejo é Absalom Brown, desejando que ele estivesse bem ali, ao meu lado.

Faith

Capítulo 34

*Dey bless for true, dem wa hungry and tosty fa wa right,
cause dey gwine git sattify*

Bem-aventurados os que têm fome e sede de justiça:
pois serão satisfeitos

Mateus 5:6

Março de 1851

A Sinhazinha Clara tem se sentido mal do estômago, então misturo algumas ervas que carrego comigo e preparo uma bebida para ela, mas, mesmo quando melhora, ela ainda diz ao Sinhô Henry que está mal. Sei por que ela diz aquilo, não digo nada, mas uso. Dou uma bebida diferente para ela à noite, e ela dorme. Ainda que o Sinhô Henry não tenha vindo até mim, preparo um pouco para ele também, até coloco umas gotas na boca de Henry-Francis, e todos eles dormem a noite toda. Sei que, se alguém descobrir o que estou fazendo, vão me açoitar até me mandar para os ancestrais. Estou disposta a assumir o risco, porém, porque agora toda noite vou ao convés, sem o medo do sinhô ou da sinhazinha me seguirem.

Absalom já está lá. Ele estica o braço, e vou devagar, bem devagar até ele. Quando ele pega minha mão, sei que quero caminhar assim até o fim dos tempos.

— Venha — convida ele e me conduz até o bote. Ele colocou parte da cobertura de lona para trás, para que haja espaço para se sentar debaixo dela. — Viu, ninguém vai nos encontrar aqui. Se ouvirmos alguém vindo, abaixamos a lona. — Ele sorri, inclinando a cabeça para o lado, esperando para ouvir o que acho da ideia.

Bato palmas, como uma criança.

— Sim, sim, assim está bom — respondo.

Debaixo da lona, conversamos agora bem, bem baixinho. Quero saber sobre esse homem, quem ele é no seu interior.

— Tenho algo para você — revela Absalom.

Rio, feliz por ele querer me dar alguma coisa, qualquer coisa. Ele enfia a mão no bolso e de lá tira um livrinho. Está muito escuro para ler, mas sei que é uma Bíblia. Engulo em seco. Não posso dizer a ele que esse é apenas um livro para mim. Ainda que eu vá para a capela na plantação quando o reverendo visita, a Bíblia não carrega nenhuma verdade para mim. Se Deus nos ama tanto, por que não veio nos salvar?

Quando falei isso na cozinha, a Mãe Leah respondeu:

— Qual o seu problema, criança? A capela é o único lugar que podemos ter um descanso. Se a sinhá ouvir você falando isso, vai te fazer trabalhar até se partir ao meio. Melhor manter a boca fechada.

Absalom coloca a Bíblia na minha mão e diz:

— Em Isaías, Deus diz: *"Quando passares pelas águas, estarei contigo; quando pelos rios, eles não te submergirão; quando passares pelo fogo, não te queimarás, nem a chama arderá em ti."*

Concordo com a cabeça, mas não há nada que eu possa dizer. Como posso acreditar que esse Deus estará comigo? Até agora não esteve. Mas tristemente meus antigos deuses e meus ancestrais também não estiveram.

— Como falei antes, Omara, meu bisavô, fez a travessia como você, mas meu pai disse que ele nunca falava a respeito, nunca disse como foi capturado, nunca falou da viagem.

Senti um tremor percorrer o corpo. Sei por que Omara nunca contou a ninguém sobre a vida na África nem sobre a viagem. Nunca falei sobre isso. Aqueles que não passaram pela experiência nunca poderão entender. A maioria dos escravizados na Plantação Burnham nasceu lá, alguns deles tiveram mãe e pai nascidos lá também. O que eles sabem sobre verem a própria vila em chamas, seu povo assassinado, ou sobre serem arrastados por muitas luas pela floresta para serem vendidos e enfiados em um navio sujo e fedido a caminho da terra dos demônios brancos? Eles não querem saber porque isso os assusta. Não quero lembrar, mas a lembrança não me deixa em paz.

— É difícil falar a respeito — respondo.

Ele pega minha mão e beija as cicatrizes em meu pulso. Os lábios dele são frescos como um bálsamo. Absalom me puxa para perto. Eu me encosto nele, e ele suporta meu peso. Sei agora que posso contar.

— Depois da longa caminhada pela floresta, de perder tudo o que tenho dentro de mim, Jaja, Madu, meus dois irmãos, Lansana e Amadu, minha irmã Salimatu, clamo pelos ancestrais, para todos aqueles que se foram antes para me salvar, mas ninguém vem, nenhum dos deuses, nem *Oduduá*, nem *Olorum* nem *Ogum*. Eles me colocam dentro do barco. Não achei que fosse sobreviver à viagem naquele buraco do inferno, acorrentada aos vivos e aos mortos. Khadijatu, da minha vila, morreu dando à luz muito cedo. Eu não consegui ajudá-la, mas peguei o bebê dela, Khadi. Ela ficou deitada entre nós por dois dias antes de os marujos nos levarem para o convés superior e removerem as correntes de nós. Vi os homens jogando a Khadijatu ao mar. Coloquei Khadi debaixo do meu *lappa* e cuspi o pouco de comida que eu tinha mastigado na boca dela, como fazia no passado com meu macaco, Jabeza.

"Outros pularam ou foram jogados ao mar, como Leye. Ele disse o que aconteceria conosco. Ele já tinha sido vendido aos demônios brancos antes, mas tinha voltado para a sua vila como um homem livre. Um dia, quando ele saiu na rua, bem perto do algodoeiro da liberdade, dois homens o atacaram e o prenderam de novo. Santigie o vendeu de novo como escravizado com os dois demônios brancos. Quando ele não podia mais aguentar ficar no tumbeiro, Leye disse chorando: "não vou voltar, sou um homem livre" e atacou um dos marujos. Teve um grande barulho vindo de uma arma, que o levou direto para os ancestrais. Três marujos o pegaram e o jogaram ao mar. Levou um tempo até eu ouvir o barulho na água e um pássaro voou alto. Acho que levou o espírito dele aos ancestrais enquanto a *Mamiwata* levava o corpo dele para baixo. Rezei então que os ancestrais me levassem também. Então ouvi Maluuma, a voz da minha avó de novo. '*Viva*', disse ela, '*você tem que viver a vida que Leye, Khadijatu e todos os outros que foram jogados ao mar não puderam viver, do contrário qual é a razão para sequer existirmos?*'"

Paro para respirar. Apenas então percebo que Absalom me abraçou e está me embalando, lágrimas escorrem pelos rostos de nós dois. Eu nunca tinha visto um homem chorar. Olho para ele e sei que ele é o homem mais forte e mais verdadeiro que vou conhecer.

— Chega, chega, você não precisa mais pensar nisso — afirma ele e se inclina para me dar um beijo.

Coloco a mão no peito dele e o afasto com gentileza. Não tenho um lenço, então seco as lágrimas dele com os dedos.

— Não, Absalom, não me faça parar agora. Tenho que contar a alguém.

— O navio parou uma vez antes de chegarmos à América, Carolina do Sul, Charleston, ouvimos os homens dizendo. Eles nos limparam, passaram óleo na nossa pele, nos vestiram, checaram para ver se estávamos doentes, nos enfileiraram com outros escravizados de longa data e nos venderam, depressa, depressa. Quando o sinhô me viu pela primeira vez com a Khadi às minhas costas, pensou que era minha filha. A Velha Rachael disse que foi por isso que ele nos levou para a plantação na Ilha Gullah. O Sinhô William queria uma mulher cheia de leite porque a sinhá não tinha leite para alimentar o bebê de três semanas, que estava doente. Ele ficou muito bravo quando descobriu que eu não tinha leite também porque a Khadi não era minha. Eu tinha 14 anos e não tinha dado à luz a bebês ainda.

"Eles levaram a Khadi embora, e o sinhô me colocou pra cuidar do bebê e das outras crianças, limpar a casa, ajudar a Mãe Leah na cozinha. Eu não conseguia entender nada do que diziam. Ninguém queria que eu falasse 'africano' na plantação. Aqueles que sabiam algumas poucas palavras tinham esquecido, ou ao menos foi o que disseram. A Mãe Leah, que cozinhava para a família e todos os escravizados, me contou isso no segundo dia quando colocou uma tigela de guisado na minha mão e eu falei '*Bi sieh*'. Ela perguntou o que eu tinha dito. Eu só sabia poucas palavras daquela língua nova. Os outros escravizados pararam de comer e me encararam. Então repeti: '*bi sieh?*' Leah balançou a cabeça. Tentei falar obrigada em línguas africanas diferentes, mas não adiantou. Olhei ao redor. Com todas aquelas pessoas negras ali, tinha que ter ao menos uma pessoa que pudesse me entender. Mas não importava o que eu tentasse, *ablo*, *Mumo*, e *dupe*, nada significava nada para ninguém, até que eu tentei '*tenki*'. Aí uma das mulheres disse: '*Tenki?* Ela está falando Gullah agora. Ela está agradecendo, Mãe Leah.' Todo mundo riu.

Então a Mãe Leah disse: 'Bom, continue falando Gullah ou inglês. Não somos da África, somos americanos e não temos essa fala africana aqui nesta plantação. Todos nós nascemos e crescemos aqui ou nos arredores. O sinhô não gosta de ouvir nada dessa fala africana aqui. Vai trazer problemas para você e para a família, me ouviu? E se o Sr. Lemrick a ouvir falando assim, vai ser o chicote que ele vai estalar nas suas costas.'

"Mas depois descobri que a maioria das pessoas negras nas plantações sabe palavras de diferentes falas africanas e misturam a fala de Gullah com as outras. Nunca saíram das ilhas de Gullah, do próprio sangue. Não foram vendidos de novo e de novo como alguns escravizados em outra parte do país. Ficam ali. Nunca falam as palavras que bebem com o leite da mãe em um lugar onde homem branco, a mulher ou a criança podem ouvir. Estas são palavras passadas de mãe para filho, e assim em diante, e diante.

"Quando o sol fica alto no céu e fica assim dia após dia, semana após semana, quando o arroz cresce e os mosquitos picam e sugam, todos os sinhôs e sinhás fazem as malas e vão para Charleston. É quando os escravizados falam africano, é quando contam histórias e falam de liberdade, até que a brisa fresca começa de novo, fazendo a erva marinha e o musgo espanhol acenarem e dançarem. O sinhô e a sinhá, com as crianças e os escravizados domésticos, voltam, e a fala africana acaba.

"Então aprendo a fala Gullah depressa. Aprendo o inglês dos brancos. Aprendo muitas outras coisas também. Aprendo a ler e escrever, mas mais do que tudo isso, aprendo a não esquecer minha língua."

Ouço Absalom dar uma risadinha.

— Com certeza fez isso — retruca ele.

Rio também.

— Vejo a Sinhazinha Clara escrever no livro que ela chama de diário o tempo todo. Ela diz que escreve sobre as coisas que acontecem com ela, o bom e o ruim. Depois disso, sempre que encontro um papel, amarro junto aos outros, assim tenho páginas também. Escrevo sobre coisas que sei e coisas que quero nesta vida. Nunca deixo onde alguém pode encontrar. Quando o sinhô me mandou para a Plantação Oakwood com a Sinhazinha Clara, levei todos os meus papéis e os escondi com a estufagem do musgo espanhol dentro do meu colchão e agora faço o mesmo na cabine.

— E ninguém sabe que você sabe ler?

— Ninguém além da Velha Rachael, e ela sabe guardar segredo. Ela foi boa para mim. As criancinhas ficam com ela até fazerem uns 4 anos. Depois disso, começam a trabalhar. Fazem tarefas, levam água para os campos, cuidam dos animais, varrem o quintal. Quando vou ver meus filhos, Rachael e eu nos sentamos para tricotar nossas colchas e falar de coisas que aprendi com Maluuma. Conto a ela de algumas das plantas e medicamentos que Maluuma usava para ajudar uma mulher a empurrar o filho para fora. A velha balança a cabeça e diz: "Vocês, escurinhos de lá, sabem dessas coisas?" Aprendo com ela também. Ela me conta das ervas que usa, framboesa vermelha, hamamélia, folha de banana-da-terra e muitas outras. O sinhô começa a me alugar como parteira para outras plantações, mas nunca vejo o dinheiro. Algumas das mulheres não gostam quando o sinhô às vezes me deixa sair da plantação por conta própria. A Thuli me perguntou uma vez: "Por que você volta? Se fosse eu, ia continuar correndo."

— Sim, por que não só fugiu? — pergunta Absalom agora, acariciando meu rosto.

— Fugir para onde? Já esteve na Carolina do Sul, no Gullah? — pergunto. Ele nega com a cabeça. — Bom, Gullah é muitas ilhas com muitos rios para se atravessar. Nós, escravizados, no verão, somos deixados nas plantações, com água e crocodilos ao redor e nenhum barco. Alguns deles dizem que é um bom lugar para plantar arroz, mas um lugar ruim para escapar.

— Existem pessoas que ajudam refugiados, pessoas da rede *Underground Railroad*. Já ouviu falar deles?

— Já. Nos campos de arroz, na capela, cantamos músicas como *Follow de drinking gourd* e ainda que pareça que estamos cantando para Jesus, o Reverendo Josiah Jones diz que a cabaça a que se refere na música é a Estrela do Norte, a mesma estrela que Jaja me contou lá em Talaremba. O Reverendo Jones disse que a canção fala aos refugiados que eles precisam sempre viajar no sentido Norte. Eu teria fugido, mas meus filhos me prendem com força na Plantação Burnham. Se eu estiver lá, sei onde eles estão.

Paro de falar. Eu me pergunto o que Absalom pensa sobre eu ter filhos.

— Quantos filhos você tem?

Engulo em seco. Não sei se falo apenas dos vivos, mas penso que tenho que mencionar todos. É o certo.

— Tenho dois vivos, Lewis e Jessy. — Faço uma pausa e completo: — E mais um, o primeiro, veio e foi direto para os ancestrais.

— Então tem dois filhos vivos.

— Também tem a Khadi — continuo. — Eu a tenho como minha. Ela tem 5 anos agora. Às vezes eu a vejo no pátio, e ela corre até mim, me chamando de mamãe. O sinhô deu o nome de Kezia a ela, mas por dentro sempre sussurro o nome verdadeiro dela: Khadi. A Velha Rachael disse que os sinhôs sempre mudam os nomes verdadeiros porque não querem que os nomes nos lembrem de que viemos da África.

Absalom concorda com a cabeça e me encara. Tenho medo de que ele esteja se afastando de mim. Talvez eu tenha contado demais a ele, tenho que ir. Rastejo para fora da lona. Mas ele me segue e coloca a mão no meu ombro. Eu me recosto nele e sinto seu coração batendo, fazendo com que nós dois tremamos.

— Mudaram o nome de Omara para Caesar quando o levaram para Massachusetts — conta ele. — Quando Omara se libertou, escolheu um novo nome: Moses Brown. Disse que tinha nascido de novo e tinha orgulho de ser um homem marrom.

Absalom segura minhas mãos e acaricia as cicatrizes nos meus pulsos, mas não diz nada a respeito do meu dedo rígido. Ele não sabe que o dedo é também uma marca da minha servidão. Ele me olha nos olhos, o olhar alcançando meu ser.

— Qual é seu nome verdadeiro? — pergunta ele como se para trazer meu verdadeiro eu à tona, aquele antes das cicatrizes da escravidão, para o aqui e agora.

— Fatmata. O Pai Sorie, o *halemo*, deu nome a todos nós depois de ouvir os ancestrais.

Absalom me abraça apertado e sussurra no meu ouvido:

— Fatmata, você é uma mulher forte e corajosa.

É a coisa mais maravilhosa que ele poderia me dizer, pois sou uma forte guerreira de Talaremba. Jaja sempre dizia que havia formas diferentes de lutar e vencer. Bom, estou lutando agora do meu próprio jeito ao aprender a ler e escrever. Estou lutando pela minha liberdade e pela liberdade dos meus filhos e dos filhos dos meus filhos.

Abro bem os braços e ergo o rosto para o céu. Pela primeira vez desde que fui vendida como escravizada, digo meu nome em voz alta, para o vento, para as ondas, para o céu, para os ancestrais. Sou minha própria griote.

— Sou Fatmata, filha do Chefe Dauda de Talaremba e Isatu, sua terceira esposa, vendida como escravizada. Sou Fatmata, irmã de Lansana, Amadu e Salimatu. Sou Fatmata, Fatu, a filha, irmã, criança de Talaremba. Mãe de Amadu, Jabeza e Lansana. *Odonduá*, deusa de todas as mulheres, me ouça.

Absalom me puxa para ele, e nos agarramos um ao outro.

— Venha comigo para a África — sugere ele.

Meu coração para pelo que parece ser um bom tempo e recomeça a bater tão depressa que acho que vai saltar do peito. África. Voltar.

— Meus filhos. O que aconteceria com eles? Não posso deixá-los na plantação. A Sinhá Jane vai fazer o sinhô os vender, para puni-lo, para me punir.

— Vou buscá-los para você. Eles também vão ser livres. Lembre da *Underground Railroad*. Eles vão nos ajudar. Você vai ter seus filhos com você em liberdade, isso eu juro.

Eu o encaro. Quem é esse negro branco que pode ajudar a mim e aos meus filhos a conseguirem liberdade?

— Você está na *Underground*?

Todos os escravizados nas plantações sabem da *Underground*, mas nunca a mencionamos em voz alta. Se o sinhô nos ouvir falar, logo acabaríamos mortos e boiando no rio. Cantamos sobre isso na igreja, sobre seguir a Estrela do Norte, sobre as pessoas chamadas "condutores" que ajudam escravizados a escaparem, usando caminhos diferentes, mantendo as pessoas escondidas em abrigos o caminho todo até o Norte e a liberdade.

Ainda que estejamos sozinhos, Absalom olha ao redor. Ele balança a cabeça e coloca o dedo nos lábios. Ele me puxa para si, e minha respiração fica curta e intensa. Estou onde deveria estar, nos braços dele. Quero tocá-lo, conhecê-lo. Meus dedos tocam sua bochecha. Sei que é errado, mas preciso que ele saiba como me sinto. Pego a mão dele e coloco em cima do meu coração. Ele tenta se afastar, ser respeitoso, mas mantenho a mão dele no meu seio e me aproximo mais ainda até nossos corpos se tocarem. Nosso calor passa de um para o outro. Posso sentir o corpo dele inchando, encostado no meu, e voltamos para debaixo da lona, como um só corpo.

Trememos enquanto nos esticamos e ficamos deitados um ao lado do outro, nossos desejos agora evidentes. Não precisamos de palavras, porque nossos corpos têm a própria linguagem; perguntas são feitas do interior dele, respostas são dadas do meu interior. Ele acaricia e beija meus olhos, meus lábios, meu pescoço, meu ombro esquerdo. Ele para de se mexer, fica estático. Sua mão traça a letra S em relevo queimada no meu ombro. Tenta se afastar, mas eu o mantenho perto, apertado, desejando, precisando que ele fique bem fundo dentro de mim. Sinto o peso dele enquanto se mantém parado, e então ele faz um impulso forte e recebo nossa dor mesmo enquanto engulo tudo o que ele é. Vai e vem, vai e vem, mais depressa, com mais força, até que parece que estamos no próprio oceano, viajando nas ondas. Juntos, grunhimos e gememos com uma intensidade que sacode nossos corpos até chegarem a outro lugar e fazemos promessas. Ainda unidos, beijo o suor em seu rosto e acaricio seu cabelo molhado. Absalom solta um grunhido e começa a inchar de novo. E pela primeira vez sei o que é ser amada por um homem.

Sarah

Capítulo 35

Relembre! Controle-se, controle-se sempre!

— *David Copperfield*, por Charles Dickens

Março de 1851

Outro dia, outro trem. Sarah se sentou à janela, do lado oposto à Lady Phipps e o Sr. Charles. Ela tinha ficado surpresa quando o Dr. Clark se juntou a eles na cabine.

— Tem tossido muito? — perguntou o doutor, sentando-se ao lado dela.

— Não, senhor — respondeu Sarah, embora a pergunta tenha imediatamente feito com que ela quisesse tossir.

— Você vai — retrucou ele e se virou para o Sr. Charles. — É inevitável, eu digo; nosso clima é fatal para gente como ela.

Era aquela a razão de ele estar viajando com eles? Esperava que ela adoecesse de novo?

— O clima está ficando mais quente, porém — afirmou a Lady Phipps, sorrindo para Sarah.

— *Humpf*. Fico feliz que ela esteja bem agasalhada — comentou o doutor, continuando o falatório, o bigode torto se movendo enquanto falava. — Espero que Sua Majestade também esteja, se deseja melhorar do resfriado. Deveriam ter me convocado antes.

Ela devia ter adormecido, porque as vozes pareciam estar vindo de longe. Ela manteve os olhos fechados enquanto os sons se tornavam palavras.

— Enviei uma carta ao Reverendo Venn da *Church Mission Society* no mês passado, e ele fez perguntas sobre uma Srta. Sass, que é a diretora do estabelecimento.

Reverendo Venn? Ela tinha ouvido aquele nome antes. Estavam falando dela? Sarah tentou ficar imóvel; eles não podiam saber que ela ouvia.

— Bom — respondeu o Dr. Clark. — Quanto antes, melhor.

— Todos concordaram. O reverendo teve uma audiência com Sua Majestade logo antes de ela viajar para a Casa Osborne. Pediu que eu organizasse tudo. Vamos esperar agora para que alguém esteja disponível para acompanhar.

Quem era a Srta. Sass e por que precisavam esperar para alguém acompanhar? Sarah abriu os olhos e piscou na luz pálida da cabine. Estava escuro do lado de fora. Tinha dormido por tanto tempo assim? Quando o trem guinchou, ela deu um gritinho e se segurou em Lady Phipps.

— Não se assuste, vamos sair do túnel logo e chegar ao Royal Clarence Yard. O iate real está ancorado lá, nos aguardando.

— E aqui estamos — afirmou o Sr. Charles, enquanto o trem saía do túnel para a luz, o apito soando, a fumaça e a fuligem flutuando no ar. — E ali está o *HMY Victoria and Albert*. A travessia vai ser bem rápida.

— Venha, Sarah — orientou a Lady Phipps, segurando a mão de Sarah. — Temos que descer ao barco. Olhe as pás idênticas. Já viu algo assim antes?

Sarah segurou o *gris-gris* que usava uma vez mais.

Os cavalos se apressaram pela avenida como se soubessem que estavam próximos à casa. Sarah se segurou na alça dentro da carruagem enquanto balançavam e tremiam por todo o caminho, pela fileira dupla de cedros e carvalhos perenes que levavam à entrada com seu belo portão de ferro fundido. Quando o caminho fez uma curva brusca entre as sebes de louro, ela se esforçou para olhar pela janela, em busca do primeiro vislumbre da casa. Então viu, a Casa Osborne, suas torres idênticas se projetando por entre as árvores.

Casa? Era enorme; três lados do edifício ao redor do átrio eram esculpidos e pintados para parecerem pedra. As fontes altas espirravam água no ar. Dois níveis de terraços tinham balaústres e estátuas de leões na base dos degraus de pedra, os jardins eram uma profusão de cores, cercados por vasos com magnólias florindo.

Aquele era outro palácio, mais um lugar onde ela se sentiria perdida. Sarah se encolheu na carruagem, e para evitar se beliscar, enfiou a mão no bolso do casaco, sentiu Aina, a boneca de madeira, aquela que Abe fizera para ela no *Bonetta*, e segurou firme. A travessia curta no iate real tinha feito ela sentir falta do Capitão Forbes.

— Ah, enfim chegamos — murmurou o Doutor Clark enquanto os cavalos diminuíam a velocidade para uma caminhada, passando pela frente da casa até a entrada do átrio. — Thomas Cubitt está fazendo um bom trabalho, reconstruindo e estendendo a casa. Assim como fez com o Palácio de Buckingham.

— A maior parte das mudanças foi projetada pelo Príncipe Albert — informou o Sr. Charles.

Do lado de fora da carruagem, Sarah se virou para olhar para o sol e sentir os cheiros distintos: flores, árvores e sal, algo de que não tinha sentido o cheiro desde que deixara o *Bonetta*. Ela mordeu a boca com força e olhou através dos jardins para o mar abaixo.

— Olhe, Aina — murmurou a menina, erguendo a boneca com seus braços de madeira esticados —, olhe o mar.

— Venha, Sarah — chamou a Lady Phipps do primeiro terraço —, não podemos deixar Sua Majestade esperando.

15 de março de 1851, Casa Osborne

Querida Mamãe Forbes,

Chegamos à Casa Osborne. Não é uma casa, mas um palácio. As princesas ficaram felizes em me ver. Ainda não vi a Mamãe Rainha. Ela está resfriada. O Doutor Clark disse que não posso contrair o resfriado. Como alguém contrai resfriado, mamãe? A Vicky disse que estamos de férias, então não temos aulas na sala de estudos. Por favor, diga a Mabel e a Lily que não vou esquecer das conchas.

Sua amada filha, Sally

Sarah acordou no dia seguinte com o som de pássaros e por um momento estava de volta à África. Aquilo trouxe à tona vagas lembranças de ouvir pássaros enquanto ela, Fatmata e os demais eram conduzidos pelas florestas em direção à costa. Lembrou-se de canções de pássaros, tão perto e ainda assim tão longe, voando em liberdade. Não houvera pássaros cantando no complexo do Rei Gezo. O pensamento surgiu quando Salimatu forçou Sarah a abrir os olhos. Ela se sentou e olhou ao redor.

Não, não estava na África, nem na Casa Winkfield. Estava em um quarto na Casa Osborne. Era um quarto grande com quatro camas. A cama próxima à Sarah estava vazia. As outras duas estavam ocupadas pelas Princesas Vicky e Alice. Elas ainda dormiam; os pássaros não tinham invadido os sonhos delas. Sarah saiu da cama, foi com cuidado até a janela e separou as cortinas verde-escuro. A janela de caixilho estava aberta no topo, então ela empurrou a base para cima, o suficiente para o som entrar. Ajoelhada no assento da janela, Sarah se inclinou para fora, procurando os pássaros. Aqueles pássaros eram livres para voar. Não estavam em gaiolas, como o Gimpel.

— O que está fazendo, Sally? — perguntou Alice, indo se juntar a ela na janela.

— Escutando os pássaros. Eu queria voar como eles.

— Eu também. Eu iria a qualquer lugar — concordou Alice.

— Eu voaria de volta para casa.

Alice riu.

— De volta para a Casa Winkfield? Eu iria a um lugar especial, onde pudesse conhecer muitas pessoas diferentes.

— Eu voaria de volta para... — Sarah parou de falar.

Ela não sabia para onde voaria, no fim das contas.

Contudo, Salimatu estava bem ali, ao seu lado, sussurrando: "voaríamos para todos os lugares até encontrarmos a Fatmata. Então voaríamos de volta para a nossa vila."

— Não — afirmou Sarah tão alto que Alice deu um passo para trás.

Sarah cerrou as mãos em punhos tensos de modo que as unhas cravaram nas palmas.

Ambas se viraram quando ouviram Vicky falar:

— O que estão fazendo? Por que não me acordaram?

— Estávamos ouvindo os pássaros — respondeu Alice, fazendo menção de fechar a janela.

— Não — disse Vicky, atravessando o quarto depressa. — Não feche. Quero ver os pássaros. Eram gaivotas? Gaviões?

— Não sabemos — retrucou Alice, afastando-se. — Estou com fome.

Depois do café da manhã, Sarah correu pelo corredor, com Vicky e Alice, Bertie e Affie logo atrás, até a sala de estar de Sua Majestade. Os meninos passaram correndo pela porta e adentraram o cômodo, rindo. As meninas entraram andando.

— Meninos, por favor! — ralhou a Rainha Vitória, sentada à mesa com uma pilha de papéis a sua frente. — Vocês podem entrar quando estou trabalhando, como de costume, mas sabem que precisam fazer silêncio.

— Olhe, mamãe, a Sally está aqui — contou Alice, esquecendo-se de fazer a reverência em meio à ansiedade de anunciar Sarah.

O Doutor Clark, que estava parado próximo à janela com o Sr. Charles, ergueu a mão para impedir Sarah de se aproximar, mas a Rainha Vitória fez um aceno com a mão, dispensando-o.

— Senhora — pronunciou ele. — Não tive tempo de examiná-la ainda, mas, com o peito ruim dela, não queremos que ela pegue um resfriado.

— Ah, bobagem — contrapôs a Rainha Vitória. — Não exagere. Meu resfriado já passou. Não há perigo para ela.

— Com este clima, é uma questão de tempo, senhora. Sabemos pelo que já aconteceu com outras crianças como ela.

— Doutor Clark — respondeu a Rainha Vitória, erguendo a mão como se para impedi-lo de dizer algo a mais —, falaremos sobre isso depois.

Ele inclinou a cabeça e deu um passo para trás.

A Rainha Vitória estendeu a mão à Sarah.

— Venha, Sally — convidou ela.

Sarah se apressou à frente e fez uma reverência rápida.

— Bom dia, Mamãe Rainha.

A Rainha Vitória jogou a cabeça para trás e gargalhou.

— Viu, sou a Mamãe Rainha. E não apenas para essa criança. É por isso que me importo com todos os meus súditos, onde quer que estejam. Pretos, marrons ou brancos, são todos meus filhos. — Ela segurou o queixo de Sarah, e elas se encararam. — E como está agora, Sally? Ainda tossindo?

— Mal tusso agora, Mamãe Rainha. A Mamãe Forbes disse que o ar fresco vai me fazer bem e logo estarei completamente boa.

— De fato. O ar fresco faz bem a todos nós. Faz com que pensemos com mais nitidez. Não é, Dr. Clark? — opinou a Rainha Vitória. — Vamos dar uma caminhada assim que eu terminar com estes papéis.

Sarah olhou ao redor do cômodo cheio de pessoas, algumas das quais ela não tinha visto antes. Sarah se curvou para o Príncipe Albert, que estava embalando Louise no colo. Ele sorriu para ela.

— Sr. Charles, você estava prestes a me contar do relato do Sr. Harry Smith — afirmou a Rainha Vitória, inclinando-se à frente, ignorando as crianças.

— Sim, senhora. O Sr. Harry nos repassou mais notícias de Cabo. Aconteceram mais batalhas, mas nossas tropas saíram vitoriosas em todo lugar, e perdemos apenas alguns homens. Ele disse que os *fingoes*, uma etnia do mesmo tipo dos cafres, se comportaram muito bem.

— Hum — murmurou Sua Majestade.

A mulher espalhou os papéis na mesa, e todos ficaram em silêncio enquanto ela lia. Sarah se perguntou por que alguém quereria lutar com um cabo. Talvez fosse grande demais, difícil de manusear? Não fazia sentido para ela, mas havia muita coisa que não entendia.

— Relatos muito interessantes — respondeu a Rainha Vitória por fim, remexendo nos papéis. — Uma vitória na África do Sul, ao contrário do meu governo aqui.

— Essas derrotas constantes são muito sérias, minha querida — comentou o Príncipe Albert enquanto passava Louise para Tilly, que tinha chegado para buscar as crianças menores. — Podem acarretar consequências muito perigosas.

— O governo precisa se fortalecer — retrucou a Rainha Vitória. — Embora eu não possa negar a verdade do primeiro discurso forte do jovem Sr. Robert Peel contra os Católicos Romanos, preciso dizer que isso vindo agora é imprudente.

O Príncipe Albert afagou o ombro da esposa ao passar por ela.

— Infelizmente não podemos negar a verdade das alegações dele contra os Católicos Romanos. — À porta, ele parou. — Vocês, crianças, não precisam estar aqui dentro enquanto a mamãe está ocupada, então encontro vocês daqui a meia hora no Monte Lawn. *Schnell, schnell.*

No monte não havia sinal dos meninos. Vicky e Alice pularam para cima e para baixo, gargalhando.

— Ganhamos, ganhamos — clamou Alice, correndo até o Príncipe Albert. — Chegamos aqui antes dos meninos.

Bertie e Affie apareceram correndo pelo terraço vindos da torre da bandeira, que se estendia na altura de cinco andares e deixava Sarah tonta ao olhar para cima. Se ela subisse até o topo, seria capaz de ver tudo, para além do mar, o caminho todo até a África? Talvez, se pulasse de uma das janelas, conseguiria voar.

— Como ganhadoras, as meninas poderão escolher que legume plantar primeiro — declarou Príncipe Albert.

— Chegamos primeiro, papai! — gritou Bertie. — Só que fomos para o terraço de baixo.

— Falei para vocês que era no Monte. Não estavam aqui.

Sarah se apoiou no balaústre de pedra e observou os outros. Bertie fez uma carranca, o seu rosto ficando vermelho, e empurrou Affie para longe, murmurando:

— Não é justo.

"Justo?", sussurrou Salimatu no ouvido de Sarah. "Não é justo que não conseguimos encontrar nossa irmã, é?"

Sarah fechou bem os olhos e se beliscou para parar as imagens de chamas lhe tomando a mente.

— Venham, vamos agora — orientou o Príncipe Albert. — O resto do grupo vai nos encontrar lá. — Ele desceu os degraus que davam no terraço inferior e no amplo passadiço.

Sarah se encolheu para longe dos leões de pedra na base dos degraus. Pareciam tão grandes. Ela puxou a roupa de Alice.

— Aonde estamos indo?

— Para a horta — explicou Alice, dando pulinhos. — Cada um de nós tem uma seção do jardim para plantar legumes.

— O Papai nos paga pela hora, então compra nossos legumes quando os colhemos. Não é ótimo? — explicou Vicky.

— Paga vocês?

— Sim, a mamãe diz que precisamos saber o valor do dinheiro — complementou Alice.

— Meus legumes são sempre os melhores — contou Vicky.

— Não são, não — contrapôs Bertie, passando correndo por elas. — Minhas pastinacas vão ficar muito maiores do que as suas, e o papai vai me pagar mais. Você vai ver.

— Eles brigam por tudo — disse Alice, dando de ombros. — Gosto de plantar ervas.

— O papai diz que temos que aprender tudo, e vou aprender — contou Vicky.

— Não, você não pode — interveio Bertie. — Affie e eu vamos nos dedicar à carpintaria e alvenaria além da jardinagem, mas você precisa aprender a cuidar da casa e a cozinhar. Não temos que aprender coisas bobas como essas.

— Bom, quando o papai construir nossa cabana suíça, então será apenas para as meninas. Vamos fazer bolos deliciosos, e você não vai comer nenhum.

— Não seja malvada, Vicky — contrapôs Alice. — Você vai ser convidado para nossas festas de chá. Você também, Sally.

— Uma cabana só de vocês? — questionou Sarah, de olhos arregalados com a possibilidade de ter uma cabana construída só para ela. — Qual o tamanho?

— O papai disse que vai ter tudo o que tem em uma cabana e mais — explicou Alice —, com espaço para expor nossos fósseis e outros espécimes.

— Vamos ter até mesmo nossa própria mercearia! — adicionou Vicky. — A mamãe disse que podemos aprender os preços dos produtos do cotidiano.

Como vou saber todas aquelas coisas?, ponderou Sarah. *Quem vai me ensinar? A Mamãe Forbes, a Mamãe Rainha?*

— Não me importa. Vamos ter um forte — retrucou Bertie, correndo pelo portão.

— Com uma ponte levadiça que sobe e desce — adicionou Affie, correndo atrás do irmão.

— A mamãe disse que podemos colocar todas as bonecas dela na cabana também — continuou Alice. — Ela tem muitas bonecas. Nós também. Você tem?

Sarah concordou com a cabeça.

— Tenho algumas.

Ela não contou que uma delas era Aina, a boneca de graveto. Não teve tempo para pensar mais naquilo, porque chegaram ao jardim murado. Sarah estava ansiosa para ver o que havia atrás do muro. Parou de repente ao ver todas as plantas, algumas com flores e outras sem, mas todas verdes, com folhas de diferentes formatos e tamanhos. Quando ela se virou, cada um dos outros quatro, conduzidos por Bertie, estava empurrando um carrinho de mão, que, como as cadeiras deles, era marcado com as iniciais de cada um: P.O.W, Pcs. V, Pcs. A. P. A. Ela desejou ter um carrinho de mão como aquele. Haveria Pcs. S escrito nele? Eles tinham aventais verdes com as iniciais também, e Sarah teve certeza de que até as luvas de jardinagem tinham os nomes marcados nelas. Tudo dizendo: isso é seu, e este é seu lugar. Ela os observou indo até seus terrenos em diferentes partes do jardim e ficar a postos.

— *Gut*, estamos prontos — afirmou o Príncipe Albert. — Cada um de vocês faça uma capina e então cavem os legumes que acham que estão prontos para a colheita. Vou comprar os melhores.

Sarah observou pás e forquilhas atacarem o solo. Não sabia ao certo o que deveria fazer ou aonde deveria ir.

— E a Sally, papai? Onde está a horta dela? Ela tem que plantar uma horta também — questionou Alice, parando com a capina.

— Você tem razão — respondeu o Príncipe Albert, colocando o braço ao redor dos ombros de Sarah. — A Sally deveria ter um pedaço da horta também. Venha, vamos encontrar o Thomas, o jardineiro. Ele vai arranjar um pedaço da horta para você, assim poderá plantar alguns legumes.

— Minha própria horta? Com meu próprio carrinho de mão? — perguntou Sarah com a voz trêmula. — E posso plantar o que eu quiser nela?

— Sim, *meine kleine*, seu próprio pedaço da horta e seu próprio carrinho de mão, assim como as outras crianças. E pode cuidar dela toda vez que voltar para a Casa Osborne. Quando seus legumes forem colhidos, vou comprá-los de você também. Isso é *gut*, não?

— *Danke sehr*, papai.

O Príncipe Albert gargalhou e afagou a bochecha de Sarah.

— Então, sou papai. *Gut, gut*.

Sarah não esperou nem pela pá nem pela forquilha. Assim que Thomas mostrou a ela a pequena área que seria dela, a menina se jogou no solo e enfiou as mãos na terra macia. De algum lugar no fundo de si, lembrou-se de brincar na terra com outras crianças. Elas sopravam poeira umas nas outras de modo que entrava nos olhos, nas bocas e nos narizes. Misturavam com água até criar uma pasta e comiam a terra, espalhavam no rosto e no corpo, ficando assim tão vermelhos quanto a terra. Eles eram parte da terra. Cheiravam como ela, tinham gosto dela, pertenciam a ela. Mas aquela não era a terra vermelha empoeirada com que tinha crescido, aquela terra ali era preta, macia e grudava em sua mão. Não conseguia soprá-la nem respirar. Colocou a terra no rosto, cheirou, espalhou nas bochechas.

A sensação era boa, e ela riu.

Então notou o vestido. Estava imundo. Ela ficou de pé depressa, o coração acelerado. Lembrou-se de como o Papai Forbes tinha ficado bravo quando ela destruíra o seu vestido. Ele tinha batido nela com o bastão. Será que a Mamãe Rainha mandaria alguém bater nela com o bastão ou algo pior por ter sujado tanto o vestido?

Bertie, que era o mais próximo a ela, viu o que a menina estava fazendo e chamou os outros.

— Olhem a Sarah.

— Não queria destruir o vestido, juro — respondeu Sarah, as lágrimas formando trilhas em suas bochechas. — Vou ser punida?

— Não seja boba. Sujamos as roupas o tempo todo quando estamos aqui. A Tilla vai mandar alguém limpar. — Ele pegou um punhado de lama e, rindo, esfregou no rosto. — Pareço com você agora, Sarah.

Alice também enfiou a mão na lama e fez o mesmo.

— Eu também — falou a princesa.

— O que estão fazendo? — questionou Vicky, ficando de pé. — Nunca vão terminar a capina. O papai vai ficar muito bravo.

— Quero parecer a Sally — explicou Alice, jogando mais lama no rosto.

Affie não disse nada, apenas cobriu o rosto, o cabelo e os braços com a lama.

— Sou o guerreiro da horta — proclamou o menino, dançando ao redor de Vicky.

Bertie se juntou a ele e jogou um torrão de lama em Vicky.

— Pare de ser tão chata — disse ele.

Vicky gritou e jogou lama de volta nele. Logo havia lama voando para todos os lados e plantas eram pisoteadas. Sarah arfou. Ela não esperava que os outros começassem uma batalha de lama. Será que a culpariam? Ela se afastou, mas um punhado de lama a atingiu no ombro, e ela cambaleou. Não sabia quem tinha jogado, mas não importava, porque todos estavam jogando lama e terra. Se houvesse punição, todos sofreriam as consequências. Sarah se juntou à batalha de lama, pegando um pouco de terra molhada e lançando. Lama atingiu seu rosto, ela limpou com a mão, olhou para a terra escura tão diferente da terra em sua vila e ponderou qual seria o gosto.

Colocou a língua para fora para lamber quando Salimatu gritou dentro dela:

— Pare! Não coma a terra deles. Se engolir, vai se tornar parte deles. Vai adentrar seus ossos, preencher sua alma, sua mente, sua boca, então só vai conseguir pensar no que eles pensam e dizer o que eles dizem.

— Vá embora — disse Sarah para seu outro eu.

Fechou os olhos, respirou fundo, colocou a terra na boca e engoliu.

Faith

Capítulo 36

*Dey bless fa true, dem wa hab mussy pon oda people,
cause God gwine hab mussy pon dem*

Bem-aventurados os misericordiosos:
porque eles alcançarão misericórdia

Mateus 5:7

Março de 1851

A tempestade vem durando três dias. Fez o navio batalhar contra ondas altas, as velas se agitando e uivando, o vento gritando como um *juju* raivoso. Eu não sabia até então que uma pessoa poderia sentir tantas coisas diferentes ao mesmo tempo: alegria, medo, desespero, esperança, amor. Agora está acabado. Minha mente, meus pensamentos estão com Absalom. Quero que o dia passe depressa até chegar à escuridão da noite. Quero abraçá-lo e quero que ele me abrace. Quero que nosso coração se misture e se torne um.

Um longo tempo se passa antes que a sinhazinha durma e eu consiga escapar para o convés. Ele não está aqui. Ele desafiou a tempestade? Ele se preocupa que eu tenha mudado de ideia, que não sou completamente dele para sempre? Sinto o rosto queimar ao pensar nele e eu para sempre, fazendo o que fizemos antes. Rastejo para debaixo da lona para tentar alcançar aquele lugar uma vez mais. Como anseio por ele estar ali ao meu lado. Então, no canto, aninhado debaixo de uma corda para se manter preso, vejo um pedaço de papel. Pego-o. Há algo escrito ali, apenas uma linha. Sei que o recado é dele, de Absalom. Tento ler, mas está escuro debaixo da lona. Seguro-o com força e corro para a cabine.

O dia surge, e a luz adentra a cabine. Olho para o papel e tudo o que está escrito ali é: *1 Coríntios, 13:13*. Vocifero a palavra. É uma mensagem. Boa ou ruim? Talvez seja para dizer que cometemos um erro. Não tinha eu me lançado nele, sendo precipitada, mostrando o quanto eu o queria?

Sei que é um livro da Bíblia. Pego a Bíblia que ele me deu do esconderijo debaixo do colchão. Abro-a e folheio as páginas depressa e de maneira brusca, ansiosa para saber o que ele quer me dizer. Procuro até encontrar. Leio devagar. *Agora, pois, permanecem a fé, a esperança e o amor, estes três*; a palavra *faith*, que significa fé, está sublinhada, e meu coração se enche de emoção. Com cuidado, dobro o papel, coloco-o dentro da Bíblia e aperto contra o peito. Tem o cheiro de Absalom, e eu o imagino segurando-a, lendo-a. Sei que um dia vamos nos sentar e ler a Bíblia juntos. Não consigo ler tudo ainda, mas é uma promessa, o voto entre nós.

Quero que o dia se transforme da manhã para a noite. Nada vai me manter longe de Absalom esta noite. Mas há o dia o qual viver primeiro. Balançando o balde de água, ando em direção à cabine da segunda classe, com os passos leves e livres, torcendo para que hoje eu veja Absalom ali. Louvados sejam os deuses, ali está ele, parado quase em meio à escuridão, mas o vejo. Ele dá alguns passos para a luz e paro. Não consigo colocar um pé após o outro ao encarar a beleza dele. Pela primeira vez, vejo Absalom em plena luz e quero absorvê-lo com os olhos. Ele olha para mim e me refreio. Começo a me movimentar de novo e aceno com a cabeça, ele sorri e acena de volta, sorrio também. Acontece tão depressa que ninguém percebe além de nós, é uma conversa inteira, uma promessa a ser mantida.

Vou em direção à terceira classe, tão feliz que nem penso em Lil e nas outras mulheres. Então, muito antes de eu alcançá-las, escuto o choro e os gritos.

— Ele devia ter chamado o doutor — afirma uma das mulheres.

— Não conseguimos falar com ninguém com a escotilha fechada e estamos todos trancados aqui — responde aquela que chamam de Biddy.

— Eu não deixaria um homem tocar minhas partes. Parto é um trabalho de mulher — opina Deirdre.

Tenho uma sensação ruim na barriga. Três dias. A menina, Ada. Falei a ela três dias. Ó, Deus, Ó, *Oduduá*, deusa de todas as mulheres, ela, não.

Eu me aproximo.

— É a Ada? — pergunto.

As mulheres se viram para mim e me encaram como se nunca tivessem me visto.

— E o que você tem com isso? — retruca Biddy.

— Ela morreu?

— Não, mas o bebê não resistiu. Lil fez tudo o que podia.

— A Ada não vai durar muito mais.

— Fique quieta, Deirdre. O pobre John está bem ali. Quer que ele ouça esse tipo de coisa? Dê um pouco de esperança ao homem.

— E de que serve a esperança? Todo mundo sabe como vai terminar.

Coloco o balde no chão e olho ao redor, procurando Ada. Ela está no canto mais afastado dos homens, que, pelo menos uma vez, não estão falando, brigando ou bebendo, apenas observam.

— Deixe-me ver se consigo ajudar, sou parteira — ofereço.

— Acha que vamos deixar você colocar suas mãos pretas e sujas nela? Acha que pode fazer melhor que nós? — responde Deirdre, levantando-se e se aproximando tanto de mim que consigo sentir o cuspe dela em meu rosto.

Eu não sabia que John tinha visto tudo aquilo, mas, antes que eu possa dizer algo, ele aparece.

— Deixe-a tentar — orienta John. — A Ada me contou que a menina já trouxe várias crianças ao mundo. Ela não pode salvar a criança, mas talvez possa salvar a mãe.

Deirdre recua e resmunga:

— Se quer assim, John. Ela é sua esposa. Sei que meu Michael não faria isso comigo.

Vou até Ada. Ela está muito mal. O cheiro é forte. Sei que preciso agir rápido.

— Desde quando ela está sangrando assim?

— Desde ontem à tarde — responde Biddy.

— Saiu mais alguma coisa dela depois do bebê?

Lil me observa por um segundo e nega com a cabeça.

— Cortamos o cordão, mas nada mais saiu depois disso.

— Ela precisa beber muita água. E coloquem um pouco de água para ferver.

Começo a esfregar e pressionar a barriga dela para baixo.

Lil diz:

— Tragam um pouco de água.

As mulheres fazem um círculo ao redor, bloqueando a passagem de homens e crianças. Lil põe um pouco de água na boca de Ada até que ela consiga engolir. Faço pressão para baixo, nada. Sei que preciso fazer mais. Minhas mãos são pequenas, certas para este tipo de ajuda em um parto. Coloco a mão dentro de Ada enquanto faço força e mais força até que saia tudo de nascimento dela, e ela começa a respirar com facilidade. Apenas então paro. Não sei por quanto tempo estive trabalhando em Ada, mas estou cansada, meus braços doem, estou coberta de sangue e suor, mas sei que ela vai sobreviver.

É Lil que me ajuda a ficar de pé, e Biddy pega água para lavar minhas mãos. Eu as deixo limpando Ada o máximo que podem, fazendo uma pilha de tecido sujo para ser jogado ao mar.

Enquanto saio, John se aproxima.

— Obrigado. Queria que tivesse salvado a criança, mas ao menos ainda tenho Ada. — Ele segura minha mão e para, olhando para as mãos juntas; uma preta, outra branca. Ele olha para mim com os olhos marejados. — Obrigado — diz uma vez mais e me solta.

Concordo com a cabeça, pego o balde que alguém encheu de água. Devagar, me afasto. Meu coração fica pesado pela perda de mais uma criança. Logo o corpinho dela vai se juntar aos ossos no fundo mar. *Mamiwata* recebeu seu pagamento.

A Sinhazinha Clara me belisca por ficar tanto tempo fora. Pelo menos ela não quebrou meu dedo.

— Tive que cuidar do Henry-Francis esse tempo todo. Ele não parou de chorar. O Sr. Henry não está feliz. Amamente-o.

Não conto a ela que há uma mãe na parte mais baixa e escura do navio que desejava poder segurar o seu bebê nos braços agora, que não queria nada além de olhar para o filho. Pego Henry-Francis no colo. Ele está molhado. Eu o limpo, abro o corpete e o coloco em meu seio. Penso em Ada. A sinhazinha me observa.

— Bom, graças a Deus você está aqui — comenta ela quando Henry-Francis adormece. — Embora o Sr. Henry não quisesse trazer você conosco. A mamãe e eu o persuadimos. — Ela ri. — Eu não teria tido ninguém para cuidar do Henry-Francis ou de mim. Você sabe o que gosto, e isso é um alívio imenso. Venha pentear meu cabelo. E não puxe como puxou ontem.

A Sinhazinha Clara não fala comigo desse jeito há muito tempo, esquecendo de que sou sua escravizada, querendo apenas conversar com alguém, alguém que concordará com ela. Não desde que ela deixou a sala de aula e eu carreguei o filho do pai dela.

— O que vai acontecer quando chegarmos a Liverpool? — pergunto de maneira ousada, penteando o seu cabelo que vai até a cintura, devagar e com gentileza, como uma mãe ajeitando o cabelo de sua filha favorita.

— Vamos à propriedade do Sr. Henry por alguns dias para nos recuperar desta travessia horrenda. Ele disse que precisa checar a fábrica e ver se tudo chegou a Londres para a Grande Exibição. Ele também quer descobrir o que o cunhado tem feito. O Robert colocou o nome, mas nenhum dinheiro na empresa quando se casou com a Lavinia, ainda assim sente que pode dar opinião sobre como as coisas são feitas — responde a sinhazinha.

Não digo nada. Sei que, se eu ficar calada, ela continuará falando, e vou descobrir muitas coisas. Algumas vezes solto um resmungo ou fico quieta após um "sim, sinhazinha, não, sinhazinha" e a deixo prosseguir, deixo que ela ouça a própria voz. Penteio o cabelo e espero.

Ela ainda não acabou.

— Então vamos viajar até a casa da mãe dele, Lady Fincham, na Rua Charles. Isto fica em Mayfair, no centro de Londres. O Sr. Henry não tem a própria casa em Londres, mas, agora que estamos casados, ele disse que podemos procurar por uma. Ele me prometeu que posso visitar todas as lojas. Vou precisar de muitas coisas para a temporada. Haverá teatros, concertos, convites para festas de chá, jantares e bailes. Serei apresentada à Rainha Vitória, e o Sr. Henry mandou confeccionarem meu vestido na Worth, em Paris. A meia-irmã dele, Isabella, também será apresentada. A essa altura ela já deve ter tudo, roupas, sapatos, leques, joias. — Ela faz uma pausa, os olhos duros e fechados enquanto descreve a cunhada como uma concorrente. Depois de ter pensamentos profundos, ela continua, alegre: — Estou determinada a ser a beldade de Londres. Isto não seria maravilhoso? É meu sonho. A mamãe e a Adele vão ficar com tanta inveja. — Ela solta a risada aguda, beliscando as bochechas para que fiquem vermelhas.

Não estou mais ouvindo-a falar sobre temporadas e rainhas, lojas e visitas. Arrumo o cabelo dela e penso em Absalom e eu em Londres. Ainda que o mero pensamento faça meu coração tremer e eu queira gritar "e eu serei livre", sei que aquelas palavras nunca podem escapar da minha boca até os ouvidos dela. Enterro os pensamentos, os sonhos, bem no fundo, por trás de uma expressão facial neutra.

A liberdade era apenas uma palavra antes, mas agora tenho uma imagem de liberdade. Vejo uma árvore grande, de copa larga como a árvore espiritual para a qual Maluuma me levava. Eu me sento debaixo dela com Absalom, as crianças correndo ao redor: Lewis, Jessy, Kezia e até meu primogênito, Anthony, vivo, não abandonado em solo americano. Chamo-os pelos seus nomes africanos: Lansana, Jabeza, Khadi e Amadu. No colo de Absalom está a mais nova, nossa filha Maluuma.

Faith

Capítulo 37

Dey bless fa true, dem dat only wahn fa jes saab de Lawd, cause dey gwine see God

Bem-aventurados os puros de coração: pois verão a Deus

Mateus 5:8

Março de 1851

Nada vai me impedir de estar com Absalom hoje à noite. Pego o papel que encontrei debaixo da lona, dobro-o de novo e de novo até ficar pequeno o bastante para colocar dentro do meu *gris-gris*. E Faith, com esperança e amor, vai até ele.

Ele não está aqui, mas sei que virá. A brisa do mar atinge meu rosto, e tremo com o frio. Erguendo a lona, rastejo para dentro do espaço debaixo do bote, sento-me próxima à entrada e espero. Enfim, quando ele chega, caio em seus braços e o abraço com firmeza, como se para ter certeza de que ele é de verdade. Ele me dá um beijo muito suave, nossos lábios apenas se tocando. Nós nos separamos e interpretamos o rosto um do outro antes de nos inclinarmos à frente, e desta vez o beijo é lento e profundo, cheio de uma fome que se assemelha a minha. Retorno a ele beijo após beijo, toque após toque. Quando nos separamos, ele coloca o braço ao redor de mim, e descanso a cabeça em seu ombro.

— Queria poder ficar assim com você para sempre — revelo.

— E vamos ficar — responde Absalom. — E depois contaremos aos nossos filhos e netos como rompemos a corrente do *maafa* e voltamos juntos para a África.

Abraço os joelhos, fecho os olhos e vejo a minha vila. Vejo pessoas que se parecem comigo, que falam como eu, que sabem minhas histórias. Quero dançar, cantar, andar por quilômetros, viver sem medo do chicote. Quero ser livre.

— Absalom, vamos mesmo para a África?

— Sim. Estou indo com Fé... — conta ele, a palavra "fé" fazendo referência ao meu nome "Faith", e beija minha testa. — E com esperança... — Meu nariz recebe um beijo. Sorrimos e juntos dizemos: — E com amor.

O beijo é uma promessa das coisas que estão por vir.

— Quando? Vamos apenas descer do barco em Liverpool e desaparecer? Preciso me esconder? Por quanto tempo? — despejo pergunta atrás de pergunta, não dando tempo a ele de responder.

Ele segura minhas mãos e as sacode.

— Pare, Faith.

Abro a boca. Absalom coloca o dedo em meus lábios.

— Pare, Fatmata — pede ele.

Paro. Arregalo os olhos, meu coração bate acelerado. Eu não poderia ter falado mesmo se quisesse, porque ele me chamou pelo meu nome verdadeiro, e estou inteira de novo.

— Não sei exatamente quando vamos partir para a África. Preciso encontrar com alguns amigos abolicionistas em Londres para descobrir nossos planos exatos. Eles vão nos ajudar.

— Aí está essa palavra de novo. Já ouvi isso antes, abolicionistas. O Sinhô William não gostava deles. Ele falou uma vez, depois de ler o jornal *Charleston Mercury*: "graças a Deus o Presidente Taylor morreu e o novo presidente tem bom senso o bastante para ir contra os abolicionistas e permitir a Lei do Escravo Fugitivo." Foi quando escrevi a palavra, mas não sabia como soletrar.

— Essa lei é a pior coisa que poderia ter acontecido conosco, negros — explica Absalom. — Mesmo que o Presidente Fillmore seja contra a escravidão, ele teme que os estados escravistas saiam da união, então criaram essa lei do escravo fugitivo no ano passado.

— Mas o que ela significa?

— Que donos de escravizados agora podem pedir a ajuda federal para capturar e devolver escravizados que tenham fugido.

O rosto de Absalom está rígido, sua respiração, pesada. Toco seu ombro, e ele relaxa um pouco. Percebo que os pensamentos dele ainda estão longe de mim.

— É algo muito ruim — afirma ele com a boca tensa, determinada. — A pior parte é que esses que capturam escravizados são muito bem recompensados, então pegam qualquer um que quiserem, escravizados que fugiram, escravizados libertos, ou aqueles que nasceram libertos, mesmo quem se parece comigo. Todos são vendidos como escravizados. — Ele cerra as mãos em punhos, como se pronto para lutar com qualquer um que surgisse para pegar a ele ou aqueles que ama.

Não consigo olhar para ele, para sua dor. Nem mesmo sua pele quase branca seria capaz de salvá-lo.

— Muitos ex-escravizados como o William e Ellen Craft, ou Henry Box Brown, fugiram para a Inglaterra. Se voltarem para a América, serão pegos e reivindicados pelos antigos senhores.

— E isso aconteceria comigo e com as crianças.

— Não se preocupe. Não vamos voltar para a América.

Rastejo para os braços dele, mas ainda tenho medo do que nos aguarda. Penso em todos as pessoas negras na América, escravizadas ou nascidas livres, sempre olhando por cima do ombro, sempre esperando pela corrente ao redor dos tornozelos, o jugo ao redor do pescoço.

— Deixe-me ir com você assim que chegarmos. Não quero que nos separemos.

Ele se afasta de mim e sinto medo, porque sinto uma pequena distância entre nós.

— Quando chegarmos a Liverpool, a melhor coisa seria você ir com a Sinhazinha Clara, até eu ter organizado tudo. Vou direto para Londres para falar com alguns dos nossos amigos Quacres. Passaram-me alguns nomes. Muitos deles moram na galeria Paradise Row.

Mesmo em um momento como este, não posso evitar sorrir.

— Paradise Row? Então esses Quacres da galeria chamada Paraíso vão nos ajudar a chegar ao paraíso?

Absalom joga a cabeça para trás, gargalha e me puxa para ele.

— Sim, algo assim. Assim que souber os planos de viagem, vou enviar uma mensagem a você.

— Quanto tempo? Quanto tempo vai levar?

— Não sei. Algumas semanas, um mês? Não saberei dizer até encontrar com o Reverendo Thomas e o Sr. Hanbury. Quando tiver os detalhes, vou até você.

Concordo com a cabeça, mas estou chorando.

— E se acontecer algo errado? E se não conseguir me encontrar?

— Vou encontrar você, onde quer que esteja. O Sr. Henry Compton, Londres, vou encontrá-lo.

— A Sinhazinha Clara disse que vamos para a Rua Charles, Londres.

— Vou até você.

— Promete?

— Prometo. — Ele me dá um beijo que se prolonga e desbrava.

Consigo sentir seu calor e não tenho vergonha alguma enquanto desfaço os botões do corpete. Seu olhar foca nos meus seios; ele estica o braço para trás, abaixa a lona para cobrir a abertura, faz com que eu me deite de costas e me perco uma vez mais.

Devemos ter dormido porque de repente ouço barulho do lado de fora. Sento-me e vejo que, com exceção do *gris-gris* no pescoço, estou nua, e Absalom também. Ó, senhor, e agora? Dormimos a noite inteira? Meu coração martela no peito. Depressa, em silêncio, recoloco o vestido e sacudo Absalom para acordar. Coloco o dedo sobre meus lábios. Ele assente e escuta, pegando as roupas e se vestindo. Ele ergue o canto da lona. Quase não há luz ainda. O dia está nascendo. Esperamos. Nada acontece.

— Vou primeiro, depois vá depressa para a sua cabine. Se alguém te parar, diga que subiu só para tomar ar fresco porque estava enjoada — sussurra ele em meu ouvido.

Ele me beija de maneira intensa e me agarro a ele por um minuto, então ele se vai.

Fico esperando ouvir um grito, um chamado, nada. Pego o xale, coloco ao redor dos ombros e ando em direção à escada. Passo por um marujo negro esfregando o convés. Nunca o tinha visto. Ele olha para mim, mas não diz nada. Meu pé toca o primeiro degrau quando ouço um grito. Paro. É apenas um dos marujos chamando o outro? Então ouço.

— Neguinho, está fazendo o que aqui em cima?

— Falei que esse neguinho estúpido fica aqui o tempo todo.

— Ele não sabe o lugar dele, então melhor mostrarmos.

Mesmo muito longe no convés, distante deles, ouço os golpes, e sei que estão atacando Absalom. Subo de volta, ergo a saia e corro.

Há quatro homens batendo em Absalom, três marujos e um passageiro de primeira classe, um dos companheiros de bebida do Sr. Henry; Sinhô Drayton está assistindo. Olho depressa para checar se o Sr. Henry está ali, mas não o vejo. Naquele momento, não me importo se ele está ali ou não, tudo o que quero é que esses homens parem de espancar o meu homem.

— Parem! Parem! — grito por cima do som das ondas e do vento.

Ninguém me ouve, ninguém para. Tateio para pegar o estilingue e me lembro que não o carrego mais. Corro. Escorrego e caio. Uma mão me segura. É o marujo negro. Ele é um homem grande. Ele me pega no colo.

— Você não pode impedi-los, eles gostam demais da briga — afirma o homem.

— Tenho que impedi-los. Eles vão matá-lo.

— Ele é seu homem?

— Sim, e eles estão matando-o.

Ele ergue dois marujos do chão e os joga para longe de Absalom, que está deitado, imóvel. Caio de joelhos e rastejo até ele. Coloco sua cabeça em meu colo e tento limpar o sangue de seu rosto com o meu xale.

— Você mata o homem, morre também. É isso que quer? — brada o marujo negro.

— Ele não tem que estar aqui em cima — responde o outro marujo. — Ele tem se passado por branco esse tempo todo e não é nada além de um neguinho imundo.

— Ele nunca tentou se passar. Vocês só não sabem a diferença — retruca o marujo negro.

— Bom, ele aprendeu uma lição — responde o Sinhô Drayton enquanto vai embora.

— Suma, Samson, vocês neguinhos sempre se unem — diz o terceiro marujo, afastando-se.

Absalom grunhe quando tento erguer o corpo dele. Seu rosto está inchado, o lábio sangrando, um olho intumescido se fechando. A cabeça dele pende para a frente, e sei que não consigo levantá-lo.

— Por favor, tente — peço e, com dificuldade, tento erguê-lo.

Samson se aproxima e, com uma das mãos, ergue Absalom para ficar de pé. Estou tão grata por sua ajuda que poderia tê-lo beijado. Onde ele esteve esse tempo todo? Nunca o tinha visto ali.

Absalom cambaleia de pé. Sua jaqueta está rasgada, e a manga, pendurada.

— É melhor você tirar ele daqui — sugere Samson. — Tenho certeza de que eles vão reunir a cavalaria e voltar.

Eu meio arrasto, meio carrego Absalom pelo convés. Não sei como consigo carregá-lo escada abaixo. Não há outro lugar para levá-lo, exceto minha cabine. Meu coração bate forte enquanto o coloco deitado na parte debaixo do beliche. Ó, *Odeduá* e todos os deuses, cuidem de nós. Se formos pegos, vamos morrer, ou ao menos seremos espancados severamente e então lançados rio abaixo. Henry-Francis ainda está dormindo; consigo ouvir o Sr. Henry roncando, mas e a sinhazinha? Abro um pouco a porta, ela ainda está dormindo, com os braços ao redor do Sr. Henry. A ternura entre eles me surpreende. Então, mesmo chiando tanto, ela dorme daquele jeito agarrada ao seu homem. Fecho a porta e vou cuidar do meu.

Lavo o rosto de Absalom, preparo para ele uma bebida com algumas ervas para aliviar a dor e coloco bálsamo em suas feridas. Ele dorme e o cubro até os ombros com a colcha de retalhos. Aliso a colcha, cada pedaço de pano, coletado e cuidadosamente tricotado ao longo de mais de um ano, sentada com a Velha Rachael enquanto conversamos sobre ervas e cura. Cada parte da colcha me lembra de um período, uma pessoa, uma situação; pedaços pegos, dados, encontrados. Todos têm coisas a dizer, de medos e risadas, de raiva e saudade, e agora tudo isso está envolvendo e abraçando Absalom. Conserto a jaqueta dele, limpo-a e costuro a manga de volta. Espero.

Ele ainda está dormindo quando a Sinhazinha Clara me chama. O Sr. Henry já está vestido. Ele cambaleia para o salão de refeições da primeira classe. Rezo para que ele permaneça lá. Lavo a sinhazinha, penteio seu cabelo e pego seu café da manhã, sorridente e rápida. Alimento Henry-Francis e o deixo com a sinhazinha de novo. Antes de ir buscar água, coloco as caixas e bagagens ao redor para que ninguém consiga entrar com facilidade na cabine e rezo para que Absalom acorde se sentindo melhor e vá para a própria cabine sem ser visto.

Lembrando-me de Ada, envolvo algumas ervas em um pedacinho de pano e desço até a terceira classe para buscar água. As coisas mudaram. A primeira pessoa a falar comigo é Lil.

— Você fez bem ontem — afirma ela, me olha de cima a baixo e se afasta.

— Ada? — pergunto para as costas dela. — Ela está melhor?

— Sim — responde Biddie —, mas está muito triste por causa do bebê. Disse que queria ver você quando descesse.

Concordo com a cabeça.

— Está bem.

Coloco o balde de água no chão e vou até o canto em que Ada está deitada. John está ao lado dela. Ele sai do caminho para que eu me aproxime. Ela parece muito nova deitada ali, mas a cor do rosto está bem melhor.

— Trouxe algumas ervas para você, vão ajudar a melhorar. Alguém pode lhe fazer uma bebida, com água quente.

Seus olhos se enchem de lágrimas, e, pelo que parece, Ada tem chorado muito.

— Obrigada — responde ela. Ela olha para o marido, então pergunta com suavidade: — Isso vai acontecer de novo? John e eu queremos tanto começar uma família.

Eu me agacho ao lado dela.

— Não sei. Mas, da próxima vez que estiver com criança, faça tudo com calma. Beba muita água e, se não sair tudo do nascimento, não espere por muito tempo. Busque ajuda.

Ela concorda com a cabeça.

— O bebê foi dado à água ontem. Chamamos a menina de Faith. — Ela então vira o rosto e chora.

Quando volto à cabine, Absalom não está mais lá.

Chegamos ao cais de Liverpool. É um dia de março muito frio, chuvoso, sujo e barulhento. A sinhazinha está brava, o Sr. Henry está ocupado com caixas e bagagens. Henry-Francis está chorando. Não me importo. Não consigo comer, não consigo dormir. Não vejo Absalom desde o ataque. Toda noite tento subir ao convés, e toda noite a escotilha está fechada. Ele ainda está machucado? Vivo? Morto? Não, eu saberia se ele estivesse morto, porque algo em mim morreria também. Mas tenho medo por ele. Tenho medo por nós.

Ao caminhar pela prancha do navio, vejo Samson movimentando algumas caixas. Ele olha ao redor, então se apressa até mim.

— Tem procurado por você — afirma ele.

Samson sorri, toca minha mão e se vai antes que eu possa dizer qualquer coisa. É um bilhete. Sei que é de Absalom. Meu coração bate acelerado. Ele está vivo.

Abro depressa.

Salmos 34:18: *Perto está o Senhor dos que têm o coração quebrantado, e salva os contritos de espírito.*

Sarah

Capítulo 38

Considere que nada é impossível, então trate as possibilidades como probabilidades.

— *David Copperfield*, por Charles Dickens

Março de 1851

Do terraço superior, Sarah conseguia ver o vale abaixo até a Baía Osborne com seu mar de azul profundo. A vista tanto a entusiasmava quanto a assustava, mas não sabia dizer o porquê. Ela queria descer até a praia, porém. Ainda que o sol estivesse brilhando, havia uma brisa, e ela desejou ter um casaco ou ao menos um xale.

— Está fresco e claro hoje — comentou a Rainha Vitória com o Príncipe Albert. — Vamos andar até a praia. Assim teremos a oportunidade de ver os novos cultivos no caminho.

Affie logo correu com Bertie, gritando "espere por mim" atrás dele. Sarah teria gostado de correr encosta abaixo com eles, mas sabia que precisava ficar com as meninas. *Princesas não correm*, Tilla havia dito quando elas foram flagradas correndo no corredor.

— Por que meninos podem correr, pular e lutar, mas nós, não? — reclamou Vicky. — Não é justo.

— Porque é o que é, Princesa Vicky, é como as coisas são. Há coisas que homens podem fazer que até mesmo sua mãe não pode, e ela é a rainha.

Sarah também não achava que era justo. Como Sua Majestade poderia ser a rainha, ser dona de tudo e ouvir que havia coisas que não poderia fazer por ser mulher? Sarah simplesmente não entendia. Parecia que era o mesmo em todos os lugares. Então se lembrou das Mino, as ferozes guerreiras mulheres, temidas por homens e mulheres. Só de pensar naquilo e naqueles dias fazia o corpo dela formigar. Ela esfregou a coxa, mas por cima do vestido e das anáguas não conseguia sentir a tatuagem de macaco, sua marca de guerreira. Ela não se sentia como uma guerreira. Enfiou as unhas na pele.

Foi uma longa caminhada até a praia. Sarah sentiu o ímpeto do mar e segurou a mão de Alice. Caminharam pela Ring Walk, ao redor do parque interno, pela High Walk até a Valley Walk, com os arbustos de flores do começo de primavera ladeando o percurso, pela mata, cheia de carvalhos e cedros, a estrada se curvando gradualmente no caminho para a praia arenosa. Havia narcisos em todos os lugares, em moitas, ou individualmente, todos com as cabeças se curvando e acenando na brisa suave, encorajando-a a prosseguir. Cada passo parecia fazer o ímpeto do mar ficar mais intenso, e a vontade de correr direto para a água era forte. Era aquele o chamado da *Mamiwata*, que jazia lá no fundo do mar, esperando para arrastá-la para o outro lado do mundo? Por um momento Sarah desejou ter usado o *gris-gris* com sua membrana, sua proteção contra o afogamento, mas havia o guardado de novo. Ela era uma Princesa Inglesa naquele momento, não era? E elas não usavam o *gris-gris*. Em vez daquilo, usavam pingentes em formato de coração em uma corrente ao redor do pescoço. Princesas inglesas não falavam de *juju* nem tinham medo da água. Sarah respirou fundo e pisou na areia.

Affie, vestido no traje de banho listrado, foi o primeiro a entrar no mar, berrando e espirrando água para os lados. O Príncipe Albert pulou de um pequeno píer, seguido por Bertie. Quando todos ficaram submergidos, Sarah deu um gritinho e um passo à frente, com medo de que não voltassem à superfície. Apenas quando viu as cabeças deles mergulhando e submergindo na água, conseguiu ir se juntar à Vicky e Alice na tenda que havia sido montada para elas vestirem os trajes de banho. Ficou surpresa ao ver Tilla ali também, ajudando Lenchen a vestir o traje.

— A Lenchen também vai entrar na água? — questionou Sarah.

— Sim, vou. O papai está me ensinando a nadar — respondeu Lenchen, remexendo os dedos na areia e dando puxões nas ceroulas que apareciam debaixo da saia curta do traje de banho.

— Também há um traje aqui para você, Sarah — revelou Tilla. — É melhor se trocar. Os outros estão quase prontos.

— Não sei nadar.

— O papai vai ensinar você também. É fácil — respondeu Helena.

Na praia uma vez mais, Sarah viu os meninos ainda brincando na água.

— Venham! — gritaram eles.

Vicky pegou a mão de Helena e, com cautela, fizeram o caminho para dentro da água. Alice não conseguiu resistir e correu atrás delas, deixando Sarah parada à margem da água, segurando o chapéu de banho que se recusava a ficar preso à cabeça. Os gritos e risadas deles a fizeram querer correr para dentro do mar também, todos os pensamentos da *Mamiwata* escapando da mente. Ela deu um passo para dentro do mar, a temperatura fazendo ela tremer. Não sabia se era porque estava com medo ou apenas com frio. Alguém colocou a mão em seu ombro, e ela deu um gritinho. Na tentativa de se afastar, acabou caindo de cara na água. A mesma mão a segurou e a ergueu do mar raso. Ela cuspiu água e areia, esfregando os olhos que ardiam por causa da água salgada. Ela ergueu a cabeça e viu que a mão pertencia ao Dr. Clark, que tinha ido à praia de carruagem.

— O que pensa que está fazendo? — ralhou ele. — Você não pode ficar imersa na água com o peito ruim assim. Tem que se sentar e observar os outros. Por favor, vá se secar.

O Príncipe Albert, que tinha visto Sarah cair no mar, saiu da água.

— Ah, querida. Venha, vou te ensinar.

— Sinto muito, senhor — respondeu o Dr. Clark, o bigode tremendo —, mas não posso concordar que ela fique submersa na água.

— É bem seguro. Projetei a banheira de nado eu mesmo e a usei para ensinar todos os meus filhos. Vê a grade de madeira suspensa entre os dois pontões ali? Bom, eles podem ser rebaixados ou erguidos de acordo com a proficiência do nadador.

— Senhor, não duvido de que poderia ensiná-la a nadar. Entretanto, com o peito ruim dela, ficar extremamente molhada seria prejudicial à saúde da menina.

— Bom, acredito que a brisa do mar e o banho concedem imunidade às crianças devido ao efeito de fortalecimento de sua constituição pelo sal.

O Dr. Clark encheu as bochechas de ar e o bigode dançou, abanando o rosto do homem, que ficou quente e vermelho.

— Seja como for, Sua Alteza, é minha opinião profissional que no momento ela não deve nem mesmo andar de canoa.

— Ah — murmurou o Príncipe Albert, lançando um olhar duro ao outro homem. — Talvez quando ela estiver mais forte.

Sarah viu o príncipe nadar para longe e poderia ter gritado, ou chorado, ou ambas as coisas. Em vez daquilo, mordeu o interior do lábio até sentir gosto de sangue e voltou para perto de Tilla.

Vestida com as roupas cotidianas outra vez, Sarah ficou sentada na praia, jogando pedrinhas no mar, esperando a Rainha Vitória sair da cabine de madeira chamada de máquina de banho. Sarah tinha decidido que assim que a rainha estivesse sentada na varanda frontal da tenda, observando os outros nadando, ela falaria com a Mamãe Rainha sobre ir nadar. Não importava o que o Dr. Clark havia dito, ela não estava nada doente e cabia a ela saber daquilo. Então por que ela não poderia, por favor, ir nadar? Sarah não havia chegado à Casa Osborne ansiosa por nadar, mas queria ser uma Princesa Inglesa adequada, e elas nadavam. Não queria ser deixada de fora. Estava cansada de ser diferente. Tinha que aprender a nadar.

Quando viu a máquina de banho de madeira da Rainha rolando para dentro da água, pulou para ficar de pé e correu gritando até Tilla:

— A Mamãe Rainha está ali dentro. Depressa, depressa.

— Acalme-se, criança — respondeu Tilla, colocando os braços ao redor de Sarah, que pulava de cima a baixo, apontando para a máquina de banho em movimento. — Escute, Sua Majestade está bem. Olhe ao redor, não há ninguém preocupado porque é assim que ela vai nadar. Viu ali, a corda, os guinchos e os lacaios? Quando ela acabar de nadar, vão levar a máquina de volta para a praia.

Sarah franziu a testa. Com todo o mar ali fora, por que a Mamãe Rainha queria nadar dentro de uma cabine?

— Não é pequena demais para nadar?

Rindo, Tilla deu um apertão na menina.

— A Sua Majestade vai ficar dentro da cabine até estar quase na água e então, com sua dama de companhia de banho, ela vai descer os degraus e entrar no mar.

— Por quê? — questionou Sarah.

Toda vez que pensava que estava entendendo o que acontecia ao redor dela, outra coisa mostrava à menina que ainda tinha um longo caminho até ser uma Princesa Inglesa.

Tilla se inclinou e respondeu baixinho:

— Ah, seu povo não conhece a modéstia, conhece? Ouvi dizer que andam por aí quase sem roupas. Sua Majestade não quer que ninguém a veja em seu traje de banho.

— Nem mesmo o Príncipe Albert?

— Nem mesmo ele. Veja, ali está o chapéu dela. Ela está em segurança. Quando terminar de nadar e estiver pronta para sair, ela vai entrar na máquina de banho e ser levada de volta para a praia. Ela nunca nada para muito longe e nunca coloca a cabeça debaixo da água.

Sarah chutou a areia e se virou de novo para o mar. Esperaria.

— Vamos até a Princesa Louise, ajudá-la a procurar conchas? — sugeriu Tilla. — Há algumas bonitas por aqui.

Quarta-feira, 19 de março de 1851, Casa Osborne.

Querida Mamãe Forbes,

Quero aprender a nadar, como os outros, mas o Dr. Clark disse que vou ficar doente se entrar na água. Mas não tossi em nenhum momento. A Mamãe Rainha disse que precisamos ouvir o Doutor. Ele fica de olho em mim o tempo todo. Queria que ele voltasse para Londres. Louise fez 3 anos ontem. Ela tinha muitos presentes na mesa de aniversário e fizeram uma festa para ela. A Mamãe Rainha dançou com todos nós.

Posso ter uma festa no meu aniversário também, mamãe?

Sua amada filha, Sarah

Na Casa Osborne, Sarah descobriu que tinha mais liberdade do que já havia tido antes. Fora muito jovem para perambular sozinha na vila. No complexo do Rei Gezo, os outros escravizados ou as mulheres guerreiras do rei, grandes, fortes e prontas para matar, sempre a vigiavam. E, na Inglaterra, ainda que não fosse mais uma escravizada, ainda era vigiada por babás, governantas, cortesãos e damas de companhia.

Na terceira tarde, Sarah percebeu que estava livre para ir aonde quisesse na Casa Osborne. Estava chovendo, e, como não podiam ficar do lado de fora como de costume, as crianças resolveram brincar de esconde-esconde no primeiro andar, perto dos quartos.

— Consigo encontrar vocês em qualquer lugar que tentarem se esconder porque conheço todos os melhores esconderijos — afirmou Bertie.

— Não, não consegue — retrucou Vicky, pronta a discutir com Bertie, como sempre.

— Sim, consigo. Vou contar até cinquenta para que possam se esconder, mas vou encontrar todo mundo em menos de dez minutos. Um, dois, três...

Enquanto Bertie começava a contar, Vicky gritou "se escondam" para Alice e Sarah, então saiu correndo. Sarah ficou parada por um momento, sem saber o que fazer nem para onde ir. Então correu também e, ao fazer uma curva, percebeu-se correndo pelo corredor que levava às alas principais da casa. Tal corredor também era cheio de bustos de pedra e estátuas de mármore, mas, diferente da primeira vez que tinha visto aqueles objetos, Sarah não tinha mais medo deles, não tinha mais medo de pinturas. Elas não aprisionavam nossas almas. A menina desacelerou o passo para uma caminhada e olhou para cada estátua com cuidado. Elas eram de pessoas que tinham vivido ou que talvez ainda vivessem? Vicky havia contado a ela que alguns daqueles bustos e estátuas, esculpidos de pedra e mármore, eram de deuses. Ela olhou para cada um para ver se um deles era de um de seus antigos deuses. Mas como saberia? Como alguém saberia a aparência de um deus?

Pensar tanto fazia a cabeça de Sarah doer, então desviou o olhar e focou no chão, nos diferentes padrões de mosaico expostos em linhas retas e círculos, em quadrados e triângulos. Ela tentou seguir os padrões, então correu, fez curvas e giros o caminho todo até a casa principal.

Quando percebeu que não estava mais chovendo e o sol brilhava, Sarah decidiu que precisava sair. Assim como o chão do Grande Corredor, as muitas caminhadas e movimentações da carruagem pelo jardim também formavam padrões enquanto se entrecruzavam com bordas retas, caminhos circulares, quadrados grandes e canteiros de flores triangulares, cheios de cor.

Ela andou, correu e pulou. Cheirou as flores perfumadas: heliotrópios, quatro--horas, *larkspur*, ouviu o som dos pássaros, tagarelas, andorinhas e tentilhões, sentiu o calor suave do sol na pele. E estava sozinha, livre. Um bom tempo se passou antes de ela pensar nos outros. Então ficou com medo. Estaria a casa inteira procurando por ela? Teve certeza de que seria repreendida e punida por desaparecer.

Então, ficou surpresa ao descobrir que estavam todos no Monte, prosseguindo com as próprias atividades, e não em busca dela. Não tinha certeza de se deveria ficar feliz ou triste com aquilo. Eles não se importavam que ela tivesse sumido por tanto tempo? Sua Majestade mostrava algumas das pinturas para o Sr. Edwin Landseer, que havia chegado naquela tarde, Vicky estava lendo, Affie, Helena e Príncipe Albert tinham desmontado um brinquedo mecânico e tentavam descobrir como montá-lo outra vez, Bertie jogava gravetos para um dos cachorros do estábulo buscar. Sarah não sabia por quanto tempo tinha ficado longe, mas eles mal ergueram a cabeça quando a menina voltou. Ela colocou a mão no bolso do vestido e segurou a Aina. A boneca de madeira a reconfortou.

Somente Alice, sentada sozinha, pulou para ficar de pé e correu até Sarah.

— Onde esteve? — questionou a menina. — Procurei em todo lugar por você. — Os lábios da princesa tremeram.

Sarah sentiu muito por ter preocupado Alice, mas ficou feliz de ver que alguém havia percebido sua ausência. Ainda assim, uma parte dela ficou feliz de saber que poderia ficar sozinha às vezes, ao menos enquanto estivesse na Casa Osborne.

— Eu me perdi; andei para muito longe.

Segunda-feira, 24 de março de 1851, Casa Osborne.

Amanhã deixamos a Casa Osborne e voltamos a Londres. Tudo é diferente aqui.

Fiz tantas coisas enquanto aprendo a me tornar uma Princesa Inglesa em vez de uma Princesa Africana.

Agora tenho um pedaço do jardim aqui, assim como os outros. O Príncipe Albert disse que é meu para sempre e posso plantar o que eu quiser. Plantei cenouras e pastinacas na minha horta. Não sei o que são pastinacas, mas Alice falou que tem um gosto bom quando é assada. Quando for hora de colher, posso ir até a cozinha e ver a pastinaca sendo preparada.

Ontem todos fomos pescar no The Fairy. Uns pescadores locais nos levaram. Pescamos muitos peixes whiting e percas. Só pesquei dois, mas a Mamãe Rainha conseguiu dez. O Príncipe Albert pescou oito, Affie, sete, Alice, cinco e Vicky, quatro. Bertie conseguiu um só e ficou bravo.

Vou ficar triste quando formos embora, mas ficarei feliz de voltar para a casa para a Mamãe Forbes, Mabel, Anna, Lily e Babá Grace.

Tenho muitas conchas para a Lily e Mabel. Da próxima vez que eu vier para a Casa Osborne, talvez elas possam vir também.

Faith

Capítulo 39

*Dey bless fa true, dem wa da wok haad fa hep people lib
peaceable wid one noda, cause God gwine call um e chullun*

Bem-aventurados os pacificadores:
pois serão chamados de filhos de Deus

Mateus 5:9

Março de 1851

Estou com frio, muito frio. Esta Inglaterra é úmida e cinzenta. Não para de chover desde que chegamos ao porto, e sinto que os próprios deuses choram por mim.

— Henry, ainda vai demorar muito? — pergunta a Sinhazinha Clara pela terceira vez. — Este revirar e sacolejar é pior do que estar no navio.

— As vias são melhores do que as na Carolina do Sul — responde o Sr. Henry —, então pare de reclamar.

A Sinhazinha Clara aperta mais a manta ao redor dos joelhos.

— E está frio — murmura ela em um tom que conheço. — Achei que tinha dito que seria primavera na Inglaterra, e quente.

Quando a sinhazinha começa a reclamar e chiar, não tem fim. O Sr. Henry solta um suspiro.

— É primavera, olhe para o lado de fora e verá as flores. Vai se acostumar com o clima.

Eu queria poder ver as flores e plantas, mas no momento estou tentando acalmar Henry-Francis. Tudo o que vejo são árvores que não conheço, passando depressa, em retroativa. Onde estão os carvalhos gigantes, cobertos de musgo espanhol, os pinheiros, que tinha deixado para trás na Carolina do Sul, ou as palmeiras e mangueiras que escalava na antiga vila? Até a grama, verde e curta, era diferente. Onde estava a *sweetgrass*, alta e forte para entrelaçar cestos? Tudo era estranho, diferente.

O Sr. Henry não consegue se acostumar com o choro do filho.

— Qual o problema dele? Está sempre berrando.

— É o que os bebês fazem — responde a Sinhazinha Clara. Ela olha para mim.

— Não pode fazê-lo parar, Faith? Você deveria ser boa nesse tipo de coisa.

— Ele está com fome, Sinhazinha Clara. E molhado — explico, enquanto mudo o bebê de posição no colo.

A umidade dele atravessou até minha veste, e o tecido antes quente agora está frio. Nós dois estamos desconfortáveis.

— Ele está mais do que apenas molhado — retruca a Sinhazinha Clara, levando o lenço ao nariz.

— Vou abrir um pouco a janela — oferece o Sr. Henry.

— Não! — grita a sinhazinha. — Vai ficar ainda mais frio. Não há lugar algum que possamos parar, uma estalagem ou uma hospedaria para que a Faith possa trocá-lo? Ele está fedendo.

Às vezes, a sinhazinha fala de Henry-Francis como se ele não fosse seu filho. Ela quer mantê-lo perto o mínimo possível. O que quero mais do que tudo é estar perto dos meus filhos.

— Não estamos na cidade, Clara. Não posso apenas encontrar um lugar para parar de acordo com a sua vontade.

Ela lhe lança um olhar. Todos podemos ver que não estamos na cidade. Há mata e campos, um riacho fluindo à direita. Casas esparsas e distantes uma da outra, e vilas aparecendo ao longe.

— Então quanto tempo até chegarmos a Compton Hall?

— Mais uns 45 minutos.

— Quarenta e cinco minutos? — brada a Sinhazinha Clara. — Temos que suportar este sofrimento por mais 45 minutos?

— Está bem — responde o Sr. Henry, parecendo bastante irritado. — Eu ia esperar até que você se acostumasse ao caminho, mas, considerando as circunstâncias, vamos parar na fábrica. Isto é, se não estiver muito cansada, minha querida. É apenas um pouco fora da rota. Então a Faith pode cuidar da criança, e você pode se aquecer. A fábrica está sempre quente e úmida demais para o meu gosto, mas tem que ser assim, quente e úmida, para evitar que as linhas se partam enquanto são fiadas. Você pode dar uma olhada no local e ver o que acontece com o algodão da Plantação Oakwood. Tenho certeza de que os trabalhadores vão querer ver a nova Lady Fincham.

A Sinhazinha Clara para de reclamar de imediato. Ela sacode a saia, aperta o laço no chapéu, belisca as bochechas e morde os lábios para conferir cor à boca.

— Depois que passarmos pelo bloqueio no topo do canal, veremos a fábrica — comenta o Sr. Henry. Ele acena com a cabeça enquanto eles passam pela extensão de um córrego cheio de detritos. Então adiciona: — Aqueles ali são alguns dos chalés dos trabalhadores da fábrica.

Estão escuras por causa da fuligem. Há muitas portas e poucas janelas, como olhos vazios nos observando passar.

— Achei que não havia escravizados na Inglaterra? É igual aos nossos alojamentos de escravizados — responde a Sinhazinha Clara.

Às vezes, a Sinhazinha pode ser bem esperta. O rosto do Sr. Henry fica vermelho, e espero que ele grite como geralmente faz quando está com raiva, mas desta vez sua voz é baixa e dura.

— Clara, são trabalhadores, não escravizados.
— Seu pessoal, seus trabalhadores, estão presos aqui, não estão?
— Eles podem ir embora. Espero que não diga algo assim para a mamãe.

A sinhazinha apenas dá de ombros e retruca:
— Está bem.

Nada mais é dito. Observamos a chuva e ficamos gratos quando chegamos à fábrica.

— Bom, cá estamos, Fábrica Compton & Davenport — anuncia o Sr. Henry quando a carruagem faz uma curva na estrada e passa por um grande portão de ferro.

Depois da entrada, próximos a um canal estreito, estão edifícios com tijolos bem grandes e vermelhos. Possuem três andares, várias chaminés altas arrotando fumaça preta, como o hálito de um *juju*, tornando o céu ainda mais cinzento. Fumaça — aperto Henry-Francis contra mim e desvio o olhar. Fumaça significa fogo, e o fogo é aterrorizante.

Dentro da fábrica está muito barulhento, quente e empoeirado, o ar denso com penugem de algodão que parece cobrir tudo. Passamos por muitas fileiras de homens e mulheres presos ao próprio ritmo, trabalhando em diferentes máquinas cujas partes colidem em um vai e vem. Os trabalhadores erguem a cabeça, mas não param o que fazem. As máquinas prosseguem o trabalho.

— Tudo começa aqui. Esta é a sala de cardagem — grita o Sr. Henry, apressando o passo. — O algodão cru é trazido para esta área depois que o fardo é aberto e as sementes e a sujeira são extraídas. — Ele aponta para uma máquina. — Vê o algodão sendo puxado, formando filamentos? Em seguida vai passar pelos processos de escovação e estiragem bem ali, então vai para os filatórios.

A sinhazinha não está nem um pouco interessada em como o algodão é feito, mas eu estou. Ela apenas quer que os trabalhadores vejam a ela e suas roupas, mas os trabalhadores estão muito ocupados e não podem parar para encarar. Sr. Henry acena com a mão para outra sala enorme cheia de mulheres descalças, o chão molhado, coberto de água e óleo das máquinas. O ar neste lugar está cheio de vapor por conta do calor e da água. Começo a suar. É difícil respirar.

— Estes são os filatórios das novas máquinas. Dois ou três para cada compartimento.

Filatórios. Lembro de Madu sentada em frente à nossa cabana, enrolando e puxando bolas de algodão, manualmente, para formar fios. Então ela entrava, se sentava em frente ao tear para fiar, tecendo pedaços fortes de tecido, que sempre vendiam bastante no mercado. Sei que essas máquinas não podem formar um fio mais forte ou de maior qualidade do que aquele que Madu fazia.

Henry-Francis ainda está inquieto, gritando para receber alimento, mas o barulho que faz é sobreposto pelo chiado mais alto das máquinas exigindo algodão. As máquinas se mexem depressa e são incansáveis, nunca parando, enquanto criancinhas se apressam ao redor, carregando bobinas cheias e vazias de uma sala a outra, lubrificando as máquinas, ou amarrando fios que se partiram com rapidez para fazer parar o que quer que esteja rangendo.

Meu olhar se encontra com o de uma menininha parada, nos observando. Ela sorri para mim, mas, antes que eu possa fazer qualquer coisa, um homem, grande e forte, chega às pressas. Ele ergue a criança do chão e a estapeia com força duas vezes antes de largá-la como um saco de bolas de algodão e pedras, macio e duro. Solto um lamento e dou um passo para trás, mas a menina não profere som algum.

Entendo a razão daquilo porque eu reagia da mesma forma quando a Sinhá Jane me batia ou me beliscava, mesmo quando quebrou meu dedo. Ainda me lembro das surras. Eram rápidas e frequentes, e eu mal sabia o motivo delas, além do fato de ela sentir a necessidade de machucar algo ou alguém e deste alguém acontecer de ser eu. Eu nunca chorava. Ficava em silêncio, sabendo que a Sinhá

Jane queria que eu berrasse e implorasse por misericórdia, mas eu não podia dar aquele poder a ela. Não daria. Meu espírito de guerreira seguia forte dentro de mim, e logo presumiram que eu era muito valiosa graças ao meu talento para curar e ajudar em nascimentos, então as surras cessaram. Ela encontrou outras formas de me punir, usando meus filhos. Eu tinha que aguentar muita coisa e tinha muito a perder, e ela sabia disso.

As máquinas barulhentas de telas de arame e pequenos ganchos de arame impulsionam o movimento do algodão enquanto escovas removem fiapos soltos com constância, para evitar que algo emperre. Observo a criança rastejar para debaixo da máquina mais próxima em exercício e usar as mãos para remover os fiapos através das barras de uma grade com separações bem juntas, lembrando um pente.

— Venha, vamos até o escritório — orienta o Sr. Henry, virando-se. — Esta área é úmida demais para você.

A sinhazinha percebe a criança também e, segurando o braço do marido para fazê-lo parar, pergunta:

— O que aquela criança está fazendo?

Ele mal para, lançando um olhar rápido por cima do ombro.

— Aquela ali? Ela é uma das catadoras. Limpam as máquinas. É muito importante para evitar que fiquem obstruídas, do contrário teríamos um incêndio. — Ele franze a testa enquanto analisa o local. — Essas crianças são boas no trabalho. Quanto menores, melhor. São rápidas e hábeis. É menos provável haver um acidente. — Ele então prossegue sem olhar de novo.

Eu me apresso atrás da sinhazinha e do Sr. Henry. Quantas vezes o cabelo, o tecido ou mesmo mãos ficaram presas naquelas máquinas? Respiro fundo, surpresa ao ver como aquelas vidas se assemelham a minha. Talvez eu possa sentir pena das crianças brancas também.

— Ah, aqui está o Cartwright — anuncia o Sr. Henry. Ele para e aperta a mão do homem, antes de se voltar à sinhazinha, dizendo: Minha querida, esse é Abel Cartwright, o gerente da fábrica. Ele sabe quase tanto deste negócio quanto eu. Cartwright, minha esposa, Lady Compton.

O Sr. Cartwright é um homem baixo, mas arrumado, tem cabelo ruivo que está ficando grisalho com costeletas bem espessas e um bigode. Ele endireita a postura e faz uma reverência para a Sinhazinha Clara, antes do Sr. Henry e ele prosseguirem, fazendo com que nós os sigamos para o escritório.

O escritório é escuro e há papéis, livros e pedaços de maquinário em todo espaço disponível. Em uma sala sem janelas, fora do espaço principal do escritório, limpo Henry-Francis. O cômodo é mais como uma despensa grande, então deixo a porta aberta, para entrar um pouco de ar e luz, e fico ali para alimentá-lo.

— Acho que precisamos de mais catadores no chão de fábrica — ouço o Sr. Henry dizer. — Vi bastante penugem se formando debaixo das máquinas em um dos compartimentos. Isso não é bom.

O Sr. Cartwright pigarreia e diz:

— O Lorde Davenport veio aqui e insistiu que eu me livrasse de todas as crianças com menos de 10 anos. Nova legislação e tudo mais.

— Maldito seja meu cunhado intrometido. Traga as crianças de volta. Não vou enviá-las junto com as máquinas. Só os nossos melhores trabalhadores vão. Queria que ele mantivesse o nariz fora dos negócios, que se ativesse à politicagem. Rezo para que ele consiga a praga do assento no Parlamento e fique em Londres.

Paro de ouvir; minha mente não está na conversa deles, mas nas mulheres da fábrica. Quero ver o que estão fazendo com o algodão. Já vi nos campos; fileira após fileira de bolinhas de algodão como nuvens caídas, descansando antes de continuar viagem. Já vi como, ao fim do dia, ninguém consegue ficar com as costas retas ou carregar os sacos pesados para os celeiros. Já vi os açoites se a quantidade suficiente de algodão não for colhida. Nenhum de nós na plantação sabia onde o algodão que as mãos do campo colheram durante o dia ia parar. Será que algum dos escravizados que eu conhecia havia tocado no algodão que estava sendo trabalhado pelas mulheres que fiavam agora? Essas mulheres sabem de onde vem o algodão ou o quanto as pessoas sofreram para fazê-lo chegar às máquinas?

Tenho tanto a contar para Absalom. Preciso anotar tudo, mas como? Então vejo, pela pouca luz que entra no cômodo, que estou sentada em um lugar cheio de papel. Tateio ao redor e, com delicadeza, puxo a ponta de um pedaço em minha direção. Está em branco, sem nada escrito. Meu coração começa a martelar. E se eu pegar um? Dois? Três? Sei que vou me encrencar muito se for descoberta, mas não consigo me conter. Devagar, com cuidado, pego três pedaços de papel. Em silêncio, mal ousando respirar, dobro as folhas e as coloco dentro do cesto aos meus pés.

Agora tenho papel para o meu diário. Quando chegarmos ao local para onde estamos indo, vou encontrar um lugar para esconder o que escrevo. Vou escrever tudo, encher os papéis de pensamentos e sentimentos sobre minha jornada, sobre Absalom, sobre conquistar a liberdade. Então, um dia, meus filhos, e até os filhos dos meus filhos, lerão minhas palavras e conhecerão a mim, Fatmata, filha de Dauda e Isatu.

Faith

Capítulo 40

*Ya bless fa true, wen people hole ya cheap and mek ya suffa and wen dey say all kind ob bad ting bout ya wa ain true,
cause ya da folla me*

Bem-aventurados *sois* vós, quando *eles* vos injuriarem e *vos* perseguirem e, mentindo, disserem todo o mal contra vós por minha causa

Mateus 5:11

Março de 1851

Enfim, depois de duas semanas, deixamos Compton Hall. Na primeira noite lá, a Sra. Nichols, a governanta, envia Mary, sua ajudante, para ficar com Henry-Francis para que eu possa descer e comer. Acho que estou prestes a pegar a cumbuca e encontrar algum lugar para me sentar, mas, quando entro na cozinha, a Sra. Nichols acena para mim. O local está cheio de olhos me encarando.

— Essa é Faith, a empregada da Lady Compton, vinda da América — anuncia a governanta.

A palavra "empregada" faz meus olhos arderem com as lágrimas não derramadas. Sim, empregada, sim, é o que pensam que sou. Eu me pergunto o que diriam se soubessem a verdade. Não conto, porém. Eles descobrirão em breve.

— Mexam-se, deem espaço para ela.

Os outros se mexem no banco enquanto ela aponta e apresenta a todos, mas não consigo absorver nada, em parte porque não entendo todas as palavras e em parte porque estou confusa. Queriam que eu me sentasse à mesa com eles?

— Venha se sentar aqui — orienta uma das empregadas, cujo nome não me lembro, e dá um tapinha no banco.

Deslizo para o assento, mas estou pronta para pular de pé caso esteja errada. Eles sorriem e acenam com a cabeça, fazem perguntas e oferecem respostas.

Tudo estava bem até o dia depois do incêndio.

— Minha mãe diz que os chefes nos tratam pior do que tratam os crioulos escravizados na América — comenta Millie, a empregada doméstica, afastando o cabelo do rosto.

Sua boca é pequena, mas muitas palavras saem dali o tempo todo. Seus olhos são verdes e me lembram os de uma cobra. Madu dizia: "fique longe de cobras".

Sinto as entranhas ficando tensas. Como alguém poderia pensar que escravizados têm uma vida melhor do que trabalhadores da fábrica? Fico de pé.

— Qual o problema, minha querida? — questiona a Sra. Nichols.

— Sua mãe não sabe o que está dizendo — afirmo antes de conseguir me conter.

Todos ficam calados. Tremo. O que acontecerá agora? Eu nunca teria falado daquele jeito na plantação.

— A Millie não se refere a você — responde a cozinheira. — Por que não se senta? Termina sua comida?

Respiro fundo e estou prestes a fazer bem isso, mas Millie não desistiu. Ela tem mais a dizer. A garota também se levanta.

— Há, eles são tão sensíveis, esses escurinhos — retruca Millie, sorrindo como se tivesse dito algo muito engraçado. Ela olha ao redor para receber apoio, mas ninguém mais está sorrindo. — É verdade, porém. Meu pai diz que os escravizados não têm que se preocupar com nada. Recebem comida de graça, moradia, roupas. Nós temos que comprar tudo isso, não temos? E, se não temos dinheiro, estamos perdidos.

Encaramos uma a outra, com a mesa entre nós. Meu coração está acelerado, e minhas mãos, suando. Sei que deveria me sentar e ignorá-la, mas não consigo.

— Você acha que temos tudo de graça? — falo com a voz baixa.

As palavras saem como se alguém estivesse espremendo-as para fora do meu ser.

— Ela está falando dos escravizados na América, querida, não gente como você, pretos livres — explica a cozinheira, afagando minha mão depressa.

Afasto-me.

— Há alguns negros pela região, sabe — opina Sam, arrancando pedaços de carne oleosa dos dentes com as unhas. — Já vi alguns em Manchester, Bury, em todo lugar.

Eu queria gritar: sim, ela está falando de mim e de coisas das quais não sabe. Seguro a borda da mesa e comprimo os lábios.

Daisy se inclina para frente e puxa a manga de Millie.

— Você está errada, Millie, só deixe estar. Da última vez que fui ver minha mãe, fui com ela a uma reunião de temperança no Lecture Hall de Warrington. Esse ex-escravizado, Frederick Douglass, falou por mais de uma hora sobre como os pobres escravizados são tratados na América. Ao final, todos estavam chorando e doando dinheiro, até a mamãe.

— Por que deveríamos dar dinheiro a eles? Eles podem voltar, ser escravizados ou livres, tanto faz.

— *Shh*, menina — ralha a Sra. Nichols com rigidez —, não seja tola. Já não temos muitos problemas sem você tentar criar confusão? Ou se senta, fica calada e come, ou pode ir limpar a sala de jantar. Qual vai ser sua escolha?

Millie se sentou fazendo um barulho abafado e me lançou um olhar duro.

— Você pode sair de um trabalho — digo. — Um escravizado não pode. São comprados e vendidos como animais. Os cavalos do sinhô recebem um tratamento melhor. Não temos nada de graça. Pagamos por tudo com nossas almas. Não temos escolha. — Meus olhos deixam de arder e passam a queimar, então não consigo dizer mais nada.

Eu me viro e me afasto da mesa, de todos eles, antes que possam ver minhas lágrimas. Eles me observam ir embora. Ninguém tenta me impedir.

Agora estamos em Londres. A névoa, o cheiro, é arrebatador, isso sem mencionar o barulho e o constante movimento, que é pior do que no cais de Liverpool. O Sr. Henry fez questão de não transitar na mesma cabine que o filho. Na estação de Euston, a segunda cabine é para as bagagens, Henry-Francis e eu, então, por um momento depois que desembarcamos, ficamos separados, eles na cabine da primeira classe, e eu, uma mulher africana com uma criança inglesa nos braços. O Sr. Henry está me procurando, e por fim nos avistamos através do saguão abarrotado. Vejo a Sinhazinha Clara ao lado dele, os seus olhos observando os arredores, sem pensar no filho, muito menos em mim. Preciso de toda a força para ir até eles.

Quando chegamos à rua Charles, número 8, a Sinhazinha Clara e o Sr. Henry desaparecem no interior da casa. Mas para onde vou agora? Embora Henry-Francis esteja adormecido em meus braços, não sei se devo subir para a porta da frente ou descer os degraus, da calçada para o porão e a entrada de serviçais. De novo e de novo fico perdida a respeito do que devo fazer como uma empregada. Como escravizada, sei o que esperam que eu faça, o que posso dizer, aonde posso ir. Na Inglaterra, tudo está misturado. Estou fazendo e dizendo coisas pelas quais eu seria espancada na plantação. Estou descobrindo que a liberdade tem as próprias regras. Com ousadia, subo os degraus para a porta, mas, antes que eu possa tocar a campainha, a porta se abre. De cabeça erguida, entro.

— Por aqui — informa a empregada, esperando por mim no corredor.

Ela me observa como se eu fosse um animal desconhecido. Sorrio para ela, o rosto da mulher fica vermelho, ela se vira e se apressa pelo corredor. Sigo seu chapéu em movimento. Ela abre uma porta, acena para que eu entre, curva-se de maneira rápida e se vai.

Dou uma olhada em volta. O cômodo é enorme, frio, composto de mobília pesada. Nem as lamparinas nem a lareira foram acesas, então a única iluminação na sala vem da luz vespertina entrando por duas grandes janelas cobertas por cortinas verde-escuras. Uma moça que está olhando pela janela se vira para me olhar com um sorriso, os olhos azuis bem separados. Sua expressão muda, e ela se vira tão depressa que o cabelo preso bem alto, da cor de milho maduro, ameaça se soltar. Essa deve ser Isabella.

O Sr. Henry está parado próximo à lareira apagada; a Sinhazinha Clara está sentada na beirada de uma cadeira perto dele, ainda usando a capa como se estivesse apenas visitando. Há um homem e uma mulher sentados do lado oposto a ela. A irmã do Sr. Henry, Lavinia, imagino, pois os dois se parecem, os mesmos olhos cinzas esbugalhados. Ela parece muito brava, olhando de modo severo para o Sr. Henry. O homem se senta com as pernas compridas esticadas, a densa barba preta cobrindo a maior parte do rosto. Todos eles olham para mim, então para a senhora mais velha sentada em uma cadeira alta de costas retas, com as mãos cruzadas no colo. A bengala ao seu lado. Ela veste um traje todo preto com exceção do colarinho branco ao redor do pescoço e do chapéu branco rendado empoleirado em cima de um cabelo branco preso atrás em um coque firme. O rosto dela está imóvel, sem sorriso algum, sem um franzir de testa, mas seus olhos estão pregados em mim.

— Aqui está ele, mãe — anuncia o Sr. Henry, esfregando as mãos.

— Então, esse é meu neto — comenta ela, mal movendo os lábios.

Dou um passo à frente e ofereço o bebê a ela, mas a mulher não faz menção alguma de segurá-lo. Não sei o que fazer. Olho para a sinhazinha. Ela está contorcendo os dedos e parece pronta para sair correndo do cômodo.

— Bem, meu sobrinho americano e sua escravizada — retruca Lavinia.

Ela ri, mas não é um som feliz.

O Sr. Henry pega Henry-Francis de mim e o entrega à Sinhazinha Clara. A sinhazinha segura o bebê como se fosse feito de vidro. Ambos estão desconfortáveis, e torço para que Henry-Francis não comece a chorar. Não acho que a avó dele lidaria muito bem com aquilo. Mexo-me para ficar atrás da cadeira da sinhazinha, pronta a pegar o bebê das mãos dela.

— Apenas metade americano, Lavinia — corrige o Sr. Henry de maneira dura. — E a Faith não é minha escravizada.

A sinhazinha olha para o Sr. Henry, então abaixa a cabeça, apertando Henry-Francis de modo que ele choraminga.

— Escravizada? Escravizada, Henry? — afirma a Lady Fincham, inclinando-se à frente, com o apoio da bengala, segurando a cabeça do leão branco com força. — Você sabe que não compactuo com a escravidão. Isso já foi abolido aqui há quase 20 anos. Até mesmo nas Índias já deixaram de lado esse sistema bárbaro. Ela não é uma negra livre?

Espero para ver o que o Sr. Henry dirá.

Ele umedece os lábios e responde:

— Ela é a empregada de Clara, mãe, e a ama de leite de Henry-Francis.

Olho para baixo, chocada com a mentira. A Sinhazinha Clara está tremendo.

— Foi uma grande vergonha descobrir que meu tio ainda era dono de uma plantação com escravizados, muito depois de o meu pai ter abandonado a plantação na Jamaica — adiciona ele.

— Seu pai foi bem compensado pelo governo pelos 250 escravizados, porém — retruca o homem ao lado de Lavinia.

— O ponto não é esse, Robert. Fizemos a coisa certa, mas como eu poderia falar confortavelmente a respeito da emancipação de escravizados com aquilo em segundo plano? Enfim, esta família se desfez dos últimos resquícios da posse de escravizados.

Robert? Lorde Robert Davenport, o marido da Lavinia, o homem que o Sr. Henry disse que era um "pacóvio intrometido", aquele que havia impedido que as crianças menores continuassem trabalhando como catadoras. Talvez, se o Sr.

Henry não tivesse voltado a usar as crianças, a menininha ainda estaria viva e Billy não teria se queimado de modo tão grave.

— Sim — concorda Robert, alisando a barba. — Mas não se desfez do dinheiro, não é, Henry? Ao menos, com a herança de seu tio dono de escravizados, você pode remediar os danos causados pelo incêndio na fábrica.

— Não teria havido incêndio algum se você não tivesse retirado tantos catadores de lá — acusa o Sr. Henry, com a voz profunda e alta. — A penugem de algodão tem que ser limpa o mais depressa possível. Uma faísca pode começar um incêndio.

— Não teria havido morte alguma nem duas pessoas seriamente queimadas se você não tivesse permitido que aquela menininha voltasse para o chão de fábrica — contrapõe Robert, apontando o dedo para o Sr. Henry. — É contra a lei, Henry, usar crianças que tenham menos de 10 anos, e você sabe disso, mas se importa apenas com dinheiro e lucro.

O Sr. Henry solta uma risada que não se parece com uma risada de verdade.

— E com o que você se importa, Robert? Com aquele monte de tijolo decadente que chama de castelo ou com o dinheiro que pega da fábrica para restaurá-lo?

Lavinia arfa e se inclina à frente.

— Mãe, pode pedir ao Henry para parar de ser tão sórdido?

A jovem se afasta da janela, o vestido rosa se movimentando e cantando, para se sentar ao lado da Sinhazinha Clara.

— Excelente, outra briga de família sobre dinheiro.

A Lady Fincham bate a bengala no chão e lança um olhar a todos eles.

— Fique quieta, Isabella. Já chega, todos vocês. O que está feito está feito. Não vou permitir essa discussão grosseira na minha sala de estar. Que fiquemos todos felizes por Henry estar em casa, com uma nova esposa e um bebê. E pela plantação do Tio Clarence, enfim, ter sido vendida, e os escravizados, libertos.

É aquilo que ela pensa, que os escravizados na plantação estão livres agora? É aquilo que o Sr. Henry deveria ter feito lá? Outra mentira. Mordisco o lábio para me impedir de dizer algo.

— O Cartwright vai até lá em algumas semanas para finalizar tudo.

— Finalizar o quê? — pergunta a Lady Fincham, severa. — Não foi por isso que você ficou lá por tanto tempo, embora tenha a fábrica para comandar?

— Ele vai voltar para negociar a compra de algodão agora que não somos mais donos da plantação.

— Mãe, sabemos por que ele ficou lá por quase um ano inteiro — intervém Lavinia, apontando para a Sinhazinha Clara e Henry-Francis. — Enquanto ele estava ocupado com cortejos, Robert estava aqui, mantendo a fábrica funcionando esse tempo todo.

Sim, todos sabem por que ele permaneceu na Carolina do Sul por tanto tempo. O Sr. Henry tinha perdido a primeira esposa em um acidente de cavalo, e tem uns bons 20 anos a mais que a Sinhazinha Clara, mas, desde a primeira vez que havia olhado para ela, havia sentido uma atração instantânea, e ele contava para qualquer um que quisesse ouvir que ela era o pitel mais doce que ele já vira e que precisava possuí-la.

Lembro-me da primeira vez que o Sr. Henry foi à Plantação Burnham. Houve muitos preparativos e barulhos na casa grande, sussurros e algumas interações raivosas a portas fechadas. No dia em que o Sr. Henry chegou, todos nós recebemos ordens para deixar os alojamentos dos escravizados, com exceção de mim e da cozinheira. O Sinhô William não o cumprimentou com felicidade alguma e apareceu andando e falando depressa e alto. Fiquei tão incerta sobre o que fazer que só pude ficar sentada, aguardando do lado de fora da porta do salão, enquanto as vozes no interior aumentavam e diminuíam por horas. Pude ouvir apenas pequenos trechos. O Sr. Henry se declarou de imediato.

Ouço-o dizendo para o Sinhô William:

— Vim reivindicar a herança do meu Tio-Avô Clarence, mas não pretendo ficar aqui. Tenho uma fábrica para comandar na Inglaterra.

O Sinhô William parece chocado, mas as respostas dele são uma confusão de sons que não consigo entender. Então, de repente, a porta se abre, e o Sinhô William me manda entrar para servir o jantar. Tento ficar pequena e imperceptível de todas as formas. A comida é servida por mim e a cozinheira, e às vezes a sinhazinha ajuda, e eles comem tudo em silêncio, com apenas o som das facas arranhando a louça e o ocasional tilintar de taças de cristal. No silêncio, a respiração deles enche o cômodo.

Depois que a louça é recolhida, o Sr. Henry anuncia:

— Estou vendendo a Plantação Oakwood e fazendo o que meu tio instruiu, concedendo a alguns escravizados seus papéis de libertação.

Agora eu quem fico chocada. Fico imóvel para escutar, em vez de servir o vinho, quando ele diz aquilo, embora eu saiba que vá receber um tapa da Sinhá Jane depois.

O sinhô pula para ficar de pé, estufa o peito e berra:

— Quê? O senhor é um daqueles malditos abolicionistas?

— Não quero ser dono de escravizados. Nós, ingleses, não temos escravizados.

— Então os venda, senhor, venda todos — retruca o Sinhô William.

Ele para de falar, no entanto, quando vê a forma com que o Sr. Henry está olhando para a Sinhazinha Clara.

— Isso vai levar tempo — responde ele com suavidade. — Ainda assim, posso ser persuadido a ficar um pouco mais do que havia planejado originalmente. — O Sr. Henry está sorrindo e acenando com a cabeça para a Sinhazinha Clara.

O rosto dela está vermelho.

Dentro de três meses, o Sr. Henry se casa com a sinhazinha, vende a Plantação Oakwood e todos os escravizados para o Sinhô William. A esposa escravizada e os três filhos escravizados do seu Tio-Avô Clarence não são libertos, como o orientado no testamento.

Senhor tenha misericórdia. Ele está mentindo para a sua mãe de novo, e a sinhazinha sabe, mas não diz nada. E se eu abrir a boca e contar para a senhora: ele não libertou os escravizados, ele os vendeu. Não sou uma empregada negra liberta. Sou uma escravizada. O que ela diria? O que o Sr. Henry faria? Ele me jogaria na rua? Para onde eu iria? Para Absalom? Onde eu o encontraria? E se eles me venderem? E se me mandarem de volta para a plantação? Tudo bem dizer que sou livre, mas livre para ir aonde? Para fazer o quê? Todas as perguntas rodeiam minha mente. Perguntas sem respostas. Fico de boca fechada.

— Henry, acione o sino para Taylor — orienta a Lady Fincham, apontando para a corda pendurada perto da lareira. — Ele pode buscar a empregada do infantário para levar a menina até lá. A Babá Dot está lá com os filhos de Lavinia, Celia e Edwin.

O Sr. Henry puxa a corda. Não ouço nada.

— Ela não pode ser tanto ama de leite para a criança quanto sua empregada, Clara. Você pode compartir a criada de Lavinia, Bates. Ela pode cuidar de vocês duas por ora até conseguir uma para você.

— Mas, mamãe! — reclama Lavinia, pulando para ficar de pé. — Por que eu, por que ela não pode compartilhar com Isabella?

Isabella corre para o lado de Lady Fincham.

— Mamãe, não. Hannah estará ocupada comigo. Vou precisar dela. Tenho muitos eventos além da apresentação e do baile.

— Você está fazendo muito mais pela Isabella do que fez por mim, mamãe. Não tive um baile, só uma pequena festa.

Elas lançam olhares uma para a outra, e sei que cada uma quer infligir dor na outra. Olho para todos eles e vejo que estão todos tomados pela raiva, pelo medo e pela ganância. Por tudo o que têm, ainda não têm nada.

— Não discuta, Lavinia — contrapõe a Lady Fincham enquanto usa a bengala para se levantar. — A Lady Whigham está apadrinhando e apresentando a Isabella junto à filha dela, Sophia. Em troca, Sophia vai partilhar o baile que darei para Isabella.

O Sr. Henry estende o braço, mas a Lady Fincham o ignora. Ele abre a porta, e todos observamos enquanto ela sai, apoiando-se na bengala, com Isabella logo atrás.

À porta, Isabella se vira.

— É melhor você arranjar um pouco de láudano para se acalmar, Lavinia — comenta ela e sai correndo, gargalhando.

— Cale a boca — grita Lavinia, dando um pulo e batendo a porta antes de se voltar ao irmão. — Sabe que trazer sua escravizada para cá pode acabar com as chances de Robert de se reeleger, não sabe?

— Robert não sabe falar por ele mesmo?

Robert se levanta da cadeira baixa.

— Venha — diz ele para Lavinia. — Tenho certeza de que, considerando que ela não é nossa escravizada, desculpe, nossa empregada, não haverá efeito negativo na minha reeleição no parlamento, minha querida. — Ele faz uma reverência para a Sinhazinha Clara antes que Lavinia e ele saiam.

A Sinhazinha Clara parece que está prestes a chorar. Ela abraça Henry-Francis com força, e ele se contorce, estica os braços para mim e chora alto, com vigor.

O Sr. Henry puxa a corda do sino mais uma vez.

— Não pode fazer com que ele pare de chorar?

Não sei se ele está falando comigo ou com a Sinhazinha Clara, mas estico os braços e pego Henry-Francis de sua mãe.
— Ele está com fome — explico.
Não digo: também estou com fome.

Sarah

Capítulo 41

Há obstáculos a serem superados, e devemos superá-los, devemos destruí-los.

— *David Copperfield*, por Charles Dickens

Abril de 1851

A porta se abriu na Casa Winkfield, mas, antes que Sarah pudesse dar um passo para dentro do saguão, Emily desceu a escada às pressas e se jogou em cima de Sarah, quase derrubando-a.

— Você chegou, você chegou — disse a menina, dando gritinhos.

Sarah riu e abraçou Emily.

— Sim, cheguei, e veja quem me trouxe para casa — respondeu Sarah, dando um passo para o lado.

— Freddie! — gritou Emily e correu para ele.

Ele a pegou no colo e a rodopiou. Mabel não ficou muito atrás, puxando as vestes dele, querendo que o rapaz a rodopiasse também.

— Freddie, você também veio.

— E que recepção. Preciso ficar longe mais vezes — comentou o rapaz, rindo. — Onde está a mamãe?

Mabel deu um passo para trás e percebeu o rosto do irmão.

— O que aconteceu com você? — questionou ela, arfando.

— Não é nada.

Sarah sentiu alguém colocando a mão em seu ombro.

— Bem-vinda de volta, Sarah — cumprimentou a Mamãe Forbes, com um abraço breve. Sua atenção, contudo, também estava no rapaz. — Freddie. — A Mamãe Forbes estendeu a mão para o filho. Ele atravessou o saguão. Então ela segurou o queixo dele e moveu seu rosto de um lado ao outro. — Ah, minha nossa, seu rosto! Andou brigando? Sabe que o papai ficaria muito decepcionado. Venha até a sala de estar. Quero descobrir o que tem acontecido na escola.

Mabel e Emily seguraram as mãos dele enquanto Freddie seguia a Mamãe Forbes. De repente, Sarah ficou completamente sozinha no saguão e não soube o que fazer. Respirou fundo e decidiu ir para a sala de estar também.

— Qual foi a razão da briga?

A cabeça de Freddie pendeu para baixo, e ele se recusou a olhar para a mãe.

— Nada, mamãe.

— Ora, veja, ninguém briga por nada. Por favor, diga a verdade. Com quem brigou?

— George Withenshaw.

— E por quê?

Freddie endireitou a postura e olhou dentro do olho da mãe.

— Ele me chamou de adorador de crioulo. Disse que não sabia como nós nos sentávamos à mesa com uma. Falei para ele não usar essa palavra. Mas ele falou de novo e me empurrou, mamãe, então o empurrei de volta, e brigamos. Eu não podia permitir que ele dissesse aquilo, mamãe. — A voz de Freddie falhou. — Sarah é uma princesa e minha irmã. O que é certo para a Sua Majestade deveria ser certo para todos.

— Você brigou por causa da Sally? — perguntou Emily, os olhos arregalados de admiração. — Você é tão corajoso!

A Mamãe Forbes deu um tapinha no assento ao lado dela. Quando Freddie se sentou, ela puxou a cabeça do filho para baixo e beijou sua testa.

— Não aprovo brigas, mas há momentos em que temos que defender aquilo em que acreditamos e o que sabemos ser o correto. Não falaremos mais disso. Vá até a Babá Grace para que ela coloque um pouco de hamamélia no hematoma.

Freddie sorriu.

— Obrigado, mamãe. Está melhor agora. Estava muito mais inchado.

— E o George? O rosto dele ficou inchado também? — questionou Mabel.

— Sim. O olho dele ficou totalmente fechado, e a boca, sangrando.

— Já chega, Freddie. Não é necessário ficar desfrutando do ocorrido — contrapôs a Mamãe Forbes, embora não soasse brava.

Sarah sentiu os olhos se encherem de lágrimas. Mordeu o lábio para tentar conter o choro não porque estava triste, mas porque estava feliz. *Freddie estava brigando por causa de mim! De MIM. Tenho um irmão mais velho de novo. Estou em casa.*

Tenho duas casas, a Casa Winkfield e o Castelo de Windsor. Ao menos foi isso que Alice disse.

Segunda-feira, 14 de abril de 1851, Casa Winkfield
Volto para o Castelo de Windsor hoje, mas desta vez sozinha. Vou para a aula de alemão com a Vicky e a Alice. Não temos aula há algumas semanas. A Mabel disse que vou ter me esquecido de tudo, mas não esqueci. Sie irrt sich deswegen. Acho que ela apenas queria que eu tivesse esquecido.

Assim que a aula com Frau Schreiber acabou, Tilla apareceu para buscar Sarah e as princesas.

— Vamos fazer uma caminhada até a escola antes do almoço. Vão pegar os xales e mudar os sapatos — informou a mulher.

— Sim, Tilla — responderam Vicky e Alice, pulando para ficarem de pé, empurrando as cadeiras para trás, de modo que os livros foram ao chão, e se apressaram para buscar os xales.

Sarah as seguiu, ponderando o que havia de especial em ir a uma escola.

— Que escola? — perguntou a menina, colocando o chapéu.

— A escola no parque — retorquiu Vicky, amarrando de novo a fita no chapéu. — É para as crianças da vila e aquelas que moram perto dos chalés dos trabalhadores ao redor do parque.

— Mas o que fazem lá?

— Ouvimos enquanto eles leem e cantam, checamos as redações e os ditados. As meninas também cozinham e lavam roupas, enquanto os meninos são avaliados em história e geografia.

— A mamãe visita todo ano para distribuir prêmios, e ela nos leva às vezes. Batemos palmas bem alto quando eles recebem o prêmio — explicou Alice.

— É tudo parte de sua educação — complementou Tilla, que havia retornado com o próprio chapéu na cabeça e um xale ao redor dos ombros. — Os filhos dos nossos trabalhadores têm sorte de conseguirem ficar na escola por tanto tempo. A maioria das outras crianças, quando sequer vão à escola, saem antes de completarem 11 anos. Aqueles que recebem prêmios os valorizam muito. Na maior parte das vezes, é o único livro que possuem em casa.

A escola de dois cômodos tinha uma sala de aula para meninas e outra para meninos, do outro lado do corredor. Eles se sentavam em fileiras, dois em cada mesa, os mais novos à frente. A Sra. Heaton, a diretora, as levou para a seção das meninas primeiro. A maioria das crianças na escola tinha visto a Rainha Vitória e as princesas antes, mas uma menina negra, e ainda mais uma princesa, mudava tudo. Elas encararam Sarah, e Sarah as encarou de volta. Enquanto a Rainha Vitória estava com a diretora, Vicky, Alice e Sarah andaram ao redor da sala de aula, conversando com as crianças, olhando as lousas. Sempre que Sarah chegava perto de uma delas, as crianças se esticavam para tocar a mão e o rosto dela, então olhavam para a própria mão para ver se havia mudado de cor. Sarah não se incomodou. Teria feito o mesmo.

Uma menininha segurou a mão de Sarah e não soltou. Não tinha mais que 5 anos, com duas tranças atarracadas sobressaindo em cada lado do rosto e olhos castanho-escuros que focavam de rosto em rosto, querendo absorver tudo.

Ela puxou a mão de Sarah.

— Senhorita, princesa, você fala? O Willie disse que os escurinhos não têm língua, então não conseguem falar como nós.

Sarah se inclinou e mostrou a língua. A menininha gargalhou.

— Viu, tenho língua e posso falar — respondeu Sarah, rindo também. — Qual o seu nome?

— Jane. E aquele é o meu irmão, Willie — revelou a menina, apontando para a outra sala de aula.

Pela porta, Sarah via dentro da outra sala. No fundo do cômodo, estava um menino de uns 10 anos. Seu cabelo vermelho-vivo estava em pé como se alguém o tivesse tirado de dentro de um buraco pelo cabelo, o rosto cheio de sardas mostrava um sorriso enorme. Sarah mostrou a língua para ele, e o garoto gargalhou ainda mais.

As outras meninas rodearam Sarah, puxando, tocando, fazendo perguntas. Ela não percebeu que todos os demais tinham passado para a outra sala.

— Senhorita, senhorita. Você sabe ler?

— Princesa, você sabe escrever?

— Princesa, olhe o que escrevi na minha lousa. *Uma maçã por dia mantém a saúde em dia*. Viu, sei ler. A Sra. Heaton disse que é um provérbio.

Será que aquilo é possível, pensou Sarah. Se ela comesse uma maçã por dia, aquilo manteria sua saúde em dia? Manteria o Dr. Clark longe? Faria a tosse parar?

Naquele momento, a Sra. Heaton saiu às pressas da sala dos meninos, balançando o bastão, talvez treinando para usá-lo quando as visitantes fossem embora.

— Vocês todas — começou a mulher, com o rosto vermelho como se tivesse ficado no sol por muito tempo —, voltem aos seus lugares agora mesmo.

Sarah olhou para o bastão. Lembrou-se de como havia doído quando o Papai Forbes batera nela com um. Não queria que as crianças, principalmente a pequena Jane, apanhassem depois.

Ela segurou a mão de Jane e disse:

— Elas podem ficar, por favor? Estão me contando as coisas que a senhora está ensinando a elas.

— Sinto muito, Princesa Sarah — respondeu a Sra. Heaton —, mas Sua Majestade está pronta para distribuir os prêmios agora. — A diretora apoiou o bastão perto da porta e acenou para que Sarah prosseguisse.

Um a um, os meninos e meninas foram receber os prêmios de Sua Majestade, que apertou as mãos deles e os elogiou. Foi Willie quem se saiu melhor na soletração. Ele sorriu para Sarah ao passar pela menina. Quando a Rainha Vitória entregou a ele o prêmio, um livro sobre cavalos, o menino apertou o livro contra o peito e fez uma reverência.

— Obrigado, Sua Majestade. Adoro cavalos.

A Rainha Vitória sorriu.

— Eu também.

Willie não tinha medo de falar com a rainha.

— Eu sei, Sua Majestade. Meu pai, John, trabalha no estábulo do palácio. Vou começar a trabalhar lá, varrendo e alimentando os cavalos, depois da Páscoa.

— Bom, procurarei você quando eu for ao estábulo — respondeu a Rainha Vitória.

Ao final da distribuição de prêmios, a Rainha Vitória foi embora com as suas damas de companhia. Sarah foi a última a sair. Ao passar pela sala das meninas, pegou o bastão na porta. Não haveria ninguém sendo espancado naquele dia. Do lado de fora, Sarah partiu o bastão em dois e jogou os pedaços fora, antes de se juntar às outras.

— Aí está você, Sally — comentou a Rainha Vitória. — Gostou da nossa escolinha?

Sarah assentiu.

— Mamãe Rainha, um dia vou para a escola?

A Rainha Vitória lhe lançou um olhar.

— Você quer ir?

Sarah concordou com a cabeça.

— Talvez assim eu possa ganhar um prêmio e ter um livro só meu.

Sexta-feira, 11 de abril de 1851, Casa Winkfield

Esta tarde vamos todos para o Castelo de Windsor para presentear a Mamãe Rainha com exemplares especiais do livro de dois volumes de Papai Forbes, "Dahomey and The Dahomans. Being the Journals of Two Missions to the King of Dahomey and Residence at His Capital in the Years 1849 and 1850". São baseados nos diários que o papai escreveu durante a missão até a Corte do Rei Gezo de Daomé. O papai escreveu sobre mim nele. Não quero ler os diários. Não sou mais a Salimatu.

Sarah não esperava ver a Sala Vermelha tão cheia de pessoas quando ela e o resto da família Forbes chegaram para a apresentação. Não só estavam lá a Rainha Vitória, o Príncipe Albert e os filhos reais como também estavam o Sr. Charles, a Lady Phipps e vários outros convidados.

A Mamãe Forbes foi a primeira a entrar na Sala Vermelha. Atrás dela seguiram Freddie e Mabel, cada um carregando um volume lindamente encadernado em couro marroquino, então Sarah e Emily.

— Ah, a família inteira, Sra. Forbes — murmurou a Rainha Vitória.

Todos fizeram reverências e se curvaram.

— Quase, senhora. A Anna é muito jovem, e o capitão está em alto-mar — respondeu a Mamãe Forbes, sorrindo.

— De fato — concordou o Príncipe Albert, indo ficar ao lado da rainha. — Quando ele retornará da missão?

— Não sei, senhor. Pode demorar um ano ou mais. Entretanto, ele queria que presenteássemos Sua Majestade com os livros assim que fossem publicados e que não esperássemos por seu retorno. Disse que tinha certeza de que a Sua Majestade gostaria de ler sobre sua Princesinha Africana no volume dois. Permita-nos presentear-lhe, senhora, com dois volumes baseados na viagem do Capitão Forbes a Daomé.

Freddie e Mabel entregaram os belos livros encadernados em couro que estiveram carregando para Sarah e Emily. Elas deram um passo à frente, curvaram-se de novo e entregaram os dois volumes à Rainha Vitória.

— Que livros esplêndidos. Obrigada. Estou certa de que o Príncipe Albert e eu vamos adorar ler sobre as aventuras do capitão, Sra. Forbes. A senhora e as crianças devem estar muito orgulhosas dele e do trabalho que tem feito, salvando pessoas como a Sarah aqui, ainda que isso o mantenha longe da senhora por tanto tempo.

— Estamos muito orgulhosos, senhora.

— E, Sarah, você leu o que o capitão escreveu sobre você e o Rei Gezo?

— Não, Mamãe Rainha.

Ela não disse que, só de ouvir o nome do Rei Gezo, suas entranhas se reviravam e se contorciam. Poucos meses antes, ela fora apenas uma criança escravizada a ser vendida ou sacrificada, nesse momento, no entanto, ela era uma princesa com uma nova família e amigos importantes. Não, não queria pensar naqueles dias. Sarah se beliscou com força. Tinha que parar de ter medo.

Faith

Capítulo 42

Oona way mo walyable den a whole heapa sparra

Não temais, pois; mais valeis vós do que muitos passarinhos

Mateus 10:31

Abril de 1851

Três dias em Londres, e ainda não tive notícias de Absalom. Quase um mês agora desde que o vi ou tive notícias dele. Ele disse que estaria aqui, esperando. Então, onde ele está? Deitada em claro no quarto que agora divido com Nellie, a empregada do infantário, sinto-me enjoada. Não tenho conseguido comer há dias. Absalom precisa vir me encontrar, do contrário, estou perdida. Afasto o cobertor fino e abraço minha colcha de retalhos. Na plantação, eu dormia em um palete cheio de musgo espanhol, os percevejos, ácaros e aranhas ainda se escondendo entre as folhas. Eu ficava deitada lá, me coçando. Hoje estou envolta por uma colcha que já o envolveu também. Trago o tecido para perto e tento inspirar o cheiro de Absalom.

Em silêncio, chamo por Maluuma:

— Ó, sábia, sentada ali, entre os ancestrais, fale com os deuses por mim. Implore para que mantenham Absalom em segurança. Apele para que eles permitam que ele venha me encontrar.

Aperto o *gris-gris* e espero. Nada.

Alguém ou algo me sacode. Devo ter adormecido. Abro os olhos e na meia-luz da manhã, vejo um rosto pálido, o cabelo comprido da cor da palha, vestida de branco. Sei que isso é *juju*, enviado pelos ancestrais para me puxar para baixo.

Sou tomada por um medo intenso. Quero sair deste lugar, não quero ser arrastada para o mundo lá debaixo. Quero viver, viver com Absalom, meu homem. Fecho os olhos, encolho-me na parede e solto um gemido.

— Está com dor? Senhor, você ficou grunhindo e falando a noite toda.

Os ancestrais e *juju* não conseguem falar assim. É Nellie. Abro os olhos e me trago de volta ao quarto. Ela disse que tem 19 anos, um ano a menos que eu, mas parece uma criança, pequena, porém forte e rápida, correndo de cima a baixo do sótão à cozinha, pegando e carregando coisas o dia todo. É difícil entender tudo o que ela diz, mas entendo o suficiente.

— Vim trabalhar na cozinha, mas agora sou criada do infantário — contou ela para mim na primeira noite. — A Babá Dot disse que está velha demais para subir e descer a escada.

Grunho de novo. Não quero falar com ela, não agora. Quero que ela vá embora, que me deixe sozinha por alguns minutos.

— Está doendo muito? — pergunta Nellie, inclinando-se sobre mim.

— Estou bem — respondo, virando para a parede. — Vá começar seu trabalho antes que a babá acorde.

— Ah, Senhor, foi tão ruim assim no navio, hã?

Prendo a respiração e me viro para ela, temendo que eu tenha revelado coisas demais enquanto dormia.

— Como assim?

— Você estava chorando e dizendo sem parar: "as ondas, as ondas, não quero me afogar nas ondas" — responde ela, colocando um vestido cinza-claro.

O tecido fica largo em seus ombros finos. Também tenho um vestido como aquele agora, mas o meu me veste bem melhor, embora o chapéu fique caindo do meu cabelo volumoso. A Babá Dot chama de "uniforme" e diz que todas as empregadas na casa precisam usá-lo.

— Desculpe por ter mantido você acordada. Foi só um pesadelo — revelo, aliviada por não ter dito nada a respeito da primeira viagem: as correntes, o cheiro, as pessoas sendo jogadas ao mar.

Nem a respeito de Absalom.

— Alguns pesadelos são piores que a realidade. — Ela se inclina à frente e sussurra, como se me contasse um grande segredo: — Para falar a verdade, a água me causa calafrios. Nunca conseguiria viajar para a América do Norte. O tempo todo, estaria esperando que o navio afundasse.

— Às vezes não há escolha — afirmo sem olhar para ela.

— Não uso nem os barcos a vapor, embora sejam mais rápidos e mais baratos que o ônibus. Não desde que o barco *Cricket* foi pelos ares no rio. — Ela envolve a cintura com o avental grande e cinza de trabalho por cima do vestido e prende o cinto com firmeza.

Ouvindo como ela diz aquilo muito baixinho, sento-me.

— No rio? Qual rio?

— O Tamisa. Se for ao rio, vai ver muitos barcos a vapor levando pessoas de uma parte de Londres a outra, mas não são seguros. A mamãe dizia isso e estava certa. — É como se pensar nos barcos a vapor tivesse amolecido as pernas de Nellie, pois ela se senta na cama de repente. — O *Cricket* estava se preparando para sair do píer de Adelphi em direção à Ponte de Londres, abarrotado com mais de 150 pessoas, quando a caldeira explodiu. Chamas, água fervente, óleo, corpos por todo o lado.

Ela abraça o próprio corpo e começa a se balançar, assim como eu já vira mulheres fazendo em Talaremba quando alguém vai encontrar os ancestrais.

— O que aconteceu com as pessoas?

Ela inclina a cabeça, e acho que não vai responder, então ela diz, tão baixinho que tenho que me inclinar à frente para ouvir:

— Alguns voaram pelos ares, outros se queimaram com a água fervente, alguns se jogaram na água e ficaram presos na lama. Foi horrível. — Ela respira fundo e adiciona: — Vinte pessoas morreram na hora, outras depois. Uma delas foi o papai. Ele era o caldeireiro.

Levanto-me e vou me sentar ao lado dela. Não sei o que mais posso fazer.

— Sonho com ele o tempo todo — conta Nellie com a voz trêmula. — Às vezes ele está na água, me chamando para ir ajudá-lo, em outras ele me diz para pegar as crianças menores do reformatório.

Não sei o que é um reformatório, mas, pelo jeito que ela fala e sua expressão facial, percebo que não é um lugar bom.

— Tive que colocá-los lá — confessa ela, pegando minha mão e segurando com força. — Eu não queria. Eu ajudava a mamãe a cuidar dos mais novos, mas não conseguia cuidar dos cinco por conta própria. Sem comida, sem casa. Nenhum dos vizinhos quis acolher nem o bebê Sam. Eles queriam que eu pagasse. Eu não tinha dinheiro.

— Não havia ninguém para ajudar?

— Não. A Bessie já tinha saído de casa, trabalhava em um bar a caminho da perdição. Ela é prostituta agora, vendendo o próprio corpo. Eu a vi uma vez em

Clerkenwell, vestida com penas e pelos, pendurada no braço de um velho. Ela fez como se não tivesse me visto, mas sei que me viu, porque ela puxou o velho, e eles entraram às pressas no bordel. Nunca contei para a mamãe nem para o papai. Ele teria ido lá, arrastado a Bessie para fora e a espancado.

Nellie sacode a cabeça por várias vezes, suspira, então começa a se balançar de novo. Lágrimas escorrem pelo seu rosto.

— E a sua mãe?

— Logo depois que o papai morreu, mamãe morreu também, dando à luz ao Sam. Eles disseram que foi o choque de ver o corpo do papai. Ele estava todo queimado e inchado quando o tiraram do rio depois de cinco dias.

Tenho medo de perguntar, mas preciso saber.

— Suas irmãs e irmãos ainda estão no reformatório?

Ela solta um lamento e balança a cabeça.

— Quando voltei depois para vê-los, ninguém estava mais lá, nem mesmo o pequeno Sam. Sumiram. Ninguém soube me dizer onde estavam. Eles me deram um pedaço de papel, mas não sei ler. Devem estar todos trabalhando a essa altura. O Harry sempre foi pequeno e rápido. Que Deus nos ajude se o mandarem limpar chaminés. Ele tem medo do escuro. — Ela olha para mim, uma mudança no olhar, que se enche de esperança. — Talvez ele seja um garoto de recados ou algo assim.

Escuto enquanto ela dá nome aos irmãos e irmãs que perdeu. Ela é como eu, logo percebo. Os seus familiares foram tirados dela. Quando penso nisso, sinto algo se apertar dentro de mim. É uma dor antiga que foi amenizada, mas nunca esquecida. Tento afastá-la, mas ela permanece ali, apertando e contorcendo minhas entranhas. Salimatu, minha irmã perdida, meus irmãos, meus pais se juntam à dor de ter deixado os meus filhos para talvez nunca mais vê-los. Logo me junto a Nellie, me balançando e chorando, nossas lágrimas se derramando em nós mesmas e uma na outra.

— Aqui estou eu contando meus problemas quando você tem os seus para lidar. — Ela balança a cabeça, como se para se livrar de algo. — Você também teve perdas terríveis. — Enxugando o rosto com o avental, ela completa: — Sinto muito que perdeu seu bebê.

Paro de me balançar e me levanto. Estou perto demais dela.

— Que bebê?

Ela olha para mim como se eu tivesse dito algo tolo.

— Você deve ter tido ao menos um filho, e não muito tempo atrás, do contrário, de onde vem o leite que alimenta o Henry-Francis?

Com rapidez, ela trança o cabelo comprido cor de palha.

Preciso sair deste quartinho na parte de cima da casa, ir para o lado de fora e respirar. Vou até a janela e olho para fora. Tudo o que consigo ver da janela inclinada é o céu se iluminando em um novo dia. Não consigo ver as estrelas que me guiarão para casa um dia. Não consigo ver Maluuma nem os ancestrais. Não consigo ver Absalom.

— Sim, tive Jessy, seis meses atrás — respondo, enfim. — A Sinhá Jane, a esposa do sinhô, tomou o meu bebê de mim, então me deu para a Sinhazinha Clara.

— Deu você? Por quê?

— Para que eu tenha leite o suficiente para o Henry-Francis. A mesma coisa aconteceu com meus outros filhos, Lewis e Kezia. — Paro de falar antes que eu vá longe demais, antes que eu diga os seus nomes de Talaremba, antes que conte sobre Anthony, aquele a quem chamei de Amadu, aquele que agora está com os ancestrais.

— Você tem três filhos? — pergunta Nellie. — Caramba, você não é muito mais velha que eu.

— Sim, mas, quando eles avançam em nós, não se importam com quantos anos temos. — As palavras saem depressa e envolvem meu coração. A dor força mais palavras para fora, coisas que eu não pretendia dizer: — As escravizadas ficam com os bebês não mais que um mês, então são mandadas de volta ao trabalho.

Estou chorando.

Nellie arregala mais e mais os olhos enquanto falo. Umedece os lábios duas ou três vezes antes de conseguir responder.

— Escravizada? Você é escravizada? — Ela dá um passo para trás, então para. — A Babá Dot disse que você é uma empregada e ama de leite.

— É o que a Sinhazinha Clara e o Sr. Henry estão dizendo para todo mundo, porque a mãe dele não quer escravizados na casa dela. Mas é isso que sou para eles, uma escravizada. Eles só mentem e mentem.

Mordo a boca para me impedir de falar mais, mas não consigo conter as lágrimas. Falei demais. Não somos a mesma coisa. Ela é branca, sou negra. Ela é inglesa, sou de Talaremba. Ela é livre, eu, não.

— Nunca conheci uma escravizada antes. Achei que escravizados fossem diferentes. — Nellie balança a cabeça como se tentando afugentar aquele fato. Ela aponta para o meu rosto. — Os cortes, eles representam que você é uma escravizada?

— Não. Representam que sou filha de um chefe.

Puxo o colarinho da roupa de baixo e mostro a marca de ferro quente no meu ombro esquerdo, sempre ali, o "S", uma cobra raivosa que jaz debaixo da minha pele.

Nellie cobre a boca para conter um grito. Ela olha para a marca, mas não consegue olhar para mim.

— Isto representa que sou escravizada e isto. — Mostro a ela a mão direita, o dedo mindinho protuberante. — Não consigo dobrá-lo, vê, desde que se quebrou.

Não conto a ela como se quebrou. Como posso explicar que uma sinhá pode fazer o que quiser com sua escravizada, bater nela, beliscá-la, quebrar suas costas, seu dedo, o tempo todo tentando destruir seu espírito?

Um choro alto nos faz dar um pulo. É Henry-Francis no infantário ao lado. Eu tinha me esquecido dele. Como pude? Até esta noite, ele nunca havia dormido longe de mim.

Nas primeiras duas noites nesta casa, dormi no chão próxima ao colchão dele, no caso de ele acordar no meio da noite. Na terceira noite, quando a Babá Dot me encontra lá, dormindo envolta na colcha, ela me sacode.

— O que significa isso?

— Sempre durmo em um palete perto do Henry-Francis, então, se ele chora durante a noite, estou lá.

— Bom, ele vai aprender que você não pode estar ao lado dele sempre. Não estamos na América do Norte. Neste país, não dormimos no chão. Amanhã você fica na sua cama.

A Babá Dot é pequena e gorda, com olhos de botão pretos e intensos, uma boca pequena que forma um círculo tenso de surpresa quando ela ri. Seu vestido cinza com seu colarinho alto e mangas compridas parece abraçá-la enquanto caminha, os pés nunca à mostra. Ela parece ser macia como um travesseiro, mas tenho certeza de que ninguém a desobedece.

— Tenho que ir ver o Henry-Francis e acalmá-lo antes que a Babá Dot vá até lá.

— Ah, Senhor — murmura Nellie, enfiando a trança debaixo do chapéu. — Tenho que correr ou a Babá Dot vai vir para cima de mim, e você não quer ver isso. Sinto muito que tenham levado sua irmã e filhos.

— E sinto muito que mandaram suas irmãs e irmãos embora. Espero que os encontre — respondo ao passar por ela.

Apresso-me até Henry-Francis e o pego no colo. Ele grita ainda mais alto. Henry-Francis chora o tempo todo agora. Não consigo reconfortá-lo. Se ao menos eu tivesse algumas das minhas ervas, mas usei o que restava antes de deixarmos Compton Hall e não sei onde conseguir mais.

A Babá Dot me observa abotoando o meu vestido de volta.

— Ele ainda está com fome.

— Eu sei, mas ele não mama.

Os olhos dela ficam pregados em mim até que tudo o que posso fazer é abaixar a cabeça.

Ela afirma sem tom algum de acusação:

— Você não tem leite o bastante. Não está comendo o bastante.

A babá segura meus braços e os alisa, tateando em busca de músculo, de osso, assim como os leiloeiros de escravizados ao se prepararem para vender pessoas. Afasto-me das mãos dela, que caem para longe das minhas.

— Imagino que não esteja acostumada com a nossa comida. Bem, você precisa comer. Precisa estar forte e saudável, para conseguir deixá-lo forte e saudável. — Ela se vira para ir embora, finalizando: — Uma boa carne cozida ou assada, talvez, sagu, arroz ou pudim de tapioca, e peixe fresco, é disso que precisa. Vou conversar com a cozinheira. Nesse meio-tempo, vou preparar comida para o Henry-Francis.

Ouvi-la falar de comida me faz ter vontade de colocar para fora tudo o que consegui comer naquela manhã. Não posso contar por que tudo que como tem gosto de joio e não se assenta na minha barriga.

A Babá Dot comanda que Nellie acenda o pequeno fogão no pequeno cômodo ao lado do infantário, antes de ir ao próprio quarto e voltar com uma garrafinha azul, *Godfrey's Cordial*.

— Não que isso seja algo que se dê na idade dele, mas vai deixá-lo calmo por um tempo.

Ela coloca um pouco do líquido em uma colher. Quando Henry-Francis abre a boca para berrar, ela põe o líquido na boca dele e o entrega para mim.

A Babá Dot ordena que Nellie "vá até a cozinheira e peça a ela um biscoito e um copinho de cerveja preta. Diga que falei que temos que fortalecer a Faith." Na despensa, a babá pega um pouco de farinha de trigo, amarra em um pano e ferve. Ela pega uma colher de farinha cozida, adiciona leite, mistura, ferve um pouco mais, e a deixa esfriar. Papinha. A Babá Dot está fazendo papinha. Lembro-me de Madu fazendo papinha para Salimatu. Mas ela não despejou a papinha em uma garrafa e colocou um bico de borracha novo nela, como a babá fazia agora. Madu deitava Salimatu no colo, formava uma concha com a mão e colocava papinha ali e devagar, bem devagar, despejava a papinha na boca de Salimatu. Fecho os olhos para me ater àquela lembrança, mas ela se esvai como fumaça. Abro os olhos para o agora.

A Babá Dot encosta o bico de borracha na boca agora calada de Henry-Francis. Fico sentada e observo enquanto ele suga. Não tenho o que fazer. Nellie me traz um copo de cerveja preta. Sempre fui eu a servir os outros. O que a Velha Rachael ou a Mãe Leah diriam se pudessem me ver agora, sentada à espera de uma garota branca me servir?

Não sou mais uma empregada, nem uma ama de leite, mas ainda sou uma escravizada.

Sarah

Capítulo 43

*A coisa mais importante na vida é parar de dizer
"Eu quero" e começar a dizer "Eu vou".*

— *David Copperfield*, por Charles Dickens

Abril de 1851

Quarta-feira, 16 de abril de 1851, Casa Winkfield
Toquei "Fur Elise" no piano para a Mamãe Forbes. Ela chorou. Ela disse que é a música predileta do Papai Forbes. A mamãe não sabe quando ele volta para casa. A Mabel disse que espera que ele não traga outra irmã. Não acho que ela estava brincando. Sentimos falta dele. Amanhã, vamos ao Castelo de Windsor para a caça aos ovos de Páscoa.

Sarah estava animada porque Mabel, Emily e Anna também haviam sido convidadas para a caça aos ovos de Páscoa no Castelo de Windsor. Nenhuma delas tinha participado de uma antes.

— Os ovos vão se quebrar quando pegarmos? — perguntou Anna à Sarah.

— Não sei — respondeu Sarah.

— Os ovos representam vida nova, a vida nova de Jesus quando ele se ergueu dos mortos — explicou a Srta. Byles. — Os ovos são cozidos por bastante tempo, assim podemos pintá-los sem que se quebrem.

Ninguém conseguia de fato explicar a Páscoa para Sarah, porém. Como Jesus podia morrer e então ressuscitar para salvar as pessoas? Não era aquilo que *juju* fazia? Os pensamentos sobre a Páscoa a confundiam. Fora a história da Páscoa que a fizera cortar o vestido azul, o que levara à surra que o Papai Forbes dera nela. Pensar naquilo fez a menina morder o dedão com força.

Além dos filhos das famílias Seymour e Phipps, algumas crianças que ela havia conhecido na escola do parque estavam no castelo também. Sarah estava com Alice e Emily quando Jane apareceu correndo.

— Princesa Sarah, Princesa Sarah, lembra de mim?

— Sim, Jane, lembro de você.

Jane sorriu.

— Falei de você para a mamãe e o papai. Eles nunca viram uma pessoa negra de perto.

Sarah riu e respondeu:

— Bom, você viu.

— Quer caçar com a gente? — convidou Alice.

Jane assentiu e segurou a mão de Sarah.

O prêmio para quem pegasse a maior quantidade de ovos em uma hora era barras de chocolate. Todos queriam o prêmio. Nem Sarah nem Jane tinham comido chocolate antes. Logo, elas tinham conseguido sete ovos e torciam para que fosse o suficiente para ganhar. Quando viram alguns dos outros voltando do terraço com os ovos que encontraram, o grupo de caçadores de Sarah decidiu desistir.

Ao voltarem, no entanto, Alice parou de repente.

— Esqueci. O papai sempre esconde ovos no estábulo e na escola de equitação. Venham, se encontrarmos, com certeza vamos ganhar.

Sarah não sabia como dizer à Alice que tinha medo de cavalos. Hesitou por um momento, então, respirando fundo, correu atrás dos outros.

O estábulo tinha um cheiro tão forte que fez Sarah lacrimejar. A menina tentou prender a respiração ao passar pelos cavalos que arrastavam as patas e bufavam nas baias. Quase que de imediato Alice encontrou mais dois ovos verdes.

— Sarah, cuidado — alertou Emily de repente.

Sarah se virou e viu outro cavalo sendo conduzido para dentro do estábulo por um homem baixo com pernas arqueadas. Ela deu um pulo para trás, mas ainda sentiu o bafo do cavalo no rosto.

— Pai, essa é a princesa que falei — anunciou Jane, levando o pai até Sarah.

— Ela tem medo de cavalos — revelou Emily, colocando-se na frente de Sarah.

— Não se preocupe, a Bessie é dócil. O John não vai deixar você se machucar — garantiu Alice.

— É verdade. Ensinei a todos os pequenos a andar a cavalo com a Bessie — confirmou John. — Ela não vai disparar de repente, isso garanto.

Domingo, 20 de abril de 1851, Casa Winkfield

Estou feliz que a Páscoa passou. O sermão do Reverendo Byles só falava de Jesus ressuscitando dos mortos. Quero pensar em coisas boas.

Todas nós fomos convidadas para a festa de aniversário da Alice na sexta-feira. Fiz para ela uma moldura com algumas das conchas que eu trouxe da Ilha de Wight.

Meu aniversário é no próximo domingo. Fico feliz de ser tão próximo ao da Alice. Vou ter uma festa de chá. A Mamãe Forbes enviou convites para a Alice, Vicky, Lenchen, também para Maria e Henrietta Phipps e Augusta Seymour. Eu me pergunto o que vou ganhar de aniversário. Pedi uma boneca como a Arabella da Emily para a Mamãe Forbes, mas Aina ainda vai ser especial. A Sra. Dixon vai fazer um bolo especial.

A primeira coisa que indicou que havia algo errado foi quando Edith subiu com água para o banho. Não estava calor, mas as meninas não disseram nada, não queriam deixar Edith encrencada.

— Cadê a Babá Grace? — perguntou Mabel.

— Ela está na cozinha — respondeu Edith com a voz trêmula.

A mulher se recusou a olhá-las nos olhos.

— Qual o problema? — questionou Sarah.

— Nada, senhorita — retorquiu Edith, mas seus lábios tremeram, e, quando Sarah tocou o ombro dela, conseguiu sentir a empregada tremendo também. — Preciso ir buscar o café da manhã.

Ela foi embora às pressas antes que as garotas pudessem perguntar mais alguma coisa.

Mabel, Emily e Sarah olharam uma para a outra. Havia algo importante acontecendo lá embaixo, e estavam escondendo delas.

— Esqueçam o café da manhã, vamos descer para saber o que está acontecendo — sugeriu Mabel.

Mas, antes que pudessem fazer aquilo, a babá apareceu. O rosto inchado, olhos vermelhos, o cabelo caindo para fora do chapéu, o avental amassado como se ela tivesse contorcido o pano várias vezes. Sarah teve certeza de que a Babá Grace, aquela que enxugava as lágrimas, estivera chorando.

— Sentem-se, meninas, e tomem o café da manhã quando a Edith trouxer — orientou a babá bem baixinho.

Quase não conseguiram ouvi-la. Parecia que até falar aquelas palavras exigira toda a força da mulher.

Todas elas ficaram com medo daquela nova Babá Grace. O que poderia fazê-la ficar e soar daquele jeito?

— A Srta. Byles logo estará aqui. Ela vai manter vocês ocupadas enquanto ajudo lá embaixo. Prometam que não vão sair do quarto até eu vir buscá-las. É importante que me obedeçam agora.

Sarah franziu a testa. A Babá Grace nunca estava ocupada em lugar algum além de no quarto das crianças.

— Mas, babá, a Srta. Byles disse que não vamos ter aula alguma por duas semanas, considerando que é Páscoa.

— Por favor, faça o que mando ao menos uma vez, Mabel — contrapôs a babá, ainda bem baixinho. — Vou buscar a Anna. O Freddie vai vir encontrar vocês logo. Todos precisam estar juntos em um momento como este.

— Em um momento como este? — repetiu Mabel depois que a babá havia saído. — O que isso quer dizer?

Sarah pensou muito, mas não conseguiu chegar a uma conclusão.

A Srta. Byles chegou antes de elas terem terminado de tomar café da manhã. Ela não tinha estado chorando, mas parecia muito triste. Não houve aula. Sarah segurou Aina enquanto elas ouviam a Srta. Byles lendo os capítulos iniciais de *David Copperfield*: "Quer seja eu que venha a ser o herói da minha própria vida, ou quer seja este posto ocupado por um outro alguém, estas páginas revelarão." Sarah abraçou os joelhos e mergulhou na história. Sentia como se o Sr. Charles Dickens estivesse escrevendo sobre ela.

A Srta. Byles foi embora assim que Edith chegou com o almoço delas, que consistia em carne cozida e cenouras, mas ninguém estava com vontade de comer.

Mabel perguntou:

— Edith, podemos começar a nos arrumar para a festa de aniversário da Princesa Alice agora?

Edith olhou para todos os lados como se buscasse uma forma de escapar.

— Não sei, Srta. Mabel.

— Tenho certeza de que a babá vai subir logo — opinou Sarah. — Por que não escolhemos o que queremos usar e depois nos ajudamos a nos vestir?

— Sim, podemos fazer isso — concordou Emily, levantando-se da mesa.

— Não, senhoritas, não façam isso. Não faz sentido. Não acho que as senhoritas vão à festa. — Ela colocou a mão na boca assim que percebeu o que havia dito.

— Não vamos à festa? — repetiu Sarah, arregalando os olhos com o pensamento.

— Como assim, não vamos à festa? — questionou Mabel bem alto.

— Eu não deveria ter dito isso — comentou Edith, recolhendo a louça da mesa e saindo às pressas, com os pratos rangendo e o molho se derramando.

Era quase quatro da tarde quando a Babá Grace voltou ao quarto. Ela parou ao ver Mabel, Sarah e Emily trajando os vestidos de seda, sentadas à mesa, caladas. Elas tinham tentado ajudar uma a outra a se vestir, mas as faixas estavam amarradas em laços desajeitados, as tranças de Mabel e Emily se desfazendo e o cabelo de Sarah formando nós embaraçados.

— Sinto muito, meninas, mas vocês não vão à festa.

— Sua Majestade vai ficar muito brava — respondeu Emily, com a boca tremendo.

— Não, Sua Majestade vai entender.

— A Alice vai ficar muito chateada. Ela não vai vir à minha festa de chá no domingo — comentou Sarah, e as lágrimas que estiveram prestes a transbordar se derramaram naquele momento.

— Pobrezinhas — murmurou a Babá Grace. Ela pegou Anna, que estivera brincando com as bonecas de madeira, no colo. — Venham, meninas. Sua mãe quer ver vocês. Ela tem uma coisa para contar.

O estômago de Sarah se revirou, e ela segurou Aina com firmeza. Aquilo a impediu de enfiar as unhas no braço como geralmente fazia quando estava com medo.

Faith

Capítulo 44

*A Mus aks God fa bless dem wa cuss ya,
an mus pray for dem wa do ya bad*

Abençoem os que os amaldiçoam,
orem por aqueles que os maltratam

Lucas 6:28

Abril de 1851

Enfim, do lado de fora. Nos dias que seguiram nossa chegada a Londres, eu não tinha saído da casa. Pergunto-me quanto tempo eu ainda teria ficado lá dentro se não fosse pela Lady Lavinia.

Ela vai ao infantário quase todas as manhãs para ver os seus dois bebês, mas acho que é pelo remédio especial da babá. Às vezes, eu a ouço implorando por ele.

— Babá Dotty, por favor, preciso dele.

— Ora, Sra. Lavinia, já falei que não é algo que se deve tomar o tempo todo. Só quando a dor está muito forte.

— Bom, está — responde a mulher, pegando a garrafa azul da babá e se servindo de uma colherada generosa.

Henry-Francis está gritando. Ele está com fome e molhado.

— Essa criança não fica quieta nunca — reclama a Lady Lavinia para a babá, ignorando-me.

Tento acalmá-lo, mas ele se contorce no meu colo e grita ainda mais alto.

— Ele parece pálido. Ele não está ficando doente, está, Babá Dot? Não quero meus filhos contraindo algo dele.

A Babá Dot afaga o braço da Lady Lavinia.

— Ora, acha que eu deixaria algum mal recair sobre a Srta. Celia e o Sr. Edwin? O Henry-Francis não está doente. Ele só precisa de um pouco de ar fresco.

— Eles não saíram mais depois que chegaram? — questiona a Lady Lavinia, encarando-me de cima a baixo. — Talvez o Henry e a Clara estejam com medo de que ela fuja.

Sinto o coração parar por um momento. Começo a suar. Será que ela sabe o que estou planejando ou ela apenas espera que eu fuja? Qualquer uma das opções é perigosa.

A Babá Dot ri.

— Que ela fuja? Sra. Lavinia? Por que ela faria isso?

A Lady Lavinia dá tapinhas no ombro da Babá Dot.

— Só estou brincando, babá. — Ela então olha para mim e completa: — Empregadas não fogem, apenas escravizadas tentam e às vezes conseguem.

— Tem chovido muito, Sra. Lavinia. Eles vão todos fazer uma caminhada hoje.

Inclino-me por cima de Henry-Francis para que ela não veja nem meus olhos nem meus pensamentos.

Respiro fundo agora e olho para ambos os lados da rua. Será que Absalom está aqui, será que me esperou esse tempo todo? Tento ouvir algum chamado, passos correndo atrás de mim, mas não há nada. Sinto vontade de chorar.

— Aqui está o Taylor. Agora podemos ir — afirma Nellie quando o lacaio chega empurrando a alça comprida do que parece ser uma pequena carruagem preta e aberta.

O interior do transporte é vermelho com um assento de couro em um lado e uma cobertura para proteger da chuva. Tem uma roda alta e brilhosa de cada lado e uma pequena na frente.

— O que é isso? — pergunto.

— É um carrinho de bebê — responde Nellie. — Algumas pessoas chamam de empurrador.

Nellie coloca Edwin ali, envolve as pernas dele com uma manta e o prende.

— Coloque o Henry-Francis ali. — Ela aponta para o cesto que já está na curva do carrinho.

Celia vai andar por um tempo.

Não quero sair da rua no caso de Absalom aparecer, mas o que posso dizer para Nellie, para a Babá Dot, para qualquer um que perguntar por que não quero me mexer? E se ele nunca vier?

— Aonde estamos indo? — pergunto para Nellie, que já está caminhando.

— Para a Praça Berkeley. Não é longe. A Babá Dot disse que não podemos demorar porque pode chover de novo.

Quando paramos em uma encruzilhada, questiono:

— Vamos andar direto ou viramos para a Rua Rainha?

Nellie ri.

— A Rainha não é uma rua. Do que está falando?

— O nome da rua. Ali — respondo, apontando para o nome da rua pregado em uma parede. — Rua Queen.

O olhar de surpresa dela me faz rir alto.

— Nunca sei os nomes, só sei ir para a direita ou para a esquerda — contrapõe ela. — Você sabe ler. Que coisa estranha. Não fiquei tempo o suficiente na escola maltrapilha para aprender.

Cometi um erro e revelei meu segredo. Meu coração começa a martelar. E se a Sinhazinha Clara descobrir? Será o meu fim. Seguro Nellie e a forço a parar de andar.

— Você não pode contar a ninguém. É um segredo. Uma escravizada não tem permissão de ler nem escrever. Se o Sr. Henry ou a sinhazinha descobrirem, vou ser espancada ou pior.

Meus olhos se enchem de lágrimas e mordo o lábio, esperando pela resposta dela.

— Eles não sabem?

— Ninguém sabe além de você e... — Paro de falar. Mais uma vez, estou prestes a contar mais do que deveria a Nellie. Respiro fundo. — Ninguém aqui sabe além de você.

Ela balança a cabeça, e as fitas do chapéu amarradas em um laço abaixo de seu queixo tremem.

— Todos temos coisas que não podemos falar. Vou ficar de boca fechada.

— Obrigada — respondo, e sorrimos uma para a outra.

Andamos apenas um pouco, então Nellie para.

— Às vezes vou por ali. O Mercado Shepherd é descendo aquela rua. Jack trabalha em uma barraca lá. Ele entrega legumes frescos para a cozinheira, foi assim que nos conhecemos.

— Ele gosta de você?

Sorrio com a expressão de Nellie.

— Sim, estamos juntos. — Ela prende a respiração e cobre a boca. — Não conte para ninguém, está bem? A senhora não quer as empregadas se relacionando com homens. Se fizermos isso, ela nos manda embora sem referências.

— Não vou contar.

— A babá vai me matar se souber que levei as crianças lá.

— Então não vamos contar a ela também. Quero ver o mercado. E o Jack.

Agora que Nellie começou a falar de Jack, não consegue parar. Ela fala sem aguardar uma resposta, o que é bom porque há muitas coisas rondando a minha mente.

— Saímos aos domingos, na minha folga. Às vezes só andamos, vamos ao parque, ou ao circo se estiver na cidade. Ele me levou ao teatro para ver o canto e a dança no palco, mas não vamos ao *penny gaff*. O Jack disse que é muito grosseiro. Já vi os menestréis de cara-preta. Também são da América do Norte. Você sabe cantar que nem eles? Fomos ao anfiteatro de Astley em Vauxhall. Vamos de novo agora que abriram para a temporada. Você pode vir também. Custa só alguns cêntimos.

Eu, Faith, Eu, Fatmata, ir a um teatro para ver canto e dança? Não canto nem danço mais, não desde que os marujos naquele buraco do inferno em forma de navio nos tiravam da cova, ainda acorrentados, e nos fizeram dançar para eles. Mas não tenho tempo de pensar nessas coisas porque estamos no meio do mercado agitado. O barulho de homens e mulheres gritando faz com que eu me mexa depressa, em meio a garotinhas com cestos de agrião, garotos apoiando bandejas com pedaços de carne na cabeça, um garoto de jornal balançando o exemplar para qualquer um que passa por ele. Desejo poder pegar um para ler sobre este lugar para onde a sinhazinha me trouxe, mas não posso parar. Esbarro em um homem que está usando um casaco preto comprido. Ele ergue o chapéu preto por cima de um cabelo preto longo e encaracolado.

— Vendo roupas que são velhas, mas de qualidade — afirma ele.

Balanço a cabeça e sorrio.

— Você sempre pode encontrar algo para usar com esses judeus, mas lave as roupas primeiro porque, na maioria das vezes, estão cheias de piolhos e outras coisas — aconselha Nellie e me puxa.

É então que percebo os livros aos pés dele, livros cheios de palavras, e arregalo os olhos. O homem judeu vê minha expressão. Ele abaixa e pega um deles.

— Que tal um livro? Qualquer por um *yennap*, um cêntimo.

Meu coração começa a bater depressa. Alguém está me oferecendo um livro. Alguém que não questiona se sei ler ou escrever.

— Ninguém compra. Desperdício de dinheiro quando não se sabe ler nem escrever — intervém Nellie. — Anda, não temos muito tempo, e quero ver o Jack.

Eu a sigo, mas quero um livro agora mais do que nunca. Um livro no qual escrever todas as coisas que estou vendo, ouvindo, sentindo. O papel que peguei da fábrica acabou.

Uma mulher para na minha frente, o seu chapéu amassado pelo cesto de flores que carrega em cima da cabeça. Ela tira o cesto da cabeça e o joga no chão, fazendo as flores se sacudirem e tremerem. Uma garotinha, não mais velha que Khadi, com o rosto sujo, carrega uma bandeja de lavanda. O cheiro me faz parar. Abaixo-me e dou uma fungada. Lavanda, boa para curar feridas, para dormir e para muitas outras coisas. A criança estende um punhado para mim.

— Aqui, moça — diz a menina.

Pego a lavanda, coloco ao lado do carrinho, desejando ter algo para dar para ela em troca. Sorrio para ela e volto a andar.

— Mãe, mãe — grita a menina —, a escurinha não me deu o dinheiro.

— Para! Está tentando me passar para trás? — berra a vendedora de flores às minhas costas antes de se virar e estapear a criança. — Você não aprende? Tem que pegar o dinheiro primeiro.

— Você não vai embora antes de dar o que nos deve. Dá o dinheiro — comanda a mulher, pegando a alça do carrinho e sacudindo-o tanto que as três crianças começam a chorar.

— Paga agora, sua escurinha ladra — comanda o homem.

— Não posso pagar — respondo, abrindo os braços. — Não tenho dinheiro. Ela deu as flores para mim.

— Deu para você! Acha que sou estúpida? — contrapõe a vendedora de flores.

— Só me dá o dinheiro, sua trapaceira.

Enfio a mão no carrinho e pego o punhado de lavanda.

— Aqui, tome de volta — digo e fujo em meio à multidão.

De alguma forma, procurando por Nellie, sou empurrada para uma rua estreita com ambulantes e seus carrinhos de mão, carroças de cervejeiros e os motoristas berrando. Uma mulher grande segura meu braço e sou puxada para a calçada. Estou tremendo.

— Senhora, você está tentando se matar e matar as crianças? — murmura ela.

O xale xadrez que usa está bem firme ao redor do peito largo, e a saia puxada para cima deixa botas resistentes à mostra. Ela está vestida como todos os outros vendedores no mercado, é a mesma com exceção de uma coisa, seu rosto é preto, ainda que mais claro que o meu. Olho para ela, e minha boca treme. É a primeira pessoa negra que vejo de perto desde que cheguei à Inglaterra.

— Ora, não comece a chorar agora, está segura — diz ela. — O que faz aqui, de qualquer forma? Não é lugar para crianças com esses carrinhos elegantes.

Henry-Francis está berrando. Pego-o no colo e o balanço para acalmá-lo.

— Vim com a Nellie, a empregada do infantário. Eu me perdi dela e não sei voltar.

— Fique tranquila. Ela vem te encontrar. Ah, você está tremendo. Sente-se.

Ela pega um banco de detrás de sua barraca de tortas.

A mulher se apoia na barraca e analisa meu chapéu e capa pretos, toca meu vestido cinza.

— Como se chama?

— Faith.

Ela ri.

— Faith, de fé, não de esperança, hein? Eu me chamo Hany. De onde é? Você fala diferente. Não como meu homem. Ele veio para cá da Jamaica, depois que foi liberto.

Não sei como responder. De onde venho? África, Talaremba, Okeadon, América do Norte, Ilhas Gullah? O que devo dizer a essa mulher?

— Está tudo bem. É difícil falar da época em que não se era livre. Quando conheci meu homem, James, em Liverpool, ele não falava nada daquela vida. Passamos dois anos juntos antes de ele me contar. Difícil. Assim que conquistou a liberdade, ele saiu da plantação de açúcar e entrou em um navio. Nunca mais ia voltar, não sabe onde estão os pais dele. Foram todos vendidos separados. É diferente para mim. Fui nascida e criada em Liverpool, então nunca passei por essas coisas. Mas isso não significa que nossa vida seja mais fácil. Quando se trata de brancos e negros, os negros sempre perdem. Muitos deles pensam que, agora que os negros estão livres, vamos atrás deles. Sabem o que fizeram e estão com medo. Por isso querem mandar todo mundo de volta para a África.

Esqueço-me de que tenho que encontrar Nellie. Quero saber mais sobre negros que moram na Inglaterra.

— Você nasceu livre na Inglaterra?

— Sim. Meu pai veio da África. Não como um escravizado, sim como um marujo. Ele conheceu minha mãe, uma mulher branca, e eles se casaram e tiveram três filhos. Eu me casei com um ex-escravizado jamaicano, e viemos para Londres. Ele era cozinheiro no navio. Agora ele vai a Smithfield de manhã cedo, pega a carne. Prepara as tortas de carne, eu preparo as tortas de frutas e as vendo no mercado.

— Mas você não quer voltar para a África?

— África? Aquele lugar atrasado? — responde Hany. Balança a cabeça. — Nunca fui lá e não vou. Eles ainda são selvagens, com sua licença. Não são como nós.

Ela não pode querer mesmo dizer aquilo. Aproximo-me dela e digo quase em um sussurro:

— Mas você e seus ancestrais vêm da África.

— Isso tem muito tempo, filha. Não vai encontrar nenhum de nós negros se candidatando a ir para a África. Dizem que ainda tem gente lá capturando pessoas e levando-as para a América do Norte como escravizados, ainda que isso devesse ter acabado faz tempo. Não, não, não vamos para lá. Nunca conheci um africano e nem quero.

Não posso suportar escutar tais palavras da boca de alguém que se parece comigo. Hany se senta no banco que pegou para mim e enxuga o rosto com a ponta do avental.

— Não, estamos bem aqui. Nenhum de nós escuta aquela conversa dos Quacres.

Meu coração acelera. Talvez, se eu encontrar um, eles possam me dizer onde encontrar Absalom.

— Quacres? Onde estão?

— Em todo lugar. Estão sempre fazendo reuniões sobre libertar aqueles ainda escravizados na América do Norte. Já são livres na Jamaica, em Barbados e em alguns outros lugares, pelo que James falou. Mas não na América. Você deve saber disso. Às vezes, os Quacres levam um dos escravizados que escaparam para falar sobre a vida na plantação e coisas assim. Sempre querem dinheiro para ajudar a libertar aqueles que ficaram para trás.

— Ei, Hany — chama um homem —, vai vender hoje ou só vai ficar aí sentada, tagarelando? Se for o caso, posso ir à barraca de torta do Jack dentro do mercado.

Hany pula para ficar de pé e volta para atrás da barraca.

— Para de bobagem. A torta dele não tem carne nenhuma. Você vai voltar correndo aqui em dois tempos — retruca ela, rindo alto, enquanto rasga um pedaço de jornal em dois e enrola a torta em uma das partes.

Puxo a manga de Hany quando o homem vai embora. Não posso ir antes de descobrir sobre os Quacres.

— Hany, os Quacres chegam a vir aqui?

— Às vezes. Tem alguns nobres aqui que sentem pena daqueles que ainda estão escravizados na América. Têm dinheiro para isso, mas nunca pensam em nós, bem aqui. Chamam a gente de preto pobre e tentam mandar a gente de volta para a África. Vai ter uma das reuniões deles em breve, na próxima quarta-feira, acho, na Grosvenor Chapel Hall na Rua South Audley. Mas eu não vou. Só fui a uma reunião. Não preciso ouvir tudo aquilo. Tenho um homem em casa que passou por isso. Ele não precisa ouvir a história.

Ouço meu nome. É Nellie. Ela está ofegante, o rosto vermelho, o chapéu torto.

— Faith, o que aconteceu com você? Eu me virei, e você tinha desaparecido. O Jack e eu estávamos procurando você em toda parte. Me deu um baita susto. — Ela se vira para o rapaz ao seu lado. — Obrigada, Jack. Tenho que ir agora antes que fiquemos encrencadas com a Babá Dot.

Jack, o seu rosto quase tão vermelho quanto o cabelo, tira o chapéu de dentro do bolso do avental comprido e sujo e o coloca na cabeça.

— Você está certa. Falei que íamos encontrá-los. Vejo você no domingo.

Ele assente para mim e some em meio à multidão.

— Venha — diz Nellie, pegando o carrinho.

— Tenha cuidado — orienta Hany, pegando mais jornal para enrolar outra torta para uma mulher que aguarda com uma moeda.

Agacho-me e pego o pedaço de papel que ela derrubou no chão.

— Quer fazer o favor de vir? — insiste Nellie.

— Obrigada, Hany — respondo e corro atrás de Nellie.

— Fique longe dos Quacres. — A voz risonha de Hany me segue.

Nellie e eu não falamos nada até estarmos de volta na estrada principal.

— Então quem era aquela? — pergunta.

— A Hany me tirou do caminho dos cavalos quando eu estava tentando fugir da vendedora de flores.

— Que vendedora de flores?

— A que pensou que eu estava tentando roubar o punhado de lavanda. Não tenho dinheiro para pagar. Achei que a criança estava me dando a lavanda.

— Santo Deus, saio por um minuto, e você se mete em todo tipo de confusão. A Babá Dot não pode saber disso. Ouviu? Se ela perguntar, fomos à Praça Berkeley. E não toque em nada no mercado a menos que tenha dinheiro para pagar. Ainda bem que é o quarto dia. Recebemos amanhã, último sábado do mês. — Ela desacelera o passo. — É nosso dia de folga no domingo, então o Jack e eu vamos ao Astley's. Começou de novo na semana passada, na segunda de Páscoa. Pode vir com a gente se quiser.

Não estou ouvindo, no entanto, porque percebi que ainda estou segurando o jornal. Vejo escrito em letras grandes: *Princesa Africana em Londres*.

Sarah

Capítulo 45

A perseverança e a força de caráter nos possibilitam aguentar coisas muito piores.

— *David Copperfield*, por Charles Dickens

Abril de 1851

Ainda que fosse dia, o quarto da Mamãe Forbes estava com as lamparinas a gás acesas e as cortinas fechadas. As mãos de Sarah ficaram úmidas e pegajosas. A menina viu Lady Melton no quarto. Quando ela havia chegado de Londres? Por que a mamãe estava na cama, com Freddie ao seu lado? Será que estava doente? Devia estar, porque Sarah podia ver a garrafa azul de remédio da babá na mesa de cabeceira.

— Minhas pobres filhas — murmurou a Mamãe Forbes.

Ela se colocou sentada e abriu os braços. Anna correu para ela e subiu na cama. A mamãe a abraçou.

— Você está doente, mamãe? — questionou Emily, passando por Freddie para segurar a mão da mamãe.

— Por que a mamãe está chorando? Freddie? — perguntou Mabel, revezando o olhar entre a mãe e o irmão.

Freddie respirou fundo e colocou o braço ao redor dos ombros da irmã.

— É o papai — respondeu ele.

— O papai? — sussurrou Mabel, olhando para ele.

— Como assim, é o papai? — perguntou Sarah, sentindo-se enjoada.

De repente, ela soube o que ele diria.

Os olhos de Fred se encheram de lágrimas.

— O papai se foi.

— Se foi para onde? — questionou Emily, franzindo as sobrancelhas, tentando entender.

— Papai fez a passagem — explicou Freddie. Então adicionou, como se para ter certeza de que elas haviam entendido: — Ele morreu.

— Seu mentiroso! — gritou Mabel. — O papai não pode ter morrido. Você está errado. Que coisa horrível de se dizer. — Ela bateu no peito dele com os punhos e se lamentou.

Freddie a segurou com firmeza.

— Papai, papai — murmurou Emily, chorando, caindo sobre a mamãe. — Quero o papai.

— Quero o papai também — murmurou Anna, juntando-se ao pranto.

A babá a pegou no colo e a embalou como um bebê.

— O Senhor diz que *nós, os que estivermos vivos sobre a Terra, seremos arrebatados como eles nas nuvens, para o encontro com o Senhor nos ares* — murmurou a Babá Grace, enxugando primeiro as próprias lágrimas, então as de Anna.

Sarah ficou parada, sozinha, e tremeu.

— Quando? — Foi tudo o que conseguiu perguntar.

Mal conseguia respirar.

— Ele morreu em alto-mar, próximo à costa de Freetown, de malária — respondeu a Lady Melton, fungando no lenço. — Um mês atrás. O Almirantado deveria ter informado à família assim que aconteceu. Enterrado no mar! Não há corpo para um enterro. Pavoroso.

Ao ouvir isso, a Mamãe Forbes soltou outro lamento:

— Ah, Frederick, meu querido Frederick. Quem vai cuidar dos meus pobres filhos sem pai agora, Josephine?

— Sou quase homem feito, mamãe — respondeu Freddie. — Posso sair da escola e entrar na Marinha, assim como o papai. Então vou conseguir prover para todas vocês.

— Não! — gritou Mabel, empurrando Freddie e encarando Sarah. — Você não tem que cuidar dela também. Ela não é nossa irmã. Se o papai não tivesse ido para lá salvar ela e o povo dela, ele estaria aqui agora.

— Mabel Elizabeth Forbes! — bradou a Babá Grace. — Pare com isso imediatamente.

As palavras de Mabel atingiram Sarah como pedrinhas afiadas indo de encontro ao seu rosto, então a menina piscou e estremeceu. Mabel saiu correndo do quarto, aos prantos.

Mas eles eram a família dela agora, ela era uma deles, não era? Sarah apertou Aina com tanta força que um pedaço da boneca se quebrou.

Sexta-feira, 25 de abril de 1851, Casa
Por favor, Deus, mande o Papai Forbes de volta como fez com Jesus.
Nunca vou pedir por mais nada. Prometo. Amém.

Ninguém dormiu muito naquela noite. Sarah podia ouvir Mabel se revirando na cama, Emily chorando pelo papai, a babá na sala de aula, rezando sem parar. De que adiantava? Quando Edith apareceu depois, Sarah a ouviu conversando com a Babá Grace e se esgueirou para a porta para ouvir. Algo mais tinha acontecido?

— O velório é em dois dias, porém, babá — dizia Edith. — Nunca vou conseguir uma saia preta a tempo.

— *Shh*, menina — respondeu a babá. — Você pode usar qualquer crepe preto que sobrar quando a Sra. Newbury tiver terminado, para ajustar seu vestido e chapéu. Isso vai ter que servir por ora.

— Por que estão fazendo a cerimônia tão depressa? Não haverá ninguém na igreja.

— Não há motivo para esperar — respondeu a Babá Grace, assoando o nariz. — Não é um velório. Não há corpo para vestir, nem caixão, nem carro fúnebre a seguir. Mas as pessoas irão. A Lady Melton enviou os convites para a cerimônia. Olhe quantos cartões de condolências foram entregues hoje. Ah, sim, haverá muitas pessoas na cerimônia, mesmo de última hora. Não estavam escrevendo sobre ele e seu livro nos jornais há poucas semanas?

— Só espero que a senhora consiga lidar com tudo.

— É o choque de tudo e o fato de não haver túmulo para visitar depois — respondeu a babá. — *Mas o Senhor cura os que têm o coração partido e cuida de suas feridas.*

Sarah ficou sentada na cama a noite toda, segurando a Aina quebrada, olhando para o escuro, esperando por algo que não sabia o que era.

No dia seguinte, assim que possível, Sarah foi para o jardim. Tom não estava lá. Estava ocupado com os cavalos, fazendo tarefas. Todos estavam ocupados, ocupados demais para pensar. Sarah não estava ocupada, mas não queria pensar. Foi até a extremidade mais distante do jardim e cavou um buraco bem grande. Desejou poder entrar nele e desaparecer. A chuva caiu, mas Sarah continuou sentada ali, observando o buraco se encher. Foi ali que Edith a encontrou e a levou para a cozinha.

— Que o Senhor tenha misericórdia da minha alma — bradou a Sra. Dixon quando viu Sarah. — Vai contrair uma doença letal usando essas roupas molhadas, e com seu peito ruim ainda por cima. Edith, não fique só parada aí, sua tola. Vá buscar uma toalha, então corra lá em cima e pegue uma muda de roupa para a criança. Anda, depressa.

Foi quando viu seu bolo de aniversário que Sarah caiu no choro.

— Eu sei, querida, em vez de um chá de aniversário amanhã, vou fazer um chá de velório. Não é algo que pensei que estaria fazendo já para o senhor.

Sarah chorou mais alto. A Sra. Dixon se sentou e a consolou.

— Pronto, minha querida, deixe sair tudo. Ele era seu pai de todas as formas, não importa o que a Mabel diz. Posso estar aqui embaixo, mas ouço tudo.

— Ela disse que é minha culpa o papai ter morrido — disse Sarah, soluçando.

— Ela não queria dizer isso, querida. É que ela está sofrendo e tentando encontrar alguém ou algo a que culpar. Todos estamos sofrendo. Não acredito que nunca mais vamos vê-lo. Ah, o senhor.

— A Babá Grace disse que a Srta. Sarah deve subir imediatamente — anunciou Edith, que tinha voltado sem uma toalha nem uma muda de roupa, mas muito entusiasmada. — A Sra. Newbury costurou a noite toda, e o vestido preto da Srta. Sarah está quase pronto. Ela deve vesti-lo e ir para a sala de estar, onde a senhora a espera, com uma visita.

— Sala de estar? — repetiu a Sra. Dixon. — A senhora está de luto; não vai ver ninguém por algum tempo depois do velório, digo, da cerimônia. Tem certeza de que entendeu certo?

— Sim, cozinheira, entendi certo. A senhora e a Lady Melton já estão na sala de estar. E a Lady Melton disse para preparar uma bandeja com os melhores aperitivos agora mesmo — explicou Edith, empurrando Sarah para fora da cozinha.

No quarto, Mabel e Emily trajavam os vestidos pretos simples, sem renda, sem laços.

— Depressa, Edith, ajude a Sarah a colocar o vestido — instruiu a Babá Grace, pegando o vestido da Sra. Newbury. — Vou tentar arrumar o cabelo dela.

Logo Sarah vestia um vestido preto como Mabel e Emily e descia a escada depressa. Do lado de fora da sala de estar, Edith analisou cada menina antes de bater à porta, abrindo-a e deixando que elas entrassem.

O cômodo estava sombrio mesmo com as lamparinas acesas. Não apenas as cortinas estavam fechadas como os espelhos e pinturas estavam cobertas com crepe preto. A Mamãe Forbes, a Lady Melton e mesmo Freddie, parado perto da lareira apagada, vestiam preto.

Mabel, que tinha entrado primeiro, parou. Ficou boquiaberta, olhou para a Lady Melton e a Mamãe Forbes, então para a visitante e fez uma reverência.

— Sua Majestade — cumprimentou a menina.

— Sua Majestade — disse Emily, tentando fazer uma reverência, mas tropeçando.

— Sua Majestade? — pronunciou Sarah, fazendo uma reverência.

Seus olhos se encheram de lágrimas ao ver a rainha sentada ali. Por que ninguém havia dito quem estava com a Mamãe Forbes?

A Rainha Vitória estendeu a mão.

— Querida criança — disse ela.

Sarah correu para ela e estendeu a mão de volta.

— Mamãe Rainha, disseram que o Papai Forbes faleceu. É verdade? Ele morreu em um dos seus navios?

— Pequena Sally — murmurou a Rainha Vitória, afagando a bochecha de Sarah. — Temo que seja verdade.

O rosto de Sarah se contorceu, e, embora tenha tentado conter a tosse, seus olhos lacrimejaram, e a tosse escapou. A menina tossiu e tossiu.

A Rainha Vitória arqueou as sobrancelhas e lançou um olhar para a Sra. Forbes, que torceu o lenço várias vezes, alisou a ponta preta, então torceu de novo.

— Pobres crianças — continuou a Rainha Vitória. — Sei como é perder um pai quando se é tão jovem. Se houver algo que eu possa fazer, Sra. Forbes, por favor informe à Lady ou ao Sr. Phipps.

— Obrigada, senhora. Sou muito grata e fico honrada pela senhora ter vindo pessoalmente.

— Esta é uma visita particular, o mínimo que posso fazer. O Príncipe Albert também manda suas condolências. Ele está extremamente ocupado com os ajustes finais para o início da Exposição em Londres. O Capitão Forbes foi um homem bom e um grande marujo, que contribuiu para manter nossos mares livres da crueldade. Tenho lido o livro dele que vocês me deram há algumas semanas. A querida Sally é prova do bom trabalho dele. Vou, é evidente, continuar a zelar e prover por ela.

— Obrigada, senhora — respondeu a Sra. Forbes, curvando-se ligeiramente enquanto enxugava os olhos com o lenço retorcido.

A Rainha Vitória sorriu, pegou a xícara da mesa ao lado de sua cadeira e bebeu.

— Mais chá, senhora? — perguntou a Lady Melton, estendendo a mão para o bule.

— Não, obrigada, Lady Melton. Meus cumprimentos à sua cozinheira, Sra. Forbes. O bolo estava delicioso.

— Vou repassar os cumprimentos, senhora.

— Não estarei na cerimônia amanhã. As crianças e eu retornaremos ao Palácio de Buckingham depois do café da manhã, na segunda-feira. Alguns jovens serão apresentados à sociedade nesse dia.

— Vou viajar para Dundee com as crianças na terça-feira.

— Dundee? Para quê?

— O pai do meu marido, o Capitão John Forbes, e suas duas irmãs moram nos arredores de Dundee. O velho Pai Forbes está muito debilitado para vir até aqui para a cerimônia amanhã. Não há túmulo.

A Mamãe Forbes se esforçou para não chorar, mas um soluço pequeno escapou dela, e a Lady Melton afagou sua mão. Freddie foi ficar atrás da cadeira da mãe e colocou a mão em seu ombro. Sarah olhou para Mabel e viu que ela estava de mãos dadas com a Emily e enxugava as lágrimas com um lencinho. Mabel lançou um olhar duro para Sarah, que abaixou a cabeça, apoiou-se na Rainha Vitória, e mais uma vez sua tosse veio à tona.

— Sra. Forbes — começou a Rainha Vitória depois de um momento de silêncio. — Vejo que a Sally ainda está tossindo. Mesmo nesta época do ano, o clima na Escócia pode ser frio e imprevisível. Então, ela irá conosco para Londres na segunda-feira.

— Ficaremos lá apenas por pouco tempo, senhora — respondeu a Mamãe Forbes.

— Então ela pode ficar comigo até que voltem da Escócia. Vou informar a Lady Phipps. Ela vai organizar um guarda-roupa para Sarah. Não preto, imagino, mas cores escuras.

A Rainha Vitória ficou de pé. A Mamãe Forbes e a Lady Melton também se levantaram. Não havia nada mais a ser dito sobre o assunto.

Sarah não tinha esperado por aquilo. Ela queria ficar com a família, queria ficar com as pessoas que tinham conhecido o Papai Forbes. Sarah puxou a manga da Rainha.

— Mamãe Rainha — disse ela com a voz trêmula. — Minha tosse está bem melhor. Não vou ficar doente na Escócia. A Mamãe Forbes e a Babá Grace vão cuidar de mim.

— Não, Sally — respondeu a Rainha Vitória, afagando as marcas na bochecha de Sarah com os dedos. — Você vai ficar conosco, em Londres. É melhor assim. — Ela se virou para a Mamãe Forbes. — Quando voltarem, a Lady Phipps vai lhe deixar a par dos nossos planos futuros para a Sally.

— Senhora? Achei que o futuro da Sarah estava estabelecido. Nós nos afeiçoamos muito a ela — contrapôs a Sra. Forbes, com a voz de repente aguda.

— E nós também. Tenho certeza de que todos queremos o que é melhor para ela.

A Sra. Forbes inclinou a cabeça.

— Sim, senhora.

A Rainha Vitória assentiu e foi até a porta, que Freddie se apressou para abrir, fazendo uma reverência profunda. A Mamãe Forbes, Lady Melton e Mabel se curvaram antes de seguirem a Rainha para fora. Sarah não se curvou. Ela tinha visto Mabel sorrir e soube que a garota estava feliz por ela não ir para a Escócia. Emily se esqueceu de se curvar, em vez disso correu e abraçou Sarah.

— Não quero ir para a Escócia sem você. O Vovô Forbes me assusta e tem cheiro de velho. Por que você não pode vir com a gente?

— Não sei.

Não, ela não sabia, mas algo naquilo a assustava. Mais uma vez, ela seria movida ao redor como uma semente em um jogo *wari*. Ela não tinha escolha; não era livre. Sarah mordeu a parte interna da boca para evitar falar.

No dia seguinte, a igreja estava abarrotada, quase transbordando, de pessoas de todos os lugares, da Marinha, da cidade, de Londres. Eles cantaram *Rock of Ages* e *Abide with Me*, mas Sarah ficou sentada em silêncio, recusando-se a cantar junto. O Reverendo Byles podia dizer a todos para rezar e louvar a Deus, ela não conseguia. De que adiantava falar do Capitão Forbes sendo um grande homem? Ela queria gritar: "isso não o trará de volta." A dor interna cresceu, uma pedra dentro de si, deixando seu corpo pesado, bloqueando sua boca. Durante toda a cerimônia, Sarah coçou os pulsos, até sentir gotinhas de sangue se formando na pele. Ela podia chorar por causa daquela dor.

Domingo, 27 de abril de 1851, Casa Winkfield

Hoje é meu aniversário de 9 anos, acho. Ao menos é essa a conclusão à qual o Papai Forbes chegou a partir dos gráficos. Não me importo com o meu aniversário. Hoje tivemos uma cerimônia de recordação. Não preciso da cerimônia. Sempre vou me lembrar do Papai Forbes. Ele vai se lembrar de mim?

Sarah parou de escrever. Teve uma ideia. Foi até o quarto, abriu a gaveta e procurou pelo *gris-gris*. Perguntou-se se deveria voltar a usá-lo. Depois de checar que não havia mais ninguém ao redor antes de abrir o saquinho, colocou os dedos ali e sentiu a membrana ressecada. Bom, *aquilo não serviria ao Papai Forbes naquele momento*, pensou, e continuou procurando até achar o que queria, um pedaço de vidro azul. Ela o tirou dali, apertou a fita na ponta do saquinho e voltou ao diário.

Aos meus ancestrais, este vidro azul é para o meu Papai Forbes. Ele me salvou do Rei Gezo e agora Mamiwata o tem. Ele não tem membrana, nem nada para protegê-lo. Se Deus e Jesus não puderem cuidar dele, vocês podem? Obrigada. Sarah Forbes Bonetta Salimatu Aina.

Sarah arrancou uma página do diário que o Papai Forbes dera a ela e envolveu o vidro azul com ele. Antes que qualquer um pudesse impedi-la, ela correu escada abaixo em direção ao jardim. A chuva tinha parado, e a água havia escoado, deixando o buraco que ela havia cavado mais cedo um pouco enlameado. Ela cercou o buraco com um pouco de grama, colocou o papel ali, então o cobriu com terra úmida

Sem saber o que mais fazer depois daquilo, pronunciou:

— Eu ofereço isso. Sarah, digo, Salimatu, digo, Aina. Maluuma, por favor, diga aos ancestrais que esse foi meu primeiro nome. Talvez seja assim que me conheçam. Não sei.

Então Sarah ouviu sua voz interior uma vez mais:

— Nós oferecemos.

— Salimatu — afirmou Sarah e começou a chorar.

Faith

Capítulo 46

*Oona bless fa true, oonawa hungry now, cause God gwine gii oona all oona wahn fanyam.
Oona bless fa true, oona wa da cry now,
cause oona gwine laugh later on*

Bem-aventurados vós, que agora tendes fome, porque sereis fartos. Bem-aventurados vós, que agora chorais, porque haveis de rir

Lucas 6:21

Abril de 1851

Fico imóvel. A babá inspeciona meu uniforme, puxa meu chapeuzinho branco para baixo, mas ele sobe de novo por cima do meu cabelo. Não importa o quanto eu tente, não consigo ficar igual às outras empregadas nesta roupa.

A Babá Dot suspira, tira um grampo do cabelo, coloca no meu e diz para Nellie:

— Ajeite esse avental e leve a Faith para a sala de estar. A Lady Fincham está esperando vocês duas.

Do lado de fora do infantário, sussurro:

— É por que fomos ao mercado? É por isso que a senhora quer nos ver?

— Do que está falando? *Shh*, ninguém sabe o que fizemos. Não, vamos receber nosso pagamento.

Pagamento? Eu queria rir. Ela não sabe que escravizados não recebem pagamento? Não se paga ao cavalo, ao cachorro ou ao arado. Não é desse jeito que os sinhôs nos veem, como coisas a serem compradas e vendidas, meras posses? Ainda assim, sigo-a.

Na sala de estar, a Lady Lavinia está sentada à janela, costurando. A Lady Fincham está sentada à mesa, com um livro grande na sua frente.

— Estas são as duas últimas, senhora, do infantário — informa a Sra. Hopkins, a governanta.

— Ótimo — responde a Lady Fincham —, é quase a hora do chá, e precisamos nos trocar. A Lady Grey e a Sra. Hannah Sturge deixaram os cartões de visita. Por favor, mande a bandeja de chá para a sala de estar assim que elas chegarem, Sra. Hopkins.

— Sim, senhora.

— Elas vão ficar apenas pelos 15 minutos mandatórios. A Lady Dalloway deixou o cartão também, e ela nunca sabe a hora de ir embora — opina a Lady Lavinia.

— Seja caridosa, Lavinia. Ela está velha e não tem família.

— Ela tem aquela dama de companhia acabada. Do que mais precisa? — Lavinia gargalha.

Mantenho a cabeça baixa. Não quero que a Lady Lavinia me note por receio do que dirá.

A Sra. Hopkins dá um empurrãozinho em Nellie.

— A Nellie, senhora.

— Ah, sim, Nellie — murmura a Lady Fincham. Ela passa o dedo por um livro cheio de nomes e números em frente a ela. — Nellie Stokes, doze libras por ano. Você recebe três vezes ao ano, então quanto deve receber hoje?

— Quatro libras, senhora — responde Nellie.

— Alguma dedução, Sra. Hopkins?

— Não, senhora. Não houve nenhuma reclamação.

A Lady Fincham concorda com a cabeça e separa várias moedas, juntando-as em uma pilha e passando-as para a Sra. Hopkins.

— Certo, marque o pagamento no registro — orienta a Sra. Hopkins a Nellie.

Nellie se aproxima da mesa, inclina-se e, com a ponta da língua para fora, escreve o nome. A Sra. Hopkins se inclina quando a menina termina de preencher e confere a página.

— Quando aprendeu a escrever seu nome? Você sempre deixava só uma marca.

O sorriso de Nellie é aberto.

— A Babá Dot tem me ensinado. Ela diz que todos deveriam saber escrever o próprio nome.

— Que bobagem — comenta a Lady Fincham, acenando para que Nellie se afaste da mesa.

A Lady Lavinia ri.

— É isso que o progresso traz, mãe. Todos querem se tornar melhores.

A Sra. Hopkins estende a mão e impede Nellie de se afastar de imediato.

— Pegue seu dinheiro, menina.

A porta se abre de repente, e a Srta. Isabella e a Sinhazinha Clara entram. Nellie e eu damos um passo para o lado. A Sinhazinha Clara não me vê, mas meu coração fica acelerado.

— Mãe — murmura a Srta. Isabella, removendo as luvas brancas e rendadas. — Encontramos o Lorde Sheldon caminhando no Hyde Park. Ele disse que a mãe dele vai deixar o cartão aqui amanhã. Antes mesmo de eu ser apresentada! Isso não é maravilhoso? Mal posso esperar. Em pouco mais de uma semana, serei apresentada e estarei na sociedade. Vou poder ir a todos os eventos, bailes, jantares, saraus.

— Ele foi muito atencioso, Mãe Fincham — diz a Sinhazinha Clara. — Ele também vai ao baile de debutantes. — A sinhazinha bate palmas. Parece tão entusiasmada como se tivesse acontecido com ela.

— Tenho certeza de que ele estará lá — concorda a Lady Lavinia, levantando-se. — Assim como estarão vários outros cavaleiros, no mercado de gado, todos em busca de uma esposa rica, sem dúvidas.

— Bem, você entende bem disso, não é, Lavinia? — comenta Isabella com um sorriso matreiro enquanto tira o chapéu e o joga em uma cadeira.

O objeto quase acerta a Lady Lavinia.

A Srta. Isabella é atrevida. Ela não tem problema algum comigo nem com os empregados, mas ela e a irmã são sempre duras uma com a outra. Ouço as duas, penso em como eu seria com a minha irmã e tenho cuidado de mudar a expressão antes que eu chore.

— Só fique quieta, Isabella! — brada a Lady Lavinia, jogando o chapéu de volta.

A peça cai no chão. Nellie o pega e o entrega à Srta. Isabella, curvando-se rapidamente. A Sra. Hopkins acena para que ela saia, e Nellie se vai, deixando-me lá dentro, sozinha.

A Lady Fincham lança um olhar para as filhas.

— Querem parar de se comportar como duas crianças malcriadas? — Então ela olha para mim. — É a última?

— Sim, senhora — confirma a Sra. Hopkins, apontando para uma linha no registro. — A Lady Lavinia me orientou a adicioná-la na lista de empregadas.

A Lady Lavinia? Olho para ela e vejo que ela está inclinada para frente, encarando a Sinhazinha Clara.

A Sinhazinha Clara se vira e me percebe pela primeira vez. Ela franze a testa.

— Quanto pagam a ela? — pergunta Lady Fincham antes que a Sinhazinha Clara possa dizer algo. — Aqui não diz.

A Sinhazinha Clara fica boquiaberta. Quero rir da expressão dela, mas a situação é séria demais para isso. Olho para baixo, assim ninguém pode ver meu olhar.

— Quem? A Faith? Ela deve ser paga? — guincha a sinhazinha, torcendo as luvas, como se não soubesse o que a palavra significa.

— Por que não? — comenta a Lady Lavinia, com a voz suave. — Ela trabalha aqui, não trabalha?

— Venha aqui, menina — comanda a Sra. Hopkins. — Quanto você recebe?

— Nada — respondo e encontro o olhar da sinhazinha.

O que ela dirá agora? Ela continuaria com as mentiras ou contaria que sou sua escravizada, sua propriedade, alguém que nunca recebeu pagamento? Ergo a cabeça e espero.

— Sua empregada não recebeu desde que saíram da América do Norte há mais de um mês? — brada Lavinia, encarando a sinhazinha com firmeza. — Você precisa aprender os nossos costumes, Clara. Na Inglaterra, nossos empregados são pagos em dia. Não são escravizados.

Lanço um olhar rápido à Lady Lavinia. Ela sabe que a sinhazinha mentiu e que sou uma escravizada. Agora quer arranjar confusão, e estou no meio de tudo. Sei que eles podem se voltar contra mim a qualquer momento. Prendo a respiração. O que aconteceria a seguir? A sinhazinha olha para a esquerda e para a direita, como se buscasse uma resposta. Umedece os lábios. A Sra. Lavinia sorri e se reclina para trás.

— Ah, bem, suponho que ainda não tenha tido tempo de lidar com suas obrigações domésticas, então vou pagar a ela agora. Henry pode acertar comigo depois — afirma a Lady Fincham. Ela pega algumas moedas da pequena pilha que restou à sua frente e começa a contá-las. — Ela vai receber o mesmo que a outra empregada do infantário.

— Sim, Mãe Fincham — concorda a sinhazinha, com a voz aguda e trêmula.

— Aqui está seu dinheiro, quatro libras — diz a Lady Fincham, empurrando a pilha de moedas para mim. — Agora faça sua marca no registro.

Pego a caneta, inclino-me e escrevo. Sem pensar, escrevo devagar e com cuidado, "Fa" e estou prestes a adicionar o "ith" quando ouço a voz da Sra. Hopkins.

— Ah, minha nossa, ela também sabe escrever o nome.

Paro. Aperto a caneta com força e começo a tremer. Ó, *Oduduá*, me salve. O que fiz? É o meu fim, agora a Sinhazinha Clara me manda para os ancestrais.

— O quê? Escreve? — diz a sinhazinha com um gritinho. — A Faith sabe escrever?

Ela se apressa até a mesa e fica tão perto de mim que consigo senti-la tremendo. Ela também está com medo?

— Bom, Clara, não sabia que sua empregada sabe escrever? — comenta Lavinia. — As pessoas podem ser tão sigilosas.

— Faith! — brada a sinhazinha. — Você escreve? — Sua voz é dura.

Essa não é uma pergunta que ela pensava um dia fazer para sua escravizada. Se estivéssemos na plantação, depois de ser açoitada, eu teria sido jogada rio abaixo com certeza. Mas o que ela pode fazer aqui? Aqui não sou uma escravizada, sou? Aqui sou uma empregada. Não consigo encontrar seu olhar e largo a caneta. Tento falar, mas as palavras não saem da boca.

— A Babá Dot deve estar ensinando ela também — opina a Srta. Isabella.

Encontro o olhar dela. Ela assente. Percebo que ela sabe que não é a verdade, mas quer me ajudar.

Não sei por que motivo, mas ela adiciona:

— Não é, Faith?

Respiro fundo e concordo com a cabeça.

— Sim, senhorita — concordo e olho bem no olho da Sinhazinha Clara, algo que uma escravizada nunca deve fazer. Bem, eles estão todos contando mentiras, fingindo não saberem de nada, por que não eu também? Somos todos uma grande e única mentira. — Sim, senhorita — repito. Olho cada uma no olho. Sei que ninguém fará nada comigo naquele exato momento. Falo devagar e em voz alta. — Aprendo porque não tive a oportunidade antes. A Babá Dot disse que, se alguém sabe ler e escrever, mesmo que um pouco, então está livre para ser melhor.

A Sinhazinha Clara cambaleia para trás como se eu tivesse a estapeado. Primeiro, vejo o medo, então a raiva em seus olhos. Ela ergue a mão e sei que ela vai me dar um grande tapa, mas, mesmo com meus joelhos trêmulos, eu me recuso a recuar. Apenas quando a sinhazinha ouve a Lady Lavinia rindo, ela retorna ao presente. Devagar, ela abaixa a mão; está respirando com dificuldade. Viro-me para sair antes que meus joelhos cedam de vez, e eu caia no chão.

— Aonde está indo? — pergunta a Sra. Hopkins. — Termine de assinar seu nome, pegue o dinheiro e volte para o infantário.

Sinto os olhos da sinhazinha em mim. Estou prestes a contar outra mentira e dizer que são as únicas letras que sei até agora, mas, quando estico a mão para pegar a caneta, vejo as cicatrizes ao redor do meu pulso, o dedo rígido e lembro do dia em que a Sinhá Jane o quebrou. Também lembro de Absalom dizendo "Fatmata, você é uma mulher muito forte e corajosa" e tomo uma decisão. Eles podem quebrar todos os meus dedos, mas isso não vai me impedir de escrever. Respiro fundo enquanto me abaixo e, com a melhor letra, escrevo meu nome todo: Faith.

Quando endireito a postura, a sinhazinha está olhando para mim como se tivesse visto *juju*. Coloco o dinheiro no bolso do avental, faço uma pequena reverência e vou embora sem olhar para ela. Sinto seus olhos em minhas costas e sei que não acabou.

Na escada dos fundos, subindo a caminho do infantário, remexo nas moedas do bolso. Meu? Sim, meu. Pela primeira vez na vida, tenho dinheiro. O suficiente para construir uma casa com Absalom? Paro e tateio para encontrar meu *gris-gris*. Devo fazer uma oferenda aos deuses, algo azul. Queria ter a lavanda azul.

— Vamos ao Hyde Park hoje — anuncia Nellie no dia seguinte. — Sempre há muito a ver lá. A Rainha Vitória e mesmo os príncipes e as princesas passam por lá. Já os vi. Eles vão ver o Palácio de Cristal do Príncipe Albert. Está quase pronto. Londres toda está falando nele. A Rainha Vitória vai abri-lo ao público na próxima quinta-feira.

O parque é grande, muito grande, com inúmeros caminhos, inúmeras árvores altas, grama verde e pessoas demais. Todas querendo ser vistas, imagino, pela forma que ficam olhando para a esquerda e para a direita. Na estrada larga e comprida, há aquelas passando em carruagens abertas, mais homens e mulheres trajando roupas sofisticadas, os homens acenando com os chapéus para as mulheres enquanto os cavalos batem as patas e bufam, prontos para galoparem para longe. Não chego perto. Não gosto de cavalos. Às vezes, se fechar os olhos, consigo ver aquele cavalo se afastando depressa com Salimatu jogada em suas costas e eu não conseguindo pará-lo para salvar a minha irmã.

— Esta estrada é o grande desfile, mas o Jack disse que o nome correto é Rua Rotten, no sentido de Rua Podre. — Nellie ri e rodopia no lugar.

— Não vejo nada podre nas roupas e cavalos deles — respondo.

— Não? Eu vejo — contrapõe Nellie. — Todos eles são podres, por inteiro, os ricos. É o que o papai dizia. — A boca dela treme ligeiramente. Ela mexe os ombros, como se para se livrar de algo em cima dela, e se vira. — Venha, vamos ao Lago Serpentine encontrar algumas empregadas.

Paro. Fico boquiaberta e solto o carrinho. Nellie o segura.

— Faith, o que houve? Está se sentindo mal?

— O que é aquilo? — pergunto, apontando para a enorme construção, sua cúpula atravessando as árvores e toda feita de vidro.

O sol dança no vidro cintilante, enviando luz ao céu e de volta, cobrindo a construção com padrões de nuvens, céu, árvores. Vai mandar de volta os rostos dos ancestrais que estão lá em cima atrás do céu? Nunca vi algo como aquilo, e isso me causa medo.

— Aquele é o Palácio de Cristal. — Nellie se inclina à frente. — É feito de vidro e construído por centenas de homens para a Grande Exposição. O mundo inteiro estará aqui para ver o que a Babá Dot chama de "as maravilhas do mundo".

Então, é para cá que as máquinas do Sr. Henry virão para serem expostas. É por causa daquele lugar que a Sinhazinha Clara teve que vir para a Inglaterra, trazendo-me com ela. É por causa da Grande Exposição que conheci Absalom.

— Qualquer um pode ir vê-las?

— Se comprar um ingresso. No início da exposição são caros, mas o valor abaixa para um *shilling* no fim do mês. É quando o Jack e eu vamos. Quero ver tudo. Pode vir conosco se quiser.

Alguém grita:

— A rainha. A Rainha Vitória está vindo!

E todos, homens e mulheres, mais velhos e jovens, começam a correr.

— Depressa. Se chegarmos à beira da estrada, conseguiremos ver a rainha de perto também — comenta Nellie.

Ela pega Celia, coloca-a no carrinho, segura a alça e empurra, apressando-se por cima da grama. Ergo a saia e corro atrás dela, com o coração acelerado. Vejo a carruagem surgindo, um fáeton com um par de cavalos e um palafreneiro em cada um, os animais marchando em um barulho constante. Em ambos os lados da estrada, a multidão se aproxima, entusiasmada, acenando e gritando. Não sei o porquê, mas faço o mesmo. Há cinco pessoas na carruagem. A rainha usa um vestido verde-claro com uma capa de um verde mais escuro ao redor dos ombros, a aba do chapéu é pequena, e é possível ver seu rosto com nitidez. Ela acena, olhando para a direita e depois para a esquerda. A mulher sentada ao seu lado mantém o olhar à frente.

Nellie puxa meu braço.

— Olhe, olhe, Faith, ali estão elas, as princesas.

Encaro. De frente para a rainha, há três meninas sentadas. A do meio é diferente. Ela é preta, uma menina negra em uma capa azul-escura. Observo a carruagem se aproximar mais e mais.

— Elas são mesmo as filhas da rainha?

— Sim. A Princesa Vitória e a Princesa Alice.

— A Rainha Vitória tem uma filha negra? — pergunto antes que possa me conter.

— O quê? — questiona Nellie, mas não está olhando para mim, ainda está acenando.

— A outra menina — explico depressa. — Ela é filha da rainha também?

Nellie ri.

— Não. Olhe para ela.

Sei quem ela é, porém. Sei graças ao jornal que peguei na barraca da Hany. A carruagem está na minha frente. A menina negra se vira em minha direção, ela me vê e se inclina para a frente. Sem pensar, tento me aproximar. Escorrego, e alguém me puxa para trás. Eu me livro da pessoa. Preciso olhar para ela de novo. É a primeira menina negra que vejo em uma carruagem, como se ali fosse o lugar dela.

— Espere até eu contar à Babá Dot — murmura Nellie, andando tão depressa que tenho que correr para acompanhar o ritmo. — Ela lê tudo que sai nos jornais sobre a rainha, sua família e o que acontece nos palácios.

— Ela saberia tudo sobre ela também?

Nellie sabe de quem estou falando.

— Sim. A Babá Dot vai saber tudo sobre ela. Ela está nos jornais o tempo todo. Era uma escravizada.

Nellie me lança um olhar rápido e morde o lábio. Acho que é porque usou a palavra "escravizada".

Quando não digo nada, ela completa:

— Mas eles a chamam de "Princesa Africana". Eu não sabia que eles tinham princesas lá. — Ela se inclina para perto de mim, com os olhos arregalados. — O Jack disse que são todos selvagens lá.

Olho para ela e sei que não posso ficar neste país. Pode não haver escravizados aqui, mas, rico ou pobre, preto ou branco, todos são ignorantes a respeito da África. Quero dizer "sou da África e não sou selvagem." Abro a boca, então a fecho, engolindo as palavras. Em vez disso, penso na menina da carruagem, aquela sobre quem li no jornal que peguei na barraca da Hany. Então aquela era a ex-escravizada, a pupila da Rainha Vitória, Sarah Forbes Bonetta, a Princesa Africana. Penso na minha vila, e meus olhos se enchem de lágrimas.

Faith

Capítulo 47

Wa ya kin tell we bout yasef: A de one wa da holla een de wildaness

Respondeu ele: Eu sou a voz do que clama no deserto

João 1:23

Abril de 1851

Estico o corpo na cama. Já alimentei o Henry-Francis e não tenho mais nada a fazer.

— É seu dia de folga — informara a babá, pegando Henry-Francis dos meus braços. — Vou cuidar dele, junto aos outros dois.

Um dia inteiro de folga! Nunca tive um dia de folga para fazer o que quisesse. Nem mesmo em Talaremba. Lá, eu tinha que trabalhar, bater arroz, alimentar galinhas ou cabras, buscar água, correr atrás de Amadu. Prendo a respiração. Parece que alguém assoprou fumaça dentro dos meus olhos. Não devo voltar àqueles dias ou vou começar a pensar em minha irmã. Não ensinei a mim mesma a empurrar tudo para debaixo da pedra do esquecimento?

Mas ergui a pedra um pouco, e minha mente dança para longe, para a plantação. Não que eu queira estar lá, mas quero meus filhos que deixei para trás. Quando eu não voltar, o que vai acontecer se a *Underground Railroad* não chegar a eles?

Em vez disso, me forço a pensar no dinheiro que costurei dentro da borda do casaco que Nellie me mostrou ontem. Sei que meu pagamento não será o suficiente para comprar as três crianças, mas talvez Absalom consiga que os Quacres completem a quantia. Absalom, *ayee*, Absalom.

Nellie entra correndo em nosso quarto. Ela pega o xale que jogara na cama depois da missa de manhã cedo.

— Venha, Faith, antes que a Babá Dot mude de ideia. Nunca pensei que ela daria folga para nós duas no mesmo dia.

— Aonde vamos?

— A Babá Dot disse que posso mostrar a cidade para você, então vamos pegar o ônibus.

Sorrio. Nellie me arrancou dos meus pensamentos. Quero ver as outras partes de Londres, talvez outras pessoas negras. Se os deuses forem bons, encontrarei Absalom.

— Então, para onde vamos no ônibus?

— Tenho que ir ao East End primeiro, e no fim da tarde vamos encontrar o Jack e ir ao Astley.

— O East End? Onde fica?

— Quando levei os pequenos para o reformatório, a ideia era ser só por pouco tempo. Falei para o dono do reformatório, o Sr. Newberry, que assim que conseguisse um emprego e algum dinheiro, eu voltaria para buscar meus irmãos e irmãs. Mas, quando voltei, não me deixaram entrar. Tenho os documentos e as fichas.

— Que fichas?

— Aquelas — responde ela, apontando para um pedaço de pano preso na ponta do papel. — Eles tinham que manter com eles até eu voltar. Então ele falou que combinam as fichas com as minhas, para saber qual criança que estou indo buscar, entendeu? Então, para a May e a Kitty, cortei um pedaço do chale e prendi.

— E para os meninos?

Ela mexe os ombros, como se mudando algo pesado de lugar.

— Cortei os botões do casaco velho do papai antes de vender para o judeu. Ele não estava usando no dia que se afogou. — Nellie procura dentro da bolsa e revela três botões pretos de formato estranho.

— Viu, cada um é diferente. Vou todo mês com os documentos, e todo mês dizem que não posso entrar, que meus documentos não estão certos e que não podem encontrar as fichas que batem com as minhas. Mas eles têm que ter os documentos. Venha comigo e leia para eles, eu lhe imploro. O Jack foi comigo uma vez, mas ele também não sabe ler, então não adiantou. Eles jogaram os documentos em cima de mim, e sabem que não consigo entender nada.

Olho para os documentos. Há algo errado, mas não sei identificar o que é. Ali está o nome, Kitty Stokes, ofício em branco, menina, criança. Esteve no reformatório antes: não. Familiar mais próximo: em branco. Era isso. Eles não escreveram o nome de Nellie, então ela nunca poderia pegá-los de volta. Não sei como contar a ela.

— Nellie, você assinou o papel dele?

Ela pensa, umedece os lábios e responde:

— O dono do reformatório escreveu tudo e me deu.

— Seu nome não está em nenhum desses documentos, nem sua marca. Se eles perderam as fichas, não há como saber de quais crianças está falando.

— Aquele trapaceiro! O que ele fez com eles? — Ela segura o xale ao redor do pescoço como se fosse engasgar as palavras para fora da boca. Balançando a cabeça, murmura aos prantos: — Não, não, talvez eles tenham estado lá o tempo todo e achem que esqueci deles.

Chegamos à Rua Regent bem a tempo de pegar o ônibus. É um ônibus de dois andares puxado por oito cavalos. Não sei aonde ir. O andar superior não tem cobertura, e há bancos posicionados de uma ponta à outra. Dentro dele há dois bancos de madeira compridos nas laterais da cabine, um de frente para o outro.

— Entre. Só os homens vão lá em cima — orientou o condutor. — Para onde vão? Esta é a Linha Verde para Clapton.

— Para o The Swan, Clapton — responde Nellie.

— O caminho todo, custa seis *pence*.

— Não custa, não. Estamos subindo no ônibus agora, e é quase metade do caminho — retruca Nellie.

Observo-a entregando duas moedas a ele.

— Quatro *pence* pela viagem, é isso.

Nellie tirou um tempo para me explicar a diferença entre as moedas e o preço das coisas, mas ainda é confuso para mim. Tudo o que sei é que tenho mais dinheiro do que jamais pensei que poderia ter.

Agora conto da mesma forma que Nellie e entrego o dinheiro. É a primeira vez que pago por algo e sinto como se o corpo estivesse inflando com a importância do ato.

O condutor pega o dinheiro.

— Vão em frente, então. Acham que vamos esperar o dia todo?

Entramos. Espero que alguém diga que uma escravizada, uma negra, não pode se sentar no mesmo lugar que eles, mas ninguém diz nada. Definitivamente não estou na América do Norte. Escuto o condutor anunciar as paradas, linha verde, Rua Regent, Rua Great Portland, Euston, King's Cross, Pentonville, Angel, Islington, Dalston, assim por diante. As pessoas sobem e descem do ônibus, e nos espremermos. Quanto mais para o leste avançamos, mais pessoas negras vejo, mas nenhuma delas sobe no ônibus. Toda vez que as vejo, quero descer do transporte e ir falar com elas, mas fico com Nellie. Então ouço o condutor anunciar Stoke Newington, e sinto como se minhas entranhas fossem subir ao peito e transbordar.

— Stoke Newington — grito e pulo para ficar de pé.

— Vai descer aqui? — questiona o condutor.

Leste de Londres. Stoke Newington. Era ali que Absalom dissera que morava a maior parte dos Quacres que poderiam ajudar. Rua Paradise, Stoke Newington. Ele ia lá ver umas pessoas importantes. Um deles deve saber onde encontrar Absalom.

— Não, não — responde Nellie, puxando a minha saia, então me sento de novo, fazendo barulho ao cair. — Vamos para Clapton.

O transporte segue adiante, e nos distanciamos. Sinto vontade de chorar. Mantenho a cabeça baixa. Vejo Nellie contorcendo as mãos. Em Swan, ela desce antes de todo mundo. Está com pressa, e eu a sigo.

— Acha que vai funcionar? Você colocando o nome nos documentos? Mesmo com a babá me ensinando, ainda não consigo escrever bem o suficiente para enganá-los. Acha que vão me deixar entrar?

— Não sei. Mas vale a pena tentar. — Digo as palavras, mas não me importo mais com a preocupação de Nellie.

Tenho a minha própria. Como chegar a Stoke Newington agora que sei que é tão perto?

— Você escreve tão bem. Coloquei a pena no mesmo lugar, perto da cadeira da Babá Dot. Ela não vai saber que você usou.

— Obrigada por conseguir o papel para mim também.

Nellie assente e continua andando.

— Ela tinha bastante.

Chegamos a um edifício grande. Nos portões de ferro fechados está escrito: Reformatório St. Peter. Nellie segura os portões e sacode.

— Ei, o que está fazendo? — grita um homem, tentando correr até os portões, mas ele é muito pesado e consegue ou se mexer ou falar, não consegue fazer os dois ao mesmo tempo. Ele dá alguns passos, bufa e arfa, então continua falando: — O que quer fazendo tanto alarde no dia de descanso de Deus?

— Minhas irmãs e irmãos. Vim vê-los.

— Pode até ser, mas tem os documentos?

— Tenho.

Prendo a respiração enquanto ele continua arfando, analisando as cinco folhas.

— Essa é você? Nellie Stokes?

— Sim. É meu nome, e eles são meus irmãos e irmãs.

— E quem é essa, então? — questiona ele, olhando para mim. — Só familiares são permitidos.

— Ela é a tia deles — explica Nellie.

Ele gargalha.

— Tia, há, ela caiu em um balde de carvão?

Ele acha isso muito engraçado e gargalha, então não consegue respirar.

— Podemos entrar, então?

— Não. — É tudo o que ele consegue dizer.

Nellie segura o portão de novo e tenta sacudir.

— Por que não?

— Tratem de ir embora. — Ele bate nos dedos de Nellie com um bastão.

Ela dá um pulo para trás.

— Seu balofo, feioso.

— Chega das suas asneiras. Vão antes que eu chame os guardas. Eles já foram embora faz tempo.

— Embora? — grita Nellie. — Embora para onde?

— Como vou saber? Só sei que foram embora. E não voltam mais. Anda, vão embora daqui — comanda ele, rasgando os documentos antes de se afastar.

Nellie balança o portão com força antes de despencar no chão.

— Foram embora, foram embora.

Coloco o braço ao redor dos ombros dela. Não sei o que dizer para reconfortá-la. Por fim, sugiro:

— É melhor nós irmos. Não é bom ficarmos aqui.

— Perdi meus irmãos. O papai me mataria se não tivesse se afogado.

— Podemos começar a andar de volta. Talvez possamos parar em Stoke Newington. — Paro de falar e espero.

Será que ela vai?

Nellie olha para mim.

— O que sabe de Stoke Newington? — questiona ela, enxugando o rosto com a ponta do xale, e vejo as partes faltando, dos pedaços que cortou para as irmãs.

— Alguém me falou de lá uma vez.

— Bom, é no nosso caminho. É domingo, o próximo ônibus só passa daqui a uma hora. Podemos parar lá se chegarmos antes de o ônibus passar.

Não demoramos muito para caminhar pouco mais de um quilômetro e meio até Stoke Newington.

— Por que queria vir aqui? — pergunta Nellie.

— Absalom — respondo, e é a única palavra que consegue escapar da minha boca, que quer se abrir bastante e gritar minha necessidade.

— Quem é Absalom?

Não sei como nomeá-lo. Meu marido, amigo, amante? Fungo e desvio o olhar.

— Ah, Senhor, ele é seu amado? Conto tudo a você sobre o Jack, e você não diz nada?

— Não o vejo nem sei dele há mais de um mês. Não sei onde ele está nem se ele se lembra de mim.

— Ele mora aqui?

— Não sei, mas é o único lugar do qual falou, os Quacres da Rua Paradise. Se não estiver aqui, não sei onde posso encontrá-lo.

Continuamos andando, e, ao fim da Rua Church, está a Rua Paradise. É apenas uma rua com casas grandes.

— E agora? Sabe um nome, um número?

Nego com a cabeça.

— Faith, o que é um Quacre? Nunca ouvi falar.

Isso me faz pensar. Tento me lembrar do que Absalom tinha dito.

— Os Quacres fazem parte de uma espécie de igreja e são abolicionistas — pronuncio a palavra com cuidado.

Nellie faz uma careta.

— São o quê?

— Abolicionistas, pessoas que querem acabar com a escravidão na América do Norte. Eles recebem dinheiro para ajudar escravizados a comprarem a liberdade.

— Vão acabar com a escravidão aqui também?

— Escravidão aqui? Não tem escravidão neste país.

— É o que você acha — contrapõe Nellie. — Isso mostra que não sabe nada deste lugar ainda.

Não quero discutir. Quero encontrar Absalom, então não digo nada.

Andamos até o fim da rua, passando por casas grandes com jardins e parques. Não vejo Absalom em nenhuma dessas casas. De volta à Rua Church, as pessoas passam apressadas por nós. Qualquer uma delas poderia ser um Quacre.

Nellie olha para os dois lados da rua.

— Ele mencionou outro lugar?

— Só a casa de reuniões dos Quacres. Acho que é a igreja.

— Bem, tem uma igreja ali, St. Mary. Vamos lá ver o que conseguimos descobrir.

A igreja está aberta, mas vazia. Entramos. Nellie faz o sinal da cruz. Eu, não. Olho ao redor e sei que não há nada aqui para mim. Perto da porta, vejo um quadro. Há folhetos e recados nele, e sei o que devo fazer. Abro a bolsa e pego um pedaço de papel. É um pedaço do papel que Nellie conseguiu para mim. Eu não sabia na hora por que eu queria copiar as palavras do último bilhete de Absalom, mas talvez fosse porque eu tinha aberto e dobrado o bilhete tantas vezes que estava se despedaçando. De qualquer forma, aqui está, escrito com minha melhor letra: *Perto está o Senhor dos que têm o coração quebrantado, e salva os contritos de espírito.* Colo o papel no meio do quadro. Se Absalom vier aqui, ele verá e saberá que vim procurar por ele. É uma possibilidade pequena, mas é uma possibilidade. Eu me viro, segurando o *gris-gris* escondido debaixo da veste.

Faith

Capítulo 48

Oona bless fa true, cause oona eye da see an oona yea da yeh

Bem-aventurados os vossos olhos, porque veem:
e os vossos ouvidos, porque ouvem

Mateus 13:16

Abril de 1851

Eu planejava ir sozinha à reunião dos Quacres que Hany havia mencionado, mas Nellie me viu vestindo o chapéu e o casaco.

— Aonde está indo? — pergunta ela.

— É minha tarde de folga. A Babá Dot disse que devo estar de volta às 20h.

— Sei disso. Vai ao mercado?

Nego com a cabeça. Não sei se devo contar qualquer coisa a ela.

— Está indo escondida ao parque ver todas as pessoas, não está? Achei que íamos juntas no sábado.

Sorrio ao ver a expressão dela.

— Hã, não, Nellie. Eu faria isso com você?

Todos na casa querem ir à exposição, então a Sra. Hopkins disse que todos os empregados devem se organizar em horários para irem. Nellie e eu ficamos com o sábado. É caro para entrar, mas vamos mesmo assim.

— Eu estava só brincando. Não é possível. A exposição só abre amanhã. Então, aonde está indo?

— Para a reunião abolicionista na América do Norte. Começa às 17h, na Igreja Batista Grosvenor, na Rua South Audley. Quero ver se terá algum Quacre lá. Preciso correr. A sinhazinha me atrasou e não me atrevi a dizer nada.

— Sabe onde é?

— Vou encontrar. A Hany disse que é perto daqui.

— Deixe que eu vá com você. Sei onde fica o salão.

Então aqui estamos, espremidas aos fundos do salão, sem uma cadeira disponível.

— Não achei que haveria tantas pessoas aqui — sussurra Nellie.

Olho ao redor, mas, ainda que muitas sejam pessoas brancas, fico feliz ao ver que não sou a única pessoa negra ali. Eu me esforço para ouvir o que o homem em cima da pequena plataforma está dizendo. Então o ouço falar:

— Então, por favor, deem-lhe as boas-vindas.

Um homem negro se levanta e nos encara. Ele é alto e tem a postura reta, ainda que seja velho, com cabelo grisalho volumoso e uma barba branca espessa. Quem é ele?

— Eu lhe agradeço, Reverendo Thomas — responde o homem com uma voz baixa, mas que se propaga —, pela oportunidade de falar com essas pessoas do bem sobre a minha experiência como ex-escravizado, alguém que no final usou a *Underground Railroad* para se livrar das garras da escravidão.

— Graças ao Senhor — grita alguém sentado à frente.

A *Underground*? Ele conhece Absalom? Tenho que falar com ele. Tento dar um passo à frente, mas não há como se mexer.

O homem velho sorri.

— Existem muitas pessoas que nos ajudam a fugir da escravidão, a sermos livres. Cada um de vocês aqui que contribui com uma moeda está ajudando. Cada um que ergue a voz para dizer que a escravidão é errada está ajudando. Existem muitas pessoas brancas, marrons e pretas, todas dando duro para libertar nossos irmãos e irmãs, nossos pais e mães. Agradeço a todos vocês, a cada um de vocês. — Ele acena com a cabeça para o público, e eles aplaudem bem alto. O homem ergue a mão. — Há muitos como eu que escaparam das correntes da escravidão e vieram para cá, para a costa hospitaleira que oferecem, para viver entre vocês e contar nossas histórias. Alguns, como Ignatius Sancho e Olaudah Equiano, escreveram sobre suas vidas, capturas e fugas, mais de sessenta anos atrás. Mas a escravidão não acabou, e muitos que se parecem comigo ainda estão escravizados e ainda estamos pedindo a sua ajuda.

"Mas digo uma coisa a vocês: não há nada igual a ouvir direto da fonte, como diz o ditado. Precisamos nós mesmos contar as nossas histórias, e é por isso que, dois anos atrás, com ajuda, escrevi este livro."

O homem levanta um livro e o agita no ar.

— Sim, este é o meu livro: *The life of Josiah Henson, Formerly a Slave, Now an Inhabitant of Canada, as Narrated by himself.*

As pessoas aplaudem e celebram mais uma vez, e fico feliz como se tivesse sido eu a escrever o livro.

— Não muito tempo atrás, uma professora em Connecticut me contou que leu o meu livro e que ficou muito tocada pela história. Disse que basearia o próprio romance no meu livro e em algumas histórias que ouviu de outros que tinham escapado da escravidão durante o período em que ela morava em Cincinnati, Ohio. Bom, respondi que se o livro dela fosse ajudar a nossa causa: boa sorte à Sra. Stowe. Mas lembrem-se de que o livro dela é um romance. O meu já foi escrito, e eu o vivi. Embora eu não saiba ler nem escrever muito bem ainda, ainda assim posso contar a minha história.

— Conte, meu irmão — incentiva o Reverendo Thomas, assentindo e aplaudindo.

Várias pessoas fazem o mesmo:

— Conte, conte.

— Sim, o meu nome é Josiah Henson. Nasci no dia 15 de junho de 1789, no condado de Charles, Maryland. Sou o mais novo de seis filhos. Minha mãe era propriedade do doutor, mas com frequência era mandada para trabalhar para o homem que era dono do meu pai. Uma das primeiras coisas das quais me lembro é da surra que deram no meu pai um dia, até ele virar só pele e sangue, porque bateu no homem branco que se meteu com a minha mãe. Cortaram a orelha direita do meu pai, o amarraram ao tronco, e ele recebeu cem chibatadas como punição, depois foi vendido.

O barulho no salão é como se todos estivessem respirando como um só. Isso me faz tremer.

O Sr. Henson continua, a voz parecendo ficar mais baixa, então todos nos inclinamos para frente.

— Foi nessa época que a minha mãe me ensinou quem era Deus. Ela estava sempre orando em nome do Senhor. Quando o doutor faleceu, a propriedade foi dividida pelo país. Fui vendido para outro senhor, o Sr. Riley. Eles me colocaram para fazer pequenas tarefas e depois para trabalhar no campo.

Ao contrário das pessoas no local, eu sabia exatamente do que ele estava falando. Sabia como aquele trabalho era difícil. Tinha visto as crianças trabalhando, visto o campo.

— Um dia, voltando para casa do campo, eu e dois outros escravizados caímos em uma emboscada e fomos espancados. Perdemos a briga, e eu perdi o uso pleno dos braços.

Ele ergueu os braços e só conseguia levantar o esquerdo até a altura do peito, nada mais, e o som como uma onda se quebrando em cima de uma pedra dura tomou o local.

— Quando o Sr. Riley ficou endividado, me implorou, com lágrimas nos olhos, para ajudá-lo. E o que o meu senhor queria que eu fizesse? Que levasse os dezoito escravizados dele para Kentucky, a pé. Quando chegamos a Ohio, que era um estado livre, as pessoas lá disseram que os escravizados podiam ser livres. Até aquele momento, eu nunca tinha pensado em fugir. Eu achava que a única forma certa de conseguir liberdade era comprando a liberdade minha, de minha esposa e de meus filhos do senhor.

— Se fosse eu, não voltava — sussurra Nellie.

— Foi então que comecei a planejar a liberdade. Trabalhei muito, juntei dinheiro fazendo trabalhos diferentes, quando me emprestavam para outras plantações, mas, quando tentei comprar minha liberdade, o Sr. Riley me enganou. Ele deveria me dar os documentos de liberdade por 450 dólares, com 350 em dinheiro e o restante em uma nota. Eu tinha o suficiente para entregar o dinheiro, então só precisava pagar a nota de 100 dólares. Mas, quando dei os 100, ele adicionou outro zero e subiu o valor da nota em dez.

Há um estrondo de som, e escuto algumas pessoas gritarem:

— Ele deveria se envergonhar.

— Eu soube então que ele tentaria me vender e comecei a planejar a fuga para o Canadá, para mim e minha família. Então, em 1830, 20 anos atrás, com a ajuda da *Underground Railroad*, decidimos fugir. Apesar do termo *"railroad"*, a *Underground Railroad* não é uma ferrovia de verdade, meus amigos, não funciona por cima de trilhos. É uma rede de muitas rotas secretas e perigosas de pessoas, pretas e brancas, prontas a oferecer refúgio em abrigos para escravizados que estão tentando conseguir liberdade no Norte ou no Canadá.

"Sou muito grato a *Underground Railroad* e a todas as pessoas que nos ajudaram pelo caminho, nos escondendo, nos alimentando, nos indicando a direção certa enquanto andávamos por semanas, na maior parte das vezes à noite, nos escondendo em um barco a vapor, até cruzarmos a fronteira em segurança. Ao chegar à costa, me joguei e rolei no chão de felicidade."

Então é assim que a Underground Railroad funciona, penso. É assim que vão conseguir tirar meus filhos da escravidão, a caminho da liberdade. Não seguindo rotas costuradas em pedaços de colcha nem cantando cânticos. Por um momento, me lembro da longa caminhada com Salimatu em direção à escravidão e temo por eles, temo pelo que possa acontecer se forem pegos.

— Meu filho mais velho, Tom, logo começou a estudar — continua o Sr. Henson. — Ele aprendeu a ler e a escrever bem. O Tom começou a me ensinar. Eu e alguns outros decidimos que queríamos ficar e criar nossa própria colônia, cultivando nossas próprias safras e comida, mas ainda fazendo viagens de volta a Maryland e Kentucky, por meio da *Underground Railroad*, para levar outros escravizados para o Canadá. Depois de vários anos, encontrei homens brancos para apoiar a ideia de uma comunidade negra em Dawn. Compramos terra e começamos uma escola de trabalho manual, lá ensinamos carpintaria, cultivo, fresagem.

As pessoas comemoram de novo. Aqueles de nós em pé aos fundos são empurrados um pouco para a frente pela força das pessoas do lado de fora que tentam encontrar uma forma de entrar.

— Agora, muitos negros estão vindo dos Estados Unidos para se juntarem a nós — prossegue o Sr. Henson. — Escrevi este livro para conseguir dinheiro para a escola no Assentamento de Dawn. Se forem à Grande Exposição dos Trabalhos da Indústria de Todas as Nações, a Grande Exposição que começa aqui em Londres amanhã, visitem a seção canadense. Lá verão exposições de carpintaria e tábuas de nogueira de grande qualidade feitas no Assentamento de Dawn.

Os gritos e comemorações ficam mais altos. Josiah Henson sorri, e fico feliz por ele erguer a voz, porque é difícil de ouvir o que ele diz com todo o barulho.

Nellie puxa a minha manga.

— Podemos vê-lo quando formos no sábado, olha só.

As pessoas estão empurrando e chamando, todos querendo apertar a mão dele. Quero me aproximar desse homem que me faz pensar em Jaja. Quero tocá-lo, sentir o cheiro da sua negritude. Há muitas pessoas nos empurrando por trás. Não sei como, mas me pego bem na frente dele.

Chamo, de novo e de novo:

— Pai Josiah, pai Josiah, me ajude.

Ele se levanta da cadeira e vem para a beirada da plataforma, abaixa-se.

— Irmãzinha, você está com problemas.

Talvez seja a voz dele, talvez seja tudo o que ouvi hoje, mas começo a chorar.

— Meus filhos, meus filhos ficaram para trás, na Carolina do Sul. Ajude-me, como ajudou a tantos outros.

— Minha filha, fale com as pessoas você mesma. Suba aqui e dê seu testemunho. Conte a sua história, com suas palavras.

Ele pega a minha mão, e a força dele flui para dentro de mim. Eu me pego de pé na plataforma, com os rostos me encarando. O Sr. Henson diz algo para o Reverendo Thomas. O reverendo concorda com a cabeça, dá um passo à frente e levanta a mão.

— Antes de terminarmos hoje, temos algo a mais. Essa jovem é o tipo de pessoa pelas quais trabalhamos. Ela está aqui, mas seus filhos pequenos são escravizados, sim, escravizados, na América. Ouçam a história dela.

Sinto calor, sinto o suor escorrendo nas laterais do corpo, pelas minhas costas. Talvez eu esteja sonhando. Mas não é um sonho. Vinda de muito tempo antes, ouço a voz de Maluuma:

"Ouça, minha filha, o medo está nos olhos, no coração, na mente. Encare seus medos amargos como a babosa, e eles desaparecerão. Estou com você."

Tateio até achar meu *gris-gris* e seguro com força. Falo:

— Ainda que neste país a senhora diga a todos que sou empregada dela, na verdade, sou uma escravizada, não uma ex-escravizada, não uma negra livre, e sim uma escravizada.

Alguns gritam:

— Você está na Inglaterra, está livre.

Mais vozes:

— É uma mulher livre.

— Livre.

— Liberdade.

As palavras me dão força para continuar.

— Fui capturada há cinco anos, com minha irmãzinha. Eu tinha 14 anos. Fomos separadas, e andei por semanas até a costa e fui marcada, como um animal, com ferro quente. E isto ainda acontece.

— Que vergonha — brada alguém.

Há mais gritos de "que vergonha" e "precisamos acabar com esse comércio bárbaro".

Não tenho mais medo de contar minha história a eles. Estou pronta para fazer qualquer coisa para tirar meus filhos da plantação.

— Não sei o que aconteceu com a minha irmã. Não sei se está viva ou morta. Fui levada para o outro lado do oceano, acorrentada nas entranhas fedorentas e sujas do navio, comendo comida estragada e sendo levada à luz uma vez por dia, para dançar para os marujos. Muitos não sobreviveram. Há muitos ossos no fundo do mar junto com os ancestrais. Eles não descansam.

Escuto um soluço. É Nellie. Agora que comecei, não consigo parar. Pensar em pessoas como Khadijatu sendo jogadas ao mar como um saco de batatas estragadas faz a minha respiração ficar entalada. Engulo em seco e continuo, ainda que minha voz esteja rouca graças às lágrimas.

— Fui vendida para o dono de uma plantação em Gullah, para cuidar dos filhos pequenos do senhor. Aprendi as palavras, os estudos, mas eu não podia deixar o senhor e a senhora descobrirem que sei ler e escrever, ou teria sido espancada ou jogada rio abaixo. Um dia o senhor veio até mim. Eu tinha 15 anos. Tive os filhos dele, três. O primeiro morreu.

Faço uma pausa. Eu me pergunto o que diriam, o que fariam, se eu contasse como meu primeiro bebê, meu pequeno Amadu, morreu. Respiro fundo e continuo falando:

— A filha da plantação me trouxe para a Inglaterra. Fui dada a ela como presente de casamento. Vocês estão me dizendo que sou livre aqui. Mas e meus filhos lá? Por causa do pai deles, eles parecem brancos como alguns de vocês aqui, mas ainda são escravizados e, a menos que eu consiga comprar a liberdade deles, podem ser vendidos pelo próprio pai, a qualquer momento. Como vou ser livre de verdade com os meus filhos ainda sendo escravizados?

— Você tem que tirar os seus filhos de lá — responde alguém.

Todos concordam, encorajando.

— Se eu voltar para a América, para os meus filhos, volto para a escravidão. Quero pegar os meus filhos e levá-los para o meu povo, meu país, minha vila na África, a terra dos antepassados deles. Me ajudem.

Estou soluçando, as lágrimas vêm de um lugar bem profundo em mim e sacodem todo o meu ser. O Sr. Henson coloca o braço ao meu redor e choro em seu peito.

Há muitas pessoas chorando.

Em meio ao choro e ao barulho, escuto o Reverendo Thomas dizer:

— É por isso que estamos lutando. Por pessoas como essa jovem moça. Sejam generosos. A coleta está passando pelo salão.

Não ergo a cabeça.

Então sinto outro par de mãos ao meu redor, um par de braços fortes e jovens. Causam uma sensação tão certa.

Uma voz diz:

— Faith.

Levanto a cabeça, e é como se uma lamparina tivesse se acendido dentro de mim.

— Absalom.

Coloco os braços ao redor dele, e ele me abraça bem, bem firme.

— Estou aqui. Falei que eu vinha encontrar você.

Sarah

Capítulo 49

Recordar do passado é em vão, a menos que exerça alguma influência no presente.

— *David Copperfield*, por Charles Dickens

Abril de 1851

A pedra dentro dela se transformou em um pedregulho quando Sarah foi para Londres, com Alice e Vicky, em vez de ir para a Escócia. Sarah não sabia como tirá-la dali. Então sonhou com o Papai Forbes. Ele estava nadando, rindo, chamando por ela.

— Sarah, pule. Nade comigo.
— Não posso nadar, papai. O Doutor Clark não deixa.
— Não se preocupe, vou proteger você.
— Papai, fique com a minha membrana. Vou jogar para você.
— Não. Fique com ela. Pode precisar dela um dia.
— Papai, papai, nade mais rápido, a *Mamiwata* está atrás de você.
— Estou seguro.
— Depressa, ela está perto de você.
— E os ancestrais também estão.

E o Papai Forbes desapareceu.

— Papai, papai! — gritou Sarah, mas ele não reapareceu.

Acordou a ela e a Alice com os gritos. Vicky não acordou.

Sarah não sabia se o sonho significava que o papai estava com os ancestrais ou não. Eles tinham visto o bilhete dela e o vidro azul? Talvez os ancestrais quisessem que ela soubesse que eles estavam cuidando do Papai Forbes. *Deve ser isso*, concluiu a menina e voltou a dormir.

Quinta-feira, 1 de maio de 1851, Palácio de Buckingham

Hoje é o dia de abertura da Grande Exposição, mas só Vicky e Bertie puderam participar da procissão com a Mamãe Rainha e o Príncipe Albert. Alice e eu observamos enquanto as nove carruagens estatais deixavam o Hyde Park.

O vestido da Mamãe Rainha era rosa e prata. Sua pequena coroa coberta de diamantes brilhou sob a luz do sol. O Príncipe Albert trajava seu uniforme de Marechal. Não sei o que um Marechal faz ou por que usam aquele uniforme, com o botão de ouro e cordoalhas. Vicky vestia renda por cima de cetim branco e uma pequena guirlanda de rosas silvestres cor-de-rosa no cabelo. Bertie usava um kilt. Alice disse que é um traje completo, típico de Highlands, usado na Escócia. Não quero falar da Escócia.

Quando a procissão desapareceu, Sarah voltou para o infantário com as outras crianças. Não havia nada para fazer.

Olhando para o outro lado do pátio, tudo o que podia ver era mais e mais janelas. Ponderar o que haveria dentro daqueles cômodos a impediu de pensar nos outros na Escócia.

— O Palácio de Buckingham tem mais cômodos que o Castelo de Windsor? — perguntou Sarah à Alice.

— Acho que sim — respondeu a outra menina, franzindo a testa. — Não sei. Por quê?

— Podíamos descobrir — sugeriu Sarah em um sussurro, cansada de não fazer nada.

Alice sorriu e assentiu. Saindo às escondidas antes que Tilla ou a Babá Thurston pudessem impedi-las, as garotas correram pelos corredores, abrindo portas e entrando em cômodos grandes e pequenos. Todos os cômodos estavam cheios de coisas, mobílias, estátuas, pinturas e janelas altas que deixavam a luz entrar quando as cortinas de seda vermelhas, verdes ou azuis, ornamentadas com dourado nas pontas, estavam abertas.

— Cadê todo mundo? — perguntou Sarah, surpresa ao ver os muitos corredores e cômodos vazios.

— Acho que foram ver a abertura da exposição. Queria que a gente pudesse ter ido também — respondeu Alice, fechando a porta.

Ela abriu a porta seguinte e ficou parada, sem entrar.

— Ah, Sally, venha, venha ver.

Sarah correu pelo corredor e parou atrás de Alice, olhando por cima de seu ombro.

— Ah — murmurou Sarah.

— É você — comentou Alice. — É a pintura que o Sr. Oakley fez de você.

Estava em cima de um cavalete, de frente para a porta, como se esperasse que Sarah entrasse ali e visse.

Alice inclinou a cabeça para o lado e estreitou os olhos para a pintura.

— É você e não é você.

Sarah balançou a cabeça enquanto olhava para a pintura. Suas pernas pareceram perder as forças, e ela se sentou no chão, de repente. Ver a pintura causou-lhe a sensação de frio e medo que teve naquele dia, quando o Sr. Oakley fez a pintura.

Era assim que ela tinha parecido, olhos arregalados, sorrindo? Ela tinha certeza de que não tinha sorrido em nenhum momento. Estivera com raiva, com frio e com fome. Aqueles cordões de contas estiveram ao redor do seu pescoço? Não conseguia se lembrar, mas se lembrava dos brincos compridos. Olhou para os grilhões ao redor dos tornozelos, as pulseiras de latão ao redor dos pulsos, e sentiu o frio todo de novo.

— Não sou eu — disse Sarah, ficando de pé. — É uma pintura muito, muito estúpida. Nada disso é verdade. Olhe para aquilo. — Ela golpeou o segundo plano da pintura. — Isso não estava na sala na hora: cestos, bancos, não têm nada a ver comigo. Eu não estava naquele lugar, com céu azul, mar e palmeiras, eu estava em uma sala fria, no Castelo de Windsor, com neve e gelo do lado de fora, e ele me fez ficar lá até eu quase congelar.

Alice tocou o ombro de Sarah. Franziu a testa.

— Acha que a mamãe gosta da pintura?

— Deve gostar. Está aqui, não está?

Sarah olhou para a tela de novo. Leu o título. *A Daomeana Prisioneira*. Algo dentro dela ferveu e borbulhou, suas mãos se fecharam em punhos firmes, e ela chutou o cavalete.

— Estou dizendo, não sou eu! — gritou a menina. — Ele só roubou uma parte de mim. Olhe o nome da pintura. Viu? Fui capturada e vendida para o rei, em Daomé. Não sou de lá. Por que o Sr. Oakley não acertou isso? Ele deveria ter lido o livro do Papai Forbes. Assim saberia. — Sarah olhou a pintura de perto e apontou. — Viu, o Sr. Oakley não colocou as marcas no meu rosto. Elas dizem quem eu sou — continuou a menina, dando tapas consecutivos no próprio rosto. — Estas marcas mostram que sou uma princesa, uma Princesa Africana.

Alice segurou as mãos de Sarah.

— Pare, por favor, pare — pediu a princesa, com os olhos arregalados, parecendo assustada. — Você tem razão. Não é você. É só uma pintura.

Sarah tossiu sem parar, as lágrimas escorrendo pelo rosto.

— Sei quem você é — finalizou Alice.

Alice foi até o cavalete, pegou um pano de veludo preto ao lado do objeto e jogou por cima da pintura.

Sábado, 3 de maio de 1851, Palácio de Buckingham.

Esta tarde vamos todos à Grande Exposição, mesmo a Louise, que só tem 3 anos. A Mamãe Rainha disse que é algo que não se pode perder e não importa que seja muito jovem, ela deveria ver a coisa grandiosa que o papai dela fez. Vicky e Bertie não pararam de falar sobre as baias, a música, as pessoas de todas as partes do mundo. Pessoas da África? Preciso ir ao Palácio de Cristal e descobrir.

Ao chegarem ao Palácio de Cristal, Sarah olhou para todos os lugares, procurando. Sabia o que queria ver. Então ali estava, a seção indiana com um elefante enorme esculpido ao lado, bem em frente à Fonte de Cristal. Ela correu até lá com Alice, Lenchen e Tilla. Elas observaram as belas sedas, os xales de cores vívidas e, envoltos em tecidos brancos e usando turbantes, homens marrons, não pretos. Ao lado estava a seção chinesa, exibindo vasos enormes, tapetes, lamparinas penduradas e imagens de bronze assustadoras, dragões lutando. Homens amarelos e pequenos, com olhos também pequenos, o cabelo em tranças longas e dragões bordados em casacos de seda de um vermelho vivo e amarelo, chamaram a atenção dela. Mas Sarah não viu ninguém que de fato se parecesse com ela, preto com marcas ritualísticas e cabelo crespo.

Ela poderia ter chorado quando subiram para a Galeria. Não estava interessada na seção inglesa com sua prataria, joias, relógios de parede e de pulso, tomando conta de quase toda uma área. Queria encontrar a África.

— Podemos ver melhor as diferentes seções de lá de cima e então decidimos para onde ir depois — sugeriu Tilla.

Da Galeria, ela podia ver as quadras divididas em seções para os vários países: Itália, Espanha, Portugal, Alemanha e muitos outros. Ela parou na seção francesa quando viu a cabeça bronzeada de uma mulher negra. Sarah esticou a mão, mas não tocou. Fora aquela a aparência da mãe dela? Não se lembrava.

— Quem é ela? — questionou Sarah, com os olhos ardendo.

Tilla se abaixou e leu:

— "Vênus Africana", Charles Henri Cordier.

— Vem — chamou Alice. — Tem tanta coisa para ver.

Sarah se virou. Então os viu. Pessoas negras. Andando de braços dados com pessoas brancas, assim como ela andava às vezes com Emily ou Alice. As pessoas pararam em frente à seção dos Estados Unidos, que tinha um pássaro grande segurando uma bandeira com listras e estrelas pairando sobre todas as obras americanas. Um homem parado na frente começou a falar. Sarah não conseguia ouvir o que dizia, mas aqueles mais próximos conseguiam, porque aplaudiram. Mais e mais pessoas se juntaram à multidão, e parecia que ninguém sairia mais do lugar. Sarah queria se juntar a eles.

Quando o homem pegou um prato, Vicky deu uma risadinha.

— Ele vai comer agora? — comentou ela.

Sarah segurou o corrimão e se inclinou.

— *Shh!* — ralhou Tilla. — Aquele é um prato Wedgewood.

As pessoas ali embaixo, uma a uma, se ajoelharam e ergueram as mãos unidas como se rezassem. Algumas choravam, mas todas diziam, de novo e de novo, cada vez mais alto:

— Não sou eu um homem e um irmão?

— É o que está escrito no prato — explicou Tilla. — Estava escrito em várias coisas. Eu tinha em um broche. Nunca usava. Havia algumas coisas feitas com: "Não sou eu uma mulher e uma irmã?"

Uma jovem se levantou. Sarah pensou que ela se parecia com a mulher que quase caíra debaixo da roda da carruagem no outro dia, na South Carriage Drive, quando elas voltavam do Palácio de Cristal. Fora a primeira vez que Sarah tinha andado na carruagem com a rainha. Ao ver a multidão em ambos os lados da estrada, homens, mulheres, crianças, Sarah tinha se encolhido. Tinha temido que alguém atacasse Sua Majestade naquele dia. Mas todos sorriram, acenaram e gritaram, e a Rainha Vitória acenara primeiro para a esquerda, então para a direita.

Sarah se lembrou de como uma jovem negra chamara sua atenção. Elas tinham olhado uma para a outra, e a mulher dera um passo à frente, quase caindo no caminho dos cavalos. Com sorte, os animais estiveram andando devagar, guiados pelos palafreneiros. Sarah tinha arfado, mas alguém puxara a mulher para trás. A carruagem se movera para cada vez mais longe, enquanto Sarah virava o corpo, tentando ver o que tinha acontecido com a mulher.

— Viu aquela mulher negra, Mamãe Rainha? — perguntara Sarah. — Ela poderia ter se machucado bastante se tivesse caído debaixo dos cascos dos cavalos.

— Provavelmente teria acabado morta. Ou machucado um dos cavalos — respondeu a Rainha Vitória.

Sarah desejou poder parar a carruagem e conversar com a mulher. Mas o que diria? O que perguntaria a ela?

— Ela é a primeira mulher negra que vejo na Inglaterra, Mamãe Rainha — comentara Sarah baixinho, lembrando-se de como havia ido procurar outras pessoas negras alguns meses antes. — Achei que veria muitas outras.

— Há muitas outras.

Podia até haver, mas Sarah não havia visto nenhuma até aquele momento. Tentou captar o olhar da mulher, mas, antes que pudesse, outra pessoa se levantou. Era Daniel, o mordomo da Lady Melton. Sarah acenou e pulou para cima e para baixo, rindo. Daniel estava ali. Daniel conhecia todas aquelas pessoas negras. Ele a viu e acenou de volta. Sarah puxou a mão de Tilla.

— Temos que ir lá embaixo — pediu ela.

— Sim, é hora de ir — confirmou Tilla.

Faith

Capítulo 50

*Oona bless fa true, wen people hate oona, wen dey aim wahn
hab nottin fa do wid oona an hole oona cheap
wen dey say oona ebil*

Bem-aventurados sereis quando os homens vos odiarem,
e quando vos expulsarem da sua companhia, e vos injuriarem,
e rejeitarem o vosso nome como indigno

Lucas 6:22

Maio de 1851

Nellie e eu esperamos por Absalom na esquina da Rua Charles com a Chester. Ele vai à exposição conosco. Pensar em Absalom me faz sorrir e me remexo um pouco. Eu poderia dançar, caso ainda dançasse.

Vejo-o vindo pela Rua Union. Quero correr e me jogar nos braços dele. Quando ele me alcança, pega e beija a minha mão, o toque dos lábios dele é como a ponta de uma flecha afiada perfurando a minha pele e adentrando o meu ser. Eu me agarro a ele e bebo do seu espírito.

— Bom dia, Srta. Nellie — cumprimenta ele, inclinando o chapéu. — É bom vê-la de novo.

Nellie ri e bate palmas como uma garotinha.

— Ah, Senhor. Nunca me chamaram de "senhorita" antes nem nunca inclinaram o chapéu para mim.

Ela faz uma pequena reverência para ele.

Entramos no Hyde Park. Respiro fundo ao ver o Palácio de Cristal, com sua cabeça de vidro redonda se sobressaindo entre as árvores, brilhando sob a luz do sol, como um mar sob o luar.

— Olhe, os banners de todas as nações flutuando no topo — comenta Absalom.

— Todas as nações? Tem alguma da África ou alguma da minha vila?

Absalom para e me encara.

— Você tem razão, Fatmata. Tem razão.

Meu corpo todo se aquece porque é a primeira vez que um homem me trata como igual, que ouve o que tenho a dizer e diz quando tenho razão. Não, mais do que isso, é o fato de que ele me chamou pelo meu nome verdadeiro. Ele me vê como a pessoa que sou, não a pessoa que fui obrigada a me tornar. Aperto o braço dele, apoio-me em seu corpo, e continuamos andando.

Ainda que esteja cedo, já há uma fila comprida de pessoas, rindo, conversando, empurrando, agitando bandeiras. Somos arrastados para frente, pela multidão. Seguro Absalom com força.

Então entramos.

Paro no meio do saguão e observo a fonte feita de vidro rosa e mais alta que a maioria das árvores. Penso em Maluuma e no derramamento de água para purificar a alma. Estico a mão e deixo a água escorrer pelos dedos.

— *Oduduá*, obrigada — falo para mim mesma.

Nellie se inclina à frente e molha a mão também, mas não diz nada. Ela não ouve os ancestrais.

— Venha, não vamos conseguir ver nem metade da exposição hoje. Temos que ir até a seção da América. O catálogo diz que fica no transepto Norte — comenta Absalom.

Passamos pelo corredor enorme de "Máquinas em Movimento". As máquinas complexas mostram como transformar algodão cru em um pano acabado. Muitas pessoas observam, maravilhadas, os filatórios e os teares manufaturando o tecido em frente aos seus olhos. Sei que ninguém está pensando sobre de onde vem o algodão, quem o colheu, quem o organizou em fardos enormes para serem enviados às fábricas na Inglaterra.

Nellie se segura em mim, e eu me seguro em Absalom, e avançamos, tentando ver o que podemos entre a multidão. Quero parar na seção austríaca, que está repleta de livros sofisticados e álbuns. Na placa está escrito: "Enviado para a rainha pelo Império Austríaco", mas Absalom continua andando. Contudo, paramos por um momento, em frente à curiosa figura de latão que assume a forma e o tamanho de uma pessoa. Nellie faz uma pose engraçada para ver se a figura copia o movimento. Copia, e todos riem. Nellie sabe se divertir. Absalom acha engraçado, mas está ansioso para prosseguir. Eu me pergunto no que está pensando, porque está muito calado. Apressamo-nos, passando por homens chineses baixinhos com tranças compridas e xales elegantes, e pela seção indiana com suas obras de metal e tapetes chiques.

— Pare. — Puxo Absalom quando passamos pela seção canadense. — É aqui que o pai Henson tem as amostras do Assentamento de Dawn.

Há muitas pessoas andando ao redor da exposição canadense, tocando as pelugens, lamparinas, mobília, as bonitas tábuas de nogueira, a bela mobília de madeira. Ao lerem o livreto sobre o assentamento, fazem perguntas e compram o livro do Sr. Henson. Ele nos vê.

— Ah, irmãzinha — diz ele, aproximando-se —, você desapareceu tão rápido com esse jovem na outra noite.

— Desculpe, senhor, mas fazia mais de um mês que eu não via o Absalom.

— Houve uma repercussão considerável depois do seu testemunho. Se os contatar, vão abraçar a sua causa. Não consegui descobrir o seu nome.

— Faith, senhor.

— Faith, um bom nome. E você?

— Absalom Brown, Senhor.

— E essa é a Nellie — apresento.

Ela fica vermelha quando o Sr. Henson aperta a mão dela, dizendo:

— Como vai, Srta. Nellie?

Ela faz uma pequena reverência.

— Senhor.

— Fico honrado que vocês pararam para visitar a minha exposição.

— O senhor tem muitos visitantes — respondo.

— Ah, sim — confirma ele, rindo. — Vejam bem, como o único expositor negro, sou raridade em um local cheio de coisas estranhas e maravilhosas. Até a Rainha Vitória parou para me perguntar se alguma das obras que supervisiono é minha. Quando respondi que sim, ela me parabenizou pela qualidade do trabalho.

— As princesas estavam com a Sua Majestade? — pergunto.

Prendo a respiração.

— Não, mas soube que estão por aqui hoje.

— A Princesa Africana está com elas, senhor?

— Assim dizem. Eu adoraria ver a mocinha.
— Eu também.
— Bom, continue procurando — orienta o Sr. Henson, sorrindo. — É capaz de encontrar.
— Obrigada pela atenção, senhor, mas precisamos prosseguir — afirma Absalom.
— Estão indo para a seção americana? — questiona o Sr. Henson.
— Sim, senhor. Está quase na hora — confirma Absalom.
— Está mesmo. Acho que posso me ausentar por pouco tempo. Podemos? — responde o Sr. Henson. Então adiciona: — Srta. Nellie, faria a gentileza de aceitar o braço de um velho?

Nellie abre o maior sorriso do mundo e entrelaça o braço no do Sr. Henson. É assim que seguimos para a seção americana.

Acima de nós está um pássaro enorme, maior do que seria possível que um pássaro fosse. As asas estão abertas, e as garras seguram um tecido com estrelas e listras.

— Isso não pode ser um pássaro de verdade, pode? — pergunta Nellie.

Todos olhamos para cima.

— Não, é papelão — responde o Sr. Henson. — É a águia-de-cabeça-branca, o símbolo exagerado dos Estados Unidos, segurando a bandeira americana.

No espaço concedido para a exposição americana, há algumas coisas incríveis: mercadorias de borracha, armas de fogo, um piano de cauda duplo com duas pessoas tocando ao mesmo tempo.

Há uma multidão ao redor da estátua de mármore branco, na própria tendinha de veludo vermelho, usando somente um pequeno pedaço de corrente.

— Nunca pensei que veria algo assim — comenta uma mulher, tapando os olhos da filha e se afastando.

Já vi pior. Mulheres sendo despidas por completo e sendo espancadas até a pele preta ficar vermelha com o sangue.

— A estátua de uma escravizada grega feita por Hiram Power — explica Absalom. — É por isso que estão aqui.

— Venham — orienta o Velho Henson —, temos que nos juntar aos outros.

A multidão está bem grande agora, não apenas no espaço principal como também nas galerias acima. Alguns de nós caminham lado a lado pelo local, uma mistura de pessoas, pretas, brancas, velhas, jovens. Nunca poderíamos ter feito isso na América do Norte. Teríamos sido linchados. Não sei o que acontecerá, mas estou com Absalom e com o Sr. Henson. Não estou com medo. Paramos em frente estou com Absalom e com o Sr. Henson. Não estou com medo. Paramos em frente à estátua de novo, e um homem negro de pele clara, como Absalom, o cabelo escuro ondulado, dá um passo à frente. Ele parece ser o líder. Muitos aqui o conhecem.

— Aquele é William Wells-Brown — apresenta Absalom — e, como o Sr. Henson, ou William e Ellen Crafts ao lado dele e muitos outros, ele viaja por toda a Inglaterra, Escócia e Irlanda, discursando sobre a crueldade da escravidão.

O Sr. Wells-Brown abre bem os braços.

— A seção americana aqui no Palácio de Cristal expõe uma variedade de produtos americanos: algodão, tabaco, arroz, mas não há referência aos três milhões de escravizados nos Estados Unidos que ajudam, que são de fato forçados, a fabricarem tais produtos.

Há uma onda de som enquanto as pessoas olham ao redor e cochicham; há algumas vaias. Não tenho certeza se estão vaiando por causa do que ele falou.

— Nós, escravizados fugidos da América, acabamos de andar lado a lado com famílias brancas de Londres, Bristol e Dublin. Cirurgiões, bancários e advogados, junto com as esposas, filhos e amigos, algo que nunca poderíamos ter feito na América.

— Não é essa a verdade — responde um dos expositores americanos, enxugando o rosto vermelho com o lenço. A outra mão encosta na arma que leva na lateral do corpo. — Não se atreveria a fazer isso nos Estados Unidos da América. Seus traseiros pretos teriam sido jogados na cadeia muito antes disso. Agora desapareçam daqui.

Não tenho medo. Sei que ele não usará a arma em um espaço público assim.

— O Príncipe Albert disse no discurso que fez dois dias atrás, na cerimônia de abertura, que a ideia geral da Exposição é a promoção da paz mundial, mas vejam como a exposição americana das armas Colt de repetição está destacada aqui — comenta o Sr. Henson, balançando a cabeça.

O Sr. Wells-Brown continua falando:

— Nós dizemos que os Estados Unidos da América deveriam mostrar, lado a lado, os espécimes de algodão, açúcar e tabaco, e os instrumentos humanos que os produziram. A imagem internacional dos Estados Unidos é marcada pela escravidão.

— A escravidão acabou, rapaz — grita alguém da multidão.

— Não, senhor — contrapõe o Sr. Wells-Brown. Ele aponta para o homem com o rosto vermelho ainda com a mão na arma. — Pergunte a ele. Muitos de nós aqui e em outras partes do país somos fugitivos. Se voltarmos para a América, podemos e seremos capturados e entregues aos nossos ditos senhores e à escravidão. — Ele acena para os arredores. — O arroz nos sacos é o ouro da Carolina do Sul. As bolas de algodão produzidas com o trabalho escravo representam mais da metade das mercadorias que a América exporta. O fato é ignorado nesta exposição de algodão e tecidos de algodão, fiados em suas fábricas para fazer vestidos elegantes para as suas mulheres, camisas elegantes para as suas costas.

A essa altura, a área está repleta de pessoas. Estamos na frente, mas posso sentir o peso da multidão nos meus ombros. Eles estão ouvindo.

— É assim que o Sr. Henry consegue o algodão? — questiona Nellie.

— Sim, criança — confirma Josiah Henson. — Colhi muitos fardos de algodão na minha época.

— Vejam essa estátua, *A Escravizada Grega* — prossegue o Sr. Wells-Brown. — O catálogo nos informa que ela está acorrentada e é uma escravizada. Segurar a cruz e o medalhão é simbólico. A cruz do Cristianismo, o medalhão, uma referência à família dona da escravizada e do suposto amor que eles sentem por ela. Essa imagem apela para um público americano que valoriza a religião cristã e o sentimento da família. Mas desafiamos este status do trabalho, um exemplo dos ideais democráticos americanos.

— Isso mesmo — confirmam várias pessoas, incluindo Absalom e o Sr. Henson.

— Temos uma interpretação diferente dessa estátua — afirma o Sr. Wells-Brown. — E as nossas famílias? Eles nos amam menos, considerando que somos arrancados das nossas mães e pais para sermos vendidos e revendidos? Nossas mãos também estão presas. — Ele abre uma sacola e tira dela um prato. No meio do prato está um homem negro de joelhos, as mãos acorrentadas. — Essa estátua é companheira disto aqui — revela ele, agitando o prato acima da cabeça. — Esta imagem é uma que alguns de vocês podem reconhecer. Aparecia em diferentes itens: broches, grampos de cabelo, pratos, açucareiros e assim por diante. Foi criada pelo Comitê para a Abolição do Comércio de Escravos em 1787. — Ele faz uma pausa e mostra o objeto. — No prato, está escrito: *"Não sou eu um homem e um irmão?"* Em 1787. Mas, 64 anos depois, ainda estamos acorrentados. Então agora pergunto de novo a vocês. — O Sr. Brown se ajoelha, ergue os braços e repete: — *Não sou eu um homem e um irmão?*

Há um movimento ao meu redor. Absalom ajuda o Sr. Henson a se ajoelhar também, e, ainda que não consiga erguer os braços acima da cabeça, o homem mais velho os estica à frente. Absalom se ajoelha, e ajoelho ao lado dele. Nellie também se ajoelha ao meu lado. Um a um, homens e mulheres, pretos e brancos, velhos e jovens, todos nos ajoelhamos e erguemos as mãos unidas.

Alguns, com lágrimas escorrendo pelos rostos, repetem por várias vezes:

— *Não sou eu um homem e um irmão? Não sou eu uma mulher e uma irmã?*

As vozes ressoam, incham e giram ao redor, o som se erguendo até os deuses, os ancestrais, ao longe atravessando oceanos, até os próprios ossos no fundo do mar que descansam nos braços da *Mamiwata*.

Seguro meu *gris-gris* com força e rezo:

— Maluuma, fale com os ancestrais por mim.

É neste momento que ergo a cabeça para a galeria e a vejo: uma menininha negra, a capa azul-marinho para trás, mostrando o vestido azul mais claro com um suave colarinho de renda branco. Ela está inclinada sobre os corrimões, quase como se quisesse pular e se juntar a nós. Aperto o *gris-gris* ainda mais forte. É a Princesa Africana. Ela está aqui. Ela está quase ao meu alcance. Uma mulher ao lado dela a puxa.

— Olhe para cá, para cá — sussurro.

Ela não olha, então fico de pé no meio da multidão ajoelhada. Ela passa os olhos por mim, e meu coração começa a bater acelerado, tão alto que sinto que vou perder os sentidos.

O rosto dela! Conheço aquele rosto. Conheço as marcas naquele rosto. Estico a mão. Ela vira para a direita e acena, mas não para mim. Olho para atrás de mim. Um homem está acenando para ela. Então ela está indo embora, segurando a mão da mulher, rindo com outras duas garotinhas. Quero gritar "pare", mas ela desaparece. Empurro as pessoas que estão se levantando e dando os braços. Nellie segura o meu braço. Tento me livrar dela, mas ela segura com mais firmeza.

— Solte-me — peço aos prantos — Preciso ir até ela.

— Até quem?

— Ela está aqui, eu a vi. Tenho que ir até ela antes que desapareça.

— De quem está falando?

— Minha irmã. Vi a minha irmã Salimatu.

Estou chorando e rindo. Não sei se de alegria ou de tristeza.

Faith

Capítulo 51

Dis na me saabant wa A done pick fa do me wok.
A lob um an A sho please wid um.

Eis aqui o meu servo que escolhi, o meu amado,
em quem a minha alma se compraz

Mateus 12:18

Maio de 1851

A casa inteira se reuniu no saguão e na escada para ver as moças e os cavaleiros saírem para a apresentação da sinhazinha e de Isabella no Palácio de St. James. Seus vestidos são cobertos de rendas e sedas, diamantes e penas, que sozinhos poderiam pagar os salários dos empregados por anos.

Enquanto os empregados arfam, saio de maneira discreta. No quarto que divido com Nellie, pego uma pena, tinta e papel que a Babá Dot me deu.

— O que quer com pena e papel? — perguntou babá ontem quando implorei para tê-los.

— Quero treinar a escrita do meu nome — menti.

Agora não sei o que escrever. Como começar? Querida Salimatu? Aproximo o papel de mim, mergulho a pena na tinta e remouvo o excesso no limpador da pena.

"Querida S..."

Paro. Agora eles a chamam de Sarah. Mas encontro dificuldade para escrever isto e ainda pensar que estou escrevendo para a minha irmã. Olho para o que escrevi e decido manter assim, apenas "S". Pode ser para Salimatu, Sali e Sarah.

Querida S,

Quatro dias atrás, na Grande Exposição, vi você de novo. A primeira vez em cinco anos. Você me viu? Você me reconheceu?

Sou sua irmã, Fatmata, agora chamada de Faith. Pensei em você todos os dias desde que o Santigie te levou embora.

Lembra-se de algo da vida na nossa vila, Talaremba, onde ajudei a nossa avó, Maluuma, a trazer você ao mundo, Aina, a menina que nasceu com o cordão no pescoço, com a membrana cobrindo a cabeça? Você é a segunda filha mulher, a terceira filha de Isatu e Dauda, chefe da vila. É isso o que os cortes no seu rosto significam — que é filha de um chefe. Agradeço a Olorum, Ododuá e a todos os outros deuses que me permitiram saber, enfim, que está viva e é bem tratada, como uma princesa. Você foi bem nascida, e seus deuses lhe proporcionaram uma vida ainda melhor.

Meu maior desejo agora é lhe abraçar, é estarmos juntas outra vez.

Nellie entra correndo, e paro de escrever.

— Para quem está escrevendo? Absalom? — pergunta ela, encarando as palavras como se fossem flutuar do papel para dentro da mente dela, fazendo-a compreendê-las.

Sei que ela não acredita que a carta é para ele, mas o que mais posso dizer.

Fico calada, mas ela espera.

— Para a minha irmã.

Minha boca treme. Não posso acreditar que acabei de me sentar e escrever para a minha irmã, sabendo que ela está viva.

Nellie se agacha aos meus pés, a saia se espalhando ao redor como um buraco sombrio no qual vou afundar. Ela segura as minhas mãos e me faz girar o corpo, ficando de frente para ela.

— Faith, escute, aquela menina não pode ser a sua irmã. Ela é a Princesa Africana. Todos sabem disso.

Puxo as mãos de volta.

— Vi o rosto dela, as marcas, e sei no meu interior que ela é a Salimatu.

— Você não estava tão perto. Como conseguiu ver as marcas no rosto dela?

— Conheço aquelas marcas porque vi a nossa avó Maluuma colocar as marcas lá. Tenho as marcas no meu próprio rosto. São parte dos meus costumes, dos costumes dela. Mostram quem somos.

Nellie me encara.

— Você é uma princesa também? Então o que está fazendo aqui? Por que não está no palácio também?

Dou de ombros.

— Do que importa isso agora? Do que me adiantou? A Maluuma dizia que *"pássaros não podem voar com uma asa só."* Só quero a Salimatu de volta.

Nellie não sabe o que dizer nem fazer. Ela se senta na cama, enrola o xale no corpo.

— Mesmo se ela for a sua irmã, você não pode só ir ao palácio e dizer "vim ver a minha irmã, me deixem entrar." Se não conseguimos nem entrar no reformatório, como vamos entrar em um palácio?

Ela está certa; ninguém vai acreditar em mim.

— Não sei.

Amassando a carta até formar uma bola, jogo-a em um canto e começo a chorar.

Devo ter adormecido, porque, quando abro os olhos, estou deitada por cima da roupa de cama, completamente vestida, ainda com as botas. Nellie está me sacudindo.

— Olhe o que eu tenho para você.

Ela me dá o bilhete e, mesmo antes de ler, sei que é de Absalom.

— O que ele diz?

Sem pensar, sento-me e leio em voz alta.

— Provérbios 18:22. "Aquele que encontra uma esposa, acha o bem, e alcança a benevolência do Senhor."

Arregalo os olhos e seguro o *gris-gris* com força.

— Ah, Senhor, ele está pedindo você em casamento?

— Acho que sim.

— Ele está, ele está. — Nellie me segura, puxa o meu corpo para fora da cama e me rodopia pelo quarto, meio gritando, meio cantando: — Você vai se casar. Você vai se casar.

— *Shh*, quer que a casa inteira escute?

Caímos na cama, os braços ao redor uma da outra, gargalhando. Ah, mas vou sentir falta da Nellie quando eu for embora.

— Onde achou esse bilhete?

— Ele mesmo me deu. Está lá fora, esperando você.

Pego o chapéu e o xale.

— Obrigada, Nellie.

Estou fora do quarto, correndo escada dos fundos abaixo, e na rua em menos tempo do que se leva para dizer "Grande Exposição". Corro para os braços dele e não me importo que alguém veja.

Vamos para o pequeno parque na Praça Berkeley. Sentamo-nos em um dos bancos, e Absalom pega a minha mão.

— Então, vamos fazer mesmo? Vai se casar comigo do jeito certo?

Aperto a mão dele e lhe lanço um olhar.

— Achei que já tínhamos nos casado no barco, Absalom Brown.

Ele ri e coloca o braço ao redor dos meus ombros.

— Ah, sim, nos casamos!

O jeito que ele diz aquilo e a forma como me olha me leva de volta àquele momento. Eu poderia me deitar ali mesmo na grama se ele pedisse de tão quente e desejosa que estou.

Ainda que a noite esteja vindo depressa, posso ver que ele está pronto também. Sinto a necessidade dele quando Absalom me puxa para perto do corpo, e nós dois estamos quase perdendo a cabeça. Ele me dá um beijo longo e intenso, e o beijo fica mais e mais profundo. Quando ele me puxa para o colo dele, não digo que não. Esqueço-me de tudo de que não quero lembrar. A escuridão se esgueira por entre os galhos e folhas para nos cobrir, e, juntos, chegamos ao lugar para o qual precisamos ir.

Depois, ele me conta que o nosso casamento está todo arranjado para acontecer naquele sábado e que a nossa passagem para a África está acertada.

— E a Sarah, digo, a Salimatu. Como posso ir e deixá-la?

— Não sabemos se ela é a sua irmã. Vamos para Freetown, para onde muitos daqueles capturados pelos escravistas são levados, depois de serem resgatados pelas patrulhas britânicas. Vamos procurar pela sua irmã quando chegarmos lá.

Meus olhos se enchem de lágrimas. Sinto muita dor.

— Por que não acredita em mim? A Princesa Africana é a Salimatu. Ela é a minha irmã. Eu sei. Eu sinto. — Quando ele tenta me abraçar, afasto-me dele. — Não vamos encontrar a Salimatu em Freetown porque ela está aqui, em Londres, agora, dormindo no palácio.

Ele me lança um olhar intenso e assente devagar.

— Acredito em você, mas não há nada que possa fazer. Ela está viva e bem. A vida dela é diferente agora. Será que ela vai sequer te reconhecer?

Ele está certo, ela é uma princesa agora. Que vida teria comigo, uma escravizada fugida? Preciso deixá-la em paz, por ora. Tateio até achar o meu *gris-gris* e seguro com firmeza. Talvez um dia. Paro. Não posso me permitir pensar em um dia. Perdi tudo e todos da minha antiga vida. Então, pela primeira vez em muitas luas, os pensamentos sobre meus irmãos rondam a minha mente. Seguro a mão de Absalom.

— E se o meu irmão Lansana, que o Santigie vendeu para os escravistas, tiver sido resgatado pelos britânicos?

Ele sorri e aperta a minha mão.

— É possível. Muitos daqueles que foram resgatados não voltaram para casa, mas se estabeleceram em Freetown nas próprias vilas, com novas vidas, um novo idioma, um novo povo. Eles se autodenominam Krios. Se o seu irmão estiver em Freetown, vamos encontrá-lo. Vamos até a comissão e procuraremos por Lansana enquanto esperamos seus filhos chegarem e se juntarem a nós.

Isso é suficiente por enquanto. Vou pensar apenas em encontrar Lansana e ter os meus três filhos de volta comigo.

Absalom me puxa para perto e o abraço com força. Sei naquele momento que nunca precisarei lutar contra o mundo sozinha. Ele sempre estará ao meu lado. Qualquer um que nos visse pensaria que éramos um só, unidos. Absalom me beija, e eu o beijo de volta, um beijo lento e demorado.

Acordo cedo porque estou passando mal de novo. Levanto-me, mas não consigo chegar ao bacio a tempo e me sujo toda. Apoiada nas mãos e joelhos, tento limpar tudo, mas passo mal de novo. Nellie acorda.

— Deixe, vou limpar — diz ela.

Ela me entrega um copo de água. Enxaguo a boca.

— Deve ter sido algo que comi — afirmo, mas não olho para ela.

— A quem está tentando enganar? Não é a primeira vez que passa mal. Ouvi você antes. E olhe você com essa roupa de baixo. — Nellie aponta para a minha barriga. — Acha que não percebo? Minha mãe teve cinco filhos depois de mim. Conheço os sinais. Então, está de quantas semanas, seis, sete?

Deixo a cabeça pender para baixo.

— Sete semanas e meia.

— Absalom?

— Acha que estive com outra pessoa?

— Não, mas quando?

— Ficamos juntos no navio, vindo para cá.

— Vão jogar você na rua sem referências se a senhora descobrir.

— Vamos nos casar de qualquer forma. — Estico-me na cama e concluo que é melhor contar tudo a Nellie. — Queremos nos casar antes de irmos para a África.

— África? — Nellie ri. — Você está brincando.

— Não. Com ou sem criança. Não vou ficar aqui. — Sento-me e seguro a mão dela. — Mas você não pode contar para ninguém. Ninguém. Vamos nos casar e vamos para a África.

O rosto todo da Nellie parece oscilar.

— Quando?

— No sábado. Em três dias, em Stoke Newington. Então partimos no navio *Bathurst* para um lugar chamado Freetown, na África. Entende o nome? "Free" de "livre" e "town" de "cidade". Lá as pessoas são livres. E vamos comprar a liberdade dos meus filhos. Os Quacres vão nos ajudar.

Nellie está chorando agora. Ela me abraça e segura firme.

— Não quero que você vá.

Faith

Capítulo 52

Den, de big tick curtain wa beena hang een God ouse split down de middle fom top to bottom

E eis que o véu do templo se rasgou em dois, de alto a baixo

Mateus 27:51

Maio de 1851

Não me despeço de ninguém, nem mesmo de Nellie. Não quero que ela saiba exatamente quando estou indo. Já é suficiente que hoje à noite ela vai pegar a minha bolsa, com meus poucos pertences, e deixá-la debaixo da escada do lado de fora. Se ela a colocar bem para trás, ninguém vai ver, a menos que estejam procurando por ela. Quase choro quando percebo que, enquanto eu estivera cuidando de Henry-Francis pela última vez, Nellie tinha ido ao nosso quarto e costurado sua fita amarela nova no meu vestido cinza, formando florezinhas amarelas. Só tenho dois lenços. Dobro um e coloco debaixo do travesseiro fino de Nellie. Coloco o vestido, que fica apertado na altura do peito. Olho para a barriga inchada e pondero como ninguém tinha reparado nela ainda. Checo a bolsinha para ver se há dinheiro ali e o bilhete que escrevi para Absalom, também verifico se o resto do meu dinheiro está costurado na barra do casaco. Aliso a roupa de cama e saio.

Ando depressa e pulo no ônibus da linha verde na Rua Regents. Agora sei como chegar a Stoke Newington. Queria que a Nellie estivesse comigo, mas Absalom e eu, Sr. e Sra. Brown, vamos voltar e pegar a minha bolsa mais tarde. Amanhã

Absalom e eu partimos para Gravesend, para embarcarmos no *Bathurst* e partir para a África.

Fico de pé antes mesmo que o condutor anuncie Stoke Newington. Fora do ônibus, respiro fundo e caminho pela Rua Church. Está muito mais cheia do que estava no domingo. Deve haver um mercado ali perto, porque as pessoas andam apressadas, carregando cestos, sacolas, crianças, movimentando-se entre cavalos e carretas, carrinhos de mão e muitos ônibus indo e vindo. Sigo em direção à igreja St. Mary. Eu me pergunto se o meu bilhete ainda está lá. Não vou entrar e verificar, tenho outro comigo, um bilhete que diz tudo o que preciso dizer a ele.

Absalom tinha ficado surpreso quando contei a ele três noites atrás que Nellie e eu havíamos estado em Stoke Newington.

— Deixei um bilhete para você no quadro de avisos caso entrasse lá.

— Quadro de avisos onde?

— Na Igreja St. Mary. Não viu?

Absalom tinha jogado a cabeça para trás e gargalhado.

— A St. Mary não é a igreja dos Quacres. Os Quacres não têm igrejas, nem sacerdotes, nem ministros. Eles se encontram em uma casa uma vez por mês. Não passei nem perto da igreja.

Hoje nos encontraremos na igreja, entretanto, e depois vamos juntos até a casa de reuniões dos Quacres, para declarar que agora nos consideramos casados diante dos amigos. O silêncio me faz sentir como se isso estivesse acontecendo com outra pessoa. Observo as pessoas saindo de cada ônibus que para. Então o vejo do outro lado da rua, e meu corpo começa a formigar ao pensar na noite que está por vir.

Na casa de reuniões, sentamo-nos e esperamos pelo espírito de Deus guiar as pessoas a falarem. Tento não pensar em como meu casamento teria sido diferente se eu estivesse em Talaremba. Lá teria havido comida, música e dança o dia inteiro. Madu teria trançado o meu cabelo e passado óleo no meu corpo. Absalom se sentaria com Jaja e beberia o melhor vinho de palma enquanto me esperava aparecer. Mesmo se eu estivesse na plantação, haveria algum tipo de festa enquanto pulávamos a vassoura, não este silêncio desalegre.

Enfim um dos mais velhos se levanta e nos convida a selar o nosso compromisso um ao outro na presença de Deus e dos amigos. Então muitos falam, acolhendo-nos, pedindo a bênção de Deus, o Deus deles, sobre a nossa união voluntária e igualitária como parceiros de vida.

Quando Absalom se levanta e diz "na presença de Deus e de amigos, recebo essa mulher, Faith, como a minha esposa", meu coração se infla de orgulho e felicidade, porque esse é o meu homem.

Minha voz soa forte e alta quando proclamo:

— Recebo esse homem, Absalom, como meu marido.

Seguro meu *gris-gris* com firmeza e faço uma oração silenciosa aos ancestrais:

— Maluuma, Madu e Jaja, me ouçam e zelem por nós.

Então está terminado, estamos casados. Absalom e eu agora somos marido e mulher. Quando saímos da casa, damos as mãos enquanto caminhamos para o ponto de ônibus.

De repente, uma menininha, com não mais do que uns 3 anos, se solta da mãe e corre para o meio da rua em frente a uma carreta. As pessoas gritam "pare". Os cavalos se empinam para trás, e a criança escorrega. Absalom se joga em cima dela e tenta rolar para longe dos cavalos. Ele não vê o ônibus vindo do outro lado. Os cavalos desmoronam, um, dois, três. O barulho perpassa o meu corpo. Não consigo ver Absalom por causa da multidão. Ele vai se levantar, alisar o bonito casaco, ajustar a gravata, rir.

Mas não é isso o que está acontecendo. Corro para a rua, empurrando a multidão que se amontoa. A criança grita nos braços da mãe, mas está ilesa. Ouço alguém dizer:

— Ele parece mal.

Lá está ele, eu o vejo, no chão, o sangue transbordando da lateral da cabeça, a região em que um dos cavalos o golpeou. Caio no chão, meus joelhos de encontro ao sangue de Absalom, e imploro que abra os olhos. Ele tenta, mas não consegue. Chamam por um médico, mas de que vai adiantar? Inclino-me sobre ele e beijo seus lábios.

— Ele rolou para debaixo dos cascos dos meus cavalos — diz o motorista do ônibus com a voz alta. — Pergunte ao Fred, o condutor. Não é fácil controlar os cavalos quando algo assim acontece.

— Absalom, meu amor, estou aqui — murmuro.

Ele reúne força não sei de onde e sussurra:

— Minha esposa.

Estou soluçando, e, com cada lágrima, parece que o sangue está sendo espremido do meu âmago, mas não vou sair do lado dele. Ergo sua cabeça em meu colo e acaricio seu cabelo emaranhado.

Estou tão cheia de sentimentos que não sei qual seguir primeiro. Há tanto a ser dito antes que seja tarde demais. Lembro-me do bilhete que escrevi. O salmo que eu daria a ele depois do casamento. Ele precisa ouvir. Seguro meu *gris-gris* com força e clamo por Maluuma, por todos os ancestrais que se foram antes. Chamo por todos os deuses que estão nos céus, os deuses antigos e os novos, chamo por Jesus, Jeová e o Deus todo poderoso. Todos eles precisam me ouvir e ajudar a salvar o meu homem.

— *Mas eu cantarei louvores à tua força; de manhã louvarei a tua fidelidade, pois tu és o meu alto refúgio, abrigo seguro nos tempos difíceis.*

A multidão ainda está lá, bocas se movem, e sei que eles estão dizendo coisas, mas não os ouço. Há apenas nós dois, unidos em um. Temo que ele esteja se esvaindo depressa. Estou sentada no sangue e na sujeira da rua, chorando e amando por nós dois, enquanto a dor toma cada parte do meu ser.

Há mais uma coisa que preciso contar a ele. Seguro sua mão e a coloco na minha barriga. Os olhos dele tremem. Absalom tenta falar. Abaixo a cabeça, dou-lhe um beijo intenso e exalo as palavras para dentro dele:

— Seu filho. Seu filho será livre.

Há um sorriso. Juro que há um sorriso, e então alguém o pega e o coloca em uma carreta.

— Não vai sobreviver — diz alguém. — Ele já se foi.

Abro a boca, e o som que sai é profundo e feroz, a minha alma em si transborda e persegue a alma dele enquanto ela voa até os deuses. Ele se foi, mas para onde? Sou deixada para perambular no mundo, sem a alma.

— Absalom, meu amor, meu marido.

Mais tarde, Nellie me conta o que aconteceu na casa. Quando não voltei no sábado, houve uma comoção. Alguns disseram que eu tinha fugido, outros afirmaram que eu havia morrido, outros ainda tinham certeza de que eu tinha sido capturada e vendida como escravizada.

Apenas Nellie sabe parte da história, e ela não conta, ao menos não para ninguém na casa. Ao ver minhas coisas debaixo da escada pela manhã, ela e Jack vão me procurar. Em Stoke Newington, ouvem sobre o acidente no dia anterior, sobre a mulher negra chorando e gritando com o homem quase branco que fora golpeado pelos cavalos ao salvar uma criança.

Eles me encontram no cemitério atrás da Igreja St. Mary, cavando um buraco.

— Fatmata — clama Nellie. — Estávamos procurando você. Esteve aqui a noite toda? Está toda encharcada. Venha. Vamos embora.

O rosto da Nellie está molhado. Não sei se é porque ela está chorando ou porque está chovendo.

— Estou esperando por ele. Vão trazê-lo para cá. Tenho que preparar a tempo.

Não paro de cavar. Não importa que eu não tenha enxada nem pá, é a última coisa que posso fazer.

— Do que está falando? Ele não está morto — responde Nellie, ajoelhando-se ao meu lado e segurando as minhas mãos, forçando-me a parar. — Pare, Faith. As coisas não podem ser assim. Olhe as suas mãos. Seus dedos estão sangrando.

Encaro-a.

— Ele se foi, se foi para os ancestrais. Eles o levaram embora, mas vão trazê-lo de volta. Tenho que preparar o lugar para que possam colocar o corpo dele.

— Ah, Senhor — murmura Nellie, e acho que ela está chorando. — O que fizeram com ele?

— Vou descobrir — comenta Jack —, mas ela não pode ficar aqui. A missa de domingo vai começar logo. As pessoas vão vir por aqui.

— Para onde podemos levá-la?

— De volta à Rua Charles. Não podemos deixá-la, e você tem que voltar.

— Ah, Jack. Aquela Sinhazinha Clara vai matá-la. Se souber do que sei.

— Então não conte a eles. Deixe que pensem que ela só se perdeu. Coloque a bolsa dela de volta no quarto, e vai ser isso.

Ouço o que estão dizendo, mas não digo nada. O que é a vida agora sem Absalom? Não posso ir sem deixar algo perto do lugar onde Absalom se juntou aos ancestrais. Pego o salmo de dentro da bolsa, procuro dentro do *gris-gris* e tiro de lá a pedra em formato de coração que Maluuma me deu. Envolvo o salmo ao redor do coração e cubro de terra. Com a voz suave, canto a música que ele me ouviu cantando no navio naquela primeira noite, muitas semanas atrás.

— O que está cantando? Faith, o que é isso?

— A música para guiar o caminho dos mortos. *Vamos todos nos juntar, duro vamos trabalhar; o túmulo ainda não está pronto; mas que o coração dele em paz esteja.*

— Pare — afirma Nellie. — Não sabemos se ele está morto.

Balanço a cabeça. Eu sei. Nellie não estava lá. Ela não o viu. Não ouviu quando disseram "ele já se foi". Deixo que Nellie me abrace, me levante do chão e me tire do cemitério. Não tenho forças para lutar. Como eles podem saber que deixei meu antigo eu, com suas esperanças e sonhos, seu coração, dentro daquele buraco?

No dia seguinte, a Sinhazinha Clara manda me procurarem. Ela olha para mim uma vez e sabe. Eu já estaria longe a essa altura se os deuses não tivessem intervindo e mudado a minha vida outra vez.

Ela me segura e tenta me sacudir.

— Onde você estava? Responda.

Não me importo mais com o que acontecer comigo, então conto a ela.

— Fui me casar.

— Casar? — Ela grita tão alto que preciso cobrir as orelhas.

Ela me dá um tapa na lateral do rosto, e meus ouvidos começam a zunir, fazendo o interior da cabeça sacudir e não mais gritar.

— Com quem? Onde o conheceu?

Ela me sacode, mas fico calada. Não vou falar. Não tem nada a ver com ela.

Meu silêncio a irrita. Ela me bate de novo, e eu caio. Não choro. É quando ela vai me chutar na barriga que pego o tornozelo dela e a puxo para o chão. Ali, no tapete, brigamos como duas cadelas, grunhindo e rosnando.

Quando chegam e nos separam, estou gritando:

— Você não vai matar o meu bebê. É tudo o que tenho dele. Você não vai tomar isso também.

Eles me trancam no porão junto aos ratos e aranhas. Tem cheiro de esgoto. É ruim, mas o que importa, o navio tinha sido pior. Podem fazer o que quiserem comigo. Não tenho como saber o que aconteceu com Absalom.

Estou ali há dois dias quando Nellie aparece para me ver, na calada da noite. Ela tem medo de ratos e ficaria encrencada se descobrissem, ainda assim ela se esgueira lá para baixo com notícias de Absalom. Ele está vivo e no hospital, com a perna e a cabeça quebrada. Acho que vou explodir de felicidade.

— Ó, *Oduduá*, louvada seja, lhe agradeço — clamo. — Preciso ir ver o meu marido.

— Eles não vão deixar você sair.

— O que vai acontecer comigo?

— Você quebrou o nariz dela. Ela se trancou no quarto. O rosto está todo inchado.

— Eles vão acionar a justiça?

— Não sei, mas há muita conversa a portas fechadas. Muitas pessoas enviaram cartões dizendo que não poderão ir ao baile de apresentação da Srta. Isabella, e a Lady Compton teve que cancelar o baile por medo de que ficasse vazio. Você deveria ouvi-la gritando pela casa. Ela diz: "como eles podem ter negligenciado compromissos feitos anteriormente? É mentira. Mãe, obrigue que eles venham. É culpa do Henry, ele nunca deveria ter se casado com ela. Eu os odeio." A Lady Withenshaw está muito brava porque agora a Sophia também não vai ter baile.

Não sei como, mas vou sair daqui e vou até Absalom. Eu preciso. Três dias depois, na calada da noite, consigo sair, mas só para ser jogada dentro de uma carreta.

— O *Clarendom* parte pela manhã — escuto dizerem. — Mantenha-a lá embaixo no casco até atracar na América e a leve direto de volta para a plantação. O senhor dela vai lidar com ela.

— Sim, senhor. Entendo.

— Não, não. Preciso ir até o Absalom! — grito várias vezes, mas não há ninguém para me ajudar, e a carreta retumba e sacode para fora de Londres.

No porto, sou tirada da carreta. Cambaleio e caio de joelhos. O céu está se iluminando na manhã, e o sol pálido de maio atravessa as nuvens. Olho para os navios de todos os tamanhos atracados no porto, movendo-se para cima e para baixo com o balanço do mar. Então o vejo, e meu coração parece parar. Tento me livrar dos marujos, ignorando a dor das pedras perfurando os meus joelhos. Um marujo segura o meu braço e me puxa para ficar de pé. Luto e choro.

— Não, não, não — clamo, apontando para um dos navios. — O *Bathurst*, ali está. Me levem ao *Bathurst*, por favor. É naquele navio que eu deveria estar.

— Levem-na lá para baixo, levem agora — comanda o Sr. Cartwright, o gerente do Sr. Henry.

Sinto o movimento, e minha barriga se revira. Embora eu não possa ver nem ouvir voz alguma, sei que o navio está partindo. Estou sendo transportada mais uma vez. As lágrimas escorrem. Afastando-me da Inglaterra, da África, da liberdade e do meu marido. Lembro-me dos nossos sonhos e enxugo as lágrimas. Vou encontrar um caminho. Coloco a mão na barriga e com a outra seguro o *gris-gris* com força. Falo com o meu filho que ainda não nasceu.

— Você logo vai ser livre. Não vai crescer como um escravizado. Isso prometo. Ó, *Oduduá*, me ouça. Meus filhos serão livres.

Sarah

Capítulo 53

*Quando é inevitável mergulhar nas águas,
de nada vale ficar se prolongando à margem.*

— *David Copperfield,* por Charles Dickens

Maio de 1851

Sexta-feira, 9 de maio de 1851, Casa Winkfield.

Pensei que a família inteira estaria no saguão esperando para me receber ao chegar de Londres, mas não está. O trem vindo de Dundee quebrou. Só vão chegar amanhã. A Sra. Dixon e o Tom estão aqui. Fico feliz.

— Que pena, você poderia ter ficado outro dia em Londres se tivéssemos descoberto a tempo. A Edith foi visitar os pais em Bermondsey — contou a cozinheira. — Não tenho ninguém para visitar, e o Tom não deixa o jardim nem que o paguem, então aqui estou e bem feliz por ser sua companhia, querida.

Sarah suspirou.

— Posso ficar na cozinha com você? É assustador ficar lá em cima sozinha.

— Pode, sim. Vou fazer algo especial para comer, o que acha? Que tal um belo pudim de arroz cremoso com carne bem desfiada? Tenho certeza de que gostaria de um arroz, não gostaria? O Harry me contava que era isso o que os pretos comem na África. Ao menos era o que se tinha nos navios quando saíram da África. Não estraga como as batatas, e um pouco de gorgulho não faz mal. Ele comeu até não conseguir mais suportar ver nem sentir o gosto.

— Obrigada, Sra. Dixon, eu adoraria o arroz — respondeu Sarah, pulando até a porta dos fundos.

— E para onde vai agora?

— Só para o jardim.

— Bom, não fique lá fora muito tempo nem invente de cavar e se sujar toda.

— Não vou cavar. Só vou olhar uma coisa.

— Quando voltar, pode me contar tudo o que fez em Londres. Que elegante, você já foi à Grande Exposição. Se ficar aberta tempo o suficiente, vou eu mesma até lá ver as maravilhas do mundo, com meus próprios olhos. Dizem que vão levar o pessoal em ônibus.

Sarah saiu da cozinha, correu até a extremidade mais distante do jardim, parou e olhou ao redor, franzindo a testa. Onde estava o buraco, o pedaço de terra? Então viu: uma arvorezinha fora plantada ali.

Ela sentiu alguém parar ao seu lado. Era Tom.

— Ali vai surgir uma macieira quando crescer mais um pouco. Então vai criar um pouco de sombra nesse pedaço — contou ele antes de baforar fumaça do cachimbo que tinha na boca. — E, quando começar a dar fruto, vai ajudar a manter a saúde em dia. — Ele riu, ofegou e tossiu.

Ela olhou para ele. Ele se lembrou. A menina havia perguntado a ele se o provérbio sobre maçãs manterem a saúde em dia era verdade, e ele tinha respondido:

— Bom, senhorita, eu não poderia afirmar se é verdade ou não.

— Obrigada, Tom.

— Aos poucos, se eu colocar um banco debaixo da árvore, quando estiver mais crescida, uma pessoa poderá se sentar ali e pensar e recordar à vontade.

Ele colocou mais tabaco no cachimbo, acenou com a cabeça e foi embora.

Daquela vez foi Sarah quem esperou pela família retornar. Ela ficou na sala de estar escura, puxando a cortina para espiar toda vez que pensava ouvir uma carruagem. Quando enfim chegaram, não conseguiu esperar que entrassem, abriu a porta da frente e ficou nos degraus, dando pulinhos.

— Sarah, minha querida — cumprimentou a Mamãe Forbes, abraçando-a —, você voltou. Que bom. Vamos entrar.

No saguão, Sarah segurou a mão de Emily, mas ainda que ela tenha sorrido, Emily não parecia tão animada por estar em casa quanto Sarah pensou que ela estaria. Eles pareciam diferentes, e naquele momento ela se sentia distante deles, tímida diante deles. Talvez fosse porque estavam muito cansados, vestindo preto enquanto ela não vestia. Não tinha pensado que a Mamãe Forbes, Mabel, Emily e até Anna estariam usando preto ainda. Como ela poderia ter se esquecido em apenas uma semana? Ela pediria ajuda a Edith para colocar o vestido preto assim que subissem ao quarto. Ela estava certa de que tudo voltaria a parecer o que deveria ser.

Na manhã seguinte, no café da manhã, Sarah começou a entender que haveria algumas mudanças uma vez que o Papai Forbes tinha morrido.

— A mamãe disse que vamos para a escola — contou Emily de repente.

Sarah derrubou a colher na tigela de mingau tão depressa que o líquido espirrou no vestido preto.

— Escola? Por quê? Qual escola? Quando? — Ela fez pergunta atrás de pergunta com rapidez e intensidade, sem se preocupar em limpar a bagunça que tinha feito.

Emily riu com a expressão de Sarah.

— Não acho que era para sabermos ainda, mas o Vovô Forbes deixou escapar na noite antes de virmos embora. A Tia Caroline e a Tia Laura estão abrindo uma escola. Acho que é para lá que vamos. O Vovô Forbes disse que temos que sair da Casa Winkfield porque o papai não era bom com dinheiro e fez muitos investimentos ruins na ferrovia.

Mabel deu um murro na mesa com o punho, fazendo Alice e Sarah darem um pulo e os pratos tremerem.

— Ele está errado. O papai era bom em tudo.

Mabel empurrou a cadeira para trás e foi olhar pela janela. Sarah viu os ombros da menina se mexerem. Ela estava chorando, mas Sarah não foi até ela.

— O que significa "investimentos ruins"? — perguntou Emily.

— Não sei — respondeu Sarah, ainda observando Mabel.

Sua mente estava cheia, pensando em se mudar da Casa Winkfield.

— O Freddie vai sair de Eaton — continuou Emily. — Ele vai se juntar aos cadetes navais. O Vovô Forbes disse que vai ser bom ter outro Forbes na Marinha, além do Tio George.

Sarah mordeu a lateral do polegar. Todas aquelas coisas foram planejadas, discutidas, decididas, e ela não estivera lá. Quando a Mamãe Forbes contaria a ela que eles se mudariam, que iriam para a escola? E as aulas dela de alemão? A mamãe ainda lhe ensinaria piano? Tantas perguntas rondavam sua mente.

Quando Sarah foi chamada no dia seguinte, sabia o que a Mamãe Forbes diria.

Correu para a sala de estar e, mesmo que as cortinas ainda estivessem fechadas, estava um pouco mais claro uma vez que as coberturas pretas haviam sido retiradas dos espelhos e pinturas.

— Bom dia, mamãe — cumprimentou a menina. Então viu que havia outra pessoa com a mamãe. — Ah, bom dia, Lady Phipps.

Sarah estava surpresa por vê-la. Edith não havia dito que havia visita, ainda mais tão cedo no dia. A Mamãe Forbes parecia que tinha chorado. Por quê? Estiveram conversando sobre o Papai Forbes? Fora aquilo que a tinha chateado? Sarah sabia que todos ainda choravam às vezes, ao falarem dele. Devia ser aquilo.

— Bom dia, Sarah — respondeu a Mamãe Forbes. — Venha e se sente ao meu lado. A Lady Phipps e eu precisamos conversar com você.

Sarah se sentou e esperou, olhando de uma para a outra. Nenhuma delas parecia querer falar primeiro. Então a Mamãe Forbes falou depressa, como se tentando comunicar tudo de uma vez só:

— Minha querida, você vai embora em breve, muito em breve, daqui a uma semana.

Sarah sorriu.

— Eu sei, mamãe, vamos para a escola, na Escócia. A Emily me contou. Mas ela não disse que era na semana que vem.

As mulheres olharam uma para a outra, e a Mamãe Forbes suspirou.

— Você não vai para a escola com as meninas — explicou Lady Phipps.

Sarah começou a tremer.

— Por que não? Por que não posso ir com a Mabel e a Emily? — contrapôs a menina, chegando para mais perto da Mamãe Forbes. — Quero ir para a escola com as minhas irmãs.

— Você vai para a escola — informou a Mamãe Forbes. Então parou de falar e olhou para a Lady Phipps. — Isso tudo é demais.

— Você vai para uma escola diferente, em um lugar diferente — afirmou a Lady Phipps. — Vai para uma escola em Freetown, na Serra Leoa, África.

— Um país na África? — gritou Sarah, pulando para ficar de pé. — Não quero ir para a África, quero ficar aqui com vocês, Mamãe Forbes. — Sarah se jogou em cima da Mamãe Forbes, prendendo-a na cadeira. — Por favor, não me mande embora, não me mande de volta para a África. Vou me comportar. Prometo. Vou fazer tudo o que disser, mamãe, por favor, não me mande embora. Não quero ser capturada de novo.

Os soluços da menina eram altos, o rosto estava banhado em lágrimas, o corpo inteiro tremia enquanto os soluços se transformavam em uma tosse tão violenta que Sarah mal conseguia respirar.

A Mamãe Forbes a abraçou apertado, também chorando.

— Sarah, não sou eu quem está mandando você embora. Eu manteria você aqui conosco para sempre, se pudesse, mas não sou sua tutora. Sua Majestade é e ela enviou a Lady Phipps para me informar dos planos dela para você.

— É para o seu próprio bem, Sarah — explicou a Lady Phipps, embora também estivesse com os olhos marejados. — Sua Majestade se importa com você e acredita que o clima rigoroso da Inglaterra e da Escócia, quando a Sra. Forbes e a família se mudarem em junho, seria prejudicial para você. O reverendo e a Sra. Schmid são missionários e estão indo para Freetown, vão te acompanhar e garantir que chegue em segurança. A Rainha Vitória continuará sendo sua tutora e vai manter contato com a escola. É uma escola missionária e um lugar seguro enquanto se torna uma jovem moça.

— Não, não, não! — gritou Sarah.

A Sra. Forbes a abraçou e a embalou.

Sábado, 10 de maio de 1851, Casa Winkfield.
Sei o que vai ser de mim agora. Serei mandada embora de novo. Para a África. Para ser uma escravizada de novo? Eles disseram que sou livre, mas não sou. Eu queria estar morta. Ao menos assim eu estaria com o Papai Forbes. Ancestrais, me ajudem.

Os próximos dias se passaram depressa para Sarah, depressa para todos. Ela chorou até a exaustão. Todos choraram. Anna a seguia pela casa, murmurando:

— Não vai, Sarah, por favor, não vai.

Freddie esmurrou a mesa e gritou com a mãe:

— Como pôde deixar que fizessem isso, mamãe? Diga que não, diga que ela fica com a gente.

A Mamãe Forbes chorou, e ele se desculpou pela grosseria, então foi para a despensa, bebeu metade de uma garrafa do vinho do porto especial do Papai Forbes e passou mal. A Sra. Dixon fez um bolo especial a cada dia. A Babá Grace rezava sem parar enquanto Edith chorava e fungava.

Mabel chorou também e disse:

— Você sempre será a minha irmã.

Emily dormiu na cama de Sarah todas as noites. Os braços de Sarah estavam cheios de arranhões.

Sarah

Capítulo 54

Você fazia parte do comércio da sua casa e foi comprado e vendido como qualquer outra coisa vendível que seu povo comercializava.

— *David Copperfield,* por Charles Dickens

Maio de 1851

Rua Wimpole, nº 5, sexta-feira, 16 de maio

Amanhã deixo a Inglaterra com o reverendo e a Sra. Schmid para começar a escola em Freetown. Outra longa jornada através da água, a segunda em um ano.

Fui ao Palácio de Buckingham hoje à tarde. A Mamãe Rainha me deu um medalhão em formato de coração com a imagem dela dentro. Ela disse que dá medalhões para todas as filhas no aniversário. Sou sua afilhada. É o meu aniversário e um presente de despedida. Vou usá-lo. Salimatu está vindo comigo; ela vai usar o gris-gris.

Estas são as pessoas que estou deixando:

Mamãe Forbes, Emily, Anna, Freddie, Mabel, Babá Grace, Edith, Sra. Dixon, Tommy, Srta. Byles, Alice, Vicky, Bertie, Affie, Lenchen, Tilla, Daniel, Lady Melton, Jack, Nellie, Príncipe Albert e Mamãe Rainha.

Eu me despedi de todos eles, mas não quero ir.

Sarah segurou os corrimões, parada perto da corda mais baixa do convés, e se inclinou para olhar outro cais abarrotado lá embaixo. Daquela vez não houve o chamado do pássaro de despedida, *Ochema*. Aqueles chamados eram de gaivotas clamando por alimento, nada a ver com a partida da menina. Não havia canoas, nenhum homem *cru*, mas, acima de tudo, não havia Capitão Forbes para cuidar dela.

— Desça. Você não pode ficar aí.

Ela ouviu as palavras que o Papai Forbes havia gritado para ela no primeiro dia no *HMS Bonetta*, e seu coração saltou. Viu, eles estavam errados, todos eles. O Papai Forbes não tinha ido se juntar aos ancestrais, ele estava ali. Tinha vindo buscá-la, tinha vindo impedir que a levassem embora.

— Papai Forbes — clamou ela, virando-se.

Mas não era ele. Era um homem negro, o cabelo besuntado em óleo, grosso e cacheado. Ela percebeu que ele não era um marujo pelo lenço branco no pescoço e jaqueta bem ajustada. A decepção da menina fez seus olhos arderem, e ela cambaleou. O homem esticou os braços para estabilizá-la.

— Desculpe se te assustei, mas já vi as pessoas caírem no mar quando se inclinam assim.

— Obrigada, senhor — murmurou Sarah, sem olhar para ele.

Eles ficaram ali, lado a lado, sem dizer nada. Por um bom tempo, ela havia procurado por pessoas negras, naquele momento ali estava uma, mas ela desejou apenas que ele fosse embora. Queria ficar ali e observar a Inglaterra desaparecer enquanto o navio se afastava.

— Você é Sarah Forbes Bonetta, não é?

Ela o lançou um olhar.

— Sim, senhor. Como sabe disso?

— Todos sabem quem você é, a Princesa Africana. Escrevem sobre você nos jornais o tempo todo. Por exemplo, sei que você passou um tempo com sua tutora, Sua Majestade, e que foi, ao menos duas vezes, à Grande Exposição.

Ela o encarou.

— Sim, isso é tudo verdade.

— Sei que o Capitão Forbes, que te salvou e trouxe para a Inglaterra, faleceu em alto-mar. Sinto muito por sua perda. É sempre difícil quando alguém que amamos se junta aos ancestrais.

Ele tocou o ombro dela.

Sarah segurou com mais força na corda, e as lágrimas que estavam sempre logo atrás dos olhos transbordaram. Era a primeira vez que alguém usava aquelas palavras ao falar com ela. Ele sabia sobre os ancestrais, então. Ela colocou a mão no peito e tateou até encontrar o *gris-gris* que abrigava sua membrana. Ela o usava de novo, junto ao medalhão dado pela rainha. Se estaria atravessando o oceano em direção à África, não arriscaria. Ela precisaria de toda a proteção possível contra a *Mamiwata*. Veja só como ela conseguira engolir o Papai Forbes.

— Os jornais não sabem tudo, porém — continuou o homem, dando um sorrisinho para ela. — Não sabem que você está neste navio a caminho da escola em Freetown. Eu sei porque o Reverendo Schmid me contou. Estamos todos viajando juntos para Freetown.

— Não quero ir. — As palavras escaparam dela.

— Por que não, irmãzinha?

— Não quero que o Rei Gezo me capture de novo. O Capitão Forbes não estará lá para me salvar desta vez.

Ela não sabia por que estava contando aquilo a ele, mas lhe fazia bem dizer em voz alta o que ela temia que aconteceria.

— Você está segura.

"Segura", aquela palavra de novo.

— Como sabe?

— Eu sei dessas coisas. Meu nome é James, Comandante James Davies.

— Comandante na Marinha?

Sarah franziu a testa. Não sabia que havia oficiais negros na Marinha.

— Eu me juntei ao Esquadrão da África Ocidental, patrulhando a costa contra os escravistas assim que pude — contou ele, o rosto ficando reflexivo. — Eles me salvaram quando eu era criança. Salvaram a minha vida.

Um pensamento ocorreu a Sarah.

— Você conheceu meu Papai Forbes? — perguntou ela com urgência.

— Sim. Fui um marujo do *HMS Bloodhound* com o Capitão Forbes. Ele foi um grande homem.

Sarah arregalou os olhos. Ele conheceu o Papai Forbes.

— Pode me levar até ele, por favor? — A pergunta escapou dela.

O Comandante Davies balançou a cabeça.

— Pequena, sabe que não posso. O capitão está com os ancestrais agora.

— O que vai acontecer comigo em Freetown?

— Vai ficar tudo bem. O Reverendo Venn organizou tudo para você encontrar a Srta. Sass. Ela tem uma escola para jovens meninas africanas que se tornarão boas missionárias e viajarão para todas as partes do mundo, ensinando a palavra de Deus.

Era aquele o plano para ela? Ela soubera que era uma escola missionária, mas ninguém havia dito nada sobre ela se tornar uma missionária.

— Não quero ser missionária — respondeu Sarah em voz alta. — Não quero ensinar sobre Deus. Só quero ficar aqui, na Inglaterra, com a minha família.

— Mas a sua família não está aqui, está na África, em Freetown. Você é africana, nunca será inglesa.

Aquilo captou sua atenção de imediato.

— Minha família está em Freetown? Você os conhece? Quando chegarmos lá, pode me levar até eles? Até a Fatmata?

— Fatmata?

— Minha irmã. Ela cuidou de mim na floresta, então os mouros me levaram embora. Fui para muitos lugares antes de parar no complexo do Rei Gezo.

— Não sei se sua família biológica está lá, mas sei que todos nós somos uma família, todos os africanos juntos. Navios britânicos, comandados por oficiais como o seu Capitão Forbes, patrulharam as águas, lutaram com os tumbeiros e nos pegaram de volta. Então nos levaram para Freetown. Há muitos de nós em vilas e cidades em Serra Leoa agora. Quem sabe, Fatmata pode ter sido uma das que foram resgatadas.

Sarah respirou fundo e, pela primeira vez na semana, relaxou. Talvez, se Fatmata estivesse em Freetown, era para lá que deveria ir. Estariam os ancestrais guiando-a para encontrar a irmã?

Ela olhou para os muitos navios no porto. Alguns se afastavam devagar, começando suas viagens. Um navio grande passou por eles.

— Aquele está indo para a África também?

— Não. Aquele é o *Clarendom*, indo para a América do Norte. Esses navios vão para todas as partes do mundo, Austrália, China, América, não só para a África.

Sarah estava feliz por estar no *HMS Bathurst* naquele momento, indo para Freetown, e não indo para nenhum outro lugar. Ao menos lá ela poderia encontrar a verdadeira irmã.

— Quando chegarmos a Freetown, pode me ajudar a encontrar a Fatmata?

— Vou tentar. Se ela estiver lá, vamos encontrá-la. — Ele estendeu a mão. — Venha, preciso levá-la de volta ao bom reverendo. *O ti wa ni ti lo ile*, você vai para a casa.

Sarah segurou o *gris-gris* e deu as costas à margem do mar azul. Ela não precisava ver a Inglaterra desaparecer ao longe. Queria olhar para a frente. Sarah sorriu. Salimatu segurou a mão de James.

Sábado, 17 de maio de 1851, no Bathurst

Saí de Gravesend em direção à África no Bathurst hoje de manhã. A Mamãe Rainha disse que posso voltar quando a minha tosse melhorar, mas não sei se voltarei ou se verei meus amigos e minha família inglesa de novo. Quem sabe o que acontecerá comigo em Freetown. Talvez eu encontre a Fatmata, minha irmã. Talvez não. Mas não estou sozinha. Salimatu vem comigo. Somos duas em uma e estamos indo para casa. Não estou mais com medo.

Nota Histórica

Uma nota sobre o título, *Rompendo as Correntes do Maafa*. "Maafa" é a palavra em suaíli para "desastre", mas passou a significar "holocausto africano", em referência à migração forçada e à violência histórica e contínua contra as pessoas do continente africano e seus descendentes.

Ainda que Sarah Forbes Bonetta tenha de fato existido e existam algumas pessoas, lugares, fatos e eventos reais neste livro, verificados por meio de uma pesquisa extensa, *Rompendo as Correntes do Maafa* é uma obra de ficção e um produto da minha imaginação.

Ouvi pela primeira vez sobre Sarah enquanto crescia em Serra Leoa. Ela parecia sempre ter feito parte das lendas e histórias de famílias — a menina escravizada que cresceu como princesa, afilhada da Rainha Vitória e amiga dos filhos reais. Mas eu sabia muito pouco sobre quem ela havia sido.

Tudo o que sei da infância de Sarah Forbes Bonetta é que ela foi capturada após sua vila ser atacada, e seus pais, mortos. Pelas marcas em seu rosto, acreditava-se que Sarah era filha de um chefe. Ninguém sabe ao certo o que aconteceu com os irmãos dela.

O romance se passa na metade do século XIX, próximo ao fim do tráfico transatlântico escravista. A escravidão já tinha sido abolida havia bastante tempo na Inglaterra, mas outros países europeus e africanos não tinham que acatar a legislação britânica. Então, ainda que fosse ilegal e arriscado, o transporte de pessoas escravizadas através da "Passagem do Meio" da África para a América ou para as Índias Ocidentais ainda era um negócio lucrativo. Determinada a pôr um fim ao tráfico escravista, no entanto, a Rainha Vitória enviou representantes para persuadir pessoas africanas a mudarem os costumes e comercializarem produtos agrícolas em vez de pessoas. O Esquadrão da África Ocidental da Marinha Real também patrulhava a costa ocidental, atacando os tumbeiros da área. Eles resgatavam os escravizados recém-capturados e os levavam para Freetown, em Serra Leoa. Lá, logo estabeleceram uma colônia de escravizados libertos, unindo-se à já estabelecida colônia formada por ex-escravizados, os negros pobres da Inglaterra, ex-escravizados da América do Norte e Nova Escócia bem como os *maroons* jamaicanos.

Sarah, cujo nome original era Aina, tinha sido capturada durante o ataque à vila em que morava em Talaremba, perto de Okeadon, e acabou na corte do Rei Gezo de Daomé (agora Benim), um prolífero traficante de escravizados. Em 1850, o Capitão Forbes, capitão do navio *HMS Bonetta*, estava no reino para persuadir o rei a desistir da grande riqueza que obteve com o tráfico de escravizados e embarcar na produção de óleo de palma. Ainda que o capitão não tenha conseguido fazer o rei mudar de ideia, conseguiu resgatar uma criança de 8 anos que estava prestes a ser sacrificada em honra aos ancestrais do Rei Gezo. O rei, ainda desejando manter uma boa relação com os britânicos, decidiu mandar a criança como um presente constrangedor para a Rainha Vitória.

O Capitão Forbes chamou Aina de "Sarah Forbes", com base no próprio sobrenome, e "Bonetta" com base em seu navio. A Rainha Vitória pediu para ver Sarah e, impressionada com a inteligência da menina e complacente com a situação da criança, decidiu se tornar sua tutora e madrinha. Sarah, conhecida como a "Princesa Africana", fez amizade com os filhos reais, frequentou o Castelo de Windsor e outros palácios.

Mas, depois de apenas um ano, por conta da saúde fragilizada, Sarah ficou desolada ao ser mandada de volta para a África, para uma escola missionária em Freetown, Serra Leoa. Ela ficou em Freetown por quatro anos, então a Rainha Vitória inesperadamente a convocou de volta para a Inglaterra, onde Sarah continuou vivendo a vida de uma princesa. Aos 19 anos, ela se casou com John L. Davies e retornou primeiro para Freetown e depois para Lagos, na Nigéria. Eles tiveram três filhos, e a mais velha recebeu o nome em homenagem à Rainha Vitória, que concordou em ser sua madrinha. Sarah morreu em virtude de tuberculose em 1880.

A relação próxima de Sarah com a Rainha Vitória era conhecida e compreendida na época e é mencionada em muitos registros do diário da Rainha Vitória. Não há, entretanto, quase nada a respeito de Sarah nas muitas biografias sobre a Rainha Vitória. A omissão me intrigou, e, com o interesse crescente na Rainha Vitória, fiquei absorta em explorar a relevância de Sarah dentro da aristocracia da

Era Vitoriana. Comecei a pesquisa analisando com minúcia livros, cartas, artigos de jornal, fontes virtuais e o diário da Rainha Vitória.

Rompendo as Correntes do Maafa conta a história da infância de Sarah e seu ano durante a Era Vitoriana antes de ser mandada para a África. Enquanto reunia mais informações, a história de Sarah começou a nascer. Eu me perguntei como teria sido a vida dela antes de ela ser mandada para a Inglaterra durante a Era Vitoriana, um mundo tão diferente. Do que ela se lembraria? O que teria acontecido se ela tivesse sido levada para os Estados Unidos em vez de para a Inglaterra? Como as pessoas negras eram vistas na Era Vitoriana? Que tipos de tensões raciais existiam na época?

O pensamento da vida contrastante que a Sarah poderia ter tido era fascinante. A ideia de Aina (a quem chamo de Salimatu), posteriormente chamada de Sarah, e a Fatmata, uma personagem completamente fictícia, posteriormente chamada de Faith, nasceu. A história é narrada por ambas as irmãs, e uso epígrafes para sugerir os temas de cada capítulo. Os capítulos de Fatmata têm dizeres em iorubá, fincando raízes no idioma que ela levou consigo para Gullah, na Carolina do Sul. As epígrafes de Salimatu são provérbios ingleses, conectando-a ao novo idioma que está aprendendo. Quando Fatmata se torna Faith, as epígrafes são tiradas da Bíblia de Gullah, o idioma que foi forçada a aprender. As epígrafes de Sarah são citações do livro *David Copperfield*, de Charles Dickens.

Em suas narrativas, as irmãs veem as vidas por lentes diferentes enquanto ambas tentam encontrar o próprio caminho para a liberdade, de maneira física e emocional, em um mundo que rapidamente se transforma — uma enquanto princesa, a outra enquanto escravizada.

AGRADECIMENTOS

Sou muito grata a todas as pessoas em cujos ombros me apoio, cujas palavras me tocaram e cujos ouvidos com frequência alugo falando dos meus sonhos e esperanças.

Um agradecimento especial às minhas amigas Guinevere Glasfurd e Siobhan Costello — escritoras maravilhosas que compartilharam muitos retiros de escrita comigo — pelo encorajamento e pelos feedbacks honestos, sempre.

Obrigada a minha querida amiga, Irene Morris, por sua crença inabalável e apoio, sempre pronta a ser minha companheira de viagem nas pesquisas, e a Nathan Morris, por aguentar nosso constante falatório sobre este romance.

E para Caron Freeborn, quem primeiro me encorajou a escrever esta história. Sinto muito que ela não esteja mais aqui para ver a versão final.

Obrigada também aos juízes da competição *Lucy Cavendish First Novel,* que selecionaram o romance inacabado como finalista, fazendo-me acreditar pela primeira vez que eu poderia e terminaria o romance.

À *Myriad First Editions,* que me selecionou como ganhadora de sua competição. O prêmio, ter um trecho de *Rompendo as Correntes do Maafa* na antologia *New Daughters of Africa,* me encheu de confiança, sabendo que a minha escrita jaz ao lado de escritoras fenomenais que admiro há muito tempo.

À Bernardine Evaristo e Yvette Edwards por sua inspiração e apoio.

À Moya Ruskin e Baz Norton, por abrirem sua casa para mim e por me darem espaço para escrever sempre de que eu precisava. À Tricia Abrahams, por me ouvir e por sempre estar lá por mim.

Obrigada principalmente aos meus filhos, Jem, Joel e Zelda. Este livro é dedicado a eles. Foram tão pacientes, aguentando os momentos em que eu desaparecia para escrever, mas sempre ali para me receberem de volta, com amor — e comida.

Sobre a autora

Anni Domingo é atriz, diretora e escritora, tendo trabalhado com rádio, televisão, filmes e teatro depois de estudar na Faculdade *Rose Bruford of Speech and Drama*. Ela esteve em *Three Sisters*, de Inua Ellam, uma peça que se passa na Nigéria durante a Guerra de Biafra, no *National Theatre* (Reino Unido), e fez uma turnê com a peça *The Doctor*, de Robert Ickes, na Austrália, em 2020. Atualmente ela dá aulas de teatro e direção na Universidade St. Mary's, em Twickenham, na Faculdade *Rose Bruford* e na RADA. Os poemas e contos de Anni estão publicados em várias antologias, e suas peças são produzidas no Reino Unido. Um trecho do romance *Rompendo as Correntes do Maafa* ganhou a competição *Myriad Editions First Novel*, em 2018, e está inclusa na antologia *New Daughters of Africa* (2019), editada por Margaret Busby. Anni recentemente conquistou uma vaga no *Hedgebrook Writers Retreat* e no programa *Norwich National Writing Centre's Escalator*, possibilitando que ela comece a trabalhar no seu segundo romance, *Ominira*. *Rompendo as Correntes do Maafa* é seu primeiro romance.